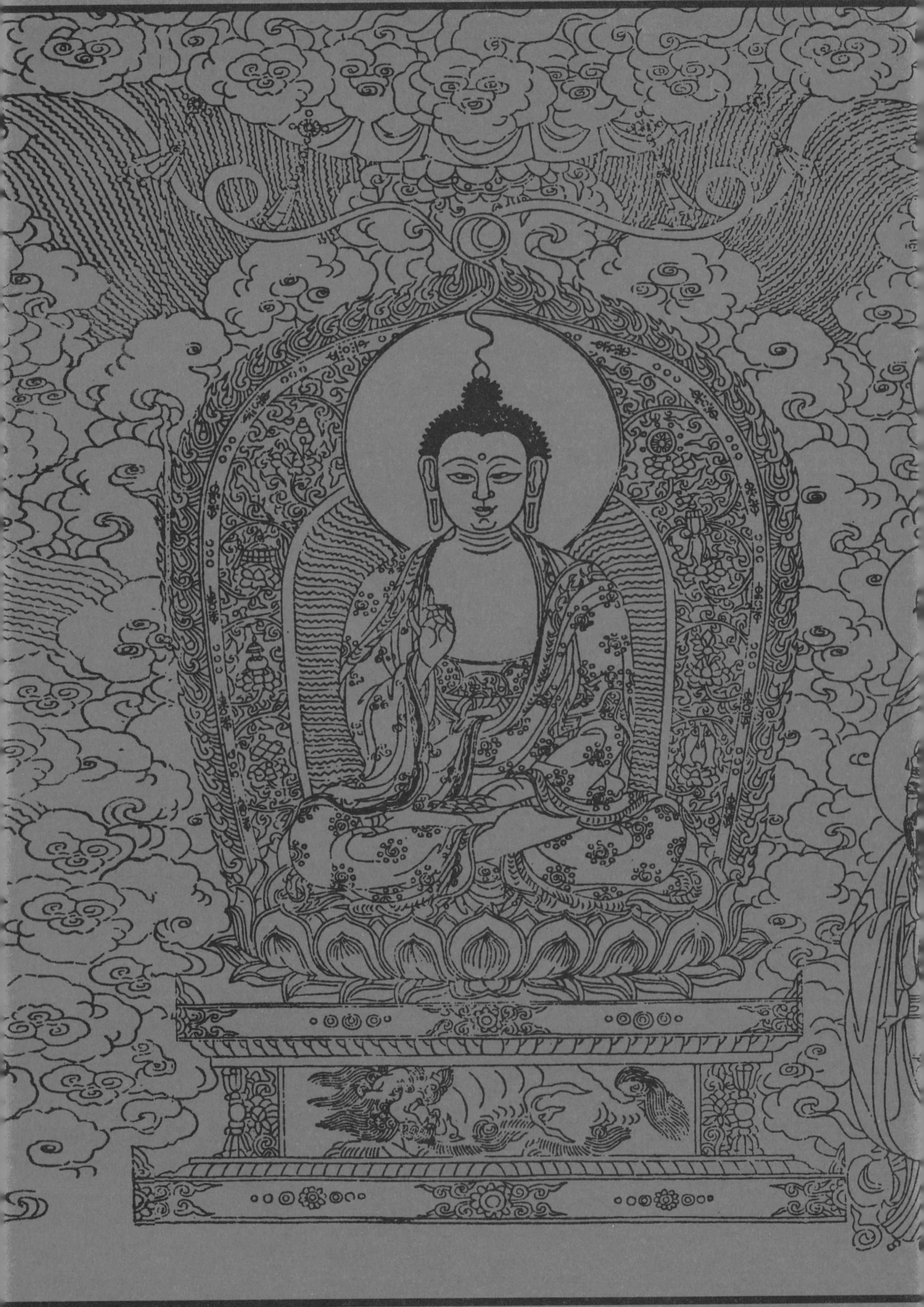

御製

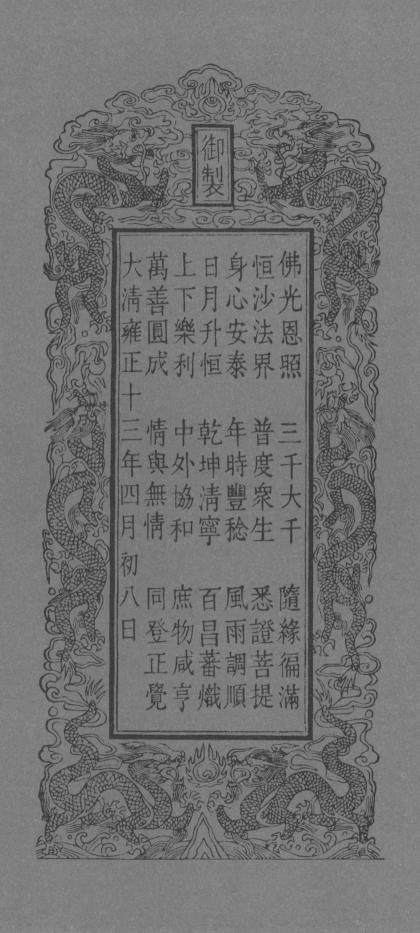

佛光恩照　三千大千　隨緣徧滿

恒沙法界　普度衆生　悉證菩提

身心安泰　年時豐稔　風雨調順

日月升恒　乾坤清寧　百昌蕃熾

上下樂利　中外協和　庶物咸亨

萬善圓成　情與無情　同登正覺

大清雍正十三年四月初八日

第五二册 小乘經 阿含部（四）

雜阿含經

宋天竺三藏求那跋陀羅譯

清刻龍藏佛說法變相圖

雜阿含經卷第二十一

宋天竺三藏求那跋陀羅譯

如是我聞一時佛住波羅利弗妬路國尊者阿難及尊者迦摩亦在波羅利弗妬路雞林精舍時尊者迦摩詣尊者阿難所共相問訊慰勞已於一面坐語尊者阿難奇哉尊者阿難有眼有色有耳有聲有鼻有香有舌有味有身有觸有意有法而有比丘有是等法能不覺知云何尊者阿難彼比丘爲有想不覺知爲無想故不覺知尊者阿難語迦摩比丘言有想者亦不覺知況復無想復問尊者阿難何等爲有想於有而不覺知尊者阿難語迦摩比丘言若比丘離欲惡不善法有覺有觀離生喜樂初禪具足住如是有想比丘有法而不覺知如是第二第三第四禪空入處

識入處無所有入處具足住如是有想比丘有法而不覺知云何無想有法而不覺知如是比丘一切想不憶念無想心三昧身作證具足住是名比丘無想於有法而不覺知尊者迦摩比丘復問尊者阿難若比丘無想心三昧不涌不沒解脫已住住已解脫世尊說此是何果何功德尊者阿難語迦摩比丘言若比丘無想心三昧不涌不沒解脫已住住已解脫世尊說此是智果智功德時二正士共論議已歡喜隨喜各從座起去

如是我聞一時佛住俱睒彌國瞿師羅園爾時尊者阿難亦在彼住時尊者阿難告諸比丘若比丘比丘尼於我前自記說我當善哉慰勞問訊或求以四道何等爲四若比丘比丘尼坐作如是住心善住心局住心調伏心止觀一心等受分別於法量度修習多修習已得斷諸使若有比丘比丘尼於我前自記說我則如是善哉慰喻或求是名說初道復次比丘比丘尼正坐思惟於法選擇思量住心善住局住調伏止觀一心等受如是正向多住得離諸使若有比丘比丘尼於我前自記說我當如是善哉慰喻或求是名第二說道復次比丘比丘尼爲掉亂所持以調伏心坐正坐住心善住心局住心調伏止觀一心等受化如是正向多住已則斷諸使若有比丘比丘尼於我前自記說我則如是善哉慰喻或求是名第三說道復次比丘比丘尼止觀和合俱行作如是正向多住則斷諸使若比丘比丘尼於我前自記說者我則如是善哉慰喻教誡或求是名第四說道時諸比丘

聞尊者阿難所說歡喜奉行

如是我聞一時佛住俱睒彌國瞿師羅園尊者阿難亦在彼住時有異婆羅門詣尊者阿難所共相問訊慰勞已於一面坐問尊者阿難何故於沙門瞿曇所修梵行尊者阿難語婆羅門為斷故復問尊者何所斷答言斷愛復問尊者阿難何所依而得斷愛答言婆羅門依於欲而斷愛復問尊者阿難豈非無邊際答言婆羅門非無邊際如是有邊際非無邊際復問尊者阿難云何有邊際非無邊際答言婆羅門我今問汝隨意答我婆羅門於意云何汝先有欲來詣精舍不婆羅門答言如是阿難如是婆羅門來至精舍已彼欲息不答言如是尊者阿難彼精進方便籌量來詣精舍復問至精舍已彼精進方便籌量息不答言如是尊者阿難復語婆羅門如是婆羅門如來應等正覺所知所見說四如意足以一乘道淨衆生滅苦惱斷憂悲何等為四欲定斷行成就如意足精進定心定思惟定斷行成就如意足如是聖弟子修欲定斷行成就如意足依離依無欲依出要依滅向於捨乃至斷愛愛斷已彼欲亦息修精進定心定思惟定斷行成就依離依無欲依出要依滅向於捨乃至愛盡愛盡已思惟則息婆羅門於意云何此非邊際耶婆羅門言尊者阿難此是邊際非不邊際爾時婆羅門聞尊者阿難所說歡喜隨喜從座起去

如是我聞一時佛住拘睒彌國瞿師羅園尊者阿難亦在彼住爾時瞿師羅長者詣尊者阿難所稽首禮足退坐一面白尊者阿難云

何名爲世間說法者云何名世間善向云何名世間善到尊者阿難語瞿師羅長者我今問汝隨意答我長者於意云何若有說法調伏貪欲調伏瞋恚調伏愚癡得名世間說法者不長者答言尊者阿難若有說法能調伏貪欲瞋恚愚癡是則名爲世間說法復問長者於意云何若世間向調伏貪欲調伏瞋恚調伏愚癡是名世間善向若世間已調伏貪欲瞋恚愚癡是名善到耶爲非耶長者答言尊者阿難若調伏貪欲已斷無餘瞋恚愚癡已斷無餘是名善到尊者阿難答言長者我試問汝汝便眞實答我其義如此當受持之瞿師羅長者聞尊者阿難所說歡喜隨喜作禮而去

如是我聞一時佛住毗舍離獼猴池側重閣講堂尊者阿難亦在彼住爾時無畏離車是尼揵弟子聰明童子離車是阿耆毗弟子俱往尊者阿難所共相問訊慰勞已於一面坐時無畏離車語尊者阿難我師尼揵子滅熾然清淨超出爲諸弟子說如是道宿命之業行苦行故悉能吐之身業不作斷截橋梁於未來世無復諸漏諸業永盡業永盡故衆苦永盡苦永盡故究竟苦邊尊者阿難此義云何尊者阿難語離車言如來應等正覺所知所見說三種離熾然清淨超出道以一乘道淨衆生離憂悲越苦惱得眞如法何等爲三如是聖弟子住於淨戒受波羅提木叉威儀具足信於諸罪過生怖畏想受持如是具足淨戒宿業漸吐得現法離熾然不待時節能得正法通達現見觀察智慧自覺離車長者

是名如來應等正覺說所知所見說離熾然清淨超出以一乘道淨衆生滅苦惱越憂悲得眞如法復次離車如是淨戒具足離欲惡不善法乃至第四禪具足住是名如來應等正覺說離熾然乃至得如實法復有三昧正受於此苦聖諦如實知此苦集聖諦苦滅聖諦苦滅道跡聖諦如實知具足如是智慧心業更不造宿業漸已斷得現正法離諸熾然不待時節通達現見生自覺智離車是名如來應等正覺所知所見說第三離熾然清淨超出以一乘道淨衆生離苦惱滅憂悲得如實法爾時尼揵弟子離車無畏黙然住爾時阿耆毗弟子離車聰慧重語離車無畏言恠哉無畏何黙然住於如來應等正覺所說所知所見善說法聞不隨喜耶離車無畏答言我思惟其義故黙然住耳誰聞世尊沙門瞿曇所說法不隨喜者若有聞沙門瞿曇說法而不隨喜者此則愚夫長夜當受非義不饒益苦時尼揵弟子離車無畏阿耆毗弟子聰慧重聞佛所說法尊者阿難陀所說歡喜隨喜從座起去

如是我聞一時佛住舍衛國祇樹給孤獨園尊者阿難亦在彼住時有異比丘尼於尊者阿難所起染著心遣使白尊者阿難我身遇病苦唯願尊者哀愍見看尊者阿難晨朝著衣持鉢往彼比丘尼所彼比丘尼遥見尊者阿難來露身體臥牀上尊者阿難遥見彼比丘尼見身即自攝斂諸根迴身背住彼比丘尼見尊者阿難攝斂諸根迴身背住即自慙愧起著衣服敷坐具出迎尊者阿難請令就

坐稽首禮足退坐一面時尊者阿難爲說法言姊妹如此身者穢食長養憍慢長養愛所長養婬欲長養姊妹依穢食者當斷穢食依於慢者當斷憍慢依於愛者當斷愛欲姊妹云何名依於穢食當斷穢食謂聖弟子於食計數思惟而食無著樂想無憍慢想無摩拭想無莊嚴想爲知身故爲養活故治飢渴病故攝受梵行故宿諸受令滅新諸受不生崇習長養若力若樂若觸當如是住譬如商客以酥油膏以膏其車無染著想無憍慢想無摩拭想無莊嚴想爲運載故如病瘡者塗以酥油無染著想無憍慢想無摩拭想無莊嚴想爲瘡愈故如是聖弟子計數而食無染著想無憍慢想無摩拭想無莊嚴想爲養活故治飢渴故攝受梵行故宿諸受離新諸受不起若力若樂若無罪觸安隱住姊妹是名依食斷食依慢斷慢者云何依慢斷慢謂聖弟子聞某尊者某尊者弟子盡諸有漏無漏心解脫慧解脫現法自知作證我生已盡梵行已立所作已作自知不受後有聞已作是念彼聖弟子盡諸有漏乃至自知不受後有我今何故不盡諸有漏何故不自知不受後有當於爾時則能斷諸有漏乃至自知不受後有姊妹是名依慢斷慢姊妹云何依愛斷愛謂聖弟子聞某尊者某尊者弟子盡諸有漏乃至自知不受後有我等何不盡諸有漏乃至自知不受後有彼於爾時能斷諸有漏乃至自知不受後有姊妹是名依愛斷愛姊妹無所行者斷截婬欲和合橋梁尊者阿難說是法時彼比丘尼遠塵離垢得法眼淨彼比

丘尼見法得法覺法入法度狐疑不由於他於正法律心得無畏禮尊者阿難足白尊者阿難我今發露悔過愚癡不善脫作如是不流類事今於尊者阿難所自見過自知過發露懺悔哀愍故尊者阿難語比丘尼汝今眞實自見罪自知罪愚癡不善汝自知作不類之罪汝今自知自見而悔過於未來世得具足戒我今受汝悔過哀愍故令汝善法增長終不退減所以者何若有自見罪自知罪能悔過者於未來世得具足戒善法增長終不退減尊者阿難爲彼比丘尼種種說法示教照喜已從座起去

如是我聞一時佛在橋池人間遊行與尊者阿難俱至婆頭聚落國比身恕林中爾時婆頭聚落諸童子聞尊者阿難橋池人間遊行住婆頭聚落國比身恕林中聞已相呼聚集往詣尊者阿難所稽首禮尊者阿難足退坐一面時尊者阿難語諸童子言苦種如來應等正覺說四種清淨戒清淨心清淨見清淨解脫清淨云何爲戒淨斷謂聖弟子住於戒波羅提木叉戒增長威儀具足於微細罪能生恐怖受持學戒戒身不滿者能令滿足已滿者隨順執持欲精進方便超出精勤勇猛堪能諸身心法常能攝受是名戒淨斷苦種云何名爲心淨斷謂聖弟子離欲惡不善法乃至第四禪具足住定身未滿者令滿已滿者隨順執受欲精進乃至常執受是名心淨斷苦種云何名爲見淨斷謂聖弟子聞大師說法如是如是說法則如是如是入如實正觀如是如是得歡喜得隨喜得從於佛復次

聖弟子不聞大師說法然從餘明智尊重梵行者說聞尊重梵行者如是如是說則如是如是入如實觀察如是如是觀察於彼法得歡喜隨喜信於正法復次聖弟子不聞大師說法亦復不聞明智尊重梵行者說隨先所聞受持者重誦習隨先所聞受持者如是如是重誦已如是如是得入彼法乃至信於正法復次聖弟子不聞大師說法不聞明智尊重梵行者說又復不能先所受持重誦習然先所聞法爲人廣說先所聞法如是如是爲人廣說如是如是得入於法正智觀察乃至信於正法復次聖弟子不聞大師說法復不聞明智尊重梵行者說又復不能先所受持重誦習亦復不以先所聞法爲人廣說然於先所聞法獨一靜處思惟觀察如是如是思惟觀察如是如是得入正法乃至信於正法如是從他聞內正思惟是名未起正見令起已起正見令增廣是名未滿戒身令滿已滿者隨順攝受欲精進方便乃至常攝受是名見淨斷苦種云何爲解脫清淨斷謂聖弟子貪心無欲解脫恚癡心無欲解脫如是解脫未滿者令滿已滿者隨順攝受欲精進乃至常攝受是名解脫淨斷苦種尊者阿難說是法時婆頭聚落諸童子聞尊者阿難所說歡喜隨喜作禮而去

如是我聞一時佛住菴羅聚落菴羅林中與衆上座比丘俱時有質多羅長者詣諸上座比丘稽首禮足退坐一面時諸上座比丘爲質多羅長者種種說法示教照喜種種說法示教照喜已默然住時質多羅長者稽首禮

諸上座比丘足往詣那伽達多比丘房稽首
禮那伽達多比丘足退坐一面時那伽達多
比丘問質多羅長者如所說

枝青以白覆　一輻轉之車　離結觀察來
斷流不復縛

長者此偈有何義質多羅長者言尊者那伽
達多世尊說此偈耶答言如是質多羅長者
語尊者那伽達多言尊者須臾默然我當思
惟此義須臾默然思惟已語尊者那伽達多
言青者謂戒也白覆謂解脫也一輻者身念
也轉者轉出也車者止觀也離結者有三種
結謂貪恚癡彼阿羅漢諸漏已盡已滅已知
已斷根本如截多羅樹頭更不復生未來世
成不起法觀察者謂見也來者人也斷流者
愛流於生死彼阿羅漢比丘諸漏已盡已知
斷其根本如截多羅樹頭不復生於未來世
成不起法不縛者謂三縛貪欲縛瞋恚縛愚
癡縛彼阿羅漢比丘諸漏已盡已斷已知斷
其根本如截多羅樹頭更不復生於未來世
成不起法是故尊者那伽達多世尊說此偈

枝青以白覆　一輻轉之車　離結觀察來
斷流不復縛

此世尊所說偈我已分別也尊者那伽達多
問質多羅長者言此義汝先聞耶答言不聞
尊者那伽達多言長者汝得善利於此甚深
佛法賢聖慧眼得入時質多羅長者聞尊者
那伽達多所說歡喜隨喜作禮而去

如是我聞一時佛住菴羅聚落菴羅林精舍
與衆多上座比丘俱時有質多羅長者詣諸
上座比丘所稽首禮足退坐一面時諸上座

比丘爲質多羅長者種種說法示教照喜示教照喜已默然住時質多羅長者詣尊者那伽達多比丘所稽首禮足退坐一面尊者那伽達多告質多羅長者有無量心三昧無相心三昧無所有心三昧空心三昧云何長者此法爲種種義故種種名爲一義有種種名質多羅長者問尊者那伽達多此諸三昧爲世尊所說爲尊者自意說耶尊者那伽達多答言此世尊所說質多羅長者語尊者那伽達多聽我小思惟此義然後當答須臾思惟已語尊者那伽達多有法種種義種種句種種味有法一義種種味復問長者云何有法種種義種種句種種味長者答言無量三昧者謂聖弟子心與慈俱無怨無憎無恚寬弘重心無量修習普緣一方充滿如是二方三方四方上下一切世間心與慈俱無怨無憎無恚寬弘重心無量修習充滿諸方一切世間普緣住是名無量三昧云何爲無相三昧謂聖弟子於一切相不念無相心三昧身作證是名無相心三昧云何無所有心三昧謂聖弟子度一切無量識入處無所有無所有心住是名無所有心三昧云何空三昧謂聖弟子世間空世間空如實觀察常住不變易非我非我所是名空心三昧是名爲法種種義種種句種種味復問長者云何法一義種種味答言尊者謂貪有量若無諍者第一無量謂貪者是有相恚癡者是有相無諍者是無相貪者是所有恚癡者是所有無諍者是無所有復次無諍者空於貪空於恚癡空常住不變易空非我非我所是名法一義種種

味尊者那伽達多問言云何長者此義汝先所聞耶答言尊者不聞復告長者汝得大利於甚深佛法現聖慧眼得入質多羅長者聞尊者那伽達多所說歡喜隨喜作禮而去

如是我聞一時佛住菴羅聚落菴羅林中與諸上座比丘俱時有質多羅長者詣諸上座比丘所禮諸上座已詣尊者伽摩比丘所稽首禮足退坐一面白尊者伽摩比丘所謂行者云何名行伽摩比丘言行者謂三行身行口行意行復問云何身行云何口行云何意行答言長者出息入息名爲身行有覺有觀名爲口行想思名爲意行復問何故出息入息名爲身行有覺有觀名爲口行想思名爲意行答長者出息入息是身法依於身屬於身依身轉是故出息入息名爲身行有覺有觀故則口語是故有覺有觀是口行想思是意行依於心屬於心依心轉是故想思是意行復問尊者覺觀已發口語是覺觀名爲口行想思是心數法依於心屬於心相轉是故想思爲意行復問尊者有幾法

若人捨身時　彼身屍卧地　棄於丘塚間
無心如木石

答言長者

壽暖及與識　捨身時俱捨　彼身棄塚間
無心如木石

復問尊者若死若入滅盡正受有差别不答捨於壽暖諸根悉壞身命分離是名爲死滅盡定者身口意行滅不捨壽命不離於暖諸根不壞身命相屬此則命終入滅正受差别之相復問尊者云何入滅正受答言長者入

滅正受不言我入滅正受我當入滅正受然先作如是漸息方便如先方便向入正受復問尊者入滅正受時先滅何法爲身行爲口行爲意行耶答言長者入滅正受者先滅口行次身行次意行復問尊者云何爲出滅正受答言長者出滅正受者亦不念言我今出正受我當出正受然先已作方便心如其先心而起復問尊者起滅正受者何法先起爲身行爲口行爲意行耶答言長者從滅正受起者意行先起次身行後口行復問尊者入滅正受者云何順趣流注浚輸答言長者入滅正受者順趣於離流注於離浚輸於離順趣於出流注於出浚輸於出順趣湼槃流注湼槃浚輸湼槃復問尊者住滅正受時爲觸幾觸答言長者觸不動觸無相觸無所有復問尊者入滅正受時爲作幾法答言長者此應先問何故今問然當爲汝說比丘入滅正受者作於二法止以觀時質多羅長者聞尊者迦摩所說歡喜隨喜作禮而去

如是我聞一時佛住菴羅聚落菴羅林中與衆多上座比丘俱時質多羅長者詣諸上座比丘所稽首禮足於一面坐諸上座比丘爲質多羅長者種種說法示教照喜示教照喜已默然住時質多羅長者從座起偏袒右肩右膝著地合十指掌請諸上座言唯願諸尊受我薄食時諸上座默然受請時彼長者知諸上座默然受請已禮足而去還歸自家辦種種飲食敷牀座晨朝遣使白時到時諸上座著衣持鉢至長者舍就座而坐長者稽首禮諸上座足於一面坐白諸上座所謂種種

界云何爲種種界時諸上座默然而住如是再三爾時尊者梨犀達多衆中下坐白諸上座比丘言諸尊者我欲答彼長者所問諸上座答言可長者質多羅即問言尊者所謂種種界何等種種界梨犀達多答言長者眼界異色界異眼識界異耳界異聲界異耳識界異鼻界異香界異鼻識界異舌界異味界異舌識界異身界異觸界異身識界異意界異法界異意識界異如是長者是名種種界爾時質多羅長者下種種淨美飲食供養衆僧食已澡漱洗鉢訖質多羅長者敷一卑牀於上座前坐聽法爾時上座爲長者種種說法示教照喜已從座起去時諸上座於路中語梨犀達多善哉善哉梨犀達多比丘汝眞辯捷知時而說若於餘時汝應常如此應時諸上座聞梨犀達多所說歡喜奉行

如是我聞一時佛住菴羅聚落菴羅林中與衆多上座比丘俱時質多羅長者詣諸上座所稽首禮足退坐一面白諸上座言諸世間所見或說有我或說衆生或說壽命或說世間吉凶云何尊者此諸異見何本何集何生何轉時諸上座默然不答如是三問亦三默然時有一下座比丘名梨犀達多白諸上座言我欲答彼長者所問諸上座言善能答者答時長者即問梨犀達多尊者凡世間所見何本何集何生何轉尊者梨犀達多答言長者凡世間所見或言有我或說衆生或說壽命或說世間吉凶斯等諸見一切皆以身見爲本身見集身見生身見轉復問尊者云何爲身見答言長者愚癡無聞凡夫見色是我

色異我色中我我中色受想行識見是我異我我中識識中我長者是名身見復問尊者云何得無此身見答言長者謂多聞聖弟子不見色是我不見異我不見我中色色中我不見受想行識是我不見識異我不見我中識識中我是名得無身見復問尊者其父何名於何所生答言長者我生於後方長者家質多羅長者語尊者梨犀達多我及尊者二父本是善知識梨犀達多答言如是長者質多羅長者語梨犀達多言尊者若能住此菴羅林中我盡形壽供養衣服飲食隨病湯藥尊者梨犀達多默然受請時尊者梨犀達多受質多羅長者請供養障礙故久不詣世尊所時諸上座比丘爲質多羅長者種種說法示教照喜示教照喜已質多羅長者歡喜隨喜作禮而去

如是我聞一時佛住菴羅聚落菴羅林中與衆多上座比丘俱時有質多羅長者詣諸上座所稽首禮足退坐一面白諸上座比丘言唯願諸尊於牛牧中受我請食時諸上座默然受請質多羅長者知諸上座默然受請已即自還家星夜備具種種飲食晨朝敷座遣使白諸上座時到諸上座著衣持鉢至牛牧中質多羅長者舍就座而坐時質多羅長者自手供養種種飲食食已洗鉢澡漱畢質多羅長者敷一畢牀於上座前坐聽法時諸上座爲長者說種種法示教照喜示教照喜已從坐起去質多羅長者亦隨後去諸上座食諸酥酪蜜飽滿於春後月熱時行路悶極爾時有一下座比丘名摩訶迦白諸上座今日

大熱我欲起雲雨微風可爾不諸上座答言汝能爾者佳時摩訶迦即入三昧如其正受應時雲起細雨微下涼風䆗䆗從四方來至精舍門尊者摩訶迦語諸上座言所作可止答言可止時尊者摩訶迦即止神通還於自房時質多羅長者作是念最下座比丘而能有此大神通力況復中座及與上座即禮諸上座比丘足隨摩訶迦比丘至所住房禮尊者摩訶迦足退坐一面白言尊者我欲得見尊者過人法神足現化尊者摩訶迦言長者勿見恐怖如是三請亦三不許長者猶復重請願見尊者神通變化尊者摩訶迦語長者言汝且出外取乾草木積聚已以一張㲲覆上質多羅長者即如其教出外聚薪成積來白尊者摩訶迦薪積已成以㲲覆上時尊者摩訶迦即入火光三昧於户鉤孔中出火燄光燒其積薪都盡唯白㲲不然語長者言汝今見不答言已見尊者實爲奇特尊者摩訶迦語長者言當知此者皆以不放逸爲本不放逸集不放逸生不放逸轉不放逸故得阿耨多羅三藐三菩提是故長者此及餘功德一切皆以不放逸爲本不放逸集不放逸生不放逸轉不放逸故得阿耨多羅三藐三菩提及餘道品法質多羅長者白尊者摩訶迦願常住此林中我當盡壽供養衣被飲食隨病湯藥尊者摩訶迦有行因緣故不受其請質多羅長者聞說法已歡喜隨喜從座起作禮而去尊者摩訶迦不欲令供養利障罪故即從座起去遂不復還

如是我聞一時佛住菴羅林中與衆多上座

比丘俱爾時衆多上座比丘集於食堂作如是論議諸尊於意云何謂眼繫色耶色繫眼耶如是耳聲鼻香舌味身觸意法爲意繫法耶法繫意耶時質多羅長者行有所營便過精舍見諸上座比丘集於食堂即便前禮諸上座足禮足已問言尊者集於食堂論説何法諸上座答言長者我等今日集此食堂作如此論爲眼繫色耶色繫眼耶如是耳聲鼻香舌味身觸意法爲意繫法耶爲法繫意耶長者問言諸尊者於此義云何記説諸上座言於長者意云何長者答諸上座言如我意謂非眼繫色非色繫眼乃至非意繫法非法繫意然中間有欲貪者隨彼繫也譬如二牛一黑一白駕以軛鞅有人問言爲黑牛繫白牛爲白牛繫黑牛爲等問不答言長者非等問也所以者何非黑牛繫白牛亦非白牛繫黑牛然彼軛鞅是其繫也如是尊者非眼繫色非色繫眼乃至非意繫法非法繫意然於中間欲貪是其繫也時質多羅長者聞諸上座所説歡喜隨喜作禮而去

如是我聞一時佛住菴羅林中時有阿耆毗外道是質多羅長者先人親厚來詣質多羅長者所共相問訊慰勞已於一面住質多羅長者問阿耆毗外道汝出家幾時答言長者我出家以來二十餘年質多羅長者問言汝出家來過二十年爲得過人法究竟知見安樂住不答言長者雖出家過二十年不得過人法究竟知見安樂住唯有躶形拔髮乞食人間遊行卧於土中質多羅長者言此非名稱法律此是惡知非出要道非曰等覺非讚

歎處不可依止唐名出家過二十年躶形拔髮乞食人間遊行卧灰土中阿耆毗問質多羅長者汝爲沙門瞿曇作弟子於今幾時質多羅長者答言我爲世尊弟子過二十年復問質多羅長者汝爲沙門瞿曇弟子過二十年復得過人法勝究竟知見不質多羅長者答言汝今當知質多羅長者要不復經由胞胎而受生不復增於丘塚不復起於血氣如世尊所說五下分結不見一結而不斷者若一結不斷當復還生此世如是說時阿耆毗迦悲歎涕泗以衣拭面謂質多羅長者言我今當作何計質多羅長者答言汝若能於正法律出家者我當給汝衣鉢供身之具阿耆毗迦須臾思惟巳語質多羅長者言我今隨汝示我所作時質多羅長者將彼阿耆毗迦往詣諸上座所禮諸上座足於一面坐白諸上座比丘言尊者此阿耆毗迦是我先人親厚今求出家作比丘願諸上座度令出家我當供給衣鉢衆具諸上座即令出家剃除鬚髮著袈裟衣出家巳思惟所以善男子剃除鬚髮著袈裟衣出家增進學道淨修梵行得阿羅漢

如是我聞一時佛住菴羅聚落菴羅林中與諸上座比丘俱時有尼揵若提子與五百眷屬詣菴羅林中欲誘質多羅長者以爲弟子質多羅長者聞尼揵若提子將五百眷屬來詣菴羅林中欲誘我爲弟子聞巳即往詣其所共相問訊畢各於一面坐時尼揵若提子語質多羅長者言汝信沙門瞿曇得無覺無觀三昧耶質多羅長者答言我不以信故來

也尼揵若提子言長者汝不諂不幻質直質直所生長者若能息有覺有觀者亦能以繩繫縛於風若能息有覺有觀者亦可以一把土斷恒水流我於行住坐卧智見常生質多羅長者問尼揵若提子爲信在前耶爲智在前耶信之與智何者爲先何者爲勝尼揵若提子答言信應在前然後有智信智相比智則爲勝質多羅長者語尼揵若提子我已求得息有覺有觀內淨一心無覺無觀三昧生喜樂第二禪具足住我晝亦住此三昧夜亦住此三昧終夜常住此三昧有如是智何用信世尊爲尼揵若提子言汝諂曲幻僞不直不直所生質多羅長者言汝先言我不諂曲不幻質直質直所生今云何言諂曲幻僞不直不直所生耶若汝前實者後則虛後實者前則虛汝先言我於行住坐卧知見常生汝於前後小事不知云何知過人法若知若見若安樂住事長者復問尼揵若提子有於一日一說一記論乃至十問十說十記論汝有此不若無一問一說一記論乃至十問十說十記論云何能誘於我而來至此菴羅林中欲誘誑我於是尼揵若提子息悶掉頭乃拱而出不復還顧

如是我聞一時佛住菴羅聚落菴羅林中與衆多上座比丘俱爾時質多羅長者病苦諸親圍繞有衆多諸天來詣長者所語質多羅長者言長者汝當發願得作轉輪王質多羅長者語諸天言若作轉輪王彼亦無常苦空無我時長者親屬語長者汝當繫念汝當繫念質多羅長者語親屬何故汝等教我繫念

繫念彼親屬言汝作是言無常苦空非我是故教汝繫念繫念也長者語諸親屬有諸天人來至我所語我言汝當發願得作轉輪王隨願得果我即答言彼轉輪王亦復無常苦空非我彼諸親屬語質多羅長者轉輪王有何而彼諸天教汝願求長者答言轉輪王者以正法治化是故諸天見如是福利故而來教我爲發願求諸親屬言汝今用心當如之何長者答言諸親屬我今作心唯不復見胞胎受生不增丘塚不受血氣如世尊說五下分結我不見有我不自見一結不斷若結不斷則還生此世於是長者即從牀起結跏趺坐正念在前而說偈言

服食積所積　廣度於衆難　施上進福田
植斯五種力　以斯義所欲　俗人處於家
我悉得此利　已免於衆難　世間無間集
造離衆難事　生樂知稍難　隨順等正覺
供養持戒者　善修諸梵行　漏盡阿羅漢
及聲聞牟尼　如是超越見　於上諸勝處
常行士夫施　剋終獲大果　習行衆多施
施諸良福田　於此世命終　化生於天上
五欲具足滿　無量心悅樂　獲斯妙果報
以無慳悋故　在所處受生　未曾不歡喜

質多羅長者說此偈已尋即命終生於不煩熱天爾時質多羅天子作是念我不應停此當往閻浮提禮拜諸上座比丘如力士伸臂頃以天神力至菴羅林中放身天光遍照菴羅林時有異比丘夜起出房露地經行見勝光明普照樹林即說偈言

是誰妙天色　住於虛空中　譬如純金山

閻浮檀淨光

質多羅天子說偈答言

我是天人王　瞿曇名稱子　是菴羅林中

質多羅長者　以淨戒具足　繫念自寂靜

解脫身具足　智慧身亦然　我知法故來

仁者應當知　當於彼涅槃　此法法如是

質多羅天子說此偈已即沒不現

雜阿含經卷第二十一

音釋

俱睒彌 梵語國名也睒失冉切　捷 疾葉切疾也　亹 無匪切不倦之意也　積 正作積子智切堆也聚也　軛鞅 軛於革切轅端橫木駕馬領者鞅於兩切頸靼也牛羈也　躶 郎果切赤體也

雜阿含經卷第二十二

宋天竺三藏求那跋陀羅譯

如是我聞一時佛在舍衛國祇樹給孤獨園
時有一天子容色絕妙於後夜時來詣佛所
稽首佛足退坐一面身諸光明遍照祇樹給
孤獨園時彼天子說偈白佛
不處難陀林　終不得快樂　忉利天居中
得天帝名稱
爾時世尊說偈答言
童蒙汝何知　阿羅漢所說　一切行無常
是則生滅法　生者既復滅　俱寂滅爲樂
時彼天子復說偈言
久見婆羅門　逮得般涅槃　一切怖已過
永超世恩愛
時彼天子聞佛所說歡喜隨喜稽首佛足即
沒不現
如是我聞一時佛住舍衛國祇樹給孤獨園
時有一天子容色絕妙於後夜時來詣佛所
稽首佛足退坐一面身諸光明遍照祇樹給
孤獨園時彼天子即說偈言
斷一切鈎鎖　牟尼無有家　沙門著教化
我不說善哉
爾時世尊說偈答言
一切衆生類　悉共相纏縛　其有智慧者
孰能不愍傷　善逝哀愍故　常教授衆生
哀愍衆生者　是法之所應
時彼天子復說偈言
久見婆羅門　逮得般涅槃　一切怖已過
永超世恩愛
時彼天子聞佛所說歡喜隨喜即沒不現

如是我聞一時佛在舍衛國祇樹給孤獨園
時有天子容色絶妙於後夜時來詣佛所稽
首佛足身諸光明遍照祇樹給孤獨園時彼
天子而說偈言
常習慙愧心　此人時時有　能遠離諸惡
如顧鞭良馬
爾時世尊說偈答言
常習慙愧心　此人實希有　能遠離諸惡
如顧鞭良馬
時彼天子復說偈言
久見婆羅門　逮得般涅槃　一切怖悉過
永超世恩愛
時彼天子聞佛所說歡喜隨喜稽首佛足即
沒不現
如是我聞一時佛在舍衛國祇樹給孤獨園
時有天子容色絶妙於後夜時來詣佛所稽
首佛足身諸光明遍照祇樹給孤獨園時彼
天子說偈問佛
不習近正法　樂著諸邪見　睡眠不自覺
長劫心能悟
爾時世尊說偈答言
專修於正法　遠離不善業　是漏盡羅漢
險惡世平等
時彼天子復說偈言
久見婆羅門　逮得般涅槃　一切怖悉過
永超世恩愛
時彼天子聞佛所說歡喜隨喜稽首佛足即
沒不現
如是我聞一時佛在舍衛國祇樹給孤獨園
時有天子容色絶妙於後夜時來詣佛所稽

首佛足身諸光明遍照祇樹給孤獨園時彼
天子而說偈言
以法善調伏　不墮於諸見　雖復著睡眠
則能隨時悟
爾時世尊說偈答言
若以法調伏　不隨餘異見　無知已究竟
能度世恩愛
時彼天子復說偈言
久見婆羅門　逮得般涅槃　一切怖已過
夜超世恩愛
時彼天子聞佛所說歡喜隨喜稽首佛足即
沒不現
如是我聞一時佛在舍衛國祇樹給孤獨園
時有天子容色絕妙於後夜時來詣佛所稽
首佛足身諸光明遍照祇樹給孤獨園時彼

天子說偈問佛
若羅漢比丘　自所作已作　一切諸漏盡
持此後邊身　記說言有我　及說我所不
爾時世尊即說偈答
若羅漢比丘　自所作已作　一切諸漏盡
持此後邊身　正復說有我　我所亦無咎
時彼天子復說偈言
若羅漢比丘　自所作已作　一切漏已盡
持此最後身　心依於我慢　而說言有我
及說於我所　有如是說不
爾時世尊說偈答言
已離於我慢　無復我慢心　超越我我所
我說爲漏盡　於彼我我所　心已永不著
善解世名字　平等假名說
時彼天子復說偈言

久見婆羅門　逮得般涅槃　一切怖已過
永超世恩愛
時彼天子聞佛所說歡喜隨喜稽首佛足即
沒不現
如是我聞一時佛在舍衛國祇樹給孤獨園
時有天子容色絶妙於後夜時來詣佛所稽
首佛足身諸光明遍照祇樹給孤獨園時彼
天子說偈白佛
若羅漢比丘　漏盡持後身　頗說言有我
及說我所不
爾時世尊說偈答言
若羅漢比丘　漏盡持後身　亦說言有我
及說有我所
時彼天子復說偈言
若羅漢比丘　自所作已作　已盡諸有漏
唯持最後身　何言說有我　說何是我所
爾時世尊說偈答言
若羅漢比丘　自所作已作　一切諸漏盡
唯持最後身　說我漏已盡　亦不著我所
善解世名字　平等假名說
時彼天子聞佛所說歡喜隨喜即沒不現
如是我聞一時佛住舍衛國祇樹給孤獨園
爾時羅睺羅阿脩羅王障月天子時諸月天
子悉皆恐怖來詣佛所稽首佛足退住一面
說偈歎佛
今禮最勝覺　能脫一切障　我今遭苦惱
是故來歸依　我等月天子　歸依於善逝
佛哀愍世間　願解阿脩羅
爾時世尊說偈答言
破壞諸闇冥　光明照虛空　今鞞盧遮那

清淨光明顯　羅睺避虛空　逮放飛兔像
羅睺阿脩羅　即捨月而還　舉體悉流汗
戰怖不自安　神惽志迷亂　猶如重病人
時有阿脩羅名曰婆稚見羅睺羅阿脩羅疾
捨月還便說偈言
羅睺阿脩羅　一捨月一何速　神體悉流汗
猶如重病人
羅睺羅阿脩羅說偈答言
瞿曇說呪偈　不速捨月者　或頭破七分
受諸隣死苦
婆稚阿脩羅復說偈言
佛興未曾有　安隱於世間　說呪偈能令
羅睺羅捨月
佛說此經已時月天子聞佛所說歡喜隨喜
作禮而去

如是我聞一時佛住舍衛國祇樹給孤獨園
時有一天子容色絕妙於後夜時來詣佛所
稽首佛足退坐一面身諸光明遍照祇樹給
孤獨園時彼天子說偈問佛
爲有族本不　有轉生族耶　有俱相屬無
云何解於縛
爾時世尊說偈答言
我無有族本　亦無轉生族　俱相屬永斷
解脫一切縛
時彼天子復說偈言
何名爲族本　云何轉生族　云何俱相屬
何名爲堅縛
爾時世尊說偈答言
母爲世族本　妻名轉生族　子俱是相屬
愛欲爲堅縛　我無此族本　亦無轉生族

俱相屬亦無　是名脱堅縛
時彼天子復説偈言
善哉無族本　無生族亦善　善哉無相屬
善哉縛解脱　久見婆羅門　逮得般涅槃
一切怖已過　永超世恩愛
時彼天子聞佛所説歡喜隨喜稽首佛足即
没不現
如是我聞一時佛住釋氏優羅提那塔所爾
時世尊新剃鬚髮於後夜時結跏趺坐直身
正意繫念在前以衣覆頭時優羅提那塔邊
有天神住放身光明遍照精舍白佛言沙門
憂耶佛告天神何所忘失天神復問沙門爲
歡喜耶佛告天神爲何所得天神復問沙門
不憂不喜耶佛告天神如是如是爾時天神
即説偈言

爲離諸煩惱　爲無有歡喜　云何獨一住
非不樂所壞
爾時世尊説偈答言
我無惱解脱　亦無有歡喜　不樂不能壞
故獨一而住
時彼天神復説偈言
云何得無惱　云何無歡喜　云何獨一住
非不樂所壞
爾時世尊説偈答言
煩惱生歡喜　喜亦生煩惱　無惱亦無喜
天神當護持
時彼天神復説偈言
善哉無煩惱　善哉無歡喜　善哉獨一住
不爲不喜壞　久見婆羅門　逮得般涅槃
一切怖已過　永超世恩愛

時彼天神聞佛所說歡喜隨喜稽首佛足即
没不現
如是我聞一時佛住舍衛國祇樹給孤獨園
時有一天子容色絶妙於後夜時來詣佛所
稽首佛足身諸光明遍照祇樹給孤獨園時
彼天子而說偈言
猶如利劍害　亦如頭火然　斷除貪欲火
正念求遠離
爾時世尊說偈答言
譬如利劍害　亦如頭火然　斷除於後身
正念求遠離
時彼天子復說偈言
久見婆羅門　逮得般涅槃　一切怖已過
永超世恩愛
時彼天子聞佛所說歡喜隨喜稽首佛足即
没不現
如是我聞一時佛住舍衛國祇樹給孤獨園
時有一天子容色絶妙於後夜時來詣佛所
稽首佛足身諸光明遍照祇樹給孤獨園時
彼天子而說偈言
天女衆圍繞　如毗舍脂衆　癡惑叢林中
何由而得出
爾時世尊說偈答言
正直平等道　離恐怖之方　乘寂默之車
法想爲密覆　慚愧爲長縻　正念爲羈絡
智慧善御士　正見爲前導　如是之妙乘
男女之所乘　出生死叢林　逮得安樂處
時彼天子復說偈言
久見婆羅門　逮得般涅槃　一切怖已過
永超世恩愛

時彼天子聞佛所說歡喜隨喜稽首佛足即
没不現
如是我聞一時佛住舍衛國祇樹給孤獨園
時有一天子容色絕妙於後夜時來詣佛所
稽首佛足身諸光明遍照祇樹給孤獨園時
彼天子說偈問佛
有四輪九門　充滿貪欲住　深溺淤泥中
大象云何出
爾時世尊說偈答言
斷愛喜長縻　貪欲等諸惡　拔愛欲根本
正向於彼處
時彼天子復說偈言
久見婆羅門　逮得般涅槃　一切怖已過
永超世恩愛
時彼天子聞佛所說歡喜隨喜稽首佛足即

没不現
如是我聞一時佛住舍衛國祇樹給孤獨園
時有一天子容色絕妙於後夜時來詣佛所
稽首佛足退坐一面身諸光明遍照祇樹給
孤獨園時彼天子說偈問佛
賴吒槃提國　有諸商賈客　大富足財寶
各各競求富　方便欲財利　猶如然熾火
如是競勝心　欲貪常馳騁　云何當斷貪
息世間勤求
爾時世尊說偈答言
捨俗出非家　妻子及財寶　貪恚癡離欲
羅漢盡諸漏　正智心解脱　愛盡息方便
時彼天子復說偈言
久見婆羅門　逮得般涅槃　一切怖已過
永超世恩愛

時彼天子聞佛所說歡喜隨喜稽首佛足即
没不現
如是我聞一時佛住舍衛國祇樹給孤獨園
爾時世尊告諸比丘過去世時拘薩羅國有
諸商人五百乘車共行治生至曠野中時有
五百群賊在後隨逐伺便欲作劫盜時曠野
中有一天神止住路側時彼天神作是念當
往詣彼拘薩羅國諸商人所問其義理若彼
商人喜我所問時解說者我當方便令其安
隱得脫賊難若不喜我所問者當放捨之如
餘天神時彼天神作是念已即放身光遍照
商人車營而說偈言
誰於覺睡眠　誰復睡眠覺　誰有解此義
誰能爲我說
爾時商人中有一優婆塞信佛信法信比丘
僧一心向佛法僧歸依佛法僧於佛離疑於
法僧離疑於苦集滅道離疑見四聖諦得第
一無間等果在商人中與諸商人共爲行侣
彼優婆塞於後夜時端坐思惟繫念在前於
十二因緣逆順觀察所謂是事有故是事有
是事起故是事起謂緣無明行緣行識緣識
名色緣名色六入處緣六入處觸緣觸受緣
受愛緣愛取緣取有緣有生緣生老死憂悲
惱苦如是純大苦聚集如是無明滅則行滅
行滅則識滅識滅則名色滅名色滅則六入
處滅六入處滅則觸滅觸滅則受滅受滅則
愛滅愛滅則取滅取滅則有滅有滅則生滅
生滅則老死憂悲惱苦滅如是如是純大苦
聚滅時彼優婆塞如是思惟已而說偈言
我於覺睡眠　我於睡眠覺　我解知此義

能爲人記説
時彼天神問優婆塞云何覺睡眠云何睡眠覺云何能解知云何能記説時優婆塞説偈答言

貪欲及瞋恚　愚癡得離欲　漏盡阿羅漢
正智心解脱　彼則爲覺悟　我於彼睡眠
不知因生苦　及苦因緣集　於此一切苦
得無餘滅盡　又不知正道　等趣息苦處
斯等爲常眠　我於彼則覺　如是覺睡眠
如是睡眠覺　如是善知義　如是能記説

時彼天神復説偈言

善哉覺睡眠　善哉眠中覺　善哉解知義
善哉能記説　久遠乃今見　諸兄弟而來
緣汝恩力故　令諸商人衆　得免於劫賊
隨道安樂去

如是諸比丘彼拘薩羅澤中諸商人衆皆得安隱從曠野出佛説此經已諸比丘聞佛所説歡喜奉行

如是我聞一時佛在舍衛國祇樹給孤獨園
爾時世尊告諸比丘過去世時海洲上優婆塞至他優婆塞舍會坐極毀呰欲言此欲者虛妄不實欺誑之法猶如幻化誑於嬰兒還自已舍恣於五欲是優婆塞舍有天神止住時彼天神作是念是優婆塞不勝不類於餘優婆塞舍會坐衆中極毀呰欲言如是欲者虛僞不實欺誑之法如誑嬰兒還已舍已自恣五欲我今寧可發令覺悟而説偈言

於大聚會中　毀呰欲無常　自沒於愛欲
如牛溺深泥　我觀彼會中　諸優婆塞等
多聞明解法　奉持於淨戒　汝見彼樂法

而說欲無常　如何自恣欲　不斷於貪愛
何故樂世間　畜妻子眷屬
時彼天神如是如是開覺彼優婆塞已如是
如是彼優婆塞覺悟已剃除鬚髮著袈裟衣
正信非家出家學道精勤修習盡諸有漏得
阿羅漢佛說此經已諸比丘聞佛所說歡喜
奉行
如是我聞一時佛住王舍城寒林比丘塚間
時給孤獨長者有小因緣至王舍城止宿長
者舍夜見長者告其妻子僕使作人言汝等
皆起破樵然火炊飯作餅調和衆味莊嚴堂
舍給孤獨長者見已作是念今此長者何所
爲作爲嫁女娶婦耶爲請賓客國王大臣耶
念已即問長者汝何所作爲嫁女娶婦爲請
賓客國王大臣耶時彼長者答給孤獨長者
言我不嫁女娶婦亦不請呼國王大臣唯欲
請佛及比丘僧設供養耳時給孤獨長者聞
未曾聞佛名字已心大歡喜身諸毛孔皆悉
怡悅問彼長者言何名爲佛長者答言有沙
門瞿曇是釋種子於釋種中剃除鬚髮著袈
裟衣正信非家出家學道得阿耨多羅三藐
三菩提是名爲佛給孤獨長者言云何名僧
彼長者言若婆羅門種剃除鬚髮著袈裟衣
信家非家而隨佛出家或刹利種毗舍種首
陀羅種善男子等剃除鬚髮著袈裟衣正信
非家彼佛出家而隨出家是名爲僧今日請
佛及現前僧設諸供養給孤獨長者問彼長
者言我今可得往見世尊不彼長者答言汝
且住此我請世尊來至我舍於此得見時給
孤獨長者即於其夜至心念佛因得睡眠天

猶未明忽見明相謂天已曉欲出其舍行向城門至城門下夜始二更城門未開王家常法待遠使命來往至初夜盡城門乃閉中夜已盡輒復開門欲令行人早得往來爾時給孤獨長者見城門開而作是念定是夜過天曉門開乘明相出於城門出城門已明相即滅輒還闇冥給孤獨長者心即恐怖身毛爲竪得無爲人及非人或奸妖人恐怖我耶即便欲還爾時城門側有天神住時彼天神即放身光從其城門至寒林丘塚間光明普照告給孤獨長者言汝且前進可得勝利慎勿退還時彼天神即說偈言

善良馬百疋　黄金滿百斤　騾車及馬車
各各有百乘　種種諸珍奇　重寶載其上
宿命種善根　得如此福報　若人宗重心
向佛行一步　十六分之一　過前福之上

是故長者汝當前進慎勿退還即復說偈

雪山大龍象　純金爲莊飾　巨身長大牙
以此象施人　不及向佛福　十六分之一

是故長者當速前進得其大利非退還也復說偈言

金菩闍國女　其數有百人　種種衆妙寶
瓔珞具莊嚴　以此持施與　不及行向佛
一步之功德　十六分之一

是故長者當速前進得其勝利非退還也時給孤獨長者問天神言賢者汝是何人天神答言我是摩頭息揵大摩那婆先是長者善知識於尊者舍利弗大目揵連所起信敬心緣斯功德令得生天典此城門是故告長者但當進前慎勿退還前進得利非退還也時

給孤獨長者作是念佛興於世非爲小事得聞正法亦非小事是故天神勸我令進往見世尊時給孤獨長者尋其光明逕至寒林丘塚間爾時世尊出房露地經行給孤獨長者遥見佛已即至其前以俗人禮法恭敬問訊云何世尊安隱卧不爾時世尊說偈答言

婆羅門涅槃　是則常安樂　愛欲所不染
解脱永無餘　斷一切希望　調伏心熾然
心得寂止息　止息安隱眠

爾時世尊將給孤獨長者往入房中就座而坐端身繫念爾時世尊爲其說法示教照喜已世尊說諸法無常宜布施福事持戒福事生天福事欲味欲患欲出遠離之福給孤獨長者聞法見法得法入法解法度諸疑惑不由他信不由他度入正法律心得無畏即從座起正衣服爲佛作禮右膝著地合掌白佛言已度世尊已度善逝我從今日盡其壽命歸佛歸法歸比丘僧爲優婆塞證知我爾時世尊問給孤獨長者汝名何等長者白佛名須達多以常給孤貧辛苦故時人名我爲給孤獨世尊復問汝居何處長者白佛言世尊在拘薩羅人間城名舍衛唯願世尊來舍衛國我當盡壽供養衣被飲食房舍牀卧隨病湯藥佛問長者舍衛國有精舍不長者白佛無也世尊佛告長者汝可於彼建立精舍令諸比丘往來宿止長者白佛但使世尊來舍衛國我當造作精舍僧房令諸比丘往來止住爾時世尊默然受請時長者知佛世尊默然受請已從座起稽首佛足而去

如是我聞一時佛住舍衛國祇樹給孤獨園

時給孤獨長者疾病命終生兜率天爲兜率天子作是念我不應久住於此當往見世尊作是念已如力士屈伸臂頃於兜率天没現於佛前稽首佛足退坐一面時給孤獨天子身放光明遍照祇樹給孤獨園時給孤獨天子而說偈言

於此祇洹林　仙人僧住止　諸王亦住此
增我歡喜心　深信淨戒業　智慧爲勝壽
以此淨衆生　非族姓財物　大智舍利弗
正念常寂默　閑居修遠離　初建業良友

說此偈已即没不現

爾時世尊其夜過已入於僧中敷尼師壇於衆前坐告諸比丘今此夜中有一天子容色絶妙來詣我所稽首我足退坐一面而說偈言

於此祇洹林　仙人僧住止　諸王亦住此
增我歡喜心　深信淨戒業　智慧爲勝壽
以此淨衆生　非族姓財物　大智舍利弗
正念常寂默　閑居修遠離　初建業良友

爾時尊者阿難白佛言世尊如我解世尊所說給孤獨長者生彼天上來見世尊然彼給孤獨長者於尊者舍利弗極相敬重佛告阿難如是如是阿難給孤獨長者生彼天上來見於我爾時世尊以尊者舍利弗故而說偈言

一切世間智　唯除於如來　比舍利弗智
十六不及一　如舍利弗智　天人悉同等
比於如來智　十六不及一

佛說此經已諸比丘聞佛所說歡喜奉行

如是我聞一時佛住曠野精舍時有曠野長

者疾病命終生無熱天生彼天已即作是念我今不應久於此住不見世尊作是念已如力士屈伸臂頃從無熱天沒現於佛前時彼天子天身萎地不能自立猶如酥油萎地不能自立如是彼天子天身細軟不自持立爾時世尊告彼天子汝當變化作此麤身而立於地時彼天子即自化形作此麤身而立於地於是天子前禮佛足退坐一面爾時世尊告手天子汝手天子本於此間爲人身時所受經法今故憶念不悉忘耶手天子白佛言世尊本所受持今悉不忘本人間時有所聞法不盡得者今亦憶念如世尊善說世尊說言若人安樂處能憶持法非爲苦處此說眞實如世尊在閻浮提種種雜類四衆圍繞而爲說法彼諸四衆聞佛所說皆悉奉行我亦如是於無熱天上爲諸天人大會說法彼諸天衆悉受修學佛告手天子汝於此人間時於幾法無猒足故而得生彼無熱天中手天子白佛世尊我於三法無猒足故身壞命終生無熱天何等三法我於見佛無猒足故身壞命終生無熱天我於聞法無猒足故生無熱天供養衆僧無猒足故身壞命終生無熱天時手天子即說偈言

見佛無猒足　聞法亦無猒　供養於衆僧
亦未曾知足　受持賢聖法　調伏慳著垢
三法不知足　故生無熱天

時手天子聞佛所說歡喜隨喜即沒不現

如是我聞一時佛住舍衛國祇樹給孤獨園時有無煩天子容色絕妙來詣佛所稽首佛足退坐一面其身光明遍照祇樹給孤獨園

時彼天子而説偈言

生彼無煩天　解脱七比丘　貪瞋恚已盡
超世度恩愛　誰度於諸流　難度死魔軍
誰斷死魔縻　永超煩惱軛

爾時世尊説偈答言

尊者優波迦　及波羅揵荼　弗逝羅娑梨
跋提揵陀疊　亦婆休難提　及波毗瘦毚
如是等一切　悉皆度諸流　斷絶死魔縻
度彼難度者　斷諸死魔縻　超越諸天軛
説甚深妙法　覺悟難知者　巧便問深義
汝今爲是誰

時彼天子説偈白佛

我是阿那含　生彼無煩天　故能知斯等
解脱七比丘　盡貪欲瞋恚　永超世恩愛

爾時世尊復説偈言

眼耳鼻舌身　第六意入處　若彼名及色
得無餘滅盡　能知此諸法　解脱七比丘
貪有悉已盡　永超世恩愛

時彼天子復説偈言

鞞跋楞伽村　我於彼中住　名難提婆羅
造作諸瓦器　迦葉佛弟子　持優婆塞法
供養於父母　離欲修梵行　世世爲我友
我亦彼知識　如是等大士　宿命共和合
善修於身心　持此後邊身

爾時世尊復説偈言

如是汝賢士　如汝之所説　鞞跋楞伽村
名難提婆羅　迦葉佛弟子　受優婆塞法
供養於父母　離欲修梵行　昔是汝知識
汝亦彼良友　如是諸正士　宿命共和合
善修其身心　持此後邊身

佛說此經已時彼天子聞佛所說歡喜隨喜
即沒不現

如是我聞一時佛住舍衛國祇樹給孤獨園
時有一天子容色絕妙於後夜時來詣佛所
稽首佛足退坐一面身諸光明遍照祇樹給
孤獨園時彼天子說偈問佛

此世多恐怖　衆生常惱亂　未起者亦苦
未起亦當苦　頗有離恐處　唯願慧眼說

爾時世尊說偈答言

無有異苦行　無異伏諸根　無異一切捨
而得見解脫

時彼天子復說偈言

久見婆羅門　逮得般涅槃　一切怖已過
永超世恩愛

時彼天子聞佛所說歡喜隨喜稽首佛足即
沒不現

如是我聞一時佛住舍衛國祇樹給孤獨園
時有一天子容色絕妙於後夜時來詣佛所
稽首佛足退坐一面身諸光明遍照祇樹給
孤獨園時彼天子說偈問佛

云何諸衆生　受身得妙色　云何修方便
而得乘出道　衆生住何法　爲何所修習
爲何等衆生　諸天所供養

爾時世尊說偈答言

持戒明智慧　自修習正受　正直心繫念
熾然憂悉滅　得平等智慧　其心善解脫
斯等因緣故　受身得妙色　成就乘出道
心住於中學　如是德修者　爲諸天供養

時彼天子復說偈言

久見婆羅門　逮得般涅槃　一切怖已過

永超世恩愛
時彼天子聞佛所說歡喜隨喜稽首佛足即
沒不現
如是我聞一時佛住舍衛國祇樹給孤獨園
時有一天子容色絕妙於後夜時來詣佛所
稽首佛足退坐一面身諸光明遍照祇樹給
孤獨園彼時天子而說偈言
沉沒於睡眠　欠呿不欣樂　飽食心憒悶
懈怠不精勤　斯十覆衆生　聖道不顯現
爾時世尊說偈答言
心沒於睡眠　欠呿不欣樂　飽食心憒悶
懈怠不精勤　精勤修習者　能開發聖道
時彼天子復說偈言
久見婆羅門　逮得般涅槃　一切怖已過
永超世恩愛
時彼天子聞佛所說歡喜隨喜稽首佛足即
沒不現
如是我聞一時佛住舍衛國祇樹給孤獨園
時有一天子容色絕妙於後夜時來詣佛所
稽首佛足退坐一面身諸光明遍照祇樹給
孤獨園時彼天子而說偈言
外纏結非纏　內纏纏衆生　今問於瞿曇
誰於纏離纏
爾時世尊說偈答言
智者建立戒　內心修智慧　比丘勤修習
於纏得解纏
時彼天子復說偈言
久見婆羅門　逮得般涅槃　一切怖已過
永超世恩愛
時彼天子聞佛所說歡喜隨喜稽首佛足即

没不現
如是我聞一時佛住舍衛國祇樹給孤獨園
時有一天子容色絕妙於後夜時來詣佛所
稽首佛足退坐一面身諸光明遍照祇樹給
孤獨園時彼天子而說偈言
難度難可忍　沙門無知故　多起諸艱難
重鈍溺沉没　心隨覺自在　數數溺沉没
沙門云何行　善攝護其心
爾時世尊說偈答言
如龜善方便　以殼自藏六　比丘習禪思
善攝諸覺想　其心無所依　他莫能恐怖
是則自隱密　無能誹謗者
時彼天子復說偈言
久見婆羅門　逮得般涅槃　一切怖已過
永超世恩愛

時彼天子聞佛所說歡喜隨喜稽首佛足即
没不現
如是我聞一時佛住舍衛國祇樹給孤獨園
時有天子容色絕妙於後夜時來詣佛所稽
首佛足身諸光明遍照祇樹給孤獨園時彼
天子說偈問佛
薩羅小流注　當於何反流　生死之徑路
於何而不轉　世間諸苦樂　何由滅無餘
爾時世尊說偈答言
眼耳鼻舌身　及彼意入處　名色滅無餘
薩羅小還流　生死道不轉　苦樂滅無餘
時彼天子復說偈言
久見婆羅門　逮得般涅槃　一切怖已過
永超世恩愛
時彼天子聞佛所說歡喜隨喜稽首佛足即

没不現

如是我聞一時佛住在舍衛國祇樹給孤獨園時有天子容色絶妙於後夜時來詣佛所稽首佛足身諸光明遍照祇樹給孤獨園時彼天子說偈問佛

伊尼耶鹿蹲　仙人中之尊　少食不嗜味
禪思樂山林　我今敬稽首　而問於瞿曇
云何出離苦　云何苦解脫　我今問解脫
於何而滅盡

爾時世尊說偈答言

世間五欲德　心法說第六　於彼欲無欲
解脫一切苦　如是於苦出　如是苦解脫
汝所問解脫　於彼而滅盡

時彼天子復說偈言

久見婆羅門　逮得般涅槃　一切怖已過
永超世恩愛

時彼天子聞佛所說歡喜隨喜稽首佛足即没不現

如是我聞一時佛住舍衛國祇樹給孤獨園時有天子容色絶妙於後夜時來詣佛所稽首佛足退坐一面身諸光明遍照祇樹給孤獨園時彼天子說偈問佛

云何度諸流　云何度大海　云何能捨苦
云何得清淨

爾時世尊即說偈言

信能度諸流　不放逸度海　精進能除苦
智慧得清淨

時彼天子復說偈言

久見婆羅門　逮得般涅槃　一切怖已過
永超世恩愛

時彼天子聞佛所說歡喜隨喜稽首佛足即
沒不現

雜阿含經卷第二十二

音釋

縻 靡爲切繫也又牛轡曰縻 羈絡 羈居宜切馬絡頭也絡盧各切馬勒也 萎 於爲切萎蔫也 欠呿 欠去劒切呿丘迦切欠呿謂氣擁滯欠呿而解也 殼 苦角切皮甲也 蹲 市兖切腓腸也

雜阿含經卷第二十三

宋天竺三藏求那跋陀羅譯

如是我聞一時佛住王舍城迦蘭陀竹園爾時世尊晨朝著衣持鉢共諸比丘僧入城乞食如偈所說

身色如金山　端嚴甚微妙　行步如鵝王
面如淨滿月　世尊與衆俱

時世尊以足蹴城門限地作六種震動如偈所說

大海及大地　城郭并諸山　牟尼足所蹴
動摇如浪舟

佛變現如是神力時諸民人高聲唱言奇特未嘗有法變現神力如佛世尊入城示現如是種種未曾有法如偈所說

地下即成平　高地反爲下　由佛威神故
荆棘諸瓦礫　皆悉不復見　聾盲及瘖瘂
即得見聞語　城郭諸樂器　不擊妙音出

時彼世尊光相普照如千日之燄如偈所說

世尊身光明　普照城邑中　民人蒙佛光
涼若旃檀塗

時世尊順邑而行時彼有兩童子一者上姓二者次姓共在沙中嬉戲一名闍耶二名毗闍耶遥見世尊來三十二大人相莊嚴其體時闍耶童子心念言我當以麥麨仍手捧細沙著世尊鉢中時毗闍耶合掌隨喜如偈所說

見大悲世尊　通身一尋光　勇顔覩世尊
心生大敬信　捧沙即奉施　得離生老際

時彼童子而發願言以惠施善根功德令得一天下一繖蓋王即於此生得供養諸佛如

偈所說
牟尼知彼心　及彼意所願　受果增善根
及福田力故　即以大悲心　受其奉施沙
時闍耶以此善根當得爲王王閻浮提乃至得成無上正覺故世尊發微笑爾時阿難見世尊發微笑即便合掌向佛而白佛言世尊諸佛世尊阿羅訶三藐三佛陀非無因緣而能發微笑今佛世尊以何因緣而發微笑如偈所說
世尊離調笑　無上世中尊　齒白如珂王
最勝今發笑　勇猛勤精進　無師而自覺
妙言令樂聞　無上柔輭音　而記彼童子
梵音遠清徹　無上兩足尊　記彼施妙果
爾時世尊告阿難曰如是如是如汝所說諸佛無有因緣亦不發笑我今笑者其有因緣阿難當知於我滅度百年之後此童子於巴連弗邑統領一方爲轉輪王姓孔雀名阿育正法治化又復廣布我舍利當造八萬四千法王之塔安樂無量衆生如偈所說
於我滅度後　是人當作王　孔雀姓名育
譬如頂生王　於此閻浮提　獨王世所尊
阿難取此鉢中所施之沙捨著如來經行處當行彼處阿難受教即取鉢沙捨經行處阿難當知於巴連弗邑有王名曰月護彼王當生子名曰頻頭娑羅當治彼國彼復有子名曰修師摩時彼瞻婆國有一婆羅門女極爲端正令人樂見爲國所珍諸相師輩見彼女相即記彼女當爲王妃又生二子一當領一天下一當出家學道當成聖跡時彼婆羅門聞彼相師所說歡喜無量即持其女詣巴連

弗邑種種莊嚴莊嚴其體欲嫁與修師摩王子相師云應嫁與頻頭娑羅王彼女當生福德子子當紹王基婆羅門即以其女嫁與此王王見其女端正有德即爲夫人前夫人及諸婇女見是夫人來作是念言此女極爲端正國中所珍王若與彼相娛樂者棄捨我等乃至目所不視諸女輩即使學習剃毛師業彼悉學已爲王料理鬚髮料理之時王大歡喜即問彼女汝何所求欲女啓王言唯願王心愛念我耳如是三啓時王言我是刹利灌頂王汝是剃毛師云何得愛念汝彼女白王言我非是下姓生乃是高族婆羅門之女相師語我父云此女應嫁與國王是故來至此耳王言若然者誰令汝習下劣之業女啓王言是舊夫人及婇女令我學此王即勑言自今勿復習下業王即立爲第一夫人王恒與彼自相娛樂仍便懷體月滿生子生時安隱母無憂惱過七日後立字無憂又復生子名曰離憂無憂者身體麁澀父王不大附捉情所不念父王欲試二子呼賓伽羅阿時婆羅門言和尚觀我諸子於我滅後誰當作王婆羅門言將此諸子出城金殿園館中於彼當觀其相乃至出往彼園時阿育王母語阿育言承王出金殿園館中觀諸王子於我滅後誰當作王汝今云何不去阿育啓言王既不念我亦復不樂見我母復言但往彼所阿育復啓母復勑令往今便往去願母當送飲食母言如是當出城去時出門逢一大臣名曰阿㝹羅陀此臣問阿育言王子今至何所阿育答言聞大王出在金殿園館觀諸王子於

我滅後誰當作王今往詣彼王先勑大臣若阿育來者當使其乘老鈍象來又復老人爲眷屬時阿育乘是老象乃至園館中於諸王子中地坐時諸王子各下飲食阿育母以瓦器盛酪飯送與阿育如是諸王子各食飲食時父王問師言此中誰有王相當紹我位時彼相師視諸王子見阿育具有王相當得紹位又作是念此阿育王所不於我若語言當作王者王必愁憂不樂即語言我今總記王報言如師所教師言此中若有乘好乘者是人當作王時諸王子聞彼所說各念言我乘好乘時阿育言我乘老宿象我得作王時王又復語師言願更爲觀受記師復答言此中有第一坐者彼當作王諸王子各相謂言我坐第一坐阿育言我今坐地是我勝坐我當作王復語師更爲重觀師又報言此中上器上食此當得王乃至阿育念言我有勝乘勝坐勝食時王觀子相畢便即還宮時阿育母問阿育言誰當作王婆羅門復記誰耶阿育答言上乘上坐上器上食當作王子自見當作王老象爲乘以地爲坐素器盛食粳米雜酪飯時彼婆羅門知阿育當作王數修敬其母其母亦重餉婆羅門即便問言大王崩後誰當作王師答言此不可說也如是乃至三問師言吾當語汝慎勿使人知汝生此子名曰阿育是其人也夫人白言我聞此語歡喜踊躍若王聞者於師所不生敬信師今可還本住處若子作王者師當一切得吉利盡形供養時頻頭娑羅王邊國怛叉尸羅反時王語阿育汝將四兵衆平伐彼國王子去時都

不與兵甲時從者白王子言今往伐彼國無有軍仗云何得平阿育言我若爲王善根果報者兵甲自然來應發是語時尋聲地開兵甲從地而出即將四兵往伐彼國時彼諸國民人聞阿育來即平治道路莊嚴城郭執持吉瓶之水及種種供養奉迎王子而作是言我等不及大王及阿育王子然諸臣輩不利我等我等是故違背聖化即以種種供養王子請入城邑平此國已又使至伐佉沙國時彼二大力士爲王平治道路推諸山石又復諸天宣令此國阿育當王此天下汝等勿與逆意彼國王即便降伏如是乃至平此天下至於海際時修師摩王子出外遊戲又復遇逢一大臣臣不修禮法王子即使人打拍其身大臣念言此王子未得王位用性如是若得王者不可而當又聞阿育得天下得壞五百大臣我等相與立阿育爲王領此天下又著叉尸羅國反諸臣共議令修師摩王子去王亦應可即便往彼國不能降伏時父王復得重疾王語諸臣吾今欲立修師摩爲王令阿育往至彼國時諸臣欲令阿育作王以黄物塗阿育體及面手脚已諸臣白王言阿育王子今得重疾諸臣即便莊嚴阿育將至王所今且立此子爲王我等後徐徐當立修師摩爲王時王聞此語甚以不喜憂愁不樂默然不對時阿育心念口言我應正得王位者諸天自然來以水灌我頂素繒繫首尋聲諸天即以水灌阿育頂素繒繫首時王見此相貌極生愁惱即使命終阿育王如禮法殯葬父王已即立阿㝹樓陀爲大臣時修師摩王

子聞父崩皆令立阿育爲王心生不忍即集諸兵而來伐阿育阿育王四門中二門安二力士第三門安大臣自守東門時阿㝹樓陀大臣機關木象又作阿育王像像即騎象安置東門外又作無烟火坑聚以物覆之修師摩既來到時阿㝹樓陀大臣語修師摩王子欲作王者阿育在東門可往伐之能得此王者自然得作王時彼王子即趣東門即墮火坑便即死亡爾時有一大力士名曰跋陀羅由陀聞修師摩終亡猒世將無量眷屬於佛法中出家學道加勤精進逮得漏盡成阿羅漢道阿育王正法治化時諸臣輩以我等共立阿育爲王故輕慢於王不行君臣之禮王亦自知諸臣輕慢於我時王語諸臣曰汝等可伐華果之樹植於刺棘諸臣答曰未甞見聞却除華果而植刺樹而見除伐刺樹而植果實乃至王三勑令伐彼亦不從爾時國王忿諸大臣即持利劒殺五百大臣又時王將婇女眷屬出外園中遊戲見一無憂樹華極敷盛王見已此華樹與我同名心懷歡喜王形體醜陋皮膚麤澁諸婇女輩心不愛王憎惡王故以手毀折無憂華樹王從眠覺見無憂樹華狼藉在地心生忿怒繫諸婇女以火燒殺王行暴惡故曰暴惡阿育王時阿㝹樓陀大臣白王言王不應爲是法云何以手自殺人諸臣婇女王今當立屠殺之人應有所殺以付彼人王即宣教立屠殺者彼有一山名曰耆梨中有一織師家織師有一子亦名耆梨兇惡撾打繫縛小男小女及捕水陸之生乃至拒逆父母是故世人傳云兇惡耆梨

子時王諸使語彼汝能爲王斬諸兇人不彼答曰一切閻浮提有罪者我能淨除況復此一方時諸使輩還啓王言彼人已得兇惡者王言覓將來也諸使呼彼彼答言小忍先奉辭父母具說上事父母言子不應行是事如是三勑彼生不仁之心即便殺父母已然後乃至諸使問曰何以經久不速來也時彼兇惡具說上事諸使者以是事具啓王王即勑彼我所有罪人事應至死汝當知之彼啓王言爲我作舍王乃至爲其作舍屋室極爲端嚴唯開一門門亦極精嚴於其中間作治罪之法羅列狀如地獄彼獄極爲勝好時彼兇人啓王言今從王乞願若人來入此中者不復得出王答言如汝所啓乞願當以與汝時彼屠主往詣寺中聽諸比丘說地獄事時有比丘講地獄經有衆生生地獄者地獄即執彼罪人以熱鐵鉗鉗開其口以熱鐵丸著其口中次融銅灌口次復鐵斧斬截其體次復杻械枷鏁檢繫其身次復火車鑪炭次復鐵鑊次復灰河次復刀山劒樹具如天五使經所說彼屠主具聞比丘說是諸事關其住處所作治罪之法如彼所說按此法而治罪人

又一時商主將其婦入於大海入海時婦便生子名曰爲海如是在海十有餘年採諸重寶還到本鄉道中值五百賊殺於商主奪彼寶物爾時商主之子見父傷死及失寶物猒世間苦故於如來法中出家學道還其本土遊行諸國次至巴連弗邑過此夜已晨朝著衣持鉢入城次第乞食誤入屠殺舍中時彼比丘遥見舍裏見火車鑪炭等治諸衆生如

地獄中尋生恐怖衣毛皆竪便欲出門時兇惡即往執彼比丘言入此中者無有得出汝今於此而死比丘聞其所說心生悲毒泣淚滿目兇主問曰汝云何如小兒啼爾時比丘以偈答曰

我不恐畏死　志願求解脫　所求不成果
是故我啼泣　人身極難得　出家亦復然
遇釋師子王　自今不重覩

爾時兇主語比丘曰汝今必死何所憂惱比丘復以哀言答云乞我少時生命可至一月彼兇不聽如是日數漸減止於七日彼即聽許時此比丘知將死不久勇猛精進坐禪息心終不能得道至於七日時王宮內人有事至死送付兇惡之人令治其罪兇主將是女人著臼中以杵擣之令成碎末時比丘見是事極猒惡此身嗚呼苦哉我不久亦當如是而說偈言

嗚呼大悲師　演說正妙法　此身如聚沫
於義無有實　向者美女色　今將何所在
生死極可捨　愚人而貪著　係心緣彼處
今當脫鎖木　今度三有海　畢竟不復生
如是勤方便　專精修佛法　斷除一切結
得成阿羅漢

時彼兇惡人語此比丘期限已盡比丘問曰我不解爾之所說彼兇答曰先期七日今既已滿比丘以偈答曰

我心得解脫　無明大黑闇　斷除諸有蓋
以殺煩惱賊　慧日今已出　鑒察心意識
明了見生死　今者懸人時　隨順修聖法
我今此身骸　任爾之所爲　無復有悋惜

爾時彼咒主執彼比丘著鐵鑊油中足與薪火火終不然假使然者或復不熱咒主見火不然打拍使者而自然火火即猛盛久久開鐵鑊蓋見彼比丘鐵鑊中蓮華上坐生希有心即啓國王王即便嚴駕將無量衆來看比丘時彼比丘調伏時至即身昇虛空猶如鴈王示種種變化如偈所說

王見是比丘　身昇在虛空　心懷大歡喜
合掌觀彼聖　我今有所白　意中所不解
形體無異人　神通未曾有　爲我分別說
修習何等法　令汝得清淨　爲我廣敷演
令得勝妙法　我了法相已　爲汝作弟子
畢竟無有悔

時彼比丘而作是念我今調伏是王多有所導攝持佛法當廣分布如來舍利安樂無量衆生於此閻浮提盡令信三寶以是因緣故自顯其德而向王說偈言

我是佛弟子　逮得諸漏盡　又復是佛子
不著一切有　我今已調伏　無上兩足尊
息心得寂靜　生死大恐怖　我今悉得脫
永離三有縛　如來聖法中　獲得如是利

時阿育王聞彼比丘所說於佛所生大敬信又白比丘言佛未滅度時何所記說比丘答言佛記大王於我滅後過百歲之時於巴連弗邑有三億家彼國有王名曰阿育當王此閻浮提爲轉輪王正法治化又復宣布我舍利於閻浮提立八萬四千塔佛如是記大王然大王今造此大地獄殺害無量民人王今宜應慈念一切衆生施其無畏令得安隱佛之所記大王者王當如法修行而說偈言

當行哀愍心　莫惱諸群生　當修習佛法
廣布佛舍利

時彼阿育王於佛所極生敬信合掌向比丘作禮我得大罪今向比丘懺悔我之所作甚爲不可願爲佛子受我懺悔捨心勿復責我愚人今復歸命而說偈言

我今歸依佛　無上勝妙法　比丘諸衆尊
我今盡命歸　我今當勇猛　奉受世尊勅
於此閻浮提　普立諸佛塔　種種諸供養
懸繒及幡幢　莊嚴世尊塔　妙麗世希有

時彼比丘度阿育王已乘空而化時王從彼地獄出究主白王言王不復得去王曰汝今欲殺我耶彼曰如是王曰誰先入此中答曰我是王曰若然者汝先應取死王即勅人將此究主著作膠舍裏以火燒之又勅壞此地獄施衆生無畏時王欲建舍利塔將四兵衆至王舍城取阿闍世王佛塔中舍利還復修治此塔與本無異如是取七佛塔中舍利至羅摩村中時諸龍王將是王入龍宮中王從龍索舍利供養龍即與之王從彼而出如偈所說

羅摩羅村中　所有諸佛塔　龍王所奉事
守護而供養　王從龍索分　諸龍開塔與
即持此舍利　漸進於餘方

時王作八萬四千金銀瑠璃玻瓈篋盛佛舍利又作八萬四千寶瓶以盛此篋又作無量百千幡幢繖蓋使諸鬼神各持舍利供養之具勅諸鬼神言於閻浮提至於海際城邑聚落滿一億家者爲世尊立舍利塔時有國名著叉尸羅三十六億家彼國人語鬼神言三

十六篋舍利與我等起立佛塔王作方便國中人少者令分與彼令滿家數而立爲塔時巳連弗邑有上座名曰耶舍王詣彼所白上座曰我欲一日之中立八萬四千佛塔遍此閻浮提意願如是如偈讚曰

大王名阿育　於先八塔中　各取其舍利
於此閻浮提　建立諸佛塔　八萬及四千
縱廣殊勝妙　一日都使畢

時彼上座白王言善哉大王剋後十五日月食時令此閻浮提起諸佛塔如是乃至一日之中立八萬四千塔世間民人與慶無量共號名曰法阿育王如偈讚曰

王聖種孔雀　安樂世間人　於此閻浮提
建立勝妙塔　本名爲惡王　今造勝妙業
共號名法王　相傳至於後

王巳建八萬四千塔歡喜踊躍將諸群臣往詣雞雀精舍白耶舍上座曰更有比丘佛所受記當作佛事不我當往詣彼所供養恭敬上座答曰佛臨般涅槃時降伏阿波羅龍王陶師旃陀羅瞿波梨龍詣摩偷羅國告阿難曰於我般涅槃後百年之中當有長者名瞿多其子名曰優波崛多當出家學道無相佛教授於人最爲第一當作佛事佛告阿難曰遥見彼山不阿難白佛見也世尊佛告阿難此山名優留曼荼是阿蘭若處名那荼婆低隨順寂靜而偈讚曰

優波崛比丘　教授最第一　名聞振四方
最勝之所記　於我滅度後　當得作佛事
度諸衆生類　其數無有限

時王問上座曰尊者優波崛今巳出世不上

座答曰已出世出家學道降伏煩惱是阿羅漢共諸無量比丘眷屬一萬八千住在優留曼荼山中阿蘭若處哀愍衆生如佛說淨妙法度無量諸天及人令入甘露城王聞已歡喜踊躍即勑群臣速辦嚴駕將無量眷屬往詣彼所修敬供養優波崛多時臣白王言彼聖既在王國宜當遣信奉迎之彼自當來王答臣曰不宜遣信至彼所應當自往彼不宜來也而說偈曰

汝得金剛舌　那能不斷壞　諫我莫往彼親近田舍人

王即遣信往彼尊者所言其日當來尊所時尊者思惟若王來者無量將從受諸大苦遍殺害微蟲聚落人民作是念已答使者曰我當自往詣王所時王聞尊者自來歡喜踊躍從摩偷羅至巴連弗邑於其中間開安舟航於航懸諸幢蓋時尊者優波崛愍念王故將一萬八千阿羅漢衆隨於水道逕至王國時國中人啓王言尊者優波崛將一萬八千比丘衆來至王聞大歡喜踊躍即脫瓔珞價值十萬而授與之王將諸大臣眷屬即出往尊者所即爲下食五體投地向彼作禮長跪合掌而作是言我今領此閻浮提受於王位不以爲喜今覩尊者踊躍無量如來弟子乃能如是如覩於佛而說偈言

寂滅已度世　汝今作佛事　世間愚癡滅如日照佛世　爲世作導師　說法中第一衆生可依怙　我今大歡喜

時王勑使者宣令國界尊者優波崛比丘今來此國如是唱言

欲得富貴者　遠離貧窮苦　常處天上樂
解脱涅槃者　當值優波崛　修敬今供養
未見諸佛者　今覩優波崛

時王嚴飾國界平治道路懸繒旛蓋燒香散華及諸妓樂舉國人民皆出奉迎尊者優波崛供養恭敬爾時尊者優波崛白王言大王當以正法治化哀愍衆生三寶難遇於三寶中常以供養恭敬修念讚歎廣爲人說所以者何如來應供等正覺知人見人常爲記說我之正法寄在國王及我比丘僧等而說偈曰

世雄人中尊　正勝妙大法　寄付於大王
及我比丘僧

時王白優波崛曰我已建正法而說偈曰

我已造諸塔　莊嚴諸國界　種種興供養
幢旛及諸寶　廣布佛舍利　遍於閻浮提
我興如是福　意願悉已滿　自身及妻兒
珍寶及此地　今已悉捨施　供養賢聖塔

時尊者優波崛讚王言善哉善哉大王應行如是法而說偈言

捨身及財命　世世無所憂　受福無有窮
必得無上覺

時王請尊者優波崛入城設種種座請尊者就坐衆僧令往雞雀精舍白尊者曰尊者顔貌端正身體柔軟而我形體醜陋肌膚麤澀尊者說偈曰

我行布施時　淨心好財物　不如王行施
以沙施於佛

時王以偈報曰

我於童子時　布施於沙土　今獲果如是

何況餘妙施
尊者復以偈讃曰
快哉善大王　布施諸沙土　無上福田中
植果無窮盡
時阿育王告諸大臣我以沙布施於佛獲其
果報如是云何而不修敬於世尊王復白優
波崛言尊者示我佛所說法遊行處所當往
供養禮拜為諸後世衆生攝受善根而說偈
言
示我佛說法　諸國及住處　供養當修敬
為後衆生故
尊者言善哉善哉大王能發妙願我當示王
處所為後衆生時王將四兵軍衆及持種種
供養香華旛幢及諸妓樂便將尊者發去尊
者至隆頻林此是如來生處而說偈言

如來初生處　生時行七步　顧示諸四方
舉手指天上　我今最後生　當得無上道
天上及於人　我為無上尊
時王五體投地供養禮拜即立佛塔尊者白
王言大王欲見諸天見佛生時行七步處不
王白言願樂欲見時尊者舉手指摩耶夫人
所攀樹枝而告彼樹神曰樹神今現令王見
之生大歡喜尋聲即見住尊者邊而作是言
何所教勑我當奉行尊者語王言此神見佛
生時王以偈問神曰
汝見嚴飾身　生時青蓮華　足行於七步
口中有所說
神以偈答曰
我見相好身　生時二足尊　舉足行七步
口中有所說　於諸天人中　我為無上尊

時王問神言佛生有何瑞應神答言我不能
宣說妙勝諸事今略說少分
光明能徹照　身體具相好　令人喜樂見
感動於天地
時王聞神所說歡喜施十萬兩珍寶而去又
將王入城裏語言此處菩薩現三十二相八
十種好莊嚴其體紫磨金色時王向此處作
禮興種種供養又將王至天寺中語王言太
子生時令向彼神禮時諸神悉禮菩薩時諸
民人爲菩薩立名今是天中天時王復以種
種供養又將示處語王言此處父王以菩薩
示諸婆羅門瞻其相德王復種種供養又示
此處菩薩學堂此處學乘象此處學乘馬車
乘弓弩如是學一切技術處此處是菩薩治
身此處菩薩六萬夫人遊戲處此處菩薩見

老病死人此處菩薩坐閻浮提樹下坐禪得
離欲樹影不離身父王向其作禮此處菩薩
將百千天神出城而去此處菩薩脫瓔珞與
車匿遣馬還國而說偈曰
菩薩於此處　脫瓔珞及冠　授與於車匿
遣馬還於國　獨行無有侶　便入學道山
又此處菩薩從獵師易袈裟衣被此衣已而
爲出家此處是仙人所稽請處此處瓶沙王
與菩薩半國處此處問優藍弗仙人此處菩
薩六年苦行如偈所說
苦行於六年　極受諸苦惱　知此非眞道
棄捨所習行
此處二女奉菩薩乳糜如偈所說
大聖於此中　受二女乳糜　從此而起去
往詣菩提樹

此處迦梨龍讚歎菩薩如偈所說
此處迦梨龍　讚歎於菩薩　當隨古時道
證無上妙果
時王向尊者而說偈曰
我今欲見龍　彼龍見佛者　從此趣菩提
證得勝妙果
時尊者以手指龍宮語曰迦梨龍王汝以見
佛今當現身時龍王尋聲即出住在尊前合
掌白言何所教勑時尊者語王曰此龍王見
佛讚歎如來時王合掌向龍而說偈曰
汝見金剛身　我師無儔匹　面如淨滿月
爲我說彼德　十力之功德　往詣道場時
時龍王以偈答曰
我今當演說　足踐於地時　大地六種動
光曜倍於日　遍照三千界　而趣菩提樹

時王如是等處處種種供養及立塔廟時尊
者將王至道樹下語王曰此樹菩薩摩訶薩
以慈悲三昧力破魔兵衆得阿耨多羅三藐
三菩提而說偈言
牟尼牛王尊　於此菩提樹　降伏惡魔軍
得勝菩提果　天人中特尊　無能與等者
時王捨無量珍寶種種供養及起大塔廟此
處四天王各持一鉢奉上於佛合爲一鉢此
處於賈客兄弟所受諸飯食此處如來諸波
羅柰國時阿時婆外道問佛此處仙人園鹿
野苑如來於中爲五比丘三轉十二行法輪
而說偈言
此處鹿野苑　如來轉法輪　三轉十二行
五人得道跡
時王於是處與種種供養及立塔廟此處如

來度優樓頻螺迦葉等仙人爲道此處如來爲瓶沙王說法王得見諦及無量民人諸天得道此處如來爲天帝釋說法帝釋及八萬諸天得道此處如來示大神力種種變化此處如來至天上爲母說法將無量天衆下於人間王復種種供養及立塔廟時尊者語阿育王至鳩尸那竭國言此處如來具足作佛事畢於無餘般涅槃而般涅槃而說偈言

度脫諸天人　修羅龍夜叉　建立無盡法
佛事既已終　於有得寂滅　大悲入涅槃
如薪盡火滅　畢竟得常住

時王聞是語憂惱迷悶躃地時諸臣輩以水洗心面良久得穌啼泣涕零如是乃至興種種供養立八塔廟時王復白尊者曰我意願欲得見佛諸大弟子佛之所記者欲供養彼舍利願爲示之時尊者白王言善哉善哉大王能發如是妙心時尊者將王至舍衛國入祇桓精舍以手指塔此是尊者舍利弗塔王當供養王曰彼有何功德尊者曰是第二法王隨轉法輪而說偈言

一切衆生智　比於舍利弗　十六之一分
以除如來智　如來轉法輪　是則能隨轉
彼有無量德　誰復能宣說

時王生大歡喜捨十萬兩珍寶供養其塔而說偈言

我禮舍利弗　解脫諸恐怖　名稱普於世
智慧無有等

次復示大目揵連塔王應供養此塔王復問曰彼有何功德尊者答曰是神足第一以足指蹴地地即震動至於天宮降伏難陀跋難

陀龍王而說偈曰
以足指動地　至於帝釋宫　神足無量等
誰能盡宣說　二龍王兇暴　見者莫不怖
彼於神足力　降伏息瞋恚
時王捨十萬兩珍寶供養此塔以偈讚曰
神足中第一　離於老病死　有如是功德
今禮目揵連
次復示摩訶迦葉塔語王言此是摩訶迦葉
塔應當供養王問曰彼有何功德答曰彼少
欲知足頭陀第一如來施以半座及僧伽梨
衣愍念衆生興立正法即說偈曰
功德田第一　愍念貧窮類　著佛僧伽梨
能建於正法　彼有如是德　誰能具宣說
時王捨十萬兩珍寶供養是塔以偈讚曰
常樂於寂靜　依止林藪間　少欲知足富
今禮大迦葉
次復示尊者薄拘羅塔此是薄拘羅塔應當
供養王問曰彼有何功德尊者答曰彼無病
第一乃至不爲人說一句法寂默無言王曰
以一錢供養諸臣白王功德既等何故於此
供養一錢王告之曰聽吾所說
雖除無明癡　智慧能鑒察　雖有薄拘名
於世何所益
時彼一錢還來至王所時大臣輩見是希有
事異口同音讚彼嗚呼尊者少欲知足乃至
不須一錢
復示阿難塔語王言此是阿難塔應當供養
王曰彼有何功德答曰此人是侍佛者多聞
第一撰集佛經而說偈曰
奉持牟尼鉢　念至能決斷　多聞之大海

辯才柔輭音　能悅天人衆　善知三佛心
一切悉明了　功德之寶篋　最勝所稱歎
降伏煩惱諍　如是等功德　應當修供養

王即捨百億兩珍寶而供養其塔時諸臣白王言何故於此布施供養皆悉勝前王曰聽吾所說心中所以

如來之體身　法身性清淨　彼悉能奉持
是故供養勝　法燈常存世　滅此愚癡冥
皆由從彼來　是故供養勝　如大海之水
牛跡所不容　如是佛智海　餘人不能持
唯有阿難尊　一聞悉受持　終無忘失時
是故供養勝

爾時王如是種種供養向尊者合掌而作是言

我今受此形　不復負是身　修無量功德
今爲人中主　我今取堅實　造立諸塔廟
莊嚴在於世　如星莊嚴月　奉佛弟子法
應行諸禮節　我今悉已作　稽首尊者足
蒙尊者恩力　今見勝妙事　快獲大善利
從是分別法

爾時王供養上種種事恒徧至菩提道場樹此樹下如來得阿耨多羅三藐三菩提世間希有珍寶供養之事供養菩提樹時王夫人名曰低舍羅絺多夫人作是念王極愛念於我我亦念王王今捨我去持諸珍寶至菩提樹間我今當作方便殺是菩提樹樹既枯死葉便凋落王當不復往彼可與我常相娛樂即喚呪師語呪師言汝能殺菩提樹不彼荅曰能與我千兩金時夫人即與千兩金錢呪師往菩提樹間以呪呪樹以縷繫樹時樹漸

漸枯死葉即萎落未即枯死其葉凋落白夫人曰復應以熱乳澆樹乃可令枯夫人白王我今欲以乳供養菩提樹王曰隨卿意耶如是乃至以熱乳澆之樹即枯燥時諸夫人白王言菩提樹忽然枯死葉葉變落而說偈言

如來所依樹　名曰菩提者　於是得正覺
具足一切智　大王今當知　是樹今枯死
葉色亦變異　不知何以故

時王聞是語即迷悶躃地諸人輩以水洗王心面良久而穌即便泣淚言

我見菩提樹　便見於如來　今聞彼樹死
我今亦隨沒

時彼夫人見王憂愁不樂而白王言王勿憂惱我當喜悅王心王曰若無彼樹我命亦無如來於彼樹得阿耨多羅三藐三菩提彼樹既無我何用活耶夫人聞王決定語還復以冷乳灌菩提樹下彼樹尋復更生王聞以乳溉灌樹還得生日日送千甕乳溉灌其本樹還復如先諸夫人輩白王言菩提樹今復如先無復有異時王聞已即生歡喜詣菩提樹下覲於菩提樹目不暫捨而說偈言

諸王所未作　瓶沙持國等　我今應供養
我今浴菩提　諸乳及香水　華香及塗香
當復供養僧　賢聖五部眾

時王各辦四寶甕金銀瑠璃玻瓈盛諸香乳及諸香湯持種種飲食旛幢寶蓋各有千種及種種華香妓樂受持八支齋布薩著白淨衣服執持香鑪在於殿上向四方作禮心念口言如來賢聖弟子在諸方者憐愍我故受我供養而說偈言

如來賢聖子　正順寂諸根　離諸三界欲
諸天應供養　今當悉來集　受我微心惠
哀愍副我意　令法種增長　常樂於寂止
解脫諸所著　如來之眞子　從法而化生
諸天所供養　哀愍於我故　今當悉來集
副我之微意　諸聖在處處　罽賓多波婆
大林離波多　阿耨大池邊　江河山藪間
如是一切處　諸聖在中者　今當悉來集
哀愍於我故　副我之微意　又在於天上
尸梨婆宮殿　香山石室中　神通具足者
今當悉來集　哀愍於我故

時王如是語時三十萬比丘悉來集彼大衆中十萬是阿羅漢二十萬是學人及凡夫比丘上座之座無人坐時王問諸比丘上座之座云何而無人坐時彼大衆中有一比丘名曰耶舍是大阿羅漢具足六通白王言此座上座之座餘者豈敢於中而坐王復問曰於尊者所更有上座耶尊者答曰更有上座大王佛之所記名曰賓頭盧是上座應坐此處王大歡喜而作是言於中有比丘見佛者不尊者答曰有也大王賓頭盧者猶故存世王復白曰可得見彼比丘不尊者曰大王不久當見尋當來至時王生大歡喜而說偈言

我今快得利　攝受於我故　令我自目見
尊者賓頭盧

時尊者賓頭盧將無量阿羅漢次第相隨譬如鴈王乘虛而來在於上座處坐諸比丘僧各修禮敬次第而坐時王見尊者賓頭盧頭鬚皓白辟支佛體頭面禮足長跪合掌觀尊者顏貌而說偈曰

我今之王位　統領閻浮提　不以爲歡喜
今得見尊者　我今見尊者　便是見生佛
心懷大踊躍　勝見於王位
復白尊者曰尊者見世尊耶三界所尊仰時
尊者賓頭盧以手舉眉毛視王而言
我見於如來　於世無譬類　身作黃金色
三十二相好　面如淨滿月　梵音聲柔輭
伏諸煩惱諍　常處於寂滅
王復問曰尊者何處見佛尊者曰如來將五
百阿羅漢俱初在王舍城安居我爾時亦復
在中而說偈言
大牟尼世尊　離欲相圍繞　在於王舍城
結於夏三月　我時在彼衆　恒住如來邊
大王今當知　我自見眞佛
又復佛住舍衛國時如來大作神力種種變
化作諸佛形滿在諸方乃至阿迦尼吒天我
爾時亦在於中見如來種種變化神通之相
而說偈曰
如來神通力　降伏諸外道　佛遊於十方
我親見彼相
又復如來在天上與母說法時我亦在於中
與母說法竟將諸天衆從天上來下僧迦奢
國時我見此二事天人受福樂優波羅比丘
尼化作轉輪聖王將無量眷屬乘空而來詣
世尊所我亦見此而說偈曰
如來在天上　於彼結夏坐　我亦在於中
牟尼之眷屬
又復世尊住舍衛國五百阿羅漢俱時給孤
獨長者女適在於富樓那跋陀那國時彼女
請佛及比丘僧時諸比丘各乘空而往彼我

爾時以神力合大山往彼受請時世尊責我汝那得現神足如是我今罰汝常在於世不得取涅槃護持我正法勿令滅也而說偈曰

世尊受彼請　五百比丘俱　時我以神力
挑大山而去　世尊責罰我　住世未滅度
護持我正法　勿令法沒盡

又復如來將諸比丘僧入城乞食時王共二童子沙土中戲逢見佛來捧於塵沙奉上於佛時世尊記彼童子於我滅度百歲之後此童子於巴連弗邑當受王位領閻浮提名曰阿育當廣布我舍利一日之中當造八萬四千塔今王身是也我爾時亦在於中而說偈曰

王於童子時　以沙奉上佛　佛記於王時
我亦親在中

時王白尊者曰尊者今住在何處尊者答王曰在於北山山名揵陀摩羅共諸同梵行僧王復問曰有幾眷屬尊者答六萬阿羅漢比丘尊者曰王何須多問今當施設供養於僧食竟使王歡喜王言如是尊者然我今先當供養佛念所覺菩提之樹然後香美飲食施設於僧勑諸群臣唱令國界王今捨十萬兩金布施衆僧千甕香湯溉灌菩提樹集諸五衆時王子名曰拘那羅在王右邊舉二指而不言說意欲二倍供養大衆見之皆盡發笑王亦發笑而語言嗚呼王子乃有增益功德供養王復言我復以三十萬兩金供養衆僧復加千甕香湯洗浴菩提樹時王子復舉四指意在四倍時王瞋恚語臣曰誰教王子作是事與我興競臣啓王言誰敢與王興競然

王子聰慧利根增益功德故作是事耳時王右顧視王子白上座曰除我庫藏之物餘一切物閻浮提夫人婇女諸臣眷屬及我拘那羅子皆悉布施賢聖衆僧唱令國界集諸五衆而說偈曰

除王庫藏物　夫人及婇女　臣民一切衆
布施賢聖僧　我身及王子　亦復悉捨與

時王上座及比丘僧以甕香湯洗浴菩提樹時菩提樹倍復嚴好增長茂盛以偈頌曰

王浴菩提樹　無上之所覺　樹增於茂盛
柯條葉柔輭

時王及諸群臣生大歡喜時王洗浴菩提樹已次復供養衆僧時彼上座耶舍語王言大王今大有比丘僧集當發淳信心供養時王從上至下自手供養時彼有二沙彌得食已各以麨團麨歡喜丸更互相擲王見即笑而言此沙彌作小兒戲供養訖已王還上座前立上座語王言王莫生不信敬心王答上座無有不信敬心然見二沙彌作小兒戲如世間小兒以土團更互相擲如是二沙彌以麨團以麨歡喜丸更互相擲上座白王言彼二沙彌是俱解脫阿羅漢更相奉食王聞是已增其信心而作是念此二沙彌能展轉相施我今亦當於一切僧人施絹劫貝時二沙彌知王心所念二沙彌共相謂言令王倍增敬信一沙彌持鑊授與王一沙彌授以染草王問彼沙彌用作何等二沙彌白王言王因我故施與衆僧絹及劫貝我欲令大王染成其色施與衆僧時王作是念我雖心念口未發言此二達士得他心智而知我心王即稽首

敬禮衆僧而説偈言

孔雀之族姓　内外親眷屬　因此惠施故
悉皆獲大利　遭值良福田　歡喜應時施

時王語沙彌言我因汝等施僧衣施僧衣已復以三衣并四億萬兩珍寶嚫五部衆呪願已復以四十億萬兩珍寶贖取閻浮提宮人婇女及太子群臣阿育王所作功德無量如是

雜阿含經卷第二十三

音釋

麨 尺沼切乾粮也　繖 蘇旱切蓋也　殯 必刃切謂殯殮也凡死殮在棺曰殯　捕 薄故切擒捉也　拒 其吕切違也　杻械 杻敕久切手械也械胡誡切器之總名桎梏也　篋 詰叶切箱也　乳糜 糜靡爲切乳糜謂酪粥也　林藪 藪蘇后切林藪謂山林藪澤也　綖 先見切縷也　澆 古堯切灌也沃也　燥 蘇到切乾也　溉灌 溉古代切灌注也灌古玩切澆也漬也　䴵 必郢切與餅同麪餈也　嚫 梵語具云達嚫此云財施嚫初覲切

雜阿含經卷第二十四

宋天竺三藏求那跋陀羅譯

第五誦道品第一

如是我聞一時佛住舍衛國祇樹給孤獨園爾時世尊告諸比丘有四念處何等爲四謂身身觀念處受心法法觀念處佛說此經已諸比丘聞佛所說歡喜奉行

如是我聞一時佛住舍衛國祇樹給孤獨園爾時世尊告諸比丘有四念處何等爲四謂身身觀念處受心法法觀念處如是比丘於此四念處修習滿足精勤方便正念正知應當學佛說此經已諸比丘聞佛所說歡喜奉行

如是我聞一時佛住舍衛國祇樹給孤獨園爾時世尊告諸比丘有一乘道淨諸衆生令越憂悲滅苦惱得如實法所謂四念處何等爲四身身觀念處受心法法觀念處佛說此經已諸比丘聞佛所說歡喜奉行

如是我聞一時佛住舍衛國祇樹給孤獨園爾時世尊告諸比丘若比丘離四念處者則離如實聖法離如實聖法者則離聖道離聖道者則離甘露法離甘露法者不得脫生老病死憂悲惱苦我說彼於苦不得解脫若比丘不離四念處者得不離聖如實法不離聖如實者則不離聖道不離聖道則不離甘露法不離甘露法者得脫生老病死憂悲惱苦我說彼人解脫衆苦佛說此經已諸比丘聞佛所說歡喜奉行

如是我聞一時佛住舍衛國祇樹給孤獨園爾時世尊告諸比丘我今當說四念處集四

念處沒諦聽善思何等爲四念處集四念處
沒食集則身集食滅則身沒如是隨身集觀
住隨身滅觀住隨身集滅觀住則無所依住
於諸世間永無所取如是觸集則受集觸滅
則受沒如是隨集法觀受住隨滅法觀受住
隨集滅法觀受住則無所依住於諸世間都
無所取名色集則心集名色滅則心沒隨集
法觀心住隨滅法觀心住隨集滅法觀心住
則無所依住於諸世間則無所取憶念集則
法集憶念滅則法沒隨集法觀法住隨滅法
觀法住隨集滅法觀法住則無所依住於諸
世間則無所取是名四念處集四念處沒佛
說此經已諸比丘聞佛所說歡喜奉行
如是我聞一時佛住舍衛國祇樹給孤獨園
爾時世尊告諸比丘我當說修四念處諦聽

善思云何修四念處謂内身身觀念住精勤
方便正智正念調伏世間憂悲外身内外身
觀住精勤方便正念正智調伏世間憂悲如
是受心法内法外法内外法觀念住精勤方
便正念正知調伏世間憂悲是名比丘修四
念處佛說此經已諸比丘聞佛所說歡喜奉
行
過去未來修四念處亦如是說
如是我聞一時佛住舍衛國祇樹給孤獨園
爾時世尊告諸比丘有善法聚不善法聚云
何善法聚所謂四念處是爲正說所以者何
純一滿淨聚者所謂四念處云何爲四謂身
身觀念處受心法法觀念處云何不善聚不
善聚者所謂五蓋是爲正說所以者何純一
逸滿不善聚者所謂五蓋何等爲五謂貪欲

蓋瞋恚蓋睡眠蓋掉悔蓋疑蓋佛說此經已諸比丘聞佛所說歡喜奉行

如是我聞一時佛住舍衛國祇樹給孤獨園爾時世尊告諸比丘如人執持四種強弓大力方便射多羅樹影疾過無礙如是如來四種聲聞增上方便利根智慧盡百年壽於如來所百年說法教授唯除食息補瀉睡眠中間常說常聽智慧明利於如來所說盡底受持無諸障礙於如來所不加再問如來說法無有終極聽法盡壽百歲命終如來說法猶不能盡當知如來所說無量無邊名句味身亦復無量無有終極所謂四念處何等爲四謂身念處受心法念處佛說此經已諸比丘聞佛所說歡喜奉行

一切四念處經皆以此總句所謂是故比丘於四念處修習起增上欲精勤方便正念正智應當學

如是我聞一時佛住舍衛國祇樹給孤獨園爾時世尊告諸比丘有不善聚善聚何等爲不善聚謂三不善根是名正說所以者何純不善積聚者謂三不善根云何爲三謂貪不善根恚不善根癡不善根云何爲善聚謂四念處所以者何純善滿具者謂四念處是名善說云何爲四謂身念處受心法念處佛說此經已諸比丘聞佛所說歡喜奉行

如三不善根如是三惡行身惡行口惡行意惡行三想欲想恚想害想三覺欲覺恚覺害覺三界欲界恚界害界佛說此經已諸比丘聞佛所說歡喜奉行

如是我聞一時佛住舍衛國祇樹給孤獨園

時有異比丘來詣佛所稽首佛足退坐一面白佛言世尊如所說大丈夫云何名大丈夫非大丈夫佛告比丘善哉善哉比丘能問如來大丈夫義諦聽善思當爲汝說若比丘身身觀念住彼身身觀念住已心不離欲不得解脫盡諸有漏我說彼非爲大丈夫所以者何心不解脫故若比丘受心法法觀念住心不離欲不得解脫盡諸有漏我不說彼爲大丈夫所以者何心不解脫故若比丘身身觀念住心得離欲心得解脫盡諸有漏我說彼爲大丈夫也所以者何心解脫故若受心法法觀念住受心法法觀念住已心離貪欲心得解脫盡諸有漏我說彼爲大丈夫所以者何心解脫故是名比丘大丈夫及非大丈夫佛說此經已諸比丘聞佛所說歡喜隨喜禮足而去

如是我聞一時佛住舍衞國祇樹給孤獨園爾時尊者阿難晨朝著衣持鉢入舍衞城乞食於路中思惟我今先至比丘尼寺即往比丘尼寺諸比丘尼遥見尊者阿難來疾敷牀座請令就坐時諸比丘尼禮尊者阿難足退坐一面白尊者阿難我等諸比丘尼修四念處繫心住自知前後昇降尊者阿難告諸比丘尼善哉善哉姊妹當如汝等所說而學凡修習四念處善繫心住者應如是知前後昇降時尊者阿難爲諸比丘尼種種說法種種說法已從座起去爾時尊者阿難於舍衞城中乞食還舉衣鉢洗足已詣世尊所稽首佛足退坐一面以比丘尼所說具白世尊佛告阿難善哉善哉應如是學四念處善繫心住

知前後昇降所以者何心於外求然後制令求其心散亂心不解脫皆如實知若比丘於身身觀念住於彼身身觀念住已若身躭睡心法懈怠彼比丘當起淨信取於淨相起淨信心憶念淨相已其心則悅悅已生喜其心喜已身則倚息身倚息已則受身樂受身樂已其心則定心定者聖弟子當作是學我於此義外散之心攝令休息不起覺想及已觀想無覺無觀捨念樂住樂住已如實知受心法念亦如是說佛說此經已尊者阿難聞佛所說歡喜奉行

如是我聞一時佛住舍衛國祇樹給孤獨園爾時世尊告諸比丘當取自心相莫令外散所以者何若彼比丘愚癡不辯不善不取自心相而取外相然後退減自生障礙譬如廚士愚癡不辯不善巧便調和衆味奉養尊主酸鹹酢淡不適其意不能善取尊主所嗜酸鹹酢淡衆味和之不能親侍尊主左右伺其所須聽其所欲善取其心而自用意調和衆味以奉尊主若不適其意尊主不悅不悅故不蒙爵賞亦不愛念愚癡比丘亦復如是不辯不善於身身觀住不能除斷上煩惱不能攝取其心亦復不得內心寂靜不得勝妙正念正知亦不得四種增上心法現法樂住本所未得安隱涅槃是名比丘愚癡不辯不善不能善攝內心之相而取外相自生障礙若有比丘黠慧才辯善巧方便取內心已然後取於外相彼於後時終不退減自生障礙譬如廚士黠慧聰辯善巧方便供養尊主能調衆味酸鹹酢淡善取尊主所嗜之相而和衆

味以應其心聽其尊主所欲之味數以奉之尊主悅已必得爵禄愛念信重如是黠慧廚士善取尊主之心比丘亦復如是身身觀念住斷上煩惱善攝其心内心寂止正念正知得四增心法現法樂住得所未得安隱涅槃是名比丘黠慧辯才善巧方便取内心相攝持外相終無退減自生障礙受心法觀亦復如是佛說此經已諸比丘聞佛所說歡喜奉行

如是我聞一時佛住舍衛國祇樹給孤獨園爾時世尊告諸比丘過去世時有一鳥名曰羅婆爲鷹所捉飛騰虚空於空鳴喚言我不自覺忽遭此難我坐捨離父母境界而遊他處故遭此難如何今日爲他所困不得自在鷹語羅婆汝當何處自有境界而得自在羅婆答言我於田耕壠中自有境界足免諸難是爲我家父母境界鷹於羅婆起憍慢言放汝令去還耕壠中能得脫以不於是羅婆得脫鷹爪還到耕壠大塊之下安住止處然後於塊上欲與鷹鬭鷹則大怒彼是小鳥敢與我鬭瞋恚極盛迅飛直摶於是羅婆入於塊下鷹鳥飛勢臆衝堅塊碎身即死時羅婆鳥深伏塊下仰說偈言

鷹鳥用力來　羅婆依自界　乗瞋猛盛力
致禍碎其身　我具足通達　依於自境界
伏怨心隨喜　自觀欣其力　設汝有凶愚
百千龍象力　不如我智慧　十六分之一
觀我智勝殊　摧滅於鸖鷹

如是比丘如彼鷹鳥愚癡自捨所親父母境界遊於他處致斯災患汝等比丘亦應如是

於自境界所行之處應善守持離他境界應當學比丘他處他境界者謂五欲境界眼見可意愛念妙色欲心染著耳識聲鼻識香舌識味身識觸可意愛念妙觸欲心染著是名比丘他處他境界比丘自處父母境界者謂四念處云何爲四謂身身觀念處受心法法觀念處是故比丘於自行處父母境界而自遊行遠離他處他境界應當學佛說此經已諸比丘聞佛所說歡喜奉行

如是我聞一時佛住舍衛國祇樹給孤獨園爾時世尊告諸比丘於四念處多修習當得四果四種福利云何爲四謂須陀洹果斯陀含果阿那含果阿羅漢果佛說此經已諸比丘聞佛所說歡喜奉行

如是我聞一時佛在拘薩羅人間遊行於私伽陀聚落比身恕林中爾時世尊告諸比丘過去世時有緣幢技師肩上竪幢語弟子言汝等於幢上下向護我我亦護汝迭相護持遊行嬉戲多得財利時技弟子語技師言不如所言但當各各自愛護遊行嬉戲多得財利身得無爲安隱而下技師答言如汝所言各自愛護然其此義亦如我說已自護時即是護他他自護時亦是護已心自親近修習隨護作證是名自護護他云何護他自護不恐怖他不違他不害他慈心哀彼是名護他自護是故比丘當如是學自護者修四念處護他者亦修四念處佛說此經已諸比丘聞佛所說歡喜奉行

如是我聞一時佛住王舍城迦蘭陀竹園爾時世尊告諸比丘大雪山中寒氷險處尚無

猨猴況復有人或復有山猨猴所居而無有人或復有山人獸共居於猨猴行處獵師以黐塗其草上有黠猨猴遠避而去愚癡猨猴不能遠避以手小觸即膠其手復以二手欲解求脫即膠二手以足求解復膠其足以口齧草輒復膠口五處同膠聯拳卧地獵師既至即以杖貫擔負而去比丘當知愚癡猨猴捨自境界父母居處遊他境界致斯苦惱如是比丘愚癡凡夫依聚落住晨朝著衣持鉢入村乞食不善護身不守根門眼見色已則生染著耳聲鼻香舌味身觸皆生染著愚癡比丘内根外境被五縛已隨魔所欲是故比丘當如是學於自所行處父母境界依止而住莫隨他處他境界行云何比丘自所行處父母境界謂四念處身身觀念住受心法法觀念住佛說此經已諸比丘聞佛所說歡喜奉行

如是我聞一時佛住舍衛國祇樹給孤獨園時尊者阿難與衆多比丘詣世尊所稽首禮足退坐一面尊者阿難白佛言世尊此諸年少比丘當云何教授云何為其說法佛告阿難此諸年少比丘當以四念處教令修習云何為四謂身身觀念住精勤方便不放逸行正智正念寂定於心乃至知身受心法法觀念住精勤方便不放逸行正念正智寂靜於心乃至知法所以者何若比丘住學地者未得進上志求安隱涅槃時身身觀念住精勤方便不放逸行正念正智寂靜於心受心法法觀念住精勤方便不放逸行正念正智寂靜於心乃至於法遠離若阿羅漢諸漏已盡

所作已作捨諸重擔盡諸有結正知善解脫當於彼時亦修身身觀念住精勤方便不放逸行正念正智寂靜於心受心法法觀念住乃至於法得遠離時尊者阿難歡喜隨喜作禮而去

如是我聞一時佛在跋祇人間遊行到鞞舍離國菴羅園中住爾時菴羅女聞世尊跋祇人間遊行至菴羅園中住即自莊嚴乘車出鞞舍離城詣世尊所恭敬供養詣菴羅園門下車步進遥見世尊與諸大衆圍繞說法世尊遥見菴羅女來語諸比丘汝等比丘勤攝心住正念正智今菴羅女來是故誡汝云何爲比丘勤攝心住若比丘以生惡不善法當斷生欲方便精進攝心未生惡不善法不令起未生善法令生已生善法令住不忘修習增滿生欲方便精勤攝心是名比丘勤攝心住云何名比丘正智若比丘去來威儀常隨正智迴顧視瞻屈伸俯仰執持衣鉢行住坐卧眠覺語默皆隨正智住是正智云何正念若比丘内身身觀念住精勤方便正智正念調伏世間貪憂如是受心法法觀念住精勤方便正智正念調伏世間貪憂是名比丘正念是故汝等勤攝其心正智正念今菴羅女來是故誡汝時菴羅女詣世尊所稽首禮足却住一面爾時世尊爲菴羅女種種說法示教照喜示教照喜已默然而住爾時菴羅女整衣服爲佛作禮合掌白佛唯願世尊與諸大衆明日受我請中食爾時世尊默然受請菴羅女知世尊默然受請已稽首禮足還歸自家設種種食布置牀座晨朝遣使白佛時

到爾時世尊與諸大衆詣菴羅女舍就座而坐時菴羅女手自供養種種飲食食訖澡漱洗鉢竟時菴羅女持一小牀坐於佛前聽佛說法爾時世尊爲菴羅女說隨喜偈

施者人愛念　多衆所隨從　名稱日增高
遠近皆悉聞　處衆常和雅　離慳無所畏
是故智慧施　斷慳永無餘　上生忉利天
長夜受快樂　盡壽常修德　娛樂難陀園
百種諸天樂　五欲悅其心　彼於此人間
聞佛所說法　爲善逝弟子　樂彼受化生

爾時世尊爲菴羅女種種說法示教照喜示教照喜已從座起而去

如是我聞一時佛住波羅㮈仙人住處鹿野苑中爾時世尊告諸比丘世間諸美色世間美色者能令多人集聚觀看者不諸比丘白佛如是世尊佛告比丘若世間美色世間美色者又能種種歌舞妓樂復極令多衆聚集看不比丘白佛如是世尊佛告比丘若有世間美色世間美色者在於一處作種種歌舞妓樂戲笑復有大衆雲集一處若有士夫不愚不癡樂樂背苦貪生畏死有人語言士夫汝當持滿油鉢於世間美色者所及大衆中過使一能殺人者拔刀隨汝若失一滴油者輒當斷汝命云何比丘彼持油鉢士夫能不念油鉢不念殺人者觀彼妓女及大衆不比丘白佛不也世尊所以者何世尊彼士夫自見其後有拔刀者常作是念我若落油一滴彼拔刀者當截我頭唯一其心繫念油鉢於世間美色及大衆中徐步而過不敢顧眄如是比丘若有沙門婆羅門正身自重一其心

念不顧聲色善攝一切心法住於身念處者則是我弟子隨我教者云何爲比丘正身自重一其心念不顧聲色攝持一切心法住身念處如是比丘身身觀念住精勤方便正智正念調伏世間貪憂受心法法觀念住亦復如是是名比丘正身自重一其心念不顧聲色善攝心法住四念處爾時世尊即說偈言

專心正念　護持油鉢　自心隨護　未曾至方
甚難得過　勝妙微細　諸佛所說　言教利劍
當一其心　專精護持　非彼凡人　放逸之事
能入如是　不放逸教

佛說此經已諸比丘聞佛所說歡喜奉行

如是我聞一時佛住舍衛國祇樹給孤獨園爾時尊者鬱低迦來詣佛所稽首佛足退坐一面白佛言善哉世尊爲我說法我聞法已當獨一靜處專精思惟不放逸住思惟所以善男子剃除鬚髮正信非家出家學道如上廣說乃至不受後有佛告鬱低迦如是如是如汝所說但於我所說法不悅我心彼所事業亦不成就雖隨我後而不得利反生障礙鬱低迦白佛世尊所說我則能令世尊心悅自業成就不生障礙唯願世尊爲我說法我當獨一靜處專精思惟不放逸住如上廣說乃至不受後有如是第二第三請爾時世尊告鬱低迦汝當先淨其初業然後修習梵行鬱低迦白佛我今云何淨其初業修習梵行佛告鬱低迦汝當先淨其戒直其見具足三業然後修四念處何等爲四內身身觀念住專精方便正智正念調伏世間貪憂如是外身內外身身觀念住受心法於觀念住亦如

是廣說時鬱低迦聞佛所說歡喜隨喜從座起而去
時鬱低迦聞佛教授已獨一靜處專精思惟不放逸住思惟所以善男子剃除鬚髮著袈裟衣正信非家出家學道乃至不受後有如鬱低迦所問如是異比丘所問亦如上說
如是我聞一時佛住舍衛國祇樹給孤獨園時有異比丘名婆醯迦來詣佛所稽首禮足退坐一面白佛言世尊善哉世尊爲我說法如前鬱低迦修多羅廣說差別者如是婆醯迦比丘初業清淨身身觀念住者超越諸魔受心法法觀念住者超越諸魔時婆醯迦比丘聞佛說法教戒已歡喜隨喜作禮而去獨一靜處專精思惟不放逸住乃至不受後有第二經亦如上說差別者如是比丘超越生死
如是我聞一時佛住舍衛國祇樹給孤獨園爾時尊者阿那律陀詣佛所稽首禮足退坐一面白佛言世尊若有比丘住於學地未得上進安隱涅槃而方便求是聖弟子當云何於正法律修習多修習得盡諸漏乃至自知不受後有佛告阿那律若聖弟子住於學地未得上進安隱涅槃而方便求彼於爾時當內身身觀念住精勤方便正智正念調伏世間貪憂如是受心法法觀念住精勤方便正智正念調伏世間貪憂如是聖弟子多修習已得盡諸漏乃至自知不受後有爾時尊者阿那律陀聞佛所說歡喜隨喜作禮而去
如是我聞一時佛住巴連弗邑雞林精舍時尊者優陀夷尊者阿難陀亦住巴連弗雞林

精舍爾時尊者優陀夷詣尊者阿難所共相問訊慰勞已退坐一面語尊者阿難如來應供等正覺所知所見爲諸比丘說聖戒令不斷不缺不擇不離不戒取善究竟善持智者所歎所不憎惡何故如來應等正覺所見爲諸比丘說聖戒不斷不缺乃至智者所歎所不憎惡尊者阿難語優陀夷爲修四念處故何等爲四謂身身觀念住受心法法觀念住時二正士共論議已各還本處

如是我聞一時佛住巴連弗邑雞林精舍爾時尊者阿難尊者跋陀羅亦在彼住時尊者跋陀羅問尊者阿難言頗有法修習多修習得不退轉耶尊者阿難語尊者跋陀羅有法修習多修習能令行者得不退轉謂四念處何等爲四身身觀念住受心法法觀念住時二正士共論議已各還本處

如是我聞一時佛住巴連弗邑雞林精舍爾時尊者阿難尊者跋陀羅亦在彼住時尊者跋陀羅問尊者阿難頗有法修習多修習令不淨衆生而得清淨轉增光澤耶尊者阿難語尊者跋陀羅有法修習多修習能令不淨衆生而得清淨轉增光澤謂四念處身身觀念住受心法法觀念住時二正士共論議已各還本處

如是我聞一時佛住巴連弗邑雞林精舍爾時尊者阿難尊者跋陀羅亦在彼住時尊者跋陀羅問尊者阿難頗有法修習多修習能令未度彼岸衆生得度彼岸尊者阿難語尊者跋陀羅有法修習多修習能令未度彼岸衆生得度彼岸謂四念處何等爲四謂身身

觀念住受心法法觀念住時二正士共論議已各還本處

如是我聞一時佛住巴連弗邑雞林精舍爾時尊者阿難尊者跋陀羅亦在彼住尊者跋陀羅問尊者阿難頗有法修習多修習得阿羅漢尊者阿難語尊者跋陀羅有法修習多修習而得阿羅漢謂四念處何等為四謂身身觀念住受心法法觀念住時二正士共論議已各還本處

如是我聞一時佛住巴連弗邑雞林精舍爾時世尊告諸比丘所說一切法一切法者謂四念處是名正說何等為四謂身身觀念住受心法法觀念住佛說此經已諸比丘聞佛所說歡喜奉行

如是我聞一時佛住巴連弗邑雞林精舍爾時世尊告諸比丘若比丘於四念處修習多修習名賢聖出離何等為四謂身身觀念住受心法法觀念住佛說此經已諸比丘聞佛所說歡喜奉行

如出離如是正盡苦究竟苦邊得大果得大福利得甘露法究竟甘露甘露法作證如上廣說

如是我聞一時佛住巴連弗邑雞林精舍爾時世尊告諸比丘若比丘於四念處修習多修習未淨衆生令得清淨已淨衆生令增光澤何等為四謂身身觀念住受心法法觀念住佛說此經已諸比丘聞佛所說歡喜奉行

如淨衆生如是未度彼岸者令度得阿羅漢得辟支佛得阿耨多羅三藐三菩提亦如上說

如是我聞一時佛住巴連弗邑雞林精舍爾時世尊告諸比丘當爲汝說修四念處何等爲修四念處若比丘如來應等正覺明行足善逝世間解無上士調御丈夫天人師佛世尊出興于世演說正法上語亦善中語亦善下語亦善善義善味純一滿淨梵行顯示若族姓子族姓女從佛聞法得淨信心如是修學見在家和合欲樂之過煩惱結縛樂居空閑出家學道不樂在家處於非家欲一向清淨盡於形壽純一滿淨鮮白梵行我當剃除鬚髮著袈裟衣正信非家出家學道作是思惟已即便放捨錢財親屬剃除鬚髮著袈裟衣正信非家出家學道正其身行護口四過正命清淨習賢聖戒守諸根門護心正念眼見色時不取形相若於眼根住不律儀世間貪憂惡不善法常漏於心而令於眼起正律儀耳鼻舌身意起正律儀亦復如是彼以賢聖戒律成就善攝根門來往周旋顧視屈伸坐卧眠覺語默住智正智彼成就如此聖戒守護根門正智正念寂靜遠離空處樹下閑房獨坐正身正念繫心安住斷世貪憂離貪欲淨除貪欲斷世瞋恚睡眠掉悔疑蓋離瞋恚睡眠掉悔疑淨除瞋恚睡眠掉悔疑蓋斷除五蓋惱心慧力羸諸障礙分不趣涅槃者是故內身身觀念住精勤方便正智正念調伏世間貪憂如是外身內外身受心法法觀念住亦如是說是名比丘修四念處佛說此經已諸比丘聞佛所說歡喜奉行

如是我聞一時佛住舍衛國祇樹給孤獨園爾時世尊告諸比丘當修四念處如上廣說

差別者乃至如是出家已住於淨處攝受波羅提木叉律儀行處具足於細微罪生大怖畏受持學戒離殺斷殺不樂殺生乃至一切業跡如前說衣鉢隨身如鳥兩翼如是學戒成就修四念處佛說此經已諸比丘聞佛所說歡喜奉行

如是我聞一時佛在王舍城迦蘭陀竹園爾時尊者舍利弗住摩竭提那羅聚落疾病涅槃純陀沙彌瞻視供養爾時尊者舍利弗因病涅槃時純陀沙彌供養尊者舍利弗已取餘舍利擔持衣鉢到王舍城舉衣鉢洗足已詣尊者阿難所禮尊者阿難足已却住一面白尊者阿難尊者當知我和尚尊者舍利弗已涅槃我持舍利及衣鉢來於是尊者阿難聞純陀沙彌語已往詣佛所白佛言世尊我今舉體離解四方易韻持辯閉塞純陀沙彌來語我言和尚舍利弗已涅槃持餘舍利及衣鉢來佛言云何阿難彼舍利弗持所受戒身涅槃耶定身慧身解脫身解脫知見身涅槃耶阿難白佛言不也世尊佛告阿難若法我自知成等正覺所說謂四念處四正斷四如意足五根五力七覺支八道支涅槃耶阿難白佛不也世尊雖不持所受戒身乃至道品法而涅槃然尊者舍利弗持戒多聞少欲知足常行遠離精勤方便攝念安住一心正受捷疾智慧深利智慧超出智慧分別智慧大智慧廣智慧甚深智慧無等智慧智寶成就能視能教能照能喜捨能讚歎為衆說法是故世尊我為法故為受法者故愁憂苦惱佛告阿難汝莫愁憂苦惱所以者何若坐若

起若作有爲敗壞之法何得不壞欲令不壞者無有是處我先已說一切所愛念種種諸物適意之事一切皆是乖離之法不可常保譬如大樹根莖枝葉華果茂盛大枝先折如大寶山大巖先崩如是如來大衆眷屬其大聲聞先般涅槃若彼方有舍利弗住者於彼方我則無事然其彼方我則不空以有舍利弗故我先已說故汝今阿難如我先說所可愛念種種適意之事皆是別離之法是故汝今莫大愁毒阿難當知如來不久亦當過去是故阿難當作自洲而自依當作法洲而法依當作不異洲不異依阿難白佛世尊云何自洲以自依云何法洲以法依云何不異洲不異依佛告阿難若比丘身身觀念處精勤方便正智正念調伏世間貪憂如是外身內外身受心法法觀念處亦如是說阿難是名自洲以自依法洲以依法不異洲不異洲依佛說此經已諸比丘聞佛所說歡喜奉行

如是我聞一時佛住摩偷羅國跋陀羅河側傘蓋菴羅樹林中尊者舍利弗目揵連涅槃未久爾時世尊月十五日布薩時於大衆前敷座而坐爾時世尊觀察衆會已告諸比丘我觀大衆見已虛空以舍利弗大目揵連般涅槃故我聲聞唯此二人善能說法教戒教授辯說滿足有二種財錢財及法財錢財者從世人求法財者從舍利弗大目揵連求如來已離世財及法財汝等莫以舍利弗目揵連涅槃故愁憂苦惱譬如大樹根莖枝葉華果茂盛大枝先折亦如寶山大巖先崩如是如來大衆之中舍利弗目揵連二大聲聞先

般涅槃是故比丘汝等勿生愁憂苦惱何有生法起法作法爲法壞敗之法而不磨滅欲令不壞無有是處我先巳說一切可愛之物皆歸離散我今不久亦當過去是故汝等當知自洲以自依法洲以法依不異洲不異依謂內身身觀念住精勤方便正智正念調伏世間貪憂如是外身內外身受心法法觀念住精勤方便正智正念調伏世間貪憂是名自洲以自依法洲以法依不異洲不異依佛說此經巳諸比丘聞佛所說歡喜奉行

雜阿含經卷第二十四

音釋

酢 倉故切醶也醋漿也 黠慧 黠胡八切亦慧也 壠 力踵切田中高處曰壠也 搏 補各切謂鳥以翼擊也 迭 徒結切更也逓也 黐膠 黐丑之切膠古肴切黐膠所以粘鳥獸也 齧 五結切噬也 鞞舍離 梵語也亦云毗耶離此云廣嚴鞞駢迷切 澡潄 澡子皓切洗手也潄蘇奏切盪口也 鬱低迦 梵語尊者名也鬱紆勿切

雜阿含經卷第二十五

宋天竺三藏求那跋陀羅譯

爾時世尊告尊者阿難此摩偷羅國將來世當有商人子名曰掘多掘多有子名優波掘多我滅度後百歲當作佛事於教授師中最爲第一阿難汝遥見彼青色叢林不阿難白佛唯然已見世尊阿難是處名爲優留曼茶山如來滅後百歲此山當有那吒跋置迦阿蘭若處此處隨順寂默最爲第一爾時世尊作是念我若以教法付囑人者恐我教法不得久住若付囑天者恐我教法亦不得久住世間人民則無有受法者我今當以正法付囑人天諸天世人共攝受法者我之教法則千歲不動爾時世尊起世俗心時天帝釋及四大天王知佛心念來詣佛所稽首禮足退坐一面爾時世尊告天帝釋及四大天王如來不久當於無餘涅槃而般涅槃我般涅槃後汝等當護持正法爾時世尊復告東方天王汝當於東方護持正法次告南方西方北方天王汝當於北方護持正法過千歲後我教法滅時當有非法出於世間十善悉壞閻浮提中惡風暴起水雨不時世多饑饉雨則災雹江河消減花果不成人無光澤蟲村鬼村悉皆磨滅飲食失味珍寶沉沒人民服食麤澀草木時有釋迦王耶槃那王鉢羅婆王兜沙羅王衆多眷屬如來頂骨佛牙佛鉢安置東方西方有王名鉢羅婆百千眷屬破壞塔寺殺害比丘北方有王名耶槃那百千眷屬破壞塔寺殺害比丘南方有王名釋迦百千眷屬破壞塔寺殺害比丘東方有王名兜

沙羅百千眷屬破壞塔寺殺害比丘四方盡亂諸比丘來集中國時拘睒彌國有王名摩因陀羅西那其王生子手似血塗身似甲冑有大勇力其生之日五百大臣生五百子皆類王子血手冑身時拘睒彌國一日雨血拘睒彌王見此惡相即大恐怖請問相師相師白王王今生子當王閻浮提多殺害人生子七日字曰難當年漸長大時四惡王從四方來殺人民摩因陀羅西那王聞則恐怖時有天神告言大王且立難當爲王足能降伏彼四惡王時摩因陀羅西那王受天神教即捨位與子以髻中明珠冠其子首集諸大臣香水灌頂召五百大臣同日生子身被甲冑從王出征與四惡王大衆戰勝殺害都盡王閻浮提治在拘睒彌國爾時世尊告四大天王巴連弗國於彼國當有婆羅門名曰阿耆尼達多通達毗陀經論彼婆羅門當納妻後時中陰衆生當來與其作子入母胎中時彼母欲與人論議彼婆羅門即問諸相師相師答云是胎中衆生當了達一切論故令母生如是論議之心欲將人論議如是日月滿足出生母胎以爲童子了達一切經論恒以經論教授五百婆羅門子及餘諸論教授餘人以醫方教醫方者如是有衆多弟子有衆多弟子故名曰弟子次當從父母求出家學道乃至父母聽其出家彼即於我法中出家學道通達三藏善能說法辯才巧妙言語談說攝多眷屬又復世尊告四大天王即此巴連弗邑國中當有大商主名曰須陀那中陰衆生來入母胎彼衆生入母胎時令母質直柔和

無諸邪想諸根寂靜時彼商主即問相師相師答曰胎中衆生極爲良善故令母如是乃至諸根寂靜至月滿足便生童子名曰修羅他年紀漸長乃至啓白父母求出家學道父母即聽於我法中出家學道勤行精進修習道業便得漏盡證阿羅漢果然寡聞少欲知足及少知舊居在山藪林間山名揵陀摩羅時彼聖人恒來爲難當王說法彼父王當無常無常之日難當見父過世兩手抱父屍悲號啼哭憂惱傷心時彼三藏將多眷屬來詣王所爲王說法王聞法已憂惱即止於佛法中生大敬信而發聲唱言自今以後我施諸比丘無恐畏適意爲樂而問比丘前四惡王毀滅佛法有幾年歲諸比丘答云經十二年王心念口言作師子吼我當十二年中當供養五衆乃至辦諸供具即便行施行施之日天當降香澤之雨遍閻浮提一切實種皆得增長諸方人衆皆持供養來詣拘睒彌國供養衆僧時諸比丘大得供養諸比丘輩食人信施而不讀誦經書不薩闍爲人受經戲論過日眠卧終夜貪著利養好自嚴飾身著妙服離諸出要寂靜出家三菩提樂形類比丘離沙門功德是法中之大賊助作末世壞正法幢建惡魔幢滅正法炬然煩惱火壞正法鼓毀正法輪消正法海壞正法山破正法城拔正法樹毀禪定智慧斷戒瓔珞汙染正道時彼天龍鬼神夜叉乾闥婆等於諸比丘所生惡意毀呰諸比丘猒惡遠離不復相親異口同音嗚呼如是惡比丘不應於如來法中而說偈言

非吉行惡行　行諸邪見法　此諸愚癡人
打壞正法山　行諸惡戒法　棄諸如法行
捨諸勝妙法　拔除今佛法　不信不調伏
樂行諸惡行　諂僞誑世間　打破牟尼法
毀形習諸惡　兇暴及千行　依法誑世人
忿恨自貢高　貪著求名利　無惡業不備
如佛所說法　法沒有是相　今者悉已見
智者所輕賤　此法今出已　牟尼正法海
不久當枯竭　正法今少在　惡人復來滅
毀壞我正法

時彼諸天龍神等皆生不歡喜心不復當護諸比丘而同聲唱言佛法却後七日滅盡號咷悲泣共相謂言至比丘說戒日共相鬬諍如來正法於中而滅如是諸天悲惱啼泣時拘睒彌城中有五百優婆塞聞諸天之言共詣諸比丘衆中諫諸比丘鬬諍而說偈言

嗚呼苦劇歲　愍念群生生　其法今便滅
釋師子王法　惡輪壞法輪　如是盡金剛
乃能不即壞　安隱時已滅　危險法已起
明智人已過　今見如是相　當知不復久
牟尼法斷滅　世間無復明　離垢寂滅口
牟尼日今沒　世人失伏藏　法燈今在世
善惡無差已　誰能得正覺　善惡無差別
及時行諸善　無量諸福田　此法今當滅
是故我等輩　知財不堅牢　及時取堅實

至十五日說戒時法當沒爾日五百優婆塞一日之中造五百佛塔時諸優婆塞各有餘務不復來往衆僧衆中爾時住揵陀摩羅山脩羅陀阿羅漢觀閻浮提今日何處有衆僧說戒見有拘睒彌國如來弟子說戒爲布薩

即詣拘睒彌時彼僧衆乃有百千人中唯有一阿羅漢名曰脩羅陀又復有一三藏名曰弟子此是如來最後大衆集爾時維那行沙羅籌白三藏上座言衆僧已集有百千人今爲說波羅提木叉時彼上座答言閻浮提如來弟子皆來集此數有百千如是衆中我爲上首了達三藏尚不學戒律況復餘者而有所學今當爲誰而說戒律而說偈言

今是十五日　夜靜月清明　如是諸比丘
今集聽說戒　一切閻浮提　僧衆最後集
我是衆中上　不學戒律法　況復餘僧衆
而有所學習　何能牟尼法　釋迦師子王
彼戒誰有持　是人乃能說

爾時彼阿羅漢脩羅陀立上座前合掌白上座言上座但說波羅提木叉如佛在世時舍利弗目揵連等大比丘衆所學法我今已悉學如來雖滅度於今已千歲彼所制律儀我悉已備足而說偈言

上座聽我語　我名脩羅陀　漏盡阿羅漢
僧中師子吼　牟尼眞弟子　信佛諸鬼神
聞彼聖所說　悲哀泣流淚　低頭念法滅
從今去已後　無有說法者　毗尼別解脫
不復在於世　法橋今已壞　法水不復流
法海已枯竭　法山已崩頹　法會從今絶
法幢不復見　法足不復行　律儀戒永没
法燈不復照　法輪不復轉　閉塞甘露門
法師不在世　善人說妙道　衆生不識善
不異於野獸

爾時佛母摩訶摩耶夫人天上來下詣諸衆僧所號咷啼泣嗚呼苦哉是我之子經歷阿

僧祇劫修諸苦行不顧勞體積德成佛今者忽然消滅而説偈言

我是佛親母　我子積苦行　經歷無數劫
究竟成眞道　悲泣不自勝　念法忽磨滅
嗚呼智慧人　爾今何所在　持法捨諍訟
從佛口所生　諸王無上尊　眞實佛弟子
頭陀修妙行　宿止林藪間　如是眞佛子
今爲何所在　今者於世間　無有諸威德
曠野山林間　諸神寂無言　施戒愍群生
信戒自莊嚴　忍辱質直行　觀察諸善惡
如是諸勝法　今忽都已盡

爾時彼上座弟子作是念言彼脩羅陀比丘自言如來所制戒律我悉備持爾時上座有弟子名曰安伽陀起不忍之心極生忿恨從座起罵辱彼聖汝是下座比丘愚癡無智而毀辱我和尚即持利刀殺彼聖人而説偈言

我名安伽陀　失沙之弟子　利劒殺汝身
自謂我有德

爾時有一鬼名曰大提木佉作是念言世間唯有此一阿羅漢而爲惡比丘弟子所害執持金剛利杵杵頭火然以此打破彼頭即便命終而説偈言

我是惡鬼神　名大提木佉　以此金剛杵
破汝頭七分

爾時阿羅漢弟子見彼弟子殺害其師忿恨不忍即殺三藏爾時諸天世人悲哀啼泣嗚呼苦哉如來正法今便都盡尋即此大地六種震動無量衆生號咷啼泣極爲愁惱嗚呼今日正法不復現世作是語已各各離散爾時拘睒彌國五百優婆塞聞已往詣寺中舉

手拍頭髙聲大哭嗚呼如來愍念世間濟諸群生無有巨細誰當爲我說法義今者人天解脫不復可得衆生今日猶在暗暝無有引導長習諸惡以此爲歡如諸野獸不聞牟尼妙法身壞命終墮在三塗譬如流星世人從今已後無復念慧寂靜三昧十力妙法爾時拘睒彌王聞諸比丘殺眞人阿羅漢及三藏法師心生悲惱惋慨而坐爾時諸邪見輩諍競打破塔廟及害比丘從是佛法索然頓滅爾時世尊語釋提桓因四大天王諸天世人於我滅度之後法盡之相如上所說是故汝等今者不可不以勤力加於精進護持正法久令在世爾時諸天世人聞佛所說各各悲顏以手揮淚頂禮佛足各自退去

阿育王施半阿摩勒果因緣經

阿育王於如來法中得大敬信時王問諸比丘言誰於如來法中行大布施諸比丘白王言給孤獨長者最行大施王復問曰彼施幾許寶物比丘答曰以億千金王聞巳如是思惟彼長者尚能捨億千金我今爲王何緣復以億千金施當以億百千金施時王起八萬四千佛塔於彼一一塔中復施百千金復作五歲大會會有三百千比丘用三百億金供養於彼僧衆中第一分是阿羅漢第二分是學人第三分是眞實凡夫除私庫藏此閻浮提夫人婇女太子大臣施與聖僧四十億金還復贖取如是計校用九十六億千金乃至王得重病時王自知命欲終盡時有大臣名羅陀崛多時王宿命是施佛土時同伴小兒時彼大臣羅陀崛多見王重病命垂欲盡稽

首以偈問曰

顔貌常鮮澤　百千婇女遶　譬如諸蓮華
蜜蜂當聚集　今覩聖王顔　無有諸鮮澤

王即以偈答

我今無所憂　失財及王位　此身及餘親
及諸種種寶　我今所愁者　不復覩賢聖
四事以供養　我今唯念此　顔色有變異
心意無所寧

又復我常所願欲以滿億百千金作功德今願不得滿足便就後世時計校前後所施金銀珍寶唯減四億未滿王即辦諸珍寶送與雞雀寺中法益之子名三波提爲太子諸臣等啓太子言大王將終不久今以此珍寶送與寺舍中今庫藏財寶已竭諸王法以物爲尊太子今宜斷之勿使大王用盡也時太子即勑典藏者勿復出與大王用之時大王自知索諸物不復能得所食金器送與寺中時太子令斷金器給以銀器王食已復送與寺中又斷銀器給以銅器王亦以此送與寺中又斷銅器給以瓦器時大王手中有半阿摩勒果悲淚告諸大臣今誰爲地主時諸臣啓白大王王爲地主時王即說偈答曰

汝等護我心　何假虛妄語　我今坐王位
不復得自在　阿摩勒半果　今在於我手
此即是我有　於是得自由　嗚呼尊富貴
可猒可棄捨　先領閻浮提　今一旦貧至
如恒河駛流　一逝而不反　富貴亦復然
逝者不復還

又復如佛偈所說

凡盛必有衰　以衰爲究竟　如來神口說

眞實無有異　先時所教令　速疾無有礙
今有所求索　無復從我教　如風礙於山
如水礙於岸　我今所教令　於今已永絕
將從無量衆　擊鼓吹貝螺　常作諸妓樂
受諸五欲樂　婇女數百衆　日夜自娛樂
今者都永盡　如樹無華實　顏貌轉枯盡
色力亦復然　如華轉萎悴　我今亦復爾

時阿育王呼侍者言汝今憶我恩養汝持此半阿摩勒果送雞雀寺中作我意禮拜諸比丘僧足白言阿育王問訊諸大聖衆我是阿育王領此閻浮提閻浮提是我所有今者頓盡無有財寶布施衆僧於一切財而不得自在今唯此半阿摩勒果我得自由此是最後布施檀波羅蜜哀愍我故納受此施令我得供養僧福而說偈言

半阿摩勒果　是我之所有　於我得自在
今捨於大衆　緣心在於聖　更無濟我者
憐愍於我故　納受阿摩勒　爲我食此施
因是福無量　世世受妙樂　用之無有盡

時彼使者受王勅已即持此半阿摩勒果至雞雀寺中至上座前五體著地作禮長跪合掌向上座而說偈曰

領於閻浮提　一繖擊一鼓　遊行無所礙
如日照於世　業行報已至　在世不復久
無有王威德　如日雲所翳　號曰阿育王
稽首禮僧足　送此布施物　謂半阿摩勒
願求來世福　哀愍彼王故　聖衆愍彼故
受是半果施

時彼上座告諸大衆誰聞是語而不猒世間我等聞是事不可不生猒離如佛經所說見

他衰事應生猒離若有識類衆生者聞是事豈得不捨世間而說偈曰

人王世中最　阿育孔雀姓　閻浮提自在
阿摩勒爲主　太子及諸臣　共奪大王施
送半阿摩勒　降伏慳財者　使彼生猒心
愚夫不識施　因果受妙樂　示送半摩勒

時彼上座作是念言云何令此半阿摩勒一切衆僧得其分食即教令研磨著石榴羹中行已衆僧一切皆得周遍時王復問傍臣曰誰是閻浮提王臣啓王言大王是也時王從卧起而坐顧望四方合掌作禮念諸佛德心念口言我今復以此閻浮提施與三寶隨意用之而說偈曰

今此閻浮提　多有珍寶飾　施與良福田
果報自然得　以此施功德　不求天帝釋
梵王及人主　世界諸妙樂　如是等果報
我悉不用受　以是施功德　疾得成佛道
爲世所遵仰　成得一切智　世間作善友
導師最第一

時王以此語盡書紙上而封緘之以齒印印之作如是事畢便即就盡爾時太子及諸臣宮人婇女國界人民興種種供養舉送如王之法而闍維之爾時諸臣欲立太子紹王位中有一大臣名曰阿㝹羅陀語諸臣曰不得立太子爲王所以者何大王阿育在時本誓願滿十萬億金作諸功德唯減四億不滿十萬以是故今捨閻浮提施與三寶欲令滿足今是大地屬於三寶云何而立爲王時諸臣聞已即送四億諸金送與寺中即便立法益之子爲王名三波提次復太子名毗梨訶波

低爲紹王位毗梨訶波低太子名曰毗梨訶西那次紹王位毗梨訶西那太子名曰沸沙須摩次紹王位沸沙須摩太子名曰沸沙蜜多羅次紹王位時沸沙蜜多羅問諸臣曰我當作何等事令我名德久存於世時賢善諸臣信樂三寶者啓王言阿育大王是王之前種姓彼王在世造立八萬四千如來塔復興種種供養此之名德相傳至今王欲求此名者當造立八萬四千塔及諸供養王言大王阿育有大威德能辦此事我不能作更思餘事中有惡臣不信向者啓王言世間二種法傳世不滅一者作善二者作惡大王阿育作諸善行王今當行惡行打壞八萬四千塔時王用佞臣語即興四兵衆往詣寺舍壞諸塔寺王先往雞雀寺中寺門前有石師子即作師子吼王聞之即大驚怖非生獸之類而能吼鳴還入城中如是再三欲壞彼寺時王呼諸比丘來問諸比丘使我壞塔爲善壞僧房爲善比丘答曰二不應行王其欲壞者寧壞僧房勿壞佛塔時王殺害比丘及壞塔寺如是漸漸至婆伽羅國又復唱令若有人能得沙門釋子頭來者賞之千金爾時彼國中有一阿羅漢化作衆多比丘頭與諸百姓令送至於王所令庫藏財寶竭盡時彼王聞阿羅漢作如是事倍復瞋恚欲殺彼阿羅漢時彼羅漢入滅盡正受王作無量方便殺彼聖人終不能得入滅盡三昧力故不傷其體如是漸進至佛塔門邊彼所塔中有一鬼神止住其中守護佛塔名曰牙齒彼鬼神作是念我是佛弟子受持禁戒不殺害衆生我今不能

殺害於王又復作念有一神名曰爲蟲行諸惡行凶暴勇健求索我女我不與之今者爲護正法故當嫁與彼令其守護佛法即呼彼神語言我今嫁女與汝然共立約誓汝要當降伏此王勿使興諸惡行壞滅正法時王所有一大鬼神名曰烏荼威德具足由彼神故不奈王何時牙齒神作方便令日王滅勢自然由此鬼神我今誘誑共作親厚如是與彼神作知識極作知識已即將此神至於南方大海中時彼蟲神排攩大山磓笮王上及四兵衆無不死盡衆人唱言快哉快哉是世人相傳名爲快哉彼王終亡孔雀苗裔於此永終是故世間富樂不足爲貪阿育大王有智之人覺世無常身命難保五家財物亦如幻化覺了彼法勤行精進作諸功德乃至臨終係心三寶念念不絶無所悋惜唯願盡成阿耨多羅三藐三菩提

雜阿含經卷第二十五

音釋

號咷 號胡刀切咷徒刀切號咷大哭也 惋慨 惋烏貫切歎恨也慨古蓋切憒激也 駛 踈士切疾也 悴 秦醉切憔悴也 闍維 梵語也正云荼毗此云焚燒闍音蛇 排攩 排步皆切推也攩他朗切亦推也又搥打也 磓笮 磓直追切以石投下也笮側格切壓也

雜阿含經卷第二十六

宋天竺三藏求那跋陀羅譯

如是我聞一時佛住舍衛國祇樹給孤獨園

爾時世尊告諸比丘有三根未知當知根知根無知根爾時世尊即說偈言

覺知學地時　隨順直道進　精進勤方便

善自護其心　如自知生盡　無礙道已知

以知解脫已　最後得無知　不動意解脫

一切有能盡　諸根悉具足　樂於根寂靜

持於最後身　降伏衆魔怨

佛說此經已諸比丘聞佛所說歡喜奉行

如是我聞一時佛住舍衛國祇樹給孤獨園

爾時世尊告諸比丘有五根何謂為五謂信根精進根念根定根慧根佛說此經已諸比丘聞佛所說歡喜奉行

如是我聞一時佛住舍衛國祇樹給孤獨園

爾時世尊告諸比丘有五根何等為五謂信根精進根念根定根慧根若比丘於此五根如實善觀察如實善觀察者於三結斷知謂身見戒取疑是名須陀洹不墮惡趣法決定向於正覺七有天人往生究竟苦邊佛說此經已諸比丘聞佛所說歡喜奉行

如是我聞一時佛住舍衛國祇樹給孤獨園

爾時世尊告諸比丘於此五根如實觀察者不起諸漏心得離欲解脫是名阿羅漢諸漏已盡所作已作離諸重擔逮得己利盡諸有結正智心善解脫佛說此經已諸比丘聞佛所說歡喜奉行

如是我聞一時佛住舍衛國祇樹給孤獨園

爾時世尊告諸比丘有五根何等為五謂信

根精進根念根定根慧根信根者當知是四不壞淨精進根者當知是四正斷念根者當知是四念處定根者當知是四禪慧根者當知是四聖諦佛說此經已諸比丘聞佛所說歡喜奉行

如是我聞一時佛住舍衛國祇樹給孤獨園爾時世尊告諸比丘有五根何等爲五謂信根精進根念根定根慧根何等爲信根若比丘於如來所起淨信心根本堅固餘沙門婆羅門諸天魔梵沙門婆羅門及餘世間無能沮壞其心者是名信根何等爲精進根已生惡不善法斷生欲方便攝心增進未生惡不善法不起生欲方便攝心增進未生善法令起生欲方便攝心增進已生善法住不忘修習增廣生欲方便攝心增進是名精進根何等爲念根若比丘内身身觀住慇懃方便正念正智調伏世間貪憂外身内外身受心法法觀念住亦如是說是名念根何等爲定根若比丘離欲惡不善法有覺有觀離生喜樂乃至第四禪具足住是名定根何等爲慧根若比丘苦聖諦如實知苦集聖諦苦滅聖諦苦滅道跡聖諦如實知是名慧根佛說此經已諸比丘聞佛所說歡喜奉行

如是我聞一時佛住舍衛國祇樹給孤獨園爾時世尊告諸比丘如上說差別者若比丘於此五根如實觀察已於三結斷知何等爲三謂身見戒取疑是名須陀洹不墮惡趣決定正向三菩提七有天人往生究竟苦邊佛說此經已諸比丘聞佛所說歡喜奉行

如是我聞一時佛住舍衛國祇樹給孤獨園

爾時世尊告諸比丘如上說差別者若比丘於此五根如實觀察已得盡諸漏離欲解脱是名阿羅漢諸漏已盡所作已作離諸重擔逮得已利盡諸有結正智心得解脱佛說此經已諸比丘聞佛所說歡喜奉行

如是我聞一時佛住舍衛國祇樹給孤獨園

爾時世尊告諸比丘如上說差別者諸比丘若我於此信根信根集信根滅信根滅道跡不如實知者我終不得於諸天魔梵沙門婆羅門中爲出爲離心離顛倒亦不得成阿耨多羅三藐三菩提如信根精進根念根定根慧根亦如是說諸比丘我於此信根正智如實觀察故信根集信根滅信根滅道跡正智如實觀察故我於諸天魔梵沙門婆羅門衆中爲出爲離心離顛倒成阿耨多羅三藐三菩提如信根精進念定慧根亦如是說佛說此經已諸比丘聞佛所說歡喜奉行

如是我聞一時佛住舍衛國祇樹給孤獨園

爾時世尊告諸比丘如上說差別者諸比丘我此信根集信根沒信根味信根患信根離不如實知者我不得於諸天魔梵沙門婆羅門衆中爲解脱爲出爲離心離顛倒成阿耨多羅三藐三菩提如是精進根念根定根慧根亦如是說諸比丘我於信根信根集信根沒信根味信根患信根離如實知故於諸天魔梵沙門婆羅門衆中爲解脱爲出爲離心離顛倒得成阿耨多羅三藐三菩提佛說此經已諸比丘聞佛所說歡喜奉行

如是我聞一時佛住舍衛國祇樹給孤獨園

爾時世尊告諸比丘如上說差別者若比丘

於此五根若利若滿足得阿羅漢若輭若劣得阿那含若輭若劣得斯陀含若輭若劣得須陀洹滿足者成滿足事不滿足者成不滿足事於此五根不空無果若於此五根一切無者我說彼爲外道凡夫之數佛說此經已諸比丘聞佛所說歡喜奉行

如是我聞一時佛住舍衛國祇樹給孤獨園

爾時世尊告諸比丘如上說差别者若比丘於彼五根增上明利滿足者得阿羅漢俱分解脫若輭若劣者得身證於彼若輭若劣得見到於彼若輭若劣得信解脫於彼若輭若劣得一種於彼若輭若劣得斯陀含於彼若輭若劣得家家於彼若輭若劣得七有於彼若輭若劣得法行於彼若輭若劣得信行是名比丘根波羅蜜因緣知果波羅蜜果波羅蜜因緣知人波羅蜜如是滿足者作滿足事減少者作減少事於彼諸根則不空無果若無此諸根者我說彼爲作凡夫數佛說此經已諸比丘聞佛所說歡喜奉行

如是我聞一時佛住舍衛國祇樹給孤獨園

爾時世尊告諸比丘有五根何等爲五謂信根精進根念根定根慧根此五根一切皆爲慧根所攝受譬如堂閣衆材棟爲其首皆依於棟以攝持故如是五根慧爲其首以攝持故佛說此經已諸比丘聞佛所說歡喜奉行

如是我聞一時佛住舍衛國祇樹給孤獨園

爾時世尊告諸比丘有五根何等爲五謂信根精進根念根定根慧根信根者當知是四不壞淨精進根者當知是四正斷念根者當知是四念處定根者當知是四禪慧根者當

知是四聖諦此諸功德一切皆是慧爲其首以攝持故乃至佛說此經已諸比丘聞佛所說歡喜奉行

如是我聞一時佛住舍衛國祇樹給孤獨園爾時世尊告諸比丘有五根何等爲五信根精進根念根定根慧根若聖弟子成就慧根者能修信根依離依無欲依滅向於捨是名信根成就信根成就即是慧根如信根如是精進根念根定根慧根亦如是說是故就此五根慧根爲其首以攝持故譬如堂閣棟爲其首衆材所依以攝持故如是五根慧爲其首以攝持故佛說此經已諸比丘聞佛所說歡喜奉行

如是我聞一時佛住舍衛國祇樹給孤獨園爾時世尊告諸比丘有五根何等爲五信根精進根念根定根慧根若聖弟子成就信根者作如是學聖弟子無始生死無明所著愛所繫衆生長夜生死往來流馳不知本際有因故有生死因永盡者則無生死無明大闇聚障礙誰般涅槃唯苦滅苦息清涼没如信根如是精進根念根定根慧根亦如是說此五根慧爲首慧所攝持譬如堂閣棟爲首棟所攝持佛說此經已諸比丘聞佛所說歡喜奉行

如是我聞一時佛住舍衛國祇樹給孤獨園爾時世尊告諸比丘有五根信根精進根念根定根慧根何等爲信根謂聖弟子於如來所起信心根本堅固諸天魔梵沙門婆羅門及諸世間法所不能壞是名信根何等爲精進根謂四正斷何等爲念根謂四念處何等

爲定根謂四禪何等爲慧根謂四聖諦此諸功德皆以慧爲首譬如堂閣棟爲其首佛說此經已諸比丘聞佛所說歡喜奉行

如是我聞一時佛住舍衛國祇樹給孤獨園爾時世尊告諸比丘有五根何等爲五謂信根精進根念根定根慧根何等爲信根若聖弟子於如來發菩提心所得淨信心是名信根何等爲精進根於如來發菩提心所起精進方便是名精進根何等爲念根於如來初發菩提心所起念是名念根何等爲定根於如來初發菩提心所起三昧是名定根何等爲慧根於如來初發菩提心所起智慧是名慧根譬如堂閣餘如上說佛說此經已諸比丘聞佛所說歡喜奉行

如是我聞一時佛住舍衛國祇樹給孤獨園爾時世尊告諸比丘有五根何等爲五謂信根精進根念根定根慧根於此五根修習多修習過去未來現在一切苦斷佛說此經已諸比丘聞佛所說歡喜奉行

如苦斷如是究竟苦邊苦盡苦息苦沒度苦流於縛得解害諸色過去未來現在一切漏盡亦如是說

如是我聞一時佛住舍衛國祇樹給孤獨園爾時世尊告諸比丘有二種力何等爲二謂數力及修力何等爲數力謂聖弟子坐閑林中樹下作如是思惟身惡行現法後世受於惡報我若行身惡行者我當自悔教他亦悔我大師亦當悔我大德梵行亦當悔我以法責我惡名流布身壞命終當生惡趣泥犁中如是現法後報身惡行斷修身善行如身惡

行口意惡行亦如是說是名數力何等爲修力若比丘學於數力聖弟子數力成就已隨得修力得修力已修力滿足佛說此經已諸比丘聞佛所說歡喜奉行

如是我聞一時佛住舍衛國祇樹給孤獨園

爾時世尊告諸比丘如上說差別者聖弟子學數力成就已貪恚癡若節若盡如是聖弟子依於數力盡立數力隨得修力得修力已修力滿足佛說此經已諸比丘聞佛所說歡喜奉行

如是我聞一時佛住舍衛國祇樹給孤獨園

爾時世尊告諸比丘如上說差別者何等爲修力謂修四念處佛說此經已諸比丘聞佛所說歡喜奉行

如四念處如是修四正斷四如意足五根五力七覺分八聖道分四道四法句止觀亦如是說

如是我聞一時佛住舍衛國祇樹給孤獨園

爾時世尊告諸比丘有三種力何等爲三謂信力精進力慧力復次三力何等爲三謂信力念力慧力復次三力何等爲三謂信力定力慧力佛說此經已諸比丘聞佛所說歡喜奉行

如是我聞一時佛住舍衛國祇樹給孤獨園

爾時世尊告諸比丘有三力謂信力精進力慧力如是比丘當作是學我當成就信力精進力慧力佛說此經已諸比丘聞佛所說歡喜奉行

如精進力念力定力亦如是說

如是我聞一時佛住舍衛國祇樹給孤獨園

爾時世尊告諸比丘有三力信力念力慧力何等爲信力謂聖弟子於如來所入於淨信根本堅固諸天魔梵沙門婆羅門及諸同法所不能壞是名信力何等爲精進力謂修四正斷何等爲慧力謂四聖諦佛說此經已諸比丘聞佛所說歡喜奉行

餘二力如上說

如是我聞一時佛住舍衛國祇樹給孤獨園爾時世尊告諸比丘有四力何等爲四謂信力精進力念力慧力復次四力信力念力定力慧力復次四力覺力精進力無罪力攝力此諸經如上三力說差別者何等爲覺力於善不善法如實知有罪無罪習近不習近卑法勝法黑法白法有分別法無分別法緣起法非緣起法如實知是名覺力何等爲精進力謂四正斷如前廣說何等爲無罪力謂無罪身口意是名無罪力何等爲攝力謂四攝事惠施愛語行利同利佛說此經已諸比丘聞佛所說歡喜奉行

如是我聞一時佛住舍衛國祇樹給孤獨園爾時世尊告諸比丘如上說差別者若最勝施者謂法施最勝愛語者謂善男子樂聞應時說法行利最勝者謂不信者能令入信建立於信立戒者以淨戒慳者以施惡智者以正智令入建立同利最勝者謂阿羅漢以阿羅漢阿那含以阿那含斯陀含以斯陀含須陀洹以須陀洹淨戒者以淨戒而授於彼佛說此經已諸比丘聞佛所說歡喜奉行

如是我聞一時佛住舍衛國祇樹給孤獨園爾時世尊告諸比丘如上說差別者若所有

法是衆之所取一切皆是四攝事或有一取施者或一取愛語者或一取行利者或一取同利者過去世時過去世衆以有所取者亦是四攝事未來世衆當有所取者亦是四攝事或一取施者或一取愛語或一取行利者或一取同利爾時世尊即說偈言

布施及愛語　或有行利行　同利諸行生
各隨其所應　以此攝世間　猶車因工運
世無四攝事　母恩子養忘　亦無父等尊
謙下之奉事　以有四攝事　隨順之法故
是故有大士　德被於世間

佛說此經已諸比丘聞佛所說歡喜奉行

如是我聞一時佛住舍衛國祇樹給孤獨園爾時世尊告諸比丘有四力何等爲四謂覺力精進力無罪力攝力如上說若比丘成就此四力者得離五恐怖何等爲五謂不活恐怖惡名恐怖衆中恐怖死恐怖惡趣恐怖是名五恐怖佛說此經已諸比丘聞佛所說歡喜奉行

如是我聞一時佛住舍衛國祇樹給孤獨園爾時世尊告諸比丘如上說差别者聖弟子成就此四力者當作是學我不畏不活我何緣畏不活若身行不淨行口不淨行意不淨行作諸邪貪不信懈怠不精進失念不定惡慧慳不攝者彼應畏不活我有四力謂覺力精進力無罪力攝力有此四力成就故不應畏如不活畏如是惡名畏衆中畏死畏惡趣畏亦如上說佛說此經已諸比丘聞佛所說歡喜奉行

如是我聞一時佛住舍衛國祇樹給孤獨園

爾時世尊告諸比丘有四力覺力精進力無罪力攝力何等爲覺力謂慧大慧深慧難勝慧是名覺力何等爲精進力若於不善法不善數黑黑數有罪有罪數不應親近不應親近不應數離此諸法已若諸餘善善數白白數無罪無罪數應親近應親近數如此等修習增上精勤欲方便堪能正念正智而學是名精進力無罪力攝力如上修多羅說佛說此經已諸比丘聞佛所說歡喜奉行

如是我聞一時佛住舍衛國祇樹給孤獨園

爾時世尊告諸比丘有五力何等爲五信力精進力念力定力慧力佛說是經已諸比丘聞佛所說歡喜奉行

如是我聞一時佛住舍衛國祇樹給孤獨園

爾時世尊告諸比丘如上說差別者諸比丘當作是學我當勤加精進成就信力精進力念力定力慧力佛說此經已諸比丘聞佛所說歡喜奉行

如是我聞一時佛住舍衛國祇樹給孤獨園

爾時世尊告諸比丘如上說差別者彼信力當知是四不壞淨精進力者當知是四正斷念力者當知是四念處定力者當知是四禪慧力者當知是四聖諦佛說此經已諸比丘聞佛所說歡喜奉行

如是我聞一時佛住舍衛國祇樹給孤獨園

爾時世尊告諸比丘如上說差別者是故諸比丘當作是學我成就信力精進力念力定力慧力佛說此經已諸比丘聞佛所說歡喜奉行

如是我聞一時佛住舍衛國祇樹給孤獨園

爾時世尊告諸比丘有五學力何等爲五謂信力是學力精進力是學力慙力是學力愧力是學力慧力是學力佛說此經已諸比丘聞佛所說歡喜奉行

如是我聞一時佛住舍衛國祇樹給孤獨園爾時世尊告諸比丘如上說差別者諸比丘當作是學我當成就信力是學力成就精進力是學力成就慙力是學力成就愧力是學力成就慧力是學力佛說此經已諸比丘聞佛所說歡喜奉行

如是我聞一時佛住舍衛國祇樹給孤獨園爾時世尊告諸比丘如上說差別者何等信力是學力於如來所善入於信根本堅固諸天魔梵沙門婆羅門及餘同法所不能壞何等爲精進力是學力謂四正斷如前廣說何等爲慙力是學力謂羞恥恥於起惡不善法諸煩惱數受諸有熾然苦報於未來世生老病死憂悲惱苦是名慙力是學力何等爲愧力是學力謂諸可愧事而愧愧起諸惡不善法煩惱數受諸有熾然苦報於未來世生老病死憂悲苦惱是名愧力是學力何等爲慧力是學力謂聖弟子住於智慧成就世間生滅智慧賢聖出厭離決定正盡苦是名慧力是學力佛說此經已諸比丘聞佛所說歡喜奉行

如是我聞一時佛住舍衛國祇樹給孤獨園爾時世尊告諸比丘如上說差別者是故諸比丘當作是學我當成就信力是學力精進力慙力愧力慧力是學力佛說此經已諸比丘聞佛所說歡喜奉行

如是我聞一時佛住舍衛國祇樹給孤獨園爾時世尊告諸比丘若比丘於善法若變若退若不久住者他人當以五種自法來呵責汝何等爲五言汝不以信入於善法若依信者能離不善法修諸善法汝無精進無慙無愧無慧入於善法故若依慧者能離諸不善法修諸善法若比丘於正法不變不退久住者他人當以五種自法來慶慰汝何等爲五正信入於善法若依信者離不善法修諸善法精進慙愧慧入於善法若依慧者離不善法修諸善法佛說此經已諸比丘聞佛所說歡喜奉行

如是我聞一時佛住舍衛國祇樹給孤獨園爾時世尊告諸比丘若比丘還戒者退戒者他人當以五種自法來呵責汝何等爲五若比丘不以信入於善法若依信者離不善法修諸善法不以精進慙愧慧入於善法若依慧者離不善法修諸善法若比丘盡其壽命純一滿淨梵行清白者他人當以五種自法來慶慰汝如上說佛說此經已諸比丘聞佛所說歡喜奉行

如是我聞一時佛住舍衛國祇樹給孤獨園爾時世尊告諸比丘若比丘若不欲令惡不善法生者唯有信善法若信退減者不信永住諸不善法則生乃至欲令惡不善法不生者唯有精進慙愧慧若精進慙愧慧力退減惡慧永住者惡不善法則生若比丘依於信者則離不善法修諸善法依精進慙愧慧者則離不善法修諸善法佛說此經已諸比丘聞佛所說歡喜奉行

如是我聞一時佛住舍衛國祇樹給孤獨園爾時世尊告諸比丘若比丘於色生猒離欲滅盡不起解脫是名阿羅訶三藐三佛陀受想行識亦如是說若復比丘於色生猒離欲不起解脫者是名阿羅漢慧解脫受想行識亦如是說諸比丘如來應等正覺阿羅漢慧解脫有何種種別異諸比丘白佛世尊是法根法眼法依唯願爲說諸比丘聞已當受奉行佛告比丘諦聽善思當爲汝說如來應等正覺者先未聞法能自覺知現法自知得三菩提於未來世能說正法覺諸聲聞所謂四念處四正斷四如意足五根五力七覺分八聖道分是名如來應等正覺所未得法能得未制梵行能制能善知道善說道爲衆將導然後聲聞成就隨法隨道樂奉大師教戒教授善於正法是名如來應等正覺阿羅漢慧解脫種種別異復次五學力如來十力何等爲學力謂信力精進力念力定力慧力何等爲如來十力謂如來處非處如實知是名如來初力若成就此力者如來應等正覺得先佛最勝處智轉於梵輪於大衆中能師子吼而吼復次如來於過去未來現在業法受因事報如實知是名第二如來力如來應等正覺成就此力得先佛最勝處智能轉梵輪於大衆中作師子吼而吼復次如來應等正覺禪解脫三昧正受染惡清淨處淨如實知是名如來第三力若此力成就如來應等正覺得先佛最勝處智能轉梵輪於大衆中師子吼而吼復次如來知衆生種種諸根差別如實知是名如來第四力若成就此力如來應

等正覺得先佛最勝處智能轉梵輪於大衆中師子吼而吼復次如來悉知衆生種種意解如實知是名第五如來力若此力成就如來應等正覺得先佛最勝處智能轉梵輪於大衆中師子吼而吼復次如來悉知世間衆生種種諸界如實知是名第六如來力若於此力成就如來應等正覺得先佛最勝處智能轉梵輪於大衆中師子吼而吼復次如來於一切至處道如實知是名第七如來力若此力成就如來應等正覺得先佛最勝處智能轉梵輪於大衆中師子吼而吼復次如來於過去宿命種種事憶念從一生至百千生從一劫至百千劫我爾時於彼生如是族如是姓如是名如是食如是苦樂覺如是長壽如是久住如是壽分齊我於彼處死此處生此處死彼處生如是行如是因如是方宿命所更悉如實知是名第八如來力若此力成就如來應等正覺得先佛最勝處智能轉梵輪於大衆中師子吼而吼復次如來以天眼淨過於人眼見衆生死時生時妙色惡色下色上色向於惡趣向於善趣隨業法受悉如實知此衆生身惡業成就口意惡業成就謗毀賢聖受邪見業以是因緣身壞命終墮惡趣生地獄中此衆生身善行口意善行不謗賢聖正見業法受彼因彼緣身壞命終生善趣天上悉如實知是名第九如來力若此力成就如來應等正覺得先佛最勝處智能轉梵輪於大衆中師子吼而吼復次如來諸漏已盡無漏心解脫慧解脫現法自知身作證我生已盡梵行已立所作已作自知不受後

有是名第十如來力若此力成就如來應等正覺得先佛最勝處智能轉梵輪於大衆中師子吼而吼如此十力唯如來成就是名如來與聲聞種種差別佛說此經已諸比丘聞佛所說歡喜奉行

如是我聞一時佛住舍衛國祇樹給孤獨園爾時世尊告諸比丘譬如嬰兒父母生已付其乳母隨時摩拭隨時沐浴隨時乳哺隨時消息若乳母不謹慎者兒或以草以土諸不淨物著其口中乳母當即教令除去能時除却者善兒不能自却者乳母當以左手持其頭右手探其𩐅嬰兒當時雖苦乳母要當苦探其𩐅爲欲令其子長夜安樂故佛告諸比丘若嬰兒長大有所識別復持草土諸不淨物著口中不比丘白佛不也世尊嬰兒長大有所別知尚不以脚觸諸不淨物況著口中佛告比丘嬰兒小時乳母隨時料理消息及其長大智慧成就乳母放捨不勤消息以其長大不自放逸故如是比丘若諸聲聞始學智慧未足如來以法隨時教授而消息之若久學智慧深固如來放捨不復隨時慇懃教授以其智慧成就不放逸故是故聲聞五種學力如來成就十種智力如上廣說佛說此經已諸比丘聞佛所說歡喜奉行

如是我聞一時佛住舍衛國祇樹給孤獨園爾時世尊告諸比丘如來有六種力若六種力成就如來應等正覺得先佛最勝處智能轉梵輪於大衆中師子吼而吼謂處非處如實知如來初力復次過去未來現在心樂法受如實知如上廣說是名第二如來力復次

如來禪解脫三昧正受如實知如上廣說是名如來第三力復次如來過去種種宿命之事如實知如上廣說是名如來第四力復次如來天眼淨過於人眼見諸衆生死此生彼如上廣說是名如來第五力復次如來結漏已盡無漏心解脫慧解脫如上廣說乃至於衆中師子吼而吼是名如來第六力佛說此經已諸比丘聞佛所說歡喜奉行

如是我聞一時佛住舍衛國祇樹給孤獨園爾時世尊告諸比丘如上說差別者若有來問我如來處非處力如如來處非處智力所知見覺成等正覺爲彼記說若復來問如來自以樂受智力如如來自以樂受智力所知見覺成等正覺爲彼記說是名第二如來智力若有來問如來禪定解脫三昧正受智力如如來禪定解脫三昧正受爲彼記說若有來問宿命所更智力如如來宿命所更所知見覺爲彼記說若有來問如來天眼智力如如來天眼所見爲彼記說若有來問如來漏盡智力如如來漏盡智力所知見覺爲彼記說佛說此經已諸比丘聞佛所說歡喜奉行

如是我聞一時佛住舍衛國祇樹給孤獨園爾時世尊告諸比丘有七力何等爲七信力精進力慙力愧力念力定力慧力爾時世尊即說偈言

信力精進力　慙力及愧力　正念定慧力
是說名七力　成就七力者　得盡諸有漏

佛說此經已諸比丘聞佛所說歡喜奉行

如是我聞一時佛住舍衛國祇樹給孤獨園爾時世尊告諸比丘有七力如上說差別者

是故比丘當如是學我當成就七力如是精進力慚力愧力念力定力慧力亦當學佛說此經已諸比丘聞佛所說歡喜奉行

如是我聞一時佛住舍衛國祇樹給孤獨園

爾時世尊告諸比丘有七力如上說差別者

爾時世尊即說偈言

信力精進力　及說慚愧力　念力定慧力
是名爲七力　七力成就者　疾斷諸有漏

佛說此經已諸比丘聞佛所說歡喜奉行

如是我聞一時佛住舍衛國祇樹給孤獨園

爾時世尊告諸比丘有七力何等爲七信力精進力慚力愧力念力定力慧力何等爲信力於如來所起信心深入堅固諸天魔梵沙門婆羅門及餘同法所不能壞是名信力何等爲精進力謂四正斷如上廣說何等爲慚力謂恥惡不善法如上說何等爲愧力於可愧事愧愧起惡不善法如上說何等爲念力謂四念處如上說何等爲定力謂四禪如上說何等爲慧力謂四聖諦如上說佛說此經已諸比丘聞佛所說歡喜奉行

如是我聞一時佛住舍衛國祇樹給孤獨園

爾時世尊告諸比丘有八力何等爲八謂自在王者力斷事大臣力結恨女人力啼泣嬰兒力毀呰愚人力審諦黠慧力忍辱出家力計數多聞力佛說此經已諸比丘聞佛所說歡喜奉行

如是我聞一時佛住舍衛國祇樹給孤獨園

爾時世尊告諸比丘如上說差別者謂自在王力者王者現自在威力斷事大臣力者大臣現斷事之功力結恨女人力者女人之法

現結恨力啼泣嬰兒力者嬰兒之法現啼泣力毀呰愚人力者愚人之法觸事毀呰審諦黠慧力者智慧之人常現審諦忍辱出家力者出家之人常現忍辱計數多聞力者多聞之人常現思惟計數佛說此經已諸比丘聞佛所說歡喜奉行

如是我聞一時佛住舍衛國祇樹給孤獨園爾時尊者舍利弗詣世尊所稽首禮足退坐一面白佛言世尊漏盡比丘有幾力佛告舍利弗漏盡比丘有八力何等爲八謂漏盡比丘心順趣於離流注於離浚輸於離順趣於出流注於出浚輸於出順趣涅槃流注涅槃浚輸涅槃若見五欲猶見火坑如是見已於欲欲念欲受欲著心不永住修四念處四正斷四如意足五根五力七覺分八聖道分佛說此經已尊者舍利弗聞佛所說歡喜奉行

如尊者舍利弗問經如是異比丘問佛問諸比丘二經亦如上說

如是我聞一時佛住舍衛國祇樹給孤獨園爾時世尊告諸比丘有九力何等爲九力謂信力精進力慙力愧力念力定力慧力數力修力佛說此經已諸比丘聞佛所說歡喜奉行

如是我聞一時佛住舍衛國祇樹給孤獨園爾時世尊告諸比丘有九力何等爲九謂信力精進力慙力愧力念力定力慧力數力修力何等爲信力於如來所起正信心深入堅固如上說何等爲精進力謂四正斷如上說何等爲慙力如上說何等爲愧力如上說何等爲念力謂內身身觀住如上說何等爲定

力謂四禪何等爲慧力謂四聖諦何等爲數力謂聖弟子若於閑房樹下作如是學身口惡行者於現法後世當受惡報如上廣說何等爲修力謂修四念處如前說佛說此經已諸比丘聞佛所說歡喜奉行

如是我聞一時佛住舍衛國祇樹給孤獨園爾時世尊告諸比丘有九力何等爲九自在王者力斷事大臣力機關工巧力刀劒賊盜力結恨女人力啼泣嬰兒力毀呰愚人力審諦黠慧力忍辱出家力計數多聞力佛說此經已諸比丘聞佛所說歡喜奉行

如是我聞一時佛住舍衛國祇樹給孤獨園爾時世尊告諸比丘如上說差別者謂自在王力者王者現自在威力斷事大臣力者大臣現斷事之功力機關工巧力造機關者現其工巧力刀劒盜賊力盜賊必現刀劒力結恨女人力者女人之法現結恨力啼泣嬰兒力者嬰兒之法現啼泣力毀呰愚人力者愚人之法觸事毀呰審諦黠慧力者智慧之人常現審諦忍辱出家力者出家之人常現忍辱計數多聞力者多聞之人常現思惟計數佛說此經已諸比丘聞佛所說歡喜奉行

如是我聞一時佛住舍衛國祇樹給孤獨園爾時世尊告諸比丘有十種如來力若此力成就如來應等正覺得先佛最勝處能轉梵輪於大衆中師子吼而吼何等爲十謂如來處非處如實知是名初力乃至漏盡如上說佛說此經已諸比丘聞佛所說歡喜奉行

如是我聞一時佛住舍衛國祇樹給孤獨園爾時世尊告諸比丘如上說差別者若有來

問如來處非處智力如如來處非處智力所知所見所覺成等正覺爲彼記說如是乃至漏盡智力廣說如上佛說此經已諸比丘聞佛所說歡喜奉行

如是我聞一時佛住舍衛國祇樹給孤獨園爾時世尊告諸比丘若所有法彼彼意解作證悉皆如來無畏智所生若比丘來爲我聲聞不諂不曲質直心生我則教誡教授爲其說法晨朝爲彼教誡教授說法至日中時得勝進處若日暮時爲彼教誡教授說法至晨朝時得勝進處如是教授已彼生正直心實則知實不實知不實上則知上無上則知無上當知當見當得當覺者皆悉了知斯有是處謂五學力十種如來力何等爲五學力謂信力精進力念力定力慧力如來十種力何等爲十謂是處如實知非處如上十力廣說若有來問處非處智力者如如來處非處智等正覺所知所見所覺爲彼記說乃至漏盡智力亦如是說諸比丘處非處智力者我說是定非不定乃至漏盡智者我說是定非不定定者正道非定者邪道佛說此經已諸比丘聞佛所說歡喜奉行

如是我聞一時佛住舍衛國祇樹給孤獨園爾時世尊告諸比丘若不正思惟者未起貪欲蓋則起已起貪欲蓋重生令增廣未起瞋恚睡眠掉悔疑蓋則起已起瞋恚睡眠掉悔疑蓋重生令增廣未起念覺支不起已起念覺支則退未起擇法精進猗喜定捨覺支不起已起擇法精進猗喜定捨覺支則退若比丘正思惟者未起貪欲蓋不起已起貪欲蓋

令滅未起瞋恚睡眠掉悔疑蓋不起已起瞋恚睡眠掉悔疑蓋則斷未起念覺支則起已起者重生令增廣未起擇法精進猗喜定捨覺支則起已起者重生令增廣佛說此經已諸比丘聞佛所說歡喜奉行

如是我聞一時佛住舍衛國祇樹給孤獨園爾時世尊告諸比丘有五退法何等爲五謂貪欲瞋恚睡眠掉悔疑蓋是則退法若修習七覺支多修習令增廣是則不退法何等爲七謂念覺支擇法覺支精進覺支猗覺支喜覺支定覺支捨覺支是名不退法佛說此經已諸比丘聞佛所說歡喜奉行

如是我聞一時佛住舍衛國祇樹給孤獨園爾時世尊告諸比丘有五法能爲黑闇能爲無目能爲無智能羸智慧非明非等覺不轉趣涅槃何等爲五謂貪欲瞋恚睡眠掉悔疑如此五法能爲黑闇能爲無目能爲無智非明非正覺不轉趣涅槃若有七覺支能作大明能爲目增長智慧爲明爲正覺轉趣涅槃何等爲七謂念覺支擇法覺支精進覺支猗覺支喜覺支定覺支捨覺支爲明爲目增長智慧爲明爲正覺轉趣涅槃佛說此經已諸比丘聞佛所說歡喜奉行

如是我聞一時佛住舍衛國祇樹給孤獨園爾時世尊告諸比丘有五障五蓋煩惱於心能羸智慧障礙之分非明非正覺不轉趣涅槃何等爲五謂貪欲蓋瞋恚蓋睡眠蓋掉悔蓋疑蓋如此五蓋爲覆爲蓋煩惱於心令智慧羸爲障礙分非明非等覺不轉趣涅槃若七覺支非覆非蓋不惱於心增長智慧爲明

爲正覺轉趣涅槃何等爲七謂念覺支等如上說乃至捨覺支如此七覺支非翳非蓋不惱於心增長智慧爲明爲正覺轉趣涅槃爾時世尊即說偈言

貪欲瞋恚蓋　睡眠掉悔疑　如此五種蓋
增長諸煩惱　此五覆世間　深著難可度
障蔽於衆生　令不見正道　若得七覺支
則能爲照明　唯此眞諦言　等正覺所說
念覺支爲首　擇法正思惟　精進猗喜覺
三昧捨覺支　如此七覺支　牟尼之正道
隨順大仙人　脫生死怖畏

佛說此經已諸比丘聞佛所說歡喜奉行

如是我聞一時佛住舍衛國祇樹給孤獨園爾時世尊告諸比丘若族姓子捨諸世務出家學道剃除鬚髮著袈裟衣正信非家出家學道如是出家而於其中有愚癡士夫依止聚落城邑晨朝著衣持鉢入村乞食不善護身不守根門不攝其念觀察女人少壯好色而生染著不正思惟心馳取相趣色欲想爲欲心熾盛燒心燒身反俗還戒而自退沒猒離俗務出家學道而反染著增諸罪業而自破壞沉翳沒溺有五種大樹其種至微而漸生長巨大而能暎障衆雜小樹蔭翳萎悴不得生長何等爲五謂揵遮耶樹迦捭多羅樹阿濕波他樹優曇鉢羅樹尼拘留他樹如是五種心樹種子至微而漸漸長大蔭覆諸節能令諸節蔭覆墮卧何等爲五謂貪欲蓋漸漸增長睡眠掉悔疑蓋漸漸增長以增長故令善心蔭覆墮卧若修習七覺支多修習已轉成不退何等爲七謂念覺支擇法精進猗

喜定捨覺支如是七覺支修習多修習已轉成不退轉佛說此經已諸比丘聞佛所說歡喜奉行

如是我聞一時佛住舍衛國祇樹給孤獨園若比丘專一其心側聽正法能斷五法修習七法令其轉進滿足何等爲斷五法謂貪欲蓋瞋恚蓋睡眠蓋掉悔蓋疑蓋是名五法斷何等修習七法謂念覺支擇法覺支精進覺支猗覺支喜覺支定覺支捨覺支修此七法轉進滿足佛說此經已諸比丘聞佛所說歡喜奉行

如是我聞一時佛住舍衛國祇樹給孤獨園爾時世尊告諸比丘聖弟子清淨信心專精聽法者能斷五法修習七法令其滿足何等爲五謂貪欲蓋瞋恚睡眠掉悔疑此蓋則斷何等七法謂念覺支擇法精進猗喜定捨覺支此七法修習滿足淨信者謂心解脫智者謂慧解脫貪欲染心者不得不樂無明染心者慧不清淨是故比丘離貪欲者心解脫離無明者慧解脫若彼比丘離貪欲心解脫得身作證離無明慧解脫是名比丘斷愛縛結慢無明等究竟苦邊佛說此經已諸比丘聞佛所說歡喜奉行

如是我聞一時佛住王舍城耆闍崛山中時有無畏王子日日步涉仿徉遊行來詣佛所與世尊面相問訊慰勞已退坐一面白佛言世尊有沙門婆羅門作如是見作如是說無因無緣衆生煩惱無因無緣衆生清淨世尊復云何佛告無畏沙門婆羅門爲其說者不思而說愚癡不辨不善非知思不知量作如

是說無因無緣衆生煩惱無因無緣衆生清淨所以者何有因有緣衆生煩惱有因有緣衆生清淨故何因何緣衆生煩惱何因何緣衆生清淨謂衆生貪欲增上於他財物他衆具而起貪言此物於我有者好不離愛樂於他衆生而起恨心兇心計校欲打欲縛欲伏加諸不道爲造衆難不捨瞋恚身睡眠心懈怠心掉動內不寂靜心常疑惑過去疑未來疑現在疑無畏如是因如是緣衆生煩惱如是因如是緣衆生清淨無畏白佛瞿曇一分之蓋足煩惱心況復一切無畏白佛瞿曇何因何緣衆生清淨佛告無畏若婆羅門有一勝念決定成就久時所作久時所說能隨憶念當於爾時習念覺支修念覺已念覺滿足念覺滿足已則於選擇分別思惟爾時擇法覺支修習修擇法覺支已擇法覺支滿足彼選擇分別思量法已則精進方便精進覺支於此修習修精進覺支已精進覺支滿足彼精進方便已則歡喜生離諸食想修喜覺支修喜覺支已則喜覺支滿足喜覺支滿足已身心猗息則修猗覺支修猗覺支已猗覺滿足身猗息已則愛樂愛樂已心定則修定覺支修定覺支已定覺滿足定覺滿足已貪憂滅則捨心生修捨覺支修捨覺支已捨覺支滿足如是無畏此因此緣衆生清淨無畏白瞿曇若一分滿足令衆生清淨況復一切無畏白佛瞿曇當何名此經云何奉持佛告無畏王子當名此爲覺支經無畏白佛瞿曇此爲最勝覺分瞿曇我是王子安樂亦常求安樂而希出入今來上山四體疲極得聞瞿曇

說覺支經悉忘疲勞佛說此經已王子無畏聞佛所說歡喜隨喜從座起稽首禮佛足而去

雜阿含經卷第二十六

音釋

沮壞 沮慈呂切遏也壞古瞶切毀也 摩拭 摩眉波切撫摩也拭賞職切指拭也 乳哺 乳忍與切湩也哺薄故切口飼也 鯁 古杏切魚骨也誚食骨不下咽曰鯁 翳 於計切蔽也 仿徉 仿符方切徉與章切仿徉徘徊也又徙倚之貌

雜阿含經卷第二十七

宋天竺三藏求那跋陀羅譯

如是我聞一時佛住王舍城耆闍崛山如上說差別者有沙門婆羅門作如是見如是說無因無緣衆生無智無見無因無緣衆生智見如是廣說乃至無畏王子聞佛所說歡喜隨喜禮佛足而去

如是我聞一時佛住舍衛國祇樹給孤獨園時有衆多比丘晨朝著衣持鉢入舍衛城乞食時衆多比丘作是念今日太早乞食時未至我等且過諸外道精舍衆多比丘即入外道精舍與諸外道共相問訊慰勞問訊慰勞已於一面坐已諸外道問比丘言沙門瞿曇爲諸弟子說法斷五蓋覆心慧力羸爲障礙分不轉趣涅槃住四念處修七覺意我等亦爲諸弟子說斷五蓋覆心慧力羸善住四念處修七覺分我等與彼沙門瞿曇有何等異俱能說法時衆多比丘聞外道所說心不喜悅反呵罵從座起去入舍衛城乞食已還精舍舉衣鉢洗足已往詣佛所稽首佛足退坐一面以諸外道所說具白世尊爾時世尊告衆多比丘彼外道說是語時汝等應反問言諸外道五蓋者種應有十七覺者種應有十四何等爲五蓋之十七覺之十四如是問者彼諸外道則自駭散諸外道法瞋恚憍慢毀呰嫌恨不忍心生或默然低頭失辯潛思所以者何我不見諸天魔梵沙門婆羅門天人衆中聞我所說歡喜隨順者唯除如來及聲聞衆於此聞者諸比丘何等爲五蓋之十謂有内貪欲有外貪欲彼内貪欲者即是蓋非

智非等覺不轉趣涅槃彼外貪欲即是蓋非智非等覺不轉趣涅槃謂瞋恚有瞋恚相若瞋恚及瞋恚相即是蓋非智非等覺不轉趣涅槃有睡有眠彼睡彼眠即是蓋非智非等覺不轉趣涅槃有掉有悔彼掉彼悔即是蓋非智非等覺不轉趣涅槃有疑善法有疑不善法彼善法疑不善法疑即是蓋非智非等覺不轉趣涅槃是名五蓋說十何等爲七覺分說十四有内法心念住有外法心念住彼内法念住即是念覺分是智是等覺能轉趣涅槃彼外法念住即是念覺分是智是等覺能轉趣涅槃有擇善法擇不善法彼善法擇即是擇法覺分是智是等覺能轉趣涅槃彼不善法擇即是擇法覺分是智是等覺能轉趣涅槃有精進斷不善法有精進長養善法彼斷不善法精進即善法有精進長養善法彼斷不善法精進即是精進覺分是智是等覺能轉趣涅槃彼長養善法精進即是精進覺分是智是等覺能轉趣涅槃有喜有喜處彼喜即是喜覺分是智是等覺能轉趣涅槃彼喜處亦即是喜覺分是智是等覺能轉趣涅槃有身猗息有心猗息彼身猗息即是猗覺分是智是等覺能轉趣涅槃彼心猗息即是猗覺分是智是等覺能轉趣涅槃有定有定相彼定即是定覺分是智是等覺能轉趣涅槃彼定相即是定覺分是智是等覺能轉趣涅槃有捨善法有捨不善法彼善法捨即是捨覺分是智是等覺能轉趣涅槃彼不善法捨即是捨覺分是智是等覺能轉趣涅槃是名七覺分說爲十四佛說此經已衆多比

丘聞佛所説歡喜奉行

如是我聞一時佛住舍衛國祇樹給孤獨園時有衆多比丘如上説差别者有諸外道出家作如是説者當復問言若心微劣猶豫者爾時應修何等覺分何等爲非修時若復掉心者掉心猶豫者爾時復修何等覺分何等爲非時如是問者彼諸外道心則駭散説諸異法心生忿恚憍慢毁呰嫌恨不忍或默然低頭失辯潛思所以者何我不見諸天魔梵沙門婆羅門天人衆中聞我所説歡喜隨喜者唯除如來及聲聞衆於此聞者諸比丘若爾時其心微劣其心猶豫者不應修猗覺分定覺分捨覺分所以者何微劣心生微劣猶豫以此諸法增其微劣故譬如小火欲令其然增以樵炭云何比丘非爲增炭令火滅耶比丘白佛如是世尊如是比丘微劣猶豫若修猗覺分定覺分捨覺分者此則非時增懈怠故若掉心起若掉心猶豫爾時不應修擇法覺分精進覺分喜覺分所以者何若掉心掉心猶豫以此諸法能令其增譬如熾火欲令其滅足其乾薪於意云何豈不令火增熾然耶比丘白佛如是世尊佛告比丘如是掉心生掉心猶豫修擇法覺分精進覺分喜覺分增其掉心諸比丘若微劣心生微劣猶豫是時應修擇法覺分精進覺分喜覺分所以者何微劣心生微劣猶豫以其諸法示教照喜譬如小火欲令其然足其乾薪云何比丘此火寧熾然不比丘白佛如是世尊佛告比丘如是微劣心生微劣猶豫當於爾時修擇法覺分精進覺分喜覺分示教照喜若掉心

生掉心猶豫修猗覺分定覺分捨覺分所以者何掉心生掉心猶豫此等諸法能令內住一心攝持譬如然火欲令其滅足其樵炭彼火則滅如是比丘掉心猶豫修擇法覺分精進覺分喜覺分則非時修猗覺分定覺分捨覺分自此則非時此等諸法內住一心攝持念覺分者一切兼助佛說此經已諸比丘聞佛所說歡喜奉行

如是我聞一時佛住舍衛國祇樹給孤獨園爾時世尊告諸比丘有五蓋七覺分有食無食我今當說諦聽善思當爲汝說譬如身依食而立非不食如是五蓋依於食而立非不食貪欲蓋以何爲食謂觸相於彼不正思惟未起貪欲令起已起貪欲能令增廣是名欲愛蓋之食何等爲瞋恚蓋食謂障礙相於彼不正思惟未起瞋恚蓋令起已起瞋恚蓋能令增廣是名瞋恚蓋食何等爲睡眠蓋食有五法何等爲五微弱不樂欠呿多食懈怠於彼不正思惟未起睡眠蓋令起已起睡眠蓋能令增廣是名睡眠蓋食何等爲掉悔蓋食有四法何等爲四謂親屬覺人衆覺天覺本所經娛未覺自憶念他人令憶念而生覺於彼起不正思惟未起掉悔令起已起掉悔令其增廣是名掉悔蓋食何等爲疑蓋食有三世何等爲三謂過去世未來世現在世於過去世猶豫未來世猶豫現在世猶豫於彼起不正思惟未起疑蓋令起已起疑蓋能令增廣是名疑蓋食譬如身依於食而得長養非不食如是七覺分依食而住依食長養非不食何等爲念覺分不食謂四念處不思惟未

起念覺分不起已起念覺分令退是名念覺分不食云何擇法覺分不食於善法選擇於不善法選擇於彼不思惟未起擇法覺分令不起已起擇法覺分令退是名擇法覺分不食何等爲精進覺分不食謂四正斷於彼不思惟未起精進覺分令不起已起精進覺分令退是名精進覺分不食何等爲喜覺分不食有喜有喜處法於彼不思惟未起喜覺分不起已起喜覺分令退是名喜覺分不食何等爲猗覺分不食有身猗息及心猗息於彼不思惟未生猗覺分不起已生猗覺分令退是名猗覺分不食何等爲定覺分不食有四禪於彼不思惟未起定覺分不起已起定覺分令退是名定覺分不食何等爲捨覺分不食有三界謂斷界無欲界滅界於彼不思惟未起捨覺分不起已起捨覺分令退是名捨覺分不食何等爲貪欲蓋不食謂不淨觀於彼思惟未起貪欲蓋不起已起貪欲蓋令斷是名貪欲蓋不食何等爲瞋恚蓋不食彼慈心思惟未生瞋恚蓋不起已生瞋恚蓋令滅是名瞋恚蓋不食何等爲睡眠蓋不食彼明照思惟未生睡眠蓋令不起已生睡眠蓋令滅是名睡眠蓋不食何等爲掉悔蓋不食彼寂止思惟未生掉悔蓋不起已生掉悔蓋令滅是名掉悔蓋不食何等爲疑蓋不食彼緣起法思惟未生疑蓋不起已生疑蓋令滅是名疑蓋不食譬如身依食而住依食而立如是七覺分依食而住依食而立何等爲念覺分食謂四念處思惟已未生念覺分令起已生念覺分轉生令增廣是名念覺分食何等

爲擇法覺分食有擇善法有擇不善法彼思惟已未生擇法覺分令起已生擇法覺分重生令增廣是名擇法覺分食何等爲精進覺分食彼四正斷思惟未生精進覺分令起已生精進覺分重生令增廣是名精進覺分食何等爲喜覺分食有喜有喜處彼思惟未生喜覺分令起已生喜覺分重生令增廣是名喜覺分食何等爲猗覺分食有身猗息心猗息思惟未生猗覺分令起已生猗覺分重生令增廣是名猗覺分食何等爲定覺分食謂有四禪思惟未生定覺分令生起已生定覺分重生令增廣是名定覺分食何等爲捨覺分食有三界何等爲三謂斷界無欲界滅界彼思惟未生捨覺分令起已生捨覺分重生令增廣是名捨覺分食佛說此經已諸比丘聞佛所說歡喜奉行

如是我聞一時佛住舍衛國祇樹給孤獨園爾時世尊告諸比丘於內法中我不見一法能令未生惡不善法令生已生惡不善法重生令增廣未生善法不生已生則退所謂不正思惟諸比丘不正思惟者未生貪欲蓋令生已生者重令生增廣未生瞋恚睡眠掉悔疑蓋令生已生者重生令增廣未生念覺分令不生已生者令退未生擇法精進喜猗定捨覺分令不生已生者令退我不見一法能令未生惡不善法令不生已生者令斷未生善法令生已生者重生令增廣所謂正思惟比丘正思惟者未生貪欲蓋令不生已生者令斷未生瞋恚睡眠掉悔疑蓋令不生已生者令斷未生念覺分令生已生者重生令增

廣未生擇法精進喜猗定捨覺分令生已生者重生令增廣佛說是經已諸比丘聞佛所說歡喜奉行

如是我聞一時佛住舍衛國祇樹給孤獨園

爾時世尊告諸比丘於外法中我不見一法未生惡不善法令生已生者重生令增廣未生善法令不生已生者令退如惡知識惡伴黨惡知識惡伴黨者未生貪欲蓋令生已生者重生令增廣未生瞋恚睡眠掉悔疑蓋令生已生者重生令增廣未生念覺分令不生已生者令退未生擇法精進喜猗定捨覺分令不生已生者令退諸比丘我不見一法未生惡不善法令不生已生者令斷未生善法令生已生者重生令增廣所謂善知識善伴黨善隨從者若善知識善伴黨善隨從者未生貪欲蓋令不生已生者令斷未生瞋恚睡眠掉悔疑蓋令不生已生者令斷未生念覺分令生已生者重生令增廣未生擇法精進喜猗定捨覺分令生已生者重生令增廣佛說此經已諸比丘聞佛所說歡喜奉行

如是我聞一時佛住舍衛國祇樹給孤獨園

爾時尊者舍利弗告諸比丘有七覺分何等爲七謂念覺分擇法覺分精進覺分喜覺分猗覺分定覺分捨覺分此七覺分決定而得不勤而得我隨所欲覺分正受若晨朝時日中時日暮時若欲正受隨其所欲多入正受譬如王大臣有種種衣服置箱篋中隨其所須日中所須日暮所須隨欲自在如是比丘此七覺分決定而得不勤而得隨意正受我此念覺分清淨純白起時知起滅時知滅沒

時知没已起知已起已滅知已滅如是擇法精進喜猗定捨覺分亦如是說尊者舍利弗說此經已諸比丘聞其所說歡喜奉行

如是我聞一時佛住巴連弗邑爾時尊者優波摩尊者阿提目多住巴連弗邑雞林精舍爾時尊者阿提目多晡時從禪覺詣尊者優波摩所共相問訊慰勞已退坐一面問尊者優波摩尊者能知七覺分方便如是樂住正受如是苦住正受優波摩答言尊者阿提目多比丘善知方便修七覺分如是樂住正受如是苦住正受復問云何比丘善知方便修七覺分優波摩答言比丘方便修念覺分時知思惟彼心不善解脫不害睡眠不善調伏掉悔如我念覺處法思惟精勤方便不得平等如是擇法精進喜猗定捨覺分亦如是說若比丘念覺分方便時先思惟心善解脫正害睡眠調伏掉悔如我於此念覺處法思惟已不勤方便而得平等如是阿提目多比丘知方便修七覺分如是樂住正受如是不樂住正受時二正士共論義已各從座起而去

如是我聞一時佛住舍衛國祇樹給孤獨園爾時尊者阿那律亦住舍衛國松林精舍時有衆多比丘詣阿那律所共相問訊慰勞問訊慰勞已退坐一面語尊者阿那律尊者知方便修七覺分時生樂住不尊者阿那律語諸比丘言我知比丘方便修七覺分時生樂住諸比丘問尊者阿那律云何知比丘方便修七覺分時生樂住尊者阿那律語諸比丘比丘方便修念覺分善知思惟我心善解脫善害睡眠善調伏掉悔如此念覺分處法思

惟已精勤方便心不懈怠身猗息不能亂繫心令住不起亂念一心正受如是擇法精進喜猗定捨覺分亦如是說是名知比丘方便修七覺分時生樂住時衆多比丘聞尊者阿那律所說歡喜隨喜從座起而去

如是我聞一時佛住舍衛國祇樹給孤獨園爾時世尊告諸比丘轉輪聖王出世之時有七寶現於世間金輪寶象寶馬寶神珠寶玉女寶主藏臣寶主兵臣寶如是如來出世亦有七覺分寶現齋戒處樓觀上大臣圍繞有金輪寶從東方出輪有千輻齊轂圓輞輪相具足有此吉瑞必是轉輪聖王我今決定爲轉輪王即以兩手承金輪寶著左手中右手旋轉而說是言若是轉輪聖王金輪寶者當復轉輪聖王古道而去於是輪寶即發王蕃前隨而於東方乘虛而逝向於東方遊古聖王正直之道王隨輪寶四兵亦從若所至方輪寶住者王於彼住四兵亦住東方諸國處處小王見聖王來悉皆歸伏如來出世有七覺分現於世間所謂念覺分擇法覺分精進覺分喜覺分猗覺分定覺分捨覺分佛說此經已諸比丘聞佛所說歡喜奉行

如是我聞一時佛住舍衛國祇樹給孤獨園爾時世尊告諸比丘轉輪聖王出於世時有七寶現於世間云何轉輪聖王出於世時金輪寶現有時剎利灌頂聖王月十五日沐浴清淨受持齋戒於樓閣上大臣圍繞有金輪寶從東方出輪有千輻齊轂圓輞輪相具足天眞金寶王作是念古昔傳聞剎利灌頂大王月十五日布薩時沐浴清淨受持齋福有

輪寶現今既如古有斯吉瑞當知我是轉輪聖王即以兩手承金輪寶著左手中右手旋轉而作是言若是轉輪聖王金輪寶者當復轉輪聖王古道而去作是語訖於是輪寶即從王前乘虛而逝向於東方遊古聖王正直之道王及四兵隨輪去往東方諸國處處小王見聖王來皆稱善哉善來大王此是王國此國安隱人民豐樂願於中止教化國人我等皆是天尊翼從聖王答言諸聚落主汝今但當善化國人有不順者當來白我當如法化莫作非法亦令國人善化非法若如是者則從我化於是聖王從東海度乘古聖王道至于南海乘古聖王之道度於南海至于西海乘於古昔聖王之道度於西海至於北海南西北方諸小國王奉迎啓請亦如東方廣說於是金輪寶聖王隨從度於北海還至王宮正治殿上住虛空中是爲轉輪聖王出興于世金輪寶現於世間云何爲轉輪聖王出興于世白象寶現於世間若刹利灌頂大王純白之象其色鮮好七支拄地聖王見已心則欣悅今此寶象來應於我告善調象師令速調此寶象調已送來象師受命不盈一日象即調伏一切調伏相悉皆具足猶如餘象經年調者今此象寶一日調伏亦復如是調已送詣王所上白大王此象已調惟王自知時爾時聖王觀察此象調相已備即乘寶象於晨旦時周行四海至日中時還歸王宮是名轉輪聖王出興于世如此象寶現於世間何等爲轉輪聖王出興于世馬寶現於世間轉輪聖王所有馬寶純一青色烏頭朱尾聖

王見馬心生欣悅今此神馬來應我故付調馬師令速調之調已送來馬師奉教不盈一日其馬即調猶如餘馬經年調者馬寶調伏亦復如是知馬調已還送奉王白言大王此馬已調爾時聖王觀察寶馬調相已備於晨旦時乘此寶馬周行四海至日中時還歸王宮是名轉輪聖王出興于世馬寶現於世間何等爲轉輪聖王出興于世摩尼寶珠現於世間若轉輪聖王所有寶珠其形八楞光澤明照無諸瑕隙於王宮內常爲燈明轉輪聖王察試寶珠陰雨之夜將四種兵入於園林持珠前導光明照耀面一由旬是爲轉輪聖王出興于世摩尼寶珠現於世間何等爲轉輪聖王出興于世賢玉女寶現於世間轉輪聖王所有玉女不黑不白不長不短不麤不細不肥不瘦肢體端正寒時體暖熱時體涼身體柔軟如迦陵伽衣身諸毛孔出栴檀香口鼻出息作優鉢羅香後卧先起瞻王意色隨宜奉事輭言愛語端心正念發王道意心無違越況復身口是爲轉輪聖王寶女云何爲轉輪聖王主藏臣寶現於世間謂轉輪聖王主藏大臣本行施故生得天眼能見伏藏有主無主若水若陸若遠若近悉能見之轉輪聖主若須珍寶即便告勑隨王所須輒以奉上於是聖王有時試彼大臣觀其所能乘船遊海告彼大臣我須寶物臣白王言小住岸邊當以奉上王告彼臣我今不須岸邊之寶且須晝時與我於是大臣即於水中出四金瓮金寶滿中以奉聖王隨王所須即取用之若取足已餘則還歸水中聖王出世則有

如此主藏之臣現於世間云何聖王出興於世有主兵之臣現於世間謂有主兵臣聰明智辯譬如世間善思量成就者聖王所宜彼則悉從宜去宜住宜出宜入聖王四種兵行道里頓止不令疲倦悉知聖王宜所應作現法後世功德之事以白聖王轉輪聖王出興于世有如是主兵之臣如是如來應等正覺出興於世有七覺分現於世間何等爲七謂念覺分擇法覺分精進覺分喜覺分猗覺分定覺分捨覺分佛說此經已諸比丘聞佛所說歡喜奉行

如是我聞一時佛住舍衛國祇樹給孤獨園爾時世尊告諸比丘善哉比丘依人聞法諸年少比丘供養奉事諸尊長老所以者何年少比丘供養奉事長老比丘者時時得聞深妙之法聞深法已二正事成就身正及心正爾時修念覺分修念覺分已念覺分滿足念覺滿足已於法選擇分別於法思量於法爾時方便修擇法覺分乃至捨覺分修習滿足佛說此經已諸比丘聞佛所說歡喜奉行

如是我聞一時佛住舍衛國祇樹給孤獨園爾時世尊告諸比丘若比丘持戒修德慚愧成眞實法見此人者多得果報若復聞者若隨憶念者隨出家者多得功德況復親近恭敬奉事所以者何親近奉事如是人者時時得聞深妙之法得聞深法已成就二正身正及心正方便修習定覺分修習已修習滿足乃至捨覺分修習滿足佛說此經已諸比丘聞佛所說歡喜奉行

如是我聞一時佛住舍衛國祇樹給孤獨園

爾時世尊告諸比丘說不善積聚者所謂五蓋是爲正說所以者何純一不善聚者謂五蓋故何等爲五謂貪欲蓋瞋恚蓋睡眠蓋掉悔蓋疑蓋說善積聚者謂七覺分是爲正說所以者何純一滿淨者是七覺分故何等爲七謂念覺分擇法覺分精進覺分喜覺分猗覺分定覺分捨覺分佛說此經已諸比丘聞佛所說歡喜奉行

如是我聞一時佛住王舍城夾谷精舍爾時尊者阿難亦在彼住時尊者阿難獨一靜處禪思思惟作如是念半梵行者所謂善知識善伴黨善隨從非惡知識惡伴黨惡隨從時尊者阿難從禪覺往詣佛所稽首禮足退坐一面白佛言世尊我獨一靜處禪思思惟作是念半梵行者所謂善知識善伴黨善隨從非惡知識惡伴黨惡隨從佛告阿難莫作是言半梵行者謂善知識善伴黨善隨從非惡知識惡伴黨惡隨從所以者何純一滿淨梵行清白所謂善知識善伴黨善隨從非惡知識惡伴黨惡隨從我爲善知識故有衆生於我所取念覺分依遠離依無欲依滅向於捨如是擇法覺分精進喜猗定捨覺分依遠離依無欲依滅向於捨以是故當知阿難純一滿淨梵行清白謂善知識善伴黨善隨從非惡知識非惡伴黨非惡隨從佛說此經已諸比丘聞佛所說歡喜奉行

如是我聞一時佛在力士聚落人間遊行於拘夷那竭城希連河中間住於聚落側告尊者阿難令四重襞疊敷世尊鬱多羅僧我今背疾欲小卧息尊者阿難即受教勅四重襞

疊敷欝多羅僧已白佛言世尊已四重襞疊敷欝多羅僧惟世尊知時爾時世尊厚襞僧伽梨枕頭右脅而臥足足相累繫念明想正念正智作起覺想告尊者阿難汝說七覺分時尊者阿難即白佛言世尊所謂念覺分世尊自覺成等正覺說依遠離依無欲依滅向於捨擇法精進喜猗定捨覺分世尊自覺成等正覺說依遠離依無欲依滅向於捨佛告阿難汝說精進耶阿難白佛我說精進世尊我說精進善逝佛告阿難唯精進修習多修習得阿耨多羅三藐三菩提說是語已正坐端身繫念時有異比丘即說偈言

樂聞美妙法　忍疾告人說　比丘即說法
轉於七覺分　善哉尊阿難　明解巧便說
有勝白淨法　離垢微妙說　念擇法精進
喜猗定捨覺　此則七覺分　微妙之善說
聞說七覺分　深達正覺味　身嬰大苦患
忍疾端坐聽　觀爲正法主　常爲人演說
猶樂聞所說　況餘未聞者　第一大智慧
十力所禮者　彼亦應疾疾　來聽說正法
諸多聞通達　契經阿毗曇　善通法律者
應聽況餘者　聞說如實法　專心黠慧聽
於佛所說法　得離欲歡喜　歡喜身猗息
心自樂亦然　心樂得正受　正觀有事行
猒惡三趣者　離欲心解脫　猒惡諸有趣
不集於人天　無餘猶燈滅　究竟般涅槃
聞法多福利　最勝之所說　是故當專思
聽大師所說

異比丘說此偈已從座起而去

如是我聞一時佛住舍衛國祇樹給孤獨園

爾時世尊告諸比丘有七覺分何等爲七謂念覺分乃至捨覺分佛說此經已諸比丘聞佛所說歡喜奉行

如是我聞一時佛住舍衛國祇樹給孤獨園爾時世尊告諸比丘當修七覺分何等爲修七覺分謂念覺分乃至捨覺分若比丘修念覺分依遠離依無欲依滅向於捨如是修擇法精進喜猗定捨覺分依遠離依無欲依滅向於捨佛說此經已諸比丘聞佛所說歡喜奉行

如是我聞一時佛住舍衛國祇樹給孤獨園爾時世尊告諸比丘如上說差別者諸比丘過去已如是修七覺分未來亦當如是修七覺分佛說此經已諸比丘聞佛所說歡喜奉行

如是我聞一時佛住舍衛國祇樹給孤獨園爾時世尊告諸比丘若比丘念覺分清淨鮮白無有支節離諸煩惱未起不起除佛調伏教授乃至捨覺分亦如是說諸比丘念覺分清淨鮮白無有支節離諸煩惱未起而起佛所調伏教授非餘乃至捨覺分亦如是說佛說此經已諸比丘聞佛所說歡喜奉行

如是我聞一時佛住舍衛國祇樹給孤獨園爾時世尊告諸比丘如上說差別者未起不起除善逝調伏教授未起而起是則善逝調伏教授非餘佛說此經已諸比丘聞佛所說歡喜奉行

如是我聞一時佛住舍衛國祇樹給孤獨園時有異比丘來詣佛所稽首禮足退坐一面白佛言世尊謂覺分世尊云何爲覺分佛告

比丘所謂覺分者謂七道品法然諸比丘七覺分漸次而起修習滿足異比丘白佛世尊云何覺分漸次而起修習滿足佛告比丘若比丘内身身觀住彼内身身觀住時攝心繫念不忘彼當爾時念覺分方便修習方便修習念覺分已修習滿足滿足念覺分已於法選擇分別思量當於爾時修擇法覺分方便修方便已修習滿足如是乃至捨覺分修習滿足如内身身觀念住如是外身内外身受心法法觀念住當於爾時專心繫念不忘乃至捨覺分亦如是說如是住者漸次覺分起漸次起已修習滿足佛說此經已諸比丘聞佛所說歡喜奉行

如是我聞一時佛住舍衛國祇樹給孤獨園爾時世尊告彼比丘如上說差別者若比丘如是修習七覺分已當得二種果現法得漏盡無餘涅槃或得阿那含果佛說此經已諸比丘聞佛所說歡喜奉行

如是我聞一時佛在舍衛國祇樹給孤獨園如上說差別者如是比丘修習七覺分已多修習已得四種果四種福利何等爲四謂須陀洹果斯陀含果阿那含果阿羅漢果佛說此經已異比丘聞佛所說歡喜奉行

如是我聞一時佛住舍衛國祇樹給孤獨園如上說差別者若比丘修習七覺分多修習已當得七種果七種福利何等爲七是比丘得現法智證樂若命終時若不得現法智證樂及命終時而得五下分結盡中般涅槃若不得中般涅槃而得生般涅槃若不得生般涅槃而得無行般涅槃若不得無行般涅槃

而得有行般涅槃若不得有行般涅槃而得上流般涅槃佛説此經已異比丘聞佛所説歡喜奉行

如是我聞一時佛住舍衛國祇樹給孤獨園爾時世尊告諸比丘所謂覺分何等爲覺分諸比丘白佛世尊是法根法眼法依唯願爲說諸比丘聞已當受奉行佛告諸比丘七覺分者謂七道品法諸比丘此七覺分漸次起漸次起已修習滿足諸比丘白佛云何七覺分漸次起漸次起已修習滿足若比丘身身觀念住彼身身觀念住已專心繫念不忘當於爾時方便修念覺分方便修念覺分已修習滿足謂修念覺分已於法選擇當於爾時修擇法覺分方便修擇法覺分方便已修習滿足如是精進喜猗定捨覺分亦如是說如内身如是外身内外身受心法法觀念住專心繫念不忘當於爾時方便修念覺分方便修念覺分方便修習滿足乃至捨覺分亦如是說是名比丘七覺分漸次起漸次起已修習滿足佛說此經已諸比丘聞佛所說歡喜奉行

如是我聞一時佛住舍衛國祇樹給孤獨園爾時世尊告諸比丘如上說差別者此七覺分修習多修習當得二果得現法智有餘涅槃及阿那含果佛說此經已諸比丘聞佛所說歡喜奉行

如是我聞一時佛住舍衛國祇樹給孤獨園爾時世尊告諸比丘如上說差別者若比丘修習七覺分多修習已當得四果何等爲四謂須陀洹果斯陀含果阿那含果阿羅漢果

佛說此經已諸比丘聞佛所說歡喜奉行

如是我聞一時佛住舍衛國祇樹給孤獨園如上說差別者若比丘修習此七覺分多修習已當得七果何等爲七謂現法智有餘涅槃及命終時若不爾者五下分結盡得中般涅槃若不爾者得生般涅槃若不爾者得無行般涅槃若不爾者得有行般涅槃若不爾者得上流般涅槃佛說此經已諸比丘聞佛所說歡喜奉行

如是我聞一時佛住舍衛國祇樹給孤獨園爾時世尊告諸比丘當修不淨觀多修習已當得大果大福利云何修不淨觀多修習已得大果大福利是比丘不淨觀俱念覺分依遠離依無欲依滅向於捨修擇法精進喜猗定捨覺分依遠離依無欲依滅向於捨佛說此經已諸比丘聞佛所說歡喜奉行

如是我聞一時佛住舍衛國祇樹給孤獨園爾時世尊告諸比丘若比丘修習隨死念多修習已得大果大福利云何比丘修習隨死念多修習已得大果大福利是比丘修隨死念俱念覺分依遠離依無欲依滅向於捨乃至捨覺分亦如是說佛說此經已諸比丘聞佛所說歡喜奉行

如是我聞一時佛住釋氏黃枕邑時衆多比丘晨朝著衣持鉢入黃枕邑乞食時衆多比丘作是念今日太早乞食時未至我等可過外道精舍爾時衆多比丘即入外道精舍與諸外道出家共相問訊慰勞已於一面坐諸外道出家言沙門瞿曇爲諸弟子說如是法不斷五蓋惱心慧力羸爲障礙分不趣涅槃

善攝其心住四念處心與慈俱無怨無嫉亦無瞋恚廣大無量善修充滿四方四維上下一切世間心與慈俱無怨無嫉亦無瞋恚廣大無量善修習充滿如是修習悲喜捨心俱亦如是說我等亦復為諸弟子作如是說我等與彼沙門瞿曇有何等異所謂俱能說法時衆多比丘聞諸外道出家所說心不喜悅黙然不呵從座起去入黃枕邑乞食已還精舍舉衣鉢洗足已往詣佛所稽首禮足退坐一面以彼外道出家所說廣白世尊爾時世尊告諸比丘如彼外道出家所說汝等應問修習慈心為何所勝修習悲喜捨心為何所勝如是問時彼諸外道出家心則駭散或說外異事或瞋慢毀呰違背不忍或黙然萎熟低頭失辯思惟而住所以者何我不見諸天魔梵沙門婆羅門天人衆中聞我所說隨順樂者唯除如來及聲聞衆者比丘心與慈俱多修習於淨最勝悲心修習多修習空入處最勝喜心修習多修習識入處最勝捨心修習多修習無所有入處最勝佛說此經已諸比丘聞佛所說歡喜奉行

如是我聞一時佛住舍衛國祇樹給孤獨園爾時世尊告諸比丘若比丘修習慈心多修習已得大果大福利云何比丘修習慈心得大果大福利是比丘心與慈俱修念覺分依遠離依無欲依滅向於捨乃至修習捨覺分依遠離依無欲依滅向於捨佛說此經已諸比丘聞佛所說歡喜奉行

如是我聞一時佛住舍衛國祇樹給孤獨園爾時世尊告諸比丘若比丘修空入處多修

習已得大果大福利云何比丘修空入處多修習已得大果大福利是比丘心與空入處俱修念覺分依遠離依無欲依滅向於捨乃至修捨覺分依遠離依無欲依滅向於捨佛說此經已諸比丘聞佛所說歡喜奉行

如修空入處如是識入處無所有入處非想非非想入處三經亦如上說

如是我聞一時佛住舍衛國祇樹給孤獨園爾時世尊告諸比丘若比丘修習安那般那念多修習已得大果大福利云何修習安那般那念多修習已得大果大福利是比丘心與安那般那念俱修念覺分依遠離依無欲依滅向於捨乃至修捨覺分依遠離依無欲依滅向於捨佛說此經已諸比丘聞佛所說歡喜奉行

如是我聞一時佛住舍衛國祇樹給孤獨園爾時世尊告諸比丘若比丘修無常想多修習已得大果大福利云何比丘修無常想多修習已得大果大福利是比丘心口與無常想俱修念覺分依遠離依無欲依滅向於捨乃至得捨覺分依遠離依無欲依滅向於捨佛說此經已諸比丘聞佛所說歡喜奉行

如無常想如是無常苦想苦無我想觀食想一切世間不可樂想盡想斷想無欲想滅想患想不淨想青瘀想膿潰想膖脹想壞想食不盡想血想分離想骨想空想一一經如上說

雜阿含經卷第二十七

音釋

駭下楷切驚也

輻方六切輪輮也輪中木之直指者曰輻

轂古祿切輻所湊者曰轂

輞文紡切車輞也

瑕隙瑕胡加切瑕疵也隙綺戟切疊隙也

襞必益切摺衣也

青瘀瘀依倨切青瘀謂血積瘀而色青也

潰胡對切旁決曰潰又自潰也

膖脹膖匹江匹絳二切膖也脹知亮切脹滿也

雜阿含經卷第二十八

宋天竺三藏求那跋陀羅譯

如是我聞一時佛住舍衛國祇樹給孤獨園爾時世尊告諸比丘如日出前相謂明相初光如是比丘正盡苦邊究竟苦邊前相者所謂正見彼正見者能起正志正語正業正命正方便正念正定起定正受故聖弟子心正解脫貪欲瞋恚愚癡如是心善解脫聖弟子得正知見我生已盡梵行已立所作已作自知不受後有佛說此經已諸比丘聞佛所說歡喜奉行

如是我聞一時佛住舍衛國祇樹給孤獨園爾時世尊告諸比丘若無明爲前相故生諸惡不善法時隨生無慙無愧無慙無愧生已隨生邪見邪見生已能起邪志邪語邪業邪命邪方便邪念邪定若起明爲前相生諸善法時慙愧隨生慙愧生已能生正見正見生已起正志正語正業正命正方便正念正定次第而起正定起已聖弟子得正解脫貪欲瞋恚愚癡如是聖弟子得正解脫已得正知見我生已盡梵行已立所作已作自知不受後有佛說此經已諸比丘聞佛所說歡喜奉行

如是我聞一時佛住舍衛國祇樹給孤獨園爾時世尊告諸比丘若比丘諸惡不善法生一切皆以無明爲根本無明集無明生無明起所以者何無明者無知於善不善法不如實知有罪無罪下法上法染汙不染汙分別不分別緣起非緣起不如實知不如實知故起於邪見起於邪見已能起邪志邪語邪業

邪命邪方便邪念邪定若諸善法生一切皆以明爲根本明集明生明起明於善不善法如實知有罪無罪親近不親近卑法勝法穢汙白淨有分別無分別緣起非緣起悉如實知如實知者是則正見正見者能起正志正語正業正命正方便正念正定正定起已聖弟子得正解脫貪恚癡貪恚癡解脫已是聖弟子得正智見我生已盡梵行已立所作已作自知不受後有佛說此經已諸比丘聞佛所說歡喜奉行

如是我聞一時佛住舍衛國祇樹給孤獨園爾時世尊告諸比丘若在家若出家而起邪事者我所不說所以者何若在家出家而起邪事者則不樂正法何等爲邪事謂邪見乃至邪定若在家出家而起正事我所讚歎所以者何起正事者則樂正法善於正法何等爲正事謂正見乃至正定爾時世尊即說偈言

在家及出家　而起邪事者　彼則終不樂
無上之正法　在家及出家　而起正事者
彼則常心樂　無上之正法

佛說此經已諸比丘聞佛所說歡喜奉行

如是我聞一時佛住舍衛國祇樹給孤獨園爾時迦摩比丘詣佛所稽首佛足退坐一面白佛言世尊所謂欲者云何爲欲佛告迦摩欲謂五欲功德何等爲五謂識眼色可愛可意可念長養欲樂如是耳鼻舌身識身觸可愛可意可念長養欲樂是名爲欲然彼非欲於彼貪著者是名爲欲爾時世尊即說偈言

世間雜五色　彼非爲愛欲　貪欲覺想者

是則士夫欲　衆色常住世　行者斷心欲

迦摩比丘白佛言世尊寧有道有跡斷此愛欲不佛告比丘有八正道能斷愛欲謂正見正志正語正業正命正方便正念正定佛說此經已迦摩比丘聞佛所說歡喜奉行

如是我聞一時佛住舍衛國祇樹給孤獨園時有比丘名阿梨瑟吒詣佛所稽首佛足退坐一面白佛言世尊所謂甘露者云何名爲甘露佛告阿梨瑟吒甘露者界名說然我爲有漏盡者現說此名阿梨瑟吒比丘白佛言世尊有道有跡修習多修習得甘露法不佛告比丘有所謂八聖道分謂正見乃至正定佛說此經已諸比丘聞佛所說歡喜奉行

如是我聞一時佛住舍衛國祇樹給孤獨園爾時尊者舍利弗詣佛所稽首佛足退坐一面白佛言世尊所謂賢聖等三昧根本衆具云何爲賢聖等三昧根本衆具佛告舍利弗謂七正道分爲賢聖等三昧爲根本爲衆具何等爲七謂正見正志正語正業正命正方便正念舍利弗於此七道分爲基業已得一其心是名賢聖等三昧根本衆具佛說此經已諸比丘聞佛所說歡喜奉行

如上三經如是佛問諸比丘三經亦如是說

如是我聞一時佛住舍衛國祇樹給孤獨園爾時世尊告諸比丘無母子畏有母子畏愚癡無聞凡夫所說而不能知無母子畏有母子畏諸比丘有三種無母子畏愚癡無聞凡夫所說何等爲三諸比丘有時兵凶亂起殘害國土隨流波迸子失其母母失其子是名第一無母子畏愚癡無聞凡夫所說復次比

丘有時大火卒起焚燒城邑聚落人民馳走母子相失是名第二無母子畏愚癡無聞凡夫所說復次比丘有時山中大雨洪水流出漂沒聚落人民馳走母子相失是名第三無母子畏愚癡無聞凡夫所說然此等畏是有母子畏愚癡無聞凡夫說名無母子畏彼有時兵凶亂起殘害國土隨流波迸母子相失或時於彼母子相見是名第一有母子畏愚癡無聞凡夫說名無母子畏復次大火卒起焚燒城邑聚落人民馳走母子相失或復相見是名第二有母子畏愚癡無聞凡夫說名無母子畏復次山中大雨洪水流出漂沒聚落此人馳走母子相失或尋相見是名第三有母子畏愚癡無聞凡夫說名無母子畏比丘有三種無母子畏是我自覺成三菩提之所記說何等爲三若比丘子若老時無母能語子汝莫老我當代汝其母老時亦無子語母令莫老我代之老是名第一無母子畏我自覺成三菩提之所記說復次比丘有時子病母不能語子令莫病我當代汝母病之時子亦不能語母莫病我當代母是名第二無母子畏我自覺成三菩提之所記說復次子若死時無母能語子令莫死我今代汝母若死時無子能語母令莫死我當代母是名第三無母子畏我自覺成三菩提之所記說諸比丘白佛有道有跡修習多修習斷前三種有母子畏斷後三種無母子畏不佛告比丘有道有跡斷彼三畏何等爲道何等爲跡修習多修習斷前三種有母子畏斷後三種無母子畏謂八聖道分正見正志正語正業正

命正方便正念正定佛說此經已諸比丘聞
佛所說歡喜奉行
如是我聞一時佛住舍衛國祇樹給孤獨園
爾時世尊告諸比丘有三受無常有爲心所
緣生何等爲三謂樂受苦受不苦不樂受諸
比丘白佛世尊有道有跡修習多修習斷此
三受不佛告比丘有道有跡修習多修習斷
此三受何等爲道何等爲跡修習多修習斷
此三受佛告比丘謂八聖道正見正志正語
正業正命正方便正念正定佛說此經已諸
比丘聞佛所說歡喜奉行
如是我聞一時佛住舍衛國祇樹給孤獨園
爾時世尊告諸比丘世有三法不可喜不可
愛不可念何等爲三謂老病死此三法不可
喜不可愛不可念世間若無此三法不可喜
不可愛不可念者無有如來應等正覺出於
世間世間亦不知有如來說法教誡教授以
世間有此三法不可喜不可愛不可念故如
來應等正覺出於世間世間知有如來說法
教誡教授諸比丘白佛有道有跡斷此三法
不可喜不可愛不可念者不佛告比丘有道
有跡修習多修習斷此三法不可喜不可愛
不可念何等爲道何等爲跡修習多修習斷
此三法不可喜不可愛不可念謂八聖道正
見正志正語正業正命正方便正念正定佛
說此經已諸比丘聞佛所說歡喜奉行
如是我聞一時佛住舍衛國祇樹給孤獨園
爾時世尊告諸比丘我當說學及無學諦聽
善思念之何等爲學謂學正見成就學正志
正語正業正命正方便正念正定成就是名

爲學何等爲無學謂無學正見成就無學正志正語正業正命正方便正念正定成就是名無學佛說此經已諸比丘聞佛所說歡喜奉行

如學無學如是正士如是大士亦如是說

如是我聞一時佛住舍衛國祇樹給孤獨園爾時世尊告諸比丘我當說聖漏盡云何爲聖漏盡謂無學正見成就乃至無學正定成就是名聖漏盡佛說此經已諸比丘聞佛所說歡喜奉行

如是我聞一時佛住舍衛國祇樹給孤獨園爾時世尊告諸比丘我今當說八聖道分何等爲八謂正見正志正語正業正命正方便正念正定佛說此經已諸比丘聞佛所說歡喜奉行

如是我聞一時佛在舍衛國祇樹給孤獨園爾時世尊告諸比丘我今當說修八聖道諦聽善思何等爲修八聖道是比丘修正見依遠離依無欲依滅向於捨修正志正語正業正命正方便正念正定依遠離依無欲依滅向於捨是名修八聖道佛說此經已諸比丘聞佛所說歡喜奉行

如是我聞一時佛住舍衛國祇樹給孤獨園爾時世尊告諸比丘我今當說比丘過去已修八聖道未來當修八聖道乃至諸比丘聞佛所說歡喜奉行

如是我聞一時佛住舍衛國祇樹給孤獨園爾時世尊告諸比丘若比丘正見清淨鮮白無諸過患離諸煩惱未起不起唯除佛所調伏乃至正定亦如是說若正見清淨鮮白無

諸過患離諸煩惱未起能起乃至正定亦如是說佛說此經已諸比丘聞佛所說歡喜奉行

如除佛所調除善逝所調亦如上說

如是我聞一時佛住舍衛國祇樹給孤獨園爾時世尊告諸比丘說不善聚者謂五蓋是爲正說所以者何純一不善聚者所謂五蓋何等爲五謂貪欲蓋瞋恚睡眠掉悔疑蓋說善法聚者所謂八聖道是名正說所以者何純一滿淨善聚者謂八聖道何等爲八謂正見正志正語正業正命正方便正念正定佛說此經已諸比丘聞佛所說歡喜奉行

如是我聞一時佛住王舍城山谷精舍時尊者阿難獨一靜處作如是念半梵行者謂善知識善伴黨善隨從乃至佛告阿難純一滿淨具梵行者謂善知識所以者何我爲善知識故令諸衆生修習正見依遠離依無欲依滅向於捨乃至修正定依遠離依無欲依滅向於捨佛說此經已尊者阿難聞佛所說歡喜奉行

如是我聞一時佛在舍衛國祇樹給孤獨園爾時尊者阿難晨朝著衣持鉢入舍衛城乞食時有生聞婆羅門乘白馬車衆多年少翼從白馬白車白鞚白鞭頭著白帽白傘蓋手執白拂著白衣服白瓔珞白香塗身翼從皆白出舍衛城欲至林中教授讀誦衆人見之咸言善乘善乘謂婆羅門乘時尊者阿難見婆羅門眷屬衆具一切皆白見已入城乞食還精舍舉衣鉢洗足已往詣佛所稽首禮足退坐一面白佛言世尊今日晨朝著衣持鉢

入舍衛城乞食見生聞婆羅門乘白馬車眷屬衆具一切皆白衆人唱言善乘善乘謂婆羅門乘云何世尊於正法律爲是世人乘爲是婆羅門乘佛告阿難是世人乘非我法律婆羅門乘也阿難我正法律乘天乘婆羅門乘大乘能調伏煩惱軍者諦聽善思當爲汝說阿難何等爲正法律乘天乘婆羅門乘大乘能調伏煩惱軍者謂八正道正見乃至正定阿難是名正法律乘天乘梵乘大乘能調伏煩惱軍者爾時世尊即說偈言

信戒爲法軛　慙愧爲長縻　正念善護持
以爲善御者　捨三昧爲轅　智慧精進輪
無著忍辱鎧　安隱如法行　直進不退還
示之無憂處　智士乘戰車　摧伏無智怨

如是我聞一時佛住舍衛國祇樹給孤獨園爾時世尊告諸比丘應離邪見應斷邪見若邪見不可斷者我終不說應離斷邪見以邪見可斷故我說比丘當離邪見若不離邪見者邪見當作非義不饒益苦是故我說當離邪見如是邪志邪語邪業邪命邪方便邪念邪定亦如是說諸比丘離邪見已當修正見若不得修正見者我終不說修習正見以得修正見故我說比丘應修正見若不修正見者當作非義不饒益苦以不修正見作非義不饒益苦故是故我說當修正見以義饒益常得安樂是故比丘當修正見如是正志正語正業正命正方便正念正定亦如是說佛說此經已諸比丘聞佛所說歡喜奉行

如是我聞一時佛住舍衛國祇樹給孤獨園時有生聞婆羅門來詣佛所與世尊面相問

訊慰勞問訊慰勞已退坐一面白佛言瞿曇謂非彼岸及彼岸瞿曇云何非彼岸云何彼岸佛告婆羅門邪見者非彼岸正見者是彼岸邪志邪語邪業邪命邪方便邪念邪定非彼岸正見是彼岸正志正語正業正命正方便正念正定是彼岸爾時世尊即說偈言

希有諸人民　能度於彼岸　一切諸世間
徘徊遊此岸　於此正法律　能善隨順者
斯等能度彼　生死難度岸

時生聞婆羅門聞佛所說歡喜隨喜從座起去

如是異比丘聞尊者阿難問佛問諸比丘此三經亦如上說

如是我聞一時佛住舍衛國祇樹給孤獨園爾時世尊告諸比丘於內法中我不見一法能令未生惡不善法生已生者重生令增廣如說不正思惟者諸比丘不正思惟者未起邪見令起已起重生令增廣如是邪志邪語邪業邪命邪方便邪念邪定亦如是說諸比丘於內法中我不見一法令未生惡不善法不生已生惡不善法令滅如說正思惟者諸比丘正思惟者未生邪見令不生已生者令滅如邪見邪志邪語邪業邪命邪方便邪念邪定亦如是說佛說此經已諸比丘聞佛所說歡喜奉行

如是我聞一時佛住舍衛國祇樹給孤獨園爾時世尊告諸比丘於內法中我不見一法未生善法不生已生善法令退如說不正思惟者諸比丘不正思惟者未生正見令不生已生正見令退如是未生正志正語正業正

命正方便正念正定令不生已生者令退諸比丘於内法中我不見一法令未生善法令生已生善法重生令增廣如說正思惟者諸比丘正思惟者未生正見令生已生正見重生令增廣如是未生正志正語正業正命正方便正念正定令生已生者重生令增廣佛說此經已諸比丘聞佛所說歡喜奉行

如是我聞一時佛住舍衛國祇樹給孤獨園

爾時世尊告諸比丘於内法中我不見一法令未生惡不善法生已生惡不善法重生令增廣未生善法不生已生者令退所謂不正思惟諸比丘不正思惟者未生邪見令生已生者重生令增廣未生正見令不生已生者令退如是未生邪志邪語邪業邪命邪方便邪念邪定令生已生者重生令增廣未生正志正語正業正命正方便正念正定不生已生者令退諸比丘我於内法中不見一法未生惡不善法令不生已生惡不善法令滅未生善法令生已生善法重生令增廣如說正思惟諸比丘正思惟者令未生邪見不生已生邪見令滅未生正見令生已生正見重生令增廣如是未生邪志邪語邪業邪命邪方便邪念邪定令不生已生者令滅未生正志正語正業正命正方便正念正定令生已生者重生令增廣佛說此經已諸比丘聞佛所說歡喜奉行

如是我聞一時佛住舍衛國祇樹給孤獨園

爾時世尊告諸比丘於外法中我不見一法令未生惡不善法生已生惡不善法重生令增廣如說惡知識惡伴黨惡隨從諸比丘惡

知識惡伴黨惡隨從者能令未生邪見令生已生邪見重生令增廣如是未生邪志邪語邪業邪命邪方便邪念邪定令生已生者重生令增廣諸比丘外法中我不見一法令未生惡不善法不生已生惡不善法令滅如說善知識善伴黨善隨從諸比丘善知識善伴黨善隨從者能令未生邪見不生已生邪見令滅未生邪志邪語邪業邪命邪方便邪念邪定不生已生者令滅佛說此經已諸比丘聞佛所說歡喜奉行

如是我聞一時佛住舍衛國祇樹給孤獨園爾時世尊告諸比丘於外法中我不見一法能令未生善法生已生善法重生令增廣如說善知識善伴黨善隨從諸比丘善知識善伴黨善隨從者能令未生正見生已生正見重生令增廣如是未生正志正語正業正命正方便正念正定令生已生者重生令增廣佛說此經已諸比丘聞佛所說歡喜奉行

如是我聞一時佛住舍衛國祇樹給孤獨園爾時世尊告諸比丘於外法中我不見一法能令未生惡不善法生已生惡不善法重生令增廣未生善法不生已生善法令滅如說惡知識惡伴黨惡隨從諸比丘惡知識惡伴黨惡隨從者能令未生邪見令生已生邪見者重生令增廣未生正見不生已生正見令退如是未生邪志邪語邪業邪命邪方便邪念邪定令生已生者重生令增廣未生正志正語正業正命正方便正念正定令不生已生者令退諸比丘於外法中我不見一法能令未生惡不善法不生已生惡不善法令滅

未生善法令生已生善法重生令增廣如說善知識善伴黨善隨從諸比丘善知識善伴黨善隨從能令未生邪見不生已生邪見令滅未生正見令生已生正見重生令增廣如是未生邪志邪語邪業邪命邪方便邪念邪定令不生已生者令滅未生正志正語正業正命正方便正念正定令生已生者重生令增廣佛說此經已諸比丘聞佛所說歡喜奉行

如是我聞一時佛住舍衛國祇樹給孤獨園爾時世尊告諸比丘於內法中我不見一法能令未生惡不善法生已生者重生令增廣未生善法不生已生者令退如說不正思惟諸比丘不正思惟者能令未生邪見生已生邪見令重生增廣未生正見不生已生正見令退諸比丘於內法中我不見一法能令未生惡不善法令不生已生惡不善法令滅未生善法令生已生善法重生令增廣如說正思惟諸比丘正思惟者能令未生邪見不生已生者令滅未生正見令生已生者重生令增廣佛說此經已諸比丘聞佛所說歡喜奉行

如說邪見正見如是邪志正志邪語正語邪業正業邪命正命邪方便正方便邪念正念邪定正定七經如上說如內法八經如是外法八經亦如是說

如是我聞一時佛住舍衛國祇樹給孤獨園爾時世尊告諸比丘有非法是法諦聽善思當爲汝說何等爲非法是法謂邪見非法正見是法乃至邪定非法正定是法佛說此經

已諸比丘聞佛所説歡喜奉行
如非法是法如是非律正律非聖是聖不善法善法非習法習法非善哉法善哉法黑法白法非義正義罪法勝法有罪法無罪法應去法不去法一一經皆如上説
如是我聞一時佛住拘睒彌國瞿師羅園爾時尊者阿難亦在彼住有異婆羅門來詣尊者阿難所與尊者阿難共相問訊慰勞問訊慰勞已退坐一面白尊者阿難欲有所問寧有閑暇爲記説不阿難答言隨汝所問知者當答婆羅門問尊者阿難何故於沙門瞿曇所出家修梵行阿難答言婆羅門爲斷故復問斷何等答言貪欲斷瞋恚愚癡斷又問阿難有道有跡能斷貪欲瞋恚愚癡耶阿難答言有謂八聖道正見正志正語正業正命正方便正念正定婆羅門言阿難賢哉之道賢哉之跡修習多修習能斷斯等貪欲恚癡尊者阿難説是法時彼婆羅門聞其所説歡喜隨喜從座起去
如斷貪恚癡如是調伏貪恚癡及得涅槃及猒離及不趣涅槃及沙門義及婆羅門義及解脱及苦斷及究竟苦邊及正盡苦一一經皆如上説
如是我聞一時佛住舍衛國祇樹給孤獨園爾時世尊告諸比丘有邪有正諦聽善思當爲汝説何等爲邪謂邪見乃至邪定何等爲正謂正見乃至正定何等爲正見謂説有施有説有齋有善行有惡行有善惡行果報有此世有他世有父母有衆生生有阿羅漢善到善向有此世他世自知作證具足住我生

已盡梵行已立所作已作自知不受後有何等爲正志謂出要志無恚志不害志何等爲正語謂離妄語離兩舌離惡口離綺語何等爲正業謂離殺盜婬何等爲正命謂如法求衣服飲食卧具湯藥非不如法何等爲正方便謂欲精進方便出離勤競堪能常行不退何等爲正念謂念隨順念不妄不虛何等爲正定謂住心不亂堅固攝持寂止三昧一心

佛說此經諸比丘聞佛所說歡喜奉行

如是我聞一時佛住舍衛國祇樹給孤獨園

爾時世尊告諸比丘如上說差别者何等爲正見謂正見有二種有正見是世俗有漏有取轉向善趣有正見是聖出世間無漏無取正盡苦轉向苦邊何等爲正見有漏有取向於善趣若彼見有施有說乃至知世間有阿羅漢不受後有是名世間正見世俗有漏有取向於善趣何等爲正見是聖出世間無漏不取正盡苦轉向苦邊謂聖弟子苦苦思惟集滅道道思惟無漏思惟相應於法選擇分别推求覺知黠慧開覺觀察是名正見是聖出世間無漏不取正盡苦轉向苦邊何等爲正志謂正志有二種有正志世俗有漏有取向於善趣有正志是聖出世間無漏不取正盡苦轉向苦邊何等爲正志有世俗有漏有取向於善趣謂正志出要覺無恚覺不害覺是名正志世俗有漏有取向於善趣何等爲正志是聖出世間無漏不取正盡苦轉向苦邊謂聖弟子苦苦思惟集滅道道思惟無漏思惟相應心法分别自决意解計數立意是名正志是聖出世間無漏不取正盡苦轉向

苦邊何等爲正語正語有二種有正語世俗有漏有取向於善趣有正語是聖出世間無漏不取正盡苦轉向苦邊何等爲正語世俗有漏有取向於善趣謂正語離妄語兩舌惡口綺語是名正語世俗有漏有取向於善趣何等正語是聖出世間無漏不取正盡苦轉向苦邊謂聖弟子苦苦思惟集滅道道思惟除邪命貪口四惡行諸餘口惡行離於彼無漏遠離不著固守攝持不犯不度時節不越限防是名正語是聖出世間無漏不取正盡苦轉向苦邊何等爲正業正業有二種有正業世俗有漏有取向於善趣有正業是聖出世間無漏不取正盡苦轉向苦邊何等爲正業世俗有漏有取轉向善趣謂離殺盜婬是名正業世俗有漏有取轉向善趣何等爲正業是聖出世間無漏不取正盡苦轉向苦邊謂聖弟子苦苦思惟集滅道道思惟除邪命貪身三惡行諸餘身惡行數無漏心不樂著固守執持不犯不度時節不越限防是名正業是聖出世間無漏不取正盡苦轉向苦邊何等爲正命正命有二種有正命是世俗有漏有取轉向善趣有正命是聖出世間無漏不取正盡苦轉向苦邊何等爲正命世俗有漏有取轉向善趣謂如法求衣食卧具隨病湯藥非不如法是名正命世俗有漏有取轉向善趣何等爲正命是聖出世間無漏不取正盡苦轉向苦邊謂聖弟子苦苦思惟集滅道道思惟於諸邪命無漏不樂著固守執持不犯不越時節不度限防是名正命是聖出世間無漏不取正盡苦轉向苦邊何等爲正方

便正方便有二種有正方便世俗有漏有取轉向善趣有正方便是聖出世間無漏不取正盡苦轉向苦邊何等爲正方便世俗有漏有取轉向善趣謂欲精進方便超出堅固建立堪能造作精進心法攝受常不休息是名正方便世俗有漏有取轉向善趣何等爲正方便是聖出世間無漏不取正盡苦轉向苦邊謂聖弟子苦苦思惟集滅道道思惟無漏憶念相應心法欲精進方便勤踊超出建立堅固堪能造作精進心法攝受常不休息是名正方便是聖出世間無漏不取正盡苦轉向苦邊何等爲正念正念有二種有正念世俗有漏有取轉向善趣有正念是聖出世間無漏不取正盡苦轉向苦邊何等爲正念世俗有漏有取轉向善趣若念隨念重念憶念不妄不虛是名正念世俗有漏有取正向善趣何等爲正念是聖出世間無漏不取轉向苦邊謂聖弟子苦苦思惟集滅道道思惟無漏思惟相應若念隨念重念憶念不妄不虛是名正念是聖出世間無漏不取轉向苦邊何等爲正定正定有二種有正定世俗有漏有取轉向善趣有正定是聖出世間無漏不取正盡苦轉向苦邊何等爲正定世俗有漏有取轉向善趣若心住不亂不動攝受寂止三昧一心是名正定世俗有漏有取轉向善趣何等爲正定是聖出世間無漏不取正盡苦轉向苦邊謂聖弟子苦苦思惟集滅道道思惟無漏思惟相應心法住不亂不散攝受寂止三昧一心是名正定是聖出世間無漏不取正盡苦轉向苦邊佛說此經已諸比丘

聞佛所說歡喜奉行
如是我聞一時佛住舍衛國祇樹給孤獨園
爾時世尊告諸比丘若比丘心向邪者違背
於法不樂於法若向正者心樂於法不違於
法何等為邪謂邪見乃至邪定何等為正謂
正見乃至正定佛說此經已諸比丘聞佛所
說歡喜奉行
如是我聞一時佛住舍衛國祇樹給孤獨園
爾時世尊告諸比丘向邪者違於法不樂於
法向正者樂於法不違於法何等為向邪者
違於法不樂於法謂邪見人身業如所見口
業如所見若思若欲若願若為彼皆隨順一
切得不愛果不念不可意果所以者何以見
惡故謂邪見邪見者起邪志邪語邪業邪命
邪方便邪念邪定是向邪者違於法不樂於
法何等為向正者樂於法不違於法謂正見
人若身業隨所見若口業若思若欲若願若
為悉皆隨順得可愛可念可意果所以者何
見者謂正見正見者能起正志正語正業正
命正方便正念正定是名向正者樂於法不
違於法佛說是經已諸比丘聞佛所說歡喜
奉行
如是我聞一時佛住舍衛國祇樹給孤獨園
爾時世尊告諸比丘向邪者違於法不樂於
法向正者樂於法不違於法何等為向邪者
違於法不樂於法若邪見人身業如所見口
業如所見若思若欲若願若為彼皆隨順一
切得不愛果不念不可意果所以者何惡見
謂邪見邪見者起邪志邪語邪業邪命邪方
便邪念邪定譬如苦果種著地中隨時溉灌

彼得地味水味火味風味一切悉苦所以者何以種苦故如是邪見人身業如所見口業如所見若思若欲若願若爲悉皆隨順彼一切得不愛不念不可意果所以者何惡見者謂邪見邪見者能起邪志乃至邪定是名向邪者違於法不樂於法何等爲正者樂於法不違於法若正見人身業如所見口業如所見若思若欲若願若爲悉皆隨順彼一切得可愛可念可意果所以者何善見謂正見正見者能起正志乃至正定譬如甘蔗稻麥蒲桃種著地中隨時溉灌彼得地味水味火味風味彼一切味悉甜美所以者何以種子甜故如是正見人身業如所見口業如所見若思若欲若願若爲悉皆隨順彼一切得可愛可念可意果所以者何善見者謂正見正見者能起正志乃至正定是名向正者樂於法不違於法佛說此經已諸比丘聞佛所說歡喜奉行

世間出世間亦如是說如上三經亦皆說偈言

鄙法不應近　放逸不應行　不應習邪見
增長於世間　假使有世間　正見增上者
雖復百千生　終不墮惡趣

佛說此經已諸比丘聞佛所說歡喜奉行

如是我聞一時佛住舍衛國祇樹給孤獨園時有生聞婆羅門來詣佛所稽首佛足與世尊面相問訊慰勞已退坐一面白佛言瞿曇所謂正見者何等爲正見佛告婆羅門正見有二種有正見世俗有漏有取轉向善趣有正見是聖出世間無漏不取正盡苦轉向苦

邊何等爲正見世俗有漏有取轉向善趣謂正見有施有說有齋乃至自知不受後有婆羅門是名正見世俗有漏有取向於善趣婆羅門何等爲正見是聖出世間無漏不取正盡苦轉向苦邊謂聖弟子苦苦思惟集滅道道思惟無漏思惟相應於法選擇分別求覺巧便黠慧觀察是名正見是聖出世間無漏不取正盡苦轉向苦邊佛說此經已生聞婆羅門聞佛所說歡喜隨喜從座起去

如正見如是正志正語正業正命正方便正念正定一一經如上說

如是我聞一時佛住舍衛國祇樹給孤獨園爾時世尊告諸比丘有邪及邪道有正及正道諦聽善思當爲汝說何等爲邪謂地獄畜生餓鬼何等爲邪道謂邪見乃至邪定何等爲正謂人天涅槃何等爲正道謂正見乃至正定佛說此經已諸比丘聞佛所說歡喜奉行

如是我聞一時佛住舍衛國祇樹給孤獨園爾時世尊告諸比丘有邪有邪道有正有正道諦聽善思當爲汝說何等有邪謂地獄畜生餓鬼何等爲邪道謂殺盜邪婬妄語兩舌惡口綺語貪恚邪見何等爲正謂人天涅槃何等爲正道謂不殺不盜不邪婬不妄語不兩舌不惡口不綺語無貪無恚正見佛說此經已諸比丘聞佛所說歡喜奉行

如是我聞一時佛住舍衛國祇樹給孤獨園爾時世尊告諸比丘如上說差別者何等爲惡趣道謂殺父殺母殺阿羅漢破僧惡心出佛身血餘如上說佛說此經已諸比丘聞佛

所說歡喜奉行

如是我聞一時佛住舍衛國祇樹給孤獨園

爾時世尊告諸比丘有順流道有逆流道諦聽善思當爲汝說何等爲順流道謂邪見乃至邪定何等爲逆流道謂正見乃至正定佛說此經已諸比丘聞佛所說歡喜奉行

如順流逆流如是退道勝道下道上道及三經道跡亦如上說

如是我聞一時佛住舍衛國祇樹給孤獨園

爾時世尊告諸比丘有沙門及沙門法諦聽善思當爲汝說何等爲沙門法謂八聖道正見乃至正定何等爲沙門若成就此法者是名沙門佛說此經已諸比丘聞佛所說歡喜奉行

如是我聞一時佛住舍衛國祇樹給孤獨園

爾時世尊告諸比丘有沙門法沙門義何等爲沙門法謂八聖道正見乃至正定何等爲沙門義謂貪欲永盡瞋恚愚癡永盡一切煩惱永盡是名沙門義佛說此經已諸比丘聞佛所說歡喜奉行

如是我聞一時佛住舍衛國祇樹給孤獨園

爾時世尊告諸比丘有沙門法及沙門果諦聽善思當爲汝說何等爲沙門法謂八聖道正見乃至正定何等爲沙門果謂須陀洹果斯陀含果阿那含果阿羅漢果佛說此經已諸比丘聞佛所說歡喜奉行

雜阿含經卷第二十八

音釋

翼從　翼與職切衛也從疾用切侍也　鞚　口送切馬勒也　鞭　卑連切驅馬策也　軛　於革切車軛也　縻　靡爲切車轡曰縻　轅　雨元切輈也

雜阿含經卷第二十九

宋天竺三藏求那跋陀羅譯

如是我聞一時佛住舍衛國祇樹給孤獨園爾時世尊告諸比丘有沙門法及沙門果諦聽善思當爲汝說何等爲沙門法謂八聖道正見乃至正定何等爲沙門果謂須陀洹果斯陀含果阿那含果阿羅漢果何等爲須陀洹果謂三結斷何等爲斯陀含果謂三結斷貪恚癡薄何等爲阿那含果謂五下分結盡何等爲阿羅漢果謂貪恚癡永盡一切煩惱永盡佛說此經已諸比丘聞佛所說歡喜奉行

如是我聞一時佛住舍衛國祇樹給孤獨園爾時世尊告諸比丘有沙門法沙門沙門義諦聽善思當爲汝說何等爲沙門法謂八聖道正見乃至正定何等爲沙門謂成就此法者何等爲沙門義謂貪欲永斷瞋恚癡永斷一切煩惱永斷佛說此經已諸比丘聞佛所說歡喜奉行

如是我聞一時佛住舍衛國祇樹給孤獨園爾時世尊告諸比丘如上說差別者有沙門果何等爲沙門果謂須陀洹果斯陀含果阿那含果阿羅漢果佛說此經已諸比丘聞佛所說歡喜奉行

如是婆羅門法婆羅門婆羅門義婆羅門果梵行法梵行者梵行義梵行果亦如上說

如是我聞一時佛住舍衛國祇樹給孤獨園爾時世尊告諸比丘有五法多所饒益修安那般那念何等爲五住於淨戒波羅提木叉律儀威儀行處具足於微細罪能生怖畏受

持學戒是名第一多所饒益修習安那般那念復次比丘少欲少事少務是名二法多所饒益修習安那般那念復次比丘飲食知量多少得中不爲飲食起求欲想精勤思惟是名三法多所饒益修安那般那念復次比丘初夜後夜不著睡眠精勤思惟是名四法多所饒益修安那般那念復次比丘空閑林中離諸憒閙是名五法多種饒益修習安那般那念佛說此經已諸比丘聞佛所說歡喜奉行

如是我聞一時佛住舍衛國祇樹給孤獨園爾時世尊告諸比丘當修安那般那念若比丘修習安那般那念多修習者得身止息及心止息有覺有觀寂滅純一明分想修習滿足佛說此經已諸比丘聞佛所說歡喜奉行

如是我聞一時佛住舍衛國祇樹給孤獨園爾時世尊告諸比丘修習安那般那念若比丘修習安那般那念多修習者得身心止息有覺有觀寂滅純一明分想修習滿足何等爲修習安那般那念多修習已身心止息有覺有觀寂滅純一明分想修習滿足是比丘若依聚落城邑止住晨朝著衣持鉢入村乞食善護其身守諸根門善繫心住乞食已還住處舉衣鉢洗足已或入林中閑房樹下或空露地端身正坐繫念面前斷世貪愛離欲清淨瞋恚睡眠掉悔疑斷度諸疑惑於諸善法心得決定遠離五蓋煩惱於心令恚力羸爲障礙分不趣涅槃念於內息繫念善學念於外息繫念善學息長息短覺知一切身入息於一切身入息善學覺知一切身出息於

一切身出息善學覺知一切身行息入息於
一切身行息入息善學覺知一切身行息出
息於一切身行息出息善學覺知喜覺知樂
覺知心行覺知心行息入息於覺知心行息
入息善學覺知心行息出息於覺知心行息
出息善學覺知心覺知心悅覺知心定覺知
心解脫入息於覺知心解脫入息善學覺知
心解脫出息於覺知心解脫出息善學觀察
無常觀察斷觀察無欲觀察滅入息於觀察
滅入息善學觀察滅出息於觀察滅出息善
學是名修安那般那念身止息心止息有覺
有觀寂滅純一明分想修習滿足佛說此經
已諸比丘聞佛所說歡喜奉行
如是我聞一時佛住舍衛國祇樹給孤獨園
爾時世尊告諸比丘當修安那般那念安那

般那念修習多修習者斷諸覺想云何安那
般那念修習多修習斷諸覺想若比丘依止
聚落城邑住如上廣說乃至於出息滅善學
是名安那般那念修習多修習斷諸覺想佛
說此經已諸比丘聞佛所說歡喜奉行
如斷覺想如是不動搖得大果大福利如是
得甘露究竟甘露得二果四果七果一一經
亦如上說
如是我聞一時佛住舍衛國祇樹給孤獨園
爾時世尊告諸比丘如我所說安那般那念
汝等修習不時有比丘名阿梨瑟吒於衆中
坐即從座起整衣服爲佛作禮右膝著地合
掌白佛言世尊世尊所說安那般那念我已
修習佛告阿梨瑟吒比丘汝云何修習我所
說安那般那念比丘白佛世尊我於過去諸

行不顧念未來諸行不生欣樂於現在諸行不生染著於內外對礙想善正除滅我已如是修世尊所說安那般那念佛告阿梨瑟吒比丘汝實修我所說安那般那念非不修然其比丘於汝所修安那般那念所更有勝妙過其上者何等是勝妙過阿梨瑟吒所修安那般那念者是比丘依止城邑聚落如前廣說乃至於滅出息觀察善學是名阿梨瑟吒比丘勝妙過汝所修安那般那念者佛說此經已諸比丘聞佛所說歡喜奉行

如是我聞一時佛住舍衛國祇樹給孤獨園爾時世尊於晨朝時著衣持鉢入舍衛城乞食食已還精舍舉衣鉢洗足已持尼師壇入安陀林坐一樹下晝日禪思時尊者罽賓那亦晨朝時著衣持鉢入舍衛城乞食還舉衣鉢洗足已持尼師壇入安陀林於樹下坐禪去佛不遠正身不動身心正直勝妙思惟爾時衆多比丘晡時從禪覺往詣佛所稽首禮佛足退坐一面佛語諸比丘汝等見尊者罽賓那不去我不遠正身端坐身心不動住勝妙住諸比丘白佛世尊我等數見彼尊者正身端坐善攝其身不傾不動專心勝妙佛告諸比丘若比丘修習三昧身心安住不傾不動住勝妙住者此比丘得此三昧不勤方便隨欲即得諸比丘白佛何等三昧比丘得此三昧身心不動住勝妙住佛告諸比丘若比丘依止聚落晨朝著衣持鉢入村乞食已還精舍舉衣鉢洗足已入林中若閑房露坐思惟繫念乃至息滅觀察善學是名三昧若比丘端坐思惟身心不動住勝妙住佛說此經

已諸比丘聞佛所說歡喜奉行

如是我聞一時佛住一奢能伽羅林中爾時世尊告諸比丘我欲二月坐禪諸比丘勿復往來唯除送食比丘及布薩時爾時世尊作是語已即二月坐禪無一比丘敢往來者唯除送食及布薩時爾時世尊坐禪二月過已從禪覺於比丘僧前坐告諸比丘若諸外道出家來問汝等沙門瞿曇於二月中云何坐禪汝應答言如來二月以安那般那念坐禪思惟住所以者何我於此二月念安那般那多住思惟入息時念入息如實知出息時念出息如實知若長若短一切身覺入息念如實知一切身覺出息念如實知身行休息入息念如實知乃至滅出息念如實知我悉知已我時作是念此則麤思惟住我今於此思惟止息已當更修餘微細修住而住爾時我息止麤思惟已即更入微細思惟多住而住時有三天子極上妙色過夜來至我所一天子作是言沙門瞿曇時到復有一天子言此非時到是時向至第三天子言非爲時到亦非時向至此則修住是阿羅訶寂滅耳佛告諸比丘若有正說聖住天住梵住學住無學住如來住學人所不得當得不到當到不證當證無學人現法樂住者謂安那般那念此則正說所以者何安那般那念者是聖住天住梵住乃至無學現法樂住佛說此經已諸比丘聞佛所說歡喜奉行

如是我聞一時佛住迦毗羅越尼拘律樹園中爾時釋氏摩訶男詣尊者迦磨比丘所禮迦磨比丘足已退坐一面語迦磨比丘言云

何尊者迦磨學住者爲即是如來住耶爲學住異如來住異迦磨比丘答言摩訶男學住異如來住異摩訶男學住者斷五蓋多住如來住者於五蓋已斷已知斷其根本如截多羅樹頭更不生長於未來世成不生法一時世尊住一奢能伽羅林中爾時世尊告諸比丘我欲於此一奢能伽羅林中二月坐禪汝諸比丘勿使往來唯除送食比丘及布薩時廣說如前乃至無學現法樂住以是故知摩訶男學住異如來住異釋氏摩訶男聞迦磨比丘所說歡喜從座起去

如是我聞一時佛住金剛聚落跋求摩河側薩羅梨林中爾時世尊爲諸比丘說不淨觀讚歎不淨觀言諸比丘修不淨觀多修習者得大果大福利時諸比丘修不淨觀已極猒患身或以刀自殺或服毒藥或繩自絞投巖自殺或令餘比丘殺有異比丘極生猒患惡露不淨觀鹿林梵志子所語鹿林梵志子言賢首汝能殺我者衣鉢屬汝時鹿林梵志子即殺彼比丘持刀至跋求摩河邊洗刀時有魔天住於空中讚鹿林梵志子言善哉善哉賢首汝得無量功德能令諸沙門釋子持戒有德未度者度未脫者脫未蘇息者令得蘇息未涅槃者令得涅槃諸長利衣鉢雜物悉皆屬汝時鹿林梵志子聞讚歎已增惡邪見作是念我今眞實大作福德令沙門釋子持戒功德者未度者度未脫者脫未蘇息者令得蘇息未涅槃者令得涅槃衣鉢雜物悉皆屬我於是手執利刀順諸房舍諸經行處別房禪房見諸比丘作如是言何等沙門持戒

有德未度者我能令度未脫者脫未蘇息者令得蘇息未涅槃令得涅槃時有諸比丘猒患身者皆出房舍語鹿林梵志子言我未得度汝當度我我未得脫汝當脫我我未得蘇息汝當令我得蘇息我未得涅槃汝當令我得涅槃時鹿林梵志子即以利刀殺彼比丘次第乃至殺六十人爾時世尊至十五日說戒時於衆僧前坐告尊者阿難何因何緣諸比丘轉少轉減轉盡阿難白佛言世尊爲諸比丘說修不淨觀讚歎不淨觀諸比丘修不淨觀已極猒患身廣說乃至殺六十比丘世尊以是因緣故令諸比丘轉少轉減轉盡唯願世尊更說餘法令諸比丘聞已勤修智慧樂受正法樂住正法佛告阿難是故我今次第說依微細住隨順開覺已起未起惡不善法速令休息如天大雨起未起塵能令休息如是比丘修微細住諸起未起惡不善法能令休息阿難何等爲微細住多修習隨順開覺已起未起惡不善法能令休息謂安那般那念住阿難白佛云何修習安那般那念住隨順開覺已起未起惡不善法能令休息佛告阿難若比丘依止聚落如前廣說乃至如滅出息念而學佛說此經已尊者阿難聞佛所說歡喜奉行

如是我聞一時佛住金剛跋求摩河側薩羅梨林中爾時尊者阿難獨一靜處思惟禪思作如是念頗有一法修習多修習令四法滿足四法滿足已七法滿足七法滿足已二法滿足時尊者阿難從禪覺已往詣佛所稽首禮足退坐一面白佛言世尊我獨一靜處思

惟禪思作是念頗有一法多修習已令四法滿足乃至二法滿足我今問世尊寧有一法多修習已能令乃至二法滿足耶佛告阿難有一法多修習已乃至能令二法滿足何等爲一法謂安那般那念多修習已能令四念處滿足四念處滿足已七覺分滿足七覺分滿足已明解脱滿足云何修安那般那念四念處滿足是比丘依止聚落乃至如滅出息念學阿難如是聖弟子入息念時如入息念學出息念時如出息念學若長若短一切身行覺知入息念時如入息念學出息念時如出息念學一切身行覺知入息念時如入息念學出息念時如出息念學身行休息入息念時如身行休息入息念學身行休息出息念時如身行休息出息念學聖弟子爾時身身觀念住異於身者彼亦如是隨身比思惟若有時聖弟子喜覺知樂覺知心行覺知心行息覺知入息念時如心行息入息念學心行息出息念時如心行息出息念學是聖弟子爾時受受觀念住若復異受者彼亦隨受比思惟有時聖弟子心覺知心悅心定心解脱覺知入息念時如入息念學心解脱出息念時如心解脱出息念學是聖弟子爾時心心觀念住若有異心者彼亦隨心比思惟若聖弟子有時觀無常斷無欲滅如無常斷無欲滅觀住學是聖弟子爾時法法觀念住異於法者亦隨法比思惟是名修安那般那念滿足四念處阿難白佛如是修習安那般那念令四念處滿足云何修四念處令七覺分滿足佛告阿難若比丘身身觀念住念住已

繫念住不忘爾時方便修念覺分修念覺分已念覺分滿足念覺滿足已於法選擇思量爾時方便修擇法覺分修擇法覺分已擇法覺分滿足於法選擇分别思量已得精勤方便爾時方便修習精進覺分修精進覺分已精進覺分滿足方便精進已則心歡喜爾時方便修喜覺分修喜覺分已喜覺分滿足歡喜已身心猗息爾時方便修猗覺分修猗覺分已猗覺滿足身心樂已得三昧爾時修定覺分修定覺分已定覺滿足定覺分滿足已貪憂則滅得平等捨爾時方便修捨覺分修捨覺分已捨覺分滿足受心法法念處亦如是說是名修四念處滿足七覺分阿難白佛是名修四念處滿足七覺分云何修七覺分滿足明解脱佛告阿難若比丘修念覺分依遠離依無欲依滅向於捨修念覺分已滿足明解脱乃至修捨覺分依遠離依無欲依滅向於捨如是修捨覺分已明解脱滿足阿難是名法法相類法法相潤如是十三法一法爲增上一法爲門次第增進修習滿足佛說此經已尊者阿難聞佛所說歡喜奉行

如是異比丘所問佛問諸比丘亦如上說

如是我聞一時佛住金毗羅聚落金毗林中爾時世尊告尊者金毗羅我今當說精勤修習四念處諦聽善思當爲汝說爾時尊者金毗羅默然住如是再三爾時尊者阿難語尊者金毗羅今大師告汝如是三說尊者金毗羅語尊者阿難我已知尊者阿難我已知尊者瞿曇爾時尊者阿難白佛言世尊是時世尊是時善逝唯願爲諸比丘說精勤修四念

處諸比丘聞已當受奉行佛告阿難諦聽善思當爲汝說若比丘入息念時如入息學乃至滅出息時如滅出息學爾時聖弟子念入息時如念入息學乃至身行止息出息時如身行止息出息學爾時聖弟子身身觀念住爾時聖弟子身身觀念住已如是知善内思惟佛告阿難譬如有人乘車轝從東方顛沛而來當於爾時踐蹈諸土堆壟不阿難白佛如是世尊佛告阿難如是聖弟子念入息時如入息念學如是乃至善内思惟若爾時聖弟子覺知喜乃至覺知意行息學聖弟子受受觀念住聖弟子受受觀念已如是知善内思惟譬如有人乘車轝從南方顛沛而來云何阿難當踐蹈土堆壟不阿難白佛如是世尊佛告阿難如是聖弟子受受觀念住知善内思惟若聖弟子覺知心欣悅心定心解脫心入息如解脫心入息學解脫心出息如解脫心出息學爾時聖弟子心心觀念住如是聖弟子心心觀念住已知善内思惟譬如有人乘車轝從西方來彼當踐蹈土堆壟不阿難白佛如是世尊佛告阿難如是聖弟子覺知心乃至心解脫出息如心解脫出息學如是聖弟子爾時心心觀念住知善内思惟善於身受心貪憂滅捨爾時聖弟子法法觀念住如是聖弟子法法觀念住已知善内思惟阿難譬如四衢道有土堆壟有人乘車轝從北方顛沛而來當踐蹈土堆壟不阿難白佛如是世尊佛告阿難如是聖弟子法法觀念住知善内思惟阿難是名比丘精勤方便修四念處佛說此經已尊者阿難聞佛所說歡

喜奉行

如是我聞一時佛住舍衛國祇樹給孤獨園爾時世尊告比丘當修安那般那念修安那般那念多修習已身不疲極眼亦不患樂隨順觀住樂知覺不染著樂云何修安那般那念身不疲倦眼亦不患樂隨觀住樂知覺不染著樂是比丘依止聚落乃至觀滅出息時如滅出息學是名修安那般那念身不疲倦眼亦不患樂隨觀住樂知覺不染著樂如是修安那般那念者得大果大福利是比丘欲求離欲惡不善法有覺有觀離生喜樂初禪具足住是比丘當修安那般那念如是修安那般那念得大果大福利是比丘欲求第二第三第四禪慈悲喜捨空入處識入處無所有入處非想非非想入處具足三結盡得須陀洹果三結盡貪恚癡薄得斯陀含果五下分結盡得阿那含果得無量種神通力天耳他心智宿命智生死智漏盡智者如是比丘當修安那般那念如是安那般那念得大果大福利佛說此經已諸比丘聞佛所說歡喜奉行

如是我聞一時佛住舍衛國祇樹給孤獨園夏安居爾時衆多上座聲聞於世尊左右樹下窟中安居時有衆多年少比丘詣佛所稽首佛足退坐一面佛爲諸年少比丘種種說法示教照喜示教照喜已默然住諸年少比丘聞佛所說歡喜隨喜從座起作禮而去諸年少比丘往詣上座比丘所禮諸上座足已於一面坐時諸上座比丘作是念我等當攝受比諸年少比丘或一人受一人或一人受

二三多人作是念巳即便攝受或一人受一人或受二三多人或有上座乃至受六十人爾時世尊十五日布薩時於大衆前敷座而坐爾時世尊觀察諸比丘已告言比丘善哉善哉我今喜諸比丘行諸正事是故比丘當勤精進於此舍衛國滿迦低月諸處人間遊行比丘聞世尊於舍衛國安居滿迦低月限巳作衣竟持衣鉢於舍衛國人間遊行漸至舍衛國舉衣鉢洗足巳詣世尊所稽首禮足巳退坐一面爾時世尊爲人間比丘種種說法示教照喜巳默然住爾時人間比丘聞佛說法歡喜隨喜從座起作禮而去往詣上座比丘所稽首禮足退坐一面時諸上座作是念我等當受此人間比丘或一人受一人或二三乃至多人即便受之或一人受一人或二三乃至有受六十人者彼上座比丘受諸人間比丘教誡教授善知先後次第爾時世尊月十五日布薩時於大衆前敷座而坐觀察諸比丘衆告諸比丘善哉善哉諸比丘我欣汝等所行正事樂汝等所行正事諸比丘過去諸佛亦有比丘衆所行正事如今此衆未來諸佛所有諸衆亦當如是所行正事如今此衆所以者何今此衆中諸長老比丘有得初禪第二禪第三禪第四禪慈悲喜捨空入處識入處無所有入處非想非非想入處具足住有比丘三結盡得須陀洹不墮惡趣法決定向三菩提七有天人往生究竟苦邊有比丘三結盡貪恚癡薄得斯陀含有比丘五下分結盡得阿那含生般涅槃不復還生此世有比丘得無量神通境界天耳他心智

宿命智生死智漏盡智有比丘修不淨觀斷貪欲修慈心斷瞋恚修無常想斷我慢修安那般那念斷覺想云何比丘修安那般那念斷覺想是比丘依止聚落乃至觀滅出息如觀滅出息學是名修安那般那念斷覺想佛說此經已諸比丘聞佛所說歡喜奉行

如是我聞一時佛住舍衛國祇樹給孤獨園爾時世尊告諸比丘有三學何等爲三謂增上戒學增上意學謂增上慧學爾時世尊即說偈言

三學具足者　是比丘正行　增上戒心慧
三法勤精進　勇猛堅固城　常守護諸根
如晝如其夜　如夜亦如晝　如前如其後
如後亦如前　如上如其下　如下亦如上
無量諸三昧　映一切諸方　是說爲覺跡
第一清涼集　捨離無明靜　其心善解脫
我爲世間覺　明行悉具足　正念不忘住
其心得解脫　身壞而命終　如燈盡火滅

佛說此經已諸比丘聞佛所說歡喜奉行

如是我聞一時佛住舍衛國祇樹給孤獨園爾時世尊告諸比丘亦復有三學何等爲三謂增上戒學增上意學增上慧學何等爲增上戒學若比丘住於戒波羅提木叉律儀威儀行處具足見微細罪則生怖畏受持學戒何等爲增上意學若比丘離欲惡不善法乃至第四禪具足住何等爲增上慧學是比丘此苦聖諦如實知集滅道聖諦如實知是名增上慧學爾時世尊即說偈如上所說佛說此經已諸比丘聞佛所說歡喜奉行

如是我聞一時佛住舍衛國祇樹給孤獨園

爾時世尊告諸比丘有比丘增上戒學非增上意增上慧學有增上戒增上意學非增上慧學聖弟子增上慧方便隨順成就住者增上戒增上意修習滿足如是聖弟子增上慧方便隨順成就住者無上慧壽而活佛說此經已諸比丘聞佛所說歡喜奉行

如是我聞一時佛住舍衛國祇樹給孤獨園

爾時世尊告諸比丘過二百五十戒隨次半月來說波羅提木叉修多羅令彼自求學者而學說三學能攝諸戒何等爲三謂增上戒學增上意學增上慧學佛說此經已諸比丘聞佛所說歡喜奉行

如是我聞一時佛住舍衛國祇樹給孤獨園

爾時世尊告諸比丘如上說差別者何等爲增上戒學謂比丘重於戒戒增上不重於定定不增上不重於慧慧不增上於彼彼分細微戒犯則隨悔所以者何我不說彼不堪能若彼戒隨順梵行饒益梵行久住梵行如是比丘戒堅固戒師常住戒常隨順生受持而學如是知如是見斷三結謂身見戒取疑斷此三結得須陀洹不墮惡趣法決定趣三菩提七有天人往生究竟苦邊是名學增上戒何等爲增上意學是比丘重於戒戒增上重於定定增上不重於慧慧不增上於彼彼分細微戒乃至受持學戒如是知如是見斷於五下分結謂身見戒取疑貪欲瞋恚斷此五下分結受生般涅槃阿那含不還此世是名增上意學何等爲增上慧學是比丘重於戒戒增上重於定定增上重於慧慧增上彼如是知如是見欲有漏心解脫有有漏心解脫

無明有漏心解脫解脫知見我生已盡梵行已立所作已作自知不受後有是名增上慧學佛說此經已諸比丘聞佛所說歡喜奉行
如是我聞一時佛住舍衛國祇樹給孤獨園爾時世尊告諸比丘過二百五十戒隨次半月來說波羅提木叉修多羅若彼善男子自隨意所欲而學者我爲說三學若學此三學則攝受一切學戒何等爲三謂增上戒學增上意學增上慧學何等爲增上戒學是比丘重於戒戒增上不重於定定不增上不重於慧慧不增上於彼彼分細微戒乃至受持學戒如是知如是見斷三結謂身見戒取疑貪恚癡薄成一種子道彼地未等覺者名斯陀含彼地未等覺者名家家彼地未等覺者名七有彼地未等覺者名隨法行彼地未等覺者名隨信行是名增上戒學何等爲增上意學是比丘重於戒戒增上重於定定增上不重於慧慧不增上於彼彼分細微戒學乃至受持學戒如是知如是見斷五下分結謂身見戒取疑貪欲瞋恚斷此五下分結能得中般涅槃彼地未等覺者得生般涅槃彼地未等覺者得無行般涅槃彼地未等覺者得有行般涅槃彼地未等覺者得上流般涅槃是名增上意學何等爲增上慧學是比丘重於戒戒增上重於定定增上重於慧慧增上如是知如是見欲有漏心解脫有有漏心解脫無明有漏心解脫解脫知見我生已盡梵行已立所作已作自知不受後有是名增上慧學佛說此經已諸比丘聞佛所說歡喜奉行
如是我聞一時佛住舍衛國祇樹給孤獨園

爾時世尊告諸比丘若比丘具足戒住者善攝持波羅提木叉具足威儀行處見細微罪能生怖畏比丘具足戒住善攝持波羅提木叉具足威儀行處見細微罪能生怖畏等受學戒令三學修習滿足何等爲三增上戒學增上意學增上慧學何等爲增上戒學是比丘戒爲滿足少定少慧於彼彼分細微戒乃至受持戒學彼如是知如是見斷三結謂身見戒取疑斷此三結得須陀洹不墮惡趣法決定趣三菩提七有天人往生究竟苦邊何等爲增上意學是比丘定滿足三昧滿足少於慧於彼彼分細微戒犯則隨悔乃至受持學戒如是知如是見斷五下分結謂身見戒取疑貪欲瞋恚斷此五下分結得生般涅槃阿那含不復還生此世是名增上意學何等爲增上慧學是比丘學戒滿足定滿足慧滿足如是知如是見欲有漏心解脫有有漏心解脫無明有漏心解脫解脫知見我生已盡梵行已立所作已作自知不受後有是名增上慧學佛說此經已諸比丘聞佛所說歡喜奉行

如是我聞一時佛住舍衛國祇樹給孤獨園爾時世尊告諸比丘若比丘具足戒住善攝波羅提木叉具足威儀行處見微細罪能生怖畏受持學戒住滿足三學何等爲三謂增上戒增上意增上慧何等爲增上戒是比丘戒滿足少靜少慧於彼彼分細微戒乃至受持學戒如是知如是見斷三結貪恚癡薄得一種子道若彼地未等覺者得斯陀含彼地未等覺者名家家彼地未等覺者得須陀洹

彼地未等覺者得隨法行彼地未等覺者得隨信行是名增上戒學何等爲增上意學是比丘戒滿足定滿足少於慧於彼彼分細微戒乃至受持學戒如是知如是見斷五下分結謂身見戒取疑貪欲瞋恚斷此五下分結得中般涅槃於彼未等覺者得生般涅槃於彼未等覺者得無行般涅槃於彼未等覺者得有行般涅槃於彼未等覺者得上流般涅槃是名增上意學何等爲增上慧學是比丘學戒滿足定滿足慧滿足如是知如是見欲有漏心解脱有有漏心解脱無明有漏心解脱解脱知見我生已盡梵行已立所作已作自知不受後有是名增上慧學佛説此經已諸比丘聞佛所説歡喜奉行

如是我聞一時佛住舍衛國祇樹給孤獨園爾時世尊告諸比丘有三學何等爲三謂上戒學上威儀學上波羅提木叉學爾時世尊即説偈言

學者學戒時　直道隨順行　專審勤方便
善自護其心　得初漏盡智　次究竟無知
得無知解脱　知見悉已度　成不動解脱
諸有結滅盡　彼諸根具足　諸根寂靜樂
持此後邊身　摧伏衆魔怨

佛説此經已諸比丘聞佛所説歡喜奉行

如是我聞一時佛住舍衛國祇樹給孤獨園爾時世尊告諸比丘學戒多福利住智慧爲上解脱堅固念爲增上若比丘學戒福利智慧爲上解脱堅固念增上已令三學滿足何等爲三謂增上戒學增上意學增上慧學爾時世尊即説偈言

學戒隨福利　專思三昧禪　智慧爲最上
現生之最後　牟尼持後邊　降魔度彼岸
佛說此經已諸比丘聞佛所說歡喜奉行
如是我聞一時佛住舍衛國祇樹給孤獨園爾時世尊告諸比丘如上說差別者諸比丘何等爲學戒隨福利謂大師爲諸聲聞制戒所謂攝僧極攝僧不信者信信者增其信調伏惡人慚愧者得樂住現法防護有漏未來得正對治令梵行久住如大師已爲聲聞制戒謂攝僧乃至梵行久住如是如是學戒者行堅固戒恒戒常行戒受持學戒是名比丘戒福利何等智慧爲上謂大師爲聲聞說法大悲哀愍以義饒益若安慰若安樂若安慰安樂如是如是大師爲諸聲聞說法大悲哀愍以義饒益安慰安樂如是如是於彼彼法彼彼處智慧觀察是名比丘智慧爲上何等爲解脫堅固謂大師爲諸聲聞說法大悲哀愍以義饒益安慰安樂如是如是說彼彼法如是如是彼彼處得解脫樂是名比丘堅固解脫何等爲比丘念增上未滿足戒身者專心繫念安住未觀察者於彼彼處智慧繫念安住已觀察者於彼彼處重念安住未觸法者於彼彼處解脫念安住已觸法者於彼彼處解脫念安住是名比丘正念增上爾時世尊即說偈言

學戒隨福利　專思三昧禪　智慧爲最上
現生最後邊　牟尼持後邊　降魔度彼岸
佛說是經已諸比丘聞佛所說歡喜奉行
尸婆迦修多羅如後佛當說如是阿難陀比丘及異比丘所問佛問諸比丘三經亦如上

說

如是我聞一時佛住舍衛國祇樹給孤獨園爾時世尊告諸比丘譬如田夫有三種作田隨時善作何等爲三謂彼田夫隨時耕磨隨時溉灌隨時下種彼田夫隨時耕磨溉灌下種已不作是念欲令今日生長今日果實今日成熟若明日後日也諸比丘然彼長者耕田溉灌下種已不作是念今日生長果實成熟若明日若復後日而彼種子已入地中則自隨時生長果實成熟如是比丘於此三學隨時善學謂善戒學善意學善慧學已不作是念欲令我今日得不起諸漏心善解脱若明日若後日不作是念自然神力能令今日若明日後日不起諸漏心善解脱彼已隨時增上戒學增上意學增上慧學已隨彼時節自得不起諸漏心善解脱比丘譬如伏雞生卵若十乃至十二隨時消息冷暖愛護彼伏雞不作是念我今日若明日後日當以口啄若以爪刮令其兒安隱得生然其伏雞善伏其子愛護隨時其子自然安隱得生如是比丘善學三學隨其時節自得不起諸漏心善解脱佛說此經已諸比丘聞佛所說歡喜奉行

如是我聞一時佛住舍衛國祇樹給孤獨園爾時世尊告諸比丘譬如驢隨群牛而行而作是念我作牛聲然其彼形亦不似牛色亦不似聲出不似隨大群牛謂已是牛而作牛鳴而去牛實遠如是有一愚癡男子違律犯戒隨逐大衆言我是比丘我是比丘而不學習勝欲增上戒學增上意學增上慧學隨逐

大衆自言我是比丘我是比丘其實去比丘
大遠爾時世尊即說偈言
同蹄無角獸　四足具聲口　隨逐大群牛
常以為等侶　形亦非牛類　不能作牛聲
如是愚癡人　不隨繫心念　於善逝教誡
無欲勤方便　懈怠心輕慢　不獲無上道
如驢在牛群　去牛常自遠　彼雖隨大衆
内行常自乖
佛說此經已諸比丘聞佛所說歡喜奉行
如是我聞一時佛住跋耆聚落尊者跋耆子
侍佛左右爾時尊者跋耆子詣佛所稽首禮
足退住一面白佛言世尊佛說過二百五十
戒令族姓子隨次半月來說波羅提木叉修
多羅令諸族姓子隨欲而學然今世尊我不
堪能隨學而學佛告跋耆子汝堪能隨時學
三學不跋耆子白佛言堪能世尊佛告跋耆
子汝當隨時增上戒學增上意學增上慧學
隨時精勤增上戒學增上意學增上慧學已
不久當得盡諸有漏無漏心解脫慧解脫現
法自知作證我生已盡梵行已立所作已作
自知不受後有爾時尊者跋耆子聞佛所說
歡喜隨喜作禮而去
爾時尊者跋耆子受佛教誡教授已獨一靜
處專精思惟如上說乃至心善解脫得阿羅
漢

雜阿含經卷第二十九

音釋

絞 古巧切縊也　車轝 轝羊諸切輴也手對舉之車也　顛沛 顛多年切沛博蓋切顛沛偃仆也　踐蹈 踐慈演切踏也蹈徒到切亦踐也　堆壟 堆都回切聚土也壟力踵切丘壟也

雜阿含經卷第三十

宋天竺三藏求那跋陀羅譯

如是我聞一時佛住崩伽闍崩伽者林中爾時世尊爲諸比丘說戒相應法讚歎制戒法爾時尊者迦葉氏於崩伽聚落住聞世尊說戒相應法讚歎是戒極心不忍不喜言此沙門極讚歎是戒極制是戒爾時世尊於崩伽聚落隨所樂住已向舍衛國去次第遊行至舍衛國祇樹給孤獨園時尊者迦葉氏世尊去後不久心即生悔我今失利得大不利於世尊所說戒相應法讚歎制戒時於世尊所心不忍不喜心不歡喜而作是言沙門極制是戒極讚歎是戒時尊者迦葉氏夜過晨朝著衣持鉢入崩伽聚落乞食食已還精舍付囑卧具自持衣鉢向舍衛城次第遊行至舍衛國舉衣鉢洗足已詣世尊稽首禮足白佛言悔過世尊悔過善逝我愚我癡不善不辨我聞世尊爲諸比丘說戒相應法讚歎制戒時於世尊所不忍不喜心不欣樂而作是言是沙門極制是戒讚歎是戒佛告迦葉氏汝何時於我所心不忍不喜不生欣樂而作是言此沙門極制是戒讚歎是戒迦葉氏白佛言時世尊於崩伽闍聚落崩伽者林中爲諸比丘說戒相應法讚歎是戒我爾時於世尊所心得不忍不歡喜心不欣樂而作是言是沙門極制是戒讚歎是戒世尊我今日自知罪悔自見罪悔唯願世尊受我悔過哀愍故佛告迦葉氏汝自知悔愚癡不善不辨聞我爲諸比丘說戒相應法讚歎制戒而於我所不忍不喜心不欣樂而作是言是沙門極制

是戒極歎是戒汝今迦葉自知悔自見悔已於未來世律儀戒生我今授汝哀愍故迦葉氏如是悔者善法增長終不退減所以者何若有自知罪自見罪而悔過者於未來世律儀戒生善法增長不退減故政使迦葉爲上座者不欲學戒不重於戒不歎制戒如是比丘我不讚歎所以者何若大師所讚歎者餘人則復與相習近恭敬親重若餘人與相習近親重者則與同見同彼所作同彼所作者長夜當得不饒益苦是故我於彼長老初不讚歎以其初始不樂學戒故如長老中年少年亦如是若是上座長老初始重於戒學讚歎制戒如是長老我所讚歎以其初始樂學戒故大師所讚歎者餘人亦當與相習近親重同其所見同其所見故於未來世彼當長夜以義饒益是故於彼長老比丘常當讚歎以初始樂學戒故中年少年亦復如是佛說此經已諸比丘聞佛所說歡喜奉行

如是我聞一時佛住舍衛國祇樹給孤獨園

爾時世尊告諸比丘若諸上座長老比丘初始不樂學戒不重於戒見餘比丘初樂學戒重於戒讚歎制戒者彼亦不隨時讚歎我於此等比丘所亦不讚歎以其初始不樂學戒故所以者何若大師讚歎彼者餘人當復習近親重同其所見以同其所見故長夜當受不饒益苦是故我於彼長老中年少年亦復如是樂學戒者如前說佛說此經已諸比丘聞佛所說歡喜奉行

如是我聞一時佛住舍衛國祇樹給孤獨園

爾時世尊告諸比丘有三學何等爲三謂增

上戒學增上意學增上慧學何等爲增上戒學若比丘住於戒波羅提木叉具足威儀行處見微細罪則生怖畏受持學戒是名增上戒學何等爲增上意學若比丘離諸惡不善法有覺有觀離生喜樂初禪具足住乃至第四禪具足住是名增上意學何等爲增上慧學若比丘此苦聖諦如實知此苦集聖諦此苦滅聖諦此苦滅道跡聖諦如實知是名增上慧學佛說此經已諸比丘聞佛所說歡喜奉行

三學餘經如前念處說如禪如是無量無色如四聖諦如是四念處四正斷四如意足五根五力七覺分八聖道四道四法句止觀修習亦如是說

如是我聞一時佛住毗舍離國獼猴池側重閣講堂時有善調象師離車名曰難陀來詣佛所稽首佛足退坐一面爾時世尊告離車難陀言若聖弟子成就四不壞淨者欲求壽命即得壽命求好色力樂辯自在即得何等爲四謂佛不壞淨成就法僧不壞淨聖戒成就我見是聖弟子於此命終生於天上於天上得十種法何等爲十得天壽天色天名稱天樂天自在天色聲香味觸若聖弟子於天上命終來生人中者我見彼十事具足何等爲十人間壽命人好色名稱樂自在色聲香味觸我說彼多聞聖弟子不由他信不由他欲不從他聞不取他意不因他思我說彼有如實正慧知見爾時難陀有從者白難陀言浴時已到今可去矣難陀答言我今不須人間澡浴我今於此勝妙法以自沐浴所謂於

世尊所得清淨信樂爾時離車調象師難陀聞佛所說歡喜隨喜從座起作禮而去

如是我聞一時佛住毗舍離國獼猴池側重閣講堂爾時世尊告諸比丘若聖弟子成就四不壞淨者不於人中貧活而活不寒乞自然富足何等爲四謂於佛不壞淨成就法僧聖戒不壞淨成就是故比丘當如是學我當成就於佛不壞淨法僧不壞淨聖戒成就佛說此經已諸比丘聞佛所說歡喜奉行

如是我聞一時佛住舍衛國祇樹給孤獨園爾時世尊告諸比丘轉輪王七寶具足成就人中四種神力王四天下身壞命終生於天上雖復轉輪聖王七寶具足成就人間神力王四天下身壞命終得生天上然猶未斷地獄畜生餓鬼惡趣之苦所以者何以轉輪王不得於佛不壞淨法僧不壞淨聖戒不成就故多聞聖弟子持糞掃衣家家乞食草褥臥具而彼多聞聖弟子解脫地獄畜生餓鬼惡趣之苦所以者何以彼多聞聖弟子於佛不壞淨法僧不壞淨聖戒成就是故諸比丘當作是學於佛不壞淨法僧不壞淨聖戒成就佛說此經已諸比丘聞佛所說歡喜奉行

如是我聞一時佛住舍衛國祇樹給孤獨園爾時世尊告諸比丘汝等當趣哀愍心慈悲心若有人於汝等所說樂聞樂受者汝當爲說四不壞淨令入令住何等爲四於佛不壞淨於法不壞淨於僧不壞淨於聖戒成就所以者何若四大地水火風有變易增損此四不壞淨未嘗增損變異彼無增損變異者謂多聞聖弟子於佛不壞淨成就若墮地獄畜

生餓鬼者無有是處是故諸比丘當作是學我當成就於佛不壞淨法僧不壞淨聖戒成就亦當建立餘人令成就佛說此經已諸比丘聞佛所說歡喜奉行

如是我聞一時佛住舍衞國祇樹給孤獨園爾時世尊告諸比丘若信人者生五種過患彼人或時犯戒違律爲衆所棄恭敬其人者當作是念此是我師我所敬重衆僧棄薄我今何緣入彼塔寺不入塔寺已不敬衆僧不敬僧已不得聞法不聞法已退失善法不得久住於正法中是名信敬人生初過患復次敬信人者所敬之人犯戒違律衆僧爲作不見舉敬信彼人者當作是念此是我師我所敬重而今衆僧作不見舉我今何緣復入塔寺不入塔寺已不敬衆僧不敬衆僧已不得聞法不聞法已退失善法不得久住於正法中是名敬信人故生第二過患復次彼人若持衣鉢餘方遊行敬彼人者而作是念我所敬人著衣持鉢餘方遊行我今何緣入彼塔寺不入塔寺已不得恭敬衆僧不敬衆僧已不得聞法不聞法已退失善法不得久住於正法中是名敬信人故生第三過患復次彼所信敬人捨戒還俗敬信彼人者而作是念彼是我師我所敬重捨戒還俗我今不應入彼塔寺不入寺已不敬衆僧不敬僧已不得聞法不聞法已退失善法不得久住於正法中是名敬信人故生第四過患復次彼所信敬人身壞命終敬信彼人者而作是念彼是我師我所敬重今已命終我今何緣入彼塔寺不入寺故不得敬僧不敬僧已不得聞法

不聞法故退失善法不得久住於正法中是名敬信人故生第五過患是故諸比丘當如是學我當成就於佛不壞淨於法僧不壞淨聖戒成就佛說此經已諸比丘聞佛所說歡喜奉行

如是我聞一時佛住舍衛國祇樹給孤獨園爾時世尊告諸比丘有四種食長養衆生四大增長攝受何等爲四謂揣食觸食意思食識食如是福德潤澤爲安樂食何等爲四謂於佛不壞淨於法僧不壞淨聖戒成就是故諸比丘當作是學我當成就於佛不壞淨於法僧不壞淨聖戒成就佛說此經已諸比丘聞佛所說歡喜奉行

如是我聞一時佛住舍衛國祇樹給孤獨園爾時世尊告諸比丘如上說差別者於佛不壞淨成就者爲聞法衆僧所念聖戒成就佛說此經已諸比丘聞佛所說歡喜奉行

次經亦如上說差別者若於佛不壞淨成就者法僧慳垢纏衆生離慳垢心在家而住解脫心施常行樂施常樂於捨行平等施聖戒成就佛說此經已諸比丘聞佛所說歡喜奉行

次經亦如上說差別者如是聖弟子四種福德潤澤善法潤澤攝受稱量功德不可稱量爾所果福爾所果爾所福果集然彼得衆多福利是大功德聚數譬如五河合流謂恒河耶菩那薩羅由伊羅跋提摩醯於彼諸水無能度量百瓶千瓶百千萬瓶者然彼水多是大水聚數如是聖弟子成就四功德潤澤者無能度量其福多少然彼多福是大功德聚

數是故諸比丘當作是學我當成就於佛不壞淨於法僧不壞淨聖戒成就爾時世尊即說偈言

衆吉之巨海　自淨能淨彼　汪洋而平流
實諸百川長　一切諸江河　群生之所依
悉歸於大海　此身亦復然　施戒修功德
百福流所歸

如是我聞一時佛住舍衛國祇樹給孤獨園爾時世尊告諸比丘婆羅門者說虛僞道愚癡惡邪不正趣向非智等覺向於涅槃彼作如是化諸弟子於十五日以胡麻屑菴羅摩羅屑沐浴身體著新劫貝頭垂長縷牛屎塗地而卧於上言善男子晨朝早起脫衣舉著一處臝其形體向東方馳走正使道路逢兇象惡馬狂牛猘狗棘刺叢林坑澗深水直前莫避遇害死者必生梵天是名外道愚癡邪見非智等覺向於涅槃我爲弟子說平正路非愚癡向智慧等覺向於涅槃謂八聖道正見乃至正定佛說此經已諸比丘聞佛所說歡喜奉行

如是我聞一時佛住舍衛國祇樹給孤獨園爾時世尊告尊者舍利弗所謂流者何等爲流舍利弗白佛言世尊所說流者謂八聖道復問舍利弗謂入流分何等爲入流分舍利弗白佛言世尊有四種入流分何等爲四謂親近善男子聽正法內正思惟法次法向復問舍利弗入流者成就幾法舍利弗白佛言有四分成就入流者何等爲四謂於佛不壞淨於法不壞淨於僧不壞淨聖戒成就佛告舍利弗如汝所說流者謂八聖道入流分者

有四種謂親近善知識聽正法内正思惟法次法向入流者成就四法謂於佛不壞淨於法不壞淨於僧不壞淨聖戒成就佛說此經已尊者舍利弗聞佛所說歡喜奉行

如是我聞一時佛住舍衛國祇樹給孤獨園爾時尊者舍利弗詣尊者阿難所問訊慰勞已退住一面尊者舍利弗語尊者阿難欲有所問寧有閑暇爲記說不尊者阿難語舍利弗隨意所問知者當答舍利弗問尊者阿難爲斷幾法如來應等正覺正知所見記說彼人得須陀洹不墮惡趣法決定向正覺七有天人往生究竟苦邊尊者阿難語尊者舍利弗斷四法成就四法如來應等正覺記說彼人得須陀洹不墮惡趣法決定向三菩提七有天人往生究竟苦邊何等爲四謂聖弟子於佛不信住則已斷已知成就於佛不壞淨於法僧不信惡戒彼則已斷已知成就法僧不壞淨及聖戒成就如是四法斷四法成就如來應等正覺所知所見記說彼人得須陀洹不墮惡趣法決定正向三菩提七有天人往生究竟苦邊尊者阿難語尊者舍利弗如是如是四法斷四法成就如來應等正覺所知所見記說彼人得須陀洹決定向三菩提七有天人往生究竟苦邊時二正士共論議已展轉隨喜從座起去

如是我聞一時佛住舍衛國祇樹給孤獨園爾時世尊告諸比丘若比丘於五恐怖怨對休息三事決定不生疑惑如實知見賢聖正道彼聖弟子能自記說地獄畜生餓鬼惡趣已盡得須陀洹不墮惡趣法決定正向三菩

提七有天人往生究竟苦邊何等爲五恐怖怨對休息若殺生因緣罪怨對恐怖生若離殺生者彼殺生罪怨對因緣生恐怖休息若偷盜邪婬妄語飲酒罪怨對因緣生恐怖彼若離偷盜邪婬妄語飲酒罪怨對者因緣恐怖休息是名罪怨對因緣生五恐怖休息何等爲三事決定不生疑惑謂於佛決定離於疑惑於法僧決定離疑惑是名三法決定離疑惑何等名爲聖道如實知見謂此苦聖諦如實知此苦集聖諦此苦滅聖諦此苦滅道跡聖諦如實知是名聖道如實知見若於此五恐怖罪怨對休息於三法決定離疑惑於聖意如實知見是聖弟子能自記說我地獄盡畜生餓鬼惡趣盡得須陀洹不墮惡趣法決定正趣三菩提七有天人往生究竟苦邊佛說此經已諸比丘聞佛所說歡喜奉行

如是我聞一時佛住舍衛國祇樹給孤獨園爾時世尊告諸比丘如上說差別者何等爲聖道如實知見謂八聖道正見乃至正定次經亦如是說差別者何等爲聖道如實知見謂十二支緣起如實知見如所說是事有故是事有是事起故是事起如緣無明行緣行識緣識名色緣名色六入處緣六入處觸緣觸受緣受愛緣愛取緣取有緣有生緣生老病死憂悲惱苦是名聖弟子如實知見佛說此經已諸比丘聞佛所說歡喜奉行

如是我聞一時佛住舍衛國祇樹給孤獨園爾時世尊告諸比丘有諸天天道未淨衆生令淨已淨者重令淨何等爲四謂聖弟子於佛不壞淨於法僧不壞淨聖戒成就是名四

種諸天天道未淨衆生令淨已淨者重令淨
佛說此經已諸比丘聞佛所說歡喜奉行
如是我聞一時佛住舍衛國祇樹給孤獨園
爾時世尊告諸比丘有四種諸天天道何等
爲四謂聖弟子念如來事如是如來應等正
覺明行足善逝世間解無上士調御丈夫天
人師佛世尊於此如來事生隨喜心隨喜已
心歡悅心歡悅已身猗息身猗息已覺受樂
覺受樂已三昧定三昧定已聖弟子作如是
學何等爲諸天天道復作是念我聞無恚爲
上諸天天道作是念我從今日於世間若怖
若安不起瞋恚我但當自受純一滿淨諸天
天道是名第一諸天天道未淨衆生令淨已
淨者重令淨復次比丘聖弟子念於法事謂
如來說正法律現法離諸熾然不待時節通
達涅槃即身觀察緣自覺知如是知法事已
心生隨喜隨喜已身猗息身猗息已覺受樂
覺受樂已三昧定三昧定已聖弟子作如是
學何等爲諸天天道復作是念我聞無恚爲
上諸天天道我從今日於此世間若怖若安
不起瞋恚我當受持純一滿淨諸天天道是
名第二諸天天道復次比丘若於僧事起於
正念謂世尊弟子僧正直等向所應恭敬尊
重供養無上福田彼如是於諸僧事正憶念
已心生隨喜心隨喜已得歡悅歡悅已身猗
息身猗息已覺受樂覺受樂已三昧定三昧
定已彼聖弟子作如是學何等諸天天道復
作是念我聞諸天無恚爲上諸天天道我從
今日於諸世間若怖若安不起瞋恚我但當
受持純一滿淨諸天天道是名第三諸天天

道復次比丘謂聖弟子自念所有戒事隨憶念言我於此不缺戒不汙戒不雜戒明智所歎戒智者不猒戒於如是等戒事正憶念已心生隨喜隨喜已歡悅歡悅已身猗息身猗息已覺受樂覺受樂已三昧定三昧定已聖弟子作是念何等爲諸天天道復作是念我聞諸天無恚爲上我從今日於諸世間若怖若安不起瞋恚我當受持純一滿淨諸天天道是名第四諸天天道未淨衆生令淨已淨者重令淨佛說此經已諸比丘聞佛所說歡喜奉行

如是我聞一時佛住舍衛國祇樹給孤獨園爾時世尊告諸比丘有四種諸天天道未淨衆生令淨已淨者增其淨何等爲四謂聖弟子念如來事如是如來應等正覺明行足善逝世間解無上士調御丈夫天人師佛世尊彼如是念如來事已則斷惡貪及斷心惡不善過念如來故心生隨喜心隨喜已則歡悅歡悅已身猗息身猗息已覺受樂覺受樂已三昧定三昧定已聖弟子作如是學何等爲諸天天道復作是念我聞無恚爲上諸天天道我從今日於諸世間若怖若安不起瞋恚但當受持純一滿淨諸天天道如是法僧聖戒成就亦如是說佛說此經已諸比丘聞佛所說歡喜奉行

如是我聞一時佛住舍衛國祇樹給孤獨園爾時世尊告諸比丘有四種諸天天道未淨衆生令淨已淨者增其淨何等爲四謂聖弟子念如來事如是如來應等正覺明行足善逝世間解無上士調御丈夫天人師佛世尊

彼聖弟子念如來事已心貪欲纏瞋恚愚癡纏其心正直念如來事是聖弟子得法流水得義流水得念如來饒益隨喜隨喜已生歡悅歡悅已身猗息身猗息已覺受樂覺受樂已三昧定三昧定已是聖弟子作如是學何等爲諸天天道復作是念我聞無恚爲上諸天天道我從今日於諸世間不起瞋恚純一滿淨諸天天道如是法僧聖戒成就亦如是說佛說此經已諸比丘聞佛所說歡喜奉行

如是我聞一時佛住舍衛國祇樹給孤獨園爾時世尊告諸比丘我今當說法鏡經諦聽善思當爲汝說何等爲法鏡經謂聖弟子於佛不壞淨於法僧不壞淨聖戒成就是名法鏡經佛說此經已諸比丘聞佛所說歡喜奉行

如是我聞一時佛住舍衛國祇樹給孤獨園時有衆多比丘著衣持鉢入舍衛城乞食乞食時聞難屠比丘命終難陀比丘尼命終善生優婆塞命終善生優婆夷命終乞食已還精舍舉衣鉢洗足已詣佛所稽首禮足退坐一面白佛言世尊我今晨朝入舍衛城乞食聞難屠比丘難陀比丘尼善生優婆塞善生優婆夷命終世尊彼四人命終應生何處佛告諸比丘彼難屠比丘難陀比丘尼諸漏已盡無漏心解脱慧解脱現法自知作證我生已盡梵行已立所作已作自知不受後有善生優婆塞善生優婆夷五下分結盡得阿那含生於天上而般涅槃不復還生此世爾時世尊告諸比丘我今當爲汝説法鏡經於佛不壞淨乃至聖戒成就是名法鏡經佛説此

經已諸比丘聞佛所説歡喜奉行

如是我聞一時佛住舍衛國祇樹給孤獨園

如上廣説差別者有異比丘異比丘尼異優婆塞異優婆夷命終亦如上説

如是我聞一時佛住那梨迦聚落繁耆迦精舍爾時那梨迦聚落多人命終時有衆多比丘著衣持鉢入那梨迦聚落乞食聞那梨迦聚落罽迦舍優婆塞命終尼迦吒佉楞伽羅迦多梨沙婆闍露優婆闍露梨色吒阿梨色吒跋陀羅須跋陀羅耶舍耶輸陀耶舍鬱多羅悉皆命終聞已還精舍舉衣鉢洗足已詣佛所稽首佛足退坐一面白佛言世尊我等衆多比丘晨朝入那梨迦聚落乞食聞罽迦舍優婆塞等命終世尊彼等命終當生何處佛告諸比丘彼罽迦舍等已斷五下分結得阿那含於天上般涅槃不復還生此世諸比丘白佛世尊復有過二百五十優婆塞命終復有五百優婆塞於此那梨迦聚落命終皆五下分結盡得阿那含於彼天上般涅槃不復還生此世復有過二百五十優婆塞命終皆三結盡貪恚癡薄得斯陀含當受一生究竟苦邊此那梨迦聚落復有五百優婆塞於此那梨迦聚落命終三結盡得須陀洹不墮惡趣法決定正向三菩提七有天人往生究竟苦邊佛告諸比丘汝等隨彼命終彼命終而問者徒勞耳非是如來所樂答者夫生者有死何足爲奇如來出世及不出世法性常住彼如來自知成等正覺顯現演説分別開示所謂是事有故是事有是事起故是事起緣無明有行乃至緣生有老病死憂悲惱苦

如是苦陰集無明滅則行滅乃至生滅則老病死憂悲惱苦滅如是苦陰滅今當爲汝說法鏡經諦聽善思當爲汝說何等爲法鏡經謂聖弟子於佛不壞淨於法僧不壞淨聖戒成就佛說此經已諸比丘聞佛所說歡喜奉行

如是我聞一時佛住舍衛國祇樹給孤獨園時有難提優婆塞來詣佛所稽首佛足退坐一面白佛言世尊若聖弟子於此五根一切時不成就者爲放逸爲不放逸佛告難提若於此五根一切時不成就者我說此等爲凡夫數若聖弟子不成就者爲放逸非不放逸難提若聖弟子於佛不壞淨成就而不上求不於空閑林中若露地坐晝夜禪思精勤修習勝妙出離饒益隨喜彼不隨喜已歡喜不生歡喜不生已身不猗息身不猗息已苦覺則生苦覺生已心不得定心不得定者是聖弟子名爲放逸於法僧不壞淨聖戒成就亦如是說如是難提若聖弟子成就於佛不壞淨其心不起知足想於空閑林中樹下露地晝夜禪思精勤方便能起勝妙出離隨喜隨喜已生歡喜生歡喜已身猗息身猗息已覺受樂覺受樂已心則定若聖弟子心定者名不放逸法僧不壞淨聖戒成就亦如是說佛說此經已難提優婆塞聞佛所說歡喜隨喜從座起禮佛足而去

如是我聞一時佛住舍衛國祇樹給孤獨園時有釋氏難提來詣佛所稽首佛足退坐一面白佛言世尊若聖弟子於四不壞淨一切時成就者是聖弟子爲是放逸爲不放逸佛

告釋氏難提若於四不壞淨一切時不成就者我説是等爲外凡夫數釋氏難提若聖弟子放逸不放逸今當説廣説如上佛説此經已釋氏難提聞佛所説歡喜隨喜從座起作禮而去

如是我聞一時佛住舍衛國祇樹給孤獨園前三月夏安居竟有衆多比丘集於食堂爲佛縫衣如來不久作衣竟當著衣持鉢出精舍人間遊行時釋氏難提聞衆多比丘集於食堂爲佛縫衣如來不久作衣竟著衣持鉢人間遊行釋氏難提聞已來詣佛所稽首禮足退坐一面白佛言世尊我今四體支解四方易韻先所聞法今悉迷忘聞衆多比丘集於食堂爲世尊縫衣言如來不久作衣竟著衣持鉢人間遊行是故我今心生大苦何時當復得見世尊及所知識比丘佛告釋氏難提汝見佛若不見佛若見知識比丘若不見汝當隨時修習五種歡喜之處何等爲五汝當隨時念如來事如來應等正覺明行足善逝世間解無上士調御丈夫天人師佛世尊法事僧事自持戒事自行世事隨時憶念我得已利我於慳垢衆生所當多修習離慳垢住修解脫施捨施常熾然施樂於捨平等惠施常懷施心如是釋氏難提此五支定若住若行若坐若卧乃至妻子俱常當繫心此三昧念佛説此經已釋氏難提聞佛所説歡喜隨喜作禮而去

如是我聞一時佛住舍衛國祇樹給孤獨園前三月夏安居時有釋氏難提聞佛於舍衛國祇樹給孤獨園前三月結夏安居聞已作

是念我當往彼并復於彼造作供養衆事供給如來及比丘僧即到彼三月竟時衆多比丘集於食堂爲世尊縫衣而作是言如來不久作衣竟著衣持鉢人間遊行時釋氏難提聞衆多比丘集於食堂言如來不久作衣竟著衣持鉢人間遊行聞巳來詣佛所稽首禮足退住一面白佛言世尊我今四體支解四方易韻先所受法今悉迷忘我聞世尊人間遊行我何時當復更見世尊及諸知識比丘佛告釋氏難提若見如來若不見若見知識比丘若不見汝當隨時修於六念何等爲六當念如來法僧事自所持戒自所行施及念諸天佛說此經巳釋氏難提聞佛所說歡喜隨喜作禮而去

如是我聞一時佛住舍衛國祇樹給孤獨園前三月結夏安居如前說差别者時有長者多梨師達多及富蘭那兄弟二人聞衆多比丘集於食堂爲世尊縫衣如上難提修多羅廣說佛說此經巳梨師達多長者及富蘭那聞佛所說歡喜隨喜從座起作禮而去

如是我聞一時佛住舍衛國祇樹給孤獨園前三月結夏安居竟衆多比丘集於食堂爲世尊縫衣時有長者梨師達多及富蘭那兄弟二人於鹿徑澤中修治田業聞衆多比丘在於食堂爲世尊縫衣言如來不久作衣竟著衣持鉢人間遊行聞巳語一士夫言汝今當往詣世尊所瞻視世尊若必去者速來語我時彼士夫即受教勑往到一處見世尊出即速來還白梨師達多及富蘭那世尊巳來及諸大衆時梨師達多及富蘭那往迎世尊

世尊遥見梨師達多及富蘭那隨路而來即出路邊敷尼師壇正身端坐梨師達多及富蘭那稽首佛足退坐一面白佛言世尊我今四體支解四方易韻所憶念事今悉迷忘何時當復得見世尊及諸知識比丘世尊今出至拘薩羅從拘薩羅至伽尸從伽尸至摩羅從摩羅至摩竭陀從摩竭陀至殃伽從殃伽至修摩從修摩至分陀羅從分陀羅至迦陵伽是故我今極生憂苦何時當復得見世尊及諸知識比丘佛告梨師達多及富蘭那汝見如來及不見如來見諸知識比丘及不見汝且隨時修習六念何等爲六汝當念如來事廣說乃至念天然其長者在家憒閙在家染著出家空閑難可俗人處於非家一向鮮潔純一滿淨梵行清白長者白佛奇哉世尊善說此法在家憒閙在家染著出家空閑難可俗人處於非家一向鮮潔純一滿淨梵行清白我是波斯匿王大臣波斯匿王欲入園觀令我乘於大象載王第一宮女一在我前一在我後我坐其中象下坂時前者抱我頸後者攀我背象上坂時後者抱我項前者攀我衿彼諸婇女爲娛樂王故衣繒綵衣著衆妙香瓔珞莊嚴我與同遊常護三事一者御象恐失正道二自護心恐生染著三自護持恐其顛墜世尊我於爾時於王婇女無一剎那不正思惟佛告長者善哉善哉能善護心長者白佛我在家中所有財物常與世尊及諸比丘比丘尼優婆塞優婆夷等共受用不計我所佛告長者善哉善哉汝拘薩羅國錢財巨富無有與汝等者而能於財不計我所

爾時世尊爲彼長者種種說法示教詔喜示教詔喜已從座起去

雜阿含經卷第三十

音釋

獼猴（獼音彌猴音侯獼猴猿猻之屬）褥（知欲切裀褥也）揣（徒官切圝也謂以手捉聚成圝也）屑（先結切碎末也）猘（征例切狂犬也）棘刺（棘訖力切小棗叢生者曰棘刺七賜切棘苦也）犄息（犄於宜切犄息輕安也）坂（遠切坡也）衿（居吟切衣小帶也）

雜阿含經卷第三十一

宋天竺三藏求那跋陀羅譯

如是我聞一時佛住舍衛國祇樹給孤獨園爾時世尊告諸比丘人間四百歲是兜率陀天上一日一夜如是三十日一月十二月一歲兜率陀天壽四千歲愚癡無聞凡夫於彼命終生地獄畜生餓鬼中多聞聖弟子於彼命終不生地獄畜生餓鬼中佛說此經已諸比丘聞佛所說歡喜奉行

如是我聞一時佛住舍衛國祇樹給孤獨園爾時世尊告諸比丘人間八百歲是化樂天上一日一夜如是三十日一月十二月一歲化樂天壽八千歲愚癡無聞凡夫於彼命終生地獄畜生餓鬼中多聞聖弟子於彼命終不生地獄畜生餓鬼中佛說此經已諸比丘聞佛所說歡喜奉行

如是我聞一時佛住舍衛國祇樹給孤獨園爾時世尊告諸比丘人間千六百歲是他化自在天一日一夜如是三十日一月十二月一歲他化自在天壽一萬六千歲愚癡無聞凡夫於彼命終生地獄畜生餓鬼中多聞聖弟子於彼命終不生地獄畜生餓鬼中佛說此經已諸比丘聞佛所說歡喜奉行

如佛說六經如是異比丘問六經佛問諸比丘六經亦如是說

如是我聞一時佛住舍衛國祇樹給孤獨園爾時世尊告諸比丘若比丘若行若形若相觀離欲惡不善法有覺有觀離生喜樂初禪具足住彼不憶念如是行如是形如是相然於彼色受想行識法作如病如癰如刺如殺

無常苦空非我思惟於彼法生猒怖畏防護生猒怖畏防護已以甘露門而自饒益如是寂靜如是勝妙所謂捨離餘愛愛盡無欲滅盡涅槃佛說此經已諸比丘聞佛所說歡喜奉行

如是我聞一時佛住舍衛國祇樹給孤獨園爾時世尊告諸比丘如上說差别者如是知如是見已欲有漏心解脫有有漏心解脫無明漏心解脫解脫知見我生已盡梵行已立所作已作自知不受後有佛說此經已諸比丘聞佛所說歡喜奉行

如是我聞一時佛住舍衛國祇樹給孤獨園爾時世尊告諸比丘如上說差别者若不得解脫以欲法念法樂法故取中般涅槃若不如是或生般涅槃若不如是或有行般涅槃若不如是或無行般涅槃若不如是或上流般涅槃若不如是或復即以此欲法念法樂法功德生大梵天中或生梵輔天中或生梵身天中佛說此經已諸比丘聞佛所說歡喜奉行

如是我聞一時佛住舍衛國祇樹給孤獨園爾時世尊告諸比丘若比丘如是行如是形如是相息有覺有觀内淨一心無覺無觀定生喜樂第二禪具足住若不如是行如是形如是相憶念而於色受想行識法思惟如病如癰如刺如殺無常苦空非我於此等法心生猒離怖畏防護猒離防護已於甘露法界以自饒益此則寂靜此則勝妙所謂捨離一切有餘愛盡無欲滅盡涅槃佛說此經已諸比丘聞佛所說歡喜奉行

如是我聞一時佛住舍衛國祇樹給孤獨園

爾時世尊告諸比丘如上說差別者彼如是知如是見欲有漏心解脫有有漏心解脫無明漏心解脫解脫知見我生已盡梵行已立所作已作自知不受後有若不解脫而以彼法欲法念法樂取中般涅槃若不爾者取生般涅槃若不爾者取有行般涅槃若不爾者取無行般涅槃若不爾者取上流般涅槃若不爾者彼以欲法念法樂法生自性光音天若不爾者生無量光天若不爾者生少光天

佛說此經已諸比丘聞佛所說歡喜奉行

如是我聞一時佛住舍衛國祇樹給孤獨園

爾時世尊告諸比丘若比丘如是行如是形如是相離貪喜捨住正念正智覺身樂聖人能說能捨念樂住第三禪具足住若不爾者以如是行如是形如是相於色受想行識法思惟如病如癰如刺如殺乃至上流若不爾者以彼法欲法念法樂生遍淨天若不爾者生無量淨天若不爾者生少淨天佛說此經已諸比丘聞佛所說歡喜奉行

如是我聞一時佛住舍衛國祇樹給孤獨園

爾時世尊告諸比丘若比丘如是行如是形如是相離苦息樂前憂喜已滅不苦不樂捨淨念一心第四禪具足住若不如是憶念而於色受想行識思惟如病如癰如刺如殺乃至上流般涅槃若不爾者或生因性果實天若不爾者生福生天若不爾者生少福天佛說此經已諸比丘聞佛所說歡喜奉行

如四禪如是四無色定亦如是說

如是我聞一時佛住舍衛國祇樹給孤獨園

爾時世尊告諸比丘有風雲天作是念我今欲以神力遊戲如是念時風雲則起如風雲天如是睒電天雷震天雨天晴天寒天熱天亦如是說佛說此經已諸比丘聞佛所說歡喜奉行

說如是異比丘問佛佛問諸比丘亦如是說

如是我聞一時佛住舍衛國祇樹給孤獨園爾時世尊於夜闇中天時小雨電光睒照佛告阿難汝可以傘蓋覆燈持出尊者阿難即受教以傘蓋覆燈隨佛後行至一處世尊微笑尊者阿難白佛言世尊不以無因緣而笑不審世尊今日何因何緣而發微笑佛告阿難如是如是如來不以無因緣而笑汝今持傘覆燈隨我而行我見梵天亦復如是持傘蓋覆燈隨拘隣比丘後行釋提桓因亦復持傘蓋覆燈隨摩訶迦葉後行袟栗帝羅色吒羅天王亦持傘蓋覆燈隨舍利弗後行毗樓勒迦天王亦持傘蓋覆燈隨大目揵連後行毗樓匐义天王亦持傘蓋覆燈隨摩訶拘絺羅後行毗沙門天王亦持傘蓋覆燈隨摩訶劫賓那後行佛說此經已尊者阿難聞佛所說歡喜奉行

如是我聞一時佛住舍衛國祇樹給孤獨園爾時世尊告諸比丘有四種善好調伏衆何等爲四謂比丘調伏比丘尼調伏優婆塞調伏優婆夷調伏是名四衆爾時世尊即說偈言

若才辯無畏　多聞通達法　行法次法向
是則爲善衆　比丘持淨戒　比丘尼多聞
優婆塞淨信　優婆夷亦然　是名爲善衆

如日光自照　如則善好僧　是則僧中好
是法令僧好　如日光自照

佛說此經已諸比丘聞佛所說歡喜奉行

如調伏如是辯柔和無畏多聞通達法說法法次法向隨順法行亦如是說

如是我聞一時佛住舍衛國祇樹給孤獨園爾時世尊告諸比丘有三種子何等爲三有隨生子有勝生子有下生子何等爲隨生子謂子父母不殺不盜不婬不妄語不飲酒子亦隨學不殺不盜不婬不妄語不飲酒是名隨生子何等爲勝生子若子父母不受不殺不盜不婬不妄語不飲酒戒子則能受不殺不盜不婬不妄語不飲酒戒是名勝生子云何下生子若子父母受不殺不盜不婬不妄語不飲酒戒子不能受不殺不盜不婬不妄語不飲酒戒是名下生子爾時世尊即說偈言

生隨及生上　智父之所欲　生下非所須
以不紹繼故　爲人法之子　當作優婆塞
於佛法僧寶　勤修清淨心　雲除月光顯
光榮眷屬衆

佛說此經已諸比丘聞佛所說歡喜奉行

如五戒如是信戒施聞慧經亦如是說

如是我聞一時佛住舍衛國祇樹給孤獨園爾時世尊告諸比丘有四正斷何等爲四一者斷斷二者律儀斷三者隨護斷四者修斷

佛說此經已諸比丘聞佛所說歡喜奉行

如是我聞一時佛住舍衛國祇樹給孤獨園爾時世尊告諸比丘有四正斷何等爲四一者斷斷二者律儀斷三者隨護斷四者修斷

爾時世尊即說偈言
斷斷及律儀　隨護與修習　如此四正斷
諸佛之所說
佛說此經已諸比丘聞佛所說歡喜奉行
如是我聞一時佛住舍衛國祇樹給孤獨園
爾時世尊告諸比丘有四正斷何等爲四一
者斷斷二者律儀斷三者隨護斷四者修斷
云何爲斷斷謂比丘已起惡不善法斷生欲
方便精勤心攝受是爲斷斷云何律儀斷未
起惡不善法不起生欲方便精勤攝受是名
律儀斷云何隨護斷未起善法令起生欲方
便精勤攝受是名隨護斷云何修斷已起善
法增益修習生欲方便精勤攝受是爲修斷
佛說此經已諸比丘聞佛所說歡喜奉行
如是我聞一時佛住舍衛國祇樹給孤獨園
爾時世尊告諸比丘有四正斷何等爲四一
者斷斷二者律儀斷三者隨護斷四者修斷
云何爲斷斷謂比丘已起惡不善法斷生欲
方便精勤心攝受是爲斷斷云何律儀斷未
起惡不善法不起生欲方便精勤攝受是名
律儀斷云何隨護斷未起善法令起生欲方
便是名隨護斷云何修斷已起善法增益修
習生欲方便精勤攝受是名修斷爾時世尊
即說偈言
斷斷及律儀　隨護與修習　如此四正斷
諸佛之所說
佛說此經已諸比丘聞佛所說歡喜奉行
如是我聞一時佛住舍衛國祇樹給孤獨園
爾時世尊告諸比丘有四正斷何等爲四一
者斷斷二者律儀斷三者隨護斷四者修斷

云何斷斷若比丘已起惡不善法斷生欲方便精勤攝受未起惡不善法不起生欲方便精勤攝受未生善法令起生欲方便精勤攝受已生善法增益修習生欲方便精勤攝受是名斷斷云何律儀斷若比丘善護眼根隱密調伏進向如是耳鼻舌身意根善護隱密調伏進向是名律儀斷云何隨護斷若比丘於彼彼眞實三昧相善守護持所謂青瘀相脹相膿相壞相食不淨相修習守護不令退沒是名隨護斷云何修斷若比丘修四念處等是名修斷爾時世尊即說偈言

斷斷律儀斷　隨護修習斷　此四種正斷
正覺之所說　比丘勤方便　得盡於諸漏

佛說此經已諸比丘聞佛所說歡喜奉行

如四念處如是四正斷四如意足五根五力七覺支八道支四道四法句正觀修習亦如是說

如是我聞一時佛住舍衞國祇樹給孤獨園爾時世尊告諸比丘譬如有人作世間建立彼一切皆依於地如是比丘修習禪法一切皆依不放逸爲根本不放逸集不放逸生不放逸轉比丘不放逸者能修四禪佛說此經已諸比丘聞佛所說歡喜奉行

如是我聞一時佛住舍衞國祇樹給孤獨園爾時世尊告諸比丘如上說差別者如是比丘能斷貪欲瞋恚愚癡佛說此經已諸比丘聞佛所說歡喜奉行

如斷貪欲瞋恚愚癡如是調伏貪欲瞋恚愚癡貪欲究竟瞋恚愚癡究竟出要遠離涅槃亦如是說

如是我聞一時佛住舍衛國祇樹給孤獨園爾時世尊告諸比丘譬如百草藥木皆依於地而得生長如是種種善法皆依不放逸爲本如上說乃至涅槃譬如黒沉水香是衆香之上如是種種善法不放逸最爲其上譬如堅固之香赤栴檀爲第一如是一切善法一切皆依不放逸爲根本如是乃至涅槃譬如水陸諸華優鉢羅華爲第一如是一切善法皆不放逸爲根本乃至涅槃譬如陸地生華摩利沙華爲第一如是一切善法不放逸爲其根本乃至涅槃譬如比丘一切畜生跡中象跡爲上如是一切諸善法不放逸最爲根本如上說乃至涅槃譬如一切畜生師子爲第一所謂畜生主如是一切善法不放逸爲其根本如上說乃至涅槃譬如一切屋舍堂閣以棟爲第一如是一切善法不放逸爲其根本譬如一切閻浮果唯得閻浮名者果最爲第一如是一切善法不放逸爲其根本譬如是一切倶毗陀羅樹薩婆耶旨羅倶毗陀羅樹爲第一如是一切善法不放逸爲根本如上說乃至涅槃譬如諸山以須彌山王爲第一如是一切善法不放逸爲其根本如上說乃至涅槃譬如一切金以閻浮檀金爲第一如是一切善法不放逸爲其根本如上說乃至涅槃譬如一切衣中伽尸細氎爲第一如是一切善法不放逸爲其根本如上說乃至涅槃譬如一切色中以白色爲第一如是一切善法不放逸爲其根本如上說乃至涅槃譬如衆鳥以金翅鳥爲第一如是一切善法不放逸爲其根本如上說乃至涅槃譬如

諸王轉輪聖王爲第一如是一切善法不放逸爲其根本如上說乃至涅槃譬如一切天王四大天王爲第一如是一切善法不放逸爲其根本如上說乃至涅槃譬如一切三十三天以帝釋爲第一如是一切善法不放逸爲其根本如上說乃至涅槃譬如燄摩天中以宿燄摩天王爲第一如是一切善法不放逸爲其根本如上說乃至涅槃譬如兜率陀天以兜率陀天王爲第一如是一切善法不放逸爲其根本如上說乃至涅槃譬如化樂天以善化樂天王爲第一如是一切善法不放逸爲其根本如上說乃至涅槃譬如他化自在天以善他化自在天子爲第一如是一切善法不放逸爲其根本如上說乃至涅槃譬如梵天大梵王爲第一如是一切善法不

放逸爲其根本如上說乃至涅槃譬如閻浮提一切衆流皆順趣大海其大海者最爲第一以容受故如是一切善法皆順不放逸如上說乃至涅槃譬如一切雨滴皆歸大海如是一切善法皆順趣不放逸海如上說乃至涅槃譬如一切薩羅阿耨大薩羅爲第一如是一切善法不放逸爲第一如上說乃至涅槃譬如閻浮提一切河四大河爲第一謂恒河新頭博义司陀如是一切善法不放逸爲第一如上說乃至涅槃譬如衆星光明月爲第一如是一切善法不放逸爲第一如上說乃至涅槃譬如諸大身衆生羅睺羅阿脩羅最爲第一如是一切善法不放逸爲其根本如上說乃至涅槃譬如諸受五欲者頂生王爲第一如是一切善法不放逸爲其根本如

上說乃至涅槃譬如欲界諸神力天魔波旬爲第一如是一切善法不放逸爲其根本如上說乃至涅槃譬如一切衆生無足兩足四足多足色無色想無想非想非無想如來爲第一如是一切善法不放逸爲其根本如上說乃至涅槃譬如所有諸法有爲無爲離貪欲爲第一如是一切善法不放逸爲其根本如上說乃至涅槃譬如一切諸法衆如來衆爲第一如是一切善法不放逸爲其根本如上說乃至涅槃譬如一切所有諸界苦行梵行聖界爲第一如是一切善法不放逸爲其根本如上說乃至涅槃佛說此經已諸比丘聞佛所說歡喜奉行

如是我聞一時佛住舍衞國祇樹給孤獨園爾時世尊告諸比丘有四種禪有禪三昧善非正受善有禪三昧善有禪三昧善非三昧善非正受善復次四種禪有禪住三昧善非住正受善有禪住正受善非住三昧善有禪住三昧善亦住正受善有禪非住三昧善亦非住正受善復次四種禪有禪三昧起善非正受起善有禪正受起善非三昧起善有禪三昧起善亦正受起善有禪非三昧起善亦非正受起善復次四種禪有禪三昧時善非正受時善有禪正受時善非三昧時善有禪三昧時善亦正受時善有禪非三昧時善亦非正受時善復次四種禪有禪三昧處善非正受處善有禪正受處善非三昧處善有禪三昧處善亦正受處善有禪非三昧處善亦非正受處善復次四種禪有禪三昧迎善非正受迎善有禪正

受迎善非三昧迎善有禪三昧迎善亦正受迎善有禪非三昧迎善亦非正受迎善復次四種禪有禪三昧念善非正受念善有禪正受念善非三昧念善有禪三昧念善亦正受念善有禪非三昧念善亦非正受念善復次四種禪有禪三昧念不念善非正受念不念善有禪正受念不念善非三昧念不念善有禪三昧念不念善亦正受念不念善有禪非三昧念不念善亦非正受念不念善復次四種禪有禪三昧來善非正受來善有禪正受來善非三昧來善有禪三昧來善亦正受來善有禪非三昧來善亦非正受來善復次四種禪有禪三昧惡善非正受惡善有禪正受惡善非三昧惡善有禪三昧惡善亦正受惡善有禪非三昧惡善亦非正受惡善復次四種禪有禪三昧方便善非正受方便善有禪正受方便善非三昧方便善有禪三昧方便善亦正受方便善有禪非三昧方便善亦非正受方便善復次四種禪有禪三昧止善非正受止善有禪正受止善非三昧止善有禪三昧止善亦正受止善有禪非三昧止善亦非正受止善復次四種禪有禪三昧舉善非正受舉善有禪正受舉善非三昧舉善有禪三昧舉善亦正受舉善有禪非三昧舉善亦非正受舉善復次四種禪有禪三昧捨善非正受捨善有禪正受捨善非三昧捨善有禪三昧捨善亦正受捨善有禪非三昧捨善亦非正受捨善佛說此經已諸比丘聞佛所說歡喜奉行

如是我聞一時佛住舍衛國祇樹給孤獨園

爾時世尊告諸比丘有無學三明何等爲三無學宿命智證通無學生死智證通無學漏盡智證通爾時世尊即說偈言

觀察智宿命　見天惡趣生　生死諸漏盡
是則牟尼明　其心得解脫　一切諸貪愛
三處悉通達　故說爲三明

佛說此經已諸比丘聞佛所說歡喜奉行

如是我聞一時佛住舍衛國祇樹給孤獨園爾時世尊告諸比丘有無學三明何等爲三謂無學宿命智證通無學生死智證通無學漏盡智證通云何無學宿命智證通謂聖弟子知種種宿命事從一生至百千萬億生乃至劫數成壞我及衆生宿命所更如是名如是生如是姓如是食如是受苦樂如是長壽如是久住如是受分齊我及衆生於此處死餘處生於餘處死此處生有如是行如是因如是信受種種宿命事皆悉了知是名宿命智證明云何生死智證明謂聖弟子天眼淨過於人眼見諸衆生死時生時善色惡色上色下色向於惡趣隨業受生如實知如此衆生身惡行成就口惡行成就意惡行成就毀謗聖人邪見受邪法因緣故身壞命終生惡趣泥犂中此衆生身善行口善行意善行不謗毀聖人正見成就身壞命終生於善趣天人中是名生死智證明云何漏盡智證明謂聖弟子此苦如實知此苦集此苦滅此苦滅道跡如實知彼如是知如是見欲有漏心解脫有有漏心解脫無明漏心解脫解脫知見我生已盡梵行已立所作已作自知不受後有是名漏盡智證明爾時世尊即說偈言

觀察知宿命　見天惡趣生　生死諸漏盡
是則牟尼明　知心得解脫　一切諸貪愛
三處悉通達　故說爲三明

佛說是經已諸比丘聞佛所說歡喜奉行

如是我聞一時佛住舍衞國祇樹給孤獨園時有異婆羅門來詣佛所與世尊面相慰勞慰勞已退坐一面而作是說此則婆羅門三明此則婆羅門三明爾時世尊告婆羅門言云何名爲婆羅門三明婆羅門白佛言瞿曇婆羅門父母具相無諸瑕穢父母七世相承無諸譏論世世相承常爲師長辯才具足誦諸經典物類名字萬物差品字類分合歷世本末此五種記悉皆通達容色端正是名瞿曇婆羅門三明佛告婆羅門我不以名字言說爲三明也賢聖法門說眞要實三明謂賢聖知見賢聖法律眞實三明婆羅門白佛云何瞿曇賢聖知見賢聖法律所說三明佛告婆羅門有三種無學三明何等爲三謂無學宿命智證明無學生死智證明無學漏盡智證明如上經廣說爾時世尊即說偈言

一切法無常　持戒寂靜禪　知一切宿命
已生天惡趣　得斷生漏盡　是爲牟尼通
悉知心解脫　一切貪恚癡　我說是三明
非言語所說

婆羅門是爲聖法律所說三明婆羅門白佛瞿曇是眞三明爾時婆羅門聞佛所說歡喜隨喜從座起而去

如是我聞一時佛住舍衞國祇樹給孤獨園時有異婆羅門來詣佛所與世尊面相慰勞慰勞已退坐一面白佛瞿曇我名信佛告婆

羅門所謂信者信增上戒施聞捨慧是則爲信非名字是信也時婆羅門聞佛所說歡喜隨喜從座起而去

如是我聞一時佛住舍衛國祇樹給孤獨園時有異婆羅門來詣佛所面相慰勞慰勞已退坐一面白佛言瞿曇我名增益佛告婆羅門所謂增益者信增益戒聞捨慧增益是爲增益非名字爲增益也時婆羅門聞佛所說歡喜隨喜從座起而去

如是我聞一時佛住舍衛國祇樹給孤獨園時有異婆羅門來詣佛所問訊安否問訊已退坐一面白佛言世尊我名等起佛告婆羅門夫等起者謂起於信起戒聞捨慧是爲等起非名字爲等起也爾時婆羅門聞佛所說歡喜隨喜從座起而去

如是我聞一時佛住舍衛國祇樹給孤獨園爾時世尊告諸比丘當爲汝說無爲法及無爲道跡諦聽善思云何無爲法謂貪欲永盡瞋恚愚癡永盡一切煩惱永盡是無爲法云何爲無爲道智謂八聖道分正見正止正語正業正命正方便正念正定是名無爲道跡佛說此經已諸比丘聞佛所說歡喜奉行

如無爲如是難見不動不屈不死無漏覆蔭洲渚濟度依止擁護不流轉離熾燄離燒然流通清涼微妙安隱無病無所有涅槃亦如是說

如是我聞一時佛住舍衛國祇樹給孤獨園爾時世尊告諸比丘譬如湖池廣長五十由旬深亦如是若有士夫以一毛端滴彼湖水云何比丘彼湖水爲多爲士夫毛端一滴水

多比丘白佛世尊士夫毛端尠少耳湖水無量千萬億倍不得爲比佛告比丘具足見眞諦正見具足世尊弟子見眞諦果正無間等彼於爾時已斷已知斷其根本如截多羅樹頭更不復生所斷諸苦甚多無量如大湖水所餘之苦如毛端滴水佛說此經已諸比丘聞佛所說歡喜奉行

如毛端滴水如是草籌之端滴水亦如是如湖池水如是薩羅多吒伽恒水耶扶那薩羅洩伊羅跋提摩醯大海亦如是說佛說此經已諸比丘聞佛所說歡喜奉行

如是我聞一時佛住舍衛國祇樹給孤獨園爾時世尊告諸比丘有內六入處云何爲六謂眼內入處耳鼻舌身意內入處於此六法觀察忍名爲信行超昇離生離凡夫地未得須陀洹果乃至未命終要得須陀洹果若此諸法增上觀察忍名爲法行超昇離生離凡夫地未得須陀洹果乃至未終要得須陀洹果若此諸法如實正智觀察三結已盡已知謂身見戒取疑是名須陀洹不墮決定惡趣定趣三菩提七有天人往生究竟苦邊此等諸法正智觀察不起諸漏離欲解脫名阿羅漢諸漏已盡所作已作離諸重擔逮得已利盡諸有結正智心善解脫佛說此經已諸比丘聞佛所說歡喜奉行

如內六入處如是外六入處六識身六觸身六受身六想身六思身六愛身六界身五陰亦如上說

如是我聞一時佛住舍衛國祇樹給孤獨園爾時世尊告諸比丘有五種種子生何等爲

五謂根種子莖種子節種子壞種子種種子此諸種子不斷不破不腐不傷不穿堅新得地界不得水界彼諸種子不得生長增廣得水界不得地界彼諸種子不得生長增廣要得地界水界彼諸種子得生長增廣如是業煩惱有愛見慢無明而生行若有業而無煩惱愛見無明者行則滅佛說此經已諸比丘聞佛所說歡喜奉行

如行如是識名色六入處觸受愛取有生老死亦如是說

如是我聞一時佛住舍衛國祇樹給孤獨園爾時世尊告諸比丘於我世間於世間及世間集不如是知者我終不得於諸天魔梵沙門婆羅門及諸世間爲解脫爲出爲離離顛倒想亦不名阿耨多羅三藐三菩提以我於世間及世間集如實知故是故我於諸天世人魔梵沙門婆羅門及餘衆生爲得解脫爲出爲離心離顛倒具足住得成阿耨多羅三藐三菩提佛說此經已諸比丘聞佛所說歡喜奉行

如是世間世間集世間滅世間集世間出世間集世間滅世間味世間患世間出世間集世間滅世間出世間集世間滅道跡世間集世間滅世間集道跡世間滅道跡世間集世間滅世間味世間患世間出世間集世間滅世間集道跡世間滅道跡世間味世間患世間出佛說此經已諸比丘聞佛所說歡喜奉行

如是我聞一時佛住舍衛國祇樹給孤獨園爾時世尊告諸比丘有三愛何等爲三謂欲

愛色愛無色愛爲斷此三愛故當求大師佛說此經已諸比丘聞佛所說歡喜奉行

如求大師如是次師教師廣導師度師廣度師說師廣說師隨說師阿闍梨同伴真知識之善友哀愍慈悲欲義欲安欲樂欲觸欲通欲者精進者方便者出者堅固者勇猛者堪能者攝者常者學者不放逸者修者思惟者憶念者覺想者思量者梵行者神力者智者識者慧者分別者念處正勤根力覺道止觀念身正思惟求亦如是說

如是我聞一時佛住舍衛國祇樹給孤獨園爾時世尊告諸比丘有三有漏何等爲三謂欲有漏有有漏無明有漏爲斷此三有漏故當求大師佛說此經已諸比丘聞佛所說歡喜奉行

如求大師如是乃至求正思惟亦如是說

如是我聞一時佛住王舍城迦蘭陀竹園時尊者羅睺羅來詣佛所稽首禮足退坐一面白佛言世尊云何知云何見我此識身及外境界一切相不憶念於其中間盡諸有漏佛告羅睺羅有內六入處何等爲六謂眼入處耳鼻舌身意入處此等諸法正智觀察盡諸有漏正智心善解脫是名阿羅漢盡諸有漏所作已作已捨重擔逮得已利盡諸有結正智心得解脫佛說此經已諸比丘聞佛所說歡喜奉行

如內六入處如是外六入處乃至五陰亦如是說

如是我聞一時佛住王舍城迦蘭陀竹園爾時世尊告諸比丘若比丘於眼欲貪斷欲貪

斷者是名眼已斷已知斷其根本如截多羅樹頭於未來世成不生法如眼如是耳鼻舌身意亦如是說佛說此經已諸比丘聞佛所說歡喜奉行

如内六入處如是外六入處乃至五陰亦如是說

如是我聞一時佛住王舍城迦蘭陀竹園爾時世尊告諸比丘若比丘眼生住成就顯現苦生病住老死顯現如是乃至意亦如是說若眼滅息沒苦則滅病則息老死則沒乃至意亦如是說佛說此經已諸比丘聞佛所說歡喜奉行

如内六入處如是外六入處乃至五陰亦如是說

如是我聞一時佛住王舍城迦蘭陀竹園爾時世尊告諸比丘若比丘於眼味著者則生上煩惱生上煩惱者於諸染汙心不得離欲彼障礙亦不得斷乃至意入處亦如是說佛說此經已諸比丘聞佛所說歡喜奉行

如内六入處如是外六入處乃至五陰亦如是說

如是我聞一時佛住王舍城迦蘭陀竹園爾時世尊告諸比丘譬如世間所作皆依於地而得建立如是一切善法皆依内六入處而得建立佛說此經已諸比丘聞佛所說歡喜奉行

如内六入處如是外六入處乃至五陰亦如是說

如是我聞一時佛住王舍城迦蘭陀竹園爾時世尊告諸比丘若有衆生無足二足四足

多足色無色想無想非想非非想於一切如來最第一乃至聖戒亦如是說

如是我聞一時佛住王舍城迦蘭陀竹園爾時世尊告諸比丘若諸世間衆生所作彼一切皆依於地而得建立如是一切法有爲無爲離貪欲法最爲第一如是廣說乃至聖戒亦如是說佛說此經已諸比丘聞佛所說歡喜奉行

如是我聞一時佛住王舍城迦蘭陀竹園爾時世尊告諸比丘若諸世間衆生彼一切皆依於地而得建立如是一切諸衆如來聲聞衆最爲第一如是廣說乃至聖戒佛說此經已諸比丘聞佛所說歡喜奉行

雜阿含經卷第三十一

音釋

癰於容切疽也　刺音次棘刺也芒刺也　袟栗帝羅色吒梵語天名也袟直一切栗力質切吒陡嫁切　青瘀瘀依據切青瘀謂氣血瘀塞而色青也　脹知亮切胅脹也　伽尸細氈梵語伽尸此云光澤氈細毛布也伽求迦切氈逹協切　金翅翅音試金翅鳥名　分齊分扶問切齊才詣切分齊限量也　瑕穢瑕音霞玷也穢烏廢切汙也　尠少尠蘇典切亦少也　籌直流切壺矢也似箸又筭子也　洟音俞　重擔擔都濫切煩惱重擔也　逮音代及也　堼何庚切堼幹也

雜阿含經卷第三十二

宋天竺三藏求那跋陀羅譯

如是我聞一時佛住王舍城迦蘭陀竹園爾時尊者摩訶迦葉尊者舍利弗住耆闍崛山中時有衆多外道出家詣尊者舍利弗與尊者面相問訊慰勞已退坐一面語尊者舍利弗言云何舍利弗如來有後生死耶舍利弗言諸外道世尊說言此是無記又問云何舍利弗如來無後生死耶舍利弗答言諸外道世尊說言此是無記又問舍利弗如來有後生死無後生死耶舍利弗答言世尊說言此是無記又問舍利弗如來非有後生死非無後生死耶舍利弗答言諸外道世尊說言此是無記諸外道出家又問尊者舍利弗云何所問如來有後生死無後生死有後無後非有後非無後一切答言世尊說言此是無記云何爲上座如愚如癡不善不辯如嬰兒無目性智作此語已從座起去爾時尊者摩訶迦葉尊者舍利弗相去不遠各坐樹下晝日禪思尊者舍利弗知諸外道出家去已詣尊者摩訶迦葉所共相問訊慰勞已退坐一面以向與諸外道出家所論說事具白尊者摩訶迦葉尊者摩訶迦葉何因何緣世尊不記說後有生死後無生死後有後無非有非無生死耶尊者摩訶迦葉語舍利弗言若說如來後有生死者是則爲色若說如來無後生死是則爲色若說如來有後生死無後生死是則爲色若說如來非有後非無後生死是則爲色如來者色已盡心善解脱言有後生死者此則不然無後生死有後無後非有後

非無後生死此亦不然如來者色已盡心善解脫甚深廣大無量無數寂滅涅槃舍利弗若說如來有後生死者是則爲受爲想爲行爲識爲動爲慮爲虛誑爲有爲爲愛乃至非有非無後有亦如是說如來者愛已盡心善解脫是故說後有者不然後無後有無後非有非無者不然如來者愛已盡心善解脫甚深廣大無量無數寂滅涅槃舍利弗如是因如是緣故有問世尊如來若有若無若有無若非有非無後生死不可記說時二正士共論議已各還本處

如是我聞一時佛住舍衛國祇樹給孤獨園爾時尊者摩訶迦葉住舍衛國東園鹿子母講堂晡時從禪覺往詣佛所稽首禮足退坐一面白佛言世尊何因何緣世尊先爲諸聲聞少制戒時多有比丘心樂習學今多爲聲聞制戒而諸比丘少樂習學佛言如是迦葉命濁煩惱濁劫濁衆生濁見濁衆生善法退減故大師爲諸聲聞多制禁戒少樂習學迦葉譬如劫欲壞時眞寶未滅有諸相似僞寶出於世間僞寶出已眞寶則沒如是迦葉如來正法欲滅之時有相似像法生相似像法出世間已正法則滅譬如大海中船載多珍寶則頓沉沒如來正法則不如是漸漸消滅如來正法不爲地界所壞不爲水火風界所壞乃至惡衆生出世樂行諸惡欲行諸惡成就諸惡非法言法法言非法非律言律律言非律以相似法句味熾然如來正法於此則沒迦葉有五因緣能令如來正法沉沒何等爲五若比丘於大師所不敬不重不下意供

養於大師所不敬不重不下意供養已然復依倚而住若法若學若隨順教若諸梵行大師所稱歎者不敬不重不下意供養而依止住是名迦葉五因緣故如來正法於此沉没迦葉有五因緣令如來法律不没不忘不退何等爲五若比丘於大師所恭敬尊重下意供養依止而住若法若學若隨順教若諸梵行大師所稱歎者恭敬尊重下意供養依止而住迦葉是名五因緣如來法律不没不忘不退是故迦葉當如是學於大師所當修恭敬尊重下意供養依止而住若法若學若隨順教若諸梵行大師所讚歎者恭敬尊重下意供養依止而住佛説是經已尊者摩訶迦葉歡喜隨喜作禮而去

如是我聞一時佛住王舍城迦蘭陀竹園時有遮羅周羅那羅聚落主來詣佛所面前問訊慰勞問訊慰勞已退坐一面白佛言瞿曇我聞古昔歌舞戲笑耆年宿士作如是説若伎兒於大衆中歌舞戲笑作種種伎令彼大衆歡樂喜笑以是業緣身壞命終生歡喜天於此瞿曇法中所説云何佛告聚落主且止莫問此義如是再三猶請不已佛告聚落主我今問汝隨汝意答古昔此聚落衆生不離貪欲貪欲縛所縛不離瞋恚瞋恚縛所縛不離愚癡愚癡縛所縛彼諸伎兒於大衆座中種種歌舞伎樂嬉戲令彼衆人歡樂喜笑聚落主當其彼人歡樂喜笑者豈不增長貪恚癡縛耶聚落主白佛言如是瞿曇聚落主譬如有人以繩反縛有人長夜以惡心欲令此人非義饒益不安不樂數數以水澆所縛繩

此人被縛豈不轉增急耶聚落主言如是瞿曇佛言聚落主古昔衆生亦復如是不離貪欲瞋恚癡縛緣彼嬉戲歡樂喜笑更增其縛聚落主言實爾瞿曇彼諸伎兒令其衆生歡樂喜笑轉增貪欲瞋恚癡縛以是因緣身壞命終生善趣者無有是處佛告聚落主若言古昔伎兒能令大衆歡樂喜笑以是業緣生歡喜天者是則邪見若邪見者應生二趣若地獄趣若畜生趣說是語時遮羅周羅那羅聚落主悲泣流淚爾時世尊告聚落主是故我先三問不荅言聚落主且止莫問此義聚落主白佛言瞿曇我不以瞿曇說故而悲泣也我自念昔來云何爲彼愚癡不辯不善諸伎兒輩所見欺誑言大衆中作諸伎樂乃至生歡喜天我今定思云何伎兒歌舞嬉戲生歡喜天瞿曇我從今日捨彼伎兒惡不善業歸佛歸法歸比丘僧佛言善哉聚落主此眞實要爾時遮羅周羅那羅聚落主聞佛所說歡喜隨喜頂禮佛足歡喜而去

如是我聞一時佛住王舍城迦蘭陀竹園爾時戰鬬活聚落主來詣佛所恭敬問訊問訊已退坐一面白佛言瞿曇我聞古昔戰鬬活耆年宿士作是言若戰鬬活身被重鎧手執利器將士先鋒堪能方便摧伏怨敵緣此業報生箭降伏天於瞿曇法中其義云何佛告戰鬬活且止莫問此義如是再三問亦再三止之猶問不已佛告聚落主我今問汝隨汝意荅聚落主於意云何若戰鬬活身被甲冑爲戰士先鋒堪能方便摧伏怨敵此人豈不先起傷害之心欲攝縛枷鎖斫刺殺害於彼

耶聚落主白佛如是世尊佛告聚落主爲戰鬬活有三種惡邪若身若口若意以此三種惡邪因緣身壞命終得生善趣箭降伏天者無有是處佛告聚落主若古昔戰鬬活者年宿士作如是見作如是說若諸戰鬬活身被甲冑手執利器命敵先登堪能方便摧伏怨敵以是因緣生箭降伏天者是則邪見邪見之人應生二處若地獄趣若畜生趣說是語時彼聚落主悲泣流淚佛告聚落主以是義故我先再三語汝且止不爲汝說聚落主白佛言我不以瞿曇語故悲泣我念古昔諸鬬戰活者年宿士愚癡不善不辯長夜欺誑作如是言若戰鬬活身被甲冑手執利器命敵先登乃至得生箭降伏天是故悲泣我今定思諸戰鬬活惡業因緣身壞命終生箭降伏天者無有是處瞿曇我從今日捨諸惡業歸佛歸法歸比丘僧佛告聚落主此眞實要時戰鬬活聚落主聞佛所說歡喜隨喜即從座起作禮而去

如是我聞一時佛住王舍城迦蘭陀竹園時有調馬聚落主來詣佛所恭敬問訊退坐一面爾時世尊告調馬聚落主調伏馬者有幾種法聚落主答言瞿曇有三種法何等爲三謂一者柔輭二者剛强三者柔輭剛强佛告聚落主若以三種法馬猶不調當如之何聚落主言便當殺之聚落主白佛言瞿曇無上調御丈夫者當以幾種法調御丈夫佛告聚落主我亦以三法調御丈夫何等爲三一者柔輭二者剛强三者柔輭剛强聚落主白佛瞿曇若三種調御丈夫猶不調者當如之何

佛言聚落主三事調伏猶不調者便當殺之所以者何莫令我法有所屈辱調馬聚落主白佛言瞿曇法中殺生者不淨瞿曇法中不應殺而今說言不調伏者亦當殺之佛告聚落主如汝所言如來法中殺生者不淨如來不應有殺聚落主然我以三種法調御丈夫彼不調者不復與語不復教授不復教誡聚落主若如來調御丈夫不復與語不復教授不復教誡豈非殺耶調馬聚落主白佛言瞿曇若調御丈夫不復與語不復教授不復教誡眞爲殺也是故我從今日捨諸惡業歸佛歸法歸比丘僧佛告聚落主此眞實要佛說此經已調馬聚落主聞佛所說歡喜隨喜即從座起作禮而去

如是我聞一時佛住王舍城迦蘭陀竹園時有兇惡聚落主來詣佛所稽首佛足退坐一面白佛言世尊不修何等法故於他生瞋恚生瞋恚故口說惡言他爲其作惡性名字佛告聚落主不修正見故於他生瞋生瞋恚已口說惡言他爲其作惡性名字不修正志正語正業正命正方便正念正定故於他生瞋生瞋恚故口說惡言他爲其作惡性名字復問世尊修習何法於他不瞋不瞋恚故口說善言他爲其作賢善名字佛告聚落主修正見故於他不瞋不瞋恚故口說善言他爲其作賢善名字修習正志正語正業正命正方便正念正定故於他不瞋不瞋恚故口說善言他爲其作賢善名字兇惡聚落主白佛言奇哉世尊善說此言我不修正見故於他生瞋生瞋恚已口說惡言他爲我作惡性名字

我不修正志正語正業正命正方便正念正定故於他生瞋生瞋恚故口説惡言他爲我作惡性名字是故我今當捨瞋恚剛强麤澀佛告聚落主此眞實要佛説此經已克惡聚落主歡喜隨喜作禮而去

如是我聞一時佛住王舍城迦蘭陀竹園時有摩尼珠髻聚落主來詣佛所稽首佛足退坐一面白佛言世尊先日國王集諸大臣共論議言云何沙門釋子比丘自爲受畜金銀寶物爲淨耶爲不淨耶其中有言沙門釋子應受畜金銀寶物又復有言不應自爲受畜金銀寶物世尊彼言沙門釋子應自爲受畜金銀寶物者爲從佛聞爲自出意説作是語者爲隨順法爲不隨順爲眞實説爲虛妄説如是説者得不墮於呵責處耶佛告聚落主此則妄説非眞實説非是法説非隨順説墮呵責處所以者何沙門釋子自爲受畜金銀寶物者不清淨故若自爲已受畜金銀寶物者非沙門法非釋種子法聚落主白佛言奇哉世尊沙門釋子受畜金銀寶物者非沙門法非釋種子法此眞實説世尊作是説者增長勝妙我亦作是説沙門釋子不應自爲受畜金銀寶物佛告聚落主若沙門釋子自爲受畜金銀珍寶清淨者五欲功德悉應清淨摩尼珠髻聚落主聞佛所説歡喜作禮而去

爾時世尊知摩尼珠髻聚落主去已告尊者阿難若諸比丘依止迦蘭陀竹園住者悉呼令集於食堂時尊者阿難即受佛教周徧宣令依止迦蘭陀竹園比丘集於食堂比丘集已往白世尊諸比丘已集食堂惟世尊知時

爾時世尊往詣食堂大衆前坐坐已告諸比丘今日有摩尼珠髻聚落主來詣我所作如是言先日國王集諸大臣作如是論議沙門釋子自爲受畜金銀寶物爲清淨不其中有言清淨者有言不清淨者今問世尊言清淨者爲從佛聞爲自妄說如上廣說彼摩尼珠髻聚落主聞我所説歡喜隨喜作禮而去諸比丘國王大臣共集論議彼摩尼珠髻聚落主於大衆前師子吼說沙門釋種子不應自爲受畜金銀寶物諸比丘汝等從今日須木索木須草索草須車索車須作人索作人愼勿爲已受取金銀種種寶物佛說此經已諸比丘聞佛所說歡喜奉行

如是我聞一時佛住瞻婆國揭伽池側時有王頂聚落主來詣佛所稽首佛足退坐一面

爾時世尊告王頂聚落主今者衆生依於二邊何等爲二一者樂著卑下田舍常人凡夫五欲二者自苦方便不正非義饒益聚落主有三種樂受欲樂卑下田舍常人凡夫有三種自苦方便不正非義饒益聚落主何等爲三種卑下田舍常人凡夫樂受欲樂有受欲者非法濫取不以安樂自供不供養父母給足兄弟妻子奴婢眷屬朋友知識亦不隨時供養沙門婆羅門仰求勝處安樂果報未來生天是名世間第一受欲復次聚落主受欲樂者以法非法濫取財物以樂自供供養父母給足兄弟妻子奴婢眷屬朋友知識而不隨時供養沙門婆羅門仰求勝處安樂果報未來生天是名第二受欲樂者復次聚落主有受欲樂者以法求財不以濫取以樂自供

供養父母給足兄弟妻子奴婢眷屬知識隨時供養沙門婆羅門仰求勝處安樂果報未來生天是名第三受欲樂者聚落主我不一向說受欲平等我說受欲者其人卑下我說受欲者是其中人我說受欲者是其勝人何等爲卑下受欲者謂非法濫取乃至不仰求勝處安樂果報未來生天是名我說卑下者受欲何等爲中人受欲謂受欲者以法非法而求財物乃至不求未來生天是名我說第二中人受欲何等爲我說勝人受欲謂彼以法求財乃至未來生天是名我說第三勝人受欲何等爲三種自苦方便是苦非法不正非義饒益有一自苦枯槁活初始犯戒汙戒彼修種種苦行精勤方便住處住彼不能現法得離熾然過人法勝妙知見安樂住聚落主是名第一自苦方便枯槁活復次自苦方便枯槁活始不犯戒汙戒而修種種苦行亦不由此現法得離熾然過人法勝妙知見安樂住是名第二自苦方便枯槁活復次自苦方便枯槁活不初始犯戒汙戒然修種種苦行方便亦不能現法離熾然得過人法勝妙知見安樂住是名第三自苦方便枯槁活聚落主我不說一切自苦方便枯槁活悉等我說有自苦方便是卑劣人有說自苦方便是中人有說自苦方便是勝人何等自苦方便卑劣人若彼自苦方便初始犯戒汙戒乃至不得勝妙知見安樂住是名我說自苦方便卑劣人何等爲自苦方便中人若彼自苦方便不初始犯戒汙戒乃至不得勝妙知見安樂住是名我說自苦方便中間人何等爲自

苦方便勝人若彼自苦方便枯槁活不初始犯戒汙戒乃至不得勝妙知見安樂住是名我說自苦方便勝人聚落主是名三種自苦方便是苦非法不正非義饒益聚落主有道有跡是向三種受欲隨順方便卑下田舍常人凡夫不向三種自苦方便是苦非法不正非義饒益聚落主何等爲道何等爲跡不向三種受欲三種自苦方便聚落主爲欲貪障礙故或欲自害或欲害他或欲俱害現法後世得斯罪報心法憂苦瞋恚癡所障或欲自害或欲害他或欲俱害現法後世得斯罪報心法憂苦若離貪障不欲方便自害害他自他俱害不現法後世受斯罪報彼心心法常受喜樂如是離瞋恚愚癡障礙不欲自害不欲害他自他俱害不現法後世受斯罪報彼心心法常受安樂於現法中遠離熾然不待時節親近涅槃即此身現緣自覺知聚落主如此現法永離熾然不待時節親近涅槃即此現身緣自覺知者爲八聖道正見乃至正定當其世尊說是法時王頂聚落主遠塵離垢得法眼淨時王頂聚落主見法得法知法深入於法度疑不由於他於正法律得無所畏即從座起整衣服合掌白佛我今已度世尊歸佛歸法歸比丘僧從今盡壽爲優婆塞時聞佛所說歡喜隨喜作禮而去

如是我聞一時佛在力士人間遊行到鬱鞞羅住處鸚鵡閻浮林時有揭曇聚落主聞沙門瞿曇在力士人間遊行至鬱鞞羅聚落鸚鵡閻浮林說現法苦集苦沒我當往詣彼沙門瞿曇若我詣沙門瞿曇者彼必爲我說現

苦集苦沒即往彼鬱鞞羅聚落詣世尊所稽首禮足退坐一面白佛言世尊我聞世尊常爲人說現法苦集苦沒善哉世尊爲我說現法苦集苦沒佛告聚落主我若說過去法苦集苦沒者知汝於彼爲信爲不信爲欲不欲爲念不念爲樂不樂汝今苦不我若說未來苦集苦沒者知汝於彼爲信不信爲欲不欲爲念不念爲樂不樂汝今苦不我今於此說現法苦集苦沒聚落主若衆生所有苦生彼一切皆以欲爲本欲生欲集欲起欲因欲緣而苦生聚落主白佛言世尊極略說法不廣分別我所不解善哉世尊唯願廣說令我等解佛告聚落主我今問汝隨汝意說聚落主於意云何若衆生於此鬱鞞羅聚落住者若打若縛若責若殺汝心當起憂悲惱苦不聚落主白佛言世尊亦不一向若諸衆生於此鬱鞞羅聚落住者於我有欲有貪有愛有念相習近者彼遭若縛若打若責若殺我則生憂悲苦惱若彼衆生所無欲貪愛念相習近者彼遭縛打責殺我何爲橫生憂悲苦惱佛告聚落主是故當知衆生種種苦生彼一切皆以欲爲本欲生欲習欲起欲因欲緣而生衆苦聚落主於意云何汝依父母不相見者則生欲貪愛念不聚落主言不也世尊聚落主於意云何若見若聞彼依父母當起欲愛念不聚落主言如是世尊復問聚落主於意云何彼依父母若無常變異者當起憂悲惱苦不聚落主言如是世尊若依父母無常變異者我或隣死豈唯憂悲惱苦佛告聚落主是故當知若諸衆生所有苦生一切皆以愛

欲爲本欲生欲集欲起欲因欲緣而生苦聚落主言奇哉世尊善說如此依父母譬我有依父母居在異處我日日遣信問其安否使未時還我以憂苦況復無常而無憂苦佛告聚落主是故我說其諸衆生所有憂苦一切皆以欲爲根本欲生欲集欲起欲因欲緣而生憂苦佛告聚落主若有四愛念無常變異者則四憂苦生若三二若一愛念無常變異者則一憂苦生聚落主若都無愛念者則無憂苦塵勞即說偈言

若無世間愛念者　則無憂苦塵勞患
一切憂苦消滅盡　猶如蓮荷不著水

當其世尊說是法時揭曇聚落主遠塵離垢得法眼淨見法得法深入於法度諸狐疑不由於他不由他度於正法律得無所畏從座起整衣服合掌白佛已度世尊我以超越我從今日歸佛歸法歸比丘僧盡其壽命爲優婆塞唯憶持我佛說此經已揭曇聚落主聞佛所說歡喜隨喜作禮而去

如是我聞一時佛在摩竭提國人間遊行與千二百五十比丘千優婆塞五百乞殘食人從城至城從聚落至聚落人間遊行至那羅聚落好衣菴羅園中時有刀師氏聚落主是尼揵弟子詣尼揵所禮尼揵足退坐一面爾時尼揵語刀師氏聚落主汝能共沙門瞿曇作蒺藜論令沙門瞿曇不得語不得不語耶聚落主言阿黎我立何等論爲蒺藜論令沙門瞿曇不得語不得不語尼揵語聚落主言汝往詣沙門瞿曇所作是問瞿曇常願欲令諸家福利具足增長作如是願如是說不若

答汝言不者汝當問言沙門瞿曇與凡愚夫有何等異若言有願有說者當復問言沙門瞿曇若有如是願如是說者今云何於飢饉世遊行人間將諸大衆千二百五十比丘千優婆塞五百乞殘食人從城至城從村至村損費世間如大雨雹雨已乃是減損非增益也瞿曇所說殊不相應不類不似前後相違如是聚落主是名蒺䔧論令彼沙門瞿曇不得語不得不語爾時刀師氏聚落主受尼揵勸教已詣佛所恭敬問訊恭敬問訊已退坐一面白佛瞿曇常欲願令諸家福利增長不佛告聚落主如來長夜欲令諸家福利增長亦常作是說聚落主言若如是者云何瞿曇於飢饉世人間乞食將諸大衆乃至不似不類前後相違佛告聚落主我憶九十一劫以

來不見一人施一比丘有盡有減聚落主汝觀今日有人家大富多錢財多眷屬多僕從當知其家長夜好施眞實寂止故致斯福利聚落主有八因緣令人損減福利不增何等爲八王所逼賊所劫火所焚水所漂藏自消減抵債不還怨憎殘破惡子費用有是八種爲錢財難聚落主我說無常爲第九句如是聚落主汝捨九因九緣而言沙門瞿曇破壞他家不捨惡言不捨惡見如鐵槍投水身壞命終至地獄中時刀師氏聚落主心生恐怖身毛皆竪白佛言世尊我今悔過如愚如癡不善不辯於瞿曇所不實欺誑虛說妄語聞佛所說歡喜隨喜從座起去

如是我聞一時佛住那羅聚落好衣菴羅園中時有刀師氏聚落主先是尼揵弟子詣尼

揵所禮尼揵足退坐一面爾時尼揵語聚落主汝能共沙門瞿曇作蒺蔾論令沙門瞿曇不得語不得不語聚落主白尼揵阿梨何等爲蒺蔾論令沙門瞿曇不得語不得不語耶尼揵語聚落主汝往沙門瞿曇所作如是言瞿曇不常欲安慰一切衆生讃歎安慰一切衆生耶若言不者應語言瞿曇與凡愚夫有何等異若言常欲安慰一切衆生讃歎安慰一切衆生者復應問言若欲安慰一切衆生者以何等故或爲一種人說法或不爲一種人說法作如是問者是名蒺蔾論令彼沙門瞿曇不得語不得不語爾時聚落主受尼揵勸進已往詣佛所恭敬問訊已退坐一面白佛言瞿曇豈不欲常安慰一切衆生歎說安慰一切衆生佛告聚落主如來長夜慈愍安

慰一切衆生亦常歎說安慰一切衆生聚落主白佛言若然者如來何故爲一種人說法又復不爲一種人說法佛告聚落主我今問汝隨意答我聚落主譬如有三種田有一種田沃壤肥澤第二田中第三田瘠薄云何聚落主彼田主先於何田耕治下種聚落主言瞿曇於最沃壤肥澤者先耕下種聚落主復於何田次耕下種聚落主言瞿曇當於中田次耕下種佛告聚落主復於何田次耕下種聚落主言當於最下瘠薄之田次耕下種佛告聚落主何故如是聚落主言不欲廢田存種而已佛告聚落主我亦如是如彼沃壤肥澤田者我諸比丘比丘尼亦復如是我常爲彼演說正法初中後善善義善味純一滿淨梵行清白開示顯現彼聞法已依於我舍我

洲我覆我蔭我趣常以淨眼觀我而住作如是念佛所說法我悉受持令我長夜以義饒益安隱樂住聚落主如彼中田者我弟子優婆塞優婆夷亦復如是我亦爲彼演說正法初中後善善義善味純一滿淨梵行清白開發顯示彼聞法巳依於我舍我洲我覆我蔭我趣常以淨眼觀察我住作如是念世尊說法我悉受持令我長夜以義饒益安隱樂住聚落主如彼田家最下田者如是我爲諸外道異學尼揵子輩亦爲說法初中後善善義善味純一滿淨梵行清白開示顯現然於彼等少聞法者亦爲其說多聞法者亦爲其說然其彼衆於我善說法中得一句法知其義者亦復長夜以義饒益安隱樂住時聚落主白佛甚奇世尊善說如是三種田譬佛告聚落主汝聽我更說譬類譬如士夫有三水器第一器不穿不壞亦不津漏第二器不穿不壞而有津漏第三器者穿壞津漏云何聚落主彼士夫三種器中常持淨水著何等器中聚落主言瞿曇當以不穿不壞不津漏者先以盛水佛告聚落主次復應以何器盛水聚落主言瞿曇當持彼器不穿不壞而津漏者次以盛水佛告聚落主彼器滿巳復以何器爲後盛水聚落主言以穿壞津漏之器最後盛水所以者何須臾之間供小用故佛告聚落主如彼士夫不穿不壞不津漏器諸弟子比丘比丘尼亦復如是我常爲彼演說正法乃至長夜以義饒益安隱樂住如第二器不穿不壞而津漏者我諸弟子優婆塞優婆夷亦復如是我常爲彼演說正法乃至長夜以

義饒益安隱樂住如第三器穿壞津漏者外道異學諸尼揵輩亦復如是我亦爲彼演說正法初中後善善義善味純一滿淨梵行清白開示顯現多亦爲說少亦爲說彼若於我說一句法知其義者亦得長夜安隱樂住時刀師氏聚落主聞佛所說心大恐怖身毛皆豎前禮佛足悔過世尊如愚如癡不善不辯於世尊所不諦眞實虛僞妄說聞佛所說歡喜隨喜禮足而去

如是我聞一時佛住那羅聚落好衣菴羅園中時有刀師氏聚落主尼揵弟子來詣佛所稽首禮足退坐一面爾時世尊告聚落主欲何所論尼揵若提子爲何所說聚落主言彼尼揵若提子說殺生者一切皆墮泥犂中以多行故則將至彼如是盜邪婬妄語皆墮泥犂中以多行故則將至彼佛告聚落主若如尼揵若提子說殺生者墮泥犂中以多行故而往生彼者則無有衆生墮泥犂中聚落主於意云何何等衆生於一切時有心殺生復於何時有心不殺生乃至何時有心妄語何時有心不妄語聚落主白佛言世尊人於晝夜少時有心殺生乃至少時有心妄語而多時不有心殺生乃至妄語佛告聚落主若如是者豈非無有人墮於泥犂中耶如尼揵所說有人殺生者一切墮泥犂中多習行者將往生彼乃至妄語亦復如是聚落主彼大師出興于世覺想籌量入覺想地住於凡夫地自辯所說隨意籌量爲諸弟子作如是說法言殺生者一切皆墮泥犂中多習行將往生彼乃至妄語亦復如是彼諸弟子若信其說

言我大師知其所知見其所見能爲弟子作如是說若殺生者一切皆墮泥犂中多習行故將往生彼我本有心殺生偷盜邪婬妄語當墮泥犂中得如是見乃至不捨此見不猒彼業不覺彼悔於未來世不捨殺生乃至不捨妄語彼意解脫不滿足慧解脫亦不滿足意解脫不滿足慧解脫不滿足故則爲謗聖邪見邪見因緣故身壞命終生惡趣泥犂中如是聚落主有因有緣衆生煩惱有因有緣衆生業煩惱聚落主如來應等正覺明行足善逝世間解無上士調御丈夫天人師佛世尊出興於世常爲衆生呵責殺生讚歎不殺呵責偷盜邪婬妄語讚歎不盜不婬不妄語常以此法化諸聲聞令念樂信重言我大師知其所知見其所見呵責殺生讚歎不殺乃至呵責妄語讚歎不妄語我從昔來以愚癡無慧有心殺生我緣是故今自悔責雖不能令彼業不爲且因此悔責故於未來世得離殺生乃至得離盜婬妄語亦得滿足正意解脫滿足慧解脫意解脫慧解脫滿足已得不謗賢聖正見成就正見因緣故得生善趣天上如是聚落主有因有緣衆生業煩惱清淨聚落主彼多聞聖弟子作如是學隨時晝夜觀察所起少有心殺生多有心不殺生若於有心殺生當自悔責不是不類若不有心殺生無怨無憎心生隨喜隨喜已歡喜生歡喜已心猗息心猗息已心受樂受樂已則心定心定已聖弟子心與慈俱無怨無嫉無有瞋恚廣大無量滿於一方正受住二方三方乃至四方四維上下一切世間心與慈俱無怨

無嫉無有瞋恚廣大無量善修習充滿諸方具足正受住爾時世尊以爪甲抄少土語刀師氏聚落主言云何聚落主我爪甲土多大地爲多聚落主白佛言世尊爪甲土少少耳大地土無量無數佛告聚落主如甲上之土甚少大地之土其數無量如是心與慈俱修習多修習諸有量業者如甲上土不能將去不能令住如是偷盗對以悲心邪婬對以喜心妄語對以捨心不得爲比說是語時刀師氏聚落主遠塵離垢得法眼淨聚落主見法得法覺法知法深入於法離諸狐疑不由於他不隨於他於正法律得無所畏從座起整衣服右膝著地合掌白佛我已度世尊已越世尊我今歸佛歸法歸比丘僧盡其壽命爲優婆塞世尊譬如士夫欲求燈明取其馬尾以爲燈炷欲吹令然終不得明徒自疲勞燈竟不然我亦如是欲求明智於諸愚癡尼揵子所愚癡習近愚癡和合愚癡奉事徒自勞苦不得明智是故我今重歸依佛歸法歸僧從今以去於彼尼揵愚癡不善不辯者所少信少敬少愛少念於今遠離是故我今第三歸佛歸法歸僧乃至盡壽爲優婆塞自淨其心時刀師氏聚落主聞佛所說歡喜隨喜作禮而去

如是我聞一時佛住舍衛國祇樹給孤獨園爾時世尊告諸比丘世間有三種調馬何等爲三有馬捷疾具足色不具足形體不具足有馬色具足捷疾具足形體不具足有馬捷疾具足色具足形體具足如是有三種調士夫相何等爲三有士夫捷疾具足色不具

足形體不具足有士夫捷疾具足色具足形體不具足有士夫捷疾具足色具足形體具足比丘何等爲不調士夫捷疾具足色不具足形體不具足有士夫於此苦如實知此苦集此苦滅此苦滅道跡如實知如是觀者三結斷身見戒取疑此三結斷得須陀洹不墮惡趣法決定正趣三菩提七有天人往生究竟苦邊是名捷疾具足何等爲非色具足若有問阿毗曇律不能以具足句味次第隨順具足解說是名色不具足云何形體不具足非大德名聞感致衣被飲食床卧湯藥衆具是名士夫捷疾具足色不具足形體不具足何等爲捷疾具足色具足形體不具足謂士夫此苦如實知此苦集此苦滅此苦滅道跡如實知乃至究竟苦邊是捷疾具足何等爲色具足若問阿毗曇律乃至能爲解說是名色具足何等爲形體不具足非大德名聞不能感致衣被飲食卧具湯藥是名士夫捷疾具足色具足形體不具足何等爲士夫捷疾具足色具足形體具足謂士夫此苦如實知此苦集此苦滅此苦滅道跡如實知乃至究竟苦邊是名捷疾具足何等爲色具足若問阿毗曇律乃至能解說是名色具足何等形體具足大德名聞乃至卧具湯藥是名形體具足是名士夫捷疾具足色具足形體具足

佛說此經已諸比丘聞佛所說歡喜奉行

如是我聞一時佛住王舍城迦蘭陀竹園爾時世尊告諸比丘世間有三種良馬何等爲三有馬捷疾具足非色具足非形體具足有馬捷疾具足色具足非形體具足有馬捷疾

具足色具足形體具足於正法律有三種善男子何等爲三有善男子捷疾具足非色具足非形體具足有善男子捷疾具足色具足非形體具足有善男子捷疾具足色具足形體具足何等爲善男子捷疾具足非色具足非形體具足謂善男子苦聖諦如實知苦集聖諦如實知苦滅聖諦如實知苦滅道跡聖諦如實知作如是知如是見已斷五下分結謂身見戒取疑貪欲瞋恚斷此五下分結已得生般涅槃阿那含不復還生此世是名善男子捷疾具足云何色不具足若問阿毗曇律不能解了句味次第隨順決定解說是名色不具足云何形體不具足謂非名聞大德能感財利供養衣被飲食隨病湯藥是名善男子捷疾具足非色具足非形體具足何等爲捷疾具足色具足非形體具足謂善男子此苦聖諦如實知乃至得生般涅槃阿那含不復還生此世是名捷疾具足云何色具足若有問阿毗曇律能以次第句味隨順決定而爲解說是名色具足云何非形體具足謂非名聞大德能感財利供養衣被飲食隨病湯藥是名善男子捷疾具足色具足非形體具足何等爲善男子捷疾具足色具足形體具足謂善男子此苦聖諦如實知乃至得阿那含生般涅槃不復還生此世是名捷疾具足何等爲色具足若有問阿毗曇毗尼乃至而爲解說是名色具足何等爲形體具足謂名聞大德能感財利乃至湯藥衆具足名形體具足是名善男子捷疾具足色具足形體具足佛說此經已諸比丘聞佛所說歡喜奉

行

雜阿含經卷第三十二

音釋

耆闍崛 梵語也正云姞栗陀羅矩乇此云鷲峯耆音祈闍音蛇崛音掘 晡時 晡薄孤切日加申時也 數數 並音朔頻也屢也 澆 堅堯切沃也

鎧 可亥切甲也 將士 將子亮切將士謂將率士卒也 鋒 敷容切刀劍鋒芒也 冑 直又切兜鍪也 麤澀 麤聰徂切麤畧也不精也澀色立切不滑也

鬱鞞羅 梵語聚落名也鬱紆勿切鞞駢迷切 蒺藜論 蒺音疾藜音梨 蒺藜茨草也有三角刺人狀如蔆而小故軍旅中以鐵為之潛布於路以創敵師此謂蒺藜論者蓋作為言論鉤距如蒺藜以拒佛也 雨雹 雨王遇切雹弼角切謂降下冰雹也 抵債 抵都禮切當也債側界切負財也 鐵槍 槍七羊切 謂鐵稍也 沃壤 沃烏酷切潤澤也膏沃也壤汝兩切柔土也又無塊曰壤 瘠 瘠秦昔切瘦薄也 捷疾 捷疾葉切亟也亦疾也

雜阿含經卷第三十三

宋天竺三藏求那跋陀羅譯

如是我聞一時佛住王舍城迦蘭陀竹園爾時世尊告諸比丘世間有三種良馬何等爲三謂有馬捷疾具足非色具足非形體具足有馬捷疾具足色具足非形體具足有馬捷疾具足色具足形體具足如是於此律有三種善男子何等爲三有善男子捷疾具足非色具足非形體具足有善男子捷疾具足色具足非形體具足有善男子捷疾具足色具足形體具足何等爲善男子捷疾具足非色具足非形體具足謂善男子此苦聖諦如實知此苦集聖諦如實知此苦滅聖諦如實知此苦滅道跡聖諦如實知如是知如是見已欲有漏心解脫有有漏心解脫無明有漏心解脫我生已盡梵行已立所作已作自知不受後有是名捷疾具足云何非色具足若有問阿毗曇律乃至不能爲決定解說是名色不具足何等非形體具足謂非名聞大德乃至不感湯藥衆具是名形體不具足是名善男子捷疾具足非色具足非形體具足何等爲善男子捷疾具足色具足非形體具足謂善男子此苦聖諦如實知乃至不受後有是名捷疾具足云何色具足謂若有問阿毗曇毗尼乃至能爲決定解說是名色具足何等爲非形體具足謂非名聞大德乃至不能感湯藥衆具是名善男子捷疾具足色具足非形體具足何等爲善男子捷疾具足色具足形體具足謂善男子此苦聖諦如實知乃至不受後有是名捷疾具足何等爲色具足謂

善男子若有問阿毗曇毗尼乃至能爲決定解說是名色具足何等爲形體具足謂善男子名聞大德乃至能感湯藥衆具是名形體具足是名善男子捷疾具足色具足形體具足佛說此經已諸比丘聞佛所說歡喜奉行

如是我聞一時佛住王舍城迦蘭陀竹園爾時世尊告諸比丘世有三種良馬王所服乘何等爲三謂良馬色具足力具足捷疾具足如是於正法律有三種善男子世所奉事供養恭敬爲無上福田何等爲三謂善男子色具足力具足捷疾具足何等爲色具足謂善男子住於淨戒波羅提木叉律儀威儀行處具足見微細罪能生怖畏受持學戒是名色具足何等力具足已生惡不善法令斷生欲精勤方便攝受增長未生惡不善法不起生欲精勤方便攝受增長未生善法令起生欲精勤方便攝受增長已生善法住不忘失生欲精勤方便攝受增長是名力具足何等爲捷疾具足謂此苦聖諦如實知乃至得阿羅漢不受後有是名捷疾具足是名善男子色具足力具足捷疾具足佛說此經已諸比丘聞佛所說歡喜奉行

如是我聞一時佛住王舍城迦蘭陀竹園爾時世尊告諸比丘世有良馬四種具足當知是良馬王所服乘何等爲四所謂賢善捷疾堪能調柔如是善男子四德成就世所宗重承事供養爲無上福田何等爲四謂善男子成就無學戒身無學定身無學慧身無學解脫身佛說此經已諸比丘聞佛所說歡喜奉行

如是我聞一時佛住王舍城迦蘭陀竹園爾時世尊告諸比丘世有四種良馬有良馬駕以平乘顧其鞭影馳駃善能觀察御者形勢遲速左右隨御者心是名比丘世間良馬第一之德復次比丘世間良馬不能顧影而自驚察然以鞭杖觸其毛尾則能驚速察御者心遲速左右是名世間第二良馬復次比丘若世間良馬不能顧影及觸皮毛能隨人心而以鞭杖小侵皮肉則能驚察隨御者心遲速左右是名比丘第三良馬復次比丘世間良馬不能顧其鞭影及觸皮毛小侵膚肉乃以鐵錐刺身徹膚傷骨然後方驚牽車著路隨御者心遲速左右是名世間第四良馬如是於正法律有四種善男子何等爲四謂善男子聞他聚落有男子女人疾病困苦乃至死聞已能生恐怖依正思惟如彼良馬顧影則調是名第一善男子於正法律能自調伏復次善男子不能聞他聚落若男若女老病死苦能生怖畏依正思惟見他聚落若男若女老病死苦則生怖畏依正思惟如彼良馬觸其毛尾能速調伏隨御者心是名第二善男子於正法律能自調伏復次善男子不能聞見他聚落中男子女人老病死苦生怖畏心依正思惟然見聚落城邑有善知識及所親近老病死苦則生怖畏依正思惟如彼良馬觸其膚肉然後調伏隨御者心是名第三善男子於聖法律而自調伏復次善男子不能聞見他聚落中男子女人及所親近老病死苦生怖畏心依正思惟然於自身老病死苦能生猒怖依正思惟如彼良馬侵肌徹骨

然後乃調隨御者心是名第四善男子於聖法律能自調伏佛說此經已諸比丘聞佛所說歡喜奉行

如是我聞一時佛住王舍城迦蘭陀竹園爾時有調馬師名曰只尸來詣佛所稽首佛足退坐一面白佛言世尊我觀世間甚爲輕淺猶如羣羊世尊唯我堪能調馬狂逸惡馬我作方便須臾令彼態病悉現隨其態病方便調伏佛告調馬師聚落主汝以幾種方便調伏於馬馬師白佛有三種法調伏惡馬何等爲三一者柔軟二者麤澀三者柔軟麤澀佛告聚落主汝以三種方便調馬猶不調者當如之何馬師白佛遂不調者便當殺之所以者何莫令辱我調馬師白佛世尊是無上調御丈夫爲以幾種方便調御丈夫佛告聚落主我亦以三種方便調御丈夫何等爲三一者一向柔軟二者一向麤澀三者柔軟麤澀佛告聚落主所謂一向柔軟者如所說此是身善行此是身善行報此是口意善行此是口意善行報是名天是名人是名善趣化生是名涅槃是爲柔軟麤澀者如所說是身惡行是身惡行報是口意惡行是口意惡行報是名地獄是名畜生是名餓鬼是名惡趣是名墮惡趣是名如來麤澀教也彼柔軟麤澀俱者謂如來有時說身善行有時說身善行報有時說口意善行有時說口意善行報有時說身惡行有時說身惡行報有時說口意惡行有時說口意惡行報如是名天如是名人如是名善趣如是名涅槃如是名地獄如是名畜生餓鬼如是名惡趣如是墮惡趣是

名如來柔輭麤澀教調馬師白佛世尊以若三種方便調伏衆生有不調者當如之何佛告聚落主亦當殺之所以者何莫令辱我調馬師白佛言若殺生者於世尊法爲不清淨世尊法中亦不殺生而今言殺其義云何佛告聚落主如是如是如來法中殺生不清淨如來法中亦不殺生然如來法中以三種教授不調伏者不復與語不教不誡聚落主於意云何如來法中不復與語不教不誡豈非死耶調馬師白佛實爾世尊不復與語永不教誡眞爲死也世尊以是之故我從今日離諸惡不善業佛告聚落主善哉所說時調馬師聚落主只尸聞佛所說歡喜隨喜禮足而去

如是我聞一時佛住王舍城迦蘭陀竹園爾時世尊告諸比丘世間馬有八態何等爲八謂惡馬臨駕車時後脚蹋人前脚跪地奮頭齧人是名世間馬第一態復次惡馬就駕車時低頭振軛是名世間惡馬第二之態復次世間惡馬就駕車時下道而去或復偏厲車令其翻覆是名第三之態復次世間惡馬就駕車時仰頭却行是名世間惡馬第四之態復次世間惡馬就駕車時小得鞭杖或斷纓折勒縱横馳走是名第五之態復次世間惡馬就駕車時舉前兩足而作人立是名第六之態復次世間惡馬就駕之時加之鞭杖安住不動是名第七之態復次世間惡馬就駕之時叢聚四脚伏地不起是名第八之態如是世間惡丈夫於正法律有八種過何等爲八若比丘諸梵行者以見聞疑罪而發舉時

彼則瞋恚反呵責彼言汝愚癡不辯不善他立舉汝汝云何舉我如彼惡馬後脚雙蹋前脚跪地斷鞅折軛是名丈夫於正法律第一之過復次比丘諸梵行者以見聞疑舉反出他罪猶如惡馬怒項折軛是名丈夫於正法律第二之過復次比丘諸梵行者以見聞疑舉不以正答横說餘事瞋恚憍慢隱覆嫌恨不忍無所由作如彼惡馬不由正路令車翻覆是名丈夫於正法律第三之過復次比丘諸梵行者以見聞疑舉令其憶念而作是言我不憶念觝突不伏如彼惡馬却縮轉退是名丈夫於正法律第四之過復次比丘諸梵行者以見聞疑舉時輕懱不數其人亦不數僧攝持衣鉢隨意而去如彼惡馬加以鞭杖縱横馳走是名丈夫於正法律第五之過復次比丘諸梵行者以見聞疑舉時自處高床與諸上座共諍曲直如彼惡馬雙脚人立是名丈夫於正法律第六之過復次比丘諸梵行者以見聞疑舉時默然不應以惱大衆如彼惡馬加其鞭杖兀然不動是名丈夫於正法律第七之過復次比丘諸梵行者以見聞疑舉時則便捨戒自生退没到於寺門而作是言汝默然快喜安住我自捨戒退没如彼惡馬叢聚四足伏地不動是名丈夫於正法律第八之過是名比丘於正法律有八種丈夫過惡佛說此經已諸比丘聞佛所說歡喜奉行

如是我聞一時佛住王舍城迦蘭陀竹園爾時世尊告諸比丘世間良馬有八種德成就者隨人所欲取道多少何等爲八生於良馬

鄉是名良馬第一之德復次體性溫良不驚恐人是名良馬第二之德復次良馬不擇飲食是名良馬第三之德復次良馬猒惡不淨擇地而卧是名良馬第四之德復次良馬諸情態速爲調馬者現馬師調習速捨其態是名良馬第五之德復次良馬安於駕乘不顧餘馬隨其輕重能盡其力是名良馬第六之德復次良馬常隨正路不隨非道是名良馬第七之德復次良馬若病若老勉力駕乘不猒不倦是名良馬第八之德如是丈夫於正法律八德成就當知是賢士夫何等爲八謂賢士夫住於正戒波羅提木叉律儀威儀行處具足見微細罪能生怖畏受持學戒是名丈夫於正法律第一之德復次丈夫性自賢善善調善住不惱不怖諸梵行者是名丈夫第二之德復次丈夫次行乞食隨其所得若麤若細其心平等不嫌不著是名丈夫第三之德復次丈夫心生猒離於身惡業口意惡業惡不善法及諸煩惱重受諸有熾然苦報於未來世生老病死憂悲惱苦增其猒離是名丈夫第四之德復次丈夫若有沙門過諂曲不實速告大師及善知識大師說法則時除斷是名丈夫第五之德復次丈夫學心具足作如是念設使餘人學以不學我悉當學是名丈夫第六之德復次丈夫行八正道不行非道是名丈夫第七之德復次丈夫乃至盡壽精勤方便不猒不倦是名丈夫第八之德如是丈夫八德成就隨其行地能速昇進佛說此經已諸比丘聞佛所說歡喜奉行

如是我聞一時佛住那梨聚落深谷精舍爾

時世尊告詵陀迦旃延當修真實禪莫習強梁禪如強梁馬繫槽櫪上彼馬不念我所應作所不應作但念穀草如是丈夫於貪欲纏多修習故彼以貪欲心唯思於出離道不如實知心常馳騁隨貪欲纏而求正受瞋恚睡眠掉悔疑多修習故於出離道不如實知以疑蓋心思惟以求正受詵陀若真生馬繫槽櫪上不念水草但作是念駕乘之事如是丈夫不念貪欲纏住於出離如實知不以貪欲纏而求正受亦不瞋恚睡眠掉悔疑纏多住於出離瞋恚睡眠掉悔疑纏如實知不以疑纏而求正受如是詵陀比丘如是禪者不依地修禪不依水火風空識無所有非想非非想而修禪不依此世不依他世非日月非見聞覺識非得非求 非隨覺非隨觀而修禪詵陀比丘如是修禪者諸天主伊濕波羅波闍波提恭敬合掌稽首作禮而說偈言

南無大士夫　南無士之上　以我不能知
依何而禪定

爾時有尊者跋迦利住於佛後持扇扇佛時跋迦利白佛言世尊若比丘云何入禪而不依地水火風乃至覺觀而修禪定云何比丘禪諸天主伊濕波羅波闍波提合掌恭敬稽首作禮而說偈言

南無大士夫　南無士之上　以我不能知
依何而禪定

佛告跋迦利比丘於地想能伏地想於水火風想無量空入處想識入處想無所有入處非想非非想入處想此世他世日月見聞覺識若得若求若覺若觀悉伏彼想跋迦利比

丘如是禪者不依地水火風乃至不依覺觀而修禪䟦迦利比丘如是禪者諸天主伊濕波羅波闍波提恭敬合掌稽首作禮而說偈言

南無大士夫　南無士之上　以我不能知
何所依而禪

佛說此經時詵陀迦旃延比丘遠塵離垢得法眼淨䟦迦利比丘不起諸漏心得解脫佛說此經已䟦迦利比丘聞佛所說歡喜奉行

如是我聞一時佛住迦毗羅衛國尼拘律園中時有釋種名摩訶男來詣佛所稽首佛足退坐一面白佛言世尊云何名為優婆塞佛告摩訶男在家清白修習淨住男相成就作是說言我今盡壽歸佛歸法歸比丘僧為優婆塞證知我是名優婆塞摩訶男白佛言世尊云何名為優婆塞信具足佛告摩訶男優婆塞者於如來所正信為本堅固難動諸沙門婆羅門諸天魔梵及餘世間所不能壞摩訶男是名優婆塞信具足摩訶男白佛言世尊云何名優婆塞戒具足佛告摩訶男謂優婆塞離殺生不與取邪婬妄語飲酒不樂作摩訶男是名優婆塞戒具足摩訶男白佛言世尊云何名優婆塞聞具足佛告摩訶男優婆塞聞具足者聞則能持聞則積集若佛所說初中後善善義善味純一滿淨梵行清白悉能受持摩訶男是名優婆塞聞具足摩訶男白佛言世尊云何名優婆塞捨具足佛告摩訶男優婆塞捨具足者為慳垢所纏者心離慳垢住於非家修解脫施勤施常施樂捨財物平等布施摩訶男是名優婆塞捨具足

摩訶男白佛言世尊云何名優婆塞智慧具足佛告摩訶男優婆塞智慧具足者謂此苦如實知此苦集如實知此苦滅如實知此苦滅道跡如實知摩訶男是名優婆塞智慧具足爾時釋氏摩訶男聞佛所説歡喜隨喜從座起作禮而去

如是我聞一時佛住迦毗羅衛國尼拘律園中爾時釋氏摩訶男與五百優婆塞來詣佛所稽首佛足退坐一面白佛言世尊云何名優婆塞佛告摩訶男優婆塞者在家淨住乃至盡壽歸依三寶爲優婆塞證知我摩訶男白佛言世尊云何名優婆塞須陀洹佛告摩訶男優婆塞須陀洹者三結已斷已知謂身見戒取疑摩訶男是名優婆塞須陀洹摩訶男白佛言世尊云何名優婆塞斯陀含佛告摩訶男謂優婆塞三結已斷已知貪恚癡薄摩訶男是名優婆塞斯陀含摩訶男白佛言世尊云何名優婆塞阿那含佛告摩訶男優婆塞阿那含者五下分結已斷已知謂身見戒取疑貪欲瞋恚摩訶男是名優婆塞阿那含時摩訶男釋氏顧視五百優婆塞而作是言奇哉諸優婆塞在家清白乃得如是深妙功德時摩訶男優婆塞聞佛所説歡喜隨喜從座起作禮而去

如是我聞一時佛住迦毗羅衛國尼拘律園中爾時釋氏摩訶男來詣佛所稽首佛足退坐一面白佛言世尊云何名優婆塞佛告摩訶男優婆塞者在家清白乃至盡壽歸依三寶爲優婆塞證知我摩訶男白佛言世尊云何爲滿足一切優婆塞事佛告摩訶男若優

婆塞有信無戒是則不具當勤方便具足淨戒具足信戒而不施者是則不具以不具故精勤方便修習布施令具足滿信戒施滿不能隨時往詣沙門聽受正法是則不具以不具故精勤方便隨時往詣塔寺見諸沙門不一心聽受正法是不具足信戒施聞修習滿足聞已不持是不具足以不具足故精勤方便隨時往詣沙門專心聽法聞則能持不能觀察諸法深義是不具足不具足故精勤方便信戒施聞聞則能持持已觀察甚深妙義而不隨順知法次法向是則不具以不具故精勤方便信戒施聞受持觀察了達深義隨順行法次法向摩訶男是名滿足一切種優婆塞事摩訶男白佛世尊云何名優婆塞能自安慰不安慰他佛告摩訶男若優婆塞能自立戒不能令他立於正戒自持淨戒不能令他持戒具足自行布施不能以施建立於他自詣塔寺見諸沙門不能勸他令詣塔寺往見沙門自專聽法不能勸人樂聽正法聞法自持不能令他受持正法自能觀察甚深妙義不能勸人令觀深義自知深法不能隨順行法次法向不能勸人令隨順行法次法向摩訶男如是八法成就者是名優婆塞能自安慰不安慰他摩訶男白佛世尊優婆塞成就幾法自安安他佛告摩訶男若優婆塞成就十六法者是名優婆塞自安安他何等爲十六摩訶男若優婆塞具足正信建立他人自持淨戒亦以淨戒建立他人自行布施教人行施自詣塔寺見諸沙門亦教人往見諸沙門自專聽法亦教人聽自受持法教人

受持自觀察義教人觀察自知深義隨順修行法次法向亦復教人解了深義隨順修行法次法向摩訶男如是十六法成就者是名優婆塞能自安慰亦安慰他人摩訶男若優婆塞成就如是十六法者彼諸大衆悉詣其所謂婆羅門衆刹利衆長者衆沙門衆於諸衆中威德顯曜譬如日輪初中及後光明顯照如是優婆塞十六法成就者初中及後威德顯照如是摩訶男若優婆塞十六法成就者世間難得佛說此經已釋氏摩訶男聞佛所說歡喜隨喜從座起作禮而去

如是我聞一時佛住迦毗羅衛國尼拘律園中爾時釋氏摩訶男來詣佛所稽首禮足退坐一面白佛言世尊此迦毗羅衛國安隱豐樂人民熾盛我每出入時衆多翼從狂象狂人狂乘常與是俱我自恐與此諸狂俱生俱死忘於念佛念法念比丘僧我自思惟命終之時當生何處佛告摩訶男莫恐莫怖命終後不生惡趣終亦無惡譬如大樹順下順注順輸若截根本當墮何處摩訶男白佛隨彼順下順注順輸佛告摩訶男汝亦如是若命終時不生惡趣終亦無惡所以者何汝已長夜修習念佛念法念僧若命終時此身若火燒若棄塚間風漂日暴久成塵末而心意識久遠長夜正信所熏戒施聞慧所熏神識上昇向安樂處未來生天時摩訶男聞佛所說歡喜隨喜作禮而去

如是我聞一時佛住迦毗羅衛國尼拘律園中爾時釋氏摩訶男來詣佛所稽首禮足退坐一面白佛言世尊若比丘在於學地求所

未得上昇進道安隱涅槃世尊彼當云何修習多修習住於此法律得諸漏盡無漏心解脫慧解脫現法自知作證我生已盡梵行已立所作已作自知不受後有佛告摩訶男若比丘在於學地求所未得上昇進道安隱涅槃彼於爾時當修六念乃至進得涅槃譬如飢人身體羸瘦得美味食身體肥澤如是比丘住在學地求所未得上昇進道安隱涅槃修六隨念乃至疾得安隱涅槃何等六念謂聖弟子念如來事如來應等正覺明行足善逝世間解無上士調御丈夫天人師佛世尊聖弟子如是念時不起貪欲纏不起瞋恚愚癡心其心正直得如來義得如來正法於如來正法於如來所得隨喜心隨喜心已歡悅歡悅已身猗息身猗息已覺受樂受樂已其心定心定已彼聖弟子於兇險衆生中無諸罣礙入法流水乃至涅槃復次聖弟子念於法事世尊法律現法能離生死熾然不得時節通達現法緣自覺知聖弟子如是念法者不起貪欲瞋恚愚癡乃至念法所熏昇進涅槃復次聖弟子念於僧事世尊弟子善向正向直向誠向行隨順法有向須陀洹得須陀洹向斯陀含得斯陀含向阿那含得阿那含向阿羅漢得阿羅漢此是四雙八輩賢聖是名世尊弟子僧淨戒具足三昧具足智慧具足解脫具足解脫知見具足所應奉迎承事供養爲良福田聖弟子如是念僧事時不起貪欲瞋恚愚癡乃至念僧所熏昇進涅槃復次聖弟子自念淨戒不壞戒不缺戒不汙戒不雜戒不他取戒善護戒明者稱譽戒智者

不猒戒聖弟子如是念戒時不起貪欲瞋恚愚癡乃至念戒所熏昇進涅槃復次聖弟子自念施事我得善利於慳垢衆生中而得離慳垢處於非家行解脫施常自手施樂行捨法具足等施聖弟子如是念施時不起貪欲瞋恚愚癡乃至念施所熏昇進涅槃復次聖弟子念諸天事有四大天王三十三天豔摩天兜率陀天化樂天他化自在天若有正信心者於此命終生彼諸天我亦當行此正信彼得淨戒施聞捨慧於此命終生彼諸天我今亦當行此戒施聞慧聖弟子如是念天事者不起貪欲瞋恚愚癡其心正直緣彼諸天彼聖弟子如是直心者得深法利得深義利得彼諸天饒益隨喜隨喜已生欣悅欣悅已身猗息身猗息已覺受樂覺受樂已得心定心定已彼聖弟子處兇險衆生中無諸罣礙入法水流念天所熏故昇進涅槃摩訶男若比丘住於學地欲求上昇安樂涅槃如是多修習疾得涅槃者於正法律速盡諸漏無漏心解脫慧解脫現法自知作證我生已盡梵行已立所作已作自知不受後有時釋氏摩訶男聞佛所說歡喜隨喜從座起作禮而去

如是我聞一時佛住迦毗羅衛國尼拘律園中時有衆多比丘集於食堂爲世尊縫衣時釋氏摩訶男聞衆多比丘集於食堂爲世尊縫衣世尊不久三月安居訖作衣竟持衣鉢人間遊行聞已往詣佛所稽首佛足退坐一面白佛言世尊我四體不攝迷於四方聞法悉忘以聞衆多比丘集於食堂爲世尊縫衣世尊不久安居訖作衣竟持衣鉢人間遊行

是故我今思惟何時當復得見世尊及諸知識比丘佛告摩訶男汝正使見世尊不見世尊見諸知識比丘及與不見但當念於五法精勤修習摩訶男當以正信爲主非不正信戒具足聞具足施具足慧具足爲本非不智慧如是摩訶男依此五法修六念處何等爲六此摩訶男念如來當如是念如來應等正覺乃至佛世尊當念法僧戒施天事乃至自行得智慧如是摩訶男聖弟子成就十一法者則爲學跡終不腐敗堪任智見堪任決定住甘露門近於甘露不能一切疾得甘露涅槃譬如菢鷄菢其卵或五或十隨時消息愛護將養正復中間放逸猶能以爪以口啄卵得生其子所以者何以彼鷄母初隨時消息善愛護故如是聖弟子成就十一法者住於學跡終不腐敗乃至不能一切法疾得甘露涅槃佛說此經已摩訶男釋氏聞佛所說歡喜隨喜作禮而去

如是我聞一時佛住迦毗羅衛國尼拘律園中時有衆多比丘集於食堂爲世尊縫衣時釋氏摩訶男聞諸比丘集於食堂爲世尊縫衣世尊不久安居訖作衣竟持衣鉢人間遊行聞已詣佛所稽首禮足退坐一面白佛言世尊我今四體不攝迷於四方先所聞法今悉忘失以聞衆多比丘集於食堂爲世尊縫衣乃至人間遊行我作是念何時當復得見世尊及諸知識比丘佛告摩訶男汝見如來不見如來見諸比丘不見諸比丘且汝常當勤修六法何等爲六正信爲本戒施聞空慧以爲根本非不智慧是故摩訶男依此六法

已於上增修六隨念念如來事乃至念天如是十二種念成就彼聖弟子諸惡退滅不增長消滅不起離塵垢不增塵垢捨離不取不取故不著以不取著故緣自涅槃我生已盡梵行已立所作已作自知不受後有佛說此經已釋氏摩訶男聞佛所說歡喜隨喜從座起作禮而去

如是我聞一時佛住迦毗羅衛國尼拘律園中爾時釋氏摩訶男來詣佛所稽首佛足退坐一面白佛言世尊如我解佛所說正受故解脫非不正受云何世尊爲先正受而後解脫耶爲先解脫而後正受耶爲正受解脫不前不後一時俱生耶爾時世尊默然而住如是摩訶男第二第三問佛亦再三默然住爾時尊者阿難住於佛後執扇扇佛尊者阿難作是念釋氏摩訶男以此深義而問世尊世尊病差未久我今當說餘事以引於彼語摩訶男學人亦有戒無學人亦有戒學人有三昧無學人亦有三昧學人有慧無學人亦有慧學人有解脫無學人亦有解脫摩訶男問尊者阿難云何爲學人戒云何爲無學人戒云何學人三昧云何無學人三昧云何學人慧云何無學人慧云何學人解脫云何無學人解脫尊者阿難語摩訶男此聖弟子住於戒波羅提木叉律儀威儀行處受持學戒受持學戒具足已離欲惡不善法乃至第四禪具足住如是三昧具足已此苦聖諦如實知此苦集如實知此苦滅如實知此苦滅道跡如實知如是知如是見已五下分結已斷已知謂身見戒取疑貪欲瞋恚此五下分結斷

於彼受生得般涅槃阿那含不復還生此世彼當爾時成就學戒學三昧學慧學解脫復於餘時盡諸有漏無漏解脫慧解脫自知作證我生已盡梵行已立所作已作自知不受後有彼當爾時成就無學戒無學三昧無學慧無學解脫如是摩訶男是名世尊所說學戒學三昧學慧學解脫無學戒無學三昧無學慧無學解脫爾時釋氏摩訶男聞尊者阿難所說歡喜隨喜從座起禮佛而去爾時世尊知摩訶男去不久語尊者阿難迦毗羅衛釋氏乃能與諸比丘共論深義阿難白佛唯然世尊迦毗羅衛釋氏能與諸比丘共論深義佛告阿難迦毗羅衛諸釋氏快得善利能於甚深佛法賢聖慧眼而得深入佛說此經已尊者阿難聞佛所說歡喜奉行

如是我聞一時佛住迦毗羅衛國尼拘律園中爾時釋氏名曰沙陀語釋氏摩訶男世尊說須陀洹成就幾種法摩訶男答言世尊說須陀洹成就四法何等為四謂於佛不壞淨法僧不壞淨聖戒成就是名四法成就須陀洹釋氏沙陀語釋氏摩訶男莫作是說莫作是言世尊說四法成就須陀洹然後三法成就須陀洹何等為三謂於佛不壞淨於法不壞淨於僧不壞淨如是三法成就須陀洹如是第三說釋氏摩訶男不能令沙陀受四法釋氏沙陀不能令摩訶男受三法共詣佛所稽首佛足退坐一面釋氏摩訶男白佛言世尊釋氏沙陀來詣我所問我言世尊說幾法成就須陀洹我即答言世尊說四法成就須陀洹何等為四謂於佛不壞淨於法僧不壞

淨聖戒成就如是四法成就須陀洹釋氏沙陀作是言釋氏摩訶男莫作是語世尊說四法成就須陀洹但三法成就須陀洹何等爲三謂於佛不壞淨於法不壞淨於僧不壞淨世尊說如是三法成就須陀洹如是再三說我亦不能令彼釋氏沙陀受四法釋氏沙陀亦不能令我受三法是故俱來詣世尊所今問世尊須陀洹成就幾法時沙陀釋氏從座起爲佛作禮合掌白佛世尊若有如是像類法起一者世尊一者比丘僧我寧隨世尊不隨比丘僧或有如是像類法起一者世尊一者比丘尼僧優婆塞優婆夷若天若魔若梵若沙門婆羅門諸天世人我寧隨世尊不隨餘衆爾時世尊告釋氏摩訶男如摩訶男釋氏沙陀作如是論汝當云何摩訶男白佛世尊彼沙陀釋氏作如是論我知復何說我唯言善唯言眞實佛告摩訶男是故當知四法成就須陀洹於佛不壞淨於法僧不壞淨聖戒成就如是受持時釋氏摩訶男聞佛所說歡喜隨喜從座起作禮而去

如是我聞一時佛住迦毗羅衛國尼拘律園中時有迦毗羅衛釋氏集供養堂作如是論問摩訶男云何最後記說彼百手釋氏命終世尊記彼得須陀洹不墮惡趣法決定正向三菩提七有天人往生究竟苦邊然彼百手釋氏犯戒飲酒而復世尊記彼得須陀洹乃至究竟苦邊汝摩訶男當往問佛如佛所說我等奉持爾時摩訶男往詣佛所稽首禮足退坐一面白佛言世尊我等迦毗羅衛諸釋氏集供養堂作如是論摩訶男云何最後記

說是中百手釋氏命終世尊記說得須陀洹乃至究竟苦邊汝今當往重問世尊如世尊所說我等奉持我今問佛唯願解說佛告摩訶男善逝大師善逝大師者聖弟子所說口說善逝而心正念直見悉入善逝正法律正法律者聖弟子所說口說正法發心正念直見悉入正法善向僧善向僧者聖弟子所說口說善向發心正念直見悉入善向如是摩訶男聖弟子於佛一向淨信於法僧一向淨信於法利智出智決定智八解脫具足身作證以智慧見有漏斷知如是聖弟子不趣地獄畜生餓鬼不墮惡趣說阿羅漢俱解脫復次摩訶男聖弟子一向於佛清淨信乃至決定智慧不得八解脫身作證具足住然彼知見有漏斷是名聖弟子不墮惡趣乃至慧解脫復次摩訶男聖弟子一向於佛清淨信乃至決定智慧八解脫身作證具足住而不見有漏斷是名聖弟子不墮惡趣乃至身證復次摩訶男若聖弟子一向於佛清淨信乃至決定智慧不得八解脫身作證具足住然於正法律如實知見是名聖弟子不墮惡趣乃至見到復次摩訶男聖弟子一向於佛清淨信乃至決定智慧於正法律如實知見不得見到是名聖弟子不墮惡趣乃至信解脫復次摩訶男聖弟子信於佛言說清淨信法信僧言說清淨於五法增上智慧審諦堪忍謂信精進念定慧是名聖弟子不墮惡趣乃至隨法行復次摩訶男聖弟子信於佛言說清淨信法信僧言說清淨乃至五法少慧審諦堪忍謂信精進念定慧是名聖弟子不墮惡

趣乃至隨信行摩訶男此堅固樹於我所說能知義者無有是處若能知者我則記說況復百手釋氏而不記說得須陀洹摩訶男百手釋氏臨命終時受持淨戒捨離飲酒然後命終我記說彼得須陀洹乃至究竟苦邊摩訶男釋氏聞佛所說歡喜隨喜從座起作禮而去

如是我聞一時佛住毗舍離獼猴池側重閣講堂時有四十比丘住波梨耶聚落一切皆修阿練若行糞掃衣乞食學人未離欲來詣佛所稽首佛足退住一面爾時世尊作是念此四十比丘住波梨耶聚落皆修阿練若行糞掃衣乞食學人未離欲我今當為說法令其即於此生不起諸漏心得解脫爾時世尊告波梨耶聚落四十比丘衆生無始生死無明所蓋愛繫其頸長夜生死輪轉不知苦之本際諸比丘於意云何恒水洪流趣於大海中間恒水為多汝等本來長夜生死輪轉破壞身體流血為多諸比丘白佛如我解世尊所說義我等長夜輪轉生死其身破壞流血甚多多於恒水百千萬倍佛告比丘置此恒水乃至四大海水為多汝等長夜輪轉生死其身破壞血流為多諸比丘白佛如我解世尊所說義我等長夜輪轉生死其身破壞流血甚多踰四大海水也佛告諸比丘善哉善哉汝等長夜輪轉生死所出身血甚多無數過於恒水及四大海所以者何汝於長夜曾生象中或截耳鼻頭尾四足其血無量或受馬身駝驢牛犬諸禽獸類斷截耳鼻頭足四體其血無量汝等長夜或為賊盜為人所害

斷截手足耳鼻分離四體其血無量汝等長
夜身壞命終棄於塜間膿壞流血其數無量
或墮地獄畜生餓鬼身壞命終其流血出亦
復無量佛告比丘色是常爲非常耶比丘白
佛無常世尊佛告比丘若無常者是苦耶比
丘白佛是苦世尊佛告比丘若無常苦者是
變易法聖弟子寧復於中見是我異我相在
不比丘白佛不也世尊受想行識亦復如是
佛告比丘若所有色過去未來現在若内若
外若麤若細若好若醜若遠若近彼一切非
我不異我不相在如是如實知受想行識亦
復如是聖弟子如是觀者於色猒離於受想
行識猒離猒離已不樂不樂已解脫解脫知
見我生已盡梵行已立所作已作自知不受
後有佛說是法時四十比丘波梨耶聚落住
者不起諸漏心得解脫佛說此經已諸比丘
聞佛所說歡喜奉行

如是我聞一時佛住舍衛國祇樹給孤獨園
爾時世尊告諸比丘衆生無始生死以來長
夜輪轉不知苦之本際佛告諸比丘於意云
何恒河流水乃至四大海其水爲多爲汝等
長夜輪轉生死流淚爲多諸比丘白佛如我
解世尊所說義我等長夜輪轉生死流淚甚
多過於恒水及四大海佛告比丘善哉善哉
汝等長夜輪轉生死流淚甚多非彼恒水及
四大海所以者何汝等長夜喪失父母兄弟
姊妹宗親知識喪失錢財爲之流淚甚多無
量汝等長夜棄於塜間膿血流出及生地獄
畜生餓鬼諸比丘汝等從無始生死長夜輪
轉其身血淚甚多無量佛告諸比丘色爲常

耶爲無常耶比丘白佛無常世尊佛告比丘若無常者是苦耶比丘白佛是苦世尊佛告比丘若無常苦者是變易法多聞聖弟子寧於其中見我異我相在不比丘白佛不也世尊受想行識亦復如是諸比丘聖弟子如是知如是見乃至於色解脫於受想行識解脫解脫生老病死憂悲苦惱佛說此經已諸比丘聞佛所說歡喜奉行

如是我聞一時佛住舍衛國祇樹給孤獨園爾時世尊告諸比丘衆生於無始生死無明所蓋愛繫其頸長夜輪轉不知苦之本際佛告諸比丘於意云何恒河水及四大海其水爲多汝等長夜輪轉生死飲其母乳爲多耶比丘白佛如我解世尊所說義我等長夜輪轉生死飲其母乳多於恒河及四大海水佛告比丘善哉善哉汝等長夜輪轉生死飲其母乳多於恒河及四大海水所以者何汝等長夜或生象中飲其母乳無量無數或生駝馬牛驢諸禽獸類飲其母乳其數無量汝等長夜棄於塚間膿血流出亦復無量或墮地獄畜生餓鬼髓血流出亦復如是比丘汝等無始生死輪轉已來不知苦之本際云何比丘色爲常耶爲無常耶比丘白佛非常世尊乃至聖弟子於五受陰觀察非我非我所於諸世間得無所取不取已無所著所作已作自知不受後有佛說此經已諸比丘聞佛所說歡喜奉行

雜阿含經卷第三十三

音釋

鐵錐 錐職垂切鐵鑕也 態 他代切姿態也又態度也 蹋 達合切踐也

奮 方問切揚也 齧 五結切噬也 繮 居良切紲也 鞅 倚兩切頸靼也羇也

軛 音厄轅端橫木駕馬領者 觝突 觝典禮切突陀訥切謂觝觸衝突也

不數 數所矩切謂忽畧之不以其人計數也 詵陀 梵語也詵疏臻切

槽櫪 槽昨勞切櫪郎擊切槽櫪食牛馬之器也 馳騁 馳直離切騁丑郢切馳騁謂奔走也

塚 知隴切高墳也 風漂 漂匹堯切謂風吹動也 日暴 暴步木切日乾也

菢鷄 菢薄報切菢鷄謂伏卵之鷄也 啄 音卓以觜啄也

病瘥 瘥楚懈切謂病瘳也

雜阿含經卷第三十四

宋天竺三藏求那跋陀羅譯

如是我聞一時佛住舍衛國祇樹給孤獨園爾時世尊告諸比丘衆生無始生死長夜輪轉不知苦之本際諸比丘於意云何若此大地一切草木以四指量斬以爲籌以數汝等長夜輪轉生死所依父母籌數已盡其諸父母數猶不盡諸比丘如是無始生死長夜輪轉不知苦之本際是故比丘當如是學當勤精進斷除諸有莫令增長佛說此經已諸比丘聞佛所說歡喜奉行

如是我聞一時佛住舍衛國祇樹給孤獨園爾時世尊告諸比丘衆生無始生死長夜輪轉不知苦之本際云何比丘此大地土泥悉以爲丸如婆羅果以數汝等長夜生死以來所依父母土丸既盡所依父母其數不盡比丘衆生無始生死長夜輪轉不知苦之本際其數如是是故比丘當勤方便斷除諸有莫令增長當如是學佛說此經已諸比丘聞佛所說歡喜奉行

如是我聞一時佛住舍衛國祇樹給孤獨園爾時世尊告諸比丘衆生無始生死長夜輪轉不知苦之本際諸比丘汝等見諸衆生安隱諸樂當作是念我等長夜輪轉生死亦曾受斯樂其趣無量是故比丘當如是學無始生死長夜輪轉不知苦之本際當勤精進斷除諸有莫令增長佛說此經已諸比丘聞佛所說歡喜奉行

如是我聞一時佛住舍衛國祇樹給孤獨園爾時世尊告諸比丘衆生無始生死長夜輪

轉不知苦之本際諸比丘若見衆生受諸苦惱當作是念我長夜輪轉生死以來亦曾更受如是之苦其數無量當勤方便斷除諸有莫令增長佛說此經已諸比丘聞佛所說歡喜奉行

如是我聞一時佛住舍衛國祇樹給孤獨園爾時世尊告諸比丘衆生無始生死長夜輪轉不知苦之本際諸比丘汝等見諸衆生而生恐怖衣毛爲豎當作是念我等過去必曾殺生爲傷害者爲惡知識於無始生死長夜輪轉不知苦之本際諸比丘當作是學斷除諸有莫令增長佛說此經已諸比丘聞佛所說歡喜奉行

如是我聞一時佛住舍衛國祇樹給孤獨園爾時世尊告諸比丘衆生無始生死長夜輪轉不知苦之本際諸比丘若見衆生愛念歡喜者當作是念如是衆生過去世時必爲我等父母兄弟妻子親屬師友知識如是長夜生死輪轉無明所蓋愛繫其頸故長夜輪轉不知苦之本際是故諸比丘當如是學精勤方便斷除諸有莫令增長佛說此經已諸比丘聞佛所說歡喜奉行

如是我聞一時佛住舍衛國祇樹給孤獨園時有異婆羅門來詣佛所恭敬問訊問訊已退坐一面白佛言瞿曇未來世當有幾佛佛告婆羅門未來佛者如無量恒河沙爾時婆羅門作是念未來當有如無量恒河沙三藐三佛陀我當從彼修諸梵行爾時婆羅門聞佛所說歡喜隨喜從座起去時婆羅門隨路思惟我今唯問沙門瞿曇未來諸佛不問過

去即隨路還復問世尊云何瞿曇過去世時復有幾佛佛告婆羅門過去世佛亦如無量恒河沙數時婆羅門即作是念過去世中有無量恒河沙等諸佛世尊我曾不習近設復未來如無量恒河沙三藐三佛陀亦當不與習近娛樂我今當於沙門瞿曇所修行梵行即便合掌白佛言唯願聽我於正法律出家修梵行佛告婆羅門聽汝於正法律出家修梵行得比丘分爾時婆羅門即出家受具足出家已獨一靜處思惟所以善男子正信非家出家學道乃至得阿羅漢

如是我聞一時佛住王舍城毘富羅山爾時世尊告諸比丘有一人於一劫中生死輪轉積累白骨不腐壞者如毘富羅山若多聞聖弟子此苦聖諦如實知此苦集聖諦如實知此苦滅聖諦如實知此苦滅道跡聖諦如實知彼如是知如是見斷三結謂身見戒取疑斷此三結得須陀洹不墮惡趣法決定正向三菩提七有天人往生究竟苦邊爾時世尊即說偈言

一人一劫中　積聚其身骨　常積不腐壞
如毘富羅山　若諸聖弟子　正智見眞諦
此苦及苦因　離苦得寂滅　修習八道跡
正向般涅槃　極至於七有　天人來往生
盡一切諸結　究竟於苦邊

佛說此經已諸比丘聞佛所說歡喜奉行

如是我聞一時佛住舍衛國祇樹給孤獨園爾時世尊告諸比丘眾生於無始生死長夜輪轉不知苦之本際時有異比丘從座起整衣服偏袒右肩爲佛作禮右膝著地合掌白

佛世尊劫長久如佛告比丘我能爲汝說而汝難知比丘白佛可說譬不佛言可說比丘譬如鐵城方一由旬高下亦爾滿中芥子有人百年取一芥子盡其芥子劫猶不竟如是比丘其劫者如是長久如是長劫百千萬億大苦相續白骨成丘膿血成流地獄畜生餓鬼惡趣是名比丘無始生死長夜輪轉不知苦之本際是故比丘當如是學斷除諸有莫令增長佛說此經已諸比丘聞佛所說歡喜奉行

如是我聞一時佛住舍衛國祇樹給孤獨園爾時世尊告諸比丘衆生無始生死長夜輪轉不知苦之本際時有異比丘從座起整衣服爲佛作禮右膝著地合掌白佛世尊劫長久如佛告比丘我能爲汝說汝難得知比丘白佛可說譬不佛言可說比丘如大石山不斷不壞方一由旬若有士夫以迦尸劫貝百年一拂拂之不已石山遂盡劫猶不竟比丘如是長久之劫百千萬億劫受諸苦惱乃至諸比丘當如是學斷除諸有莫令增長佛說此經已諸比丘聞佛所說歡喜奉行

如是我聞一時佛住舍衛國祇樹給孤獨園爾時世尊告諸比丘衆生無始生死長夜輪轉不知苦之本際時有異比丘從座起整衣服爲佛作禮右膝著地合掌白佛世尊過去有幾劫佛告比丘我悉能說汝知甚難比丘白佛可說譬不佛言可說譬如比丘有士夫壽命百歲晨朝憶念三百千劫日中憶念三百千劫日暮憶念三百千劫如是日日憶念劫數百年命終不能憶念劫數邊際比丘當

知過去劫數無量如是過去無量劫數長夜受苦積骨成山髓血成流乃至地獄畜生餓鬼惡趣如是比丘無始生死長夜輪轉不知苦之本際是故比丘當如是學斷除諸有莫令增長佛說此經已諸比丘聞佛所說歡喜奉行

如是我聞一時佛住舍衛國祇樹給孤獨園爾時世尊告諸比丘衆生無始生死長夜輪轉不知苦之本際無有一處不生不死者如是長夜無始生死不知苦之本際是故比丘當如是學斷除諸有莫令增長佛說此經已諸比丘聞佛所說歡喜奉行

如是我聞一時佛住舍衛國祇樹給孤獨園爾時世尊告諸比丘衆生無始生死長夜輪轉不知苦之本際無有一處無父母兄弟妻子眷屬宗親師長者如是比丘無始生死長夜輪轉不知苦之本際是故比丘當如是學斷除諸有莫令增長佛說此經已諸比丘聞佛所說歡喜奉行

如是我聞一時佛住舍衛國祇樹給孤獨園爾時世尊告諸比丘衆生無始生死長夜輪轉不知苦之本際譬如大雨滴泡一生一滅如是衆生無明所蓋愛繫其頸無始生死生者死者長夜輪轉不知苦之本際是故比丘當如是學斷除諸有莫令增長佛說此經已諸比丘聞佛所說歡喜奉行

如是我聞一時佛住舍衛國祇樹給孤獨園爾時世尊告諸比丘衆生無始生死長夜輪轉不知苦之本際譬如普天大雨洪澍東西南北無斷絶處如是東方南方西方北方無

量國土劫成劫壞如天大雨普兩天下無斷絶處如是無始生死長夜輪轉不知苦之本際譬如擲杖空中或頭落地或尾落地或中落地如是無始生死長夜輪轉或墮地獄或墮畜生或墮餓鬼如是無始生死長夜輪轉是故比丘當如是學斷除諸有莫令增長佛說此經已諸比丘聞佛所說歡喜奉行

如是我聞一時佛住舍衛國祇樹給孤獨園爾時世尊告諸比丘衆生無始生死長夜輪轉不知苦之本際譬如比丘若有士夫轉五趣輪常轉不息如是衆生轉五趣輪或墮地獄畜生餓鬼及人天趣常轉不息如是無始生死長夜輪轉不知苦之本際是故比丘當如是學斷除諸有莫令增長佛說此經已諸比丘聞佛所說歡喜奉行

如是我聞一時佛住王舍城毘富羅山側爾時世尊告諸比丘一切行無常一切行不恒不安變易之法諸比丘於一切行當生猒離求樂解脫諸比丘過去世時此毘富羅山名長竹山有諸人民圍遶山居名低彌羅邑低彌羅邑人壽四萬歲低彌羅邑人上此山頂四日乃得往反時世有佛名迦羅迦孫提如來應等正覺明行足善逝世間解無上士調御丈夫天人師佛世尊出興於世說法教化初中後善善義善味純一滿淨梵行清白開發顯示彼長竹山於今名字亦滅低彌羅聚落人民亦沒彼佛如來已般涅槃比丘當知一切諸行皆悉無常不恒不安變易之法於一切行當修猒離離欲解脫諸比丘過去世時此毘富羅山名曰朋迦時有人民繞山而

居名阿毘迦邑彼時人民壽三萬歲阿毘迦人上此山頂經三日中乃得往反時世有佛名拘那含牟尼如來應等正覺明行足善逝世間解無上士調御丈夫天人師佛世尊出興於世演說經法初中後善善義善味純一滿淨梵行清白開發顯示諸比丘彼朋迦山名字久滅阿毘迦邑人亦久亡没彼佛世尊亦般涅槃如是比丘一切諸行皆悉無常不恒不安變易之法汝等比丘當修猒離求樂解脱諸比丘過去世時此毘富羅山名宿波羅首有諸人民繞山居止名赤馬邑人壽二萬歲彼諸人民上此山頂經二日中乃得往反爾時有佛名曰迦葉如來應供乃至出興於世演說經法初中後善善義善味純一滿淨梵行清白開示顯現比丘當知宿波羅首山名字久滅赤馬邑人亦久亡没彼佛世尊亦般涅槃如是比丘一切諸行皆悉無常不恒不安變易之法是故比丘當修猒離離欲解脱諸比丘今日此山名毘富羅有諸人民繞山而居名摩竭提國此諸人民壽命百歲善自消息得滿百歲摩竭提人上此山頂須臾往反我今於此得成如來應等正覺乃至佛世尊演說正法教化令得寂滅涅槃正道善逝覺知比丘當知此毘富羅山名亦當磨滅摩竭提人亦當亡没如來不久當般涅槃如是比丘一切諸行悉皆無常不恒不安變易之法是故比丘當修猒離離欲解脱爾時世尊即說偈言

古昔長竹山　低彌羅村邑　次名朋迦山
阿毘迦聚落　宿波羅首山　聚落名赤馬

今毘富羅山　國名摩竭陀　名山悉磨滅
其人悉歿亡　諸佛般涅槃　有者無不盡
一切行無常　悉皆生滅法　有生無不盡
唯寂滅爲樂

佛說此經已諸比丘聞佛所說歡喜奉行

如是我聞一時佛住王舍城迦蘭陀竹園時有婆蹉種出家來詣佛所合掌問訊問訊已退坐一面白佛言瞿曇欲有所問寧有閑暇見答以不佛告婆蹉種出家隨汝所問當爲汝說婆蹉種出家白佛言云何瞿曇命即身耶佛告婆蹉種出家命即身者此是無記云何瞿曇爲命異身異耶佛告婆蹉種出家命異身異者此亦無記婆蹉種出家白佛云何瞿曇命即身耶答言無記命異身異答言無記沙門瞿曇有何等奇弟子命終即記說言某生彼處某生彼處彼諸弟子於此命終捨身即乘意生身生於餘處當於爾時非爲命異身異也佛告婆蹉此說有餘不說無餘婆蹉白佛瞿曇云何說有餘不說無餘佛告婆蹉譬如火有餘得然非無餘婆蹉白佛我見火無餘亦然佛告婆蹉云何見火無餘亦然婆蹉白佛譬如大聚熾火疾風來吹火飛空中豈非無餘火耶佛告婆蹉風吹飛火即是有餘非無餘也婆蹉白佛瞿曇空中飛火云何名有餘佛告婆蹉空中飛火依風故住依風故然以依風故故說有餘婆蹉白佛衆生於此命終乘意生身往生餘處云何有餘佛告婆蹉衆生於此處命終乘意生身生於餘處當於爾時因愛故取因愛而住故說有餘婆蹉白佛衆生以愛樂有餘染著有餘唯有

世尊得彼無餘成等正覺沙門瞿曇世間多緣請辭還去佛告婆蹉宜知是時婆蹉出家聞佛所說歡喜隨喜從座起而去

如是我聞一時佛住王舍城迦蘭陀竹園爾時尊者大目揵連亦於彼住時有婆蹉種出家詣尊者大目揵連所與尊者目揵連面相問訊慰勞慰勞已退坐一面語尊者大目揵連欲有所問寧有閑暇見答以不目連答言婆蹉隨意所問知者當答時婆蹉種出家問尊者目揵連何因何緣餘沙門婆羅門有人來問云何如來有後死無後死有無後死非有非無後死皆悉隨答而沙門瞿曇有來問言如來有後死無後死有無後死非有非無後死而不記說目揵連言婆蹉餘沙門婆羅門於色色集色滅色味色患色出不如實知不如實知故於如來有後死則取著如來無後死有後死無後死非有後死非無後死則生取著受想行識識集識滅識味識患識出不如實知不如實知故於如來有後死生取著無後死有無後死非有非無後死生取著如來者於色如實知色色集色滅色味色患色出如實知如實知故於如來有後死則不著無後死有無後死非有非無後死則不著受想行識如實知識集識滅識味識患識出如實知如實知故於如來有後死則不然無後死有無後死非有非無後死則不然甚深廣大無量無數皆悉寂滅婆蹉如是因如是緣餘沙門婆羅門若有來問如來有後死無後死有無後死非有非無後死則爲記說如是因如是緣如來若有來問如來有後死無

後死有無後死非有非無後死不爲記說時婆蹉種出家聞尊者大目揵連所說歡喜隨喜從座起而去

如是我聞一時佛住王舍城迦蘭陀竹園時有婆蹉種出家來詣佛所合掌問訊問訊已退坐一面白佛言瞿曇何因何緣餘沙門婆羅門若有來問如上廣說爾時婆蹉種出家歎言奇哉瞿曇弟子大師義同義句同句味同味乃至同第一義瞿曇我今詣摩訶目揵連以如是義如是句如是味而問於彼彼亦以如是義如是句如是味而答我如今瞿曇所說是故瞿曇眞爲奇特大師弟子義同義句同句味同味同第一義爾時婆蹉種出家有諸因緣至那梨聚落營事訖已詣尊者詵陀迦旃延所共相問訊問訊已退坐一面問詵陀迦旃延何因何緣沙門瞿曇若有來問如來有後死無後死有無後死非有非無後死不爲記說詵陀迦旃延語婆蹉種出家我今問汝隨意答我於汝意云何若因若緣若種施設諸行若色若無色若想若非想若非想非非想若彼因彼緣彼行無餘行滅永滅已如來於彼有所記說言有後死無後死有無後死非有非無後死耶婆蹉種出家語詵陀迦旃延若因若緣若種施設諸行若色若非色若想若非想若非想非非想彼因彼緣彼行無餘滅云何瞿曇於彼記說如來有後死無後死有無後死非有非無後死詵陀迦旃延語婆蹉種出家是故如來以是因以是緣故有問如來有後死無後死有無後死非有非無後死不爲記說婆蹉種出家問詵陀

迦栴延汝於沙門瞿曇弟子爲日久如詵陀迦栴延答言少過三年於正法律出家修梵行婆蹉種出家言詵陀迦栴延快得善利少時出家而得如是身律儀口律儀又得如是智慧辯才時婆蹉種出家聞詵陀迦栴延所說歡喜隨喜從座起去

如是我聞一時佛住王舍城迦蘭陀竹園時有婆蹉種出家來詣佛所合掌問訊問訊已退坐一面白佛言瞿曇欲有所問寧有閑暇爲解說不佛告婆蹉種出家隨所欲問當爲汝說婆蹉種出家白佛言瞿曇何因何緣有人來問如來有後死無後死有無後死非有非無後死而不爲記說耶佛告婆蹉種出家如上詵陀迦栴延廣說乃至非有非無後死婆蹉種出家白佛言奇哉瞿曇師及弟子義義同句句同味味同其理悉合所謂第一句說瞿曇我爲小緣事至那利伽聚落營事訖已暫過沙門迦栴延以如是義如是句如是味問沙門迦栴延彼亦以如是義如是句如是味答我所問如今沙門瞿曇所說是故當知實爲奇特師及弟子義句味義句味悉同時婆蹉種出家聞佛所說歡喜隨喜從座起而去

如是我聞一時佛住王舍城迦蘭陀竹園時有婆蹉種出家來詣佛所合掌問訊問訊已退坐一面白佛言云何瞿曇爲有我耶爾時世尊默然不答如是再三爾時世尊亦再三不答爾時婆蹉種出家作是念我已三問沙門瞿曇而不見答但當還去時尊者阿難住於佛後執扇扇佛爾時阿難白佛言世尊彼

婆蹉種出家三問世尊何故不答豈不增彼婆蹉種出家惡邪見言沙門不能答其所問佛告阿難我若答言有我則增彼先來邪見若答言無我彼先癡惑豈不更增癡惑言先有我從今斷滅若先來有我則是常見於今斷滅則是斷見如來離於二邊處中說法所謂是事有故是事有是事起故是事生謂緣無明行乃至生老病死憂悲惱苦滅佛說此經已尊者阿難聞佛所說歡喜奉行

如是我聞一時佛住王舍城迦蘭陀竹園爾時婆蹉種出家來詣佛所與世尊面相問訊問訊已退坐一面白佛言瞿曇云何瞿曇作如是見如是說世間常此是眞實餘則虛妄耶佛告婆蹉種出家我不作如是見如是說世間常是則眞實餘則虛妄云何瞿曇作如是見如是說世間無常常無常非常非無常有邊無邊邊無邊非邊非無邊命即是身命異身異如來有後死無後死有無後死非有非無後死佛告婆蹉種出家我不作如是見如是說乃至非有非無後死爾時婆蹉種出家白佛言瞿曇於此見見何等過患而於此諸見一切不說佛告婆蹉種出家若作是見世間常此則眞實餘則虛妄者此是倒見此是觀察見此是動搖見此是垢汙見此是結見是苦是礙是惱是熱見結所繫愚癡無聞凡夫於未來世生老病死憂悲惱苦生婆蹉種出家若作是見世間常無常常無常非常非無常有邊無邊邊無邊非有邊非無邊是命是身命異身異如來有後死無後死有無後死非有非無後死此是倒見乃至憂悲惱

苦生婆蹉種出家白佛瞿曇何所見佛告婆蹉種出家如來所見已畢婆蹉種出家然如來見謂見此苦聖諦此苦集聖諦此苦滅聖諦此苦滅道跡聖諦作如是知如是見已於一切見一切受一切生一切我我所見我慢繫著使斷滅寂靜清涼眞實如是等解脫比丘生者不然不生亦不然婆蹉白佛瞿曇何故說言生者不然佛告婆蹉我今問汝隨意答我婆蹉猶如有人於汝前然火汝見火然不即於汝前火滅汝見火滅不婆蹉白佛如是瞿曇佛告婆蹉若有人問汝向者火然今在何處爲東方去耶西方南方北方去耶如是問者汝云何說婆蹉白佛瞿曇若有來作如是問者我當作如是答若有於我前然火薪草因緣故然若不增薪火則永滅不復更起東方南方西方北方去者是則不然佛告婆蹉我亦如是說色已斷已知受想行識已斷已知斷其根本如截多羅樹頭無復生分於未來世永不復起若至東方南西北方是則不然甚深廣大無量無數永滅婆蹉白佛我當說譬佛告婆蹉爲知是時婆蹉白佛瞿曇譬如近城邑聚落有好淨地生堅固林有一大堅固樹其生以來經數千歲日夜既久枝葉零落皮膚枯朽唯幹獨立如是瞿曇如來法律離諸枝條柯葉唯空幹堅固獨立爾時婆蹉出家聞佛所說歡喜隨喜從座起去

如是我聞一時佛住王舍城迦蘭陀竹園時有婆蹉種出家來詣佛所與世尊面相問訊慰勞已退坐一面白佛言瞿曇彼云何無知故作如是見如是說世間常此是眞實餘則

虛妄世間無常世間常無常世間非常非無常世有邊世無邊世有邊無邊世非有邊非無邊命即是身命異身異如來有後死無後死有無後死非有非無後死佛告婆蹉於色無知故作如是見如是說世間常此是眞實餘則虛妄乃至非有非無後死於受想行識無知故作如是見如是說世間常此是眞實餘則虛妄乃至非有非無後死婆蹉白佛瞿曇知何法故不如是見如是說世間常此是眞實餘則虛妄乃至非有非無後死佛告婆蹉知色故不如是見如是說世間常此是眞實餘則虛妄乃至非有非無後死知受想行識故不作如是見如是說世間常此是眞實餘則虛妄乃至非有非無後死如是不知知如是不見見不識識不斷斷不觀觀不察察不覺覺佛說此經已婆蹉種出家聞佛所說歡喜隨喜從座起而去

如是我聞一時佛住王舍城迦蘭陀竹園時有婆蹉種出家來詣佛所與世尊面相慰勞已退坐一面白佛言瞿曇欲有所問寧有閑暇爲解說不爾時世尊默然而住婆蹉種出家第二第三問佛亦第二第三默然而住時婆蹉種出家白佛言我與瞿曇共相隨順今有所問何故默然爾時世尊作是念此婆蹉種出家長夜質直不諂不僞時有所問皆以不知故非故惱亂我今當以阿毘曇律納受於彼作是念已告婆蹉種出家隨汝所問當爲解說婆蹉白佛云何瞿曇有善不善法耶佛答言有婆蹉白佛當爲我說善不善法今我得解佛告婆蹉我今當爲汝畧說善不善

法諦聽善思婆蹉貪欲者是不善法調伏貪欲是則善法瞋恚愚癡是不善法調伏恚癡是則善法殺生者是不善法離殺生者是則善法偷盜邪婬妄語兩舌惡口綺語貪恚邪見是不善法不盜乃至正見是則善法是爲婆蹉我今已説三種善法三種不善法如是聖弟子於三種善法三種不善法如實知十種不善法十種善法如實知者則於貪欲無餘滅盡瞋恚愚癡無餘滅盡者則一切有漏滅盡無漏心解脱慧解脱現法自知作證我生已盡梵行已立所作已作自知不受後有婆蹉白佛頗有一比丘於此法律得盡有漏無漏心解脱乃至不受後有耶佛告婆蹉不但若一若二若三乃至五百有衆多比丘於此法律盡諸有漏乃至不受後有婆蹉白佛且置比丘有一比丘尼於此法律盡諸有漏乃至不受後有不佛告婆蹉不但一二三比丘尼乃至五百有衆多比丘尼於此法律盡諸有漏乃至不受後有婆蹉白佛置比丘尼有一優婆塞修諸梵行於此法律度狐疑不佛告婆蹉不但一二三乃至五百優婆塞乃有衆多優婆塞修諸梵行於此法律斷五下分結得成阿那含不復還生此婆蹉白佛復置優婆塞頗有一優婆夷於此法律修持梵行於此法律度狐疑不佛告婆蹉不但一二三優婆夷乃至五百乃有衆多優婆夷於此法律斷五下分結於彼化生得阿那含不復還生此婆蹉白佛置比丘比丘尼優婆塞優婆夷修梵行者頗有優婆塞受五欲而於此法律度狐疑不佛告婆蹉不但一二三乃至

五百乃有衆多優婆塞居家妻子香華嚴飾畜養奴婢於此法律斷三結貪恚癡薄得斯陀含一往一來究竟苦邊婆蹉白佛復置優婆塞頗有一優婆夷受習五欲於此法律得度狐疑不佛告婆蹉不但一二三乃至五百乃有衆多優婆夷在於居家畜養男女服習五欲華香嚴飾於此法律三結盡得須陀洹不墮惡趣決定正向三菩提七有天人往生究竟苦邊婆蹉白佛言瞿曇若沙門瞿曇成等正覺若比丘比丘尼優婆塞優婆夷修梵行者及優婆塞優婆夷服習五欲不得如是功德者則不滿足以沙門瞿曇成等正覺比丘比丘尼優婆塞優婆夷修諸梵行及優婆塞優婆夷服習五欲而成就爾所功德故則爲滿足瞿曇今當說譬佛告婆蹉隨意所說婆蹉白佛如天大雨水流隨下瞿曇法律亦復如是比丘比丘尼優婆塞優婆夷若男若女悉皆隨流向於涅槃浚輸涅槃甚奇佛法僧平等法律爲餘異道出家來詣瞿曇所於正法律求出家受具足者幾時便聽出家佛告婆蹉若餘異道出家欲來於正法律求出家受具足者乃至四月於和尚所受衣而住然此是爲人粗作齊限耳婆蹉白佛若諸異道出家來於正法律欲求出家受具足聽於和尚所受衣著滿四月聽出家者我今堪能於四月在和尚所受衣著於正法律而得出家受具足我當於瞿曇法中出家受具足修持梵行佛告婆蹉我先不說粗爲人作分齊耶婆蹉白佛如是瞿曇爾時世尊告諸比丘汝等當度彼婆蹉出家於正法律出家受具

足婆蹉種出家即得於正法律出家受具足成比丘分乃至半月學所應知應識應見應得應覺應證悉知悉識悉見悉得悉覺悉證如來正法尊者婆蹉作是念我今已學所應知應識應見應得應覺應證彼一切悉知悉識悉見悉得悉覺悉證今當往見世尊是時婆蹉詣世尊所稽首禮足於一面住白佛言世尊我於學所應知應識應見應得應覺應證悉知悉識悉見悉得悉覺悉證世尊正法唯願世尊爲我說法我聞法已當獨一靜處專精思惟不放逸住思惟所以善男子剃除鬚髮著袈裟衣正信出家學道乃至自知不受後有佛告婆蹉有二法修習多修習所謂止觀此二法修習多修習得知界果覺了於界知種種界覺種種界如是比丘欲求離欲惡不善法乃至第四禪具足住慈悲喜捨空入處識入處無所有入處非想非非想入處令我三結盡得須陀洹三結盡貪恚癡薄得斯陀含五下分結盡得阿那含種種神通境界天眼天耳他心智宿命智生死智漏盡智皆悉得是故比丘當修二法修習多修習修二法故知種種界乃至漏盡爾時尊者婆蹉聞佛所說歡喜作禮而去爾時婆蹉獨一靜處專精思惟不放逸住乃至自知不受後有時有衆多比丘莊嚴方便欲詣世尊恭敬供養爾時婆蹉問衆多比丘汝等莊嚴方便欲詣世尊恭敬供養耶諸比丘答言爾爾時婆蹉語諸比丘尊者持我語敬禮世尊問訊起居輕利少病少惱安樂住不言婆蹉比丘白世尊言我已供養世尊具足奉事令歡悅非

不歡悅大師弟子所作皆悉已作供養大師令歡悅非不歡悅時衆多比丘往詣佛所稽首禮足退坐一面白佛言世尊尊者婆蹉稽首敬禮世尊足乃至歡悅非不歡悅佛告諸比丘諸天先已語我汝今復說如來成就第一知見亦如婆蹉比丘有如是德力爾時世尊爲彼婆蹉比丘說第一記佛說此經已諸比丘聞佛所說歡喜奉行

如是我聞一時佛住王舍城迦蘭陀竹園時有外道出家名曰鬱低迦來詣佛所與世尊面相問訊慰勞已退坐一面白佛言瞿曇云何瞿曇世有邊耶佛告鬱低迦此是無記鬱低迦白佛云何瞿曇世無邊耶有邊無邊耶非有邊非無邊耶佛告鬱低迦此是無記鬱低迦白佛云何瞿曇世有邊耶答言無記世無邊耶世有邊無邊耶世非有邊非無邊耶答言無記瞿曇於何等法而可記說佛告鬱低迦知者智者我爲諸弟子而記說道令正盡苦究竟苦邊鬱低迦白佛云何瞿曇爲諸弟子說道令正盡苦究竟苦邊爲一切世間從此道出爲少分耶爾時世尊默然不答第二第三問佛亦第二第三默然不答爾時尊者阿難住於佛後執扇扇佛尊者阿難語鬱低迦外道出家汝初已問此義今復以異說而問是故世尊不爲記說鬱低迦今當爲汝說譬夫智者因譬得解譬如國王有邊境城四周堅固巷陌平正唯有一門立守門者聰明黠慧善能籌量外有人來應入者聽入不應入者不聽周帀繞城求第二門都不可得都無猫狸出入之處況第二門彼守門者都

不覺悟入者出者然彼士夫知一切人稚從此門若出若入更無餘處如是世尊雖不用心覺悟衆生一切世間從此道出及以少分然知衆生正盡苦究竟苦邊者一切皆悉從此道出時鬱低迦外道出家聞佛所說歡喜隨喜從座起而去

如是我聞一時佛住王舍城迦蘭陀竹園時有尊者富隣尼住王舍城耆闍崛山中時有衆多外道出家詣尊者富隣尼共相問訊慰勞已退坐一面問尊者富隣尼我聞沙門瞿曇作斷滅破壞有教授耶今問尊者富隣尼竟爲爾不富隣尼語諸外道出家我不如是知世尊教語衆生斷滅壞有令無所有者無有是處我作如是解世尊所說有諸衆生計言有我我慢邪慢世尊爲說令其斷滅時諸外道出家聞富隣尼所說心不喜悅呵責而去爾時尊者富隣尼諸外道去已往詣佛所稽首禮足退坐一面以向諸外道出家所說具白世尊世尊我向答諸外道說得無謗毀世尊耶爲是法說如佛所說如法隨順法說得不爲諸論義者所見嫌責耶佛告富隣尼如汝所說不謗如來不失次第如我記說如法法說隨順法說不爲諸論者之所嫌恨所以者何富隣尼先諸衆生我慢邪慢邪慢所迫邪慢集邪慢不無間等亂如狗腸如鐵鉤鎖亦如亂草往反驅馳此世他世他世此世驅馳往反不能遠離富隣尼一切衆生於諸邪慢無餘永滅者彼一切衆生長夜安隱快樂佛說此經已富隣尼比丘聞佛所說歡喜奉行

如是我聞一時佛住王舍城迦蘭陀竹園爾時尊者阿難陀於後夜時向榻補河邊脫衣置岸邊入水洗手足還上岸著一衣摩拭身體時俱迦那外道出家亦至水邊尊者阿難陀聞其行聲聞聲已即便謦欬作聲俱迦那外道出家聞有人聲而問言爲何等人尊者阿難陀答言沙門俱迦那外道言何等沙門尊者阿難陀答言釋種子俱迦那外道言欲有所問寧有閑暇見答以不尊者阿難陀答言隨意所問知者當答俱迦那言云何如來死後有耶阿難陀答言世尊所說此是無記復問如來死後無耶死後有無耶非有非無耶阿難陀言世尊所說此是無記俱迦那外道言云何阿難如來死後有答言無記死後無死後有無死後非有非無答言無記云何阿難爲不知不見耶阿難陀答言非不知非不見悉知悉見復問阿難陀云何知云何見阿難陀答言見可見處見所起處見纏斷處此則爲知此則爲見我如是知如是見云何說言不知不見俱迦那外道復問尊者何名阿難陀答言我名阿難陀俱迦那外道言奇哉大師弟子而共論議我若知是尊者阿難陀者不敢發問說是語已即捨而去

如是我聞一時佛住舍衛國祇樹給孤獨園時給孤獨長者日日出見世尊禮事供養給孤獨長者作是念我今出太早世尊及諸比丘禪思未起我寧可過諸外道住處即入外道精舍與諸外道共相問訊慰勞已退坐一面時彼外道問言長者汝見沙門瞿曇云何見何所見長者答言我亦不知云何見世尊

世尊何所見諸外道言汝言見衆僧云何見衆僧衆僧何所見長者答言我亦不知云何見僧僧何所見外道復問長者汝今云何自見自何所見長者答言汝等各各自說所見然後我說所見亦不難時有一外道作如是言長者我見一切世間常是則眞實餘者虛妄復有說言長者我見一切世間無常此是眞實餘則虛妄復有說言長者世間常無常此是眞實餘則虛妄復有說言世間非常非無常此是眞實餘則虛妄復有說言世有邊此是眞實餘則虛妄復有說言世無邊此是眞實餘則虛妄復有說言世有邊無邊復有說言世非有邊非無邊復有說言命即是身復有說言命異身異復有說言如來死後有復有說言如來死後無復有說言如來死後有無復有說言如來死後非有非無此是眞實餘則虛妄諸外道語長者言我等各各已說所見汝復應說汝所見長者答言我之所見眞實有爲思量緣起若復眞實有爲思量緣起者彼則無常無常者是苦如是知已於一切見都無所得如汝所見世間常此是眞實餘則虛妄者此見眞實有爲思量緣起若眞實有爲思量緣起者是則無常無常者是苦是故汝等習近於苦唯得於苦堅住於苦深入於苦如是汝言世間常此是眞實餘則虛妄有如是咎世間無常常無常非常非無常世有邊世無邊世有邊無邊世非有邊非無邊命即是身命異身異如來死後有如來死後無如來死後有無如來死後非有非無此是眞實餘則虛妄皆如上說有一外道語

給孤獨長者言如汝所說若有見彼則眞實有爲思量緣起者是無常法若無常者是苦是故長者所見亦習近苦得苦住苦深入於苦長者答言我先不言所見者是眞實有爲思量緣起法悉皆無常無常者是苦知苦已我於所見無所得耶彼外道言如是長者爾時給孤獨長者於外道精舍伏彼異論建立已論於異學衆中作師子吼已往詣佛所稽首禮足退坐一面以向與諸外道共論事向佛廣說佛告給孤獨長者善哉善哉宜應時時摧伏愚癡外道建立正論佛說是語已給孤獨長者歡喜隨喜作禮而去

如是我聞一時佛住王舍城迦蘭陀竹園時有長爪外道出家來詣佛所與世尊面相問訊慰勞已退坐一面白佛言瞿曇我一切不忍佛告火種汝言一切見不忍者此見亦不忍耶長爪外道言向言一切見不忍者此見亦不忍佛告火種如是知如是見此見則已斷已捨已離餘見更不相續不起不生火種多人與汝所見同多人作如是見如是說汝亦與彼相似火種若諸沙門婆羅門捨斯等見餘見不起是等沙門婆羅門世間亦少少耳火種依三種見何等爲三有一如是見如是說我一切忍復次有一如是見如是說我一切不忍復次有一如是見如是說我於一忍一不忍火種若言一切忍者此見與貪俱生非不貪與恚俱生非不恚與癡俱生非不癡繫不離繫煩惱非清淨樂取染著生若如是見我一切不忍此見非貪俱非恚俱非癡俱清淨非煩惱離繫非繫不樂不取不著生

火種若如是見我一忍一不忍彼苦忍者則有貪乃至染著生若如是見不忍者則離貪乃至不染著生彼多聞聖弟子所學言我若作如是見如是說我一切忍則爲二者所責所詰何等二種謂一切不忍及一忍一不忍則爲此等所責責故詰詰故害彼見責見詰見害故則捨所見餘見則不復生如是斷見捨見離見餘見不復相續不起不生彼多聞聖弟子作如是學我若如是見如是說我一切不忍者則有二責二詰何等爲二謂我一切忍及一忍一不忍如是二責二詰乃至不相續不起不生彼多聞聖弟子作如是學我若作如是見如是說一忍一不忍則有二責二詰何等爲二謂如是見如是說我一切忍及一切不忍如是二責乃至不相續不起不生復次火種如是身色麤四大聖弟子當觀無常觀生滅觀離欲觀滅盡觀捨若聖弟子觀無常觀滅觀離欲觀滅盡觀捨住者於彼身身欲身念身愛身染身著永滅不住火種有三種受謂苦受樂受不苦不樂受此三種受何因何集何生何轉謂此三受觸因觸集觸生觸轉彼彼觸集則受集彼彼觸滅則受滅寂靜清涼永盡彼於此三受覺苦覺樂覺不苦不樂彼彼受若集若滅若味若患若出如實知如實知已即於彼受觀察無常觀生滅觀離欲觀滅盡觀捨彼於身分齊受覺如實知於命分齊受覺如實知若彼身壞命終後即於爾時一切受永滅無餘彼作是念樂受覺時其身亦壞苦受覺時其身亦壞不苦不樂受覺時其身亦壞悉爲苦邊於彼樂覺

離繫不繫於彼苦覺離繫不繫於不苦不樂覺離繫不繫於何離繫離於貪欲瞋恚愚癡離於生老病死憂悲惱苦我說斯等名爲離苦當於爾時尊者舍利弗受具足始經半月時尊者舍利弗住於佛後執扇扇佛時尊者舍利弗作是念世尊歎說於彼彼法斷欲離欲欲滅盡欲捨爾時尊者舍利弗即於彼彼法觀察無常觀生滅觀離欲觀滅盡觀捨不起諸漏心得解脫爾時長爪外道出家遠塵離垢得法眼淨長爪外道出家見法得法覺法入法度諸疑惑不由他度入正法律得無所畏即從座起整衣服爲佛作禮合掌白佛願得於正法律出家受具足於佛法中修諸梵行佛告長爪外道出家汝得於正法律出家受具足成比丘分即得善來比丘出家彼思惟所以善男子剃除鬚髮著袈裟衣正信非家出家學道乃至心善解脫得阿羅漢佛說是經已尊者舍利弗尊者長爪聞佛所說歡喜奉行

雜阿含經卷第三十四

音釋

泡音拋水漚也 洪澍澍音注謂雨大淋注也 擲直炙切拋也投也

婆蹉婆蒲禾切蹉倉何切 幹居案切軀幹木之身也 諂丑琰切諛也佞言曰諂

僞五匱切詐也 猫狸猫莫交切食鼠狸也狸呂支切野猫也

謦欬謦去挺切欬苦蓋切謦欬逆氣聲也小曰謦大曰欬

雜阿含經卷第三十五

宋天竺三藏求那跋陀羅譯

如是我聞一時佛住王舍城迦蘭陀竹園時王舍城有外道出家名舍羅步住須摩竭陀池側於自衆中作如是唱言沙門釋子法我悉知我先已知彼法律而悉棄捨時有衆多比丘晨朝著衣持鉢入王舍城乞食聞有外道名舍羅步住王舍城須摩竭陀池側於自衆中作如是唱言沙門釋子所有法律我悉已知先已知彼法律然後棄捨聞是語已乞食畢還精舍舉衣鉢洗足已往詣佛所稽首禮足退坐一面白佛言世尊我等晨朝著衣持鉢入王舍城乞食聞有外道出家名舍羅步住王舍城須摩竭陀池側於自衆中作是唱言沙門釋子法我已悉知知彼法律已然後棄捨善哉世尊可自往彼須摩竭陀池側憐愍彼故爾時世尊默然而許於日晡時從禪覺往到須摩竭陀池側外道舍羅步所時舍羅步外道出家遥見世尊來即敷牀座請佛令坐佛即就坐告舍羅步言汝實作是語沙門釋子所有法律我悉已知知彼法律已然後棄捨耶時舍羅步默而不答佛告舍羅步汝今應說何故默然汝所知滿足者我則隨喜不滿足者我當令汝滿足時舍羅步猶故默然如是第二第三說彼再三默然住時舍羅步有一梵行弟子白舍羅步言師應往詣沙門瞿曇說所知見今沙門瞿曇自來詣此何故不說沙門瞿曇又告師言若滿足者我則隨喜不滿足者當令滿足何故默然而不記說彼舍羅步梵行弟子勸時亦復默然

爾時世尊告舍羅步若復有言沙門瞿曇非如來應等正覺我若善諫善問善諫善問時彼則遼落說諸外事或忿恚慢覆對礙不忍無由能現或默然抱愧低頭密自思省如今舍羅步若復作如是言非沙門瞿曇無正法律者我若善諫善問彼亦如汝今日默然而住若復有言非沙門瞿曇聲聞善向者我若善諫善問彼亦乃至如汝今日默然而住爾時世尊於須摩竭陀池側師子吼已從座起而去爾時舍羅步梵行弟子語舍羅步言譬如有牛截其兩角入空牛欄中跪地大吼師亦如是於無沙門瞿曇弟子衆中作師子吼譬如女人欲作丈夫聲發聲即作女聲師亦如是於非沙門瞿曇弟子衆中作師子吼譬如野干欲作狐聲發聲還作野干聲師亦如是於非沙門瞿曇弟子衆中欲作師子吼時舍羅步梵行弟子於舍羅步面前呵責毀呰已從座起去

如是我聞一時佛住王舍城迦蘭陀竹園爾時王舍城須摩竭陀池側有外道出家名上座住彼池側於自衆中作如是語我說一偈若能報者我當於彼修行梵行時有衆多比丘晨朝著衣持鉢入王舍城乞食聞有外道出家名曰上座住須摩竭陀池側於自衆中作如是說我說一偈有能報者我當於彼所修梵行乞食畢還精舍舉衣鉢洗足已詣佛所稽首佛足退坐一面白佛言世尊我今晨朝與衆多比丘入城乞食聞有外道出家名曰上座住須摩竭陀池側於自衆中作如是說我說一偈有能報者我當於彼修行梵行

唯願世尊應自往彼哀愍故爾時世尊默然而許即日晡時從禪覺往至須摩竭陀池側時上座外道出家遥見世尊即敷座請佛令坐世尊坐已告上座外道出家言汝實作是語我說一偈若能報者我當於彼修行梵行耶汝今便可說偈我能報答時彼外道即累繩牀以爲高座自昇其上即說偈言

比丘以法活　不恐怖衆生　意寂行捨離

持戒順息止

爾時世尊知彼上座外道心即說偈言

汝於所說偈　能自隨轉者　我當於汝所

作善士夫觀　觀汝今所說　言行不相應

寂止自調伏　莫恐怖衆生　行意寂遠離

受持淨戒者　順調伏寂止　身口心離惡

善攝於住處　不令放逸者　是則名順隨

調伏及寂止

爾時上座外道出家作是念沙門瞿曇已知我心却從牀而下合掌白佛言今我可得於正法律出家受具足成比丘法不佛告上座外道出家今汝可得於正法律出家受具足成比丘分如是上座外道出家得出家作比丘已思惟所以善男子剃除鬚髮著袈裟衣正信非家出家學道乃至心善解脫得阿羅漢

如是我聞一時佛住王舍城迦蘭陀竹園時有衆多婆羅門出家住須摩竭陀池側集聚一處作如是論如是婆羅門真諦如是婆羅門真諦爾時世尊知彼衆多婆羅門出家心念往到須摩竭陀池側時衆多婆羅門出家遥見佛來即爲佛敷床座請佛就坐佛即就

坐告諸婆羅門出家汝等於此須摩竭陀池側衆共集聚何所論說婆羅門出家白佛言瞿曇我等衆多婆羅門出家集於此坐作如是論如是婆羅門眞諦如是婆羅門眞諦佛告婆羅門出家有三種婆羅門眞諦我自覺悟成等正覺而復爲人演說汝婆羅門出家作如是說不害一切衆生是婆羅門眞諦非爲虛妄彼於彼言我勝言相似言我卑若於彼眞諦不繫著於一切世間作慈心色像是名第一婆羅門眞諦我自覺悟成等正覺爲人演說復次婆羅門作如是說所有集法皆是滅法此是眞諦非爲虛妄乃至於彼眞諦不計著於一切世間觀察生滅是名第二婆羅門眞諦復次婆羅門作如是說無我處所及事都無所有無我處所及事都無所有此則眞諦非爲虛妄如前說乃至於彼無所繫著一切世間無我像類是名第三婆羅門眞諦我自覺悟成等正覺而爲人說爾時衆多婆羅門出家默然住時世尊作是念今映彼愚癡殺彼惡者令此衆中無一能自思量欲造因緣於沙門瞿曇法中修行梵行如是知已從座起而去

如是我聞一時佛住拘睒彌國瞿師羅園尊者阿難亦住於彼時有外道出家名曰旃陀詣尊者阿難所與尊者阿難共相問訊慰勞已退坐一面問尊者阿難言何故於沙門瞿曇所出家修梵行阿難答言爲斷貪欲瞋恚愚癡故於彼出家修梵行旃陀復問彼能說斷貪欲瞋恚愚癡耶阿難答言我亦能說斷貪欲瞋恚愚癡旃陀復問汝見貪欲瞋恚愚

癡有何過患說斷貪欲瞋恚愚癡耶阿難答言染著貪欲映障心故或自害或復害他或復俱害現法得罪後世得罪現法後世二俱得罪彼心常懷憂苦受覺若瞋恚映障愚癡映障自害害他自他俱害乃至常懷憂苦受覺又復貪欲爲盲爲無目爲無智爲慧力羸爲障礙非明非等覺不轉向涅槃瞋恚愚癡亦復如是我見貪欲瞋恚愚癡有如是過患故說斷貪欲瞋恚愚癡旃陀復問汝見斷貪欲瞋恚愚癡有何福利而說斷貪欲瞋恚愚癡阿難答言斷貪欲已不自害又不害他亦不俱害又復不現法得罪後世得罪現法後世得罪心法常懷喜樂受覺瞋恚愚癡亦復如是於現法中常離熾然不待時節有得餘現法緣自覺知見有如是功德利益故說斷貪欲瞋恚愚癡旃陀復問尊者阿難有道有跡修習多修習能斷貪欲瞋恚愚癡不阿難答言有謂八正道正見乃至正定旃陀外道白尊者阿難此是賢哉之道賢哉之跡修習多修習能斷貪欲瞋恚愚癡時旃陀外道聞尊者阿難所說歡喜隨喜從座起而去

如是我聞一時佛住舍衛國祇樹給孤獨園爾時尊者舍利弗詣佛所稽首佛足退坐一面爾時世尊爲尊者舍利弗種種說法示教照喜示教照喜已默然而住時尊者舍利弗聞佛所說歡喜隨喜已稽首禮足而去時有外道出家補縷低迦隨路而來問尊者舍利弗從何所來舍利弗答言火種我從世尊所聽大師說教授法來補縷低迦問尊者舍利弗今猶不離乳從師聞說教授法耶舍利弗

答言火種我不離乳於大師所聞說教授法補縷低迦語尊者舍利弗言我久已離乳捨師所說教授法舍利弗言汝法是惡說法律惡覺非爲離非正覺道壞法非可讚歎法非可依止法又彼師者非等正覺是故汝等疾疾捨乳離師教法譬如乳牛麤惡狂騷又少乳汁彼犢飲乳疾疾捨去如是惡說法律惡覺非出離非正覺道壞法非可讚歎法非可依止法又彼師者非等正覺是故速捨師教授法我所有法是正法律是善覺是出離正覺道不壞可讚歎可依止又彼大師是等正覺是故久飲其乳聽受大師說教授法譬如乳牛不麤狂騷又多乳汁彼犢飲時久而不猒我法如是正法律乃至久聽說教授法時補縷低迦語舍利弗汝等快得善利於正法律乃至久聽說教授法時補縷低迦外道出家聞舍利弗所說歡喜隨喜從道而去

如是我聞一時佛住舍衛國祇樹給孤獨園爾時補縷低迦外道出家來詣佛所與世尊面相問訊慰勞已退坐一面白佛言瞿曇先日衆多種種異道出家沙門婆羅門集於未曾有講堂作如是論議沙門瞿曇智慧猶如空舍不能於大衆中建立論議此應此不應此合此不合譬如盲牛偏行邊畔不入中田沙門瞿曇亦復如是無應不應無合不合佛告補縷低迦此諸外道論說應不應合不合於聖法律如小兒戲譬如士夫八九十髮白齒落作小兒戲團治泥土作象作馬種種形類衆人皆言此老小兒如是火種種種諸論謂應不應合不合於聖法律如小兒戲然於

彼中無有比丘方便所應補縷低迦白佛言瞿曇於何處有比丘方便所應佛告外道不清淨者令其清淨是名比丘方便所應不調令調是名比丘方便所應諸不定者令得正受是名比丘方便所應不解脱者令得解脱是名比丘方便所應不斷令斷不知令知不修令修不得令得是名比丘方便所應云何不淨令淨謂戒不淨者令其清淨云何不調伏令其調伏謂眼根耳鼻舌身意根不調伏令其調伏是名不調伏者令其調伏云何不定令其正受謂心不正定令得正受云何不解脱者令得解脱謂心不解脱貪欲恚癡令得解脱云何不斷令斷謂無明有愛不斷令斷云何不知令知謂其名色不知令知云何不修令修謂止觀不修令修云何不得令得謂般涅槃不得令得是名比丘方便所應補縷低迦白佛言瞿曇是義比丘方便所應是堅固比丘方便所應所謂盡諸有漏時補縷低迦外道出家聞佛所說歡喜隨喜從座起而去

如是我聞一時佛住王舍城迦蘭陀竹園時有外道出家名曰尸婆來詣佛所與世尊面相問訊慰勞已退坐一面白佛言瞿曇云何爲學所謂學者云何學佛告尸婆學其所學故名爲學尸婆白佛何所學佛告尸婆隨時學增上戒學增上意學增上慧尸婆白佛若阿羅漢比丘諸漏已盡所作已作離諸重擔逮得已利盡諸有結正智善解脱當於爾時復何所學佛告尸婆若阿羅漢比丘諸漏已盡乃至正智善解脱當於爾時覺知貪欲永

盡無餘覺知恚瞋愚癡永盡無餘故不復更造諸惡常行諸善尸婆是名爲學其所學時尸婆外道出家聞佛所説歡喜隨喜從座而去

如是我聞一時佛住王舍城迦蘭陀竹園爾時尸婆外道出家來詣佛所與世尊面相問訊慰勞已退坐一面白佛言瞿曇有一沙門婆羅門作如是見如是説若人有所知覺彼一切本所作因修諸苦行令過去業盡更不造新業斷於因緣於未來世無復諸漏諸漏盡故業盡業盡故苦盡苦盡者究竟苦邊今瞿曇所説云何佛告尸婆沙門婆羅門實爾洛漠説耳不審不數愚癡不善不辯所以者何或從風起苦衆生覺知或從痰起或從涎唾起或等分起或自害或他害或因節氣彼自害者或拔髮或拔鬚或常立舉手或蹲地或臥灰土中或臥棘刺上或臥杵上或板上或牛屎塗地而臥其上或臥水中或日三洗浴或一足而立身隨日轉如是衆苦精勤有行尸婆是名自害他害者或爲他手石刀杖等種種害身是名他害尸婆若復時節所害冬則大寒春則大熱夏寒暑俱是名節氣所害世間眞實非爲虛妄尸婆世間有此眞實爲風所害乃至節氣所害彼衆生如實覺知汝亦自有此患風痰涎唾乃至節氣所害覺如是如實覺知尸婆若彼沙門婆羅門言一切人所知覺者皆是本所造因捨世間眞實事而隨自見作虛妄説尸婆有五因五緣生心法憂苦何等爲五謂因貪欲纏緣貪欲纏生彼心法憂苦因瞋恚睡眠掉悔疑纏緣瞋

恚睡眠掉悔疑纏生彼心法憂苦尸婆是名五因緣生心法憂苦尸婆有五因五緣不生心法憂苦何等爲五謂因貪欲纏緣貪欲纏生彼心法憂苦者離彼貪欲纏不起心法憂苦因嗔恚睡眠掉悔疑纏緣嗔恚睡眠掉悔疑纏生彼心法憂苦者離彼瞋恚睡眠掉悔疑纏不起心法憂苦尸婆是名五因五緣不起心法憂苦現法得離熾然不待時節通達現見緣自覺知尸婆復有現法離熾然不待時節通達現見緣自覺知謂八正道正見乃至正定說是法時尸婆外道出家遠塵離垢得法眼淨時尸婆外道出家見法得法知法入法得離狐疑不由於他入正法律得無所畏即從座起整衣服合掌白佛世尊我今可得於正法律出家受具足得比丘分耶佛告尸婆汝今得出家如上說乃至心善解脫得阿羅漢

如是我聞一時佛住那羅聚落好衣菴羅園中爾時那羅聚落有商主外道出家百二十歲年耆根熟爲那羅聚落諸沙門婆羅門長者居士尊重供養如阿羅漢彼商主外道出家先有宗親一人命終生天於彼天上見商主外道出家已作是念我欲往教彼商主外道出家詣世尊所修行梵行恐其不隨我說我今當往彼以意論令問即下那羅聚落詣彼商主外道出家所說偈而問

云何惡知識　現善知識相　云何善知識
如已同一體　何故求於斷　云何離熾然

若汝仙人持此意論而問於彼有能分別解說其義而答汝者便可從彼出家修行梵行

時商主外道出家受天所問持詣富蘭那迦葉所以此意論偈問富蘭那迦葉彼富蘭那迦葉尚自不解況復能答彼時商主外道出家復至末迦梨瞿舍利子所那闍耶毘羅坻子所阿逸多枳舍欽婆羅所迦羅拘陀迦旃延所尼乾陀若提子所皆以此意論偈而問悉不能答時商主外道出家作是念我以此意論問諸出家師悉不能答我今復欲求出家爲我今自有財寶不如還家服習五欲復作是念我今可往詣沙門瞿曇然彼耆舊諸師沙門婆羅門富蘭那迦葉等悉不能答而沙門瞿曇年少出家詎復能了然我聞先宿所說莫輕新學年少出家或有沙門年少出家有大德力今且當詣沙門瞿曇詣已以彼意論心念而問如偈所說爾時世尊知彼商主心之所念即說偈言

云何惡知識　現善友相者　內心實恥猒
口說我同心　造事不樂同　故知非善友
口說恩愛語　心不實相應　所作而不同
慧者應覺知　是名惡知識　現善知識相
與已同一體　云何善知識　與已同體者
非彼善知識　放逸而不制　沮壞懷疑惑
伺求其端緒　安於善知識　如子臥父懷
不爲傍人聞　當知善知識　何故求於斷
生歡喜之處　清涼稱讚歎　修習福利果
清涼永息滅　是故求於斷　云何離熾然
寂靜止息味　知彼遠離味　遠離熾然惡
飲以法喜味　寂滅離欲火　是名離熾然

爾時商主外道出家作是念沙門瞿曇知我心念而白佛言我今得入沙門瞿曇正法律

中修行梵行出家受具足成比丘分不佛告商主外道出家汝今可得於正法律修行梵行出家受具足成比丘分如是出家已思惟乃至心善解脫得阿羅漢

如是我聞一時佛住俱夷那竭國力士生處堅固雙林中爾時世尊涅槃時至告尊者阿難汝爲世尊於雙樹間敷繩牀北首如來今日中夜於無餘涅槃而般涅槃爾時尊者阿難奉教於雙樹間敷繩牀北首訖來詣佛所稽首佛足退住一面白佛言世尊已於雙樹間敷繩牀北首爾時世尊詣雙樹間於繩牀上北首右脅而卧足足相累計念明想正念正智時俱夷那竭國有須跋陀羅外道出家百二十歲年耆根熟爲俱夷那竭國人恭敬供養如阿羅漢彼須跋陀羅出家聞世尊今日中夜當於無餘涅槃而般涅槃然我有所疑希望而住沙門瞿曇有力能開覺我我今當詣沙門瞿曇問其所疑即出俱夷那竭詣世尊所爾時尊者阿難於園門外經行時須跋陀羅語阿難言我聞沙門瞿曇今日中夜於無餘涅槃而般涅槃我有所疑希望而住沙門瞿曇有力能開覺我若阿難不憚勞者爲我往白瞿曇少有閑暇答我所問阿難答言莫逼世尊世尊疲極如是須跋陀羅再三請尊者阿難尊者阿難亦再三不許須跋陀羅言我聞古昔出家耆年大師所說久久乃有如來應等正覺出於世間如優曇鉢華而今如來中夜當於無餘涅槃界而般涅槃我今於法疑信心而往沙門瞿曇有力能開覺我若阿難不憚勞者爲我白沙門瞿曇阿難

復答言須跋陀羅莫逼世尊世尊今日疲極爾時世尊以天耳聞阿難與須跋陀羅共語來往而告尊者阿難莫遮外道出家須跋陀羅令入問其所疑所以者何此是最後與外道出家論議此是最後得證聲聞善來比丘所謂須跋陀羅爾時須跋陀羅聞世尊爲開善根歡喜增上詣世尊所與世尊面相問訊慰勞已退坐一面白佛言瞿曇凡世間入處謂富蘭那迦葉等六師各作如是宗此是沙門此是沙門云何瞿曇爲實各各有是宗不爾時世尊即爲說偈言

始年二十九　出家修善道　成道至於今
經五十餘年　三昧明行具　常修於淨戒
離斯少道分　此外無沙門

佛告須跋陀羅於正法律不得八正道者亦不得初沙門亦不得第二第三第四沙門須跋陀羅於此法律得八正道者得初沙門得第二第三第四沙門除此已於外道無沙門斯則異道之師空沙門婆羅門耳是故我今於衆中作師子吼說是法時須跋陀羅外道出家遠塵離垢得法眼淨爾時須跋陀羅見法得法知法入法度諸狐疑不由他信不由他度於正法律得無所畏從座起整衣服右膝著地白尊者阿難汝得善利汝得大師爲大師弟子爲大師法雨雨灌其頂我今若得於正法律出家受具足得比丘分者亦當得斯善利時尊者阿難白佛言世尊是須跋陀羅外道出家今求於正法律出家受具足得比丘分爾時世尊告須跋陀羅此比丘來修行梵行彼尊者須跋陀羅即於爾時出家即

是受具足成比丘分如是思惟乃至心善解脱得阿羅漢時尊者須跋陀羅得阿羅漢解脱樂覺知已作是念我不忍見佛般涅槃我當先般涅槃時尊者須跋陀羅先般涅槃已然後世尊般涅槃

如是我聞一時佛在跋耆人間遊行至毘舍離國住獼猴池側重閣講堂時毘舍離國有衆多賈客欲向怛剎尸羅國方便莊嚴是衆多賈客聞世尊於跋耆人間遊行至毘舍離國住獼猴池側重閣講堂聞已來詣佛所稽首佛足退坐一面佛爲諸賈客種種說法示教照喜示教照喜已默然而住時諸賈客從座起整衣服爲佛作禮合掌白佛言世尊我等諸賈客方便莊嚴欲至怛剎尸羅國唯願世尊與諸大衆明旦受我供養爾時世尊默然而許時諸賈客知世尊受請已從座起禮佛足各還自家辦種種淨美飲食敷牀座安置淨水晨朝遣使白佛時到爾時世尊與諸大衆著衣持鉢詣諸賈客所就座而坐時諸賈客以淨美飲食自手供養食畢洗鉢訖取卑小牀於大衆前坐聽佛說法爾時世尊告諸賈客汝等當行於曠野中有諸恐怖心驚毛竪爾時當念如來事謂如來應等正覺乃至佛世尊如是念者恐怖則除又念法事佛正法律現法能離熾然不待時節通達親近緣自覺知又念僧事世尊弟子善向正向乃至世間福田如是念者恐怖即除過去世時天阿須倫共鬬時天帝釋告諸天衆汝等與阿須倫共鬬戰之時生恐怖者當念我幢名摧伏幢念彼幢時恐怖得除若不念我幢者

當念伊舍那天子幢若不念伊舍那天子幢者當念婆留那天子幢念彼幢時恐怖即除如是諸商人汝等於曠野中有恐怖者當念如來事法事僧事爾時世尊爲諸毘舍離賈客說供養隨喜偈

供養比丘僧　飲食隨時服　專念諦思惟
正智而行捨　淨物良福田　汝等悉具足
緣斯功德利　長夜獲安樂　發心有所求
衆利悉皆應　兩足四足安　道路往來安
夜安晝亦安　一切離諸惡　如沃壤良田
精純好種子　溉灌以時澤　收實不可量
淨戒良福田　精餚饍種子　正行以將順
終期妙果成　是故行施者　欲求備衆德
當隨智慧行　衆果自然備　於明行足尊
正心盡恭敬　種殖衆善本　終獲大福利
如實知世間　得具備正見　具足見正道
具足而昇進　遠離一切垢　逮得涅槃道
究竟於苦邊　是名備衆德

爾時世尊爲諸毘舍離賈客說種種法示教照喜已從座起去

如是我聞一時佛住舍衛國祇樹給孤獨園爾時世尊告諸比丘若比丘住於空閑樹下空舍有時恐怖心驚毛豎者當念如來事及法事僧事如前廣說念如來事法事僧事之時恐怖即除諸比丘過去世時釋提桓因與阿修羅共戰爾時帝釋語諸三十三天言諸仁者諸天與阿修羅共鬭戰時若生恐怖心驚毛豎者汝當念我伏敵之幢念彼幢時恐怖即除如是比丘若於空閑樹下空舍而生恐怖心驚毛豎者當念如來如來應等正覺

乃至佛世尊彼當念時恐怖即除所以者何彼天帝釋懷貪恚癡於生老病死憂悲惱苦不得解脫有恐怖畏懼逃竄避難而猶告諸三十三天令念我摧伏敵幢況復如來應等正覺乃至佛世尊離貪恚癡解脫生老病死憂悲惱苦無諸恐怖畏懼逃避而不能令其念如來者除諸恐怖佛說是經已諸比丘聞佛所說歡喜奉行

如是我聞一時佛住娑枳國安闍那林中爾時世尊告尊者舍利弗我能於法畧說廣說但知者難尊者舍利弗白佛言唯願世尊畧說廣說法說於法實有解知者佛告舍利弗若有衆生於自識身及外境界一切相無我我所我慢繫著使乃至心解脫慧解脫現法自知作證具足住者於此識身及外境界一切相無有我我所我慢使繫著故我心解脫慧解脫現法自知作證具足住舍利弗彼比丘於此識身及外境界一切相無有我我所見我慢繫著使及心解脫慧解脫現法自知作證具足住於此識身及外境界一切相無有我我所見我慢繫著使彼心解脫慧解脫現法自知作證具足住舍利弗若復比丘於此識身及外境界一切相無有我我所見我慢繫著使彼心解脫慧解脫現法自知作證具足住舍利弗若復比丘於此識身及外境界一切相無我我所見我慢繫著使及心解脫慧解脫現法自知作證具足住於此識身及外境界一切相無我我所見我慢繫著使彼心解脫慧解脫現法自知作證具足住舍利弗是名比丘斷愛縛結慢無間等究竟苦

邊舍利弗我於此有餘說答波羅延富隣尼迦所問

世間數差別　安所遇不動　寂靜離諸塵
拔根無悕望　已度三有海　無復老死患

佛說是經已尊者舍利弗聞佛所說歡喜隨喜即從座起作禮而去

如是我聞一時佛住舍衛國祇樹給孤獨園爾時尊者阿難住舍衛國祇樹給孤獨園獨一靜處如是思惟或有一人作如是念我於此識身及外境界一切相無有我我所見我慢繫著使及心解脫慧解脫現法自知作證具足住於此識身及外境界一切相無有我我所見我慢繫著使我當於彼心解脫慧解脫現法自知作證具足住爾時尊者阿難晡時從禪覺詣世尊所稽首禮足退坐一面白佛言世尊我獨一靜處作是思惟若有一人作如是言我此識身及外境界一切相乃至自知作證具足住佛告阿難如是如是若有一人作如是念我此識身及外境界一切相無有我我所見我慢繫著使及心解脫慧解脫現法自知作證具足住阿難彼比丘於此識身及外境界一切相無有我我所見我慢繫著使及心解脫慧解脫現法自知作證具足住於此識身及外境界一切相無有我我所見我慢繫著使及彼心解脫慧解脫現法自知作證具足住阿難若復比丘於此識身及外境界一切相乃至自知作證具足住是名比丘斷愛縛結慢無間等究竟苦邊阿難我於此有餘說答波羅延憂陀耶所問

斷於愛欲想　憂苦亦俱離　覺悟於睡眠

滅除掉悔蓋　捨念恚清淨　現前觀察法
我說智解脫　滅除無明闇
佛說是經已尊者阿難聞佛所說歡喜隨喜
作禮而去
如是我聞一時佛住舍衛國祇樹給孤獨園
爾時世尊告諸比丘我今當說愛爲網爲膠
爲泉爲藕根此等能爲衆生障礙爲蓋爲膠
爲守衛爲覆爲閉爲塞爲闇冥爲狗腸爲亂
草爲絮從此世至他世從他世至此世往來
流轉無不轉時諸比丘何等愛爲網爲膠乃
至往來流轉無不轉時謂有我故有我欲我
爾時有我無我異我當我不當我欲我當爾
時當異異我或欲我或爾我或異或然或欲
然或爾然或異如是十八愛行從内起比丘
言有我於諸所有言我欲我爾乃至十八愛
行從外起如是總說十八愛行如是三十六
愛行或於過去起或於未來起或於現在起
如是總說百八愛行是名爲愛爲網爲膠爲
泉爲藕根能爲衆生障爲蓋爲膠爲守衛爲
覆爲閉爲塞爲闇冥爲狗腸爲亂草爲絮從
此世至他世從他世至此世往來流轉無不
轉時佛說是經已諸比丘聞佛所說歡喜奉
行
如是我聞一時佛住舍衛國祇樹給孤獨園
爾時世尊告諸比丘有從愛生愛從愛生恚
從恚生愛從恚生恚云何爲從愛生愛謂有
一於衆生有喜有愛有念有可意他於彼有
喜有愛有念有可意隨行此作是念我於彼
衆生有喜有愛有念有可意他復於彼有喜
有愛有念有可意隨行故我於他人復生於

愛是名從愛生愛云何從愛生恚謂有一於衆生有喜有愛有念有可意而他於彼不喜不愛不念不可意隨行此作是念我於衆生有喜有愛有念有可意而他於彼不喜不愛不念不可意隨行故我於他而生瞋恚是名從愛生恚云何爲從恚生愛謂有一於衆生不喜不愛不念不可意他復於彼不喜不愛不念不可意隨行故我於他而生愛念是名從恚生愛云何從恚生恚謂有一於衆生不喜不愛不念不可意而他於彼有喜有愛有念有可意隨行此作是念我於彼衆生不喜不愛不念不可意而他於彼有喜有愛有念有可意隨行我於他所問起瞋恚是名從恚生恚若比丘離欲惡不善法有覺有觀乃至初禪第二第三第四禪具足住者從愛生愛

從恚生恚從恚生愛從愛生恚已斷已知斷其根本如截多羅樹頭無復生分於未來世成不生法若彼比丘盡諸有漏無漏心解脫慧解脫現法自知作證我生已盡梵行已立所作已作自知不受後有當於爾時不自舉不起塵不熾然不嫌彼云何自舉謂見色是我色異我我中色色中我受想行識亦復如是是名自舉云何不自舉謂不見色是我色異我我中色色中我受想行識亦復如是是名不自舉云何還舉謂於罵者還罵瞋者還瞋打者還打觸者還觸是名還舉云何不還舉謂於罵者不還罵瞋者不還瞋打者不還打觸者不還觸是名不還舉云何起塵謂有我我欲乃至十八種愛是名起塵云何不起塵謂無我無我欲乃至十八愛不起是名不

起塵云何熾然謂有我所我所欲乃至外十八愛行是名熾然云何不熾然謂無我所無我所欲乃至無外十八愛行是名不熾然云何嫌彼謂見我真實起於我慢我欲我使不斷不知是名嫌彼云何不嫌彼謂不見我真實我慢我欲我使已斷已知是名不嫌彼佛說此經已諸比丘聞佛所說歡喜奉行

如是我聞一時佛住舍衛國祇樹給孤獨園爾時世尊告諸比丘有二事斷難持何等為二若俗人處非人處於衣食牀臥資生眾具持彼斷者是則難行又比丘非家出家斷除貪愛持彼斷者亦甚難行爾時世尊即說偈言

世間有二事　持斷則難行　是真諦所說
等正覺所知　在家財入出　衣食等眾具
世間貪愛樂　持斷者甚難　比丘已離俗
信非家出家　滅除於貪愛　持斷亦難行

佛說此經已諸比丘聞佛所說歡喜奉行

如是我聞一時佛住舍衛國祇樹給孤獨園爾時世尊告諸比丘我於二法依止多住云何為二於諸善法未曾知足於斷未曾遠離於善法不知足故於諸斷法未曾遠離故乃至肌消肉盡筋連骨立終不捨離精勤方便不捨善法不得未得終不休息未曾於劣心主歡喜常樂增進昇上上道如是精進住故疾得阿耨多羅三藐三菩提等比丘當於二法依止多住於諸善法不生足想依於諸斷未曾捨離乃至肌消肉盡筋連骨立精勤方便堪能修習善法不息是故比丘於諸下劣生歡喜想當修上上昇進多住如是修習不

久當得速盡諸漏無漏心解脫慧解脫現法自知作證我生已盡梵行已立所作已作自知不受後有佛說此經已諸比丘聞佛所說歡喜奉行

如是我聞一時佛住王舍城迦蘭陀竹園爾時釋提桓因形色絕妙於後夜時來詣佛所稽首佛足退住一面天身威力光明徧照迦蘭陀竹園時釋提桓因白佛言世尊世尊曾於隅界山石窟中說言若有沙門婆羅門無上愛盡解脫心善解脫彼邊際究竟邊際離垢邊際梵行畢竟云何爲比丘邊際究竟邊際離垢邊際梵行畢竟佛告天帝釋謂比丘若所有受覺若苦若樂若不苦不樂彼諸受集受滅受味受患受出如實知如實知已觀察彼受無常觀生滅觀離欲觀滅盡觀捨如是觀察已則邊際究竟邊際離垢邊際梵行畢竟拘尸迦是名比丘於正法律邊際究竟邊際離垢邊際梵行畢竟乃至天帝釋聞佛所說歡喜隨喜作禮而去

如是我聞一時佛住王舍城迦蘭陀竹園爾時尊者大目揵連住耆闍崛山後夜起經行見有光明徧照迦蘭陀竹園見已作是念今夜或有大力鬼神詣世尊所故有此光明時尊者大目揵連晨朝往詣佛所稽首佛足退坐一面白佛言世尊我於昨暮後夜出房經行見勝光明普照迦蘭陀竹園見已作是念有何大力鬼神詣世尊所故有此光明佛告尊者大目揵連昨暮後夜釋提桓因來詣我所稽首作禮退坐一面如上修多羅廣說歡喜隨喜作禮而去

如是我聞一時佛住舍衛國祇樹給孤獨園爾時尊者阿難晨朝著衣持鉢詣舍衛城次第乞食至鹿住優婆夷舍鹿住優婆夷遥見尊者阿難疾敷牀座白言尊者阿難令坐時鹿住優婆夷稽首禮阿難足退住一面白尊者阿難云何言世尊知法我父富蘭那先修梵行離欲清淨不著香華遠諸凡鄙叔父梨師達多不修梵行然其知足二俱命終而今世尊俱記二人同生一趣同一受生同於後世得斯陀含生兜率天一來世間究竟苦邊云何阿難修梵行不修梵行同生一趣同一受生同其後世阿難答言姊妹汝今且停汝不能知衆生世間根之差别如來悉知衆生世間根之優劣如是說已從座起去時尊者阿難還精舍舉衣鉢洗足已往詣佛所稽首佛足退坐一面以鹿住優婆夷所說廣白世尊佛告阿難彼鹿住優婆夷云何能知衆生世間根之優劣阿難如來悉知衆生世間根之優劣阿難或有一犯戒彼於心解脫慧解脫不如實知彼所起犯戒無餘滅無餘沒無餘欲盡或有一犯戒於心解脫慧解脫如實知彼所起犯戒無餘滅無餘沒無餘欲盡於彼籌量者言此亦有如是法彼亦有是法此則應俱同生一趣同一受生同一後世彼如是籌量者得長夜非義饒益苦阿難彼犯戒者於心解脫慧解脫不如實知彼所起犯戒無餘滅無餘沒無餘欲盡當知此人是退非勝進我說彼人爲退分阿難知有犯戒彼於心解脫慧解脫如實知彼於所起犯戒無餘滅無餘沒無餘欲盡當知是人勝進不退我

說彼人爲勝進分自非如來此二有間誰能悉知是故阿難莫籌量人人而取人善籌量人人而病人籌量人人自招其患唯有如來能知人耳如二犯戒二持戒亦如是彼於心解脫慧解脫不如實知彼所起持戒無餘滅若掉動者彼於心解脫慧解脫不如實知彼所起掉無餘滅彼若瞋恨者彼於心解脫慧解脫不如實知彼所起瞋恨無餘滅若苦貪者彼於心解脫慧解脫如實知彼所起苦貪無餘滅穢汙清淨如上說乃至如來能知人人阿難鹿住優婆夷愚癡少智而於如來一向說法心生狐疑云何阿難如來所說豈有二耶阿難白佛不也世尊佛告阿難善哉善哉如來說法若有二者無有是處阿難若富蘭那持戒梨師達多亦同持戒者所生之趣富蘭那所不能知梨師達多爲生何趣云何受生云何後世若梨師達多所成就智富蘭那亦成就此智者梨師達多亦不能知彼富蘭那當生何趣云何受生後世云何阿難彼富蘭那持戒勝梨師達多智慧勝彼俱命終我說二人同生一趣同一受生後世亦同是斯陀含生兜率天一來生此究竟苦邊彼一有間自非如來誰能得知是故阿難莫量人人量人人者自生損減唯有如來能知人耳佛說此經已尊者阿難聞佛所說歡喜奉行

如是我聞一時佛住釋氏彌城留利邑夏安居有餘比丘於舍衞國祇樹給孤獨園夏安居時彼比丘於晨朝著衣持鉢入舍衞國乞食次第至鹿住優婆夷舍鹿住優婆夷遥見比丘來疾敷牀座請比丘令坐如上阿難修

多羅說時彼比丘語鹿住優婆夷姊妹且停汝那得知衆生根之優劣姊妹唯有如來能知衆生根之優劣如是說已從座起去時彼比丘三月夏安居訖作衣竟持鉢往詣彌城留利釋氏邑到已舉衣鉢洗足已往詣佛所稽首佛足退坐一面以共鹿住優婆夷所論說事向佛廣說佛告比丘鹿住優婆夷云何能知世間衆生諸根優劣唯有如來能知世間衆生諸根優劣耳不離瞋恨憍慢時起貪法不聽受法不學多聞於法不調伏見不能時時起解脫心法比丘若復有一不離瞋慢時起貪法然彼聞法修學多聞於善調伏見時時能起解脫心法若思量彼此有是法彼有是法此則同一趣同一受生同一後世如是思量者長得非義不饒益苦比丘若復彼人不離瞋慢時時起貪法亦不聽法不習多聞不調伏見亦不時時得解脫心法我說此人卑鄙下賤比丘若復彼人不離瞋慢時起貪法然彼聞法樂多聞調伏諸見時時能得解脫心法我說是人第一勝妙彼二有間自非如來誰能別知是故比丘莫量人人乃至如來能知優劣此丘復次有一不離瞋慢時時起口惡行餘如上說比丘復次有一賢善安樂同止欣樂明智修梵行者樂與同止而彼不樂聞法乃至不時時得心法解脫當知彼人住賢善地不能轉進賢善地者謂人天趣復次有一其性賢善同止安樂欣樂梵行以爲伴侶樂聞正法學習多聞善調伏見時時能得解脫心法當知彼人於賢善地能轉勝進當知此人於正法流有所堪能此二有

間自非如來誰能別知是故比丘莫量人人量人人者自招其患唯有如來能知人耳比丘鹿住優婆夷愚癡少智如上修多羅廣說

佛說此經已諸比丘聞佛所說歡喜奉行

如是我聞一時佛住舍衛國祇樹給孤獨園爾時給孤獨長者來詣佛所稽首佛足退坐一面白佛言世尊世間有幾種福田佛告長者世間有二種福田何等爲二學及無學即說偈言

世有學無學　大會常延請　正直心眞實
身口亦復然　是則良福田　施者獲大果

佛說此經已給孤獨長者聞佛所說歡喜奉行

雜阿含經卷第三十五

音釋

毀呰 毀虎委切謗也呰音紫毀也 拘睒彌 梵語國名也睒失冉切 騷 蘇遭切擾也 涎唾 涎夕連切唾吐卧切涎唾並口液也 蹲地 蹲徂尊切踞也跧也 詎 其呂切猶豈也 北首 首舒救切北首謂頭嚮北也 右脅 脅虛業切謂右腋也 不憚 憚徒案切謂不畏難也 賈 音古坐販曰賈 餚饍 餚胡交切凡非穀食曰餚饍時戰切具食也 逃竄 逃徒刀切竄七亂切逃竄謂逃避藏匿也 姊妹 姊音子女兄也妹音昧女弟也

雜阿含經卷第三十六

宋天竺三藏求那跋陀羅譯

如是我聞一時佛住舍衛國祇樹給孤獨園時有諸上座比丘隨佛左右依止而住所謂尊者阿若憍陳如尊者摩訶迦葉尊者舍利弗尊者摩訶目揵連尊者阿那律陀尊者二十億耳尊者陀羅驃摩羅子尊者婆那迦婆娑尊者耶舍舍羅迦毗訶利尊者富樓那尊者分陀檀尼迦如此及餘上座比丘隨佛左右依止而住時尊者婆耆舍住舍衛國東園鹿子母講堂時尊者婆耆舍作是念今日世尊在舍衛國祇樹給孤獨園諸上座比丘隨佛左右依止而住我今當往至世尊所各各說偈歎諸上座比丘作是念已往詣佛所稽首佛足退住一面說偈言

上上座比丘　已斷諸貪欲　超過諸世間
一切之積聚　深智少言說　勇猛勤方便
道德淨明顯　我今稽首禮　已伏諸魔怨
遠離於羣聚　不爲五欲縛　常習於空閑
清虛而寡欲　我今稽首禮　遮羅延勝族
禪思不放逸　內心樂正受　清淨離塵穢
辯慧顯深義　是故稽首禮　所得神通慧
超諸神通力　六神通衆中　自在無所畏
神通最勝故　是故稽首禮　於大千世界
五道諸趣生　乃至於梵世　人天優劣想
淨天眼悉見　是故稽首禮　精勤方便力
斷除諸愛集　壞裂生死網　心常樂正法
離諸悕望想　超度於彼岸　清淨無塵穢
是故稽首禮　永離諸恐畏　無依離財物
知足度疑惑　伏諸魔怨敵　身念觀清淨

是故稽首禮　無有諸世間　煩惱棘刺林
結縛使永除　三有因緣斷　精練滅諸垢
究竟明顯現　於林離林去　是故稽首禮
無舍宅所依　幻僞癡恚滅　調伏諸愛喜
出一切見處　清淨無瑕穢　是故稽首禮
其心自在轉　堅固不傾動　智慧大德力
難伏魔能伏　斷除無明結　是故稽首禮
大人離闇冥　寂滅牟尼尊　正法離垢過
光明自顯照　照一切世界　是故名爲佛
地神虛空天　三十三天子　光明悉映障
是故名爲佛　度生死有邊　超踰越羣衆
柔弱善調伏　正覺第一覺　斷一切結縛
伏一切異道　降一切魔怨　得無上正覺
離塵滅諸垢　是故稽首禮

尊者婆耆舍偈讚歎時諸比丘聞其所說皆大歡喜

如是我聞一時佛住舍衛國祇樹給孤獨園時尊者婆耆舍住舍衛國東園鹿子母講堂疾病困篤尊者富隣尼爲看病人供給供養時尊者婆耆舍語尊者富隣尼言汝往詣世尊所持我語白世尊言尊者婆耆舍稽首世尊足問訊世尊少病少惱起居輕利得自安樂住不復作是言尊者婆耆舍住東園鹿子母講堂疾病困篤欲求見世尊無力方便堪詣世尊善哉世尊願往至東園鹿子母講堂尊者婆耆舍所哀愍故時尊者富隣尼即受其語往詣世尊稽首佛足退坐一面作是言尊者婆耆舍住東園鹿子母講堂疾病困篤願見世尊無力方便堪能奉見善哉世尊願往東園鹿子母講堂尊者婆耆舍所爲哀愍

故爾時世尊黙然而許時尊者富隣尼知佛許已即從座起禮佛足而去世尊晡時從禪起往詣尊者婆耆舍尊者婆耆舍遥見世尊憑牀欲起爾時世尊見尊者婆耆舍憑牀欲起語言婆耆舍莫自輕動世尊即坐問尊者婆耆舍汝所患苦爲平和可堪忍不身諸苦痛爲增爲損如前䟫摩迦修多羅廣說乃至我所苦患轉覺其增不覺其損佛告婆耆舍我今問汝隨意答我汝得心不染不著不汙解脫離諸顛倒不婆耆舍白佛言我心不染不著不汙解脫離諸顛倒佛告婆耆舍汝云何得心不染不著不汙解脫離諸顛倒婆耆舍白佛言我過去眼識於色心不顧念於未來色不欣想於現在色不著我過去未來現在眼識於色貪欲愛樂念於彼得盡無欲滅没息離解脫心解脫已是故不染不著不汙離諸顛倒正受而住如是耳鼻舌身意識過去於法心不顧念未來不欣現在不著過去未來現在法中念欲愛念盡無欲滅没息離解脫心解脫已是故不染不著不汙解脫離諸顛倒正受而住唯願世尊今日最後饒益於我聽我說偈佛告婆耆舍宜知是時尊者婆耆舍起正身端坐繫念在前而說偈言

我今住佛前　稽首恭敬禮　於一切諸法
悉皆得解脫　善解諸法相　深信樂正法
世尊等正覺　世尊爲大師　世尊降魔怨
世尊大牟尼　滅除一切使　自度羣生類
世尊於世間　諸法悉覺知　世間悉無有
知法過佛者　於諸天人中　亦無與佛等
是故我今日　稽首大精進　稽首士之上

拔諸愛欲刺　我今是最後　得見於世尊
稽首日種尊　暮當般涅槃　正智繫正念
於此朽壞身　餘勢之所起　從今夜永滅
三界不復染　入無餘涅槃　苦受及樂受
亦不苦不樂　從觸因緣生　於今悉永斷
苦受及樂受　亦不苦不樂　從觸因緣生
於今悉已知　若內及與外　苦樂等諸受
於受無所著　正智正繫心　於初中最後
諸聚無障礙　諸聚既已斷　了知愛無餘
明見眞實者　說九十一劫　二劫中不空
有大仙人尊　餘空無洲依　唯畏恐怖劫
當知大仙人　乃復出於世　安慰諸天人
開眼離塵冥　示悟諸衆生　令覺一切苦
苦苦及苦集　越苦之寂滅　賢聖八正道
安隱趣涅槃　世間難得者　現前悉皆得
生世得人身　演說於正法　隨已之所欲
離垢求清淨　專修其已利　勿令空無果
空過則生憂　鄰於地獄苦　於所說正法
不樂不欲受　當久處生死　輪迴息無期
長夜懷憂悔　如商人失財　我今衆慶集
無復生老死　輪迴悉已斷　不復重受生
愛識河水流　於今悉枯竭　已拔陰根本
連鎖不相續　供養大師畢　所作者已作
重擔悉已捨　有流悉已斷　不復樂受生
亦無死可惡　正智正繫念　唯待終時至
念空野龍象　六十雄猛獸　一旦免枷鎖
逸樂山林中　婆耆舍亦然　大師口生子
猒捨於徒衆　正念待時至　今告於汝等
諸來集會者　聽我最後偈　其義所饒益
生者悉歸滅　諸行無有常　速生速死法

何可久依怙　是故强其志　精懃方便求
觀察有恐怖　隨順牟尼道　速盡此苦陰
勿復增輪轉　佛口所生子　歎說此偈已
長辭於大衆　婆耆舍涅槃　彼以慈悲故
說此無上偈　尊者婆耆舍　如來法生子
垂心哀愍故　說此無上偈　然後般涅槃
一切當敬禮

如是我聞一時佛住舍衛國祇樹給孤獨園時有一天子容色絕妙於後夜時來詣佛所稽首佛足退坐一面身諸光明遍照祇樹給孤獨園時彼天子而說偈問佛

阿練若比丘　住於空閑處　寂靜修梵行
於一坐而食　以何因緣故　顏色特鮮明

爾時世尊說偈答言

於過去無憂　未來不欣樂　現在隨所得
正智繫念持　飲食繫念故　顏色常鮮澤
未來心馳想　過去追憂悔　愚癡火自煎
如雹斷生草

時彼天子復說偈言

久見婆羅門　逮得般涅槃　一切怖已過
永超世恩愛

時彼天子聞佛所說歡喜隨喜稽首佛足即沒不現

如是我聞一時佛住舍衛國祇樹給孤獨園時有一天子容色絕妙於後夜時來詣佛所稽首佛足退坐一面身諸光明遍照祇樹孤獨園時彼天子而說偈言

不欲起憍慢　善自調其心　未曾修寂默
亦不入正受　處林而放逸　不度死彼岸

爾時世尊說偈答言

已離於憍慢　心常入正受　明智善分別
解脫一切縛　獨一處閑林　其心不放逸
於彼死魔怨　疾得度彼岸
時彼天子復說偈言
久見婆羅門　逮得般涅槃　一切怖已過
永超世恩愛
時彼天子聞佛所說歡喜隨喜稽首佛足即沒不現
如是我聞一時佛住舍衛國祇樹給孤獨園時有一天子容色絕妙於後夜時來詣佛所稽首佛足退坐一面身諸光明遍照祇樹給孤獨園時彼天子說偈問佛
云何得晝夜　功德常增長　云何得生天
惟願爲解說
爾時世尊說偈答言
種植園菓故　林樹蔭清涼　橋船以濟度
造作福德舍　穿井供渴乏　客舍給行旅
如此之功德　日夜常增長　如法成具足
緣斯得生天
時彼天子復說偈言
久見婆羅門　逮得般涅槃　一切怖已過
永超世恩愛
時彼天子聞佛所說歡喜隨喜稽首佛足即沒不現
如是我聞一時佛住舍衛國祇樹給孤獨園時有一天子容色絕妙於後夜時來詣佛所稽首佛足退坐一面身諸光明遍照祇樹給孤獨園時彼天子說偈問佛
施何得大力　施何得妙色　施何得安樂
施何得明目　修習何等施　名曰一切施

今啓問世尊　願爲分別說
爾時世尊說偈答言
施食得大力　施衣得妙色　施乘得安樂
施燈得明目　虚舘以待賔　是名一切施
以法而誨彼　是則施甘露
時彼天子復說偈言
久見婆羅門　逮得般涅槃　一切怖已過
永超世恩愛
時彼天子聞佛所說歡喜隨喜稽首佛足即
沒不現
如是我聞一時佛住舍衛國祇樹給孤獨園
時有天子名悉鞞梨容色絶妙於後夜時來
詣佛所稽首佛足退坐一面身諸光明遍照
祇樹給孤獨園時彼天子而說偈言
諸天及世人　於食悉欣樂　頗有諸世間

福樂自隨逐
爾時世尊說偈答言
淨信心惠施　此世及後世　隨其所至處
福報常影隨　是故當捨慳　行無垢惠施
施已心歡喜　此世他世受
時彼悉鞞梨天子白佛言奇哉世尊善說斯
義
淨信心惠施　此世及他世　隨其所至處
福報常影隨　是故當捨慳　行無垢惠施
施已心歡喜　此世他世受
悉鞞梨天子白佛言世尊我自知過去世時
曾爲國王名悉鞞梨於四城門普施爲福於
其城内有四交道亦於其中布施作福時有
第一夫人來詣我言大王大作福德而我無
力修諸福業我時告言城東門外布施作福

悉皆屬汝時諸王子復來白我大王多作功德夫人亦同而我無力作諸福業我今願得依於大王少作功德我時答言城南門外所作施福悉皆屬汝時有大臣復來白我今日大王多作功德夫人王子悉皆共之而我無力作諸福業願依大王少有所作我時告言城西門外所作施福悉皆屬汝時諸將士復來白我今日大王多作功德夫人太子及諸大臣悉皆共之唯我無力能修福業願依大王得有所作我時答言城北門外所作施福悉皆屬汝國中庶民復來白我今日大王多作功德夫人王子大臣諸將悉皆共之唯我無力不能修福願依大王少有所作我時答言於其城內四交道頭所作施福悉屬汝等爾時國王夫人大臣將士庶民悉皆惠施作諸功德我先所作惠施功德於茲則斷時我所使諸作福者還至我所爲我作禮而白我言大王當知諸修福處夫人王子大臣將士及諸庶民各據其處行施作福大王所施於茲則斷我時答言善男子諸方邊國歲輸財物應入我者分半入庫分其半分即於彼處惠施作福彼聞教旨往詣邊國集諸財物半送於庫半留於彼惠施作福我先長夜如是惠施作福長夜常得可愛可念可意福報常受快樂無有窮極以斯福業及福果福報悉皆入於大功德聚數譬如五大河合爲一流所謂恒河耶蒱那薩羅由伊羅跋提摩醯如是五河合爲一流無有人能量其河水百千萬億斗斛之數彼大河水得爲大水聚數我亦如是所作功德果功德報不可稱量悉得

入於大功德聚數爾時悉鞞梨天子聞佛所
說歡喜隨喜稽首佛足即没不現
如是我聞一時佛住舍衛國祇樹給孤獨園
時有一天子容色絶妙於後夜時來詣佛所
稽首佛足退坐一面身諸光明皆悉遍照祇
樹給孤獨園時彼天子說偈問佛
何等人能爲　遠遊善知識　何等人能爲
居家善知識　何等人能爲　通財善知識
何等人能爲　後世善知識
爾時世尊以偈答言
商人之導師　遊行善知識　貞祥賢良妻
居家善知識　宗親相習近　通財善知識
自所修功德　後世善知識
時彼天子復說偈言
久見婆羅門　逮得般涅槃　一切怖已過

永超世恩愛
時彼天子聞佛所說歡喜隨喜稽首佛足即
没不現
如是我聞一時佛住舍衛國祇樹給孤獨園
時有一天子容色絶妙於後夜時來詣佛所
稽首佛足退坐一面身諸光明遍照祇樹給
孤獨園時彼天子而說偈言
冥運持命去　故令人短壽　爲老所侵迫
而無救護者　覩斯老病死　令人大恐怖
唯作諸功德　樂往至樂所
爾時世尊說偈答言
冥運持命去　故令人短壽　爲老所侵迫
而無救護者　觀此有餘過　令人大恐怖
當斷世貪愛　無餘涅槃樂
時彼天子復說偈言

久見婆羅門　逮得般涅槃　一切怖已過
永超世恩愛
時彼天子聞佛所說歡喜隨喜稽首佛足即
沒不現
如是我聞一時佛住舍衛國祇樹給孤獨園
時有一天子容色絕妙於後夜時來詣佛所
稽首佛足退坐一面身諸光明遍照祇樹給
孤獨園時彼天子說偈問佛
斷除於幾法　幾法應棄捨　而復於幾法
增上方便修　幾聚應超越　比丘度駛流
爾時世尊說偈答言
斷除五捨五　增修於五根　超越五和合
比丘度流淵
時彼天子復說偈言
久見婆羅門　逮得般涅槃　一切怖已過
永超世恩愛
時彼天子聞佛所說歡喜隨喜稽首佛足即
沒不現
如是我聞一時佛住舍衛國祇樹給孤獨園
時有天子容色絕妙於後夜時來詣佛所稽
首佛足退坐一面身諸光明遍照祇樹給孤
獨園時彼天子說偈問佛
幾人於覺眠　幾人於眠覺　幾人取塵垢
幾人得清淨
爾時世尊說偈答言
五人於覺眠　五人於眠覺　五人取於垢
五人得清淨
時彼天子復說偈言
久見婆羅門　逮得般涅槃　一切怖已過
永超世恩愛

時彼天子聞佛所說歡喜隨喜稽首佛足即
沒不現
如是我聞一時佛住舍衛國祇樹給孤獨園
時有天子容色絶妙於後夜時來詣佛所稽
首佛足退坐一面身諸光明遍照祇樹給孤
獨園時彼天子而說偈言
母子更相喜　牛主樂其牛　衆生樂有餘
無樂無餘者
爾時世尊說偈答言
母子更相憂　牛主憂其牛　有餘衆生憂
無餘則無憂
時彼天子復說偈言
久見婆羅門　逮得般涅槃　一切怖已過
永超世恩愛
時彼天子聞佛所說歡喜隨喜稽首佛足即
沒不現
如是我聞一時佛住舍衛國祇樹給孤獨園
時有天子容色絶妙於後夜時來詣佛所稽
首佛足退坐一面身諸光明遍照祇樹給孤
獨園時彼天子說偈問佛
何等人之物　何名第一伴　以何而活命
衆生何處依
爾時世尊說偈答言
田宅衆生有　賢妻第一伴　飲食已存命
業爲衆生依
時彼天子復說偈言
久見婆羅門　逮得般涅槃　一切怖已過
永超世恩愛
時彼天子聞佛所說歡喜隨喜稽首佛足即
沒不現

如是我聞一時佛住舍衛國祇樹給孤獨園
時有天子容色絶妙來詣佛所稽首佛足身
諸光明遍照祇樹給孤獨園時彼天子而説
偈言
所愛無過子　財無貴於牛　光明無過日
薩羅無過海
爾時世尊説偈答言
愛無過於己　財無過於穀　光明無過慧
薩羅無過見
時彼天子復説偈言
久見婆羅門　逮得般涅槃　一切怖已過
永超世恩愛
時彼天子聞佛所説歡喜隨喜稽首佛足即
沒不現
如是我聞一時佛住舍衛國祇樹給孤獨園
時有天子容色絶妙來詣佛所稽首佛足身
諸光明遍照祇樹給孤獨園時彼天子而説
偈言
刹利兩足尊　犎牛四足勝　童英爲上妻
貴生爲上子
爾時世尊説偈答言
正覺兩足尊　生馬四足勝　順夫爲賢妻
漏盡子之上
時彼天子復説偈言
久見婆羅門　逮得般涅槃　一切怖已過
永超世恩愛
時彼天子聞佛所説歡喜隨喜稽首佛足即
沒不現
如是我聞一時佛住舍衛國祇樹給孤獨園
時有天子容色絶妙來詣佛所稽首佛足身

諸光明遍照祇樹給孤獨園時彼天子而說
偈言
從地起衆生 何者爲最勝 於空墮落者
復以何勝上 凡所祈請處 何者最第一
於諸言語中 何者爲上辯
時有一天本爲田家子今得生天上以本習
故即便說偈答彼天子
五穀從地生 是則爲最勝 種子於空中
落地爲最勝 犎牛資養人 是則依中勝
愛子有所說 是則言中勝
彼發問天子語答者言我不問汝何故多言
輕躁妄說我自說偈問世尊言
從地起衆生 何者爲最勝 於空墮地者
復以何爲勝 凡所祈請處 何者爲最勝
於諸言語中 何者爲上辯
爾時世尊說偈答言
從下踊出者 三明爲最上 從空流下者
三明亦第一 賢聖弟子僧 是師依之上
如來之所說 諸說之最辯
時彼天子復說偈言
世間幾法起 幾法相順可 世幾法取愛
世幾法損減
爾時世尊說偈答言
世六法等起 世六法順可 世六法取愛
世六法損減
時彼天子復說偈言
久見婆羅門 逮得般涅槃 一切怖已過
永超世恩愛
時彼天子聞佛所說歡喜隨喜稽首佛足即
沒不現

如是我聞一時佛住舍衛國祇樹給孤獨園
時有天子容色絶妙於後夜時來詣佛所稽
首佛足退坐一面身諸光明遍照祇樹給孤
獨園時彼天子說偈問佛
誰持世間去　誰拘牽世間　何等爲一法
制御於世間
爾時世尊說偈答言
心持世間去　心拘引世間　其心爲一法
能制御世間
時彼天子復說偈言
久見婆羅門　逮得般涅槃　一切怖已過
永超世恩愛
時彼天子聞佛所說歡喜隨喜稽首佛足即
沒不現
如是我聞一時佛住舍衛國祇樹給孤獨園
時有天子容色絶妙於後夜時來詣佛所稽
首佛足退坐一面身諸光明遍照祇樹給孤
獨園時彼天子說偈問佛
誰縛於世間　誰調伏令解　斷除何等法
說名得涅槃
爾時世尊說偈答言
欲能縛世間　調伏欲解脫　斷除愛欲者
說名得涅槃
時彼天子復說偈言
久見婆羅門　逮得般涅槃　一切怖已過
永超世恩愛
時彼天子聞佛所說歡喜隨喜稽首佛足即
沒不現
如是我聞一時佛住舍衛國祇樹給孤獨園
時有一天子容色絶妙於後夜時來詣佛所

稽首佛足退坐一面身諸光明遍照祇樹給孤獨園時彼天子説偈問佛

誰掩於世間　誰遮絡世間　誰結縛衆生
何處建立世

爾時世尊説偈答言

衰老掩世間　死遮絡世間　愛繫縛衆生
法建立世間

時彼天子復説偈言

久見婆羅門　逮得般涅槃　一切怖已過
永超世恩愛

時彼天子聞佛所説歡喜隨喜稽首佛足即沒不現

如是我聞一時佛住舍衛國祇樹給孤獨園時有一天子容色絶妙於後夜時來詣佛所稽首佛足退坐一面身諸光明遍照祇樹給孤獨園時彼天子説偈問佛

誰隱彼世間　誰繫於世間　誰憶於衆生
誰建衆生幢

爾時世尊説偈答言

無明覆世間　愛結縛衆生　隱覆憶衆生
我慢衆生幢

時彼天子即復説偈而問佛言

誰無有覆蓋　誰復無愛結　誰即出隱覆
誰不建慢幢

爾時世尊説偈答言

如來等正覺　正智心解脫　不爲無明覆
亦無愛結繫　超出於隱覆　摧滅我慢幢

時彼天子復説偈言

久見婆羅門　逮得般涅槃　一切怖已過
永超世恩愛

時彼天子聞佛所說歡喜隨喜稽首佛足即没不現

如是我聞一時佛住舍衛國祇樹給孤獨園時有一天子容色絶妙於後夜時來詣佛所稽首佛足退坐一面身諸光明遍照祇樹給孤獨園時彼天子說偈問佛

何等爲上士　所有資財物　云何善修習
而致於安樂　云何衆味中　得爲最上味
云何衆生中　得爲第一壽

爾時世尊說偈答言

清淨信樂心　名士夫勝財　修行於正法
能招安樂果　眞諦之妙說　是則味之上
賢聖智慧命　是爲壽中最

時彼天子復說偈言

久見婆羅門　逮得般涅槃　一切怖已過
永超世恩愛

時彼天子聞佛所說歡喜隨喜稽首佛足即没不現

如是我聞一時佛住舍衛國祇樹給孤獨園時有一天子容色絶妙於後夜時來詣佛所稽首佛足退坐一面身諸光明遍照祇樹給孤獨園時彼天子說偈問佛

云何爲比丘　同已之第二　云何爲比丘
隨順教授者　比丘於何處　遊心自娛樂
娛樂彼處已　能斷諸結縛

爾時世尊說偈答言

信爲同已二　智慧教授者　涅槃喜樂處
比丘斷結縛

時彼天子復說偈言

久見婆羅門　逮得般涅槃　一切怖已過

永超世恩愛

時彼天子聞佛所說歡喜隨喜稽首佛足即沒不現

如是我聞一時佛住舍衞國祇樹給孤獨園時有天子容色絕妙於後夜時來詣佛所稽首佛足身諸光明遍照祇樹給孤獨園時彼天子說偈問佛

云何善至老　云何善建立　云何為人寶
云何賊不奪

爾時世尊說偈答言

正戒善至老　淨信善建立　智慧為人寶
功德賊不奪

時彼天子復說偈言

久見婆羅門　逮得般涅槃　一切怖已過
永超世恩愛

時彼天子聞佛所說歡喜隨喜稽首佛足即沒不現

如是我聞一時佛在舍衞國祇樹給孤獨園時有天子容色絕妙於後夜時來詣佛所稽首佛足身諸光明遍照祇樹給孤獨園時彼天子說偈問佛

何法生衆生　何等前驅馳　云何起生死
何者不解脫

爾時世尊說偈答言

愛欲生衆生　意在前驅馳　衆生起生死
苦法不解脫

時彼天子復說偈言

久見婆羅門　逮得般涅槃　一切怖已過
永超世恩愛

時彼天子聞佛所說歡喜隨喜稽首佛足即

沒不現
如是我聞一時佛在舍衛國祇樹給孤獨園
時有天子容色絕妙於後夜時來詣佛所稽
首佛足身諸光明遍照祇樹給孤獨園時彼
天子說偈問佛
何法生衆生　何等前驅馳　云何起生死
何法可依怙
爾時世尊說偈答言
愛欲生衆生　意在前驅馳　衆生起生死
業者可依怙
時彼天子復說偈言
久見婆羅門　逮得般涅槃　一切怖已過
永超世恩愛
時彼天子聞佛所說歡喜隨喜稽首佛足即
沒不現
如是我聞一時佛在舍衛國祇樹給孤獨園
時有天子容色絕妙於後夜時來詣佛所稽
首佛足身諸光明遍照祇樹給孤獨園時彼
天子說偈問佛
何法生衆生　何等前驅馳　云何起生死
何法甚可畏
爾時世尊說偈答言
愛欲生衆生　意在前驅馳　衆生起生死
業爲甚可畏
時彼天子復說偈言
久見婆羅門　逮得般涅槃　一切怖已過
永超世恩愛
時彼天子聞佛所說歡喜隨喜稽首佛足即
沒不現
如是我聞一時佛在舍衛國祇樹給孤獨園

時有天子容色絕妙於後夜時來詣佛所稽首佛足身諸光明遍照祇樹給孤獨園時彼天子說偈問佛

何名爲非道　云何日夜遷　云何垢梵行　云何累世間

爾時世尊說偈答言

貪欲名非道　壽命日夜遷　女人梵行垢　女則累世間　熾然修梵行　已洗諸非小

時彼天子復說偈言

久見婆羅門　逮得般涅槃　一切怖已過　永超世恩愛

時彼天子聞佛所說歡喜隨喜稽首佛足即沒不現

如是我聞一時佛在舍衛國祇樹給孤獨園

時有天子容色絕妙於後夜時來詣佛所稽首佛足身諸光明遍照祇樹給孤獨園時彼天子說偈問佛

何法映世間　何法無有上　何等爲一法　普制御衆生

爾時世尊說偈答言

名者映世間　名者世無上　唯有一名法　能制御世間

時彼天子復說偈言

久見婆羅門　逮得般涅槃　一切怖已過　永超世恩愛

時彼天子聞佛所說歡喜隨喜稽首佛足即沒不現

如是我聞一時佛在舍衛國祇樹給孤獨園

時有天子容色絕妙於後夜時來詣佛所稽首佛足身諸光明遍照祇樹給孤獨園時彼

天子說偈問佛

何法爲偈因　以何莊嚴偈　偈者何所依

何者爲偈體

爾時世尊說偈答言

欲者是偈因　文字莊嚴偈　名者偈所依

造作爲偈體

時彼天子復說偈言

久見婆羅門　逮得般涅槃　一切怖已過

永超世恩愛

時彼天子聞佛所說歡喜隨喜稽首佛足即沒不現

如是我聞一時佛住舍衛國祇樹給孤獨園時有天子容色絕妙於後夜時來詣佛所稽首佛足退坐一面身諸光明遍照祇樹給孤獨園時彼天子說偈問佛

云何知車乘　云何復知火　云何知國土

云何知妻婦

爾時世尊說偈答言

見幢蓋知車　見烟則知火　見王知國土

見夫知其妻

時彼天子復說偈言

久見婆羅門　逮得般涅槃　一切怖已過

永超世恩愛

時彼天子聞佛所說歡喜隨喜稽首佛足即沒不現

雜阿含經卷第三十六

音釋

驃（毗召切）摩醯（醯音希摩醯河名也）駃（音史疾也）覺（音教寤也又夢醒曰覺）犎牛（犎音封牛名也犎牛出罽賓國領上肉犦肤起狀如橐駝或云即橐駝也）

雜阿含經卷第三十七

宋天竺三藏求那跋陀羅譯

如是我聞一時佛住舍衛國祇樹給孤獨園時有尊者叵求那住東園鹿母講堂疾病困篤尊者阿難往詣佛所稽首禮足退住一面白佛言世尊尊者叵求那住東園鹿母講堂疾病困篤如是病比丘多有死者善哉世尊願至東園鹿母講堂尊者叵求那所以哀愍故爾時世尊嘿然而許至日晡時從禪覺往詣東園鹿母講堂至尊者叵求那房敷座而坐爲尊者叵求那種種說法示教照喜示教照喜已從座起去尊者叵求那世尊去後尋即命終當命終時諸根喜悅顏貌清淨膚色鮮白時尊者阿難供養尊者叵求那舍利已往詣佛所稽首佛足却住一面白佛言世尊尊者叵求那世尊來後尋便命終臨命終時諸根喜悅膚色清淨鮮白光澤不審世尊彼當生何趣云何受生後世云何佛告阿難若有比丘先未病時未斷五下分結若覺病起其身苦患心不調適生分微弱得聞大師教授教誡種種說法彼聞法已斷五下分結阿難是則大師教授說法福利復次阿難若有比丘先未病時未斷五下分結然後病起身遭苦患生分轉微不蒙大師教授教誡說法然遇諸餘多聞大德修梵行者教授教誡說法得聞法已斷五下分結阿難是名教授教誡聽法福利復次阿難若比丘先未病時不斷五下分結乃至生分微弱不聞大師教授教誡說法復不聞餘多聞大德諸梵行者教授教誡說法然後先所受法獨靜思惟稱量

觀察得斷五下分結阿難是名思惟觀察先所聞法所得福利復次阿難若有比丘先未病時斷五下分結不得無上愛盡解脫不起諸漏心善解脫然後得病身遭苦患生分微弱得聞大師教授教誡說法得無上愛盡解脫不起諸漏離欲解脫阿難是名大師說法福利復次阿難若有比丘先未病時斷五下分結不得無上愛盡解脫不起諸漏離欲解脫覺身病起極遭苦患不得大師教授教誡說法然得諸餘多聞大德諸梵行者教授教誡說法得無上愛盡解脫不起諸漏離欲解脫阿難是名教授教誡聞法福利復次阿難若有比丘先未病時斷五下分結不得無上愛盡解脫不起諸漏離欲解脫其身病起極生苦患不得大師教授教誡說法不得諸餘多聞大德教授教誡說法然先所聞法獨一靜處思惟稱量觀察得無上愛盡解脫不起諸漏離欲解脫阿難是名思惟先所聞法所得福利何緣巨求那比丘不得諸根欣悅色貌清淨膚體鮮澤巨求那比丘先未病時未斷五下分結彼親從大師聞教授教誡說法斷五下分結世尊爲彼尊者巨求那受阿那含記佛說此經已尊者阿難聞佛所說歡喜隨喜作禮而去

如是我聞一時佛住舍衛國祇樹給孤獨園爾時尊者阿濕波誓在東園鹿母講堂身遭重病極生苦患尊者富鄰尼瞻視供給如前跋迦梨修多羅廣說謂說三受乃至轉增無損佛告阿濕波誓汝莫變悔阿濕波誓白佛言世尊我實有變悔佛告阿濕波誓汝得無

破戒耶阿濕波誓白佛言世尊我不破戒佛告阿濕波誓汝不破戒何爲變悔阿濕波誓白佛言世尊我先未病時得身息樂正受多修習我於今日不復能得入彼三昧我作是思惟將無退失是三昧耶佛告阿濕波誓我今問汝隨意答我阿濕波誓汝見色即是我異我相在不阿濕波誓白佛言不也世尊復問汝見受想行識是我異我相在不阿濕波誓白佛言不也世尊佛告阿濕波誓汝既不見色是我異我相在不見受想行識是我異我相在何故變悔阿濕波誓白佛言世尊不正思惟故佛告阿濕波誓若沙門婆羅門三昧堅固三昧平等若不得入彼三昧不應作念我於三昧退減若復聖弟子不見色是我異我相在不見受想行識是我異我相在但當作是覺知貪欲永盡無餘瞋恚愚癡永盡無餘貪恚癡永盡無餘已一切漏盡無漏心解脫慧解脫現法自知作證我生已盡梵行已立所作已作自知不受後有佛說是法時尊者阿濕波誓不起諸漏心得解脫歡喜踊悅歡喜踊悅故身病即除佛說此經令尊者阿濕波誓歡喜隨喜已從座起而去差摩迦修多羅如五受陰處說

如是我聞一時佛住舍衛國祇樹給孤獨園時有異比丘年少新學於此法律出家未久少知識獨一客旅無人供給住邊聚落客僧房中疾病困篤時有衆多比丘詣佛所稽首禮足却坐一面白佛言世尊有一比丘年少新學乃至疾病困篤住邊聚落客僧房中有是病比丘多死無活善哉世尊往彼住處以

哀愍故爾時世尊默然而許即日晡時從禪覺至彼住處彼病比丘遥見世尊扶牀欲起佛告比丘息卧勿起云何比丘苦患寧可忍不如前差摩修多羅廣說如是三受乃至病苦但增不損佛告病比丘我今問汝隨意答我汝得無變悔耶病比丘白佛實有變悔世尊佛告病比丘汝得無犯戒耶病比丘白佛言世尊實不犯戒佛告病比丘汝若不犯戒何爲變悔病比丘白佛世尊我年幼稚出家未久於過人法勝妙知見未有所得我作是念命終之時知生何處故生變悔佛告比丘我今問汝隨意答我云何比丘有眼故有眼識耶比丘白佛如是世尊復問比丘於意云何有眼識故有眼觸眼觸因緣生内受若苦若樂不苦不樂耶比丘白佛如是世尊耳鼻舌身意亦如是說云何比丘若無眼則無眼識耶比丘白佛如是世尊復問比丘若無眼識則無眼觸耶若無眼觸則無眼觸因緣生内受若苦若樂不苦不樂耶比丘白佛如是世尊耳鼻舌身意亦如是說是故比丘當善思惟如是法得善命終後世亦善爾時世尊爲病比丘種種說法示教照喜已從座起去時病比丘世尊去後尋即命終臨命終時諸根喜悅顏貌清淨膚色鮮白時衆多比丘詣佛所稽首禮足退坐一面白佛言世尊彼年少比丘疾病困篤尊者今已命終當命終時諸根喜悅顏貌清淨膚色鮮白云何世尊如是比丘當生何處云何受生後世云何佛告諸比丘彼命過比丘是眞實物聞我說法分明解了於法無畏得般涅槃汝等但當供養

舍利世尊爾時爲彼比丘授第一記佛說此經已諸比丘聞佛所說歡喜奉行

如是我聞一時佛住舍衛國祇樹給孤獨園如上說差別者諦聽善思當爲汝說若彼比丘作如是念我此識身及外境界一切相無有我我所見我慢繫著使及心解脫慧解脫現法自知作證具足住於此識身及外境界一切相無有我我所見我慢繫著使及彼心解脫慧解脫現法自知作證具足住彼比丘我此識身及外境界一切相無有我我所見我慢繫著使及心解脫慧解脫現法自知作證具足住於此識身及外境界一切相無有我我所見我慢繫著使及心解脫慧解脫現法自知作證具足住若彼比丘於此識身及外境界一切相無有我我所見我慢繫著使及心解脫慧解脫現法自知作證具足住於此識身及外境界一切相無有我我所見我慢繫著使及彼心解脫慧解脫現法自知作證具足住者是名比丘斷愛欲縛諸結上慢無間等究竟苦邊佛說此經已諸比丘聞佛所說歡喜奉行

如是我聞一時佛住舍衛國祇樹給孤獨園如上說差別者乃至佛告病比丘汝不自犯戒耶比丘白佛言世尊我不以持淨戒故於世尊所修梵行佛告比丘汝以何等法故於世尊所修梵行比丘白佛爲離貪欲故於世尊我所修梵行比丘白佛爲離貪欲故於世尊所修梵行爲離瞋恚愚癡故於世尊所修梵行佛告比丘如是如是汝正應爲離貪欲故於我所修梵行離瞋恚愚癡故於我所修梵行比丘貪欲纏故不得離欲無明纏故慧不

清淨是故比丘於離欲故心解脱離無明故慧解脱若比丘於欲離欲心解脱身作證離無明故慧解脱是名比丘斷諸愛欲縛結縛上慢無間等究竟苦邊是故比丘於此法善思惟如前廣説乃至授第一記佛説此經已諸比丘聞佛所説歡喜隨喜作禮而去

如是我聞一時佛住舍衛國祇樹給孤獨園時有衆多比丘集於伽棃隸講堂時多有比丘疾病爾時世尊晡時從禪覺往至伽棃隸講堂於大衆前敷座而坐已告諸比丘當正念正智以待時是則爲我隨順之教比丘云何爲正念謂比丘内身身觀念處精勤方便正念正智調伏世間貪憂外身身觀念處内外身身觀念處内受外受内外受内心外心内外心内法外法内外法法觀念處精勤方便正念正智調伏世間貪憂是名比丘正憶念云何正智謂比丘若來若去正智而住視瞻觀察屈伸俯仰執持衣鉢行住坐卧眠覺乃至五十六十依語默正智行比丘是名正智如是比丘正念正智住者能起樂受有因緣非無因緣云何因緣謂緣於身作是思惟我此身無常有爲心因緣生樂受亦無常有爲心因緣生身及樂受樂受觀察無常觀察生滅觀察離欲觀察滅盡觀察捨彼觀察身及樂受無常乃至捨已若於身及樂受貪欲使者永不復使如是正念正智生苦受因緣非不因緣云何爲因緣如是緣身作是思惟我此身無常有爲心因緣生苦受亦無常有爲心因緣生身及苦受觀察無常乃至捨於此及苦受瞋恚所使永不復使如是正念正

智生不苦不樂受因緣非不因緣云何因緣謂身因緣作是思惟我此身無常有爲心因緣生彼不苦不樂受亦無常有爲心因緣生彼身及不苦不樂受觀察無常乃至捨若所有身及不苦不樂受無明所使永不復使多聞聖弟子如是觀者於色猒離於受想行識猒離猒離已離欲離欲已解脱解脱知見我生已盡梵行已立所作已作自知不受後有爾時世尊即說偈言

樂覺所覺時　莫能知樂覺　貪欲使所使
不見於出離　苦受所覺時　莫能知苦受
瞋恚使所使　不見出離道　不苦不樂受
等正覺所說　彼亦不能知　終不度彼岸
若比丘精勤　正智不傾動　於彼一切受
黠慧能悉知　能知諸受已　現法盡諸漏
依慧而命終　涅槃不墮數

佛說此經已諸比丘聞佛所說歡喜奉行

如是我聞一時佛住舍衛國祇樹給孤獨園如上說時有衆多比丘集會迦梨隸講堂多有疾病如上說差別者乃至聖弟子如是觀者於色解脱於受想行識解脱我說是等解脱生老病死爾時世尊即說偈言

智慧多聞者　非不覺諸受　若於苦樂受
分別諦明了　當知堅固事　凡夫有昇降
於樂不染著　於苦不傾動　知受不受生
依於貪恚覺　斷除斯等已　其心善解脱
繫念緣妙境　正向待終期　若比丘精勤
正智不傾動　於此一切受　慧者能覺知
了知諸受已　現法盡諸漏　依慧而命終
涅槃不墮數

佛說此經已諸比丘歡喜作禮而去

如是我聞一時佛住舍衛國祇樹給孤獨園爾時給孤獨長者得病身極苦痛世尊聞已晨朝著衣持鉢入舍衛城乞食次第乞食至給孤獨長者舍長者遥見世尊憑牀欲起世尊見已即告之言長者勿起增其苦患世尊即坐告長者言云何長者病可忍不身所苦患爲增爲損長者白佛甚苦世尊難可堪忍乃至說三受如差摩修多羅廣說乃至苦受但增不損佛告長者當如是學於佛不壞淨於法僧不壞淨聖戒成就長者白佛如世尊說四不壞淨我有此法此法中有我世尊我今於佛不壞淨法僧不壞淨聖戒成就佛告長者善哉善哉即記長者得阿那含果長者白佛唯願世尊今於此食爾時世尊默而許之長者即勑辦種種淨美飲食供養世尊世尊食已爲長者種種說法示教照喜已從座起而去

如是我聞一時佛住舍衛國祇樹給孤獨園時尊者阿難聞給孤獨長者身遭苦患往詣其舍長者遥見阿難憑牀欲起乃至說三受如前叉摩修多羅廣說乃至苦患但增不損時尊者阿難告長者言勿恐怖若愚癡無聞凡夫不信於佛不信法僧聖戒不具故有恐怖亦畏命終及後世苦汝今不信已斷已知於佛淨信具足於法僧淨信具足聖戒成就長者白尊者阿難我今何所恐怖我始於王舍城寒林中丘塜間見世尊即得於佛不壞淨於法僧不壞淨聖戒成就自從是來家有錢財悉與佛弟子比丘比丘尼優婆塞優婆

夷共尊者阿難言善哉長者汝自記説是須陀洹果長者白尊者阿難可就此食尊者阿難默然受請即辦種種淨美飲食供養尊者阿難食已復爲長者種種説法示教照喜已從座起而去

如是我聞一時佛住舍衞國祇樹給孤獨園爾時尊者舍利弗聞給孤獨長者身遭苦患聞已語尊者阿難知不給孤獨長者身遭苦患當共往看尊者阿難默然而許時尊者舍利弗與尊者阿難共詣給孤獨長者舍長者遥見尊者舍利弗扶牀欲起乃至説三種受如叉摩修多羅廣説身諸苦患轉增無損尊者舍利弗告長者言當如是學不著眼不依眼界生貪欲識不著耳鼻舌身意亦不著不依意界生貪欲識不著色不依色界生貪欲識不著聲香味觸法不依法界生貪欲識不著於地界不依地界生貪欲識不著於水火風空識界不依識界生貪欲識不著色陰不依色陰生貪欲識不著受想行識陰不依識陰生貪欲識時給孤獨長者悲歎流淚尊者阿難告長者言汝今怯劣也長者白阿難不怯劣也我自顧念奉佛以來二十餘年未聞尊者舍利弗説深妙法如今所聞尊者舍利弗告長者言我亦久來未嘗爲諸長者説如是法長者白尊者舍利弗有居家白衣有勝信勝念勝樂不聞深法而生退没善哉尊者舍利弗當爲居家白衣説深妙法以哀愍故尊者舍利弗今於此食尊者舍利弗等默然受請即設種種淨美飲食恭敬供養食已復爲長者種種説法示教照喜已即

從座起而去

達磨提離長者修多羅亦如世尊爲給孤獨長者初修多羅廣說第二修多羅亦如是說差別者若復長者依此四不壞淨已於上修習六念謂念如來事乃至念天長者白佛言世尊依四不壞淨於上修六隨念我今悉成就我常修念如來事乃至念天佛告長者善哉善哉汝今自記阿那含果長者白佛唯願世尊受我請食爾時世尊默然受請長者知佛受請已即具種種淨美飲食恭敬供養世尊食已復爲長者種種說法示教照喜已從座起而去

如是我聞一時佛住王舍城迦蘭陀竹園時有長壽童子是樹提長者孫子身嬰重病爾時世尊聞長壽童子身嬰重病晨朝著衣持鉢入王舍城乞食次第到長壽童子舍長壽童子遥見世尊扶牀欲起乃至說三受如叉摩修多羅廣說乃至病苦但增無損是故童子當如是學於佛不壞淨於法僧不壞淨聖戒成就當如是學童子白佛言世尊如世尊說四不壞淨我今悉有我常於佛不壞淨於法僧不壞淨聖戒成就佛告童子汝當依四不壞淨於上修習六明分想何等爲六謂一切行無常想無常苦想苦無我想觀食想一切世間不可樂想死想童子白佛言如世尊說依四不壞淨修習六明分想我今悉有然我作是念我命終後不知我祖父樹提長者當云何爾時樹提長者語長壽童子言汝於我所顧念且停汝今且聽世尊說法思惟憶念可得長夜福利安樂饒益時長壽童子言

我於一切諸行當作無常想無常苦想苦無我想觀食想一切世間不可樂想死想常現在前佛告童子汝今自記斯陀含果長壽童子白佛言世尊唯願世尊住我舍食爾時世尊默然而許長壽童子即辦種種淨美飲食恭敬供養世尊食已復爲童子種種說法示教照喜已從座起而去

如是我聞一時佛住波羅柰國仙人住處鹿野苑中時婆藪長者身遭苦患爾時世尊聞婆藪長者身遭苦患如前達摩提那長者修多羅廣說得阿那含果記乃至從座起而去

如是我聞一時佛住迦毗羅衛國尼拘律園中時有釋氏沙羅疾病瘻篤爾時世尊聞釋氏沙羅疾病瘻篤晨朝著衣持鉢入迦維羅衛國乞食次到釋氏沙羅舍釋氏沙羅遥見世尊扶牀欲起乃至說三受如差摩迦修多羅廣說當如是學於佛不壞淨於法僧不壞淨聖戒成就釋氏沙羅白佛言如世尊說於佛不壞淨於法僧不壞淨聖戒成就我悉有之我常於佛不壞淨於法僧不壞淨聖戒成就佛告釋氏沙羅是故汝當依佛不壞淨法僧不壞淨聖戒成就於上修習五喜處何等爲五謂念如來事乃至自所施法釋氏沙羅白佛言如世尊說依四不壞淨修五喜處我亦有之我常念如來事乃至自所施法佛言善哉善哉汝今自記斯陀含果沙羅白佛唯願世尊今我舍食爾時世尊默然而許沙羅長者即辦種種淨美飲食恭敬供養世尊食已復爲沙羅長者種種說法示教照喜已從座起而去

如是我聞一時佛住那梨聚落曲谷精舍爾時耶輸長者疾病困篤如是乃至得阿那含果記如達摩提那修多羅廣說

如是我聞一時佛住瞻婆國竭伽池側時有摩那提那長者疾病新差時摩那提那長者語一士夫言善男子汝往尊者阿那律所為我稽首阿那律足問訊起居輕利安樂住不明日通身四人願受我請若受請者汝復為我白言我俗人多有王家事不能得自往奉迎唯願尊者時到通身四人來赴我請哀愍故時彼男子受長者教詣尊者阿那律所稽首禮足白言尊者摩那提那長者敬禮問訊少病少惱起居輕利安樂住不唯願尊者通身四人明日日中哀受我請時尊者阿那律默然受請時彼士夫復以摩那提那長者語白尊者阿那律我是俗人多有王家事不得躬自奉迎唯願尊者通身四人明日日中哀受我請憐愍故尊者阿那律陀言汝且自安我自知時明日通身四人往詣其舍時彼士夫受尊者阿那律教還白長者阿梨當知我已詣尊者阿那律具宣尊意尊者阿那律言汝且自安我自知時彼長者摩那提那夜辦淨美飲食晨朝復告彼士夫汝往至彼尊者阿那律所白言時到時彼士夫即受教行詣尊者阿那律所稽首禮足白言供具已辦唯願知時時尊者阿那律著衣持鉢通身四人詣長者舍時摩那提那長者婇女圍遶住內門左見尊者阿那律舉體執足敬禮引入就座各別稽首問訊起居退坐一面尊者阿那律問訊長者堪忍安樂住不長者答言如是

尊者堪忍樂住先遭疾病當時羸篤今已蒙差尊者阿那律答長者言汝住何住能令疾病苦患時得除差長者白言尊者阿那律我住四念處專修繫念故身諸苦患時得休息何等爲四謂内身身觀念住精勤方便正念正智調伏世間貪憂内身外身内外身内受外受内外受内心外心内外心内法外法内外法法觀念住精勤方便正念正智調伏世間貪憂如是尊者阿那律我於四念處繫心住故身諸苦患時得休息尊者阿那律告長者言身諸苦患時得休息尊者阿那律告長者言汝今自記阿那含果時摩那提那長者以種種淨美飲食自手供養自恣飽滿食已澡漱畢摩那提那長者復坐畢牀聽說妙法尊者阿那律種種說法示教照喜已從座起去

如是我聞一時佛住王舍城金師精舍時有淳陀長者來詣佛所稽首佛足退坐一面爾時世尊問淳陀長者汝今愛樂何等沙門婆羅門淨行淳陀白佛有沙門婆羅門奉事於水事毗濕波天執杖澡罐常冷其手如是正士能善說法言善男子月十五日以胡麻屑菴摩羅屑以澡其髮修行齋法被著新淨長鬘白氎牛糞塗地而臥其上言善男子晨朝早起以手觸地作如是言此地清淨我如是淨手執牛糞團幷把生草口說是言此是清淨我如是淨若如是者見爲清淨不如是者永不清淨世尊如是像類沙門婆羅門若爲清淨我所宗仰佛告淳陀有黑法黑報不淨不淨果負重向下成就如此諸惡法者雖復晨朝早起以手觸地唱言清淨猶是不淨正

復不觸亦不清淨執牛糞團并及生草唱言
清淨亦復不淨正復不觸亦不清淨淳陀何
等爲黑黑報不淨不淨果負重向下乃至觸
以不觸悉皆不淨淳陀謂殺生惡業手常血
腥心常思惟撾捶殺害無慙無愧慳貪恪惜
於一切衆生乃至昆蟲不離於殺於他財物
聚落空地皆不離盜行諸邪婬若父母兄弟
姊妹夫主親族乃至授花鬘者如是等護以
力强干不離邪婬不實妄語或於王家眞實
言家多衆聚集求當言處作不實說不見言
見見言不見不聞言聞聞言不聞知言不知
不知言知因自因他或因財利知而妄語而
不捨離是名妄語兩舌乖離傳此向彼傳彼
向此遞相破壞令和合者離離者歡喜是名
兩舌不離惡口罵詈若人軟語悅耳心喜方

正易知樂聞無依說多人愛念適意隨順三
昧捨如是等而作剛强多人所惡不愛不適
意不順三昧說如是等言不離麤澁是名惡
口綺飾壞語不時言不實言無義言非法言
不思言如是等名壞語不捨離貪於他財物
而起貪欲言此物我有者好不捨瞋恚弊惡
心思惟言彼衆生應縛應鞭應杖應殺欲爲
生難不捨邪見顚倒如是見如是說無施無
報無福無善行惡行無善惡業果報無此世
無他世無父母無衆生世間無世阿羅漢
等起等向此世他世自知作證我生已盡梵
行已立所作已作自知不受後有淳陀是名
黑黑報不淨不淨果乃至觸以不觸皆悉不
淨淳陀有白白報淨有淨果輕仙上昇成就
已晨朝觸地此淨我淨者亦得清淨若不觸

者亦得清淨把牛糞圍手執生草淨因淨果淨執與不執亦得清淨淳陀何等爲白白報乃至執以不執亦得清淨謂有人不殺生離殺生捨刀杖慚愧悲念一切衆生不偷盜遠離偷盜與者取不與不取淨心不貪離於邪婬若父母護乃至授一花鬘者悉不強干起於邪婬離於妄語審諦實說遠離兩舌不傳此向彼傳彼向此共相破壞離者令和和者隨喜遠離惡口不剛強多人樂其所說離於壞語諦說時說實說義說法說見說離於貪欲不於他財他衆具作已有想而生貪著離於瞋恚不作是念撾打縛殺爲作衆難正見成就不顛倒見有施說有有福有善惡行果報有此世有父母有衆生生有世阿羅漢於此世他世現法自知作證我生已盡梵行已立所作已作自知不受後有淳陀是名白白報乃至觸與不觸皆悉清淨爾時淳陀長者聞佛所說歡喜隨喜作禮而去

如是我聞一時佛住王舍城金師精舍時有異婆羅門於十五日洗頭已受齋法被新長鬘白氎手執生草來詣佛所與世尊面相問訊慰勞已退坐一面爾時佛告婆羅門汝洗頭被新長鬘白氎是誰家法婆羅門白佛瞿曇是學捨法佛告婆羅門云何婆羅門捨法婆羅門白佛言瞿曇如是十五日洗頭受持法齋著新淨長鬘白氎手執生草隨力所能布施作福瞿曇是名婆羅門修行捨行佛告婆羅門賢聖法律所行捨行異於此也婆羅門白佛瞿曇云何爲賢聖法律所行捨行佛告婆羅門謂離殺生不樂殺生如前清淨分

廣說依於不殺捨離殺生乃至如前清淨分
廣說離偷盜不樂於盜依於不盜捨不與取
離諸邪婬不樂邪婬依於不婬捨非梵行離
於妄語不樂妄語依不妄語捨不實言離諸
兩舌不樂兩舌依不兩舌捨別離行離於惡
口不樂惡口依不惡口捨於麤言離諸綺語
不樂綺語依不綺語捨無義言斷除貪欲遠
離苦貪依無貪心捨於愛著斷除瞋恚不生
忿恨依於無恚捨彼瞋恨修習正見不起顛
倒依於正見捨彼邪見婆羅門是名賢聖法
律所行捨行婆羅門白佛善哉瞿曇賢聖法
律所行捨行時婆羅門聞佛所說歡喜隨喜
從座起去

如是我聞一時佛住王舍城迦蘭陀竹園時
有生聞梵志來詣佛所與世尊面相問訊慰
勞已退坐一面白佛言瞿曇我有親族極所
愛念忽然命終我為彼故信心布施云何世
尊彼得受不佛告婆羅門非一向得若汝親
族生地獄中者得彼地獄衆生食以活其命
不得汝所信施飲食若生畜生餓鬼人中者
得彼人中飲食不得汝所施者婆羅門餓鬼
趣中有一處名為入處餓鬼若汝親族生彼
入處餓鬼中者得汝施食婆羅門白佛若我
親族不生入處餓鬼趣中者我信施誰應食
之佛告婆羅門若汝所可為信施親族不生
入處餓鬼趣者要有餘親族知識生入處餓
鬼趣中者得食之婆羅門白佛瞿曇若我所
為信施親族不生入處餓鬼趣中亦更無餘
親族知識生入處餓鬼趣者此信施食誰當
食之佛告婆羅門設使所為施親族知識不

生入處餓鬼趣中復無諸餘知識生餓鬼者且信施者自得其福彼施者所作信施而彼施者不失達嚫婆羅門白佛云何施者行施施者得彼達嚫佛告婆羅門有人殺生行惡手常血腥乃至十不善業跡如淳陀修多羅廣說而復施諸沙門婆羅門乃至貧窮乞士悉施錢財衣被飲食燈明諸莊嚴具婆羅門彼惠施主若復犯戒生象中者以彼曾施沙門婆羅門錢財衣被飲食乃至莊嚴衆具故雖在象中亦得受彼施報衣服飲食乃至種種莊嚴衆具若復生牛馬驢騾等種種畜生趣中以本施惠功德悉受其報隨彼生處所應受用皆悉得之婆羅門若復施主持戒不殺不盜乃至正見布施諸沙門婆羅門乃至乞士錢財衣服飲食乃至燈明緣斯功德生人道中坐受其報衣被飲食乃至燈明衆具復次婆羅門若復持戒生天上者彼諸惠施天上受報財寶衣服飲食乃至莊嚴衆具婆羅門是名施者行施施者受達嚫果報不失時生聞婆羅門聞佛所說歡喜隨喜從座起去

如是我聞一時佛在拘薩羅國人間遊行住鞞羅摩聚落北身恕林中鞞羅聚落婆羅門長者聞世尊住聚落北身恕林中聞已共相招集往詣佛所稽首佛足退坐一面白佛言世尊何因何緣有衆生身壞命終生地獄中佛告諸婆羅門長者行非法行危嶮行因緣故身壞命終生地獄中諸婆羅門長者白佛行何等非法行行危嶮行身壞命終生地獄中佛告婆羅門長者殺生乃至邪見具足

十不善業因緣故婆羅門是非法行危嶮行身壞命終生地獄中婆羅門白佛何因緣諸衆生身壞命終得生天上佛告婆羅門長者行法行行正行以是因緣故身壞命終得生天上復問世尊行何等法行何等正行身壞命終得生天上佛告婆羅門長者謂離殺生乃至正見十善業跡因緣故身壞命終得生天上婆羅門長者若有行此法行行此正行者欲求剎利大姓家婆羅門大姓家居士大姓家悉得徃生所以者何以法行正行因緣故若復欲求生四王三十三天乃至他化自在天悉得徃生所以者何以法行正行故行淨戒者其心所願悉自然得若復如是法行正行者欲求生梵天亦得徃生所以者何以行正行法行故持戒清淨心離愛欲所願必得若復欲求徃生光音徧淨乃至阿伽尼吒亦復如是所以者何以彼持戒清淨心離欲故若復欲求離欲惡不善法有覺有觀乃至第四禪具足住悉得成就所以者何以彼法行正行故持戒清淨心離愛欲以所願必得欲求慈悲喜捨空入處識入處無所有入處非想非非想入處皆悉得所以者何以法行正行故持戒清淨心離愛欲所願必得欲求斷三結得須陀洹斯陀含阿那含果無量神通天耳他心智宿命智生死智漏盡智皆悉得所以者何以法行正行故持戒離欲所願必得時婆羅門長者聞佛所說歡喜隨喜作禮而去

如是我聞一時佛在拘薩羅國人間遊行住鞞羅磨聚落北身恕林中時鞞羅磨聚落中

婆羅門長者聞世尊住鞞羅磨聚落身恕林中聞已乘白馬車多將翼從持金柄繖蓋金澡瓶出鞞羅磨聚落詣身恕林至道口下車步進入於園門至世尊前面相問訊慰勞已退坐一面白佛言瞿曇何因緣有人命終生地獄中乃至生天如上修多羅廣說時鞞羅磨婆羅門聞佛所說歡喜隨喜從座起而去

如是我聞一時佛住在拘薩羅人間遊行至鞞紐多羅聚落北身恕林中住鞞紐多羅聚落婆羅門長者聞世尊住聚落北身恕林中聞已共相招引往詣身恕林至世尊所面相慰勞已退坐一面爾時世尊告婆羅門長者我當爲說自通之法諦聽善思何等自通之法謂聖弟子作如是學我作是念若有欲殺我者我所不喜我若所不喜他亦如是云何殺彼作是覺已受不殺生不樂殺生如上說我若不喜人盜於我他亦不喜我云何盜他是故持不盜戒不樂於盜如上說我既不喜人侵我妻他亦不喜我今云何侵人妻婦是故受持不他婬戒如上說我尚不喜爲人所欺他亦如是云何欺他是故受持不妄語戒如上說我尚不喜他人離我親友他亦如是我今云何離他親友是故不行兩舌我尚不喜人加麤言他亦如是云何於他而起罵辱是故於他不行惡口如上說我尚不喜人作綺語他亦如是云何於他而作綺語是故於他不行綺飾如上說如是七種名爲聖戒又復於佛不壞淨成就於法僧不壞淨成就是名聖弟子四不壞淨成就自現前觀察能自記說我地獄盡畜生餓鬼盡一切惡趣盡得

須陀洹不墮惡趣法決定向三菩提七有天人往生究竟苦邊時鞞紐聚落婆羅門長者聞佛所說歡喜隨喜從座起而去

如是我聞一時佛住舍衛國祇樹給孤獨園爾時世尊告諸比丘有相習近法諦聽善思當爲汝說何等爲相習近法謂殺生者殺生者習近盜婬妄語兩舌惡口綺語貪恚邪見各各隨類更相習近譬如不淨物不淨物自相和合如是殺生殺生乃至邪見邪見自相習近如是比丘不殺生不殺生相習近乃至正見正見更相習近譬如淨物淨物自相和合乳生酪酪生酥酥生醍醐醍醐自相和合如是不殺不殺更相習近乃至正見正見更相習近是名比丘相習近法佛說是經已諸比丘聞佛所說歡喜奉行

如是我聞一時佛住舍衛國祇樹給孤獨園爾時世尊告諸比丘有蛇行法諦聽善思當爲汝說何等爲蛇行法謂殺生惡行手常血腥乃至十不善業跡如前淳陀多羅廣說彼當爾時身蛇行口蛇行意蛇行彼如是身口意蛇行已於其二趣向一一趣若地獄若畜生蛇行衆生謂蛇鼠猫狸等腹行衆生是名蛇行法云何非蛇行法謂不殺生乃至正見如前淳陀修多羅十善業跡廣說是名非蛇行法身非蛇行口非蛇行意非蛇行於其二趣生一一趣若天上若人中是名非蛇行法佛說此經已諸比丘聞佛所說歡喜奉行

如是我聞一時佛住舍衛國祇樹給孤獨園爾時世尊告諸比丘有惡業因惡心因惡見因如是衆生身壞命終必墮惡趣泥犂中譬

如圓珠擲著空中落地流轉不一其處如是惡業因惡心因惡見因身壞命終必墮地獄中無住處云何爲惡業謂殺生乃至綺語如上廣說是名惡業云何惡心謂貪恚心如上廣說是名惡心云何惡見謂邪顛倒如上廣說是名惡見是名惡業因惡心因惡見因身壞命終必生惡趣泥犁中善業因善心因善見因身壞命終必生善趣天上婆羅門云何爲善業謂離殺生不樂殺生乃至不綺語是名善業云何善心謂不貪不恚是名心善云何爲善見謂正見不顛倒乃至見不受後有是名善見是名業善因心善因見善因身壞命終得生天上譬如四方摩尼珠擲著空中隨墮則安如是彼三善因所在受生隨處則安佛說是經已諸比丘聞佛所說歡喜奉行

如是我聞一時佛住舍衛國祇樹給孤獨園爾時世尊告諸比丘若殺生人多習多行生地獄中若生人中必得短壽不與取多習多行生地獄中若生人中錢財多難邪婬多習多行生地獄中若生人中所有妻室爲人所圖妄語多習多行生地獄中若生人中多被譏論兩舌多習多行生地獄中若生人中親友乖離惡口多習多行生地獄中若生人中常聞醜聲綺語多習多行生地獄中若生人中言無信用貪欲多習多行生地獄中若生人中增其貪欲瞋恚多習多行生地獄中若生人中增其瞋恚邪見多習多行生地獄中若生人中增其愚癡若離殺生修習多修習得生天上若生人中必得長壽不盜修習多修習得生天上若生人中錢財不喪不邪婬

修習多修習得生天上若生人中妻室循良不妄語修習多修習得生天上若生人中不被讒論不兩舌修習多修習得生天上若生人中親友堅固不惡口修習多修習得生天上若生人中常聞妙音不綺語修習多修習得生天上若生人中言見信用不貪修習多修習得生天上若生人中不增愛欲不恚修習多修習得生天上若生人中不增瞋恚正見修習多修習得生天上若生人中不增愚癡佛說是經已諸比丘聞佛所說歡喜奉行

如是我聞一時佛住舍衞國祇樹給孤獨園爾時世尊告諸比丘殺生有三種謂從貪生故從恚生故從癡生乃至邪見亦三種從貪生從恚生從癡生離殺生亦有三種不貪生不恚生不癡生佛說是經已諸比丘聞佛所說歡喜奉行

如是我聞一時佛住舍衞國祇樹給孤獨園爾時世尊告諸比丘所謂有出法出不出法何等為出法出不出法謂不殺生出於殺生乃至正見出於邪見佛說是經已諸比丘聞佛所說歡喜奉行

如是我聞一時佛住王舍城迦蘭陀竹園時有沙門婆羅門來詣佛所稽首佛足退坐一面白佛言瞿曇所說此彼岸云何此岸云何彼岸佛告婆羅門殺生者謂此岸不殺生者謂彼岸邪見者謂此岸正見者謂彼岸爾時世尊即說偈言

少有修善人　能度於彼岸　一切衆生類
驅馳走此岸　於此正法律　觀察法法相
此等度彼岸　摧伏死魔軍

爾時沙門婆羅門聞佛所說歡喜隨喜從座起去如是異比丘所問尊者阿難所問佛問諸比丘三經亦如上說

如是我聞一時佛住舍衛國祇樹給孤獨園爾時世尊告諸比丘有惡法有眞實法諦聽善思當爲汝說云何爲惡法謂殺生不與取邪婬妄語兩舌惡口綺語貪恚邪見是名惡法云何爲眞實法謂離殺生乃至正見是名眞實法佛說是經已諸比丘聞佛所說歡喜奉行

如是我聞一時佛住舍衛國祇樹給孤獨園爾時世尊告諸比丘有惡法惡惡法有眞實法眞實眞實法諦聽善思當爲汝說云何爲惡法謂殺生乃至邪見是名惡法云何爲惡惡法謂自殺生教人令殺乃至自起邪見復以邪見教人令行是名惡惡法云何爲眞實法謂不殺生乃至正見是名眞實法云何爲眞實眞實法謂自不殺生教人不殺乃至自行正見復以正見教人令行是名眞實眞實法佛說此經已諸比丘聞佛所說歡喜奉行

如是我聞一時佛住舍衛國祇樹給孤獨園爾時世尊告諸比丘有不善男子善男子諦聽善思今當爲汝說云何爲不善男子謂殺生者乃至邪見者是名不善男子云何善男子謂不殺生乃至正見是名善男子佛說此經已諸比丘聞佛所說歡喜奉行

如是我聞一時佛住舍衛國祇樹給孤獨園爾時世尊告諸比丘有不善男子不善男子有善男子善男子諦聽善思當爲汝說云何爲不善男子謂殺生乃至邪見者是名不善

男子云何爲不善男子不善男子謂手自殺生教人令殺乃至自行邪見教人令行邪見是名不善男子不善男子云何爲善男子謂不殺生乃至正見者是名善男子云何爲善男子善男子謂自不殺生教人不殺乃至自行正見復以正見教人令行是名善男子善男子佛說是經已諸比丘聞佛所說歡喜奉行

如是我聞一時佛住舍衛國祇樹給孤獨園爾時世尊告諸比丘若成就十法者如鐵鉾擲水身壞命終下入惡趣泥犂中何等爲十謂殺生乃至邪見若成就十法譬如鐵鉾仰擲虛空身壞命終上生天上何等爲十謂不殺生乃至正見佛說是經已諸比丘聞佛所說歡喜奉行

如是我聞一時佛住舍衛國祇樹給孤獨園爾時世尊告諸比丘若成就二十法者如鐵鉾擲水身壞命終下生惡趣泥犂中何等爲二十謂自手殺生教人令殺乃至自行邪見復以邪見教人令行是名二十法成就如鐵鉾擲水身壞命終下生惡趣泥犂中有二十法成就譬如鐵鉾仰擲虛空身壞命終上生天上何等爲二十法謂自不殺生教人不殺乃至自行正見復以正見教人令行是名二十法成就如鐵鉾仰擲虛空身壞命終上生天上諸比丘聞佛所說歡喜奉行

如是我聞一時佛住舍衛國祇樹給孤獨園爾時世尊告諸比丘三十法成就者如鐵鉾擲水身壞命終下生惡趣泥犂中何等爲三十法謂自手殺生教人令殺讚歎殺生乃至

自行邪見復以邪見教人令行常復讚歎行邪見者是名三十法如鐵鉾穳水身壞命終下生惡趣泥犂中有三十法成就者如鐵鉾仰穳虛空身壞命終上生天上何等爲三十法謂自不殺生教人不殺常復讚歎不殺功德乃至自行正見復以正見教人令行常復讚歎正見功德是名三十法成就如鐵鉾穳空身壞命終上生天上諸比丘聞佛所說歡喜奉行

如是我聞一時佛住舍衛國祇樹給孤獨園爾時世尊告諸比丘有四十法成就如鐵槍投水身壞命終下生惡趣泥犂中何等爲四十法謂手自殺生教人令殺讚歎殺生見人殺生心隨歡喜乃至自行邪見教人令行讚嘆邪見見行邪見心隨歡喜是名四十法成就如鐵槍投水身壞命終下生惡趣泥犂中有四十法成就如鐵鉾穳空身壞命終上生天上何等爲四十謂不殺生教人不殺口常讚嘆不殺功德見不殺者心隨歡喜乃至自行正見教人令行亦常讚歎正見功德見人行者心隨歡喜是名四十法成就如鐵鉾穳空身壞命終上生天上佛說此經已諸比丘聞佛所說歡喜奉行

如是我聞一時佛住舍衛國祇樹給孤獨園爾時世尊告諸比丘有非法有正法諦聽善思當爲汝說何等爲非法謂殺生乃至邪見是名非法何等爲正法謂不殺生乃至正見是名正法佛說此經已諸比丘聞佛所說歡喜奉行

如是我聞一時佛住舍衛國祇樹給孤獨園

爾時世尊告諸比丘有非律有正律諦聽善思當爲汝說何等爲非律謂殺生乃至邪見是名非律何等爲正律謂不殺乃至正見是名正律佛說此經已諸比丘聞佛所說歡喜奉行

如非律正律如是非聖及聖不善及善非親近親近非善哉善哉黑法白法非義正義卑法勝法有罪法無罪法棄法不棄法一一經如上說

雜阿含經卷第三十七

音釋

叵 普火切不可也
㓜稚 稚直利切凡人物幼小皆曰稚
伽棃隸 梵語講堂名也伽求加切隸郎計切
婆藪 梵語也此云天慧藪蘇后切
痿篤 痿於爲切痺濕病也篤冬毒切困也
漱 蘇奏切蕩口也
澡鑵 澡子浩切洗滌也鑵古玩切瓦器也
鬘 莫班切
白㲲 㲲音牒白㲲細毛布也
撾撻 撾陟瓜切撻主藥切並擊也
達䞋 梵語也此云財施䞋初覲切
危嶮行 嶮虛儉切行下孟切危嶮行謂深險不可測之行也
繖 蘇旱切蓋也又繖絲綾爲蓋也
鐵鉾 鉾莫浮切鐵鉾鉤兵也長二丈爲鉾
穳 七丸切逆擲也鐵鉾穳水言易入而無礙也
槍 七羊切矟也

雜阿含經卷第三十八

宋天竺三藏求那跋陀羅譯

如是我聞一時佛住舍衛國祇樹給孤獨園時有尊者善生新剃鬚髮著袈裟衣正信非家出家學道來詣佛所稽首佛足退坐一面爾時世尊告諸比丘諸比丘當知此善生善男子有二處端嚴一者剃除鬚髮著袈裟衣正信非家出家學道二者盡諸有漏無漏心解脫慧解脫現法自知作證我生已盡梵行已立所作已作自知不受後有爾時世尊即說偈言

寂靜盡諸漏　比丘莊嚴好　離欲斷諸結
涅槃不復生　持此最後身　摧伏魔怨敵

佛說此經已諸比丘聞佛所說歡喜奉行

如是我聞一時佛住舍衛國祇樹給孤獨園時有異比丘形色醜陋難可觀視爲諸比丘之所輕慢來詣佛所爾時世尊四衆圍遶見彼比丘來皆起輕想更相謂言彼何等比丘隨路而來形貌醜陋難可觀視爲人所慢爾時世尊知諸比丘心之所念告諸比丘汝等見彼比丘來形狀甚醜難可視見令人起慢不諸比丘白佛唯然已見佛告諸比丘汝等勿於彼比丘起於輕想所以者何彼比丘已盡諸漏所作已作離諸重擔斷諸有結正智心善解脫諸比丘汝等莫妄量於人唯有如來能量於人彼比丘詣佛所稽首佛足退坐一面爾時世尊復告諸比丘汝等見此比丘稽首作禮退坐一面不比丘白佛唯然已見佛告諸比丘汝等勿於是比丘起於輕想乃至汝等莫量於人唯有如來能知人耳爾時

世尊即說偈言

飛鳥及走獸　莫不畏師子　唯師子獸王
無有與等者　如是智慧人　雖小則爲大
莫取其身相　而生輕慢心　何用巨大身
多肉而無慧　此賢勝智慧　則爲上士夫
離欲斷諸結　涅槃永不生　持此最後身
摧伏衆魔軍

佛說此經已諸比丘聞佛所說歡喜奉行

如是我聞一時佛住王舍城迦蘭陀竹園爾時提婆達多有利養起摩竭陀王阿闍世毗提希子日日侍從五百乘車來詣提婆達多所日日持五百釜食供養提婆達多提婆達多將五百人別衆受其供養時有衆多比丘晨朝著衣持鉢入王舍城乞食聞提婆達多有如是利養起乃至五百人別衆受其供養乞食已還精舍舉衣鉢洗足畢往詣佛所稽首佛足退坐一面白佛言世尊我等晨朝著衣持鉢入王舍城乞食聞提婆達多有如是利養起乃至五百人別衆受其供養佛告諸比丘汝等莫稱是提婆達多所得利養所以者何彼提婆達多別受利養今則自壞他世亦壞譬如芭蕉竹蘆生果即死來年亦壞提婆達名亦復如是受其利養今世則壞他世亦壞譬如駏驉受胎必死提婆達多亦復如是受諸利養今世亦壞他世亦壞彼愚癡提婆達多隨幾時受其利養當得長夜不饒益苦是故諸比丘當如是學我設有利養起莫生染著爾時世尊即說偈言

芭蕉生果死　竹蘆實亦然　駏驉坐妊死
士以貪自喪　常行非義行　多知不免愚

善法日損減　莖枯根亦傷

佛說此經已諸比丘聞佛所說歡喜奉行

如是我聞一時佛住舍衛國祇樹給孤獨園爾時舍衛國有手比丘是釋氏子在舍衛國命終時有衆多比丘晨朝著衣持鉢入舍衛城乞食聞手比丘釋子於舍衛國命終聞已入舍衛城乞食還舉衣鉢洗足畢詣佛所稽首佛足退坐一面白佛言世尊今日晨朝衆多比丘著衣持鉢入舍衛城乞食聞釋氏子手比丘於舍衛國命終云何世尊手比丘命終當生何處云何受生後世云何佛告諸比丘是手比丘成就三不善法彼命終當生惡趣泥犂中何等三不善法謂貪欲瞋恚愚癡此三不善法結縛於心釋種子手比丘生惡趣泥犂中爾時世尊即說偈言

貪欲瞋恚癡　結縛士夫心　內發還自傷
猶如竹蘆實　無貪恚癡心　是說爲黠慧
內發不自傷　是名爲勝士　是故當離貪
瞋恚癡冥心　比丘智慧明　苦盡般涅槃

佛說此經已諸比丘聞佛所說歡喜奉行

如手比丘難陀修多羅亦如是說

如是我聞一時佛住舍衛國祇樹給孤獨園爾時尊者難陀是佛姨母子好著好衣染色擣治光澤執持好鉢好作嬉戲調笑而行時有衆多比丘來詣佛所稽首佛足退坐一面白佛言世尊尊者難陀是佛姨母子好著好衣擣治光澤執持好鉢好作嬉戲調笑而行爾時世尊告一比丘汝往詣難陀比丘所語難陀言世尊語汝時彼比丘受世尊教往語難陀言世尊語汝難陀聞已即詣佛所稽首

佛足退住一面佛告難陀汝實好著好衣擣治光澤好作嬉戲調笑而行不難陀白佛實爾世尊佛告難陀汝佛姨母子貴姓出家不應著好衣服擣令光澤執持好鉢好作嬉戲調笑而行汝應作是念我是佛姨母子貴姓好出家應作阿練若乞食著糞掃衣常應讚歎著糞掃衣當處山澤不顧五欲爾時難陀受佛教已修阿蘭若行乞食著糞掃衣亦常讚歎著糞掃衣者樂處山澤不顧愛欲爾時世尊即說偈言

難陀何見汝　修習阿蘭若　家家行乞食
身著糞掃衣　樂處於山澤　不顧於五欲

佛說此經已尊者難陀聞佛所說歡喜奉行

如是我聞一時佛在舍衛國祇樹給孤獨園爾時尊者低沙自念我是世尊姑子兄弟故不修恭敬無所顧録亦不畏懼不堪諫止時有衆多比丘往詣佛所稽首佛足退坐一面白佛言世尊尊者低沙自念是世尊姑子兄弟故不修恭敬無所顧録亦不畏懼不堪諫止爾時世尊告一比丘汝往詣低沙比丘所語言低沙大師語汝時彼比丘受世尊教往語低沙比丘言世尊語汝低沙比丘即詣佛所稽首佛足退住一面佛告低沙汝實作是念我是世尊姑子兄弟不修恭敬無所顧録亦不畏懼不堪忍諫不低沙白佛實爾世尊佛告低沙汝不應爾汝應念言我是世尊姑子兄弟故應修恭敬畏懼堪忍諫止爾時世尊即說偈言

善哉汝低沙　離瞋恚爲善　莫生瞋恚心
瞋恚者非善　若能離瞋慢　修行輭下心

然後於我所　修行於梵行

佛說此經已低沙比丘聞佛所說歡喜隨喜作禮而去

如是我聞一時佛住舍衛國祇樹給孤獨園時有尊者毗舍佉般闍梨子集供養堂爲衆多比丘說法言辭滿足妙音清徹句味辯正隨智慧說聽者樂聞無所依說顯現深義令諸比丘一心專聽爾時世尊入盡正受以淨天耳過於人耳聞說法聲從三昧起往詣講堂於大衆前坐告毗舍佉般闍梨子善哉善哉毗舍佉汝能爲諸比丘於此供養堂爲衆多比丘說法言辭滿足乃至顯現深義令諸比丘專精敬重一心樂聽汝當數數爲諸比丘如是說法令諸比丘專精敬重一心樂聽當得長夜以義饒益安隱樂住爾時世尊即說偈言

若不說法者　愚智雜難分　此愚此智慧
無由自顯現　善說清涼法　因說智乃彰
說法爲明照　光顯大仙幢　善說爲仙幢
法爲羅漢幢

佛說此經已尊者毗舍佉般闍梨子聞佛所說歡喜隨喜作禮而去

如是我聞一時佛住舍衛國祇樹給孤獨園時有衆多比丘集供養堂悉共作衣時有一年少比丘出家未久初入法律不欲營助諸比丘作衣時衆多比丘詣世尊所稽首禮足退坐一面白佛言世尊時有衆多比丘集供養堂爲作衣故有一年少比丘出家未久始入法律不欲營助諸比丘作衣爾時世尊問彼比丘汝實不欲營助諸比丘作衣耶彼比

丘白佛言世尊隨我所能當力營助爾時世尊知彼比丘心之所念告諸比丘汝等莫與是年少比丘語所以者何是比丘得四增心法正受現法安樂住不勤而得若彼本心所爲剃鬚髮著袈裟衣出家學道增進修學現法自知作證我生已盡梵行已立所作已作自知不受後有爾時世尊即說偈言

非下劣方便　薄德少智慧　正向於涅槃
免脫煩惱鎖　此賢年少者　逮得上士處
離欲心解脫　涅槃不復生　持此最後身
摧伏衆魔軍

佛說此經已諸比丘聞佛所說歡喜奉行

如是我聞一時佛住舍衛國祇樹給孤獨園時有比丘名曰上座獨住一處亦常讚歎獨一住者獨行乞食食已獨還獨坐禪思時有衆多比丘詣佛所稽首佛足退坐一面白佛言世尊有尊者名曰上座樂一獨處亦常讚歎獨一住者獨入聚落乞食獨出聚落還至住處獨坐禪思爾時世尊語一比丘汝往詣彼上座比丘所語上座比丘言大師告汝比丘受教詣上座比丘所白言尊者大師告汝時上座比丘即時奉命詣世尊所稽首禮足退住一面爾時世尊告上座比丘汝實獨一靜處讚歎獨處者獨行乞食獨出聚落獨坐禪思耶上座比丘白佛實爾世尊佛告上座比丘汝云何獨一處讚歎獨住者獨行乞食獨還住處獨坐禪思上座比丘白佛我唯獨一靜處讚歎獨住者獨行乞食獨出聚落獨坐禪思佛告上座比丘汝是一住者我不言非一住然更有勝妙一住何等爲勝妙一住

謂比丘前者枯乾後者滅盡中無貪喜是婆羅門心不猶豫已捨憂悔離諸有愛羣聚使斷是名一住無有勝住過於此者爾時世尊即說偈言

悉映於一切　悉知諸世間　不著一切法
悉離一切愛　如是樂住者　我說爲一住

佛說此經已尊者上座聞佛所說歡喜隨喜作禮而去

如是我聞一時佛在舍衞國祇樹給孤獨園時有尊者僧迦藍於拘薩羅人間遊行至舍衞國祇樹給孤獨園彼僧迦藍比丘有本二在舍衞國中聞僧迦藍比丘於拘薩羅人間遊行至舍衞國祇樹給孤獨園聞已著好衣服莊嚴華瓔抱其兒來詣祇洹至僧迦藍比丘房前爾時尊者僧迦藍出房露地經行時彼本二來到其前作是言此兒幼小汝捨出家誰當養活時僧迦藍比丘不共語如是再三亦不共語時彼本二作如是言我再三告不與我語不見顧視我今置兒著經行道頭而去言沙門此是汝子汝自養活我今捨去尊者僧迦藍亦不顧視其子彼本二復言是沙門今於此兒都不顧視彼必得仙人難得之處善哉沙門必得解脫情願不遂抱子而去爾時世尊入晝正受以天耳過人之耳聞尊者僧迦藍本二所說即說偈言

來者不歡喜　去亦不憂慼　於世間和合
解脫不染著　我說彼比丘　爲眞婆羅門
來者不歡喜　去亦不憂慼　不染亦無憂
二心俱寂靜　我說是比丘　是眞婆羅門

佛說此經已尊者僧迦藍聞佛所說歡喜隨

喜作禮而去

如是我聞一時佛住舍衛國祇樹給孤獨園爾時尊者阿難獨一靜處作是思惟有三種香順風而熏不能逆風何等爲三謂根香莖香華香或復有香順風熏亦逆風熏亦順風逆風熏耶作是念已晡時從禪覺往詣佛所稽首佛足退住一面白佛言世尊我獨一靜處作是思惟有三種香順風而熏不能逆風何等爲三謂根香莖香華香或復有香順風熏逆風熏亦順風逆風熏耶佛告阿難如是如是有三種香順風熏不能逆風謂根香莖香華香阿難亦有香順風熏逆風熏順風逆風熏阿難順風熏逆風熏順風逆風熏者阿難有善男子善女人在所城邑聚落成就眞實法盡形壽不殺生不偷盜不邪婬不妄語不飲酒如是善男子善女人八方上下崇善士夫無不稱歎言某方某聚落善男子善女人持戒清淨成眞實法盡壽不殺乃至不飲酒阿難是名有香順風熏逆風熏順風逆風熏爾時世尊即說偈言

非根莖華香　能逆風而熏　唯有善士女
持戒清淨香　逆順滿諸方　無不普聞知
多迦羅栴檀　優鉢羅末利　如是比諸香
戒香最爲上　栴檀等諸香　所熏少分限
唯有戒德香　流熏上昇天　斯等淨戒香
不放逸正受　正智等解脫　魔道莫能入
是名安隱道　是道則清淨　正向妙禪定
斷諸魔結縛

佛說此經已尊者阿難聞佛所說歡喜隨喜作禮而去

如是我聞一時佛在摩竭提國人間遊行與千比丘俱皆是古昔縈髮出家皆得阿羅漢諸漏已盡所作已作捨諸重擔逮得已利盡諸有結正智善解脫到善建立支提杖林中住摩竭提王瓶沙聞世尊摩竭提國人間遊行至善建立支提杖林中住與諸小王羣臣翼從車萬二千乘馬萬八千步逐衆無數摩竭提婆羅門長者悉皆從王出王舍城詣世尊所恭敬供養到於道口下車步進及於內門除去五飾脫冠却蓋除扇去劒方脫革屣到於佛前整衣服偏露右肩為佛作禮右遶三帀自稱姓名白佛言世尊我是摩竭提王瓶沙佛告瓶沙如是大王汝是瓶沙可就此坐隨其所安時瓶沙王重禮佛足退坐一面諸王大臣婆羅門居士悉禮佛足次第而坐時鬱鞞羅迦葉亦在座中時摩竭提婆羅門長者作是念為大沙門從鬱鞞羅迦葉所修梵行耶為鬱鞞羅迦葉於大沙門所修梵行耶爾時世尊知摩竭提婆羅門長者心之所念即說偈而問言

鬱鞞羅迦葉　於此見何利　棄汝先所奉
事火等衆事　今可說其義　捨事火之由

鬱鞞迦葉說偈白佛

錢財等滋味　女色五欲果　觀察未來受
斯皆大垢穢　是故悉棄捨　先諸奉火事

爾時世尊復說偈問言

汝不著世間　錢財五色味　復何捨天人

迦葉隨義說

迦葉復以偈荅世尊言

見道離有餘　寂滅無餘跡　無所有不著

無異趣異道　是故悉棄捨　先修奉火事
大會等受持　奉事於水火　愚癡沒於中
志求解脫道　盲無智慧目　向生老病死
不見於正路　永離生死道　今始因世尊
得見無爲道　大龍所說力　得度於彼岸
牟尼廣濟度　安慰無量衆　今始知瞿曇
眞諦超出者

佛復說偈歎迦葉言

善哉汝迦葉　先非惡思量　次第分別求
遂至於勝處

汝今迦葉當安慰汝徒衆之心時鬱鞞羅迦葉即入正受以神足力向於東方上昇虛空作四種神變行住坐卧入火三昧舉身洞然青黃赤白玻瓈紅色身上出水身下出火還燒其身身上出水以灌其身或身上出火以燒其身身下出水以灌其身如是種種現化神通息已稽首佛足白佛言世尊佛是我師我是弟子佛告迦葉我是汝師汝是弟子隨汝所安復座而坐時鬱鞞羅迦葉還復故坐爾時摩竭提婆羅門長者作是念鬱鞞羅迦葉定於大沙門所修行梵行佛說此經已摩竭提王瓶沙及諸婆羅門長者聞佛所說歡喜隨喜作禮而去

如是我聞一時佛住王舍城迦蘭陀竹園時有陀驃摩羅子舊住王舍城典知衆僧飲食牀座隨次差請不令越次時有慈地比丘頻三過次得麤食處食時辛苦作是念怪哉大苦陀驃摩羅子比丘有情故以麤食惱我今我食時極苦我當云何爲其作不饒益事時慈地比丘有姊妹比丘尼名蜜多羅住王舍

城王園比丘尼衆中蜜多羅比丘尼來詣慈地比丘稽首禮足於一面住慈地比丘不顧眄不與語蜜多羅比丘尼語慈地比丘阿闍黎何故不見顧眄不共言語慈地比丘言陀驃摩羅子比丘數以麤食惱我今我食時極苦汝復棄我比丘尼言當如何慈地比丘言汝可至世尊所白言世尊陀驃摩羅子比丘非法不類共我作非梵行波羅夷罪我當證言如是世尊如妹所說比丘尼言阿闍黎我當云何於梵行比丘所以波羅夷謗慈地比丘言汝若不如是者我與汝絕不復來往言語共相瞻視時比丘尼須臾默念而作是言阿闍黎欲令我爾當從其教慈地比丘言汝且待我先至世尊所汝隨後來時慈地比丘即往稽首禮世尊足退住一面蜜多羅比丘尼即隨後至稽首佛足退住一面白佛言世尊一何不善不類陀驃摩羅子於我所作非梵行波羅夷罪慈地比丘復白佛言如妹所說我先亦知爾時陀驃摩羅子比丘即在彼大衆中爾時世尊告陀驃摩羅子比丘汝聞此語不陀驃摩羅子比丘言已聞世尊佛告陀驃摩羅子比丘汝今云何陀驃摩羅子白佛如世尊所知如善逝所知佛告陀驃摩羅子汝言如世尊所知今非是時如今憶念當言憶念不憶念當言不憶念陀驃摩羅子言我不自憶念爾時尊者羅睺羅住於佛後執扇扇佛白佛言世尊不善不類是比丘尼言尊者陀驃摩羅子共我作非梵行慈地比丘言如是世尊我先已知如妹所說佛告羅睺羅我今問汝隨意答我若蜜多羅比丘尼來

語我言世尊不善不類羅睺羅共我作非梵行波羅夷罪慈地比丘復白我言如是世尊如妹所說我先亦知者汝當云何羅睺羅白佛世尊我若憶念當言憶念不憶念當言不憶念佛告羅睺羅愚癡人汝尚得作此語陀驃摩羅子清淨比丘何以不得作如是語爾時世尊告諸比丘於陀驃摩羅子比丘當憶念蜜多羅比丘尼當以自言滅慈地比丘僧當極善訶諫教誡汝云何見何處見汝何因往見世尊如是教已從座起入室坐禪爾時諸比丘於陀驃摩羅子比丘憶念蜜多羅比丘尼與自言滅慈地比丘極善訶諫教誡言汝云何見何處見何因往見如是諫時彼作是言彼陀驃摩羅子不作非梵行不犯波羅夷然陀驃摩羅子比丘三以麤惡食恐怖令我食時辛苦我於陀驃摩羅子比丘愛恚癡怖故作是說然陀驃摩羅子清淨無罪爾時世尊晡時從禪覺至大衆前敷座而坐諸比丘白佛言世尊我等於陀驃摩羅子比丘所憶念持蜜多羅比丘尼與自言滅慈地比丘極善訶諫乃至彼言陀驃摩羅子清淨無罪爾時世尊告諸比丘云何愚癡以因飲食故知而妄語爾時世尊即說偈言

若能捨一法　知而故妄語　不計於後世
無惡而不爲　寧食熱鐵丸　如熾然炭火
不以犯禁戒　而食僧信施

佛說此經已諸比丘聞佛所說歡喜奉行

如是我聞一時佛住王舍城迦蘭陀竹園爾時尊者陀驃摩羅子詣佛所稽首佛足退住一面白佛言世尊我願於佛前取般涅槃世

尊默然如是三啓佛告陀驃摩羅子此有為諸行法應如是爾時尊者陀驃摩羅子即於佛前入於三昧如其正受向於東方昇虛空行現四威儀行住坐臥入火三昧身下出火舉身洞然光炎四布青黃赤白玻瓈紅色身下出火還燒其身身上出水以灑其身或身上出火下燒其身身下出水上灑其身周向十方種種現化已即於空中內身出火還自焚其身取無餘涅槃消盡寂滅令無遺塵譬如空中然燈油炷俱盡陀驃摩羅子空中涅槃身心俱盡亦復如是爾時世尊即說偈言

譬如燒鐵丸　其炎洞熾然　熱勢漸息滅
莫知其所歸　如是等解脫　度煩惱淤泥
諸流永已斷　莫知其所之　逮得不動跡
入無餘涅槃

佛說此經已諸比丘聞佛所說歡喜奉行

如是我聞一時佛在央瞿多羅國人間遊行經陀婆闍梨迦林中見有牧牛者牧羊者採柴草者及餘種種作人見世尊行路見已皆白佛言世尊莫從此道去前有央瞿利摩羅賊脫恐怖人佛告諸人我不畏懼作此語已從道而去彼再三告世尊猶去遥見央瞿利摩羅手執刀楯走向世尊以神力現身徐行令央瞿利摩羅駛走不及走極疲乏已遥語世尊住住勿去世尊並行而答我常住耳汝自不住爾時央瞿利摩羅即說偈言

沙門尚駛行　而言我常住　我今疲倦住
說言汝不住　沙門說云何　我住汝不住

爾時世尊以偈答言

央瞿利摩羅　我說常住者　於一切衆生

謂息於刀杖　汝恐怖衆生　惡業不休息
我於一切蟲　止息於刀杖　汝於一切蟲
常逼迫恐怖　造作兇惡業　終無休息時
我於一切神　止息於刀杖　汝於一切神
長夜苦逼迫　造作黑惡業　于今不止息
我住於自法　一切不放逸　汝不見四諦
故不息放逸

央瞿利摩羅說偈白佛

久乃見牟尼　故隨路而逐　今聞眞妙說
當捨久遠惡　作如是說已　即放捨刀楯
投身世尊足　願聽我出家　佛以慈悲心
大仙多哀愍　告比丘善來　出家受具足

爾時央瞿利摩羅出家已獨一靜處專精思惟所以族姓子剃除鬚髮著袈裟衣正信非家出家學道增修梵行現法自知作證我生已盡梵行已立所作已作自知不受後有時央瞿利摩羅得阿羅漢覺解脫喜樂即說偈言

本受不害名　而中多殺害　今得見諦名
永離於傷殺　身行不殺害　口意俱亦然
當知眞不殺　不迫於衆生　洗手常血色
名央瞿摩羅　浚流之所漂　三歸制令息
歸依三寶已　出家得具足　成就於三明
佛教作已作　調牛以捶杖　伏象以鐵鉤
不以刀捶杖　正度調天人　利刀以水石
直箭以溫火　治杖以斧斤　自調以黠慧
人前行放逸　隨後能自斂　是則照世間
如雲解月現　人前放逸行　隨後能自斂
於世恩愛流　正念而超出　少壯年出家
精勤修佛教　是則照世間　如雲解月現

少壯年出家　精勤修佛教　於世恩愛流
正念以超出　若度諸惡業　正善能令滅
是則照世間　如雲解月現　人前造惡業
正善能令滅　於世恩愛流　正念能超出
我已作惡業　必向於惡趣　已受於惡報
宿債食已食　若彼我怨憎　聞此正法者
得清淨法眼　於我修行忍　不復興鬪訟
蒙佛恩力故　我慈行忍辱　亦常讚歎忍
隨時聞正法　聞已隨修行

佛說此經已央瞿利摩羅聞佛所說歡喜奉行

如是我聞一時佛住王舍城迦蘭陀竹園時有異比丘於夜明相出時出搨補河邊脫衣著岸邊入水洗浴浴已上岸被一衣待身乾時有一天子放身光明普照搨補河側語比丘言汝少出家鮮白髮黑年始盛美應習五欲莊嚴瓔珞塗香華鬘五樂自娛而於是時違親背俗悲泣別離剃除鬚髮著袈裟衣正信非家出家學道如何捨現前樂而求非時之利比丘答言我不捨現前樂求非時樂我今乃是捨非時樂得現前樂天問比丘云何捨非時樂得現前樂比丘答言如世尊說非時之欲少味多苦少利多難我今於現法中已離熾然不待時節能自通達現前觀察緣自知覺如是天子是名捨非時樂得現前樂天復問比丘云何復是如來所說非時之欲少樂多苦云何復是如來所說現法利樂乃至緣自覺知比丘答言我年少出家不能廣宣如來所說正法律儀世尊近在迦蘭陀竹園汝可往詣如來問其所疑如世尊說隨憶

受持天子復言比丘於如來所有諸方天衆多圍遶我先無問未易可詣比丘汝若能爲先白世尊者我可隨往比丘答言當爲汝去天白比丘唯然尊者我隨後來時彼比丘往詣佛所稽首禮足退住一面已向天子往反問答具白世尊今者世尊彼天子誠實言者須臾應至不誠實者自當不來時彼天子遥語比丘我已在此我已在此爾時世尊即說偈言

衆生隨愛想　以愛想而住　以不知愛故
則爲死方便

佛告天子汝解此偈者便可發問天子白佛不解世尊不解善逝佛復說偈而告天子曰

若知所愛者　不於彼生愛　彼此無所有
他人莫能說

佛告天子汝解此義者便可發問天子白佛不解世尊不解善逝佛復說偈言

見等勝劣者　則有言論生　三事不傾動
則無輭中上

佛告天子解此義者則可發問天子白佛不解世尊不解善逝佛復說偈言

斷愛及名色　除慢無所繫　寂滅息瞋恚
離結絕悕望　不見於人天　此世及他世

佛告天子解此義者乃可發問天子白佛已解世尊已解善逝佛說此經已彼天子聞佛所說歡喜隨喜即沒不現

如是我聞一時佛在王舍城迦蘭陀竹園時有異比丘於後夜時至搨補河邊脫衣置岸邊入水洗浴浴已還上岸著一衣待身乾時有一天子放身光明普照搨補河側問比丘

言比丘比丘此是丘塚夜則起烟晝則火然彼婆羅門見已而作是言壞此丘塚發掘者智持以刀劒又見大䵶婆羅門見已作是言除此大䵶發掘者智持以刀劒見有氍氀婆羅門見已作此言却此氍氀發掘者智持以刀劒見有肉段彼婆羅門見已作是言除此肉段發掘者智持以刀劒見有屠殺婆羅門見已作是言壞是屠殺處發掘者智持以刀劒見有楞者彼婆羅門見已作是言却此楞者發掘者智持以刀劒見有二道彼婆羅門見已作是言除此二道發掘者智持以刀劒見有門扇婆羅門見已作是言却此門扇發掘者智持以刀劒見有大龍婆羅門見已作是言止勿却大龍應當恭敬比丘汝來受此論往問世尊如佛所說汝隨受持所以者何除如來我不見世間諸天魔梵沙門婆羅門於此論心悅樂者若諸弟子從我所聞然後能說爾時比丘從彼天所聞此論已往詣世尊稽首禮足退坐一面以彼天子所問諸論廣問世尊云何爲丘塚云何爲夜則起烟云何爲晝則火然云何是婆羅門云何發掘云何智者云何刀劒云何爲大䵶云何氍氀云何爲肉段云何爲屠殺處云何爲楞者云何爲二道云何爲門扇云何爲大龍佛告比丘丘塚者謂衆生身麤四大色父母遺體摶食衣服覆蓋澡浴摩飾長養皆是變壞磨滅之法夜起烟者謂有人於夜時起隨覺隨觀晝行其教身業口業婆羅門者謂如來應等正覺發掘者謂精勤方便智士者謂多聞聖弟子刀劒者謂智慧刀劒大䵶者謂五蓋氍氀

者謂忿恨肉段者謂慳嫉屠殺者謂五欲功德椤者者謂無明二道謂疑惑門扇者謂我慢大龍者謂漏盡羅漢如是比丘若大師爲聲聞所作哀愍悲念以義安慰於汝已作汝等當作所作當於暴露林中空舍山澤巖窟敷草樹葉思惟禪思不起放逸莫令後悔是則爲我隨順之教即說偈言

說身爲丘塚　覺觀夜起烟　晝業爲火然
婆羅門正覺　精進勤發掘　黠慧明智士
以智慧利劒　猒離勝進者　五蓋爲巨黿
忿恨爲氍氀　慳嫉爲肉段　五欲屠殺處
無明爲椤者　疑惑於二道　門扇現我慢
漏盡羅漢龍　究竟斷諸論　故我如是說

佛說此經已彼比丘聞佛所說歡喜奉行

如是我聞一時佛住波羅㮈國仙人住處鹿野苑中爾時世尊晨朝著衣持鉢入波羅㮈城乞食時有異比丘以不住心其心惑亂不攝諸根晨朝著衣持鉢入波羅㮈城乞食是比丘遥見世尊見已攝持諸根端視而行世尊見是比丘攝持諸根端視而行見已入城乞食畢還精舍舉衣鉢洗足已入室坐禪晡時從禪覺入僧中敷坐具於大衆前坐告諸比丘我今晨朝著衣持鉢入波羅㮈城乞食見有比丘以不住心惑亂心諸根放散亦持衣鉢入城乞食彼遥見我即自斂攝竟爲是誰時彼比丘從座起整衣服到於佛前偏袒右肩合掌白佛世尊我於晨朝入城乞食其心惑亂不攝諸根行遥見世尊即自斂心攝持諸根佛告比丘善哉善哉汝見我已能自斂心攝持諸根比丘是法應當如是若見比

丘亦應自攝持若復見比丘尼優婆塞優婆夷亦當如是攝持諸根當得長夜以義饒益安隱快樂爾時衆中復有異比丘說偈歎曰

以其心迷亂　不專繫念住　晨朝持衣鉢
入城邑乞食　中路見大師　威德容儀備
欣悅生慙愧　即攝持諸根

佛說此經已諸比丘聞佛所說歡喜奉行

雜阿含經卷第三十八

音釋

釜食（釜扶兩切量六斗四升曰釜）駈驢（駈音巨驢音虛駈驢獸名又騾名也）擣（都皓切舂也）調笑（調徒弔切試也又嘲也笑謂以言嘲調而笑也）阿練若（梵語也此云閑靜處若爾者切）革屣（屣所綺切革屣皮履也）顧眄（眄莫甸切顧眄謂眷顧眄俔也）炎（與談同以贍切火光也）楯（尹竪切兵器干櫓之屬）浚流（浚私閏切浚流謂深水也）掘（其月切穿也）氍毹（氍音劬毛席也毹音閭毛布也）楞耆（梵語也楞盧登切耆音祈）摶食（摶音團摶食以手團食也）巖窟（巖魚咸切岸也又石窟曰巖窟苦骨切土室曰窟）

雜阿含經卷第三十九

宋天竺三藏求那跋陀羅譯

如是我聞一時佛住波羅柰國鹿野苑中爾時世尊晨朝著衣持鉢入波羅柰城乞食時有異比丘著衣持鉢入城乞食於其路邊住一樹下起不善覺以依惡貪爾時世尊見彼比丘住一樹下以生不善覺依惡貪嗜而告之曰比丘比丘莫種苦種而發薰生臭汁漏流出若比丘種苦種子自發薰生臭汁漏流出者欲令蛆蠅不競集者無有是處時彼比丘作是念世尊知我心之惡念即生恐怖身毛皆竪爾時世尊入城乞食畢還精舍舉衣鉢洗足已入室坐禪晡時從禪覺至於僧中於衆前敷座而坐告諸比丘我今晨朝著衣持鉢入城乞食見一比丘住於樹下以生不善覺依惡貪嗜我時見已即告之言比丘比丘莫種苦種發薰生臭惡汁流出若有比丘種苦種子發薰生臭惡汁流出蛆蠅不集無有是處時彼比丘即思念佛已知我心之所念慙愧恐怖心驚毛竪隨路而去時有異比丘從座起整衣服偏袒右肩合掌白佛世尊云何苦種云何生臭云何汁流云何蛆蠅佛告比丘忿怒煩怨名曰苦種五欲功德名爲生臭於六觸入處不攝律儀是名汁流謂觸入處不攝已貪憂諸惡不善心競生是名蛆蠅爾時世尊即說偈言

耳目不防護　貪欲從是生　是名爲苦種
生臭汁潛流　諸覺觀氣味　依於惡貪嗜
聚落及空處　若於晝若夜　遠離修梵行
究竟於苦邊　若内心寂靜　決定諦明了

卧覺常安樂　諸惡蛆蠅滅　正士所習近
善說賢聖路　了知八正道　不還更受身
佛說此經已諸比丘聞佛所說歡喜奉行
如是我聞一時佛住舍衛國祇樹給孤獨園爾時世尊晨朝著衣持鉢入舍衛城乞食食畢還精舍洗足已入安陀林坐禪時有異比丘亦復晨朝著衣持鉢入舍衛城乞食食畢還精舍洗足已入安陀林坐一樹下入晝正受是比丘入晝正受時有惡不善覺起依貪嗜心時有天神依安陀林住止者作是念此比丘不善不類於安陀林坐禪而起不善覺心依惡貪我當往訶責作是念已往語比丘言比丘比丘作瘡疣耶比丘答言當治令愈天神語比丘瘡如鐵鑊云何可復比丘答言正念正知足能令復天神白言善哉善哉此是眞賢治瘡如是治瘡究竟能愈無有發時
爾時世尊晡時從禪覺還祇樹給孤獨園入僧中於大衆前敷座而坐告諸比丘我今晨朝著衣持鉢入舍衛城乞食乞食還至安陀林坐禪入晝正受有一比丘亦乞食還至安陀林坐一樹下入晝正受而彼比丘起不善覺心依惡貪有天神依安陀林住語比丘言比丘比丘作瘡疣耶如上廣說乃至如是比丘善哉善哉此治衆賢爾時世尊即說偈言
士夫作瘡疣　自生於苦患　願求世間欲
心依於惡貪　以生瘡疣故　蛆蠅競來集
愛欲爲瘡疣　蛆蠅諸惡覺　及諸貪嗜心
皆悉從意生　鑽鑿士夫心　以求華名利
欲火轉熾然　妄想不善覺　身心日夜羸
遠離寂靜道　著內心寂靜　決定智明了

無有斯瘡疣　見佛安隱路　正士所遊跡
賢聖善宣說　明智所知道　不復受諸有
佛說此經已諸比丘聞佛所說歡喜奉行
如是我聞一時佛住毗舍離國獼猴池側重
閣講堂時有衆多比丘晨朝著衣持鉢入毗
舍離乞食時有年少比丘出家未久不閑法
律當乞食時不知先後次第餘比丘見已而
告之言汝是年少出家未久未知法律莫越
莫重前後失次而行乞食長夜當得不饒益
苦年少比丘言諸上座亦復越次不隨前後
非獨我也如是再三不能令止衆多比丘乞
食已還精舍舉衣鉢洗足已詣佛所稽首禮
足退坐一面白佛言世尊我等晨朝著衣持
鉢入毗舍離乞食有一年少比丘於此法律
出家未久行乞食時不以次第前後復重諸
比丘等再三諫不受而作是言諸上座亦不
次第何故訶我我等諸比丘三訶不受故來
白世尊唯願世尊爲除非法哀愍故佛告諸
比丘如空澤中有大湖水有大龍象而居其
中拔諸藕根洗去泥土然後食之食已身體
肥悅多力多樂以是因緣常喜樂住有異種
族象形體羸小效彼龍象拔其藕根洗不能
淨合泥土食食之不消體不肥悅轉轉羸弱
緣斯致死或同死苦如是宿德比丘學道日
久不樂嬉戲久修梵行大師所歎諸餘明智
修梵行者亦復加歎是等比丘依止城邑聚
落晨朝著衣持鉢入城乞食善護身口善攝
諸根專心繫念能令彼人不信者信信者不
異若得財利衣被飲食牀卧湯藥不染不著
不貪不嗜不迷不逐見其過患見其出離然

復食之食已身心悅澤得色得力以是因緣常得安樂彼年少比丘出家未久未閑法律依諸長老依止聚落著衣持鉢入村乞食不善護身不守根門不專繫念不能令彼不信者信信者不變若得財利衣被飲食卧具湯藥染著貪逐不見過患不見出離以嗜欲心食不能令身悅澤安隱快樂緣斯食故轉向於死或同死苦所言死者謂捨戒還俗失正法正律同死苦者謂犯正法律不識罪相不知除罪爾時世尊即說偈言

龍象拔藕根　水洗而食之　異族象傚彼
合泥而取食　同雜泥食故　羸病遂至死

佛說此經已諸比丘聞佛所說歡喜奉行

如是我聞一時佛住王舍城寒林中丘塚間爾時世尊告諸比丘壽命甚促轉就後世應勤習善法修諸梵行無有生而不死者而世間人不勤方便專修善法修賢修義時魔波旬作是念沙門瞿曇住王舍城寒林中丘塚間爲諸聲聞如是說法人命甚促乃至不修賢修義我今當往爲作嬈亂時魔波旬化作年少往住佛前而說偈言

常逼迫衆生　得人間長壽　迷醉放逸心
亦不向死處

爾時世尊作是念此是惡魔來作惱亂即說偈言

常逼迫衆生　受生極短壽　當勤修精進
猶如救頭然　勿得須臾懈　令死魔忽至
知汝是惡魔　速於此滅去

天魔波旬作是念沙門瞿曇已知我心慙愧憂慼即沒不現

如是我聞一時佛住王舍城寒林中丘塚間

爾時世尊告諸比丘一切行無常一切行不恒不安非蘇息變易之法乃至當止一切有爲行猒離不樂解脫時魔波旬作是念今沙門瞿曇住王舍城寒林中爲諸聲聞說如是法一切行無常不恒非蘇息變易之法乃至當止一切有爲猒離不樂解脫我當往彼爲作嬈亂即化作年少往詣佛所住於佛前而說偈言

壽命日夜流　無有窮盡時　壽命當來去

猶如車輪轉

爾時世尊作是念此是惡魔欲作嬈亂即說偈言

日夜常遷流　壽亦隨損減　人命漸消亡

猶如小河水　我知汝惡魔　便自消滅去

時魔波旬作是念沙門瞿曇已知我心慚愧憂慼即没不現

如是我聞一時佛住王舍城迦蘭陀竹園爾時世尊夜起經行至於後夜洗足入室斂身正坐專心繫念時魔波旬作是念今沙門瞿曇於王舍城迦蘭陀竹園夜起經行於後夜時洗足入室正身端坐繫念禪思我今當往爲作嬈亂即化作年少住於佛前而說偈言

我心於空中　執長繩罥下　正欲縛沙門

不令汝得脫

爾時世尊作是念惡魔波旬欲作嬈亂即說偈言

我說於世間　五欲意第六　於彼永已離

一切苦已斷　我已離彼欲　心意識亦然

波旬我知汝　速於此滅去

時魔波旬作是念沙門已知我心慚愧憂慼即沒不現

如是我聞一時佛住王舍城迦蘭陀竹園爾時世尊夜起經行至後夜時洗足入室右脇卧息繫念明想正念正智作起覺想時魔波旬作是念今沙門瞿曇住王舍城迦蘭陀竹園乃至作起覺想我今當往爲作留難即化作年少往住佛前而說偈言

何眠何故眠　已滅何復眠　空舍何以眠
得出復何眠

爾時世尊作是念惡魔波旬欲作嬈亂即說偈言

愛網故染著　無受誰持去　一切有餘盡
唯佛得安眠　汝惡魔波旬　於此何所說

時魔波旬作是念沙門瞿曇已知我心慚愧憂慼即沒不現

如是我聞一時佛住王舍城耆闍崛山中爾時世尊於夜闇時天小微雨電光睒現出房經行時魔波旬作是念今沙門瞿曇住王舍城耆闍崛山中夜闇微雨電光時現出房經行我今當往爲作留難執大團石兩手調弄到於佛前碎成大塵爾時世尊作是念惡魔波旬欲作嬈亂即說偈言

若耆闍崛山　於我前令碎　於佛等解脫
不能動一毛　假令四海內　一切諸山地
放逸之親族　令其碎成塵　亦不能傾動
如來一毛髮

時魔波旬作是念沙門瞿曇已知我心內懷憂慼即沒不現

如是我聞一時佛住王舍城耆闍崛山中爾

時世尊夜起經行至後夜時洗足入房正身端坐繫念在前時魔波旬作是念今沙門瞿曇住王舍城耆闍崛山中夜起經行後夜入房正身端坐繫念在前我今當往爲作留難即化作大龍繞佛身七帀舉頭臨佛頂上身如大船頭如大帆眼如銅鑪舌如曳電出息入息若雷雹聲爾時世尊作是念惡魔波旬欲作嬈亂即說偈言

猶如空舍宅　牟尼心虛寂　於中而旋轉
佛身亦如是　無量凶惡龍　蚊虻蠅蚤等
普集食其身　不能動毛髮　破裂於虛空
傾覆於大地　一切衆生類　悉來作恐怖
刀矛槍利箭　悉來害佛身　如是諸暴害
不能傷一毛

時魔波旬作是念沙門瞿曇已知我心內懷憂慼即沒不現

如是我聞一時佛住王舍城毗婆羅山七葉樹林石室中爾時世尊夜起露地或坐或經行至後夜時洗足入室安身卧息右脅著地足足相累繫念明想正念正智作起覺想時魔波旬作是念沙門瞿曇住王舍城毗婆羅山七葉樹林石室中夜起露地若坐若行至後夜時洗足入室而坐右脅卧息足足相累繫念明想正念正智作起覺想我今當往爲作留難化作年少住佛前而說偈言

爲因我故眠　爲是後邊故　多有錢財寶
何故守空閑　獨一無等侶　而著於睡眠

爾時世尊作是念惡魔波旬欲作嬈亂即說偈言

不因汝故眠　非爲最後邊　亦無多錢財

唯集無憂寶　哀愍世間故　右脅而卧息
覺亦不疑惑　眠亦不恐怖　若晝若復夜
無增亦無損　為哀衆生眠　故無有損減
正復以百槍　貫身常揺動　猶得安隱眠
已離内槍故

時魔波旬作是念沙門瞿曇已知我心内懷憂慼即没不現

如是我聞一時佛住王舍城毗婆羅山七葉樹林石室中時有尊者瞿低迦住王舍城仙人山側黑石室中獨一思惟不放逸行修自饒益時受意解脱身作證數數退轉一二三四五六反退還復得時受意解脱身作證尋復退轉彼尊者瞿低迦作是念我獨一靜處思惟不放逸行精勤修習以自饒益時受意解脱身作證而復數數退轉乃至六反猶復退轉我今當以刀自殺莫令第七退轉時魔波旬作是念沙門瞿曇住王舍城毗婆羅山側七葉樹林石窟中有弟子瞿低迦住王舍城仙人山側黑石室中獨一靜處專精思惟得時受意解脱身作證六反退轉而復還得彼作是念我已六反退而復還得莫令我第七退轉我寧以刀自殺莫令第七退轉若彼比丘以刀自殺者莫令自殺出我境界去我今當往告彼大師爾時波旬執瑠璃柄琵琶詣世尊所鼓弦說偈

大智大方便　自在大神力　得熾然弟子
而今欲取死　大牟尼當制　勿令其自殺
何聞佛世尊　正法律聲聞　學其所不得
而取於命終

時魔說此偈已世尊說偈答言

波旬放逸種　以自事故來　堅固具足士
常住妙禪定　晝夜勤精進　不顧於性命
見三有可畏　斷除彼愛欲　已摧伏魔軍
瞿低般涅槃　波旬心憂惱　琵琶落於地
內懷憂慼已　即沒而不現

爾時世尊告諸比丘汝等當來共至仙人山側黑石室所觀瞿低迦比丘以刀自殺爾時世尊與衆多比丘往至仙人山側黑石室中見瞿低迦比丘殺身在地告諸比丘汝等見此瞿低迦比丘殺身在地不諸比丘白佛唯然已見世尊佛告比丘汝等見瞿低迦比丘周帀繞身黑闇烟起充滿四方不比丘白佛已見世尊佛告比丘此是惡魔波旬於瞿低迦善男子身側周帀求其識神然比丘瞿低迦以不住心執刀自殺爾時世尊爲瞿低迦比丘受第一記爾時波旬而說偈言

上下及諸方　遍求彼識神　都不見其處
瞿低何所之

爾時世尊復說偈言

如是堅固士　一切無所求　拔恩愛根本
瞿低般涅槃

佛說此經已諸比丘聞佛所說歡喜奉行

如是我聞一時佛住鬱鞞羅聚落尼連禪河側於菩提樹下成佛未久時魔波旬作是念今沙門瞿曇住鬱鞞羅聚落尼連禪河側於菩提樹下成佛未久我當往彼爲作留難即化作年少往住佛前而說偈言

獨入一空處　禪思靜思惟　已捨國財寶
於此復何求　若求聚落利　何不習近人
既不習近人　終竟何所得

爾時世尊作是念惡魔波旬欲作嬈亂即說偈言

已得大財利　志足安寂滅　摧伏諸魔軍
不著於色欲　獨一而禪思　服食禪妙樂
是故不與人　周旋相習近

魔復說偈言

瞿曇若自知　安隱涅槃道　獨善無為樂
何為強化人

佛復說偈答言

非魔所制處　來問度彼岸　我則以正答
令彼得涅槃　時得不放逸　不隨魔自在

魔復說偈言

有石似凝膏　飛烏欲來食　竟不得其味
損觜還歸空　我今亦如彼　徒勞歸天宮

魔說是已內懷憂慼心生變悔低頭伏地以指畫地魔有三女一名愛欲二名愛念三名愛樂來至波旬所而說偈言

父今何愁慼　士夫何足憂　我以愛欲繩
縛彼如調象　牽來至父前　令隨父自在

魔答女言

彼已離恩愛　非欲所能招　已出於魔境
是故我憂愁

時魔三女身放光燄熾如雲中電來詣佛所稽首禮足退住一面白佛言我今歸世尊足下給侍使令爾時世尊都不顧視知如來離諸愛欲心善解脫如是第二第三說時三魔女自相謂言士夫有種種隨形愛欲今當各各變化作百種童女色作百種初嫁色作百種未產色作百種已產色作百種中年色作百種宿年色作此種種形類詣沙門瞿曇所

作是言今悉歸尊足下供給使令作此議已即作種種變化如上所說詣世尊所稽首禮足退住一面白佛言世尊我等今日歸尊足下供給使令爾時世尊都不顧念如來法離諸愛欲如是再三說已時三魔女自相謂言若未離欲士夫見我等種種妙體心則迷亂欲氣衝擊胷臆破裂熱血熏面然今沙門瞿曇於我等所都不顧眄如其如來離欲解脫得善解脫想我等今日當復各各說偈而問復到佛前稽首禮足退住一面愛欲天女即說偈言

獨一禪寂默　捨俗錢財寶　既捨於世利
今復何所求　若求聚落利　何不習近人
竟不習近人　終竟何所得

佛說偈答言

已得大財利　志足安寂滅　摧伏諸魔軍
不著於色欲　是故不與人　周旋相習近

愛念天女復說偈言

多修何妙禪　而度五欲流　復以何方便
度於第六海　云何修妙禪　於諸深廣欲
得度於彼岸　不爲愛所持

爾時世尊說偈答言

身得止息樂　心得善解脫　無爲無所作
正念不傾動　了知一切法　不起諸亂覺
愛恚睡眠覆　斯等皆已離　如是多修習
得度於五欲　亦於第六海　悉得度彼岸
如是修習禪　於諸深廣欲　悉得度彼岸
不爲彼所持

時愛樂天女復說偈言

已斷除恩愛　淳厚積集欲　多生人淨信

得度於欲流　開發明智慧　超踰死魔境
爾時世尊說偈答言
大方便廣度　入如來法律　斯等皆已度
慧者復何憂
時三天女志願不滿還詣其父魔波旬所時
魔波旬遥見女來說偈弄之
汝等三女子　自誇說堪能　咸放身光燄
如電雲中流　至大精進所　各現其容姿
反爲其所破　如風飄其綿　欲以爪破山
齒齧破鐵丸　欲以髮藕絲　旋轉於大山
和合悉解脫　而望亂其心　若能縛風足
令月空中墮　以手抒大海　氣噓動雪山
和合悉解脫　亦可令傾動　於深巨海中
而求安足地　如來於一切　和合悉解脫
正覺大海中　求傾動亦然

時魔波旬弄三女已即没不現
如是我聞一時佛住鬱鞞羅處尼連禪河側
大菩提樹下初成佛道天魔波旬作是念此
沙門瞿曇在鬱鞞羅住處尼連禪河側菩提
樹下初成佛道我今當往爲作留難即自變
身作百種淨不淨色詣佛所佛遥見波旬百
種淨不淨色作是念惡魔波旬作百種淨不
淨色欲作嬈亂即說偈言
長夜生死中　作淨不淨色　汝何爲作此
不度苦彼岸　若諸身口意　不作留難者
魔所不能教　不隨魔自在　如是知惡魔
於是自滅去
時魔波旬作是念沙門瞿曇已知我心内懷
憂慼即没不現
如是我聞一時佛住鬱鞞羅處尼連禪河側

菩提樹下初成正覺爾時世尊獨一靜處專心禪思作如是念我今解脫苦行善哉我今善解脫苦行先修正願今已果得無上菩提時魔波旬作是念今沙門瞿曇住鬱鞞羅處尼連禪河側菩提樹下初成正覺我今當往爲作留難即化作年少住於佛前而說偈言

大修苦行處　能令得清淨　而今反棄捨
於此何所求　欲於此求淨　淨亦無由得

爾時世尊作是念此魔波旬欲作嬈亂即說偈言

知諸修苦行　皆與無義俱　終不獲其利
如弓但有聲　戒定聞慧道　我已悉修習
得第一清淨　其淨無有上

時魔波旬作是念沙門瞿曇已知我心內懷憂慼即沒不現

如是我聞一時佛住娑羅婆羅門聚落爾時世尊晨朝著衣持鉢入婆羅聚落乞食時魔波旬作是念今沙門瞿曇晨朝著衣持鉢入婆羅聚落乞食我今當往先入其舍語諸信心婆羅門長者令沙門瞿曇空鉢而出時魔波旬隨逐佛後作是唱言沙門沙門都不得食耶爾時世尊作是念惡魔波旬欲作嬈亂即說偈言

汝親於如來　獲得無量罪　汝謂呼如來
受諸苦惱耶

時魔波旬作是言瞿曇更入聚落當令得食爾時世尊而說偈言

正使無所有　安樂而自活　如彼光音天
常以欣悅食　正使無所有　安樂而自活
常以欣悅食　不依於有身

時魔波旬作是念沙門瞿曇已知我心內懷憂慼即没不現

如是我聞一時佛住波羅㮈國仙人住處鹿野苑中爾時世尊告諸比丘我已解脱人天繩索汝等亦復解脱人天繩索汝等當行人間多所過度多所饒益安樂人天不須伴行一一而去我今亦住鬱鞞羅住處人間遊行

時魔波旬作是念沙門瞿曇住波羅㮈仙人住處鹿野苑中爲諸聲聞如是説法我已解脱人天繩索汝等亦能汝等各别人間教化乃至我亦當至鬱鞞羅住處人間遊行我今當往爲作留難即化作年少住於佛前而説偈言

不脱作脱想　謂呼已解脱　爲大縛所縛
我今終不放

爾時世尊作是念惡魔波旬欲作嬈亂即説偈言

我已脱一切　人天諸繩索　已知汝波旬
即自消滅去

時魔波旬作是念沙門瞿曇已知我心內懷憂慼即没不現

如是我聞一時佛住釋氏石主釋氏聚落時石主釋氏聚落多人疫死處處人民若男若女從四方來受持三歸其諸病人若男若女若大若小皆因來者自稱名字我某甲等歸佛歸法歸比丘僧舉村舉邑皆悉如是爾時世尊勤爲聲聞説法時諸信心歸三寶者斯則皆生人天道中時魔波旬作是念今沙門瞿曇住於釋氏石主釋氏聚落勤爲四衆説法我今當往爲作留難化作年少往住佛前

說偈言

何爲勤說法　教化諸人民　相違不相違　而爲彼說法
不免於驅馳　已有繫縛故

爾時世尊作是念惡魔波旬欲作嬈亂即說偈言

汝夜叉當知　衆生羣集生　諸有智慧者
孰能不哀愍　以有哀愍故　不能不教化
哀愍諸衆生　法自應如是

惡魔波旬作是念沙門瞿曇已知我心內懷憂慼即沒不現

如是我聞一時佛住釋氏石主釋氏聚落爾時世尊獨一靜處禪思思惟作是念頗有作王能得不殺不教人殺一向行法不行非法耶時魔波旬作是念今沙門瞿曇住石主釋氏聚落獨一禪思作是念頗有作王不殺生不教人殺一向行法不行非法耶我今當往爲其說法化作年少往住佛前作是言如是世尊如是善逝可得作王不殺生不教人殺一向行法不行非法世尊今可作王善逝今可作王必得如意爾時世尊作是念惡魔波旬欲作嬈亂而告魔言汝魔波旬何故作是言作王世尊作王善逝可得如意魔白佛言我面從佛聞作是說若四如意足修習多修習已欲令雪山王變爲眞金即作不異世尊今有四如意足修習多修習令雪山王變爲眞金如意不異是故我白世尊作王世尊作王善逝可得如意佛告波旬我都無心欲作國王云何當作我亦無心欲令雪山王變爲眞金何由而變爾時世尊即說偈言

正使有眞金　如雪山王者　一人得此金

亦復不知足 是故智慧者 金石同一觀
時魔波旬作是念沙門瞿曇已知我心內懷
憂慼即没不現

如是我聞一時佛住釋氏石主釋氏聚落時
有衆多比丘集供養堂爲作衣事時魔波旬
作是念今沙門瞿曇住於釋氏石主釋氏聚
落衆多比丘集供養堂爲作衣故我今當往
爲作留難化作少壯婆羅門像作大縈髻著
獸皮衣手執曲杖詣供養堂於衆多比丘前
默然而住須臾語諸比丘言汝等年少出家
膚白髮黑年在盛時應受五欲莊嚴自娱如
何違親背族悲泣别離信於非家出家學道
何爲捨現世樂而求他世非時之樂諸比丘
語婆羅門我不捨現世樂求他世非時之樂
乃是捨非時樂就現世樂波旬復問云何捨
非時之樂就現世樂比丘答言如世尊說他
世樂少味多苦少利多患世尊説現世樂者
離諸熾然不待時節能自通達於此觀察緣
自覺知婆羅門是名現世樂時婆羅門三反
掉頭瘖瘂以杖築地即没不現時諸比丘即
生恐怖身毛皆豎此是何等婆羅門像來此
作變即詣佛所稽首禮足退坐一面白佛言
世尊我等衆多比丘集供養堂爲作衣故有
一盛壯婆羅門縈髮大髻來詣我所作是言
汝等年少出家如上廣說乃至三反掉頭瘖
瘂以杖築地即没不現我等即生恐怖身毛
皆豎是何婆羅門像來作此變佛告諸比丘
此非婆羅門是魔波旬來至汝所欲作嬈亂
爾時世尊即說偈言
凡生諸苦惱 皆由於愛欲 知世皆劒刺

何人樂於欲　覺世間有餘　皆悉爲劒刺
是故黠慧者　當勤自調伏　巨積眞金聚
猶如雪山王　一切受用者　意猶不知足
是故黠慧者　當修平等觀
佛說此經已諸比丘聞佛所說歡喜奉行
如是我聞一時佛住釋氏石主釋氏聚落時
有尊者善覺晨朝著衣持鉢入石主釋氏聚
落乞食食已還精舍舉衣鉢洗足已持尼師
壇置右肩上入林中坐一樹下修晝正受作
是念我得善利於正法律出家學道我得善
利遭遇大師如來等正覺我得善利得在梵
行持戒備德賢善眞實衆中我今當得賢善
命終於當來世亦當賢善時魔波旬作是念
今沙門瞿曇住石主釋氏聚落有聲聞弟子
名曰善覺著衣持鉢如上廣說乃至賢善命
終後世亦賢我今當往爲作留難化作大身
盛壯多力見者怖畏謂其力能𧿳覆發動大
地至善覺比丘所善覺比丘遥見大身勇盛
壯士即生恐怖從座起詣佛所稽首禮足退
住一面白佛言世尊我今晨朝著衣持鉢廣
說如上乃至賢善命終後世亦賢見有大身
士夫勇壯熾盛力能動地見生恐怖心驚毛
竪佛告善覺此非大身士夫是魔波旬欲作
嬈亂汝且還去依彼樹下修前三昧動作彼
魔因斯脫苦時尊者善覺即還本處至於晨
朝著衣持鉢入石主釋氏聚落乞食食已還
精舍如上廣說乃至賢善命終後世亦賢時
魔波旬復作是念此沙門瞿曇住於釋氏有
弟子名曰善覺如上廣說乃至賢善命終後
世亦賢我今當往爲作留難復化作大身勇

壯熾盛力能發地往住其前善覺比丘復遥
見之即說偈言
我正信非家　而出家學道　於佛法僧寶
正念繫心住　隨汝變形色　我心不傾動
覺汝爲幻化　便可從此滅
時魔波旬作是念是沙門已知我心内懷憂
慼即没不現
如是我聞一時佛住波羅㮈國仙人住處鹿
野苑中爾時世尊告諸比丘如來聲聞作師
子吼說言已知已知不知如來聲聞於何等
法已知已知故作師子吼謂苦聖諦苦集聖
諦苦滅聖諦苦滅道跡聖諦時天魔波旬作
是念沙門瞿曇住波羅㮈國仙人住處鹿野
苑中爲諸聲聞說法乃至已知四聖諦我今
當往爲作留難化作年少住於佛前而說偈
言
何於大衆中　無畏師子吼　謂呼無有敵
望調伏一切
爾時世尊作是念惡魔波旬欲作嬈亂即說
偈言
如來於一切　甚深正法律　方便師子吼
於法無所畏　若有智慧者　何故自憂怖
時魔波旬作是念沙門瞿曇已知我心内懷
憂慼即没不現
如是我聞一時佛住王舍城多衆踐蹈曠野
中與五百比丘衆俱而爲說法以五百鉢置
於中庭爾時世尊爲五百比丘說五受陰生
滅之法時魔波旬作是念沙門瞿曇住王舍
城多衆踐蹈曠野中與五百比丘俱乃至說
五受陰是生滅法我今當往爲作留難化作

大牛往詣佛所入彼五百鉢間諸比丘即驅莫令壞鉢爾時世尊告諸比丘此非是牛是魔波旬欲作嬈亂即說偈言

色受想行識　非我及我所　若知眞實滅　於彼無所著　心無所著法　超出色結縛　了達一切處　不住魔境界

佛說此經已諸比丘聞佛所說歡喜奉行

如是我聞一時佛住王舍城多衆踐蹈曠野中與六百比丘衆俱爲諸比丘說六觸入處集六觸集六觸滅時魔波旬作是念今沙門瞿曇住王舍城多衆踐蹈曠野爲六百比丘說六觸入處是集法是滅法我今當往爲作留難化作壯士大身勇盛力能動地來詣佛所彼諸比丘遥見壯士身大勇盛見生怖畏身毛皆竪共相謂言彼爲何等形狀可畏爾時世尊告諸比丘此是惡魔欲作嬈亂爾時世尊即說偈言

色聲香味觸　及第六諸法　愛念適可意　世間唯有此　此是最惡貪　能繫著凡夫　超越斯等者　是佛聖弟子　度於魔境界　如日無雲翳

時魔波旬作是念沙門瞿曇已知我心内懷憂慼即沒不現

雜阿含經卷第三十九

音釋

貪嗜 嗜時利切貪嗜喜欲之也 **蛆蠅** 蛆七餘切蟲也蠅余陵切蒼蠅也 **瘡疣** 瘡初良切痍也疣音尤贅也此謂瘡疣胔起惡覺也 **鑽鑿** 鑽祖官切鑿疾各切鑽鑿猶穿鑿也 **罥** 姑法切網也 **蚊虻** 蚊音文虻冒庚切蚊虻並齧人飛蟲也 **蚤** 子皓切齧人跳蟲也 **觜** 子委切鳥喙也 **抒** 直呂切挹也 **掉** 徒弔切搖也 **瘖瘂** 瘖於禽切瘂倚下切瘖瘂病不能言也 **築** 張六切擣也 **踐蹈** 踐慈演切蹋也蹈徒到切履也

雜阿含經卷第四十

宋天竺三藏求那跋陀羅譯

如是我聞一時佛住王舍城迦蘭陀竹園爾時世尊告諸比丘若能受持七種受者以是因緣得生天帝釋處諸天帝釋本爲人時供養父母及家諸尊長和顏輭語不惡口不兩舌常眞實言於慳悋世間雖在居家而不慳惜行解脫施勤施常樂行捨施會供養等施一切爾時世尊即說偈言

供養於父母　及家之尊長　柔和恭遜辭
離麤言兩舌　調伏慳悋心　常修眞實語
彼三十三天　見行七法者　咸各作是言
當來生此天

佛說此經已諸比丘聞佛所說歡喜奉行

如是我聞一時佛住鞞舍離國獼猴池側重閣講堂時有離車名摩訶利來詣佛所稽首佛足退坐一面白佛言世尊見天帝釋不佛答言見離車復問世尊見有鬼似帝釋形以不佛告離車我知天帝釋亦知有鬼似天帝釋亦知彼帝釋法受持彼法緣故得生帝釋處離車帝釋本爲人時供養父母乃至行平等捨爾時世尊即說偈言

供養於父母　及家之尊長　柔和恭遜辭
離麤言兩舌　調伏慳悋心　常修眞實語
彼三十三天　見行七法者　咸各作是言
當來生此天

佛說此經已時摩訶利離車聞佛所說歡喜隨喜作禮而去

如是我聞一時佛住鞞舍離國獼猴池側重閣講堂時有異比丘來詣佛所稽首佛足退

住一面白佛言世尊何因何緣釋提桓因名釋提桓因佛告比丘釋提桓因本爲人時行於頓施沙門婆羅門貧窮困苦求生行路乞施以飲食錢財穀帛華香嚴具牀卧燈明以堪能故名釋提桓因比丘復白佛言世尊何因何緣故釋提桓因復名富蘭陀羅佛告比丘彼釋提桓因本爲人時數數行施衣被飲食乃至燈明以是因緣故名富蘭陀比丘復白佛言何因何緣故復名摩伽婆佛告比丘彼釋提桓因本爲人時名摩伽婆故釋提桓因即以本名名摩伽婆比丘復白佛言何因何緣復名娑婆婆佛告比丘彼釋提桓因本爲人時數以婆詵和衣布施供養以是因緣故釋提桓因名娑婆婆比丘復白佛言世尊何因何緣釋提桓因復名憍尸迦佛告比丘彼釋提桓因本爲人時爲憍尸族姓人以是因緣故彼釋提桓因復名憍尸迦比丘問佛言世尊何因何緣彼釋提桓因名舍脂鉢低佛告比丘彼阿脩羅女名曰舍脂爲天帝釋第一天后是故帝釋名舍脂鉢低比丘白佛言世尊何因何緣釋提桓因復名千眼佛告比丘彼釋提桓因本爲人時聰明智慧於一坐間思千種義觀察稱量以是因緣彼天帝釋復名千眼比丘白佛何因何緣彼釋提桓因復名因提利佛告比丘彼天帝釋於諸三十三天爲王爲主以是因緣故彼天帝釋名因提利佛告比丘然彼釋提桓因本爲人時受持七種受以是因緣得天帝釋何等爲七釋提桓因本爲人時供養父母乃至等行惠施是爲七種受以是因緣爲天帝釋爾時世

尊即說偈言如上廣說佛說此經已諸比丘聞佛所說歡喜奉行

如是我聞一時佛住鞞舍離國獼猴池側重閣講堂爾時世尊告諸比丘過去世時有一夜叉鬼醜陋惡色在帝釋空座上坐三十三天見此鬼醜陋惡色在帝釋空座上坐見已咸各瞋恚諸天如是極瞋恚已彼鬼如是如是隨瞋恚漸漸端正時三十三天往詣天帝釋所白帝釋言憍尸迦當知有一異鬼醜陋惡色在天王空座上坐我等諸天見彼鬼醜陋惡色坐空天王座極生瞋恚隨彼諸天瞋恚彼鬼隨漸端正釋提桓因告諸三十三天彼是瞋恚對治鬼爾時天帝釋自往彼鬼所整衣服偏袒右肩合掌三稱名字而言仁者我是釋提桓因隨釋提桓因如是恭敬下意彼鬼如是如是隨漸醜陋即復不現時釋提桓因自坐已而說偈言

人當莫瞋恚　見瞋莫瞋報　於惡莫生惡
當破壞憍慢　不瞋亦不害　名住賢聖衆
惡罪起瞋恚　堅住如石山　盛瞋恚能持
如制逸馬車　我說善御士　非謂執繩者

佛告諸比丘釋提桓因於三十三天為自在王歎說不瞋汝等如是正信非家出家學道亦應讚歎不瞋當如是學佛說此經已諸比丘聞佛所說歡喜奉行

如是我聞一時佛住舍衛國祇樹給孤獨園爾時世尊晨朝著衣持鉢入舍衛城乞食乞食已還精舍舉衣鉢洗足已持尼師壇著右肩上至安陀林布尼師壇坐一樹下入晝正受爾時祇洹中有兩比丘諍起一人罵詈一

人黙然其駡詈者即便改悔懺謝於彼而彼比丘不受其懺以不受懺故時精舍中衆多比丘共相勸諫高聲閙亂爾時世尊以淨天耳過於人耳聞衹洹中高聲閙亂聞已從禪覺還精舍於大衆前敷座而坐告諸比丘我今晨朝乞食還至安陀林坐禪入盡正受聞精舍中高聲大聲紛紜閙亂竟爲是誰比丘白佛此精舍中有二比丘諍起一比丘駡一者黙然時駡比丘尋向悔謝而彼不受縁不受故多人勸諫故致大聲高聲閙亂佛告比丘云何比丘愚癡之人人向悔謝不受其懺若人懺而不受者是愚癡人長夜當得不饒益苦諸比丘過去世時釋提桓因有三十三天共諍説偈教誡言

於他無害心　瞋亦不纏結　懷恨不經久　於瞋以不住　雖復瞋恚盛　不發於麤言　不求彼闕節　揚人之虚短　常當自防護　以義内省察　不怒亦不害　常與賢聖俱　若與惡人俱　剛強猶山石　盛恚能自持　如制逸馬車　我説爲善御　非謂執繩者

佛告諸比丘釋提桓因於三十三天爲自在王常行忍辱亦復讃歎行忍者汝等比丘正信非家出家學道當行忍辱讃歎忍者應當學佛説此經已諸比丘聞佛所説歡喜奉行

如是我聞一時佛住舍衛國祇樹給孤獨園爾時世尊告諸比丘過去世時天阿脩羅對陣欲戰釋提桓因語毗摩質多羅阿脩羅王莫得各各共相殺害但當論義理屈者伏毗摩質多羅阿脩羅王言設共論義誰當證知理之通塞天帝釋言諸天衆中自有智慧明

記識者阿脩羅衆亦復自有明記識者毗摩質多羅阿脩羅言可爾釋提桓因言汝等可先立論然後我當隨後立論則不爲難時毗摩質多羅阿脩羅王即說偈立論言

我若行忍者　於事則有闕　愚癡者當言
怖畏故行忍

釋提桓因說偈答言

正使愚癡者　言恐怖故忍　及其不言者
於理何所傷　但自觀其義　亦觀於他義
彼我悉獲安　斯忍爲最上

毗摩質多羅阿脩羅復說偈言

若不制愚癡　愚癡則傷人　猶如凶惡牛
捨走逐觸人　執杖而强制　怖畏則調伏
是故堅持杖　折伏彼愚夫

帝釋復說偈言

我常觀察彼　制彼愚夫者　愚者瞋恚盛
智以靜默伏　不瞋亦不害　常與賢聖俱
惡罪起瞋恚　堅住如石山　盛瞋恚能持
如制逸馬車　我說善御士　非謂執繩者

爾時天衆中有天智慧者阿脩羅衆中有阿脩羅智慧者於此偈思惟稱量觀察作是念毗摩質多羅阿脩羅所說偈終竟長夜起於鬬訟戰諍當知毗摩質多羅阿脩羅王教人長夜鬬訟戰諍釋提桓因所說偈長夜終竟息於鬬訟戰諍當知天帝釋長夜教人息於鬬訟戰諍當知帝釋善論得勝佛告諸比丘釋提桓因以善論義伏阿脩羅諸比丘釋提桓因於三十三天爲自在王立於善論讚歎善論汝比丘亦應如是正信非家出家學道亦當善論讚歎善論應當學佛說此經已諸

比丘聞佛所說歡喜奉行

如是我聞一時佛住舍衛國祇樹給孤獨園爾時世尊告諸比丘過去世時有天帝釋天阿脩羅對陣欲戰釋提桓因語三十三天衆言今日諸天與阿脩羅軍戰諸天得勝阿脩羅不如者當生擒毗摩質多羅阿脩羅王以五繫縛將還天宮毗摩質多羅阿脩羅王告阿脩羅衆今日諸天阿脩羅共戰若阿脩羅勝諸天不如者當生擒釋提桓因以五繫縛將還阿脩羅宮當其戰時諸天得勝阿脩羅不如時彼諸天捉得毗摩質多羅阿脩羅王以五繫縛將還天宮縛在帝釋斷法殿前門下帝釋從此門入出之時毗摩質多羅阿脩羅縛在門側瞋恚罵詈時帝釋御者見阿脩羅王身被五縛在於門側帝釋出入之時輒瞋恚罵詈見已即便說偈白帝釋言

釋今爲畏彼　爲力不足耶　能忍阿脩羅
面前而罵辱

釋即答言

不以畏故忍　亦非力不足　何有黠慧人
而與愚夫對

御者復白言

若但行忍者　於事則有闕　愚癡者當言
畏怖故行忍　是故當苦治　以智制愚癡

帝釋答言

我常觀察彼　制彼愚夫者　見愚者瞋盛
智以靜默伏　非力而爲力　是彼愚癡力
愚癡違遠法　於道則無有　若使有大力
能忍於劣者　是則爲上忍　無力何有忍
於他極罵辱　大力者能忍　是則爲上忍

無力何所忍　於巳及他人　善護大恐怖
知彼瞋恚盛　還自守靜默　於二義俱備
自利亦利他　知彼瞋恚盛　還自守靜默
於二義俱備　自利亦利他　謂言愚夫者
以不見法故　愚夫謂勝忍　重增其惡口
未知忍彼罵　於彼常得勝　於勝巳行忍
是名恐怖忍　於等者行忍　是名忍諍忍
於劣者行忍　是則爲上忍
佛告諸比丘釋提桓因於三十三天爲自在王常行忍辱讚歎於忍汝等比丘正信非家出家學道亦應如是行忍讚歎於忍應當學
佛說此經巳諸比丘聞佛所說歡喜奉行
如是我聞一時佛住舍衛國祇樹給孤獨園
爾時世尊告諸比丘過去世時釋提桓因欲入園觀時勑其御者令嚴駕千馬之車詣於園觀御者奉勑即嚴駕駕千馬之車往白帝釋唯俱尸迦嚴駕巳竟惟王知時天帝釋即下常勝殿東向合掌禮佛爾時御者見則心驚毛竪馬鞭落地時天帝釋見御者心驚毛竪馬鞭落地即說偈言
鬼汝何憂怖　馬鞭落於地
御者說偈白帝釋言
見王天帝釋　爲舍脂之夫　所以生恐怖
馬鞭落地者　常見天帝釋　一切諸大地
人天大小王　及四護世主　三十三天衆
悉皆恭敬禮　何處更有尊　尊於帝釋者
而今正東向　合掌修敬禮
爾時帝釋說偈答言
我實於一切　世間大小王　及四護世主
三十三天衆　最爲其尊主　故悉來恭敬

而復有世間　隨順等正覺　名號滿大師
故我稽首禮
御者復白言
是必世間勝　故使天王釋　恭敬而合掌
東向稽首禮　我今亦當禮　天王所禮者
時天帝釋舍脂之夫說如是偈禮佛已來乘千馬車往詣園觀佛告諸比丘彼天帝釋於三十三天爲自在王尚恭敬佛亦復讚歎恭敬於佛汝等比丘正信非家出家學道亦應如是恭敬於佛亦當讚歎恭敬佛者應當學
佛說此經已諸比丘聞佛所說歡喜奉行

如是我聞一時佛住舍衛國祇樹給孤獨園
廣說如上差別者爾時帝釋下常勝殿合掌東向敬禮尊法乃至佛說此經已諸比丘聞佛所說歡喜奉行

如是我聞一時佛住舍衛國祇樹給孤獨園
如上廣說差別者爾時帝釋說偈答御者言
我實爲大地　世間大小王　及四護世主
三十三天衆　如是等一切　悉尊重恭敬
然復有淨戒　長夜入正受　正信而出家
究竟諸梵行　故我於彼所　尊重恭敬禮
又調伏貪恚　超越愚癡境　修學不放逸
亦恭敬禮彼　貪欲瞋恚癡　悉已永不著
漏盡阿羅漢　復應敬禮彼　若復在居家
奉持於淨戒　如法修布薩　亦復應敬禮
御者白帝釋言
是必世間勝　故天王敬禮　我亦當如是
隨天王恭敬
諸比丘彼天帝釋舍脂之夫敬禮法僧亦復讚歎禮法僧者汝等已能正信非家出家學

道亦當如是敬禮法僧當復讚歎禮法僧者

佛說此經已諸比丘聞佛所說歡喜奉行

如是我聞一時佛住舍衛國祇樹給孤獨園爾時世尊告諸比丘過去世時有天帝釋欲入園觀王勑御者令嚴駕千馬之車御者受教即嚴駕已還白帝釋乘已嚴駕惟王知時爾時帝釋從常勝殿來下周向諸方合掌恭敬時彼御者見天帝釋從殿來下住於中庭周向諸方合掌恭敬見已驚怖馬鞭落地而說偈言

諸方唯有人　臭穢胞胎生　神處穢死屍
飢渴常燋然　何故憍尸迦　故重於非家
為我說其義　飢渴願欲聞

時天帝釋說偈答言

我正恭敬彼　能出非家者　自在遊諸方
不計其行止　城邑國土色　不能累其心
不畜資生具　一往無欲定　往則無所緣
唯無為為樂　言則定善言　不言則寂定
諸天阿脩羅　各各共相違　人間自共諍
相違亦如是　唯有出家者　於諸諍無諍
於一切衆生　放捨於刀杖　於財離財色
不醉亦不荒　遠離一切惡　是故敬禮彼

是時御者復說偈言

天王之所敬　是必世間勝　故我從今日
當禮出家人

如是說已天帝釋敬禮諸方一切僧畢昇於馬車遊觀園林佛告比丘彼天帝釋於三十三天為自在王而常恭敬衆僧亦常讚歎敬僧功德汝等比丘正信非家出家學道亦當如是恭敬衆僧亦當讚歎敬僧功德佛說此

經已諸比丘聞佛所說歡喜奉行

如是我聞一時佛住舍衛國祇樹給孤獨園爾時世尊告諸比丘過去世時阿脩羅王興四種兵象兵馬兵車兵步兵與三十三天欲共鬬戰時天帝釋聞阿脩羅王與四種兵象兵馬兵車兵步兵來欲共戰聞已即告宿毗黎天子言阿公知不阿脩羅與四種兵象兵馬兵車兵步兵欲與三十三天共戰阿公可勑三十三天與四種兵象兵馬兵車兵步兵與彼阿脩羅共戰爾時宿毗黎天子受帝釋教還白天宫慢緩寬縱不勤方便阿脩羅衆已出在道路帝釋聞已復告宿毗黎天子阿公阿脩羅軍已在道路阿公可速告令起四種兵與阿脩羅戰宿毗黎天子受帝釋教已即復還宫懈怠寬縱時阿脩羅王軍已垂至釋提桓因聞阿脩羅軍已在近路復告宿毗黎天子阿公知不阿脩羅已在近路阿公速告諸天起四種兵時宿毗黎天子即説偈言

若有不起處　無爲安隱樂　得如是處者
無作亦無憂　當與我是處　令我得安隱

爾時帝釋説偈答言

若有不起處　無爲安隱樂　若得是處者
無作亦無憂　汝得是處者　亦應將我去

宿毗黎天子復説偈言

若處無方便　不起安隱樂　若得彼處者
無作亦無憂　當與我是處　令我得安隱

時天帝釋復説偈答言

若處無方便　不起安隱樂　若人得是處
無作亦無憂　汝得是處者　亦應將我去

宿毗黎天子復説偈言

若處不放逸　不起安隱樂　若人得是處
無作亦無憂　當與我是處　令得安隱樂
時天帝釋復說偈言
若處不放逸　不起安隱樂　若人得是處
無作亦無憂　汝得是處者　亦應將我去
宿毗梨復說偈言
嬾惰無所起　不知作已作　行欲悉皆會
當與我是處
時天帝釋復說偈言
嬾惰無所起　得究竟安樂　汝得彼處者
亦應將我去
宿毗梨天子復說偈言
無事而得樂　無作亦無憂　若與我是處
令我得安樂
天帝釋復說偈言
若見若復聞　衆生無所作　汝得是處者
亦應將我去　汝若畏所作　不念於有爲
但當速淨除　涅槃之徑路

時宿毗梨天子嚴四兵象兵馬兵車兵步兵與阿脩羅戰摧阿脩羅衆諸天得勝還歸天宮佛告諸比丘釋提桓因與四種兵與阿脩羅戰精勤得勝諸比丘釋提桓因於三十三天爲自在王常以精勤方便亦常讚歎精勤之德汝等比丘正信非家出家學道當勤精進讚歎精勤佛說此經已諸比丘聞佛所說歡喜奉行

如是我聞一時佛住舍衞國祇樹給孤獨園爾時世尊告諸比丘過去世時有一聚落有諸仙人於聚落邊空閑處住止時有諸天阿脩羅去聚落不遠對陣戰鬬爾時毗摩質多

羅阿脩羅王除去五飾脱去天冠却傘蓋除劒刀屏寶拂脱革屣至彼仙人住處入於門内周向看視不顧眄諸仙人亦不問訊看已還出時有一仙人遥見毗摩質多羅阿脩羅王除去五飾入園看已還出見已語諸仙人言此何等人有不調伏色不似人形非威儀法似田舍兒非長者子除去五飾入於園門高視觀看亦不顧眄問訊諸仙人有一仙人答言此是毗摩質多羅阿脩羅王除去五飾觀看而去彼仙人言此非賢士不好不善非賢非法除去五飾來入園門看已還去亦不顧眄問訊諸仙人以是故當知天衆增長阿脩羅損減時釋提桓因除去五飾入仙人住處與諸仙人面相問訊慰勞然後還出復有仙人見天帝釋除去五飾入於園門周遍問訊見已問諸仙人此是何人入於園林有調伏色有可適人色有威儀色非田舍兒似族姓子除去五飾來入園門周遍問訊然後還出有仙人答言此是天帝釋除去五飾來入園門周遍問訊然後還去彼仙人言此是賢士善好眞實威儀法除去五飾來入園門周遍問訊然後還去以是當知天衆增長阿脩羅衆損減時毗摩質多羅阿脩羅王聞仙人稱歎諸天聞已瞋恚熾盛時彼空處仙人聞阿脩羅王瞋恚熾盛往詣毗摩質多羅阿脩羅王所而說偈言

仙人故來此　求乞施無畏　汝能施無畏
賜牟尼恩教

毗摩質多羅以偈答言

於汝仙人所　無有施無畏　違背阿脩羅

習近帝釋故　於此諸無畏　當還以恐怖
仙人復說偈言
隨行植種子　隨類果報生　來乞於無畏
遺之以恐怖　當獲無盡畏　施畏種子故
時諸仙人於毗摩質多羅阿脩羅王面前說
呪已陵虛而逝即於是夜毗摩質多羅阿脩
羅王心驚三起眠中聞惡聲言釋提桓因有
四種兵與阿脩羅戰驚覺恐怖慮戰必敗退
走而還阿脩羅宮時天帝釋敵退得勝已詣
彼空閑仙人住處禮諸仙人足已退於西面
諸仙人前東向而坐時東風起有異仙人即
說偈言
今此諸牟尼　出家來日久　腋下流汗臭
莫順坐風下　千眼可移坐　此臭難可堪
時天帝釋說偈答言
種種衆香華　結以爲華鬘　今之所聞香
其香復過是　寧久聞斯香　未曾生猒患
佛告諸比丘彼天帝釋於三十三天爲自在
王恭敬出家人亦常讃歎出家人亦常讃歎
恭敬之德汝等比丘正信非家出家學道常
應恭敬諸梵行者亦當讃歎恭敬之德佛說
此經已諸比丘聞佛所說歡喜奉行
如是我聞一時佛住舍衛國祇樹給孤獨園
時天帝釋晨朝來詣佛所稽首佛足以帝釋
神力身諸光明遍照祇樹精舍時釋提桓因
說偈問言
爲殺於何等　而得安隱根　爲殺於何等
而得無憂畏　爲殺何等法　瞿曇所讃歎
爾時世尊說偈答言
害兇惡瞋恚　而得安隱根　害兇惡瞋恚

心得無憂畏　瞋恚爲毒蛇　滅活苦種子
滅彼苦種子　而得無憂畏　彼苦種滅故
賢聖所稱歎

爾時釋提桓因聞佛所說歡喜隨喜作禮而去

如是我聞一時佛住舍衛國祇樹給孤獨園爾時世尊告諸比丘於月八日四大天王勑遣大臣按行世間爲何等人供養父母沙門婆羅門宗親尊重作諸福德見今世惡畏後世罪行施作福受持齋戒於月八日十四日十五日及神變月受戒布薩至十四日遣太子下觀察世間爲何等人供養父母乃至受戒布薩至十五日四大天王自下世間觀察衆生爲何等人供養父母乃至受戒布薩諸比丘爾時世間無有多人供養父母乃至受戒布薩者時四天王即往詣三十三天集法講堂白天帝釋天王當知今諸世間無有多人供養父母乃至受戒布薩時三十三天衆聞之不喜轉相告語今世間人不賢不善不好不類無眞實行不供養父母乃至不受戒布薩緣斯罪故諸天衆減阿修羅衆當漸增廣諸比丘爾時世間若復多人供養父母乃至受戒布薩者四天王至三十三天集法講堂白天帝釋天王當知今諸世間多有人民供養父母乃至受戒布薩時三十三天心皆歡喜轉相告語今諸世間賢善眞實如法多有人民供養父母乃至受戒布薩緣斯福德阿脩羅衆減諸天衆廣時天帝釋知諸天衆皆歡喜已即說偈言

若人月八日　十四十五日　及神變之月

受持八支齋　如我所修行　彼亦如是修

爾時世尊告諸比丘彼天帝釋所說偈言

若人月八日　十四十五日　及神變之月
受持八支齋　如我所修行　彼亦如是修

此非善說所以者何彼天帝釋自有貪恚癡患不脫生老病死憂悲惱苦故若阿羅漢比丘諸漏已盡所作已作離諸重擔斷諸有結心善解脫說此偈言

若人月八日　十四十五日　及神變之月
受持八支齋　如我所修行　彼亦如是修

如是之者則爲善說所以者何阿羅漢比丘離貪恚癡已脫生老病死憂悲惱苦是故此偈則爲善說佛說此經已諸比丘聞佛所說歡喜奉行

如是我聞一時佛住舍衛國祇樹給孤獨園爾時世尊告諸比丘過去世時毗摩質多羅阿脩羅王疾病困篤往詣釋提桓因所語釋提桓因言憍尸迦當知我今疾病困篤爲我療治令得安隱釋提桓因語毗摩質多羅阿脩羅言汝當授我幻法我當療治汝病令得安隱毗摩質多羅阿脩羅語帝釋言我當還問諸阿脩羅衆聽我者當授帝釋阿脩羅幻法爾時毗摩質多羅阿脩羅即往至諸阿脩羅衆中語諸阿脩羅言諸人當知我今疾病困篤往詣釋提桓因所求彼治病彼語我言汝能授我阿脩羅幻法者當治汝病令得安隱我今當往爲彼說阿脩羅幻法時有一詐僞阿脩羅語毗摩質多羅阿脩羅其彼天帝釋質直好信不虛僞但語彼言天王此阿脩羅幻法若學者令人墮地獄受罪無量百千

歲彼天帝釋必當息意不復求學當言汝去令汝病瘥可得安隱時毗摩質多羅阿脩羅復往帝釋所說偈白言

千眼尊天王　阿脩羅幻術　皆是虛誑法
令人墮地獄　無量百千歲　受苦無休息

時天帝釋語毗摩質多羅阿脩羅言止止如是幻術非我所須汝且還去令汝身病寂滅休息得力安隱佛告諸比丘釋提桓因於三十三天爲自在王長夜真實不幻不僞賢善質直汝等比丘正信非家出家學道亦應如是不幻不僞賢善質直當如是學佛說此經已諸比丘聞佛所說歡喜奉行

如是我聞一時佛住舍衛國祇樹給孤獨園爾時世尊告諸比丘時有天帝釋及鞞盧闍那子婆稚阿脩羅王有絕妙之容於晨朝時俱詣佛所稽首佛足退坐一面時天帝釋及鞞盧闍那子婆稚阿脩羅王身諸光明普照祇樹給孤獨園爾時鞞盧闍那阿脩羅王說偈白佛

人當勤方便　必令利滿足　是利滿足已
何須復方便

時天帝釋復說偈言

若人勤方便　必令利滿足　是利滿足已
修忍無過上

說是偈已俱白佛言世尊何者善說世尊告言汝等所說二說俱善然今汝等復聽我說

一切衆生類　悉皆求已利　彼彼諸衆生
各自求所應　世間諸和合　及與第一義
當知世和合　則爲非常法　若人勤方便
必令利滿足　是利滿足已　修忍無過上

爾時天帝釋及鞞盧闍那子婆稚阿脩羅王聞佛所說歡喜隨喜作禮而去

爾時世尊告諸比丘釋提桓因於三十三天爲自在王修行於忍讃歎於忍汝等比丘正信非家出家學道亦應如是修行於忍讃歎於忍佛說此經已諸比丘聞佛所說歡喜奉行

如是我聞一時佛住舍衛國祇樹給孤獨園爾時世尊告諸比丘過去世時有天帝釋白佛言世尊我今受如是戒乃至佛法住世盡其形壽有惱我者要不反報加惱於彼時毗摩質多羅阿脩羅王聞天帝釋受如是戒乃至佛法住世盡其形壽有惱我者我不反報加惱於彼聞已執持利劒逆道而來時天帝釋遥見毗摩質多羅阿脩羅王執持利劒逆道而來即遥告言阿脩羅住縛汝勿動毗摩質多羅阿脩羅王即不得動語帝釋言汝今豈不受如是戒若佛法住世盡其形壽有惱我者必不還報耶天帝釋荅言我實受如是戒但汝自住受縛阿脩羅言今且放我帝釋荅言汝若約誓不作亂者然後放汝阿脩羅言放我當如法作帝釋荅言先如法作然後放汝時毗摩質多羅阿脩羅王即說偈言

貪欲之所趣　及瞋恚所趣　妄語之所趣
謗毀賢聖趣　我若嬈亂者　趣同彼趣趣

釋提桓因復告言放汝令去隨汝所安爾時天帝釋令阿脩羅王作約誓已往詣佛所稽首佛足退坐一面白佛言世尊我於佛前受如是戒乃至佛法住世盡其形壽有惱我者我不反報毗摩質多羅阿脩羅王聞我受戒

手執利劒隨路而來我遥見已語言阿脩羅住縛汝勿動彼阿脩羅言汝不受戒耶我即答言我實受戒且汝今住縛汝勿動彼即求脱我告彼言若作約誓不作亂者當令汝脱阿脩羅言且當放我當說約誓我即告言先說約誓然後放汝彼即說偈作約誓言

貪欲之所趣　及瞋恚所趣　妄語之所趣
謗毀賢聖趣　我若作嬈亂　趣同彼趣趣

如是世尊我要彼阿脩羅王令說約誓爲是法不彼阿脩羅復爲擾亂不佛告天帝善哉善哉汝要彼約誓如法不違彼亦不復敢作嬈亂爾時天帝釋聞佛所說歡喜隨喜作禮而去爾時世尊告諸比丘彼天帝釋於三十三天爲自在王不爲嬈亂亦常讚歎不嬈亂法汝等比丘正信非家出家學道亦應如是行不嬈亂亦當讚歎不擾亂法佛說此經已諸比丘聞佛所說歡喜奉行

雜阿含經卷第四十

雜阿含經卷第四十一

宋天竺三藏求那跋陀羅譯

如是我聞一時佛住迦毘羅衛國尼拘律園時有衆多釋氏來詣佛所稽首禮足退坐一面爾時世尊告諸釋氏汝等諸瞿曇於法齋日及神足月受持齋戒修功德不諸釋氏白佛言世尊我等於諸齋日有時得受齋戒有時不得於神足月有時齋戒修諸功德有時不得佛告諸釋氏瞿曇汝等不獲善利汝等是高慢者煩惱人憂悲人惱苦人何故於諸齋日或得齋戒或不得於神足月或得齋戒作諸功德或不得諸瞿曇譬人求利日日增長一日一錢二日兩錢三日四錢四日八錢五日十六錢六日三十二錢如是士夫日常增長八日九日乃至一月錢財轉增廣耶長者白佛如是世尊佛告釋氏云何瞿曇如是士夫錢財轉增當得自然錢財增廣復欲令我於十年中一向喜樂心樂多住禪定寧得以不釋氏答言不也世尊佛告釋氏若得九年八年七年六年五年四年三年二年一年喜樂心樂多住禪定以不釋氏答言不也世尊佛告釋氏且置年歲寧得十月九月八月乃至一月喜樂心樂多住禪定以不復置一月寧得十日九日八日乃至一日一夜喜樂心樂禪定多住以不釋氏答言不也世尊佛告釋氏我今語汝我聲聞中有直心者不諂不幻我於彼人十年敎化以是因緣彼人則能百千萬歲一向喜樂心樂多住禪定斯有是處復置十年若九年八年乃至一年十月九月乃至一月十日九日乃至一日一夜我

教化至其明旦能令勝進晨朝教化乃至日暮能令勝進以是因緣得百千萬歲一向喜樂心樂多住禪定成就二果或斯陀含果阿那含果以彼士夫先得須陀洹故釋氏白佛善哉世尊我從今日於諸齋日當修齋戒乃至八支於神足月受持齋戒隨力惠施修諸功德佛告釋氏善哉瞿曇爲眞實要佛説此經已時諸釋種聞佛所説歡喜隨喜作禮而去

如是我聞一時佛住迦毗羅衛國尼拘類園中時有衆多釋氏集論議堂作如是論議時有釋氏語釋氏難提我有時得詣如來恭敬供養有時不得有時得親近供養知識比丘有時不得又復不知有諸智慧優婆塞有餘智慧優婆塞智慧優婆夷疾病困苦復云何教化教誡説法今當共往詣世尊所問如此義如世尊教當受奉行爾時難提與諸釋氏俱詣佛所稽首禮足退住一面白佛言世尊我等諸釋氏集論議堂作如是論議有諸釋氏語我言難提我等或時見如來恭敬供養或時不見或時往見諸知識比丘親近供養或時不得如是廣説乃至如佛所教誡當受奉行我等今日請問世尊若智慧優婆塞有餘智慧優婆塞優婆夷疾病困苦云何教化教誡説法佛告難提若有智慧優婆塞當詣餘智慧優婆塞優婆夷疾病困苦者所以三種甦息處而教授之言仁者汝當成就於佛不壞淨於法僧不壞淨以是三種甦息處而教授已當復問言汝顧戀父母不彼若有顧戀父母者當教令捨當語彼言汝顧戀父母

得活者可顧戀耳既不由顧戀而得活用顧戀爲彼若言不顧戀父母者當歎善隨喜當復問言汝於妻子奴僕錢財諸物有顧念不若言顧念當教令捨如捨顧戀父母法若言不顧念歎善隨喜當復問言汝於人間五欲顧念以不若言顧念當爲說言人間五欲惡露不淨敗壞臭處不如天上勝妙五欲教令捨離人間五欲教令志願天上五欲若復彼言心已遠離人間五欲先已顧念天勝妙欲歎善隨喜復語彼言天上妙欲無常苦空變壞之法諸天上有身勝天五欲若言已捨顧念天欲顧念有身勝欲歎善隨喜當復教言有身之欲亦復無常變壞之法有行滅涅槃出離之樂汝當捨離有身顧念樂於涅槃寂滅之樂爲上爲勝彼聖弟子已能捨離有身顧念樂涅槃者歎善隨喜如是難提彼聖弟子先後次第教誡教授令得不起涅槃猶如比丘百歲壽命解脫涅槃佛說此經已釋氏難提等聞佛所說歡喜隨喜作禮而去

如是我聞一時佛住迦毘羅衛國尼拘律園中時有釋氏名曰善提來詣佛所稽首佛足退住一面白佛言善哉世尊我等快得善利得爲世尊親屬佛告善提莫作是語我得善利得與世尊親屬故然善提所謂善利者於佛不壞淨於法僧不壞淨聖戒成就是故善提當作是學我當於佛不壞淨於法僧不壞淨聖戒成就佛說此經已釋氏善提聞佛所說歡喜隨喜作禮而去

如是我聞一時佛住迦毘羅衛國尼拘律園中爾時世尊告諸比丘若聖弟子得於佛不

壞淨成就時若彼諸天先得於佛不壞淨戒成就因緣往生者皆大歡喜歎言我已得於佛不壞淨成就因緣故來生於此善趣天上彼聖弟子今得於佛不壞淨成就以是因緣亦當復來生此善趣天中於法僧不壞淨聖戒成就亦如是說佛說此經已諸比丘聞佛所說歡喜奉行

如是我聞一時佛住舍衛國祇樹給孤獨園爾時世尊告諸比丘有四種須陀洹道分親近善男子聽正法內正思惟法次法向佛說此經已諸比丘聞佛所說歡喜奉行

如是我聞一時佛住舍衛國祇樹給孤獨園爾時世尊告諸比丘有四須陀洹分何等爲四謂於佛不壞淨於法僧不壞淨聖戒成就是名須陀洹分佛說此經已諸比丘聞佛所說歡喜奉行

如是我聞一時佛住舍衛國祇樹給孤獨園爾時世尊告諸比丘若有成就四法者當知是須陀洹何等爲四謂於佛不壞淨於法僧不壞淨聖戒成就是名四法成就者當知是須陀洹佛說此經已諸比丘聞佛所說歡喜奉行

如不分別說如是分別比丘比丘尼式叉摩尼沙彌沙彌尼優婆塞優婆夷成就四法者當知是須陀洹一一經如上說

如是我聞一時佛住舍衛國祇樹給孤獨園爾時世尊告諸比丘有四沙門果何等爲四謂須陀洹果斯陀含果阿那含果阿羅漢果佛說此經已諸比丘聞佛所說歡喜奉行

如是我聞一時佛住舍衛國祇樹給孤獨園

爾時世尊告諸比丘有四沙門果何等爲四謂須陀洹果斯陀含果阿那含果阿羅漢果何等爲須陀洹果謂三結斷是名須陀洹果何等爲斯陀含果謂三結斷貪恚癡薄是名斯陀含果何等爲阿那含果謂五下分結斷是名阿那含果何等爲阿羅漢果若彼貪欲永盡瞋恚永盡愚癡永盡一切煩惱永盡是名阿羅漢果佛說此經已諸比丘聞佛所說歡喜奉行

如是我聞一時佛住舍衛國祇樹給孤獨園

爾時世尊告諸比丘若於彼處有比丘經行於彼處四沙門果中得一一果者彼比丘盡其形壽常念彼處佛說此經已諸比丘聞佛所說歡喜奉行

如經行處如是住處坐處臥處亦如是說如是比丘如是比丘尼式叉摩尼沙彌沙彌尼優婆塞優婆夷一一四經如上說

如是我聞一時佛住舍衛國祇樹給孤獨園

爾時世尊告諸比丘如四食於四大衆生安立饒益攝受何等爲四謂摶食觸食意思食識食如是四種福德潤澤善法潤澤安樂食何等爲四謂於佛不壞淨成就福德潤澤善法潤澤安樂食法僧不壞淨聖戒成就福德潤澤善法潤澤安樂食佛說此經已諸比丘聞佛所說歡喜奉行

如是我聞一時佛住舍衛國祇樹給孤獨園

爾時世尊告諸比丘如上說差別者於佛不壞淨成就福德潤澤善法潤澤安樂食於法不壞淨於諸聞法可意愛念聖戒成就福德潤澤善法潤澤安樂食佛說此經已諸比丘

聞佛所說歡喜奉行

如是我聞一時佛住舍衛國祇樹給孤獨園

爾時世尊告諸比丘如上說差别者於佛不壞淨成就者福德潤澤善法潤澤安樂食若法若慳垢纏衆生所心離慳垢衆多住行解脫施常施樂於捨等心行施聖戒成就福德潤澤善法潤澤安樂食佛說此經已諸比丘聞佛所說歡喜奉行

如是我聞一時佛住舍衛國祇樹給孤獨園

爾時世尊告諸比丘如上說差别者如是四種福德潤澤善法潤澤安樂食彼聖弟子功德果報不可稱量爾所福爾所果報然彼多福墮大功德積聚數如前五河譬經說乃至說偈佛說此經已諸比丘聞佛所說歡喜奉行

如是我聞一時佛住舍衛國祇樹給孤獨園

爾時有四十天子極妙之色夜過晨朝來詣佛所稽首佛足退坐一面爾時世尊告諸天子善哉善哉諸天子汝等成就於佛不壞淨於法僧不壞淨聖戒成就時天子從座起整衣服稽首佛足合掌白佛言世尊我成就於佛不壞淨緣此功德身壞命終今生天上一天子白佛言世尊我於法不壞淨成就緣此功德身壞命終今生天上一天子白佛言世尊我於僧不壞淨成就緣此功德身壞命終今生天上一天子白佛言世尊我於聖戒成就緣此功德身壞命終今生天上時四十天子各於佛前自記說須陀洹果已即沒不現如四十天子如是四百天子八百天子千千天子二十千天子三十千天子四十千天子

五十千天子六十千天子七十千天子八十千天子各於佛前自記說須陀洹果已即沒不現

如是我聞一時佛住王舍城迦蘭陀竹園爾時世尊告諸比丘當如月譬住如新學慚愧輭下攝心斂形而入他家如明目士夫臨深登峯攝心斂形難速前進如是比丘如月譬住亦如新學慚愧輭下御心斂形而入他家迦葉比丘如月譬住亦如新學慚愧輭下諸高慢御心控形而入他家如明目士夫臨深登峯御心控形正觀而進佛告比丘於意云何比丘爲何等像類應入他家諸比丘白佛言世尊是法根法眼法依唯願廣說諸比丘聞已當受奉行佛告比丘諦聽善思當爲汝說若有比丘於他家心不縛著貪樂於他得利他作功德欣若在己不生嫉想亦不自舉亦不下人如是像類比丘應入他家爾時世尊以手捫摸虛空告諸比丘我今此手寧著空縛空染空不比丘白佛不也世尊佛告比丘比丘之法常如是不著不縛不染心而入他家唯迦葉比丘以不著不縛不染之心而入他家於他得利及作功德欣若在己不生嫉想不自舉不下人其唯迦葉比丘應入他家爾時世尊復以手捫摸虛空告諸比丘於意云何我今此手寧著空縛空染空以不諸比丘白佛言不也世尊佛告比丘其唯迦葉比丘心常如是以不著不縛不染之心入於他家爾時世尊告諸比丘何等像類比丘應清淨說法諸比丘白佛世尊是法根法眼法依唯願廣說諸比丘聞已當受奉行佛告比

丘諦聽善思當爲汝說若有比丘作如是心爲人說法何等人於我起淨信心爲本已當得供養衣被飲食卧具湯藥如是說者名不清淨說法若復比丘爲人說法作如是念世尊顯現正法律離諸熾然不待時節即此現身緣自覺知正向涅槃而諸衆生沉溺老病死憂悲惱苦如此衆生聞正法者以義饒益長夜安樂以是正法因緣以慈心悲心哀愍心欲令正法久住心而爲人說是名清淨說法唯迦葉比丘有如是清淨心爲人說法以如來正法律乃至令法久住心而爲人說法是故諸比丘當如是學如是說法於如來正法律乃至令法久住心爲人說法佛說此經已諸比丘聞佛所說歡喜奉行

如是我聞一時佛住舍衛國祇樹給孤獨園爾時世尊告諸比丘若有比丘欲入他家作如是念彼當施我莫令不施頓施非漸施多施非少施勝施非陋施速施非緩施以如是心而至他家若他不施乃至緩施是比丘心則屈辱以是因緣其心退沒自生障礙若復比丘欲入他家作如是念出家之人卒至他家何由得施非不施頓施非漸施多施非少施勝施非陋施速施非緩施作如是念而至他家若彼不施乃至緩施是比丘心不屈辱亦不退沒不生障礙唯迦葉比丘作如是念而入他家是故諸比丘當如是學作如是念而入他家出家之人卒至他家何由得施非不施乃至速施非緩施佛說此經已諸比丘聞佛所說歡喜奉行

如是我聞一時佛住舍衛國祇樹給孤獨園

爾時尊者摩訶迦葉住舍衛國東園鹿子母講堂時尊者摩訶迦葉晡時從禪覺往詣佛所稽首禮足退坐一面爾時世尊告尊者摩訶迦葉汝當爲諸比丘說法教戒教授所以者何我常爲諸比丘說法教戒教授汝亦應爾尊者摩訶迦葉白佛言世尊今諸比丘難可教授或有比丘不忍聞說佛告摩訶迦葉汝何因緣作如是說摩訶迦葉白佛言世尊我見有兩比丘一名槃稠是阿難弟子二名阿浮毘是摩訶目揵連弟子彼二人共諍多聞各言汝來當共論議誰所知多誰所知勝時尊者阿難住於佛後以扇扇佛語尊者摩訶迦葉言且止尊者摩訶迦葉且忍尊者迦葉此年少比丘少智惡智尊者摩訶迦葉語尊者阿難言汝且默然莫令我於僧中問汝事時尊者阿難即默然住爾時世尊告一比丘汝往至彼槃稠比丘阿浮毘比丘所作是言大師語汝時彼比丘即受教至槃稠比丘阿浮毘比丘所作是言大師語汝時槃稠比丘阿浮毘比丘答言奉教即俱往佛所稽首禮足退住一面爾時世尊告二比丘汝等二人實共諍論各言汝來試共論議誰多誰勝耶二比丘白佛言實爾世尊佛告二比丘汝等持我所說修多羅祇夜受記伽陀優陀那尼陀那阿波陀那伊帝目多伽闍多伽毘富羅阿浮多達摩優波提舍等法而共諍論各言汝來試共論議誰多誰勝耶二比丘白佛不也世尊佛告二比丘汝等不以我所說修多羅乃至優波提舍而自調伏自止息自求涅槃耶二比丘白佛如是世尊佛告二比丘

汝知我所説修多羅乃至優波提舍汝愚癡人應共諍論誰多誰勝耶時二比丘前禮佛足重白佛言悔過世尊悔過善逝我愚我癡不善不辯而共諍論佛告二比丘汝實知罪悔過愚癡不善不辯而共諍論今已自知罪自見罪知見悔過於未來世律儀戒生我今受汝憐愍故令汝善法增長終不退減所以者何若有自知罪自見罪知見懺悔於未來世律儀戒生終不退減時二比丘聞佛所説歡喜隨喜作禮而去

如是我聞一時佛住舍衛國祇樹給孤獨園爾時尊者摩訶迦葉住舍衛國東園鹿子母講堂晡時從禪覺詣世尊所稽首禮足退坐一面佛告迦葉汝當教授教戒諸比丘爲諸比丘説法教戒教授所以者何我常爲諸比丘説法教戒教授汝亦應爾尊者摩訶迦葉白佛言世尊今諸比丘難可爲説法若説法者當有比丘不忍不喜佛告迦葉汝見何等因縁而作是説摩訶迦葉白佛言世尊若有比丘於諸善法無信敬心若聞説法彼則退没若惡智人於諸善法無精進慚愧智慧聞説法者彼則退没若人貪欲瞋恚睡眠掉悔疑惑身行慠暴忿恨失念不定無智聞説法者彼則退没世尊如是比丘諸惡人者尚不能令心住善法況復增進當知是輩隨其日夜善法退減不能增長世尊若有士夫於諸善法信心清淨是則不退於諸善法精進慚愧智慧是則不退不貪不恚睡眠掉悔疑惑是則不退身不弊暴心不染汙不忿不恨定心正念智慧是則不退如是人者於諸善法

日夜增長況復心住此人日夜常求勝進終不退減佛告迦葉如是如是於諸善法無信心者是則退減亦如迦葉次第廣說時尊者摩訶迦葉聞佛所說歡喜隨喜從座起作禮而去

如是我聞一時佛住舍衛國祇樹給孤獨園爾時尊者摩訶迦葉住舍衛國東園鹿子母講堂晡時從禪覺來詣佛所稽首佛足退坐一面爾時世尊告摩訶迦葉汝當為諸比丘說法教戒教授所以者何我常為諸比丘說法教戒教授汝亦應爾尊者摩訶迦葉白佛言世尊今諸比丘難可為說法教戒教授有諸比丘聞所說法不忍不喜佛告摩訶迦葉汝何因緣作如是說摩訶迦葉白佛言世尊是法根法眼法依唯願世尊為諸比丘說法諸比丘聞已當受奉行佛告迦葉諦聽善思當為汝說佛告迦葉昔日阿練若比丘於阿練若比丘所歎說阿練若法於乞食比丘所歎說乞食功德於糞掃衣比丘所歎說糞掃衣功德若少欲知足修行遠離精勤方便正念正定智慧漏盡身作證比丘所隨其所行讚歎稱說迦葉若於阿練若所歎說阿練若法乃至漏盡比丘所歎說漏盡身作證若見其人悉共語言隨宜慰勞善來者汝名何等為誰弟子讓座令坐歎其賢善如其法像類有沙門義有沙門欲如是讚歎時若彼同住同遊者則便決定隨順彼行不久亦當同其所見同其所欲佛告迦葉若是年少比丘見彼阿練若比丘來讚歎阿練若法乃至漏盡身作證彼年少比丘應起出迎恭敬禮拜問

訊乃至彼同住者不久當得自義饒益如是恭敬者長夜當得安樂饒益佛告迦葉今日比丘見彼來者知見大德能感財利衣被飲食牀卧湯藥者與共言語恭敬問訊歎言善來何其名字爲誰弟子歎其福德能感大利衣被飲食卧具湯藥若與尊者相習近者亦當豐足衣被飲食卧具湯藥若復年少比丘見彼來者大智大德能感財利衣被飲食卧具湯藥者疾起出迎恭敬問訊歎言善來大智大德能感大利衣被飲食卧具湯藥迦葉如是年少比丘長夜當得非義不饒益苦如是迦葉斯等比丘爲沙門患爲梵行溺爲大映障惡不善法煩惱之患重受諸有熾然生死未來苦報生老病死憂悲苦惱是故迦葉當如是學爲阿練若於阿練若所稱譽讚歎糞掃衣乞食少欲知足修行遠離精勤方便正念正定正智漏盡身作證者稱譽讚歎當如是學佛說此經已尊者摩訶迦葉聞佛所說歡喜隨喜作禮而去

如是我聞一時佛住舍衛國祇樹給孤獨園爾時尊者摩訶迦葉住舍衛國東園鹿子母講堂晡時從禪覺詣世尊所稽首禮足退坐一面爾時世尊告摩訶迦葉言汝今已老年耆根熟糞掃衣重我衣輕好汝今可住僧中著居士壞色輕衣迦葉白佛言世尊我已長夜習阿練若讚歎阿練若糞掃衣乞食佛告迦葉汝觀幾種義習阿練若讚歎阿練若糞掃衣乞食讚歎糞掃衣乞食法迦葉白佛言世尊我觀二種義現法得安樂住義復爲未來衆生而作大明未來世衆生當如是念過

去上座六神通出家日久梵行純熟爲世尊所歎智慧梵行者之所奉事彼於長夜習阿練若讚歎阿練若糞掃衣乞食讚歎糞掃衣乞食法諸有聞者淨心隨喜長夜皆得安樂饒益佛告迦葉善哉善哉迦葉汝則長夜多所饒益安樂衆生哀愍世間安樂天人佛告迦葉若有毀呰頭陀法者則毀於我若有稱歎頭陀法者則稱歎我所以者何頭陀法者我所長夜稱譽讚歎是故迦葉阿練若者當稱歎阿練若糞掃衣乞食者當讚歎糞掃衣乞食法佛說此經已摩訶迦葉聞佛所說歡喜隨喜作禮而去

如是我聞一時佛住舍衛國祇樹給孤獨園爾時尊者摩訶迦葉久住舍衛國阿練若牀坐處長鬚髮著弊衲衣來詣佛所爾時世尊無數大衆圍遶說法時諸比丘見摩訶迦葉從遠而來見已於尊者摩訶迦葉所起輕慢心言此何等比丘衣服麤陋無有儀容而來衣服彷徉而來爾時世尊知諸比丘心之所念告摩訶迦葉善來迦葉於此半坐我今竟知誰先出家汝耶我耶彼諸比丘心生恐怖身毛皆竪並相謂言奇哉尊者彼尊者摩訶迦葉大德大力大師弟子請以半坐爾時尊者摩訶迦葉合掌白佛言世尊佛是我師我是弟子佛告迦葉如是如是我爲大師汝是弟子汝今且坐隨其所安尊者摩訶迦葉稽首佛足退坐一面爾時世尊復欲警悟諸比丘復以尊者摩訶迦葉同已所得殊勝廣大功德爲現衆故告諸比丘我離欲惡不善法有覺有觀初禪具足住若日若夜若日夜摩

訶迦葉亦復如我離欲惡不善法乃至初禪具足住若日若夜若日夜我欲第二第三第四禪具足住若日若夜若日夜彼摩訶迦葉亦復如是乃至第四禪具足住若日若夜若日夜我隨所欲慈悲喜捨空入處識入處無所有入處非想非非想入處神通境界天耳他心智宿命智生死智漏盡智具足住若日若夜若日夜彼迦葉比丘亦復如是乃至漏盡智是具足住若日若夜若日夜爾時世尊於無量大衆中稱歎摩訶迦葉同已廣大勝妙功德已諸比丘聞佛所說歡喜奉行

如是我聞一時佛住王舍城迦蘭陀竹園尊者摩訶迦葉尊者阿難住耆闍崛山時尊者阿難詣尊者摩訶迦葉所語尊者摩訶迦葉言今可共出耆闍崛山入王舍城乞食尊者摩訶迦葉默然而許時尊者摩訶迦葉尊者阿難著衣持鉢入王舍城乞食尊者阿難語尊者摩訶迦葉曰時太早可共暫過比丘尼精舍即便往過時諸比丘尼遥見尊者摩訶迦葉尊者阿難從遠而來疾敷牀座請令就坐時諸比丘尼禮尊者摩訶迦葉阿難足已退坐一面尊者摩訶迦葉爲諸比丘尼種種說法示教照喜示教照喜已時偷羅難陀比丘尼不喜悅說如是惡言云何阿梨摩訶迦葉於阿梨阿難鞞提訶牟尼前爲比丘尼說法譬如販針兒於針師家賣阿梨摩訶迦葉亦復如是於阿梨阿難鞞提訶牟尼前爲諸比丘尼說法尊者摩訶迦葉聞偷羅難陀比丘尼心不喜悅口說惡言聞已語尊者阿難汝看是偷羅難陀比丘尼心不喜悅口說惡

言云何阿難我是販針兒汝是針師於汝前賣耶尊者阿難語尊者摩訶迦葉且止當此忍愚癡老嫗智慧薄少不曾修習故阿難汝豈不聞世尊如來應等正覺所知所見於大衆中說月譬經教戒教授比丘當如月譬住常如新學如是廣說爲說阿難如月譬住常如新學耶阿難答言不也尊者摩訶迦葉阿難汝聞世尊如來應等正覺所知所見說言比丘當如月譬住常如新學其唯摩訶迦葉比丘阿難答言如是尊者摩訶迦葉阿難汝曾爲世尊如來應等正覺所知所見於無量大衆中請汝來坐耶又復世尊以同已廣大之德稱歎汝阿難離欲惡不善法乃至漏盡通稱歎耶阿難答言不也尊者摩訶迦葉如是阿難世尊如來應等正覺於無量大衆中口自說言善來摩訶迦葉請汝半座復於大衆中以同已廣大功德離欲惡不善法乃至漏盡通稱歎摩訶迦葉耶阿難答言如是尊者摩訶迦葉時摩訶迦葉於比丘尼衆中師子吼已而去

如是我聞一時尊者摩訶迦葉尊者阿難住王舍城耆闍崛山中世尊涅槃未久時世飢饉乞食難得時尊者阿難與衆多年少比丘俱不能善攝諸根食不知量不能初夜後夜精勤禪思樂著睡眠常求世利人間遊行至南天竺有三十年少弟子捨戒還俗餘多童子時尊者阿難於南山國土遊行以少徒衆還王舍城時尊者阿難舉衣鉢洗足已至尊者摩訶迦葉所稽首禮足退坐一面時尊者摩訶迦葉問尊者阿難汝從何來徒衆尠少

阿難答言從南山國土人間遊行年少比丘三十人捨戒還俗徒衆損減又今在者多是童子尊者摩訶迦葉語阿難言有幾福利如來應等正覺所知所見聽三人已上制群食戒阿難答言爲二事故何等爲二一者爲貧小家二者多諸惡人以爲伴黨相破壞故莫令惡人於僧中住而受衆名映障大衆別爲二部互相嫌諍尊者迦葉語阿難言汝知此義如何於飢饉時與衆多年少弟子南山國土遊行令三十人捨戒還俗徒衆損減餘者多是童子如阿難汝徒衆消減汝是童子不知籌量阿難答言云何尊者摩訶迦葉我已頭髮二色猶言童子尊者摩訶迦葉言汝於飢饉世與諸年少弟子人間遊行致令三十弟子捨戒還俗其餘在者復是童子徒衆消減不知籌量而言宿士衆壞阿難衆極壞阿難汝是童子不籌量故時低舍比丘尼聞尊者摩訶迦葉以童子責尊者阿難毘提訶牟尼聞已不歡喜作是惡言云何阿黎摩訶迦葉本外道門而以童子呵責阿黎阿難毘提訶牟尼令童子名流行尊者摩訶迦葉以天耳聞低舍比丘尼心不歡喜口出惡言聞已語尊者阿難汝看是低舍比丘尼心不歡喜口說惡語言摩訶迦葉本門外道而責阿黎阿難毘提訶牟尼令童子名流行尊者阿難答言且止尊者摩訶迦葉忍之尊者摩訶迦葉此愚癡老嫗無自性智尊者摩訶迦葉語阿難言我自出家都不知有異師唯如來應等正覺我未出家時常念生老病死憂悲惱苦知在家荒務多諸煩惱出家空閑難可俗

人處於非家一向鮮潔盡其形壽純一滿淨梵行清白當剃鬚髮著袈裟衣正信非家出家學道以百千金貴價之衣段段割截為僧伽梨若世間阿羅漢者聞從出家我出家已於王舍城那羅聚落中間多子塔所遇值世尊正身端坐相好奇特諸根寂靜第一息滅猶如金山我時見已作是念此是我師此是世尊此是羅漢此是等正覺我時一心合掌敬禮白佛言是我大師我是弟子佛告我言如是迦葉我是汝師汝是弟子迦葉汝今成就如是眞實淨心所恭敬者不知言知不見言見實非羅漢而言羅漢非等正覺言等正覺者應當自然身碎七分迦葉我今知故言知見故言見眞阿羅漢言阿羅漢眞等正覺言等正覺迦葉我今有因緣故為聲聞說法非無因緣依非無依有神力非無神力是故迦葉若欲聞法應如是學若欲聞法以義饒益當一其心恭敬尊重專心側聽而作是念我當正觀五陰生滅六觸入處集起滅沒於四念處正念樂住修七覺分八解脫身作證常念其身未嘗斷絕離無慚愧於大師所及大德梵行常住慚愧如是應當學爾時世尊為我說法示教照喜示教照喜已從座起去我亦隨去向於住處我以百千價直衣割截僧伽梨四襵為座爾時世尊知我至心處處下道我即敷衣以為坐具請佛令坐世尊即坐以手摩衣歎言迦葉此衣輕細此衣柔輭我時白言如是世尊此衣輕細此衣柔輭唯願世尊受我此衣佛告迦葉汝當受我糞掃衣我當受汝僧伽梨佛即自手授我糞掃

納衣我即奉佛僧伽梨如是漸漸教授我八日之中以學法受於乞食至第九日超於無學阿難若有正問誰是世尊法子從佛口生從法化生付以法財諸禪解脫三昧正受應答我是是則正說譬如轉輪聖王第一長子當以灌頂住於正位受王五欲不苦方便自然而得我亦如是爲佛法子從佛口生從法化生得法餘財法禪解脫三昧正受不苦方便自然而得譬如轉輪聖王寶象高七八肘一多羅葉能映障者如是我所成就六神通智則可映障若有於神通境界智證有疑惑者我悉能爲分別記說天耳他心通宿命智生死智漏盡作證智通有疑惑者我悉能爲分別記說令得決定尊者阿難語尊者摩訶迦葉如是如是摩訶迦葉如轉輪聖王寶象高七八肘欲以一多羅葉能映障者如是尊者摩訶迦葉六神通智則可映障若有於神通境界作證智乃至漏盡作證智有疑惑者尊者摩訶迦葉能爲記說令其決定我於長夜敬信尊重尊者摩訶迦葉以有如是大德神力故尊者摩訶迦葉說是語時尊者阿難聞其所說歡喜受持

雜阿含經卷第四十一

音釋

摶（度官切圜也）控（苦貢切操制也）慠（魚到切慢也）忿（敷粉切怒也）呰（將几切譏也）彷徉（彷蒲光切徉與章切徘徊也）鞞（符羈切）嫗（衣遇切老婦也）飢饉（飢居希切穀不熟也饉渠吝切菜不熟也）尠（息淺切少也）襵（陟葉切襞也）

雜阿含經卷第四十二

宋天竺三藏求那跋陀羅譯

如是我聞一時佛住舍衛國祇樹給孤獨園時波斯匿王來詣佛所稽首佛足退坐一面白佛言世尊應施何等人佛言大王隨心所樂處波斯匿王復白佛言應施何處得大果報佛言大王此是異問所問應施何處此問則異復問施何處應得大果此問復異我今問汝隨意荅我大王譬如此國臨陣戰鬬集諸戰士而有一婆羅門子從東方來年少幼稚柔弱端正膚白髮黑不習武藝不學術策恐怖退弱不能自安不忍敵觀若刺若射無有方便不能傷彼云何大王如此士夫王當賞不王白佛言不賞世尊如是大王有剎利童子從南方來鞞舍童子從西方來首陀羅童子從北方來無有技術皆如東方婆羅門子王當賞不王白佛言不賞世尊佛告大王此國集軍臨戰鬬時有婆羅門童子從東方來年少端正膚白髮黑善學武藝知鬬術法勇健無畏苦戰不退安住諦觀運戈能傷能破巨敵云何大王如此戰士加重賞不王白佛言重賞世尊如是剎利童子從南方來鞞舍童子從西方來首陀羅童子從北方來年少端正善諸術藝勇健堪能苦戰却敵皆如東方婆羅門子如是戰士王當賞不王白佛言重賞世尊佛言大王如是沙門婆羅門遠離五支成就五支建立福田施此田者得大福利得大果報何等爲捨離五支所謂貪欲蓋瞋恚睡眠掉悔疑蓋已斷已知是名捨離五支何等爲成就五支謂無學戒身成就無

學定身慧身解說身解脫知見身是名成就五支大王如是捨離五支成就五支建立福田施此田者得大果報爾時世尊復說偈言

運戈猛戰鬪　堪能勇士夫　爲其戰鬪故
隨功重加賞　不賞名族胄　怯劣無勇者
忍辱修賢良　見諦建福田　賢聖律儀備
成就深妙智　族胄雖卑微　堪爲施福田
衣食錢財寶　床卧等衆具　悉應以敬施
爲持淨戒故　人表林野際　穿井給行人
溪澗施橋梁　迥路造房舍　戒德多聞衆
行路得止息　譬如重雲起　雷電聲震耀
普雨於壤土　百卉悉扶踈　禽獸皆歡喜
田夫並欣樂　如是淨信心　聞慧捨慳垢
錢財豐飲食　常施良福田　高唱增勸受
如雷雨良田　功德注流澤　沾洽施主心
財富名稱流　及涅槃大果

佛說此經已波斯匿王聞佛所說歡喜隨喜作禮而去

如是我聞一時佛住舍衛國祇樹給孤獨園時波斯匿王來詣佛所稽首佛足退坐一面白佛言云何世尊爲婆羅門死還生自姓婆羅門家刹利鞞舍首陀羅家耶佛言大王何得如是大王當知有四種人何等爲四有一種人從冥入冥有一種人從冥入明有一種人從明入冥有一種人從明入明大王云何爲一種人從冥入冥謂有人生卑姓家若生旃陀羅家魚獵家竹作家車師家及餘種種下賤工巧業家貧窮活命形體顦顇而復修行卑賤之業亦復爲人下賤作使是名爲冥處斯冥中復行身惡行行口惡行行意惡行

以是因緣身壞命終當生惡趣墮泥犁中猶如有人從闇入闇從廁入廁以血洗血捨惡受惡從冥入冥者亦復如是是故名爲從冥入冥云何名爲從冥入明謂有世人生卑姓家乃至爲人作諸鄙業是名爲冥然其彼人於此冥中行身善行行口善行行意善行以是因緣身壞命終生於善趣受天化生譬如有人登牀跨馬從馬昇象從冥入明亦復如是是名有人從冥入明云何有人從明入冥謂有世人生富樂家若刹利大姓婆羅門大姓家長者大姓家及餘種種富樂家生多諸錢財奴婢客使廣集知識受身端正聰明黠慧是名爲明於此明中行身惡行行口惡行行意惡行以是因緣身壞命終生於惡趣墮泥犁中譬如有人從高樓下乘於大象下象乘馬下馬乘輿下輿坐牀下牀墮地從地落坑從明入冥者亦復如是云何有人從明入明謂有世人生富樂家乃至形相端嚴是名爲明於此明中行身善行行口善行行意善行以是因緣身壞命終生於善趣受天化生譬如有人從樓觀至樓觀如是乃至從牀至牀從明入明者亦復如是是名有人從明入明爾時世尊復說偈言

貧窮困苦者　不信增瞋恨　慳貪惡邪想
癡惑不恭敬　見沙門道士　持戒多聞者
毀呰而不譽　障他施及受　如斯等士夫
從此至他世　當墮泥犁中　從冥入於冥
若有貧窮人　信心少瞋恨　常生慚愧心
惠施離慳垢　見沙門梵志　持戒多聞者
謙虛而問訊　隨宜善供給　勸人令施與

歎施及受者　如是修善人　從此至他世
善趣上天生　從冥而入明　有富樂士夫
不信多瞋恨　慳貪嫉惡想　邪惑不恭敬
見沙門梵志　毀呰而不譽　障他人施惠
亦斷受施者　如是惡士夫　從此至他世
當生苦地獄　從明入冥中　若有富士夫
信心不瞋恨　常起慚愧心　惠施離瞋妬
見沙門梵志　持戒多聞者　先奉迎問訊
隨宜給所須　勸人令供養　歎施及受者
如是等士夫　從此至他世　生三十三天
從明而入明

佛說此經已波斯匿王聞佛所說歡喜隨喜作禮而去

如是我聞一時佛住舍衛國祇樹給孤獨園時波斯匿王日日身蒙塵土來詣佛所稽首佛足退坐一面佛言大王從何所來波斯匿王白佛言世尊從彼灌頂王法人中自在精勤方便王領大地統理王事周行觀察而來至此佛告大王今問大王隨意答我譬如有人從東方來有信有緣未曾虛妄而白王言我東方來見一石山極方廣大不穿不壞亦無鈌壞磨地而來一切衆生草木之類悉磨令碎南西北方有人來有信有緣亦不虛妄而白王言我見石山石廣高大不斷不壞亦不鈌壞磨地而來衆生草木悉皆磨碎大王於意云何如是像貌大恐怖事嶮惡相殺衆生運盡人道難得當作何計王白佛言若如是者更無餘計唯當修善於佛法律專心方便佛告大王何故說言嶮惡恐怖於世卒起衆生運盡人身難得唯當行法行義行福於

佛法教專精方便何以不言灌頂王位爲衆人首堪能自在王於大地事務衆人當須營理耶王白佛言世尊爲復開時言灌頂王位爲衆人首王於大地多所經營以言鬪言以財鬪財以象鬪象以車鬪車以步鬪步當於爾時無有自在若勝若伏是故我說嶮惡恐怖卒起之時衆生運盡人身難得無有餘計唯有行義行法行福於佛法教專心歸依佛告大王如是如是經常磨迮謂惡劫老病死磨迮衆生當作何計正當修義修法修福修善修慈於佛法中精勤方便爾時世尊而說偈言

如有大石山　高廣無缺壞　周遍四方來
磨迮此大地　非兵馬呪術　力所能防禦
惡劫老病死　常磨迮衆生　四種大族姓
旃陀羅獵師　在家及出家　持戒犯戒者
一切皆磨迮　無能救護者　是故慧士夫
觀察自己利　建立清淨信　信佛法僧寶
身口心清淨　隨順於正法　現世名稱流
終則生天上

佛說此經已波斯匿王聞佛所說歡喜隨喜作禮而去

如是我聞一時佛住舍衛國祇樹給孤獨園時波斯匿王來詣佛所稽首佛足退坐一面時有尼乾子七人闍祇羅七人一舍羅七人身皆麤大彷徉行住祇洹門外時波斯匿王遥見斯等彷徉門外即從座起往至其前合掌問訊王自稱名言我是波斯匿王拘薩羅王爾時世尊告波斯匿王汝今何故恭敬斯等三稱姓名合掌問訊王白佛言我作是念

世間若有阿羅漢者斯等則是佛告波斯匿王汝今且止汝亦不知是阿羅漢非阿羅漢不得他心智故且當親近觀其戒行久而可知勿速自決審諦觀察勿但終慕當用智慧不以不智經諸苦難堪能自辯交契計校眞僞則分見說知明久而則知非可卒識須自思惟智慧觀察王白佛言奇哉世尊善說斯理言久相習觀其戒行乃至見說知明我有家人亦復出家作斯等形相周流他國而復來還捨其被服還受五欲是故當知世尊善說應與同止觀其戒行乃至言說知有智慧爾時世尊而說偈言

不以見形相　知人之善惡　不應暫相見
而與同心志　有現身口密　俗心不斂攝
猶如鍮石銅　塗以眞金色　内懷鄙雜心
外現聖威儀　遊行諸國土　欺誑於世人

佛說此語已波斯匿王聞佛所說歡喜隨喜作禮而去

如是我聞一時佛住舍衛國祇樹給孤獨園時波斯匿王爲首弁七國王及諸大臣悉共集會作如是論議五欲之中何者第一有一人言色最第一又復有稱聲香味觸爲第一者中有人言我等人人各說第一意無定判當詣世尊問知此義如世尊說當共憶持爾時波斯匿王爲首與七國王大臣眷屬來詣佛所稽首佛足退坐一面白佛言世尊我等七王與諸大臣如是論議五欲功德何者爲勝其中有言色勝有言聲勝有言香勝有言味勝有言觸勝竟無決定來問世尊竟何者勝佛告諸王各隨意適我悉有餘說以是因

緣我說五欲功德然自有人於色適意止愛一色滿其志願正使過上有諸勝色非其所愛不觸不視言色所愛最爲第一無過其上如愛色者聲香味觸亦皆如是當其所愛輒言最勝歡喜樂著雖更有勝過其上者非其所欲不觸不視唯我愛者最勝最妙無比無上爾時座中有一優婆塞名曰栴檀從座起整衣服偏袒右肩合掌白佛善說世尊善說善逝佛告優婆塞善說栴檀快說栴檀時栴檀優婆塞即說偈言

央伽族姓王　服珠瓔珞鎧　摩竭衆慶集
如來出其國　名聞普流布　猶如雪山王
如淨水蓮華　清淨無瑕穢　隨日光開敷
芬香熏其國　央耆國明顯　猶如空中日
觀如來慧力　如夜然炬火　爲眼爲大明
來者爲決疑

時諸國王歎言善說栴檀優婆塞爾時七王脫七寶上衣奉優婆塞時彼七王聞佛所說歡喜隨喜從座起去爾時栴檀優婆塞知諸王去已從座起整衣服偏袒右肩合掌白佛今七國王遺我七領上衣唯願世尊受此七衣以哀愍故爾時世尊爲哀愍故受其七衣栴檀優婆塞歡喜隨喜作禮而去

如是我聞一時佛住舍衛國祇樹給孤獨園時波斯匿王其體肥大舉體流汗來詣佛所稽首佛足退坐一面氣息長喘爾時世尊告波斯匿王大王身體極肥盛大王白佛言如是世尊患身肥大常以此身極肥大故慚恥猒苦爾時世尊即說偈言

人當自繫念　每食知節量　是則諸受薄

安消而保壽

時有一年少名鬱多羅於會中坐時波斯匿王告鬱多羅汝能從世尊受向所說偈每至食時爲我誦不若能爾者賜金錢十萬亦常與食鬱多羅白王奉教當誦時波斯匿王聞佛所說歡喜隨喜作禮而去時鬱多羅知王去已至世尊前受所說偈於王食時食食爲誦白言大王如佛世尊如來應等正覺所知所見而說斯偈

人當自繫念　每食知節量　是則諸受薄　安消而保壽

如是波斯匿王漸至後時身體牗細容貌端正處樓閣上向佛住處合掌恭敬右膝著地三說是言南無敬禮世尊如來應等正覺南無敬禮世尊如來應等正覺與我現法利益後世利益現法後世利益以其飯食知節量故

如是我聞一時佛住舍衛國時有年少阿脩羅來詣佛所於佛面前麤惡不善語瞋罵訶責爾時世尊即說偈言

不怒勝瞋恚　不善以善伏　惠施伏慳貪　眞言壞妄語　不罵亦不虐　常住賢聖心　惡人住瞋恨　不動如石山　起瞋恚能持　勝制狂車馬　我說善御士　非彼攝繩者

時年少阿脩羅白佛言瞿曇我今悔過如愚如癡不辯不善於瞿曇面前訶罵毀辱如是懺悔已時阿脩羅聞佛所說歡喜隨喜作禮而去

如是我聞一時佛住舍衛國祇樹給孤獨園時有年少賓耆迦婆羅門來詣佛所於世尊

面前作麤惡不善語瞋罵訶責爾時世尊告年少賓耆迦若於一時吉星之日汝當會諸宗親眷屬耶賓耆白佛如是瞿曇佛告賓耆若汝宗親不受食者當如之何賓耆白佛不受食者食還屬我佛告賓耆汝亦如是如來面前作麤惡不善語罵辱訶責我竟不受如此罵者應當屬誰賓耆白佛如是瞿曇彼雖不受且以相贈則便是與佛告賓耆如是不名更相贈遺何得便爲相與賓耆白佛云何名爲更相贈遺名爲相與云何名不受相贈遺不名相與佛告賓耆若當如是罵則報罵瞋則報瞋打則報打鬪則報鬪名相贈遺名爲相與若復賓耆罵不報罵瞋不報瞋打不報打鬪不報鬪若如是者非相贈遺不名相與賓耆白佛瞿曇我聞古昔婆羅門長老宿重行道大師所說如來應等正覺面前罵辱瞋恚訶責不瞋不怒而今瞿曇有瞋恚耶爾時世尊即說偈言

無瞋何有瞋　正命以調伏　正智心解脫
慧者無有瞋　以瞋報瞋者　是則爲惡人
不以瞋報瞋　臨敵伏難伏　不瞋勝於瞋

三偈如前說

爾時年少賓耆白佛言悔過瞿曇如愚如癡不辯不善而於沙門瞿曇面前麤惡不善語瞋罵訶責聞佛所說歡喜隨喜作禮而去

如是我聞一時佛住舍衛國東園鹿子母講堂爾時世尊晡時從禪覺詣講堂東蔭蔭中露地經行時有健罵婆羅豆婆遮婆羅門來詣佛所世尊面前作麤惡不善語罵詈訶責世尊經行彼隨世尊後行世尊經行已竟住

於一處彼婆羅門言瞿曇伏耶爾時世尊而
說偈言
勝者更增怨　伏者卧不安　勝伏二俱捨
是得安隱眠
婆羅門白言瞿曇我今悔過如愚如癡不辯
不善何於瞿曇面前作麤惡不善語罵詈訶
責時婆羅門聞佛所說歡喜隨喜復道而去
如是我聞一時佛住舍衛國東園鹿子母講
堂世尊晨朝著衣持鉢入舍衛城乞食時健
罵婆羅豆婆遮婆羅門遥見世尊作麤惡不
善語瞋罵訶責把土坌佛時有逆風還吹其
土反自坌身爾時世尊即說偈言
若人無瞋恨　罵辱以加者　清淨無結垢
彼惡還歸己　猶如土坌彼　逆風還自汚
時彼婆羅門白佛言悔過瞿曇如愚如癡不
善不辯何於瞿曇面前麤惡不善語瞋罵訶
責時婆羅門聞佛所說歡喜隨喜復道而去
如是我聞一時佛在拘薩羅人間遊行至舍
衛國祇樹給孤獨園時有婆羅門名曰違義
聞沙門瞿曇從拘薩羅國人間遊行至舍衛
國祇樹給孤獨園聞已作是念我當往詣沙
門瞿曇所聞所說法當反其義作是念已往
詣精舍至世尊所爾時世尊無量眷屬圍遶
說法世尊遥見違義婆羅門來即默然住違
義婆羅門白佛言瞿曇說法樂欲聞之爾時
世尊即說偈言
違義婆羅門　未能解深義　内懷嫉恚心
欲爲法留難　調伏違反心　諸不信樂意
息諸障礙垢　則解深妙說
時違義婆羅門作是念沙門瞿曇已知我心

聞佛所說歡喜隨喜從座起而去

如是我聞一時佛住舍衛國祇樹給孤獨園世尊晨朝著衣持鉢入舍衛城乞食時有不虛婆羅門來詣佛所白佛言世尊我名不虛爲稱實不佛告婆羅門如是稱實者若身不虛若口不虛若心不虛則爲稱實爾時世尊即說偈言

若心不殺害　口意亦俱然　是則爲離害
不恐怖衆生

佛說此經已不虛婆羅門聞佛所說歡喜隨喜復道而去

如是我聞一時佛住王舍城迦蘭陀竹園世尊晨朝著衣持鉢入王舍城乞食次第行乞至火與婆羅門舍火與婆羅門遙見佛來即具衆美飯食滿鉢與之如是二日三日乞食復至其舍火與婆羅門遙見佛來作是念禿頭沙門何故數來貪美食耶爾時世尊知火與婆羅門心念已即說偈言

上天日日雨　田夫日夜耕　數數植種子
是田數收穀　如人數懷妊　乳牛數懷犢
數數有求者　則能數惠施　數數惠施故
常得大名稱　數數棄死屍　數數哭悲戀
數數生數死　數數憂悲苦　數數以火燒
數數諸蟲食　若得賢聖道　不數受諸有
亦不數生死　不數憂悲苦　不數數火燒
不數諸蟲食

時火與婆羅門聞佛說偈還得信心復以種種飲食滿鉢與之世尊不受以因說偈而施故復說偈言

因爲說偈法　不應受飲食　當觀察自法

說法不受食　婆羅門當知　斯則淨命活
應以餘供養　純淨大仙人　已盡諸有漏
穢法悉已斷　供養以飲食　於其良福田
欲求福德者　則我田爲良

火與婆羅門白佛今以此食應著何所佛告婆羅門我不見諸天魔梵沙門婆羅門天神世人有能食此信施令身安樂汝持是食去棄於無蟲水中及少生草地時婆羅門即以此食持著無蟲水中水即煙出沸聲啾啾譬如鐵丸燒令火色擲著水中水即煙起沸聲啾啾亦復如是婆羅門持此飲食著水中水即煙出沸聲啾啾於時火與婆羅門歎言甚奇瞿曇大德大力能令此食而作神變時火與婆羅門因此飯食神變得信敬心稽首佛足退住一面白佛言世尊我今可得於正法中出家受具足修梵行不佛告婆羅門汝今可得於正法中出家受具足彼即出家已作是思惟所以族姓子剃除鬚髮著袈裟衣正信非家出家學道乃至得阿羅漢心善解脫

如是我聞一時佛住舍衛國祇樹給孤獨園時舍衛國中婆肆吒婆羅門女信佛法僧歸佛歸法歸比丘僧於佛法僧已離狐疑於苦集盡道亦離疑惑見諦得果得無聞慧其夫是婆羅豆婆遮種姓婆羅門每至左右所爲作時有小得失即稱南無佛向如來所住方面隨方合掌三說是言南無多陀阿伽度阿羅訶三藐三佛陀身純金色圓光一尋方身圓滿如尼拘律樹善說妙法牟尼之尊仙人上首是我大師時夫婆羅門聞之瞋恚不喜語其婦言爲鬼著耶無有此義捨諸三明大

德婆羅門而稱歎彼禿頭沙門黑闇之分世所不稱我今當往共汝大師論議足知勝如婦語夫言不見諸天魔梵沙門婆羅門諸神世人能共世尊如來應等正覺金色之身圓光一尋如尼拘律樹圓滿之身言說微妙仙人上首我之大師共論議者然今婆羅門且往自可知之時婆羅門即往詣佛所面相問訊慰勞已退坐一面而說偈言

為殺於何等　而得安隱眠　為殺於何等
今心得無憂　為殺於何等　瞿曇所稱歎

爾時世尊知婆羅門心之所念而說偈言

殺於瞋恨者　而得安隱眠　殺於瞋恚者
而心得無憂　瞋恚為毒本　能害甘種子
能害於彼者　賢聖所稱歎　若能害彼者
其心得無憂

時婆羅豆婆遮婆羅門聞佛所說示教照喜次第說法謂說施說戒說生天法說欲味著為災患煩惱清淨出要遠離隨順福利清淨分別廣說譬如清淨白氈易為染色如是婆羅豆婆遮婆羅門即於座上於四聖諦得無礙等所謂苦集滅道是婆羅門見法得法知法入法度諸疑惑不由他度於正法律得無所畏即從座起偏露右肩合掌白佛已度世尊已度善逝我今歸佛歸法歸比丘僧已盡其壽命為優婆塞證知我時婆羅豆婆遮婆羅門聞佛所說歡喜隨喜作禮而去還歸自家其婦優婆夷遥見夫來見已白言已與如來應等正覺純金色身圓光一尋如尼拘律樹圓滿之身妙說之上仙人之首大牟尼尊為我大師共論議耶其夫答言我未嘗見諸

天魔梵沙門婆羅門諸神世人不能與如來應等正覺真金色身圓光一尋如尼拘律樹圓滿之身妙說之上諸仙之首牟尼之尊汝之大師共論議也汝今與我作好法衣我持至世尊所出家學道時婦悉以鮮潔白氎令作法衣時婆羅門持衣往詣世尊所稽首禮足退住一面白言世尊我今可得於世尊法中出家學道修梵行不佛告婆羅門汝今可得於此法律出家學道修諸梵行即出家已獨靜思惟所以善男子剃除鬚髮著袈裟衣出家學道乃至得阿羅漢心善解脫

如是我聞一時佛住舍衛國祇樹給孤獨園時有魔瞿婆羅門來詣佛所與世尊面相問訊慰勞已退坐一面白佛言瞿曇我於家中常行布施若一人來施於一人若二人三人乃至百千悉皆施與我如是施得多福不佛告婆羅門汝如是施實得大福所以者何以於家中常行布施一人來乞即施一人二人三人乃至百千悉皆施與故即得大福時魔瞿婆羅門即說偈言

在家所爲作　布施復大會　因此惠施故
欲求大功德　今問於牟尼　我之所應知
同梵天所見　爲我分別說　云何爲解脫
勝妙之善趣　云何修方便　得生於梵世
云何隨樂施　生明勝梵天

爾時世尊說偈答言

施者設大會　隨彼受樂施　歡喜淨信心
攀緣善功德　以其所建立　求離諸過惡
遠離於貪欲　其心善解脫　修習於慈心
其功德無量　況復加至誠　廣施設大會

若於其中間　所得諸善心　正向善解脫
或餘純善趣　如是勝因緣　得生於梵世
如是之惠施　其心平等故　得生於梵世
其壽命延長

時魔瞿婆羅門聞佛所說歡喜隨喜從座起而去

如是我聞一時佛住舍衛國祇樹給孤獨園時有持華蓋著舍勒導從婆羅門來詣佛所與世尊面相問訊慰勞已退坐一面而說偈言

無非婆羅門　所行爲清淨　剎利修苦行
於淨亦復乖　三典婆羅門　是則爲清淨
如是清淨者　不在餘衆生

爾時世尊說偈答言

不知清淨道　及諸無上淨　於餘求淨者
至竟無淨時

婆羅門白佛瞿曇說清淨道及無上清淨耶何等爲清淨道何等爲無上清淨佛告婆羅門正見者爲清淨道正見修習多修習斷貪欲斷瞋恚斷愚癡若婆羅門貪欲永斷瞋恚愚癡永斷一切煩惱永斷是名無上清淨正志正語正業正命正方便正念正定是名清淨道正定修習多修習已斷貪欲斷瞋恚斷愚癡若婆羅門貪欲永斷瞋恚愚癡永斷一切煩惱永斷是名無上清淨婆羅門白佛言瞿曇說清淨道無上清淨耶瞿曇世務多事今且辭還佛告婆羅門宜知是時持華蓋著舍勒導從婆羅門聞佛所說歡喜隨喜從座起去

如是我聞一時佛住舍衛國祇樹給孤獨園

爾時有異婆羅門來詣佛所與世尊面相問
訊慰勞已退坐一面而說偈言
云何爲尸羅　云何正威儀　云何爲功德
云何名爲業　成就何等法　羅漢婆羅門
爾時世尊說偈答言
宿命憶念智　見生天惡趣　得諸受生盡
牟尼明決定　知心善解脫　解脫一切貪
具足於三明　三明婆羅門
佛說此經已異婆羅門聞佛所說歡喜隨喜
從座起而去
如是我聞一時佛住舍衛國祇樹給孤獨園
爾時世尊晨朝著衣持鉢入舍衛城乞食尊
者阿難從世尊後時有二老男女是其夫婦
年耆根熟傴背如鉤詣里巷頭燒糞掃處俱
蹲向火世尊見彼二老夫婦年耆愚老傴背
如鉤俱蹲向火猶如老鵠欲心相視見已告
尊者阿難汝見彼夫婦二人年耆愚老背傴
如鉤俱蹲向火猶如老鵠欲心相視不阿難
白佛如是世尊佛告阿難此二老夫婦於年
少時盛壯之身勤求財物者亦可得爲舍衛
城中第一富長者若復剃除鬚髮著袈裟衣
正信非家出家學道精勤修習者亦可得阿
羅漢第一上果於第二分盛壯之身勤求財
物亦可得爲舍衛城中第二富者若復剃除
鬚髮者袈裟衣正信非家出家學道者亦可
得阿那含果證若於第三分中年之身勤求
財物亦可得爲舍衛城中第三富者若剃鬚
髮著袈裟衣正信非家出家學道者亦可得
斯陀含果證若於第四分老年之身勤求財
物亦可得爲舍衛城中第四富者若剃鬚髮

著袈裟衣正信非家出家學道者亦可得爲須陀洹果證彼於今日年耆根熟無有錢財無有方便無所堪能不復堪能苦覔錢財亦不能得勝過人法爾時世尊復說偈言

不行梵行故　不得年少財　思惟古昔事
眠地如曲弓　不修於梵行　不得年少財
猶如老鵠鳥　守死於空池

佛說此經已尊者阿難陀聞佛所說歡喜奉行

如是我聞一時佛住舍衛國祇樹給孤獨園

如上說差別者唯說異偈言

老死之所壞　身及所受滅　唯有惠施福
爲隨巳資粮　依於善攝護　及修禪功德
隨力而行施　錢財及飲食　於群則眠覺
非爲空自活

雜阿含經卷第四十二

音釋

波斯匿 梵語也亦云不黎先尼此云和合匿女力切　術策 術食聿切蓺也策楚革切謀晝也　顑頷 顑作霄切頷秦醉切憂瘠也　嶮 虛儉切危也　迮 側革切狹也　鍮 託侯切　鎧 苦亥切甲也　喘 昌兖切疾息也　傭 丑凶切直也　坌 蒲悶切塵坌也　數數 所角切頻也　妊 如鴆切孕也　啾 將由切小聲也　傴 於武切僂也　蹲 徂尊切踞也　鵠 胡屋切水鳥也

雜阿含經卷第四十三

宋天竺三藏求那跋陀羅譯

如是我聞一時佛住波羅柰國仙人住處鹿野苑中時有衆多比丘集於講堂作如是論諸尊如世尊說波羅延低舍彌德勒所問若知二邊者　於中永無著　說名大丈夫不顧於五欲　無有煩惱鏁　超出縫紩憂諸尊此有何義云何邊云何二邊云何爲中云何爲縫紩云何思以智知以了了智所知了所了作苦邊脫於苦有一答言六內入處是一邊六外入處是二邊受是其中愛爲縫紩習於受者得彼彼因身漸漸增長出生於此即法以智知以了了智所知了所了作苦邊脫於苦復有說言過去世是一邊未來世是二邊現在世名爲中愛爲縫紩習近此愛彼彼所因身漸觸增長出生乃至脫苦復有說言樂受者是一邊苦受者是二邊不苦不樂是其中愛爲縫紩習近此愛彼彼所得自身漸觸增長出生乃至脫苦復有說言有者是一邊集是二邊愛是其中愛爲縫紩如是廣說乃至脫苦復有說言身者是一邊身集是二邊愛爲縫紩如是廣說乃至脫苦復有說言我等一切所說不同所謂向來種種異說要不望知云何世尊有餘之說波羅延低舍彌德勒所問經我等應往具問世尊如世尊所說我等奉持爾時衆多比丘詣世尊所稽首禮足退坐一面白佛言世尊向諸比丘集於講堂作如是言於世尊所說波羅延低舍彌德勒所問經所謂二邊乃至脫苦有人說言内六入處是說一邊外六入處是說二

邊受是其中愛爲縫紩如前廣說悉不決定今日故來請問世尊具問斯義我等所說誰得其義佛告諸比丘汝等所說皆是善說我今當爲汝等說有餘經我爲波羅延低舍彌德勒有餘經說謂觸是一邊觸集是二邊受是其中愛爲縫紩習近愛已彼彼所得身緣觸增長出生於此法以智知以了了知所知了所了作苦邊脫於苦佛說此經已諸比丘聞佛所說歡喜奉行

如是我聞一時尊者賓頭盧住拘睒彌國瞿師羅園時有婆蹉國王名優陀延那詣尊者賓頭盧所共相問訊問訊已退坐一面婆蹉王優陀延那白尊者賓頭盧言欲有所問寧有閑暇見答與不尊者賓頭盧答言大王大王且問知者當答婆蹉王優陀延那問尊者賓頭盧何因何緣新學年少比丘於此法律出家未久極安樂住諸根欣悅顏貌清淨膚色鮮白樂靜少動任他而活野獸其心堪能盡壽修持梵行純一清淨尊者賓頭盧答言如佛所說如來應正等覺所知所見爲比丘說汝諸比丘若見宿人當作母想見中年者作姊妹想見幼稚者當作女想以是因緣年少比丘於此法律出家未久安隱樂住諸根敷悅顏貌清淨膚色鮮白樂靜少動任他而活野獸其心能盡壽修持梵行純一清淨婆蹉王優陀延那語尊者賓頭盧言今諸世間貪求之心若見宿人而作母想見中年者作姊妹想見幼稚者而作女想當於爾時心亦隨起貪欲燒然瞋恚燒然愚癡燒然要當更有勝因緣不尊者賓頭盧語婆蹉王優陀延

那更有因緣如世尊說如來應等正覺所知所見爲比丘說此身從足至頂骨幹肉塗覆以薄皮種種不淨充滿其中周遍觀察髮毛爪齒塵垢流涎皮肉白骨筋脉心肝肺脾腎腸肚生藏熟藏胞淚汗涕沫肪脂髓痰癃膿血腦汁屎尿大王此因此緣故年少比丘於此法律出家未久安隱樂住乃至純一滿淨婆蹉王優陀延那語尊者賓頭盧人心飄疾若觀不淨隨淨想現頗更有因緣令年少比丘於此法律出家未久安隱樂住乃至純一滿淨不尊者賓頭盧言大王有因有緣如世尊說如來應等正覺所知所見告諸比丘汝等應當守護根門善攝其心若眼見色時莫取色相莫取隨形好增上執持若於眼根不攝斂住則世間貪憂惡不善法財漏其心是故汝等當受持眼律儀耳聲鼻香舌味身觸意法亦復如是乃至受持意律儀爾時婆蹉王優陀延那語尊者賓頭盧善哉善說法乃至受持諸根律儀尊者賓頭盧我亦如是有時不守護身不持諸根律儀不一其念入於宮中其心極生貪欲熾然愚癡燒然正使閑房獨處亦復三毒燒然其心況復宮中又我有時善護其身善攝諸根專一其念入於宮中貪欲恚癡不起燒然其心於內宮中尚不燒身亦不燒心況復閑獨以是之故此因此緣能令年少比丘於此法律出家未久安隱樂住乃至純一滿淨時婆蹉王優陀延那聞尊者賓頭盧所說歡喜隨喜從座起去

如是我聞一時佛住拘睒彌國瞿師羅園爾時世尊告諸比丘有手故知有取捨有足故

知有往來有關節故知有屈伸有腹故知有飢渴如是比丘有眼故眼觸因緣生受內覺若苦若樂不苦不樂耳鼻舌身意亦復如是諸比丘若無手則不知取捨若無足則不知往來若無關節則不知有屈伸若無腹則不知有飢渴如是諸比丘若無眼則無眼觸因緣生受內覺若苦若樂不苦不樂耳鼻舌身意亦復如是佛說此經已諸比丘聞佛所說歡喜奉行

如是我聞一時佛住拘睒彌國瞿師羅園爾時世尊告諸比丘過去世時有河中草有龜於中住止時有野干飢行覓食遙見龜蟲疾來捉取龜蟲見來即便藏六野干守伺兾出頭足欲取食之久守龜蟲永不出頭亦不出足野干飢乏瞋恚而去諸比丘汝等今日亦復如是知魔波旬常伺汝便兾汝眼著於色耳聞聲鼻嗅香舌嘗味身著觸意念法欲令出生染著六境是故比丘汝等今日常當執持眼律儀住執持眼根律儀住惡魔波旬不得其便隨出隨緣耳鼻舌身意亦復如是於其六根若出若緣不得其便猶如龜蟲野干不得其便爾時世尊即說偈言

龜蟲畏野干　藏六於殼內　比丘善攝心
密藏諸覺想　不依不怖彼　覆心勿言說

佛說此經已諸比丘聞佛所說歡喜奉行

如是我聞一時佛住拘睒彌國瞿師羅園爾時世尊告諸比丘譬如穬麥著四衢道頭有六壯夫執杖共打須臾塵碎有第七人執杖重打諸比丘於意云何如穬麥聚六人共打七人重打當極碎不諸比丘白佛言如是世

尊佛告諸比丘如是愚癡士夫六觸入處之所椎打何等爲六謂眼觸入處常所椎打耳鼻舌身意觸入處常所椎打彼愚癡士夫爲六觸入處之所椎打猶復念求當來世有如第七人重打令碎比丘若言是我是則動揺言是我所是則動揺未來當有是則動揺未來當無是則動揺當復有色是則動揺當復無色是則動揺當復有想是則動揺當復無想是則動揺當復非有想非無想是則動揺動揺故病動揺故癰動揺故刺動揺故著正觀察動揺故苦者得不動揺心多修習住繫念正知如動揺如是思量虛誑有行因受言我是則爲愛言我所是則爲愛言當來有是則爲愛言當來無是則爲愛當有色是則爲愛當無色是則爲愛當有想是則爲愛當無想是則爲愛當非想非非想是則爲愛愛故爲病愛故爲癰愛故爲刺若善思觀察愛生苦者當多住離愛心正念正知諸比丘過去世時阿修羅興軍與帝釋鬬時天帝釋告三十三天今日諸天阿修羅共戰若諸天勝阿修羅不如者當生執阿修羅縛以五繫送還天宮阿修羅語其衆言今阿修羅軍與諸天戰若阿修羅勝諸天不如者當生執帝釋縛以五繫還歸阿修羅宮當其戰諍諸天得勝阿修羅不如時三十三天生執毘摩質多羅阿修羅王縛以五繫還歸天宮爾時毘摩質多羅阿修羅王身被五繫置於正法殿上以種種天五欲樂而娛樂之毘摩質多羅阿修羅王作是念唯阿修羅賢善聰慧諸天雖善我今且當還歸阿修羅宮作是念時即自見

身被五繫縛諸天五欲自然化没毘摩質多羅阿修羅王復作是念諸天賢善智慧明徹諸阿修羅雖善我今且當住此天宫作是念時即自見身五縛得解諸天五欲自然還出毘摩質多羅阿修羅王乃至有如是微細之縛魔波旬縛轉細於是心動揺時魔即隨縛心不動揺魔即隨解是故諸比丘多住不動揺心正念正智應當學佛說此經已諸比丘聞佛所說歡喜奉行

如是我聞一時佛住拘睒彌國瞿師羅園爾時世尊告諸比丘若有比丘比丘尼眼識色因緣生若欲若貪若瞋若念若決定著處於彼諸心善自防護所以者何此等皆是恐畏之道有礙有難此惡人所依非善人所依是故應自防護耳鼻舌身意亦復如是譬如田夫有好田苗其守田者嬾惰放逸欄牛噉食愚癡凡夫亦復如是六觸入處乃至放逸亦復如是若好田苗其守田者心不放逸欄牛不食設復入田盡驅令出所謂若心若意若識多聞聖弟子於五欲功德善自攝護盡上令滅若好田苗其守護田者不自放逸欄牛入境左手牽鼻右手執杖遍身椎打驅出其田諸比丘於意云何彼牛遭苦痛已從村至宅從宅至村復當如前過食田苗不答言不也世尊所以者何憶先入田遭捶杖苦故如是比丘若心若意若識多聞聖弟子於六觸入處極生猒離恐怖内心安住制令一意諸比丘過去世時有王聞未曾有好彈琴聲極生愛樂耽湎染著問諸大臣此何等聲甚可愛樂大臣答言此是琴聲王語大臣取彼聲

來大臣受教即往取琴來白言大王此是琴作好聲者王語大臣我不用琴取其先聞可愛樂聲來大臣答言如此之琴有衆多種具謂有柄有槽有麗有絃有技巧方便人彈之得衆具因緣乃成音聲非不得衆具而有音聲前所聞聲久已過去轉亦盡滅不可持來爾時大王作如是言咄何用此虛僞物爲世間琴者是虛僞物而令世人耽湎染著汝今持去片片析破棄於十方大臣受教析爲百分棄於處處如是比丘若色受想思欲知此諸法無常有爲心因緣生而便說言是我我所彼於異時一切悉無諸比丘應作如是平等正智如實觀察佛說此經已諸比丘聞佛所說歡喜奉行

如是我聞一時佛住拘睒彌國瞿師羅園爾時世尊告諸比丘如癩病人四體瘡壞入茅荻中爲諸刺葉針刺所傷倍增苦痛如是愚癡凡夫六觸入處受諸苦痛亦復如是如彼癩人爲草葉針刺所傷膿血流出如是愚癡凡夫其性弊暴六觸入處所觸則起瞋恚惡聲流出如彼癩人所以者何愚癡無聞凡夫心如癩瘡我今當說律儀不律儀云何律儀云何不律儀愚癡無聞凡夫眼見色已於可念色而起貪著不可念色而起瞋恚於彼次第隨生衆多覺想相續不見過患復見過患不能除滅耳鼻舌身意亦復如是比丘是名不律儀云何律儀多聞聖弟子若眼見色於可念色不起欲想不可念色不起恚想次第不起衆多覺想相續住見色過患見過患已能捨離耳鼻舌身意亦復如是是名律儀佛

說此經已諸比丘聞佛所說歡喜奉行
如是我聞一時佛住拘睒彌國瞿師羅園爾時世尊告諸比丘譬如士夫遊空宅中得六種衆生一者得狗即執其狗繫著一處次得其鳥次得毒蛇次得野干次得失收摩羅次得獼猴得斯衆生悉縛一處其狗者樂欲入村其鳥者常欲飛空其蛇者常欲入穴其野干者樂向塚間失收摩羅者長欲入海獼猴者欲入山林此六衆生悉繫一處所樂不同各各嗜欲到所安處各各不相樂於他處而繫縛故各各用其力向所樂方而不能脫如是六根種種境界各各自求所樂境界不樂餘境界眼根常求可愛之色不可意色則生其猒耳根常求可意之聲不可意聲則生其猒鼻根常求可意之香不可意香則生其猒舌根常求可意之味不可意味則生其猒身根常求可意之觸不可意觸則生其猒意根常求可意之法不可意法則生其猒此六種根種種行處種種境界各各不求異根境界此六種根其有力者堪能自在隨覺境界如彼士夫繫六衆生於其堅柱正出用力隨意而去往反疲極以繩繫故終依於柱諸比丘我說此譬欲爲汝等顯示其義六衆生者譬猶六根堅柱者譬身念處若善修習身念處有念不念色見可愛色則不生著不可愛色則不生猒耳聲鼻香舌味身觸意法於可意法則不求欲不可意法則不生猒是故比丘當勤修習多住身念處佛說此經已諸比丘聞佛所說歡喜奉行
如是我聞一時佛住拘睒彌國瞿師羅園爾

時世尊告諸比丘譬如有四虺蛇兇惡毒虐盛一篋中時有士夫聰明不愚有智慧求樂猒苦求生猒死時有一士夫語向士夫言汝今取此篋盛毒蛇摩拭洗浴恩親養食出內以時若四毒蛇脫有惱者或能殺汝或令近死汝當防護爾時士夫恐怖馳走忽有五怨拔刀隨逐要求欲殺汝當防護爾時士夫畏四毒蛇及五拔刀怨驅馳而走人復語言士夫內有六賊隨逐伺汝得便當殺汝當防護爾時士夫畏四毒蛇五拔刀怨及內六賊恐怖馳走還入空村見彼空舍危朽腐毀有諸惡物捉皆危脆無有堅固人復語言士夫是空聚落當有群賊來必掩虐汝爾時士夫畏四毒蛇五拔刀賊內六惡賊空村群賊而復馳走忽爾道路臨一大河其水浚急但見此岸有諸怖畏而見彼岸安隱快樂清涼無畏無橋船可度得至彼岸作是思惟我取諸草木縛束成栰手足方便度至彼岸作是念已即拾草木依於岸傍縛束成栰手足方便截流橫度如是士夫免四毒蛇五拔刀怨六內惡賊復得脫於空村群賊度於浚流離於此岸種種怖畏得至彼岸安隱快樂我說此譬當解其義比丘篋者譬此身色麤四大四大所造精血之體穢食長養沐浴衣服無常變壞危脆之法毒蛇者譬四大地界水界火界風界地界若諍能令身死及以近死水火風諍亦復如是五拔刀怨者譬五受陰六內賊者譬六愛喜空村者譬六內入善男子觀察眼入處是無常變壞執持眼者亦是無常虛僞之法耳鼻舌身意入處亦復如是空村群

賊者譬外六入處眼爲可意不可意色所害耳聲鼻香舌味身觸意爲可意不可意法所害浚流者譬四流欲流有流見流無明流河者譬三愛欲愛色愛無色愛此岸多恐怖者譬有身彼岸清涼安樂者譬無餘涅槃栰者譬八正道手足方便截流度者譬精進勇猛到彼岸婆羅門住處者譬如來應等正覺如是比丘大師慈悲安慰弟子爲其所作我今已作汝今亦當作其所作於空閑樹下房舍清淨敷草爲座露地塚間遠離邊坐精勤禪思慎莫放逸令後悔恨此則是我教授之法

佛說此經已諸比丘聞佛所說歡喜奉行

如是我聞一時佛住拘睒彌國瞿師羅園爾時世尊告諸比丘多聞聖弟子於一切苦法集滅味患離如實知見見五欲猶如火坑如是觀察五欲已於五欲貪欲愛欲念欲著不永覆心知其欲心行處住處而自防閑行處住處逆防閑已隨其行處住處世間貪憂惡不善法不漏其心云何名爲多聞聖弟子於一切苦法集滅味患離如實知見多聞聖弟子於此苦聖諦如實知此苦集此苦滅此苦滅道跡聖諦如實知是名多聞聖弟子於一切苦法集滅味患離如實知見云何多聞聖弟子見五欲如火坑乃至世間貪憂惡不善法不永覆心譬如近一聚落邊有深坑滿中盛火無有煙焰時有士夫不愚不癡聰明黠慧樂樂猒苦樂生惡死彼作是念此有火坑滿中盛火我若墮中必死無疑於彼生遠思遠欲遠如是多聞聖弟子見五欲如火坑乃至世間貪憂惡不善法不永覆心若行處住

處逆防逆知乃至世間貪憂惡不善法不漏其心譬如聚落邊有柰林多諸棘刺時有士夫入於林中所有營作入林中已前後左右上下盡有棘刺爾時士夫正念而行正念來去正念明目正念端視正念屈身所以者何莫令利刺傷壞身故多聞聖弟子亦復如是若依聚落城邑而住晨朝著衣持鉢入村乞食善護其身善執其心正念安住正念而行正念明目正念觀察所以者何莫令利刺傷聖法律云何利刺傷聖法律謂可意愛念之色是名利刺傷聖法律云何是可意愛念之色傷聖法律謂五欲功德眼識色生愛念長養欲樂耳識聲鼻識香舌識味身識觸生愛念長養欲樂是名可愛念色傷聖法律是名多聞聖弟子所行處所住處逆防逆知乃至不令世間貪憂不善法以漏其心或時多聞聖弟子失於正念生惡不善覺長養欲長養恚長養癡是鈍根多聞聖弟子雖起集滅以欲覆心譬如鐵丸燒令極熱以少水灑尋即乾消如是多聞聖弟子鈍根生念尋滅如是多聞聖弟子如是行如是住若王大臣若親往詣其所請以俸祿語言男子何用剃髮執持瓦器身著袈裟家家乞食爲不如安慰服五欲樂行施作福云何比丘多聞聖弟子國王大臣諸親檀越請以俸祿彼當還戒退減以不答曰不也所以者何多聞聖弟子於一切苦法集滅味患離如實知見故見火坑譬五欲乃至世間貪憂惡不善法不永覆心行處住處逆防逆知乃至世間貪憂惡不善法不漏其心若復爲國王大臣親族請以俸祿

還戒退減無有是處佛告諸比丘善哉善哉彼多聞聖弟子其心長夜臨趣流注浚輸向於遠離向於離欲而於涅槃寂靜捨離樂於涅槃於有漏處寂滅清涼若爲國王長者親族所請還戒退減者無有是處餘得大苦譬如恒河長夜臨趣流注浚輸東方多衆斷截欲令臨趣流注浚輸西方寧能得不答言不能世尊所以者何恒水長夜流注東方欲令西流未而可得彼諸大衆徒辛苦耳如是多聞聖弟子長夜臨趣流注浚輸向於遠離乃至欲令退減無有是處徒辛苦耳佛說此經已諸比丘聞佛所說歡喜奉行

如是我聞一時佛住阿毘闍恒水邊時有比丘來詣佛所稽首佛足退坐一面白佛言善哉世尊爲我說法我聞法已獨一靜處專精思惟不放逸住所以族姓子剃除鬚髮正信非家出家學道於上增修梵行見法自知作證我生已盡梵行已立所作已作自知不受後有爾時世尊觀察恒水見恒水中有一大樹隨流而下語彼比丘汝見此恒水中大樹流不答言已見世尊佛告比丘此大樹不著此岸不著彼岸不沉水底不閡洲渚不入洄澓人亦不取非人不取又不腐敗當隨水流順趣流注浚輸至大海不比丘白佛如是世尊佛言比丘亦復如是亦不著此岸不著彼岸不沉水底不閡洲渚不入洄澓人亦不取非人不取又不腐敗當隨水流臨趣流注浚輸涅槃比丘白佛云何此岸云何彼岸云何沉没云何洲渚云何洄澓云何人取云何非人取云何腐敗善哉世尊爲我廣說我聞法

已當獨一靜處專精思惟不放逸住乃至自知不受後有佛告比丘此岸者謂内六入處彼岸者謂六外入處人取者猶如有一習近俗人及出家者若喜若憂若苦若樂彼彼所作悉與共同始終相隨是名人取非人取者猶如有人願修梵行我今持戒苦行修諸梵行當生在處在處天上是非人取洄澓者猶如有一還戒退轉腐敗者犯戒行惡不善法腐敗寡聞猶莠稗吹貝之聲非沙門爲沙門像非梵行爲梵行像如是比丘是名不著此彼岸乃至浚輸涅槃時彼比丘聞佛所說歡喜隨喜作禮而去時彼比丘獨一靜處思惟佛所說水流大樹經敎乃至自知不受後有得阿羅漢時有牧牛人名難屠去佛不遠執杖牧牛比丘去已詣世尊所稽首禮足於一面住白佛言世尊我今堪能不著此岸不著彼岸不沉没不閡洲渚非人所取不非人取不入洄澓亦不腐敗我得於世尊正法律中出家修梵行不佛告牧牛者汝送牛還主不牧牛者言諸牛中悉有犢牛自能還歸不須送也但當聽我出家學道佛告牧牛者牛雖能還家汝已受人衣食要當還報其家主時牧牛者聞佛敎已歡喜作禮而去時尊者舍利弗在此舍中牧牛者去不久白佛言世尊難屠牧牛者求欲出家世尊何故遣還歸家佛告舍利弗難屠牧牛者若還住家受五欲者無有是處牛付主人已輒自當還於此法律出家學道淨修梵行乃至自知不受後有得阿羅漢時難屠牧牛者以牛付主人已還至佛所稽首禮足退住一面白佛言世尊牛

已付主聽我於正法律出家學道佛告難屠牧牛者汝得於此法律出家受具足得比丘分出家已思惟所以族姓子剃除鬚髮著袈裟衣正信非家出家學道增修梵行乃至自知不受後有成阿羅漢

如是我聞一時佛住舍衛國祇樹給孤獨園時有異比丘獨處坐禪作是思惟比丘云何知云何見得見清淨作是念已詣諸比丘語諸比丘言諸尊比丘云何知云何見令見清淨比丘答言尊者於六觸入處集滅味患離如實正知比丘作如是知如是見者得見清淨是比丘聞彼比丘記說心不歡喜復詣餘比丘所問彼比丘言諸尊比丘云何知云何見得見清淨彼比丘答言於六界集滅味患離如實正知如是比丘如是知如是見得見清淨時比丘聞其記說心亦不喜復詣餘比丘作是問言比丘云何知云何見得見清淨彼比丘答言於五受陰觀察如病如癰如刺如殺無常苦空非我作如是知如是見得見清淨是比丘聞諸比丘記說心亦不喜往詣佛所稽首禮足退坐一面白佛言世尊我獨靜思惟比丘云何知云何見得見清淨作是念已詣諸比丘三處所說具白世尊我聞彼說心不歡喜來詣世尊故以此義請問世尊比丘云何知云何見得見清淨佛告比丘過去世時有一士夫未曾見緊獸往詣曾見緊獸者問曾見緊獸士夫言汝知緊獸不答言知復問其狀云何答曰其色黑如火燒柱當彼見時緊獸黑色如火燒柱時彼士夫聞緊獸黑色如火燒柱不大歡喜復更詣一曾見

緊獸士夫復問彼言汝知緊獸不彼答言知復問其狀云何彼曾見緊獸士夫答曰其色赤而開敷狀似肉段彼人見時緊獸開敷實似肉段是士夫聞彼所說猶復不喜復更詣餘曾見緊獸士夫問汝知緊獸不答言知復問其狀云何答言毵毵下垂如尸利沙果是人聞已心復不喜復行問餘知緊獸者問汝知緊獸不彼答言知又問其狀云何彼復答言其葉青其葉滑其葉長廣如尼拘婁陀樹如彼士夫問其緊獸聞則不喜處處更求而彼諸人見緊獸者隨時所見而爲記說是故不同如是諸比丘若於獨處專精思惟不放逸住所因思惟法不起諸漏心得解脫隨彼所見而爲記說汝今復聽我說譬其智者以譬喻得解譬如有邊國土善治城壁門下堅固郊道平正於四城門置四守護悉皆聰慧知其來去當其城中有四郊道安置牀榻城主坐上若東方使來問守門者城主何在彼即答言主在城中四郊道頭牀上而坐彼使問已往詣城主受其教令復道而還南西北方遠使來人問守門者城主何在彼亦答言在其城中四郊道頭彼彼聞已悉詣城主受其教令各還本處佛告比丘我說斯譬今當說義所謂城者以譬人身麤色如篋毒蛇譬經說善治城壁者謂之正見郊道平正者謂內六入處四門者謂四識住四守門者謂四念處城主者謂識受陰使者謂正觀如實言者謂四眞諦復道還者以入聖道佛告比丘若大師爲弟子所作我今已作以哀愍故如篋毒蛇譬經說爾時比丘聞佛說已專精思

惟不放逸住增修梵行乃至不受後有成阿羅漢

如是我聞一時世尊釋氏人間遊行至迦毘羅衞國住尼拘婁陀園爾時迦毘羅衞釋氏作新講堂未有諸沙門婆羅門釋迦年少及諸人民在中住者聞世尊來至釋氏迦毘羅衞人間遊行住尼拘婁陀園論苦樂義此堂新成未有住者可請世尊與諸大衆於中供養得功德福報長夜安隱然後我等當隨受用作是議已悉共出城詣世尊所稽首禮足退坐一面爾時世尊爲諸釋氏演說要法示教照喜已默然而住時諸釋氏從座起整衣服爲佛作禮右膝著地合掌白佛言世尊我等釋氏新作講堂未有住者今請世尊及諸大衆於中供養得功德福利長夜安隱然後我等當隨受用爾時世尊默然受請時諸釋氏知世尊受請已稽首佛足各還其所即以其日以車輿經紀運其衆具莊嚴新堂敷置牀座輭草布地備香油燈衆事辦已往詣佛所稽首白佛言衆事辦已唯聖知時爾時世尊與諸大衆前後圍遶至新堂外洗足已然後上堂於中柱下東向而坐時諸比丘亦洗足已隨入講堂於世尊後西面東向次第而坐時諸釋氏即於東面西向而坐爾時世尊爲諸釋氏廣說法要示教照喜已語諸釋氏瞿曇初夜已過於時可還迦毘羅越時諸釋氏聞佛所說歡喜隨喜作禮而去爾時世尊知釋氏去已告大目揵連汝當爲諸比丘說法我今背疾當自消息時大目揵連默然受教爾時世尊四褺欝多羅僧安置脅下卷襞

僧伽梨置於頭下右脅而卧屈膝累足係念明想作起相想思惟爾時大目揵連語諸比丘佛所説法初中後善善義善味純一滿淨清白梵行我今當説漏不漏法汝等諦聽云何爲漏法愚癡無聞凡夫眼見色已於可念色而起樂著不可念色而起憎惡不住身念處於心解脱慧解脱無少分智而起種種惡不善法不無餘滅不無餘永盡耳鼻舌身意亦復如是比丘如是者天魔波旬往詣其所伺其虛短於其眼色即得其闚耳聲鼻香舌味身觸意法亦復如是即得其闚譬如枯乾草積四方火起尋時即燒如是比丘於其眼色天魔波旬即得其闚如是比丘不勝於色於耳聲鼻香舌味身觸意法受制於法不能勝法不勝色不勝聲香味觸法亦復不勝意不善法諸煩惱熾然苦報及未來世生老病死諸尊我從世尊親受於此諸有漏法是名有漏法經云何無漏法經多聞聖弟子眼見色於可念色不起樂著不可念色不起憎惡繫念而住無量心解脱慧解脱如實知於彼已起惡不善法無餘滅盡耳鼻舌身意亦復如是如是像類比丘弊魔波旬往詣其所於其眼色伺求其短不得其短於耳聲鼻香舌味身觸意法伺求其短不得其短譬如樓閣墻壁牢固窻戸重閉泥塗厚密四方火起不能燒然斯等比丘亦復如是弊魔波旬往詣其所伺求其短不得其短如是比丘能勝彼色不爲彼色之所勝也勝於聲香味觸法不爲彼法之所勝也若勝於色勝於聲香味觸法已亦復勝於惡不善法煩惱熾然苦報及

未來世生老病死我親從世尊面受此法是名無漏法經爾時世尊知大目揵連說法竟起正身坐繫念在前告大目揵連善哉善哉目揵連爲人說此經法多所饒益多所過度長夜安樂諸天世人爾時世尊告諸比丘汝當受持漏無漏法經廣爲人說所以者何義具足故法具足故梵行具足故開發神通正向涅槃乃至信心善男子在家出家當受持讀誦廣爲人說佛說此經已諸比丘聞佛所說歡喜奉行

如是我聞一時佛住舍衛國祇樹給孤獨園爾時世尊告諸比丘譬如灰河南岸極熱多諸利刺在於闇處衆多罪人在於河中隨流漂没中有一人不愚不癡聰明黠慧樂樂猒苦樂生猒死作如是念我今何緣在此灰河南岸極熱又多利刺在闇冥處隨流漂没我當以手足方便逆流而上漸見小明其人黙念今已疾殆見此小明復運手足懃加方便遂見平地即住於彼觀察四方見大石山不斷不壞亦不穿穴即登而上復見清涼八分之水所謂冷美輕輭香淨飲時不噎咽中不礙飲已安身即入其中若浴若飲離諸煩惱然後復進登大山上見七種華謂優鉢羅華鉢曇摩華拘牟頭華分陀利華脩揵提華彌離頭揵提華阿提目多華聞華香已復上石山見四層階堂樓閣即坐其上見五柱帳即入其中斂身正坐種種枕褥散華遍布莊嚴妙好而於其中自恣坐卧涼風四湊令身安隱坐高臨下高聲唱言灰河衆生諸賢正士如彼灰河南岸極熱多諸利刺其處闇冥求

出於彼河中有聞聲者尋聲問言何方得出從何處出其中有言汝何須問何處得出彼喚聲者亦自不知不見從何而出彼亦當復在此灰河南岸極熱多諸利刺於闇冥中隨流來下用問彼爲如是比丘我說此譬今當說義灰者謂三惡不善覺云何三欲覺恚覺害覺河者謂三愛欲愛色愛無色愛南岸極熱者謂內外六入處多諸利刺者謂五欲功德闇冥處者謂無明障閉慧眼衆多人者謂愚癡凡夫流謂生死河中有一人不愚不癡者謂菩薩摩訶薩手足方便逆流上者謂精勤修學微見小明者謂得法忍得平地者謂持戒觀四方者謂見四真諦大石山者謂正見八分水者謂八聖道七種華者謂七覺分四層堂者謂四如意足五柱帳者謂信等五根正身坐者謂無餘涅槃散華遍布者謂諸禪解脫三昧正受自恣坐卧者謂如來應等正覺四方風吹者謂四增心見法安樂住舉聲唱喚者謂轉法輪彼有人問諸賢正士何處去何處出者謂舍利弗目揵連等諸賢聖比丘於中有言汝所問彼亦不知不見有所出處彼亦當復於此灰河南岸極熱多諸利刺於闇冥處隨流來下者謂六師等諸邪見輩所謂富蘭那迦葉末伽梨瞿舍梨子刪闍耶毘羅胝子阿耆多枳舍欽婆羅伽拘亶延尼揵連陀闍提弗多羅及餘邪見輩如是比丘大師爲諸聲聞所作我今已作汝今當作所作如前篋毒蛇說佛說此經已諸比丘聞佛所說歡喜奉行

雜阿含經卷第四十三

音釋

縫紩縫房戎切紩直質切衣會也

聧失冉切

涎夕連切口液也

筋脉筋舉欣切骨絡也脉莫白切幕也

脾腎脾頻彌切土藏也腎時忍切水藏也

肪甫良切脂也

痰癊痰徒貪切病液也癊於禁切心中病也

殼苦角切皮甲也

䴷古猛切麥也

癰於容切癕也

昵尼質切近也

耽湎耽丁含切浸也湎彌兗切溺也

虺許偉切蜥也

篋苦協切箱也

脆此芮切物易斷也

閡五溉切妨也阻也

莠稗莠與久切稂莠也稗蒲拜切稊稗也

毿蘇舍切毛長貌

䰄必蓋切疊也

積子智切正作積聚也

噎鳥結切氣不通也

枕褥枕之荏切褥而蜀切裀也

湊倉奏切會也

蹴直列切

枳諸市切

亶張連切

雜阿含經卷第四十四

宋 天竺三藏求那跋陀羅譯

如是我聞一時佛住彌絺羅國菴羅園中時有婆四吒婆羅門尼有六子相續命終念子發狂裸形被髮隨路而走至彌絺羅菴羅園中爾時世尊無量大衆圍遶說法婆四吒婆羅門尼遥見世尊見已即得本心慙愧羞恥歛身蹲坐爾時世尊告尊者阿難取汝鬱多羅僧與彼婆四吒婆羅門尼令著聽法尊者阿難即受佛教取衣令著時婆羅門尼得衣著已至於佛前稽首禮佛退坐一面爾時世尊爲其說法示教照喜已如佛常法說法次第乃至信心清淨受三自歸聞佛所說歡喜隨喜作禮而去彼婆四吒優婆夷於後時第七子忽復命終彼優婆夷都不啼哭憂悲惱苦時婆四吒優婆夷夫說偈而告婆四吒優婆夷言

先諸子命終　念子生憂苦　晝夜不飲食
乃至發狂亂　今喪第七子　而不生憂苦

婆四吒優婆夷即復說偈答其夫言

兒孫有千數　因緣和合生　長夜遷過去
我與君亦然　子孫及宗族　其數無限量
彼彼所生處　更互相殘食　若知生惡者
何足生憂苦　我已知出離　生死存亡相
不復生憂苦　入佛正教故

時婆四吒優婆夷夫說偈歎言

未曾所聞法　而今聞汝說　何處聞說法
不念子憂悲

婆四吒優婆夷偈答言

今日等正覺　在彌絺羅國　菴羅樹園中

永離一切苦　演說一切苦　苦集苦寂滅
賢聖八正道　安隱趣涅槃　則是我大師
深樂其正教　我已知正法　能開子憂苦
其夫婆羅門復說偈言
我今亦當往　彌絺菴羅園　彼世尊亦當
開我子憂苦
優婆夷復說偈言
當觀等正覺　柔輭金色身　不調者能調
廣度海流人
爾時婆羅門即嚴駕乘於馬車詣彌絺菴羅園遥見世尊轉增信樂詣大師前彼時大師即爲說偈開其法眼苦集滅道正向涅槃彼即見法成無間等既知法已請求出家時婆羅門即得出家獨靜思惟乃至得阿羅漢世尊記說於第三夜逮得三明得三明已佛即告之命遣御者乘車還家告婆四吒優婆夷令發隨喜語言婆羅門往見世尊得淨信心奉事大師即爲說法爲開法眼見苦聖諦苦集苦滅賢聖八道安趣涅槃成無間等既知法已即求出家世尊記說於第三夜具足三明時彼御者奉教疾還時婆四吒優婆夷遥見御者空車而還即遥問言婆羅門爲見佛不佛爲說法開示法眼見聖諦不御者白言婆羅門已見世尊得淨信心奉事大師爲開法眼說四聖諦成無間等既知法已即求出家專精思惟世尊記說於第三夜具足三明時優婆夷心即隨喜語御者言車馬屬汝加復賜汝金錢一千已汝傳信言婆羅門宿闍諦已得三明令我歡喜故御者白言我今何用車馬金錢爲車馬金錢還優婆夷我今當

還婆羅門所隨彼出家優婆夷言汝意如此便可速還不久亦當如彼所得具足三明隨後出家御者白言如是優婆夷如彼出家我亦當然優婆夷言汝父出家汝隨出家我今不久亦當隨去如空野大龍乘虛而遊其餘諸龍龍子龍女悉皆隨去我亦如是執持衣鉢易養易滿御者白言優婆夷若如是者所願必果不久當見優婆夷少欲知足執持衣鉢人所棄者乞受而食剃髮染衣於陰界入斷除愛欲離貪繫縛盡諸有漏彼婆羅門及其御者婆四吒優婆夷優婆夷女孫陀槃梨悉皆出家究竟苦邊

如是我聞一時佛住毘舍離國大林精舍時有毘利耶婆羅豆婆遮婆羅門晨朝買牛未償其價即日失牛六日不見時婆羅門爲覓牛故至大林精舍遥見世尊坐一樹下儀容挺特諸根清淨其心寂默成就止觀其身金色光明焰照見已即詣其前而說偈言

云何無所求　空寂在於此　獨一處空閑
而得心所樂

爾時世尊說偈答言

若失若復得　於我心不亂　婆羅門當知
莫謂彼如我　心計於得失　其心不自在

時婆羅門復說偈言

最勝梵志處　如比丘所說　我今當自說
眞實語諦聽　沙門今定非　晨朝失牛者
六日求不得　是故安樂住　沙門今定非
種植胡麻田　慮其草荒沒　是故安樂住
沙門今定非　種稻田乏水　畏葉枯便死
是故安樂住　沙門今定非　寡女有七人

悉養孤遺子　是故安樂住　沙門今定無
七不愛念子　放逸多負債　是故安樂住
沙門今定無　債主守其門　求索長息財
是故安樂住　沙門今定無　七領重卧具
憂勤擇諸蟲　是故安樂住　沙門今定無
赤眼黄髮婦　晝夜聞惡聲　是故安樂住
沙門今定無　空倉群鼠戲　常憂其羸乏
是故安樂住

爾時世尊說偈答言

我今日定不　晨朝失其牛　六日求不得
是故安樂住　我今日定無　種植胡麻田
常恐其荒沒　是故安樂住　我今日定無
種稻田乏水　畏葉便枯死　是故安樂住
我今日定無　寡女有七人　悉養孤遺子
是故安樂住　我今日定無　七不愛念子
放逸多負債　是故安樂住　我今日定無
債主守其門　求索長息財　是故安樂住
我今日定無　七領重卧具　憂勤擇諸蟲
是故安樂住　我今日定無　黄頭赤眼婦
晝夜聞惡聲　是故安樂住　我今日定無
空倉群鼠戲　常憂其羸乏　是故安樂住
不捨念不念　衆生安樂住　斷欲離恩愛
而得安樂住

爾時世尊爲精進婆羅豆婆遮婆羅門種種說法示教照喜已如佛常法次第說法布施持戒乃至於正法中心得無畏即從座起合掌白佛我今得於正法律出家學道成比丘分修梵行不佛告婆羅門汝今可得於正法律出家受具足修諸梵行乃至得阿羅漢心善解脫爾時精進婆羅豆婆遮婆羅門得阿

羅漢緣自覺知得解脫樂而說偈言

我今甚欣樂　大仙法之上　得離貪欲樂

不空見於佛

如是我聞一時佛住娑羅樹林婆羅門聚落爾時世尊晨朝著衣持鉢入娑羅林婆羅門聚落乞食有非時雲起爾時世尊作是念我今當往婆羅聚落婆羅長者大會堂中作是念已即往向彼大會堂所時婆羅門長者悉集堂上遥見世尊共相謂言彼剃頭沙門竟知何法爾時世尊告彼婆羅聚落婆羅門長者言諸婆羅門有知法者有不知者刹利長者亦有知法者有不知法者爾時世尊即說偈言

非朋欲勝朋　王不伏難伏　妻不求勝夫

無子不恭父　無會無智者　無智不法言

貪恚癡悉斷　是則名智者

時彼婆羅門長者白佛言善士瞿曇善士夫可入此堂就座而坐世尊坐已即白佛言瞿曇說法我等樂聽爾時世尊爲彼大會婆羅門長者種種說法示教照喜已復說偈言

愚智群聚會　非說孰知明　能說寂靜道

因說智則辯　說者顯正法　建立大仙幢

善說爲仙幢　法爲羅漢幢

爾時世尊爲婆羅聚落婆羅門長者建立正法示教照喜示教照喜已從座起而去

如是我聞一時佛在拘薩羅人間遊行至浮梨聚落住天作婆羅門菴羅園中尊者優婆摩爲侍者爾時世尊患背痛告尊者優婆摩汝舉衣鉢已往至天作婆羅門舍時天作婆羅門處於中堂令梳頭者理剃鬚髮見尊者

優婆摩於門外住見已說偈言

何等剃鬚髮　身著僧伽梨　住於彼門外
爲欲何所求

尊者優婆摩說偈答言

羅漢世善逝　所患背風疾　頗有安樂水
療牟尼疾不

時天作婆羅門以滿鉢酥一瓶油一瓶石蜜使人擔持并持暖水隨尊者優婆摩詣世尊所以塗其體暖水洗之酥蜜作飲世尊背疾即得安隱時天作婆羅門晨朝早起往詣佛所稽首禮足退坐一面而說偈言

何言婆羅門　施何得大果　何爲等時施
云何淨福田

爾時世尊說偈答言

若得宿命智　見天定趣生　得盡諸有漏
牟尼起三明　善知心解脫　解脫一切貪
說名婆羅門　施彼得大果　施彼爲時施
隨所欲福田

時天作婆羅門聞佛所說歡喜隨喜作禮而去

如是我聞一時佛在拘薩羅人間遊行於一夜時住止娑羅林中時有一婆羅門去娑羅林不遠營作田業晨朝起作至娑羅林中遥見世尊坐一樹下儀容端正諸根清淨其心寂定具足成就第一止觀其身金色光明徹照見已往詣其所白言瞿曇我近在此經營事業故樂此林瞿曇於此有何事業樂此林中復說偈言

比丘於此林　爲何事業故　獨一守空閑
樂於此林中

爾時世尊說偈答言

無事於此林　林根久已斷　於林離林脫

禪思不樂斷

時彼婆羅門聞佛所說歡喜隨喜作禮而去

如是我聞一時佛在拘薩羅人間遊行夜宿一婆羅林中時有一婆羅門近彼林側與五百年少婆羅門共彼婆羅門常稱歎欽想欲見世尊何時遊於此林我因得見過問所疑頗有閑暇爲我記說時彼婆羅門年少弟子爲採薪故入於林中遙見世尊坐一樹下儀容端正諸根寂靜其心寂定形若金山光明徹照見已作是念我和尚婆羅門常稱歎欽仰欲見瞿曇問其所疑今此沙門瞿曇到此林中我當疾往白和尚令知即持薪束疾還學堂捨薪束已詣和尚所白言和尚當知和尚由來常所稱歎欽仰欲見沙門瞿曇脫到此林當問所疑今日瞿曇已到此林和尚知時時婆羅門即詣世尊所面相問訊慰勞已退坐一面而說偈言

獨入此恐怖　深邃叢林中　堅住不傾動

善修正勤法　無歌舞音樂　寂默住空閑

我所未曾見　獨樂深林者　欲求於世間

自在增上主　爲三十三天　天上自在樂

何故深林中　苦行自枯槁

爾時世尊說偈答言

若欲種種求　諸界多種著　彼一切皆是

愚癡之根本　如是一切求　我久悉已吐

不求不諂僞　一切無所觸　於一切諸法

唯一清淨觀　得無上菩提　禪思修正樂

婆羅門復說偈言

我今敬禮汝　大寂牟尼尊　禪思之妙王
覺無邊大覺　如來天人救　巍巍若金山
解脫於叢林　於林永不著　已拔深利刺
清淨無餘跡　論師之上首　言說最勝辯
人中雄師子　震吼於深林　顯現苦聖諦
集滅八正道　能盡衆苦聚　乘出淨無垢
自脫一切苦　濟彼苦衆生　安樂衆生故
演說於正法　已斷於恩愛　遠離於欲網
斷除於一切　有愛之結縛　如水生蓮花
塵水不染著　如日停虛空　清淨無雲翳
善哉我今日　至拘薩羅林　得見於大師
兩足之勝尊　大林大精進　得第一廣度
調御師之首　敬禮無所畏

時婆羅門廣說斯偈讚歎佛已聞佛所說歡喜隨喜作禮而去

如是我聞一時佛在拘薩羅人間遊行宿於孫陀利河側爾時世尊剃髮未久於後夜時結跏趺坐正身思惟繫念在前以衣覆頭時孫陀利河側有婆羅門住止夜起持祠餘食不盡持至河邊欲求大德婆羅門以奉之爾時世尊聞河邊婆羅門行聲聞已謦欬作聲却衣現頭時孫陀利河側婆羅門見佛已作是念是剃頭沙門非婆羅門欲持食還去彼婆羅門復作是念非獨沙門是剃頭者婆羅門中亦有剃頭應往至彼問其所生時孫陀利河側婆羅門詣世尊所而問之言爲何姓生爾時世尊即說偈言

汝莫得所生　但當問所行　刻木爲鑽燧
亦能生於火　下賤種姓中　生堅固牟尼
智慧有慚愧　精進善調伏　究竟大明際

清淨修梵行　而今正是時　應奉施餘食

時孫陀利河側婆羅門復說偈言

我今吉良日　求福修供養　遇得見大士
三時最勝尊　若不見佛者　當更施餘人

爾時孫陀利河側婆羅門轉得信心即持餘食以奉世尊世尊不受以說偈得故如上因說偈而得食廣說孫陀利河側婆羅門白佛言世尊今此施食當置何所佛告婆羅門我不見諸天魔梵沙門婆羅門天神世人有能食此食令身安隱者汝持此食去著無蟲水中及少生草地時婆羅門即持此食著無蟲水中水即煙起涌沸啾啾作聲如燒鐵丸投之冷水煙起涌沸啾啾作聲如是彼食著無蟲水中煙起涌沸啾啾作聲孫陀利河側婆羅門心欲恐怖身毛皆竪謂為災變馳走上岸集聚乾木供養祠火令息災怪世尊見彼集聚乾木供養祠火望息災怪見已即說偈言

婆羅門祠火　焚燒乾草木　莫呼是淨道
能却諸災患　此則惡供養　而謂為黠慧
作如是因緣　外道取修淨　汝今棄炬火
起內火熾然　常修不放逸　常當於供養
處處興淨信　廣施設大會　心意為束薪
瞋恚黑煙起　妄語為塵昧　口舌為木杓
胷懷然火處　欲火常熾然　當善自調伏
消滅士夫火　正信為大河　淨戒為度濟
澄淨清流水　智者之所歎　人中淨天德
當於中洗浴　涉水不著身　安樂度彼岸
正法為深淵　福德為下濟　澄淨水充滿
智者所讚歎　人中天淨德　當於中洗浴

涉水不著身　安樂度彼岸　眞諦善調御
攝護修梵行　慈悲爲苦行　眞實心清淨
沐浴以正法　智者所稱歎

爾時孫陀利河側婆羅門聞佛所說歡喜隨喜復道而去

如是我聞一時佛在拘薩羅人間遊行住孫陀利河側叢林中時有孫陀利河側住止婆羅門來詣佛所面相問訊慰勞已退坐一面問佛言瞿曇至孫陀利河中洗浴不佛告婆羅門何用於孫陀利河中洗浴爲婆羅門白佛瞿曇孫陀利河是濟度之數是吉祥之數是清淨之數若有於中洗浴者悉能除人一切諸惡爾時世尊即說偈言

非孫陀利河　亦非婆休多　非伽耶薩羅
如是諸河等　作諸惡不善　能令其清淨
恒河婆休多　孫陀利河等　愚者常居中
不能除衆惡　其清淨之人　何用洗浴爲
其清淨之人　何用布薩爲　淨業以自淨
是生於受持　不殺亦不盜　不婬不妄語
信施除慳垢　於斯而洗浴　於一切衆生
常起慈悲心　井水以洗浴　用伽耶等爲
內心自清淨　不待洗於外　下賤田舍兒
身體多汗垢　以水洗塵穢　不能淨其內

爾時孫陀利河側婆羅門聞佛所說歡喜隨喜從座起而去

如是我聞一時佛住迦毘羅衛國尼拘律園中時有縈髻婆羅豆婆遮婆羅門本俗人時爲佛善知識來詣佛所面相問訊慰勞已退坐一面而說偈言

外身縈髻者　是但名縈髻　內心縈髻者

是結縛衆生　今請問瞿曇　云何解縈髻

爾時世尊說偈答言

受持於淨戒　内心修正覺　專精勤方便

是則解縈髻

時縈髻婆羅門聞佛所說歡喜隨喜從座起而去

如是我聞一時佛住迦毗羅衛國尼拘律園中時有縈髻婆羅豆婆遮婆羅門來詣佛所面前問訊相慰勞已退坐一面而說偈言

身外縈髻者　是但名縈髻　内心縈髻者

是結縛衆生　我今問瞿曇　如此縈髻者

云何作方便　於何斷縈髻

爾時世尊說偈答言

眼耳及與鼻　舌身意入處　於彼名及色

滅盡令無餘　諸識永滅者　於彼斷縈髻

佛說此經已縈髻婆羅豆婆遮婆羅門聞佛所說歡喜隨喜從座起而去

如是我聞一時佛住鬱毗羅聚落尼連禪河側菩提樹下成佛未久爾時世尊獨靜思惟作是念不恭敬者則爲大苦無有次序無他自在可畏懼者則於大義有所退減有所恭敬有次序有他自在者得安樂住有所恭敬有次序有他自在大義滿足頗有諸天魔梵沙門婆羅門天神世人中能於我所具足戒勝三昧勝智慧勝解脫勝解脫知見勝令我恭敬宗重奉事供養依彼而住復作是念無有諸天魔梵沙門婆羅門天神世人能於我所戒具足勝三昧勝智慧勝解脫勝解脫知見勝令我恭敬宗重奉事供養依彼而住者唯有正法令我自覺成三藐三佛陀者我當

於彼恭敬宗重奉事供養依彼而住所以者何過去如來應等正覺亦於正法恭敬宗重奉事供養依彼而住諸當來世如來應等正覺亦於正法恭敬宗重奉事供養依彼而住

爾時娑婆世界主梵天王知世尊心念已如力士屈伸臂頃從梵天沒住於佛前歎言善哉如是世尊如是善逝懈怠不恭敬者甚爲大苦廣說乃至大義滿足其實無有諸天魔梵沙門婆羅門天神世人於世尊所戒具足勝三昧勝智慧勝解脫勝解脫知見勝令世恭敬宗重奉事供養依彼而住者唯有正法如來自悟成等正覺則是如來所應恭敬宗重奉事供養依彼而住者所以者何過去諸如來應等正覺亦於正法恭敬宗重奉事供養依彼而住諸未來如來應等正覺亦當於正法恭敬宗重奉事供養依彼而住世尊亦當於彼正法恭敬宗重奉事供養依彼而住

時梵天王復說偈言

過去等正覺　及未來諸佛　現在佛世尊
能除衆生憂　一切恭敬法　依正法而住
如是恭敬者　是則諸佛法

時梵天王聞佛所說歡喜隨喜稽首佛足即沒不現

如是我聞一時佛住鬱毘羅聚落尼連禪河側菩提樹下成佛未久爾時世尊獨靜思惟作是念有一乘道能淨衆生度諸憂悲滅除苦惱得真如法謂四念處何等爲四身身觀念處受心法法觀念處若有人不樂四念處者則不樂如聖法不樂如聖法者則不樂如聖道不樂如聖道者則不樂甘露法不樂甘

露法者則不解脫生老病死憂悲惱苦若樂修四念處者則樂修如聖法樂修如聖法者則樂如聖道樂如聖道者則樂甘露法樂甘露法者得解脫生老病死憂悲惱苦爾時娑婆世界主梵天王知佛心念已譬如力士屈伸臂頃於梵天沒住於佛前作是歎言如是世尊如是善逝有一乘道能淨衆生謂四念處乃至解脫生老病死憂悲惱苦時梵天王復說偈言

謂有一乘道　見生諸有邊　演說於正法
安慰苦衆生　過去諸世尊　以乘斯道度
當來諸世尊　亦乘度斯道　現在尊正覺
乘此度海流　究竟生死際　調伏心清淨
於生死輪轉　悉已永消盡　知種種諸界
慧眼顯正道　譬若恒水流　悉歸趣大海
激流浚漂遠　正道亦如是　廣智善顯示
逮得甘露法　殊勝正法輪　本所未曾聞
哀愍衆生故　而爲衆生轉　覆護天人衆
令度有彼岸　是故諸衆生　咸皆稽首禮

時梵天王聞佛所說歡喜隨喜稽首佛足即沒不現

如是我聞一時佛住鬱毘羅聚落尼連禪河側菩提樹下成佛未久爾時娑婆世界主梵天王絕妙色身於後夜時來詣佛所稽首佛足退坐一面而說偈言

於諸種姓中　剎利兩足尊　明行具足者
天人中最勝

佛告梵天王如是梵天如是梵天

於諸種姓中　剎利兩足尊　明行具足者
天人中最勝

佛說是經已娑婆世界主梵天王聞佛所說歡喜隨喜稽首佛足即沒不現

如是我聞一時佛在拘薩羅人間遊行住止空閑無聚落處與比丘衆夜宿其中爾時世尊爲諸比丘說隨順阿練若法時娑婆世界主梵天王作是念今者世尊在拘薩羅人間遊行住一空閑無聚落處與諸大衆止宿空野爾時世尊爲諸大衆說隨順空法我今當往隨順讚歎譬如力士屈伸臂頃於梵天沒住於佛前稽首佛足退坐一面而說偈言

習近邊牀坐　斷除諸煩惱　若不樂空閑
入衆自攝護　自調伏其心　家家行乞食
攝持於諸根　專精繫心念　然後習空閑
阿練若牀坐　遠離諸恐怖　無畏安隱住
若彼諸兇險　惡蛇衆毒害　黑雲大闇冥
震雷曜電光　離諸煩惱故　晝夜安隱住
如我所聞法　乃至不究竟　獨一修梵行
不畏千死魔　若修於覺道　不畏於萬數
一切須陀洹　或得斯陀含　及阿那含者
其數亦無量　不能定其數　恐怖於妄說

時娑婆世界主梵天王聞佛所說歡喜隨喜已爲佛作禮即沒不現

如是我聞一時佛住迦毘羅衛迦毘羅衛林中與五百比丘俱皆是阿羅漢諸漏已盡所作已作離諸重擔逮得已利盡諸有結正智心善解脫爾時世尊爲諸大衆說涅槃相應法時有十方世界大衆威力諸天皆悉來會供養世尊及比丘僧復有諸梵天王住於梵世作是念今日佛住迦毘羅衛國如上廣說乃至供養世尊及諸大衆我今當往各各讚

歎作是念已譬如力士屈伸臂頃從梵天沒住於佛前第一梵天即說偈言

於此大林中　大衆普雲集　十方諸天衆
皆悉來恭敬　故我遠來禮　最勝難伏僧

第二梵天復說偈言

是諸比丘僧　真實心精進　於此大林中
攝諸根求度

第三梵天次說偈言

善方便消融　恩愛深利刺　堅固不傾動
如因陀羅幢　度深塹水流　清淨不求欲
善度之導師　諸調伏大龍

第四梵天次說偈言

歸依於佛者　終不墮惡趣　能斷人中身
得天身受樂

各說偈已四梵身天即沒不現

如是我聞一時佛住王舍城迦蘭陀竹園時有娑婆世界主梵天王日日精勤往詣佛所尊重供養時娑婆世界主作是念今旦太早而來見佛正值世尊入火三昧我等且當入提婆達多伴黨瞿迦梨比丘房中作是念已即入彼房至房戶中以指扣戶口說是言瞿迦梨瞿迦梨於舍利弗目連所起淨信心汝莫長夜得不饒益苦瞿迦梨言汝是誰梵天答言娑婆世界主梵天王瞿迦梨言世尊不記汝得阿那含耶梵天王言如是比丘瞿迦梨言汝何故來娑婆世界主梵天王答言此不可治即說偈言

於無量處所　生心欲籌量　故有黠慧者
而生此妄想　無量而欲量　是陰蓋凡夫

時娑婆世界主梵天王往詣佛所稽首禮足

退坐一面白佛言世尊我常日日勤到佛所親覲供養我作是念今旦太早來見世尊正值世尊入火三昧我且當入提婆達多伴黨瞿迦梨比丘房中即住戶中徐徐扣戶口說是言瞿迦梨瞿迦梨當於舍利弗目揵連賢善智慧者所起淨信心莫長夜得不饒益苦瞿迦梨言汝是誰我即答言是娑婆世界主梵天王瞿迦梨言世尊不記汝得阿那含耶我即答言如是瞿迦梨復言汝何故來我作是念此不可治即說偈言

於不可量處　發心欲籌量　不可量欲量

是陰蓋凡夫

佛語梵王如是如是梵王

於不可量處　而發心欲量　何有智慧人

而生此妄想　不可量欲量　是陰蓋凡夫

佛說此經已娑婆世界主梵天王聞佛所說歡喜隨喜從座起爲佛作禮即沒不現

如是我聞一時佛住王舍城迦蘭陀竹園爾時大梵天王及餘別梵天善臂別梵天日日方便往見供養世尊時有婆句梵天見別梵天善臂梵天精勤方便而問言汝欲何之彼即答言欲見世尊恭敬供養時婆句梵天即說偈言

彼有四鵠鳥　三種金色宮　五百七十二

修行禪思者　熾焰金色身　普照梵天宮

汝且觀我身　何用至彼爲

爾時善梵王別梵王善臂別梵王復說偈言

雖有金色身　普照梵天宮　其有智慧者

知色有煩惱　智者不樂色　於其心解脫

時彼善梵天別梵天善臂別梵天往詣佛所

稽首佛足退坐一面白佛言世尊我今方便欲來見世尊恭敬供養有婆句梵天見我方便而問我言汝今方便欲何所之我即答言欲往見世尊禮事供養婆句梵天即說偈言

有四種鵠鳥　三種金色宮　五百七十二
於中而禪思　觀我身金色　普照梵天宮
汝且觀我身　何用至彼爲

我即說偈而答彼言

雖有金色身　普照梵天宮　當知眞金色
是則煩惱事　智者解脫色　於色不復樂

佛告梵天如是梵天如是梵天

雖有眞金色　普照梵天宮　當知眞金色
則是煩惱事　智者解脫色　於色不復樂

時彼梵天爲迦吒務陀低沙比丘故說偈言

士夫生世間　利斧在口中　還自斬其身
斯由惡言故　應毀者稱譽　應譽而反毀
惡口增其過　所生無安樂　博弈酒喪財
其過失甚少　惡心向善逝　是則爲大過
地獄有百千　名尼羅浮陀　三千有六百
及五阿浮陀　斯皆謗聖獄　口意惡願故

佛說此經已彼諸梵天聞佛所說歡喜隨喜稽首佛足即沒不現

如是我聞一時佛住王舍城迦蘭陀竹園時有婆句梵天住梵天上起如是惡邪見言此處常恒非變易法純一出離之處爾時世尊知婆句梵天心念已入於三昧如其正受於王舍城沒住梵天上婆句梵天遙見世尊即說偈言

梵天七十二　造作諸福業　自在而常住
生老死已過　我於諸明論　修習已究竟

彼諸天衆等　唯謂我長存
爾時世尊說偈答言
此則極短壽　非是長存者　而婆句梵天
自謂爲長壽　尼羅浮多獄　其壽百千數
我悉憶念知　汝自謂長存
婆句梵天復說偈言
佛世尊所見　其劫數無邊　生老死憂悲
皆悉已過去　唯願說知我　過去習所更
受持何戒業　而得生於此
爾時世尊說偈答言
過去久遠劫　於大曠野中　有諸大衆行
多賢聖梵行　飢乏無資粮　汝救之令度
慈救心相續　經劫而不失　是則汝過去
所受持功德　我悉憶念知　久近如眠覺
過去有村邑　爲賊所抄掠　汝時悉皆救
令其得解脫　是則過去世　所受持福業
我憶此因緣　久近如眠覺　過去有人衆
乘船恒水中　惡龍持彼船　欲盡害其命
汝時以神力　救令得解脫　是則汝過去
所受持福業　我憶是因緣　久近如眠覺
婆句梵天復說偈言
決定悉知我　古今壽命事　亦知餘一切
是則爲正覺　是故所受身　金光焰普照
其身住於此　光明遍世間
爾時世尊爲婆句梵天種種說法示教照喜已如其正受從梵天沒還王舍城
如是我聞一時佛住舍衛國祇樹給孤獨園時有一梵天住梵天上起如是邪見言此處常恒不變易純一出離未曾見有來至此處況復有過此上者爾時世尊　彼梵天心之

所念即入三昧如其正受於舍衛國没現梵天宮當彼梵天頂上於虛空中結跏趺坐正身繫念爾時尊者阿若俱隣作是念今日世尊爲在何所即以天眼淨過人間眼觀見世尊在梵天上見已即入三昧如其正受於舍衛國没現彼梵世在於東方西面向佛結跏趺坐端身繫念在佛座下梵天座上爾時尊者摩訶迦葉作是念今日世尊爲在何所即以天眼淨過於人眼見世尊在梵天上見已即入三昧如其正受於舍衛國没現梵天上在於南方北面向佛結跏趺坐端身繫念在佛座下梵天座上時尊者舍利弗作是念世尊今者爲在何所即以天眼淨過於人眼見世尊在梵天上見已即入三昧如其正受於舍衛國没住梵天上在於西方東面向佛結跏趺坐端身繫念在佛座下梵天座上爾時尊者大目揵連即作是念今日世尊爲在何所以天眼淨過於人眼遥見世尊在梵天上見已即入三昧如其正受於舍衛國没住梵天上在於北方南面向佛結跏趺坐端身繫念在佛座下梵天座上爾時世尊告梵天曰汝今復起是見從本已來未曾見有過我上者不梵天白佛我今不敢復言我未曾見有過我上者唯見梵天光明被障爾時世尊爲彼梵天種種說法示教照喜已即入三昧如其正受於梵天上没還舍衛國尊者阿若俱隣摩訶迦葉舍利弗爲彼梵天種種說法示教照喜已即入三昧如其正受於梵天没還舍衛國唯尊者大目揵連仍於彼住時彼梵天問尊者大目揵連世尊諸餘弟子悉有如

是大德大力不時尊者大目揵連即説偈言

大德具三明　通達觀他心　漏盡諸羅漢
其數無有量

時尊者大目揵連爲彼梵天種種説法示教照喜已即入三昧如其正受於梵天沒還舍衛國

如是我聞一時佛住俱尸那竭國力士生地堅固雙樹林爾時世尊臨般涅槃告尊者阿難汝於堅固雙樹間敷繩牀北首如來今日中夜於無餘涅槃而般涅槃時尊者阿難奉世尊教於雙堅固樹間爲世尊敷繩牀北首已還世尊所稽首禮足白言世尊以爲如來於雙堅固樹間敷繩牀令北首於是世尊往就繩牀右脅著地北首而卧足足相累繫念明想爾時世尊即於中夜於無餘涅槃而般涅槃般涅槃已雙堅固樹尋即生華周帀垂下供養世尊時有異比丘即説偈言

善好堅固樹　枝條垂禮佛　妙華以供養
大師般涅槃

尋時釋提桓因説偈

一切行無常　斯皆生滅法　雖生尋以滅
斯寂滅爲樂

尋時娑婆世界主梵天王次復説偈言

世間一切生　立者皆當捨　如是聖大師
世間無有比　逮得如來力　普爲世間眼
終歸會磨滅　入無餘涅槃

尊者阿那律陀次復説偈言

出息入息住　立心善攝護　從所依而來
世間般涅槃　大恐怖相生　令人身毛豎
一切行力具　大師般涅槃　其心不懈怠

亦不住諸愛　心法漸解脫　如薪盡火滅

如來涅槃後七日尊者阿難住支提所而說偈言

導師此寶身　往詣梵天上　如是大神力

內火還燒身　五百氎纏身　悉燒令磨滅

千領細氎衣　以衣如來身　唯二領不燒

最上及襯身

尊者阿難說是偈已時諸比丘默然悲喜

雜阿含經卷第四十四

音釋

裸（郎果切赤體也）羸（力追切瘦也）謦欬（謦苦定切欬苦蓋切逆氣聲也大曰謦小曰欬）鑽燧（鑽借官切燧徐醉切）髻（吉詣切）壍（七艷切坑也）抄掠（抄楚交切取也掠力灼切劫奪也）襯（初覲切近身衣也）氎（徒協切細毛布也）

雜阿含經卷第四十五

宋天竺三藏求那跋陀羅譯

如是我聞一時佛住舍衞國祇樹給孤獨園時有阿臘毘比丘尼住舍衞國王園精舍比丘尼衆中時阿臘毘比丘尼晨朝著衣持鉢入舍衞城乞食食已還精舍舉衣鉢洗足持尼師壇著右肩上入安陀林坐禪時魔波旬作是念今沙門瞿曇住舍衞國祇樹給孤獨園有弟子阿臘毘比丘尼住舍衞國王園精舍比丘尼衆中晨朝著衣持鉢入舍衞城乞食食已還精舍舉衣鉢洗足已持尼師壇著右肩上入安陀林坐禪我今當往爲作留難即化作年少容貌端正往詣彼比丘尼所語比丘尼言阿姨欲何處去比丘尼答言賢者到遠離處去時魔波旬即說偈言

世間無有出　用求遠離爲　還服食五欲
勿令後變悔

時阿臘毘比丘尼作是念是誰欲恐怖我爲是人耶爲非人耶姧狡人耶心即念言此必惡魔欲亂我耳覺知已而說偈言

世間有出要　我自知所得　鄙下之惡魔
汝不知其道　譬如利刀害　五欲亦如是
譬如斬肉刑　苦受陰亦然　如汝向所說
服樂五欲者　是則不可樂　大恐怖之處
離一切喜樂　捨諸大闇冥　以滅盡作證
安住離諸漏　覺知汝惡魔　尋即自滅去

時魔波旬作是念彼阿臘毘比丘尼已知我心愁憂不樂即沒不現

如是我聞一時佛住舍衞國祇樹給孤獨園時有蘇摩比丘尼住舍衞國王園精舍比丘

尼衆中晨朝著衣持鉢入舍衛城乞食食已還精舍舉衣鉢洗足畢持尼師壇著右肩上至安陀林坐禪時魔波旬作是念今沙門瞿曇住舍衛國祇樹給孤獨園有蘇摩比丘尼住舍衛國王園精舍比丘尼衆中晨朝著衣持鉢入舍衛城乞食食已還精舍舉衣鉢洗足畢持尼師壇著肩上入安陀林坐禪我今當往爲作留難即化作年少容貌端正往至蘇摩比丘尼所問言阿姨欲至何所答言賢者欲至遠離處去時魔波旬即說偈言

仙人所住處　是處甚難得　非彼二指智
能得到彼處

時蘇摩比丘尼作是念此是何等欲恐怖我爲人爲非人爲姧狡人作此思惟已決定智生知是惡魔來欲嬈亂即說偈言

心入於正受　女形復何爲　智或若生已
逮得無上法　若於男女想　心不得俱離
彼即隨魔說　汝應往語彼　離於一切苦
捨一切闇冥　逮得滅盡證　安住諸漏盡
覺知汝應去

時魔波旬作是念即自磨滅去蘇摩比丘尼已知我心内懷憂悔即没不現

如是我聞一時佛住舍衛國祇樹給孤獨園時有吉離舍瞿曇彌比丘尼住舍衛國王園精舍比丘尼衆中晨朝著衣持鉢至舍衛城乞食食已還精舍舉衣鉢洗足畢持尼師壇著肩上入安陀林於一樹下結跏趺坐入晝正受時魔波旬作是念今沙門瞿曇住舍衛國祇樹給孤獨園時吉離舍瞿曇彌比丘尼住舍衛國王園精舍比丘尼衆中晨朝著衣

持鉢入舍衛城乞食食已還精舍舉衣鉢洗足畢持尼師壇著肩上入安陀林於一樹下結跏趺坐入晝正受我今當往爲作留難即化作年少容貌端正往至吉離舍瞿曇彌比丘尼所而説偈言

汝何喪其子　涕泣憂愁貌　獨坐於樹下
何求於男子

時吉離舍瞿曇彌比丘尼作是念爲誰恐怖我爲人爲非人爲姧狡者如是思惟生決定智知惡魔波旬來嬈我耳即説偈言

無邊際諸子　一切皆亡失　此則男子邊
已度男子表　不惱不憂愁　佛教作已作
一切離憂苦　捨一切闇冥　已滅盡作證
安隱盡諸漏　已知汝弊魔　於此自滅去

時魔波旬作是念吉離舍瞿曇彌比丘尼已知我心愁憂苦惱即沒不現

如是我聞一時佛住舍衛國祇樹給孤獨園時有優鉢羅色比丘尼住舍衛國王園比丘尼衆中晨朝著衣持鉢入舍衛城乞食食已還精舍舉衣鉢洗足畢持尼師壇著肩上入安陀林坐一樹下入晝正受時魔波旬作是念今沙門瞿曇住舍衛國祇樹給孤獨園優鉢羅色比丘尼住舍衛國王園比丘尼衆中晨朝著衣持鉢入舍衛城乞食食已還精舍舉衣鉢洗足畢持尼師壇著肩上入安陀林坐一樹下入晝正受我今當往爲作留難即化作年少容貌端正至優鉢羅色比丘尼所而説偈言

妙華堅固樹　依止其樹下　獨一無等侶
不畏惡人耶

時優鉢羅色比丘尼作是念爲何等人欲恐怖我爲是人爲非人爲姧狡人如是思惟即得覺知必是惡魔波旬欲亂我耳即說偈言

設使有百千　皆是姧狡人　如汝等惡魔
來至我所者　不能動毛髮　不畏汝惡魔

魔復說偈言

我今入汝腹　住於內藏中　或住兩眉間
汝不能見我

時優鉢羅色比丘尼復說偈言

我心有大力　善修習神通　大縛已解脫
不畏汝惡魔　我已吐三垢　恐怖之根本
住於不恐地　不畏於魔軍　於一切愛喜
離一切闇冥　已證於寂滅　安住諸漏盡
覺知汝惡魔　自當消滅去

時魔波旬作是念優鉢羅色比丘尼已知我心內懷憂慼即沒不現

如是我聞一時佛住舍衞國祇樹給孤獨園時尸羅比丘尼住舍衞國王園比丘尼衆中晨朝著衣持鉢入舍衞城乞食食已還精舍舉衣鉢洗足畢持尼師壇著肩上入安陀林坐一樹下入晝正受時魔波旬作是念今沙門瞿曇住舍衞國祇樹給孤獨園尸羅比丘尼住舍衞國王園精舍比丘尼衆中晨朝著衣持鉢入舍衞城乞食食已還精舍舉衣鉢洗足畢持尼師壇著肩上入安陀林坐一樹下入晝正受我今當往爲作留難即化作年少容貌端正往到尸羅比丘尼前而說偈言

衆生云何生　誰爲其作者　衆生何處起
去復至何所

尸羅比丘尼作是念此是何人欲恐怖我爲

人爲非人爲奸狡人作是思惟已即生知覺此是惡魔欲作留難即說偈言

汝謂有衆生　此則惡魔見　唯有空陰聚
無是衆生者　如和合衆材　世名之爲車
諸陰因緣合　假名爲衆生　其生則苦生
住亦即苦住　無餘法生苦　苦生苦自滅
於一切憂苦　離一切闇冥　已證於寂滅
安住諸漏盡　已知汝惡魔　則自消滅去

時魔波旬作是念尸羅比丘尼已知我心內懷憂慼即沒不現

如是我聞一時佛住舍衛國祇樹給孤獨園時毘羅比丘尼住舍衛國王園比丘尼衆中晨朝著衣持鉢入舍衛城乞食食已還精舍舉衣鉢洗足畢持尼師壇著肩上入安陀林坐一樹下入晝正受時魔波旬作是念今沙門瞿曇住舍衛國祇樹給孤獨園毘羅比丘尼住舍衛國王園比丘尼衆中晨朝著衣持鉢入舍衛城乞食食已還精舍舉衣鉢洗足畢持尼師壇著肩上入安陀林坐一樹下入晝正受我當往彼爲作留難即化作年少容貌端正至毘羅比丘尼所而說偈言

云何作此形　誰爲其作者　此形何處起
形去至何所

毘羅比丘尼作是念是何人來恐怖我爲人爲非人爲奸狡人如是思惟即得知覺惡魔波旬欲作嬈亂即說偈言

此形不自造　亦非他所作　因緣會而生
緣散即磨滅　如世諸種子　因大地而生
因地水火風　陰界入亦然　因緣和合生
緣離則磨滅　捨一切憂苦　離一切闇冥

已證於寂滅　安住諸漏盡　惡魔以知汝
即自磨滅去
時魔波旬作是念毘羅比丘尼已知我心生大憂慼即沒不現
如是我聞一時佛住舍衛國祇樹給孤獨園時有毘闍耶比丘尼住舍衛國王園比丘尼衆中晨朝著衣持鉢入舍衛城乞食食已還精舍舉衣鉢洗足畢持尼師壇著肩上入安陀林坐一樹下入晝正受時魔波旬作是念此沙門瞿曇住舍衛國祇樹給孤獨園弟子毘闍耶比丘尼住舍衛國王園比丘尼衆中晨朝著衣持鉢入舍衛城乞食食已還精舍舉衣鉢洗足畢持尼師壇著肩上入安陀林坐一樹下入晝正受我今當往爲作留難即化作年少容貌端正往至其前而說偈言
汝今年幼少　我亦是年少　當共於此處
作五種音樂　而共相娛樂　用是禪思爲
時毘闍耶比丘尼作是念此何等人欲恐怖我爲是人耶爲非人耶爲姧狡人耶如是思惟已即得知覺是魔波旬欲作嬈亂即說偈言
歌舞作衆妓　種種相娛樂　今悉以惠汝
非我之所須　若寂滅正受　及天人五欲
一切持相與　亦非我所須　捨一切喜樂
離一切闇冥　寂滅以作證　安住諸漏盡
已知汝惡魔　當自消滅去
時魔波旬作是念是毘闍耶比丘尼已知我心內懷憂慼即沒不現
如是我聞一時佛住舍衛國祇樹給孤獨園時遮羅比丘尼住舍衛國王園比丘尼衆中

晨朝著衣持鉢入舍衛城乞食食已還精舍舉衣鉢洗足畢持尼師壇著肩上至安陀林坐一樹下入晝正受時魔波旬作是念今沙門瞿曇在舍衛國祇樹給孤獨園遮羅比丘尼亦住舍衛國王園比丘尼衆中晨朝著衣持鉢入舍衛城乞食食已還精舍洗足畢舉衣鉢持尼師壇著肩上入安陀林坐一樹下入晝正受我今當往爲作留難即化作年少容貌端正至遮羅比丘尼前而說偈言

覺受生爲樂　生服受五欲　爲誰教授汝
令厭離於生

時遮羅比丘尼作是念此是何人欲作恐怖爲人爲非人爲姧狡人而來到此欲作嬈亂即說偈言

生者必有死　生則受諸苦　鞭打諸惱苦
一切緣生有　當斷一切苦　超越一切生
慧眼觀聖諦　牟尼所說法　苦苦及苦業
滅盡離諸苦　修習八正道　安隱趣涅槃
大師平等法　我欣樂彼法　我知彼法故
不復樂受生　一切離愛喜　捨一切闇冥
寂滅以作證　安住諸漏盡　覺知汝惡魔
自當消滅去

時魔波旬作是念遮羅比丘尼已知我心内懷憂慼即沒不現

如是我聞一時佛住舍衛國祇樹給孤獨園時優波遮羅比丘尼亦住舍衛國王園比丘尼衆中晨朝著衣持鉢入舍衛城乞食食已還精舍舉衣鉢洗足畢持尼師壇著肩上入安陀林坐一樹下入晝正受時魔波旬作是念今沙門瞿曇住舍衛國祇樹給孤獨園優

波遮羅比丘尼亦住舍衛國王園比丘尼衆中晨朝著衣持鉢入舍衛城乞食食已還精舍舉衣鉢洗足畢持尼師壇著肩上入安陀林坐一樹下入晝正受我今當往爲作留難即化作年少容貌端正至優波遮羅比丘尼所而說偈言

三十三天上　焰摩兜率陀　化樂他自在
發願得往生

優波遮羅比丘尼作是念此何等人欲恐怖我爲人爲非人爲是姧狡人自思覺悟必是惡魔欲作嬈亂而說偈言

三十三天上　焰摩兜率陀　化樂他自在
斯等諸天上　不離有爲行　故隨魔自在
一切諸世間　悉是衆行聚　一切諸世間
悉皆動搖法　一切諸世間　苦火常熾然
一切諸世間　悉皆煙塵起　不動亦不搖
不習近凡夫　不墮於魔趣　於是處娛樂
離一切憂苦　捨一切闇冥　寂滅以作證
安住諸漏盡　已覺汝惡魔　則自磨滅去

時魔波旬作是念優波遮羅比丘尼已知我心內懷憂慼即沒不現

如是我聞一時佛住舍衛國祇樹給孤獨園時尸利沙遮羅比丘尼亦住舍衛國王園比丘尼衆中晨朝著衣持鉢入舍衛城乞食食已還精舍舉衣鉢洗足畢持尼師壇著肩上入安陀林坐一樹下入晝正受時魔波旬作是念今沙門瞿曇住舍衛國祇樹給孤獨園時尸利沙遮羅比丘尼亦住舍衛國王園比丘尼衆中晨朝著衣持鉢入舍衛城乞食食已還精舍舉衣鉢洗足畢持尼師壇著肩上

入安陀林坐一樹下入晝正受我當往彼爲作留難即化作年少容貌端正往到尸利沙遮羅比丘尼所而作是言阿姨汝樂何等諸道比丘尼答言我都無所樂時魔波旬即説偈言

汝何所諮受　剃頭作沙門　身著袈裟衣
而作出家相　不樂於諸道　而守愚癡住

時尸利沙遮羅比丘尼作是念此何等人欲恐怖我爲人爲非人爲姧狡人如是思惟已即自知覺惡魔波旬欲作嬈亂即説偈言

此法外諸道　諸見所纒縛　縛於諸見已
常隨魔自在　若生釋種家　禀無比大師
能伏諸魔怨　不爲彼所伏　清淨一切脫
道眼普觀察　一切智悉知　最勝離諸漏
彼則我大師　我唯樂彼法　我入彼法已
得遠離寂滅　離一切愛喜　捨一切闇冥
寂滅以作證　安住諸漏盡　已知汝惡魔
如是自滅去

時魔波旬作是念尸利沙遮羅比丘尼已知我心內懷憂慼即沒不現

如是我聞一時佛住瞻婆國揭伽池側爾時世尊月十五日布薩時於大衆前坐月初出時時有尊者婆耆舍於大衆中作是念我今欲於佛前歎月譬偈作是念已即從座起整衣服爲佛作禮合掌白佛言世尊欲有所説善逝欲有所説佛告婆耆舍欲説者便説時尊者婆耆舍即於佛前而説偈言

如月停虛空　明淨無雲翳　光焰明暉曜
普照於十方　如來亦如是　慧光照世間
功德善名稱　周遍滿十方

尊者婆耆舍說是偈時諸比丘聞其所說皆大歡喜

如是我聞一時佛住瞻婆國揭伽池側爾時尊者阿若憍陳如久住空閑阿練若處來詣佛所稽首佛足以面掩佛足上而說是言久不見世尊久不見善逝爾時尊者婆耆舍在於會中作是念我今當於尊者阿若憍陳如面前以上座譬而讚歎之作此念已即從座起整衣服爲佛作禮合掌白佛世尊欲有所說善逝欲有所說佛告婆耆舍欲說時便說時尊者婆耆舍即說偈言

上座之上座　尊者憍陳如　已度已超越

得安樂正受　於阿練若處　常樂於遠離

聲聞之所應　大師正法教　一切悉皆陳

正受不放逸　大德力三明　他心智明了

上座憍陳如　護持佛法財　增上恭敬心

頭面禮佛足

尊者婆耆舍說是語時諸比丘聞其所說皆大歡喜

如是我聞一時佛住瞻婆國揭伽池側時尊者舍利弗在供養堂有衆多比丘集會而爲說法句味滿足辯才簡淨易解樂聞不礙不斷深義顯現彼諸比丘專至樂聽尊重憶念一心側聽時尊者婆耆舍在於會中作是念我當於尊者舍利弗面前說偈讚歎作是念已即起合掌白尊者舍利弗我欲有所說舍利弗告言隨所樂說尊者婆耆舍即說偈言

善能略說法　令衆廣開解　賢優婆提舍

於大衆宣暢　當所說法時　咽喉出美聲

悅樂愛念聲　調和漸進聲　聞聲皆欣樂

尊念不移轉

尊者婆耆舍說此語時諸比丘聞其所說皆大歡喜

如是我聞一時佛住王舍城那伽山側五百比丘俱皆是阿羅漢諸漏已盡所作已作離諸重擔逮得已利斷諸有結正智心善解脫尊者大目揵連觀大衆心一切皆悉解脫貪欲時尊者婆耆舍於大衆中作是念我今當於世尊及比丘僧面前說偈讚歎作是念已即從座起整衣服合掌白佛言世尊欲有所說善逝欲有所說佛告婆耆舍隨所樂說時尊者婆耆舍即說偈言

導師無上士　住那伽山側　五百比丘衆
親奉於大師　尊者大目連　神通諦明了
觀彼大衆心　悉皆離貪欲　如是具足度
牟尼度彼岸　持此最後身　我今稽首禮

尊者婆耆舍說是語時諸比丘聞其所說皆大歡喜

如是我聞一時佛住王舍城迦蘭陀竹園夏安居與大比丘衆五百人俱皆是阿羅漢諸漏已盡所作已作離諸重擔斷除有結正智心善解脫除一比丘謂尊者阿難世尊記說彼現法當得無知證爾時世尊臨十五日月食受時於大衆前敷座而坐坐已告諸比丘我爲婆羅門得般涅槃持後邊身爲大醫師拔諸劒刺我爲婆羅門得般涅槃持此後邊身無上醫師能拔劒刺汝等爲子從我口生從法化生得法餘財當懷受我莫令我若身若口若心有可嫌責事爾時尊者舍利弗在衆會中從座起整衣服爲佛作禮合掌白佛

世尊向者作如是言我爲婆羅門得般涅槃持最後身無上大醫能拔劒刺汝爲我子從佛口生從法化生得法餘財諸比丘當懷受我莫令我身口心有可嫌責我等不見世尊身口心有可嫌責事所以者何世尊不調伏者能令調伏不寂靜者能令寂靜不甦息者能令甦息不般涅槃者能令般涅槃如來知道如來說道如來向道然後聲聞成就隨道宗道奉受師教如其教授正向欣樂眞如善法我於世尊都不見有可嫌責身口心行我今於世尊所乞願懷受見聞疑罪若身口心有嫌責事佛告舍利弗我不見汝有見聞疑身口心可嫌責事所以者何汝舍利弗持戒多聞少欲知足修行遠離精勤方便正念正受捷疾智慧明利智慧出要智慧猒離智慧大智慧廣智慧深智慧無比智慧智實成就示教照喜亦常讚歎示教照喜爲衆說法未曾疲倦譬如轉輪聖王第一長子應受灌頂而未灌頂已住灌頂儀法如父之法所可轉者亦常隨轉汝今如是爲我長子隣受灌頂而未灌頂住於儀法我所應轉法輪汝亦隨轉得無所起盡諸有漏心善解脫如是舍利弗我於汝所都無見聞疑身口心可嫌責事舍利弗白佛言世尊若我無有見聞疑身口心可嫌責事此五百諸比丘得無有見聞疑身口心可嫌責事耶佛告舍利弗我於此五百比丘亦不見有見聞疑身口心可嫌責事所以者何此五百比丘皆是阿羅漢諸漏已盡所作已作已捨重擔斷諸有結正智心善解脫除一比丘謂尊者阿難我記說彼於現

法中得無知證是故諸五百比丘我不見其有身口心見聞疑罪可嫌責者舍利弗白佛言世尊此五百比丘既無有見聞疑身口心可嫌責事然此中幾比丘得三明幾比丘俱解脫幾比丘慧解脫佛告舍利弗此五百比丘中九十比丘得三明九十比丘得俱解脫餘者慧解脫舍利弗此諸比丘離諸飄轉無有皮膚貞實堅固時尊者婆耆舍在衆會中作是念我今當於世尊及大衆面前歎說懷受偈作是念已即從座起整衣服爲佛作禮右膝著地合掌白佛世尊欲有所說善逝欲有所說佛告婆耆舍隨所樂說時婆耆舍即說偈言

十五清淨日　其衆五百人　斷除一切結
有盡大仙人　清淨相習近　清淨廣解脫
不更受諸有　生死已永絕　所作者已作
得一切漏盡　五蓋已雲除　拔刺根本愛
師子無所畏　離一切有餘　害諸有怨結
超越有餘境　諸有漏怨敵　皆悉已潛伏
猶如轉輪王　懷受諸眷屬　慈心廣宣化
海內悉奉用　能伏魔怨敵　爲無上導師
信敬心奉事　三明老死滅　爲法之真子
無有飄轉患　拔諸煩惱刺　敬禮日種胤

佛說是經已諸比丘聞佛所說歡喜奉行

如是我聞一時佛住王舍城迦蘭陀竹園爾時尊者尼拘律想住於曠野禽獸住處尊者婆耆舍出家未久有如是威儀依聚落城邑住晨朝著衣持鉢於彼聚落城邑乞食善護其身守諸根門攝心繫念食已還住處舉衣鉢洗足畢入室坐禪速從禪覺不著乞食而

彼無有隨時教授無有教誡者心不安樂周圓隱覆如是深住時尊者婆耆舍作是念我不得利難得非易得非不隨時得教授教誡不得欣樂周圓隱覆心住我今當讚歎自猒之偈即說偈言

當捨樂不樂　及一切貪覺　於隣無所作
離染名比丘　於六覺心想　馳騁於世間
惡不善隱覆　不能去皮膚　穢汙樂於心
是不名比丘　有餘縛所縛　見聞覺識俱
於欲覺悟者　彼處不復染　如是不染者
是則爲牟尼　大地及虛空　世間諸色像
斯皆磨滅法　寂然自決定　法器久修習
而得三摩提　不觸不諂僞　其心極專至
彼聖久涅槃　繫念待時滅

時尊者婆耆舍說自猒離偈心自開覺於不樂等開覺已欣樂心住

如是我聞一時佛住舍衛國祇樹給孤獨園爾時尊者阿難陀晨朝著衣持鉢入舍衛城乞食以尊者婆耆舍爲伴時尊者婆耆舍見女人有上妙色見已貪欲心起時尊者婆耆舍作是念我今得不利得苦非得樂我今見年少女人有妙絕之色貪欲心生今爲生猒離故而說偈言

貪欲所覆故　熾然燒我心　今尊者阿難
爲我滅貪火　慈心哀愍故　方便爲我說

尊者阿難說偈答言

以彼顛倒想　熾然燒其心　遠離於淨想
長養貪欲者　當修不淨觀　常一心正受
速滅貪欲火　莫令燒其心　諦觀察諸行
苦空非有我　繫念正觀身　多修習猒離

修習於無相　滅除高慢使　得慢無間等
究竟於苦邊
尊者阿難說是語時尊者婆耆舍聞其所說
歡喜奉行
如是我聞一時佛住舍衛國祇樹給孤獨園
時有一長者請佛及僧就其舍食入其舍已
尊者婆耆舍直日住守請其食分時有衆多
長者婦女從聚落出往詣精舍時尊者婆耆
舍見年少女人容色端正貪欲心起時尊者
婆耆舍作是念我今不利不得利得苦不得
樂見他女人容色端正貪欲心生我今當說
猒離偈念已而說偈言
我已得出離　非家而出家　貪欲隨逐我
如牛念他苗　當如大將子　大力執强弓
能破彼重陣　一人摧伏千　令於日種胤
面前聞所說　正趣涅槃道　決定心樂住
如是不放逸　寂滅正受住　無能於我心
幻惑欺誑者　決定善觀察　安住於正法
正使無量數　欲來欺惑我　如是等惡魔
莫能見於我
時尊者婆耆舍說是偈已心得安住
如是我聞一時佛住舍衛國祇樹給孤獨園
時尊者婆耆舍自以智慧堪能善說於彼聰
明梵行所生高慢心即自心念我不利不得
利得苦不得樂我自以智慧輕慢於彼聰明
梵行者我今當說能生猒離偈即說偈言
瞿曇莫生慢　斷慢令無餘　莫起慢覺想
莫退生變悔　莫隱覆於他　泥犁殺慢墮
正受能除憂　見道住正道　其心得喜樂
見道自攝持　是故無礙辯　清淨離諸蓋

斷一切諸慢　起一切明處　正念於三明
神足他心智
時尊者婆耆舍說此生猒離偈已心得清淨
如是我聞一時佛住舍衛國祇樹給孤獨園
時尊者婆耆舍住舍衛國東園鹿子母講堂
獨一思惟不放逸住專修自業逮得三明身
作證時尊者婆耆舍作是念我獨一靜處思
惟不放逸住專修自業起於三明身作證令
當說偈讚歎三明即說偈言
本欲心狂惑　聚落及家家　遊行遇見佛
授我殊勝法　瞿曇哀愍故　爲我說正法
聞法得淨信　捨非家出家　聞彼說法已
正住於法教　勤方便繫念　堅固常堪能
逮得於三明　於佛教已作　世尊善顯示
日種苗胤說　爲生盲衆生　開其出要門

苦苦及苦因　苦滅盡作證　八聖離苦道
安樂趣涅槃　善義善句味　梵行無過上
世尊善顯示　涅槃濟衆生
如是我聞一時佛住舍衛國祇樹給孤獨園
爾時世尊告諸比丘我今當說四法句諦聽
善思當爲汝說何等爲四
聖賢善說法　是則爲最上　愛說非不愛
是則爲第二　諦說非虛妄　是則第三說
法說不異言　是則爲第四
諸比丘是名說四法句爾時尊者婆耆舍於
衆會中作是念世尊於四衆中說四法句我
當以四種讚歎稱譽隨喜即從座起整衣服
爲佛作禮合掌白佛言世尊欲有所說善逝
欲有所說佛告婆耆舍隨所樂說時尊者婆
耆舍即說偈言

若善說法者　於已不惱迫　亦不恐怖他
是則爲善說　所說愛說者　說令彼歡喜
不令彼爲惡　是則爲愛說　諦說知甘露
諦說知無上　諦義說法說　正士建立處
如佛所說法　安隱涅槃道　滅除一切苦
是名善說法

佛說此經已諸比丘聞佛所說歡喜奉行

如是我聞一時佛住王舍城那伽山側與千比丘俱皆是阿羅漢盡諸有漏所作已辦離諸重擔逮得已利盡諸有結正智心善解脫

爾時尊者婆耆舍住王舍城寒林中丘塚間作是念今世尊住王舍城那伽山側與千比丘俱皆是阿羅漢諸漏已盡所作已作離諸重擔逮得已利盡諸有結正智心善解脫我今當往各別讚歎世尊及比丘僧作是念已即往詣佛所稽首禮足退住一面而說偈言

無上之導師　住那伽山側　千比丘眷屬
奉事於如來　大師廣說法　清涼涅槃道
專聽清白法　正覺之所說　正覺尊所敬
處於大衆中　德陰之大龍　仙人之上首
興功德密雲　普雨聲聞衆　起於晝正受
來奉覲大師　弟子婆耆舍　稽首而現禮

世尊欲有所說唯然善逝欲有所說佛告婆耆舍隨汝所說莫先思惟時婆耆舍即說偈言

波旬起微惡　潛制令速滅　能掩障諸魔
令自覺知過　觀察解結縛　分別清白法
明照如日月　爲諸異道王　超出智作證
演說第一法　出煩惱諸流　說道無量種
建立於甘露　見諦眞實法　如是隨順道

如是師難得　建立甘露道　見諦崇遠離
世尊善說法　能除人陰蓋　明見於諸法
爲調伏隨學

尊者婆耆舍說是偈已諸比丘聞其所說皆大歡喜

如是我聞一時佛住波羅㮈國仙人住處鹿野苑中爾時世尊爲比丘衆說四聖諦相應法謂此苦聖諦此苦集聖諦此苦滅聖諦此苦滅道跡聖諦時尊者婆耆舍在會中作是念我今當於世尊面前讚歎拔箭之譬如是念已即從座起整衣服合掌白佛言唯然世尊欲有所說唯然善逝欲有所說佛告婆耆舍隨所樂說時尊者婆耆舍即說偈言

我今敬禮佛　哀愍諸衆生　第一拔利箭
善解治衆病　迦露醫投藥　波睺羅治藥
及彼瞻婆耆　耆婆醫療病　或有病小瘥
名爲善治病　後時病還發　抱病遂至死
正覺大醫王　善投衆生藥　究竟除衆苦
不復受諸有　乃至百千種　那由他病數
佛悉爲療治　究竟於苦邊　諸醫來會者
我今悉告汝　得甘露法藥　隨所樂而服
第一拔利箭　善覺知衆病　治中之最上
故稽首瞿曇

尊者婆耆舍說是語時諸比丘聞其所說皆大歡喜

如是我聞一時佛住王舍城迦蘭陀竹園時有尊者尼拘律想住於曠野禽獸之處疾病痿篤尊者婆耆舍爲看病人瞻視供養彼尊者尼拘律想以疾病故遂般涅槃時尊者婆耆舍作是念我和尚爲有餘涅槃無餘涅槃

我今當求其相爾時尊者婆耆舍供養尊者尼拘律想舍利已持衣鉢向王舍城次第到王舍城舉衣鉢洗足已詣佛所稽首禮足退住一面而說偈言

我今禮大師　等正覺無滅　於此現法中
一切疑網斷　曠野住比丘　命終般涅槃
威儀攝諸根　大德稱於世　世尊爲制名
名尼拘律想　我今問世尊　彼不動解脫
精進勤方便　功德爲我說　我爲釋迦種
世尊法弟子　及餘皆欲知　圓道眼所說
我等住於此　一切皆欲聞　世尊爲大師
無上救世間　斷疑大牟尼　智慧已具備
圓照神道眼　光明顯四衆　猶如天帝釋
曜三十三天　諸貪欲疑惑　皆從無明起
若得遇如來　斷滅悉無餘　世尊神道眼
世間爲最上　滅除衆生過　如風飄遊塵
一切諸世間　煩惱覆隱沒　諸餘悉無有
明目如佛者　慧光照一切　令同大精進
唯願大智尊　當爲衆記說　言出微妙聲
我等專心聽　柔輭音演說　諸世間普聞
猶如熱渴逼　求索清涼水　如佛無滅知
我等亦求知

尊者婆耆舍復說偈言

今聞無上士　記說其功德　不空修梵行
我聞大歡喜　如說隨說得　順牟尼弟子
滅生死長縻　虛僞幻化縛　以見世尊故
能斷除諸愛　度生死彼岸　不復受諸有

佛說此經已尊者婆耆舍聞佛所說歡喜隨喜作禮而去

雜阿含經卷第四十五

音釋

姧狡 姧古閑切詐也狡古巧切猾也 胤 羊晉切嗣也 馳騁 騁直離切驅也騁丑郢切騖也

雜阿含經卷第四十六

宋天竺三藏求那跋陀羅譯

如是我聞一時佛住舍衛國祇樹給孤獨園爾時世尊告諸比丘過去世時天阿修羅對陣鬭戰阿修羅勝諸天不如時天帝釋軍壞退散極生恐怖乘車北馳還歸天宮須彌山下道徑叢林林下有金翅鳥巢多有金翅鳥子爾時帝釋恐車馬過踐殺鳥子告御者言可回車還勿殺鳥子御者白王阿修羅軍後來逐人若回還者爲彼所困帝釋告言寧當回還爲阿修羅殺不以軍衆蹈殺衆生於道御者轉乘南向阿修羅軍遥見帝釋轉乘而還謂爲戰策即還退走衆大恐怖壞陣流散歸阿修羅宮佛告諸比丘彼天帝釋於三十三天爲自在王以慈心故威力摧伏阿修羅軍亦常讚歎慈心功德汝等比丘正信非家出家學道當修慈心亦應讚歎慈心功德佛說此經已諸比丘聞佛所說歡喜奉行

如是我聞一時佛住王舍城迦蘭陀竹園時王舍城中有一士夫貧窮辛苦而於佛法僧受持禁戒多聞廣學力行惠施正見成就彼身壞命終得生天上生三十三天有三事勝於餘三十三天何等爲三一者天壽二者天色三者天名稱諸三十三天見是天子三事特勝天壽天色天名稱勝餘諸天見已往詣天帝釋所作如是言憍尸迦當知有一天子始生此天於先諸天三事特勝天壽天色及天名稱時天帝釋告彼天子諸仁者我見此人於王舍城作一士夫貧窮辛苦於如來法律得信向心乃至正見成就身壞命終來生

此天於諸三十三天三事特勝天壽天色及天名稱時天帝釋即說偈言

正信於如來　決定不傾動　受持眞實戒
聖戒無猒者　於佛心清淨　成就於正見
當知非貧苦　不空而自活　故於佛法僧
當生清淨信　智慧力增明　思念佛正教

佛說此經已諸比丘聞佛所說歡喜奉行

如是我聞一時佛住王舍城耆闍崛山中爾時王舍城人普設大會悉爲請種種異道有事遮羅迦外道者作是念我今請遮羅迦外道天先作福田或有事外道出家者有事尼乾子道者有事老弟子者有事火弟子者有事佛弟子僧者咸作是念今當令佛面前僧先作福田時天帝釋作是念莫令王舍城諸人捨佛面前僧而奉事餘道求索福田我當疾往爲王舍城人建立福田即化作大婆羅門儀容嚴整乘白馬車諸年少婆羅門衆前後導從持金斗繖蓋至王舍城詣諸處處大衆會中語王舍城一切士女咸作是念但當觀望此大婆羅門所奉事處我當從彼而先供養爲良福田時天帝釋知王舍城一切士女心之所念駕乘導從徑詣耆闍崛山至於門外除去五飾往詣佛所稽首佛足退坐一面而說偈言

善分別顯示　一切法彼岸　悉度諸恐怖
故稽首瞿曇　諸人普設會　欲求大功德
各各設大施　常願有餘果　願爲設福田
今期施果成　帝釋大自在　天王之所問
於耆闍崛山　大師爲記說　諸天普設會
欲求大功德　各各設大施　常願有餘果

今當說福田　施得大果處　正向者有四
四聖住於果　是名僧福田　明行定具足
僧福田增廣　無量踰大海　調人師弟子
照明顯正法　斯等善供養　施僧良福田
於僧良福田　佛說得大果　以僧離五蓋
清淨應讚歎　施彼最上田　少施收大利
是故諸人者　當施僧福田　增得勝妙法
明行定相應　供此珍寶僧　施主心歡喜
起於三種心　施衣服飲食　離塵垢劒刺
超度諸惡趣　躬自行啓請　自手平等與
自利亦利他　是施獲大利　慧者如是施
淨信心解脫　無罪安樂施　乘智往生彼

時天帝釋聞佛所說歡喜隨喜為佛作禮即沒不現

爾時王舍城諸人民即從座起整衣服為佛作禮合掌白佛言世尊唯願世尊與諸大衆受我供食爾時世尊默然受請是王舍城人民知世尊默然受其請已作禮而歸到諸大會處具飲食布置牀座晨朝遣使白佛時到唯願知時爾時世尊與諸大衆著衣持鉢至大會所於大衆前敷座而坐王舍城人知佛坐定自行種種豐美飲食食已洗鉢澡漱畢還復本座聽佛說法爾時世尊為王舍城人種種說法示教照喜已從座起而去

如是我聞一時佛住王舍城耆闍崛山中廣說如上說差別者時天帝釋說異偈而問佛言

今請問瞿曇　微密深妙慧　世尊之所體
無障礙知見

衆人普設會偈如上廣說乃至為王舍城諸

設會者說種種法示教照喜已從座起去

如是我聞一時佛在拘薩羅人間遊行至舍衛國祇樹給孤獨園時波斯匿王聞世尊拘薩羅人間遊行至舍衛國祇樹給孤獨園聞已往詣佛所稽首佛足退坐一面白佛言世尊我聞世尊自記說成阿耨多羅三藐三菩提諸人傳者得非虛妄過長說耶爲如說說如法說隨順法說耶非是他人損同法者於其問答生默薄處耶佛告大王彼如是說是眞諦說非爲虛妄如說說如法說隨順法說非是他人損同法者於其問答生默薄處所以者何大王我今實得阿耨多羅三藐三菩提故波斯匿王白佛言雖復世尊作如是說我猶故不信所以者何此間有諸宿重沙門婆羅門所謂富蘭那迦葉末迦利瞿舍梨子刪闍耶毗羅胝子阿耆多枳舍欽婆羅迦羅拘陀迦旃延尼乾陀若提子彼等不自說言得阿耨多羅三藐三菩提何得世尊幼小年少出家未久而便自證得阿耨多羅三藐三菩提佛告大王有四種雖小而不可輕何等爲四剎利王子年少幼小而不可輕龍子年少幼小而不可輕小火雖微而不可輕比丘幼小而不可輕爾時世尊即說偈言

剎利形相具　貴族發名稱　雖復年幼稚
智者所不輕　此必居王位　顧念生怨害
是故難可輕　應生大恭敬　善求自護者
自護如護命　以平等自護　而等護於命
聚落及空處　見彼幼龍者　莫以小蛇故
而生輕慢想　雜色小龍形　亦應令安樂
輕蛇無士女　悉爲毒所害　是故自護者

當如護己命　以斯善護已　而等護於彼
猛火之所食　雖小食無限　小燭亦能燒
足薪則彌廣　從微漸進燒　盡聚落城邑
是故自護者　當如護己命　以斯善護已
而等護於彼　盛火之所焚　百卉蕩燒盡
滅已不盈縮　戒火還復生　若輕毀比丘
受持淨戒火　燒身及子孫　衆災流百世
如燒多羅樹　無有生長期　是故當自護
如自護己命　以斯善自護　而等護於彼
剎利形相具　幼龍及小火　比丘具淨戒
不應起輕想　是故當自護　如自護己命
以斯善自護　而等護於彼

佛說此經已波斯匿王聞佛所說歡喜隨喜作禮而去

如是我聞一時佛住舍衛國祇樹給孤獨園時波斯匿王有祖母極所敬重忽爾命終出城闍維供養舍利畢弊衣亂髮來詣佛所稽首佛足退坐一面爾時世尊告波斯匿王大王從何所來弊衣亂髮波斯匿王白佛世尊我亡祖母極所敬重捨我命終出城於外闍維供養畢來詣世尊佛告大王極愛重敬念祖親耶波斯匿王白佛世尊極敬重愛戀世尊若國土所有象馬七寶乃至國位悉持與人能救祖母命者悉當與之既不能救生死長辭悲戀憂苦不自堪勝曾聞世尊所說一切衆生一切蟲一切神生者皆死無不窮盡無有出生而不死者今日乃知世尊善說佛言大王如是如是一切衆生一切蟲一切神生者輒死終歸窮盡無有一生而不死者佛告大王正使婆羅門大姓剎利大姓長者大

姓生者皆死無不死者正使刹利大王灌頂居位王四天下得力自在於諸敵國無不降伏終歸有極無不死者若復大王生長壽天王於天宮自在快樂終亦歸盡無不死者若復大王阿羅漢比丘諸漏已盡離諸重擔所作已作逮得已利盡諸有結正智心善解脫彼亦歸盡捨身涅槃若復緣覺善調善寂盡此身命終歸涅槃諸佛世尊十力具足四無所畏勝師子吼終亦捨身取般涅槃以如是比大王當知一切衆生一切蟲一切神有生輒死終歸磨滅無不死者爾時世尊復說偈言

一切衆生類　有命終歸死　各隨業所趣
善惡果自受　惡業墮地獄　爲善上昇天
修習勝妙道　漏盡般涅槃　如來及緣覺
佛聲聞弟子　會當捨身命　何況俗凡夫

佛說此經已波斯匿王聞佛所說歡喜隨喜作禮而去

如是我聞一時佛住舍衛國祇樹給孤獨園時波斯匿王獨一靜處禪思思惟作是念云何爲自念云何爲不自念復作是念若有行身惡行行口惡行行意惡行者當知斯等爲不自念若復行身善行行口善行行意善行者當知斯等則爲自念從禪覺已往詣佛所稽首佛足退住一面白佛言世尊我於靜處獨一思惟作是念云何爲自念云何爲不自念復作是念若有行身惡行行口惡行行意惡行者當知斯等爲不自念若復行身善行行口善行行意善行者當知斯等則爲自念佛告大王如是大王如是大王若有行身惡

行行口惡行行意惡行者當知斯等爲不自念彼雖自謂爲自愛念而實非自念所以者何無有惡知識所作惡不念者所不念不愛者所不愛所作如其自爲自己所作者是故斯等爲不自念若復大王行身善行行口善行行意善行者當知斯等則爲自念斯等自謂不自愛惜己身然其斯等實爲自念所以者何無有善友於善友所作念者念作愛者愛作如自爲己所作者是故斯等則爲自念

爾時世尊復說偈言

謂爲自念者　不應造惡行　終不因惡行
令己得安樂　謂爲自念者　終不造惡行
造諸善業者　令己得安樂　若自愛念者
善護而自護　如善護國王　外防邊境城
若自愛念者　極善自寶藏　如善守之王
内防邊境城　如是自寶藏　剎那無間缺
剎那缺致憂　惡道長受苦

佛說此經已波斯匿王聞佛所說歡喜隨喜作禮而去

如是我聞一時佛住舍衛國祇樹給孤獨園爾時波斯匿王獨靜思惟作如是念云何自護云何不自護復作是念若有行身惡行行口惡行行意惡行者當知斯等爲不自護若復行身善行行口善行行意善行者當知斯等則爲自護從禪覺已往詣佛所稽首佛足退坐一面白佛言世尊我獨靜思惟而作是念云何爲自護云何爲不自護復作是念若有行身惡行行口惡行行意惡行者當知斯等爲不自護若復行身善行行口善行行意善行者當知斯等則爲自護佛告大王如是

大王如是大王若有行身惡行行口惡行行意惡行者當知斯等爲不自護而彼自謂能自防護象軍馬軍車軍步軍以自防護雖謂自護實非自護所以者何雖護於外不護於內是故大王名不自護大王若復有行身善行行口善行行意善行者當知斯等則爲自護彼雖不以象馬車步四軍自防而實自護所以者何護其內者名善自護非謂防外爾時世尊復說偈言

善護於身口　及意一切業　慚愧而自防
是名善守護

時波斯匿王聞佛所說歡喜隨喜作禮而去

如是我聞一時佛在舍衛國祇樹給孤獨園時波斯匿王獨靜思惟作是念世少有人得勝妙財利能不放逸能不貪著能於衆生不起惡行世多有人得勝妙財利起於放逸增其貪著起諸邪行作是念已往詣佛所稽首佛足退坐一面白佛言世尊我獨靜思惟作是念世間少有人得勝妙財能於財利不起放逸不起貪著不作邪行世多有人得勝妙財而起放逸生於貪著多起邪行佛告波斯匿王如是大王如是大王世少有人得勝妙財利能不貪著不起放逸不起邪行世多有人得勝妙財利於財放逸而起貪著起諸邪行大王當知彼諸世人得勝財利於財放逸而起貪著作邪行者是愚癡人長夜當得不饒益苦大王譬如獵師獵師弟子空野林中張網施羂多殺禽獸困苦衆生惡業增廣如是世人得勝妙財利於財放逸而起貪著造諸邪行亦復如是是愚癡人長夜當得不饒

益苦爾時世尊復說偈言
貪欲於勝財　爲貪所迷醉　狂亂不自覺
猶如捕獵者　緣斯放逸故　當受大苦報
佛說此經已波斯匿王聞佛所說歡喜隨喜
作禮而去
如是我聞一時佛住舍衛國祇樹給孤獨園
時波斯匿王於正殿上自觀察王事見勝刹
利大姓見勝婆羅門大姓見勝長者大姓因
貪欲故欺詐妄語即作是念止此斷事息此
斷事我更不復親臨斷事我有賢子當令斷
事云何自見此勝刹利大姓婆羅門大姓長
者大姓爲貪欲故欺詐妄語時波斯匿王作
是念已往詣佛所稽首佛足退坐一面白佛
言世尊我於殿上自斷王事見諸勝刹利大
姓婆羅門大姓長者大姓爲貪利故欺詐妄
語世尊我見是事已作是念我從今日止此
斷事息此斷事我有賢子當令其斷不親自
見此勝刹利大姓婆羅門大姓長者大姓緣
貪利故欺詐妄語佛告波斯匿王如是大王
如是大王彼勝刹利大姓婆羅門大姓長者
大姓因貪利故欺詐妄語彼愚癡人長夜當
得不饒益苦大王當知譬如魚師魚師弟子
於河溪谷截流張網殘殺衆生令遭大苦如
是大王彼勝刹利大姓婆羅門大姓長者大
姓因貪利故欺詐妄語長夜當得不饒益苦
爾時世尊復說偈言
於財起貪欲　貪欲所迷醉　狂亂不自覺
猶如魚捕者　緣斯惡業故　當受劇苦報
佛說此經已波斯匿王聞佛所說歡喜隨喜
作禮而去

如是我聞一時佛住舍衛國祇樹給孤獨園時波斯匿王來詣佛所稽首佛足退坐一面白佛言世尊此舍衛國有長者名摩訶男多財巨富藏積眞金至百千億況復餘財世尊摩訶男長者如是巨富作如是食用食麤碎米食豆羹食腐敗薑著麤布衣單皮革屣乘羸敗車戴樹葉蓋未曾聞其供養施與沙門婆羅門給卹貧苦行路頓乏諸乞匃者閉門而食莫令沙門婆羅門貧窮行路諸乞匃者見之佛告波斯匿王此非正士得勝財利不自受用不知供養父母供給妻子宗親眷屬卹諸僕使施與知識不知隨時供諸沙門婆羅門種勝福田崇向勝處長受安樂未來生天得勝財物不知廣用收其大利大王譬如曠野湖池聚水無有受用洗浴飲者即於澤中煎熬消盡如是不善士夫得勝財物乃至不廣受用收其大利如彼池水大王有善男子得勝財利快樂受用供養父母供給妻子宗親眷屬給卹僕使施諸知識時時供養沙門婆羅門種勝福田崇向勝處未來生天得勝錢財能廣受用倍收大利譬如大王聚落城郭邊有池水澄淨清涼樹林蔭覆令人受樂多衆受用乃至禽獸如是善男子得勝妙財自供快樂供養父母乃至種勝福田廣收大利爾時世尊復說偈言

曠野湖池水　清涼極鮮淨　無有受用者
即於彼消盡　如是勝妙財　惡士夫所得
不能自受用　亦不供卹彼　徒自苦積聚
聚已而自喪　慧者得勝財　能自樂受用
廣施作功德　及與親眷屬　隨所應給與

如牛王領衆　施與及受用　不失所應者
乘理而壽終　生天受福樂
佛說此經巳波斯匿王聞佛所說歡喜隨喜
作禮而去
如是我聞一時佛住舍衛國祇樹給孤獨園
爾時舍衛國有長者名摩訶男命終無有兒
息波斯匿王以無子無親屬之財悉入王家
波斯匿王日口校閱財物身蒙塵土來詣佛
所稽首佛足退坐一面爾時世尊告波斯匿
王大王從何所來身蒙塵土似有疲倦波斯
匿王白佛世尊此國長者摩訶男命終有無
子之財悉入王家瞻視料理致令疲勞塵土
坌身從其舍來佛門波斯匿王彼摩訶男長
者大富多財耶波斯匿王白佛大富世尊錢
財甚多百千巨億金銀寶物況復餘財世尊
彼摩訶男在世之時麤衣惡食如上廣說佛
告波斯匿王彼摩訶男過去世時遇多迦羅
尸棄辟支佛施一飯食非淨信心不恭敬與
不自手與施後變悔言此飲食自可供給我
諸僕使無辜持用施與沙門由是施福七反
往生三十三天七反生此舍衛國中最勝族
姓最富錢財以彼施辟支佛時不淨信心不
手自與不恭敬與施後隨悔故在所生處雖
得財富猶故受用麤衣麤食麤弊卧具屋舍
車乘初不甞得上妙色聲香味觸以自安身
復次大王時彼摩訶男長者殺其異母兄取
其財物緣斯罪故經百千歲墮地獄中彼餘
罪報生舍衛國七反受身常以無子財沒入
王家大王摩訶男長者今此壽終過去施報
盡於此身以彼慳貪於財放逸因造過惡於

此命終已墮地獄受極苦惱波斯匿王白佛言世尊摩訶男長者命終已入地獄受苦痛耶佛言如是大王已入地獄時波斯匿王念彼垂泣以衣拭淚而說偈言

財物真金寶　象馬莊嚴具　奴婢諸僮使
及諸田宅等　一切皆遺棄　裸神獨遊往
福運數已窮　永捨於人身　彼今何所有
何所持而去　於何事不捨　如影之隨形

爾時世尊即說偈答王

唯有罪福業　若人已作者　是則己之有
彼則常持去　生死未曾捨　如影之隨形
如人少資糧　涉遠遭苦難　不修功德者
必經惡道苦　如人豐資糧　安樂以遠遊
修德淳厚者　善趣長受樂　如人遠遊行
歲久安隱歸　宗親善知識　歡樂欣集會
善修功德者　此沒生他世　彼諸親眷屬
見則心歡喜　是故當修福　積集期永久
福德能爲人　建立他世樂　福德天所歎
等修正行故　現世人不毀　終則生天上

佛說此經已波斯匿王聞佛所說歡喜隨喜作禮而去

如是我聞一時佛住舍衛國祇樹給孤獨園爾時波斯匿王普設大會爲大會故以千特牛行列繫柱集衆供具遠集一切諸異外道悉來聚集波斯匿王大會之處時有衆多比丘亦晨朝著衣持鉢入舍衛城乞食聞波斯匿王普設大會如上廣說乃至種種外道皆悉來集聞已乞食畢還精舍舉衣鉢洗足已往詣佛所稽首佛足退坐一面白佛言世尊我等今日衆多比丘晨朝著衣持鉢入舍衛

城乞食聞波斯匿王普設大會如上廣說乃至種種異道集於會所爾時世尊即說偈言

日日設大會　乃至百千數　不如正信佛
十六分之一　如是信法僧　慈念於衆生
彼大會之福　十六不及一　若人於世間
億年設福業　於真心敬禮　四分不及一

佛說此經已諸比丘聞佛所說歡喜奉行

如是我聞一時佛住舍衛國祇樹給孤獨園時波斯匿王忿諸國人多所囚執若刹利若婆羅門若鞞舍若首陀羅若旃陀羅持戒犯戒在家出家悉皆被録或鎖或持械或以繩縛時有衆多比丘晨朝著衣持鉢入舍衛城乞食聞波斯匿王多所攝録乃至或鎖或縛乞食畢還精舍舉衣鉢洗足已往詣佛所稽首佛足退坐一面白佛言世尊我等今日衆多比丘入城乞食聞波斯匿王多所收録乃至鎖縛爾時世尊即說偈言

非繩鎖杻械　名曰堅固縛　染汙心顧念
錢財寶妻子　是縛長且固　雖緩難可脫
慧者不顧念　世間五欲樂　是則斷諸縛
安隱永超出

佛說此經已諸比丘聞佛所說歡喜奉行

如是我聞一時佛住舍衛國祇樹給孤獨園時波斯匿王摩竭提國阿闍世王韋提希子共相違背摩竭提王阿闍世韋提希子起四種軍象軍馬軍車軍步軍來至拘薩羅國波斯匿王聞阿闍世王韋提希子四種軍至亦集四種軍象軍馬軍車軍步軍出共鬬戰阿闍世王四軍得勝波斯匿王四軍不如退敗星散單車馳走還舍衛城時有衆多比丘晨

朝著衣持鉢入舍衛城乞食聞摩竭提王阿闍世韋提希子起四種軍來至拘薩羅國波斯匿王起四種軍出共鬬戰波斯匿王四軍不如退敗星散波斯匿王恐怖狼狽單車馳走還舍衛城聞已乞食畢還精舍舉衣鉢洗足已往詣佛所稽首佛足退坐一面白佛言世尊我等今日衆多比丘入城乞食聞摩竭提王阿闍世王韋提希子起四種軍如是廣說乃至單車馳走還舍衛城爾時世尊即說偈言

戰勝增怨敵　敗苦卧不安　勝敗二俱捨　卧覺寂靜樂

佛說此經已諸比丘聞佛所說歡喜奉行

如是我聞一時佛住舍衛國祇樹給孤獨園時波斯匿王與摩竭提王阿闍世韋提希子共相違背摩竭提王阿闍世韋提希子起四種軍來至拘薩羅國波斯匿王倍興四軍出共鬬戰波斯匿王四種軍勝阿闍世王四種軍退摧伏星散波斯匿王悉皆虜掠阿闍世王象馬車乘錢財寶物生擒阿闍世王身載以同車俱詣佛所稽首佛足退坐一面波斯匿王白佛言世尊此是阿闍世王韋提希子長夜於我無怨恨人而生怨結於好人所而作不好然其是我善友之子當放令還國佛告波斯匿王善哉大王放其令去令汝長夜安樂饒益爾時世尊即說偈言

乃至力自在　能廣虜掠彼　助怨在力增　倍收已他利

佛說此經已波斯匿王及阿闍世王韋提希子聞佛所說歡喜隨喜作禮而去

如是我聞一時佛住舍衛國祇樹給孤獨園時波斯匿王獨靜思惟作是念世尊正法現法離諸熾然不待時節通達現見自覺證知此法是善知識善伴黨非是惡知識惡伴黨作是念已往詣佛所稽首佛足退坐一面白佛言世尊我獨靜思惟作是念世尊正法現法離諸熾然不待時節通達現見自覺證知是則善知識善伴黨非惡知識惡伴黨佛告波斯匿王如是大王如是大王世尊正法律現法離諸熾然不待時節通達現見緣自覺知是則善知識善伴黨非惡知識惡伴黨所以者何我爲善知識衆生有生法者解脫於生衆生有老病死憂悲惱苦者悉令解脫大王我於一時住王舍城山谷精舍時阿難陀比丘獨靜思惟作是念半梵行者是善知識善伴黨非惡知識惡伴黨作是念已來詣我所稽首我足退坐一面白我言世尊我獨靜思惟作是念半梵行者是善知識善伴黨非惡知識惡伴黨我時告言阿難莫作是語半梵行者是善知識善伴黨非惡知識惡伴黨所以者何純一滿淨梵行清白謂善知識善伴黨非惡知識惡伴黨所以者何我常爲諸衆生作善知識其諸衆生有生故當知世尊正法現法令脫於生有老病死憂悲惱苦者離諸熾然不待時節現令脫惱苦見通達自覺證知是則善知識善伴黨非惡知識惡伴黨爾時世尊即說偈言

讃歎不放逸　是則佛正教　修禪不放逸
逮得證諸漏

佛說此經已波斯匿王聞佛所說歡喜隨喜

作禮而去

如是我聞一時佛住舍衛國祇樹給孤獨園時波斯匿王獨靜思惟作是念頗有一法修習多修習得現法願滿足後世願滿足現法後世願滿足不作是念已往詣佛所稽首佛足退坐一面白佛言世尊我獨靜思惟作是念頗有一法修習多修習得現法願滿足後世願滿足現法後世願滿足不佛告波斯匿王如是大王如是大王有一法修習多修習得現法願滿足得後世願滿足得現法後世願滿足謂不放逸善法不放逸善法修習多修習得現法願滿足得後世願滿足得現法後法願滿足大王譬如世間所作麤業彼一切皆依於地而得建立不放逸善法亦復如是修習多修習得現法願滿足得後世願滿足得現法後法願滿足如力如是種子根堅陸水足行師子舍宅亦如是說是故大王當住不放逸當依不放逸住不放逸依不放逸已夫人當作是念大王住不放逸依不放逸我今亦當如是住不放逸依不放逸如是夫人如是大臣太子猛將亦如是國土人民應當念大王住不放逸依不放逸夫人太子大臣猛將住不放逸依不放逸我等亦應如是住不放逸依不放逸大王若住不放逸依不放逸者則能自護夫人婇女亦能自保庫藏財寶增長豐實爾時世尊即說偈言

稱譽不放逸　毀呰放逸者　帝釋不放逸
能主忉利天　稱譽不放逸　毀呰放逸者
不放逸具足　攝持於二義　一者現法利
二後世亦然　是名無間等　甚深智慧者

佛說此經已波斯匿王聞佛所說歡喜隨喜作禮而去

如是我聞一時佛住舍衞國祇樹給孤獨園時波斯匿王獨靜思惟作是念此有三法一切世間所不愛念何等爲三謂老病死如是三法一切世間所不愛念若無此三法世間所不愛者謂佛世尊不出於世世間亦不知有諸佛如來所覺知法爲人廣說以有此三法世間所不愛念謂老病死故諸佛如來出興於世世間知有諸佛如來所覺知法廣宣說者波斯匿王作是念已來詣佛所稽首佛足退坐一面以其所念廣白世尊佛告波斯匿王如是大王如是大王此有三法世間所不愛念謂老病死乃至世間知有如來所覺知法爲人廣說爾時世尊復說偈言

王所乘寶車　終歸有朽壞　此身亦復然
遷移會歸老　唯如來正法　無有衰老相
稟斯正法者　永到安隱處　恒凡鄙衰老
醜弊惡形類　衰老來踐蹈　迷魅愚夫心
若人壽百歲　常慮死隨至　老病競追逐
伺便輒加害

佛說此經已波斯匿王聞佛所說歡喜隨喜作禮而去

雜阿含經卷第四十六

音釋

翅式利切金翅鳥名繖蘇旰切蓋也澡漱澡子皓切洗滌也捕
薄故切搦捉也劇奇逆切甚也卹辛聿切賑也熬五高切煎也校
閱校古孝切考也閱欲雪切觀也杻械杻刺久切械胡懈切桎梏也狼
狽狼魯當切狽博蓋切猝遽貌虜掠虜郎古切擄也掠離灼切劫奪也
魅彌二切惑也踐蹈踐在演切蹈徒到切並踏也

雜阿含經卷第四十七

宋 天竺三藏 求那跋陀羅譯

如是我聞一時佛住舍衛國祇樹給孤獨園時給孤獨長者來詣佛所稽首佛足退坐一面白佛言世尊若有人在我舍者皆得淨信諸在我舍而命終者皆得生天佛言善哉善哉長者是深妙說是一向受於大衆中作師子吼言在我舍者皆得淨信及其命終皆生天上有何大德神力比丘爲汝說言凡在汝舍命終者皆生天上耶長者白佛不也世尊復問云何爲比丘尼爲諸天爲從我所面前聞說長者白佛不也世尊云何長者汝緣自知見知在我舍命終者皆生天上耶長者白佛不也世尊佛告長者汝既不從大德神力比丘所聞非比丘尼非諸天又不從我面前聞說復不緣自見知若有諸人於我舍命終者皆生天上汝今何由能作如是甚深妙說作一向受於大衆中作師子吼而作是言有人於我舍命終者皆生天上長者白佛無有比丘大德神力而來告我如上廣說乃至悉皆生天世尊然我見衆生主懷妊之時我即教彼爲其子故歸佛歸法歸比丘僧及其生已復教三歸及生知見復教持戒設復婢使下賤客人懷妊及生亦如是教若人賣奴婢者我輒往彼語言賢者我欲買人汝當歸佛歸法歸比丘僧受持禁戒隨我教者輒授五戒然後隨價而買不隨我教則所不取若復止客若傭作人亦復先要受三歸五戒然後授之若復有來求爲弟子若復乞貸舉息我悉要以三歸五戒然後授之又復我舍供養

佛及比丘僧時稱父母名兄弟妻子宗親知識國王大臣諸天龍神若存若亡沙門婆羅門內外眷屬下至僕使皆稱其名而爲呪願又從世尊聞稱名呪願因緣皆得生天或因園田布施或因房舍或因牀卧具或因常施或施行路下至一摶施與衆生此諸因緣皆生天上佛言善哉善哉長者汝以信心故能作是說如來於彼有無上知見審知汝舍有人命終皆悉生天爾時給孤獨長者聞佛所說歡喜隨喜作禮而去

如是我聞一時佛住舍衛國祇樹給孤獨園爾時世尊告諸比丘當恭敬住常當繫心常當畏慎隨他自在諸修梵行上中下座所以者何若有比丘不恭敬住不繫心不畏慎不隨他自在諸修梵行上中下座而欲令威儀足者無有是處不備威儀欲令學法滿者無有是處學法不滿欲令戒身定身慧身解脫身解脫知見身具足者無有是處解脫知見不滿足欲令得無餘涅槃者無有是處如是比丘當勤恭敬繫心畏慎隨他德力諸修梵行上中下座而威儀具足者斯有是處威儀具足已而學法具足者斯有是處學法備足已而戒身定身慧身解脫身解脫知見身具足者斯有是處解脫知見身具足已得無餘涅槃者斯有是處是故比丘常勤恭敬繫心畏慎隨他德力諸修梵行上中下座威儀滿足乃至無餘涅槃當如是學佛說此經已諸比丘聞佛所說歡喜奉行

如是我聞一時佛住舍衛國祇樹給孤獨園爾時世尊告諸比丘有二淨法能護世間何

等爲二所謂慚愧假使世間無此二淨法者世間亦不知有父母兄弟姊妹妻子宗親師長尊卑之序顛倒渾亂如畜生趣以有二種淨法所謂慚愧是故世間知有父母乃至師長尊卑之序則不渾亂如畜生趣爾時世尊即說偈言

世間若無有　慚愧二法者　違越清淨道
向生老病死　世間若成就　慚愧二法者
增長清淨道　永閉生死門

佛說此經已諸比丘聞佛所說歡喜奉行

如是我聞一時佛住舍衛國祇樹給孤獨園爾時世尊告諸比丘有燒然法不燒然法諦聽善思當爲汝說云何燒然法若男若女犯戒行惡不善法身惡行成就口意惡行成就若彼後時疾病困苦沉頓牀褥受諸苦毒當於爾時先所行惡悉皆憶念譬如大山日西影覆如是衆生先所行惡身口意業諸不善法臨終悉現心乃追悔咄哉咄哉先不修善但行衆惡當墮惡趣受諸苦毒憶念是已心生燒然心生變悔心生悔已不得善心命終後世亦不善心相續生是名燒然法云何不燒然若男子女人受持淨戒修眞實法身善業成就口意善業成就臨壽終時身遭苦患沉頓牀褥衆苦觸身彼心憶念先修善法身善行口意善行成就當於爾時攀緣善法我作如是身口意善不爲衆惡當生善趣不墮惡趣心不變悔不變悔故善心命終後世續善是名不燒然法爾時世尊即說偈言

已種燒然業　依於非法活　乘斯惡業行
必生地獄中　等活及黑繩　衆合二叫呼

燒然極燒然　無擇大地獄　是八大地獄
極苦難可過　惡業種種故　各別十六處
四周開四門　中間量悉等　鐵爲四周板
四門扇亦鐵　鐵地盛火然　其焰普周遍
縱廣百由旬　焰焰無間息　調伏非諸行
拷治强梁者　長夜加楚毒　其苦難可見
見者生恐怖　悚慄身毛竪　墮彼地獄時
足上頭向下　正聖柔和心　修行梵行者
於此賢聖所　輕心起非義　及殺害衆生
墮斯熱地獄　宛轉於火中　猶如火炙魚
苦痛號叫呼　如群戰象聲　大火自然生
斯由自業故

佛說此經已諸比丘聞佛所說歡喜奉行

如是我聞一時佛住舍衛國祇樹給孤獨園爾時世尊告諸比丘捨身惡行者能得身惡行斷不得身惡行斷者我不說彼捨身惡行以彼能得身惡行斷故是故我說彼捨身惡行身惡行者不以義饒益安樂衆生離身惡行以義饒益得安樂故是故我說捨身惡行口意惡行亦如是說佛說此經已諸比丘聞佛所說歡喜奉行

如是我聞一時佛住王舍城金師住處爾時世尊告諸比丘如鑄金者積聚沙土置於槽中然後以水灌之麤上煩惱剛石堅塊隨水而去猶有麤沙纏結復以水灌麤沙隨水流出然後生金猶爲細沙黑土之所纏結復以水灌細沙黑土隨水流出然後真金純淨無雜猶有似金微垢然後金師置於爐中增火鼓鞴令其融液垢穢悉除然其生金猶故不輕不輭光明不發屈伸則斷彼鍊金師鍊金

弟子復置爐中增火鼓鞴轉側鑄鍊然後生金輕輭光澤屈伸不斷隨意所作釵璫鐶釧諸莊嚴具如是淨心進向比丘麤煩惱纒惡不善業諸惡邪見漸斷令滅如彼生金淘去剛石堅塊復次淨心進向比丘除次麤垢欲覺恚覺害覺如彼生金除麤沙礫復次淨心進向比丘次除細垢謂親里覺人衆覺生天覺思惟除滅如彼生金除去麤垢細沙黑土復次淨心進向比丘有善法覺思惟除滅令心清淨猶如生金除去金色相似之垢令其純淨復次比丘於諸三昧有行所持猶如池水周帀於岸爲法所持不得寂靜勝妙不得息樂盡諸有漏如彼金師金師弟子鑄鍊生金除諸垢穢不輕不輭不發光澤屈伸斷絶不得隨意成莊嚴具復次比丘得諸三昧不爲有行所持得寂靜勝妙得息樂道一心一意盡諸有漏如鍊金師鍊金師弟子鑄鍊生金令其輕輭不斷光澤屈伸隨意復次比丘離諸覺觀乃至得第二第三第四禪如是正受純一清淨離諸煩惱柔輭眞實不動於彼彼入處欲求作證悉能得證如彼金師鑄鍊生金極令輕輭光澤不斷任作何器隨意所欲如是比丘三昧正受乃至於諸入處悉能得證佛說此經已時諸比丘聞佛所說歡喜奉行

如是我聞一時佛住王舍城迦蘭陀竹園爾時世尊告諸比丘應當專心方便隨時思惟三相云何爲三思惟隨時止相隨時思惟舉相隨時思惟捨相若比丘一向思惟止相則於是處其心下劣若復一向思惟舉相則於

是處掉亂心起若復一向思惟捨相則於是處不得正定盡諸有漏以彼比丘隨時思惟止相隨時思惟舉相隨時思惟捨相故心則正定盡諸有漏如巧金師金師弟子以生金著於爐中增火隨時扇鞴隨時水灑隨時俱捨若一向鼓鞴者即於是處生金燋盡一向水灑則於是處生金堅强若一向俱捨則於是處生金不熟則無所用是故巧金師金師弟子於彼生金隨時鼓鞴隨時水灑隨時兩捨如是生金得等調適隨事所用如是比丘專心方便時時思惟憶念三相乃至漏盡佛說是經已諸比丘聞佛所說歡喜奉行

如是我聞一時佛住王舍城迦蘭陀竹園爾時世尊告諸比丘過去世時摩竭提國有牧牛者愚癡無慧夏末秋初不善觀察恒水此岸亦不善觀恒水彼岸而驅群牛峻岸而下峻岸而上中間洄澓多起患難諸比丘過去世時摩竭提國有牧牛人不愚不癡者有方便慧夏末秋初能善觀察恒水此岸亦善觀察恒水彼岸善度其牛至平博山谷好水草處彼初渡時先渡大牛能領群者斷其急流次驅第二多力少牛隨後而渡然後第三驅羸小者隨逐下流悉皆次第安隱得渡新生犢子愛戀其母亦隨其後得渡彼岸如是比丘我說斯譬當知其義彼摩竭提牧牛者愚癡無慧彼諸六師富蘭那等亦復如是習諸邪見向於邪道如是彼牧牛人愚癡無慧夏末秋初不善觀察此岸彼岸高峻山嶮從峻岸下峻岸而上中間洄澓多生患難如是六師富蘭那等愚癡無慧不觀此岸謂於此世

不觀彼岸謂於他世中間洄澓謂境諸魔自遭苦難彼諸見者習其所學亦遭患難彼摩竭提善牧牛者不愚不癡有方便慧謂如來應等正覺如牧牛者善觀此岸善觀彼岸善渡其牛於平博山谷先渡大牛能領群者橫截急流安渡彼岸如是我聲聞能盡諸漏乃至自知不受後有橫截惡魔世間貪流安隱得渡生死彼岸如摩竭提國善牧牛者次渡第二多力少牛截流橫渡如是我諸聲聞斷五下分結得阿那含於彼受生不還此世亦復斷截惡魔貪流安隱得渡生死彼岸如摩竭提國善牧牛者驅其第三羸小少牛隨其下流安隱得渡如是我聲聞斷三結貪恚癡薄得斯陀含一來此世究竟苦邊橫截於彼惡魔貪流安隱得渡生死彼岸如摩竭提國善牧牛者新生犢子愛戀其母亦隨得渡如是我聲聞斷三結得須陀洹不墮惡趣決定正向三菩提七有天人往生究竟苦邊斷截惡魔貪流安隱得渡生死彼岸爾時世尊即說偈言

此世及他世　明智善顯現　諸魔得未得
乃至於死魔　一切悉知者　三藐三佛智
斷截諸魔流　破壞令消亡　開示甘露門
顯現正真道　心常多欣悅　逮得安隱處

佛說此經已諸比丘聞佛所說歡喜奉行

如是我聞一時佛住舍衛國祇樹給孤獨園爾時世尊告諸比丘若牧牛人成就十一法者不能令牛增長亦不能擁護大群牛令等安樂何爲十一謂不知色不知相不去蟲不能覆護其瘡不能起煙不知擇路不知擇處

不知渡處不知食處盡穀其乳不善料理能領群者是名十一法成就不能掌護大群牛如是比丘成就十一法不能自安亦不安他何等爲十一謂不知色不知相不能除其害蟲不覆其瘡不能起煙不知正路不知止處不知渡處不知食處盡穀其乳若有上座多聞耆舊久修梵行大師所歎向諸明智修梵行者稱譽其德悉令宗敬奉事供養云何名不知色諸所有色彼一切四大及四大造是名爲色不如實知云何不知相事業是過相事業是慧相是不如實知是名不知相云何名不知去蟲所起欲覺能安不離不覺不滅所起瞋恚害覺能安不離不覺不滅是名不去蟲云何不覆瘡謂眼見色隨取形相不守眼根世間貪憂惡不善法心隨生漏不能防護耳鼻舌身意根亦復如是是名不覆其瘡云何不起煙如所聞如所受法不能爲人分別顯示是名不起煙云何不知道八正道及聖法律是名爲道彼不如實知是名不知道云何不知止處謂於如來所知法不得歡喜悅樂勝妙出離饒益是名不知止處云何不知渡處謂彼不知修多羅毗尼阿毗曇不隨時往到其所諮問請受云何爲善云何不善云何有罪云何無罪作何等法爲勝非惡於隱密法不能開發於顯露法不能廣問於甚深句義自所知者不能廣宣顯示是名不知渡處云何不知放牧處謂四念處及賢聖法律是名放牧處於此不如實知是名不知放牧處云何爲盡穀其乳彼剎利婆羅門長者自在施與衣被飲食牀臥醫藥資生衆具彼

比丘受者不知限量是名盡㲉其乳云何爲上座大德多聞耆舊乃至不向諸勝智梵行者所稱其功德令其宗重承事供養令得悅樂謂比丘稱彼上座乃至令諸智慧梵行者往詣其所以隨順身口意業承望奉事是名不於上座多聞耆舊乃至令智慧梵行往詣其所承望奉事令得悅樂彼牧牛者成就十一法堪能令彼群牛增長擁護群牛令其悅樂何等爲十一謂知色知相如上清淨分說乃至能領群者隨時料理令得安樂是名牧牛者十一事成就能令群牛增長擁護令得安樂如是比丘成就十一法者能自安樂亦能安他何等十一謂知色知相乃至十一清淨分別廣說是名比丘十一事成就自安安他佛說此經已諸比丘聞佛所說歡喜奉行

如是我聞一時佛在拘薩羅人間遊行至一奢能伽羅聚落住一奢能伽羅林中時有尊者那提迦舊住一奢能伽羅聚落一奢能伽羅聚落沙門婆羅門聞沙門瞿曇拘薩羅國人間遊行至一奢能伽羅聚落住一奢能伽羅林中聞已各辦一釜食著門邊作是念我先供養世尊我先供養善逝各各高聲大聲作如是唱爾時世尊聞園林內有多人衆高聲大聲語尊者那提迦何因何緣園林內有衆多人高聲大聲唱說之聲尊者那提迦白佛言世尊此一奢能伽羅聚落諸刹利婆羅門長者聞世尊住此林中各作一釜食置園林內各自唱言我先供養世尊我先供養善逝以是故於此林中多人高聲大聲唱說之聲唯願世尊當受彼食佛告那提迦莫以利

我我不求利莫以稱我我不求稱那提迦若於如來如是便得出要遠離寂滅等正覺樂者則於彼彼所起利樂若味若求那提迦唯我於此像類得出要遠離寂滅等正覺樂不求而得不苦而得於何彼彼所起利樂若味若求那提迦汝等於如此像類色不得出要遠離寂滅等正覺樂故不得不求之樂不苦之樂那提迦天亦不得如是像類出要遠離寂滅等正覺樂不求之樂不苦之樂唯有我得如是像類出要遠離寂滅等正覺樂不求之樂不苦之樂於何彼彼所起利樂若味若求那提迦白佛言世尊我今欲說譬佛告那提迦宜知是時那提迦白佛言世尊譬如天雨水流順下隨其彼彼世尊住處於彼彼處剎利婆羅門長者信敬奉事以世尊戒德清淨正見真直是故我今作如是說唯願世尊哀受彼請佛告那提迦莫以利我我不求利乃至云何於彼彼所起利樂有味有求那提迦我見比丘食好食已仰腹而卧急喘長息我見已作是思惟如此長老不得出要遠離寂滅等正覺樂不求之樂不苦之樂復次那提迦我見此有二比丘食好食已飽腹喘息偃闡而行我作是念非彼長老能得出要遠離寂滅等正覺之樂不求之樂不苦之樂那提迦我見衆多比丘食好食已從園至園從房至房從人至人從群聚至群聚我見是已而作是念非彼長老如是能得出要遠離寂滅等正覺樂不求之樂不苦之樂我得如是像類出要遠離寂滅等正覺樂不求之樂不苦之樂復次那提迦我於一時隨道行見有

比丘於前遠去復有比丘於後來亦遠我於爾時閑靜無爲亦無有便利之勞所以者何依於食飲樂著滋味故有便利此則爲依觀五受陰生滅而猒離住此則爲依於六觸入處觀察集滅猒離而住此則爲依於群聚之樂勤習群聚猒於遠離是則爲依樂修遠離則勤於遠離猒離群聚是則爲依是故那提迦當如是學於五受陰觀察生滅於六觸入處觀察集滅樂於遠離精勤遠離當如是學佛說此經已尊者那提迦聞佛所說歡喜隨喜作禮而去

如是我聞一時佛在拘薩羅人間遊行至那楞伽羅聚落如上廣說乃至彼彼所起求利佛告那提迦我見聚落邊有精舍有比丘坐禪我見已作如是念令此尊者聚落人比或沙彌來往聲響作亂障其禪思覺其正受於不到欲到不獲欲獲不證欲證而作留難那提迦我不喜彼比丘住聚落精舍那提迦我見比丘住空閑處仰臥呼咄我見是已而作是念今彼比丘覺寤睡眠思空閑想那提迦我亦不喜如是比丘住空閑處那提迦我復見比丘住空閑處搖身坐睡見已作是念令此比丘於睡覺寤不定得定定心者得解脫是故那提迦我不喜如是比丘住空閑處那提迦我復見比丘住空閑處端坐正受我見已作是念今此比丘不解脫者疾得解脫已解脫者令自防護使不退失那提迦我喜如是比丘住空閑處那提迦我復見比丘住空閑處彼於後時遠離空處集捨牀臥具還入聚落受牀臥具那提迦我亦不喜如是比丘

還入聚落復次那提迦我見比丘住聚落精舍名聞大德能感財利衣被飲食湯藥衆具彼於後時集捨利養聚落牀座至於空閑牀卧安止那提迦我喜如是比丘集捨利養聚落牀卧住於空閑那提迦比丘當如是學佛說此經已那提迦比丘歡喜隨喜作禮而去

如是我聞一時佛住鞞舍離國獼猴池側重閣講堂爾時世尊告諸比丘諸離車子常枕木枕手足龜坼疑畏莫令摩竭陀王阿闍世毗提希子得其間便是故常自警策不放逸住以彼不放逸住故摩竭陀王阿闍世毗提希子不能伺求得其間便於未來世不久諸離車子恣樂無事手足柔輭繒纊爲枕四體安卧日出不起放逸而住以放逸住故摩竭陀王阿闍世毗提希子得其間便如是比丘精勤方便堅固堪能不捨善法肌膚損瘦筋連骨立精勤方便不捨善法乃至未得所應得者不捨精進常攝其心不放逸住以不放逸住故魔王波旬不得其便當來之世有諸比丘恣樂無事手足柔輭繒纊爲枕四體安卧日出不起放逸而住以放逸住故惡魔波旬伺得其便是故比丘當如是學精勤方便乃至不得未得不捨方便佛說此經已諸比丘聞佛所說歡喜奉行

如是我聞一時佛住舍衞國祇樹給孤獨園爾時世尊告諸比丘譬如士夫晨朝以三百釜食惠施衆生日中日暮亦復如是第二士夫時節須臾於一切衆生修習慈心乃至如轂牛乳頃比先士夫惠施功德所不能及百分千分巨億萬分算數譬類不得爲比是故

比丘當作是學時節須臾於一切衆生修習慈心下至如轂牛乳頃佛説此經已諸比丘聞佛所説歡喜奉行

如是我聞一時佛住舍衛國祇樹給孤獨園爾時世尊告諸比丘譬如人家多女人少男子當知是家易爲盜賊之所劫奪如是善男子善女人不能數數下至如轂牛乳頃於一切衆生修習慈心當知是人易爲諸惡鬼神所欺譬如人家多男子少女人不爲盜賊數數劫奪如是善男子數數下至如轂牛乳頃於一切衆生修習慈心不爲諸惡鬼神所欺是故諸比丘常當隨時數數下至如轂牛乳頃修習慈心佛説此經已諸比丘聞佛所説歡喜奉行

如是我聞一時佛住舍衛國祇樹給孤獨園爾時世尊告諸比丘譬如有人有比首劒其刃廣利有健士夫言我能以手以拳椎打汝劒令其摧碎諸比丘彼健士夫當能以手以拳椎打彼劒令摧碎不比丘白佛不能世尊彼比首劒其刃廣利非彼士夫能以手以拳椎打碎折正足自困如是比丘若沙門婆羅門下至如轂牛乳頃於一切衆生修習慈心若有諸惡鬼神欲往伺求其短不能得其間便正可反自傷耳是故諸比丘當如是學數數下至如轂牛乳頃修習慈心佛説此經已諸比丘聞佛所説歡喜奉行

如是我聞一時佛住舍衛國祇樹給孤獨園爾時世尊以爪抄土告諸比丘於意云何我爪上土多爲大地土多比丘白佛世尊爪上土甚少少耳其大地土無量無數不可爲比

佛告諸比丘如是衆生能數數下至彈指頃於一切衆生修習慈心者如甲土耳其諸衆生不能數數下至如彈指頃於一切衆生修習慈心者如大地土是故諸比丘常當數數於一切衆生修習慈心佛說此經已諸比丘聞佛所說歡喜奉行

如是我聞一時佛住鞞舍離國獼猴池側重閣講堂爾時世尊告諸比丘一切行無常不恒不安是變易法諸比丘常當觀察一切諸行修習猒離不樂解脫時有異比丘從座起整衣服爲佛作禮右膝著地合掌白佛壽命遷滅遲速如何佛告比丘我則能說但汝欲知者難比丘白佛可說譬不佛言可說佛告比丘有四士夫手執强弓一時放發俱射四方有一士夫及箭未落接聚四箭云何比丘如是士夫爲捷疾不比丘白佛捷疾世尊佛告比丘此接箭士夫雖復捷疾有地神天子倍疾於彼虚空神天倍疾地神四王天子來去倍疾於虚空神天日月天子復倍捷疾於四王天導日月神復倍捷疾於日月天子諸比丘命行遷變倍疾於彼導日月神是故諸比丘當勤方便觀察命行無常迅速如是佛說此經已諸比丘聞佛所說歡喜奉行

如是我聞一時佛住波羅柰國仙人住處鹿野苑中爾時世尊告諸比丘過去世時有一人名陀舍羅訶彼陀舍羅訶有鼓名阿能訶好聲美聲深聲徹四十里彼鼓既久處處裂壞爾時鼓士截割牛皮周帀纒縛雖復纒縛鼓猶無復高聲美聲深聲彼於後時轉復朽壞皮大剥落唯有聚木如是比丘修身修戒

修心修慧以彼修身修戒修心修慧故於如來所說修多羅甚深明照難見難覺不可思量微密決定明智所知彼則頓受周備受聞其所說歡喜崇習出離饒益當來比丘不修身不修戒不修心不修慧聞如來所說修多羅甚深明照空相應隨順緣起法彼不頓受持不至到受聞彼說者不歡喜崇習而於世間衆雜異論文辭綺飾世俗雜句專心頂受聞彼說者歡喜崇習不得出離饒益於彼如來所說甚深明照空相要法隨順緣起者於此則滅猶如彼鼓朽故壞裂唯有聚木是故諸比丘當勤方便修身修戒修心修慧於如來所說甚深明照空相要法隨順緣起頓受遍受聞彼說者歡喜崇習出離饒益佛說此經已諸比丘聞佛所說歡喜奉行

如是我聞一時佛住舍衛國祇樹給孤獨園爾時世尊告諸比丘譬如鐵丸投著火中與火同色盛著劫貝綿中云何比丘當速然不比丘白佛如是世尊佛告比丘愚癡之人依聚落住晨朝著衣持鉢入村乞食不善護身不守根門心不繫念若見年少女人不正思惟取其色相起貪欲心欲燒其心欲燒其身身心燒已捨戒退減是愚癡人長夜當得非義饒益是故比丘當如是學善護其身守諸根門繫念入村乞食當如是學佛說此經已諸比丘聞佛所說歡喜奉行

如是我聞一時佛住舍衛國祇樹給孤獨園爾時世尊告諸比丘過去世時有一猫狸飢渴羸瘦於孔穴中伺求鼠子若鼠子出當取食之有時鼠子出穴遊戲時彼猫狸疾取呑

之鼠子身小生入腹中入腹中已食其內藏食內藏時猫狸迷悶東西狂走空宅塚間不知何止遂至於死如是比丘有愚癡人依聚落住晨朝著衣持鉢入村乞食不善護身不守根門心不繫念見諸女人起不正思惟而取色相發貪欲心貪欲發已欲火熾然燒其身心燒身心已馳心狂逸不樂精舍不樂空閑不樂樹下爲惡不善心侵食內法捨戒退減此愚癡人長夜常得不饒益苦是故比丘當如是學善護其身守諸根門繫心正念入村乞食當如是學佛說此經已諸比丘聞佛所說歡喜奉行

如是我聞一時佛住舍衛國祇樹給孤獨園爾時世尊告諸比丘譬如木杵常用不止日夜消減如是比丘若沙門婆羅門從本已來不閉根門食不知量初夜後夜不勤覺悟修習善法當知是輩終日損減不增善法如彼木杵諸比丘譬如優鉢羅鉢曇摩拘牟頭分陀利生於水中長於水中隨水增長如是沙門婆羅門善閉根門飲食知量初夜後夜精勤覺悟當知是等善根功德日夜增長終不退減當如是學善閉根門飲食知量初夜後夜精勤覺悟功德善法日夜增長當如是學佛說此經已諸比丘聞佛所說歡喜奉行

如是我聞一時佛住王舍城迦蘭陀竹園爾時世尊於後夜時聞野狐鳴爾時世尊夜過天明於大衆前敷座而坐告諸比丘汝等後夜時聞野狐鳴不諸比丘白佛如是世尊佛告諸比丘有一愚癡人作如是念令我受身得如是形類作如是聲此愚癡人欲求如是

像類處所受生何足不得是故比丘汝等但當精勤方便求斷諸有莫作方便增長諸有當如是學佛說此經已諸比丘聞佛所說歡喜奉行

如是我聞一時佛住王舍城迦蘭陀竹園爾時世尊告諸比丘我不讚歎受少有身況復多受所以者何受有者苦譬如糞屎少亦臭穢何況於多如是諸有少亦不歎乃至剎那況復於多所以者何有者苦故是故比丘當如是學斷除諸有莫增長有當如是學佛說此經已諸比丘聞佛所說歡喜奉行

如是我聞一時佛住王舍城迦蘭陀竹園爾時世尊夜後分時聞野狐鳴是夜過已於大衆前敷座而坐告諸比丘汝等於夜後分聞野狐鳴不比丘白佛如是世尊佛告比丘彼野狐者疥瘡所困是故鳴喚若能有人爲彼野狐治疥瘡者野狐必當知恩報恩而今有一愚癡之人無有知恩報恩是故諸比丘當如是學知恩報恩其有小恩尚報終不忘失況復大恩佛說此經已諸比丘聞佛所說歡喜奉行

如是我聞一時佛住王舍城迦蘭陀竹園爾時有尊者跋迦梨住王舍城金師精舍疾病困苦尊者富隣尼瞻視供養時跋迦梨語富隣尼汝可詣世尊所爲我稽首禮世尊足問訊世尊少病少惱起居輕利安樂住不言跋迦梨住金師精舍疾病困篤委積牀褥願見世尊疾病困苦氣力羸惙無由奉詣唯願世尊降此金師精舍以哀愍故時富隣尼受跋迦梨語已詣世尊所稽首禮足退住一面白

佛言世尊尊者跋迦梨稽首世尊足問訊世尊少病少惱起居輕利安樂住不世尊答言今彼安樂富隣尼白佛言世尊尊者跋迦梨住金師精舍疾病困篤委在牀褥願見世尊無有身力來詣世尊善哉世尊詣金師精舍以哀愍故爾時世尊黙然聽許時富隣尼知世尊聽許已禮足而去爾時世尊晡時從禪覺往詣金師精舍至跋迦梨住房跋迦梨比丘遥見世尊從牀欲起佛告跋迦梨且止勿起世尊即坐異牀語跋迦梨汝心堪忍此病苦不汝身所患爲增爲損跋迦梨白佛如前又摩比丘修多羅廣説世尊我身苦痛極難堪忍欲求刀自殺不樂苦生佛告跋迦梨我今問汝隨意答我云何跋迦梨色是常耶爲非常耶跋迦梨答言無常世尊復問若無常是苦耶答言是苦世尊復問跋迦梨若無常苦者是變易法於中寧有可貪可欲不跋迦梨白佛不也世尊受想行識亦如是説佛告跋迦梨若於彼身無可貪可欲者是則善終後世亦善爾時世尊爲跋迦梨種種説法示教照喜已從座起去即於彼夜尊者跋迦梨思惟解脱欲執刀自殺不樂久生時有二天身極端正於後夜時詣世尊所稽首禮足退住一面白佛言世尊尊者跋迦梨疾病困苦思惟解脱欲執刀自殺不樂久生第二天言彼尊者跋迦梨已於善解脱而得解脱説此語已俱禮佛足即没不現爾時世尊夜過晨朝於大衆前敷座而坐告諸比丘昨夜有二天子形體端正來詣我所稽首作禮退住一面而作是言尊者跋迦梨住金師精舍疾病

困苦思惟解脫欲執刀自殺不樂久生第二天言尊者跋迦梨已於善解脫而得解脫說此語已稽首作禮即沒不現爾時世尊告一比丘汝當往詣尊者跋迦梨比丘所語跋迦梨言昨夜有二天來詣我所稽首作禮退住一面語我言尊者跋迦梨疾病困篤思惟解脫欲執刀自殺不樂久生第二天言尊者跋迦梨於善解脫而得解脫說此語已即沒不現此是天語佛復記汝汝於此身不起貪欲是則善終後世亦善時彼比丘受世尊教已詣金師精舍跋迦梨房爾時跋迦梨語侍病者汝等持繩牀共舁我身著精舍外我欲執刀自殺不樂久生時有衆多比丘出房舍露地經行受使比丘詣衆多比丘所問衆多比丘言諸尊跋迦梨比丘住在何所諸比丘答言跋迦梨比丘告侍病者令舁繩牀出精舍外欲執刀自殺不樂久生受使比丘即詣跋迦梨所跋迦梨比丘遥見使比丘來語侍病者下繩牀著地彼比丘疾來似世尊使彼侍病者即下繩牀著地時彼使比丘語跋迦梨世尊有教及天有所說時跋迦梨語侍病者扶我著地不可於牀上受世尊教及天所說時侍病者即扶跋迦梨下置於地時跋迦梨言汝可宣示世尊告勑及天所說使比丘言跋迦梨大師告汝昨夜有二天來白我言跋迦梨比丘疾病困篤思惟解脫欲執刀自殺不樂久生第二天言跋迦梨比丘已於善解脫而得解脫說此語已即沒不現世尊復記說汝善於命終後世亦善跋迦梨言尊者大師善知所知善見所見彼二天者亦善知所

知善見所見然我今日於色無常決定無疑無常者是苦決定無疑若無常苦者是變易法於彼無有可貪可欲決定無疑受想行識亦復如是然我今日疾病苦痛猶故隨身欲刀自殺不樂久生即執刀自殺時使比丘供養跋迦梨死身已還詣佛所稽首禮足退坐一面白佛言世尊我以世尊所勑具告尊者跋迦梨彼作是言大師善知所知善見所見彼二天者亦善知所知善見所見廣說乃至執刀自殺爾時世尊告諸比丘共詣金師精舍跋迦梨屍所見跋迦梨死身有遠離之色見已語諸比丘汝等見是跋迦梨比丘死身在地有遠離之色不諸比丘白佛已見世尊復告諸比丘遶跋迦梨身四面周帀有闇冥之相圍遶身不諸比丘白佛已見世尊佛告諸比丘此是惡魔之像周帀求覓跋迦梨善男子識神當生何處佛告諸比丘跋迦梨善男子不住識神以刀自殺爾時世尊爲彼跋迦梨說第一記佛說此經已諸比丘聞佛所說歡喜奉行

如是我聞一時佛住王舍城迦蘭陀竹園時有尊者闡陀住那羅聚落好衣菴羅林中疾病困篤時尊者舍利弗聞尊者闡陀在那羅聚落好衣菴羅林中疾病困篤聞已語尊者摩訶拘絺羅尊者知不闡陀比丘在那羅聚落好衣菴羅林中疾病困篤當往共看摩訶拘絺羅默然許之時尊者舍利弗與尊者摩訶拘絺羅共詣那羅聚落好衣菴羅林中至尊者闡陀住房尊者闡陀遥見尊者舍利弗尊者摩訶拘絺羅從牀欲起尊者舍利弗語

尊者闡陀汝且莫起尊者舍利弗尊者摩訶拘絺羅坐於異牀問尊者闡陀云何尊者闡陀所患爲可堪忍不爲增爲損如前叉摩修多羅廣說尊者闡陀言我今身病極患苦痛難可堪忍所起之病但增無損唯欲執刀自殺不樂苦活尊者舍利弗言尊者闡陀汝當努力莫自傷害若汝在世我當與汝來往周旋汝若有乏我當給汝如法湯藥汝若無看病人我當看汝必令適意非不適意闡陀答言我有供養那羅聚落諸婆羅門長者悉見看視衣被飲食卧具湯藥無所乏少自有弟子修梵行者隨意瞻病非不適意但我疾病苦痛逼身難可堪忍唯欲自殺不樂苦生舍利弗言我今問汝隨意答我闡陀眼及眼識眼所識色彼寧是我異我相在不闡陀答言不也尊者舍利弗復問闡陀耳鼻舌身意及意識意識所識法彼寧是我異我相在不闡陀答言不也尊者舍利弗復問闡陀汝於眼眼識及色爲何所見何所識何所知故言眼眼識及色非我不異我不相在闡陀答言我於眼眼識及色見滅知滅故見眼眼識及色非我不異我不相在復問闡陀汝於耳鼻舌身意意識及法何所見何所知故於意意識及法見非我不異我不相在闡陀答言尊者舍利弗我於意意識及法見滅知滅故於意意識及法見非我不異我不相在尊者舍利弗然我今日身病苦痛不能堪忍欲以刀自殺不樂苦生時尊者摩訶拘絺羅語尊者闡陀汝今當於大師修習正念如所說句有所依者則爲動搖動搖者有所趣向趣向者爲

不休息不休息者則隨趣往來隨趣往來者則有未來生死有未來生死故有未來出没有未來出没故則有生老病死憂悲苦惱如是純大苦聚集如所說句無所依者則不動摇不動摇者得無趣向無趣向者則有止息有止息故則不隨趣往來不隨趣往來則無未來出没無未來出没者則無生老病死憂悲惱苦如是純大苦聚滅闡陀言尊者摩訶拘絺羅我供養世尊事於今畢矣隨順善逝今已畢矣適意非不適意弟子所作於今已作若復有餘弟子所作供養師者亦當如是供養大師適意非不適意然我今日身病苦痛難可堪忍唯欲以刀自殺不樂苦生爾時尊者闡陀即於那羅聚落好衣菴羅林中以刀自殺時尊者舍利弗供養尊者闡陀舍利已往詣佛所稽首禮足退住一面白佛言世尊尊者闡陀於那羅聚落好衣菴羅林中以刀自殺云何世尊彼尊者闡陀當至何趣云何受生後世云何佛告尊者舍利弗彼不自記說言尊者摩訶拘絺羅我供養世尊於今已畢隨順善逝於今已畢適意非不適意若復有餘供養大師者當如是作適意非不適意耶爾時尊者舍利弗復問世尊彼尊者闡陀先於鎮珍尼婆羅門聚落有供養家極親厚家善言語家佛告舍利弗如是舍利弗正智正善解脱善男子有供養家親厚家善言語家舍利弗我不說彼有大過若有捨此身餘身相續者我說彼等則有大過若有捨此身已餘身不相續者我不說彼有大過也無大過故於那羅聚落好衣菴羅林中以刀自

殺如是世尊爲彼尊者闡陀說第一記佛說此經已尊者舍利弗歡喜作禮而去

雜阿含經卷第四十七

音釋

傭餘封切雇作也　悚慄悚息拱切慄力質切並懼也　韛蒲拜切吹火韋囊也　釵璫釵楚皆切笄也璫都郎切充耳珠也　鏍釧鏍獲頑切釧尺絹切並鏍也　㲉古候切取牛羊乳也　寤五故切寐覺也　繒纊繒疾陵切帛也纊苦謗切絮之細者　捷疾葉切敏也　猫狸猫莫交切捕鼠獸也狸呂支切狐狸也　惙陟雪切憂也

雜阿含經卷第四十八

宋天竺三藏求那跋陀羅譯

如是我聞一時佛住舍衛國祇樹給孤獨園時有一天子容色絕妙於後夜時來詣佛所稽首佛足退坐一面身諸光明遍照祇樹給孤獨園時彼天子白佛言世尊比丘比丘度駛流耶佛言如是天子天子復問無所攀緣亦無所住度駛流耶佛言如是天子天子復問無所攀緣亦無所住而度駛流其義云何佛告天子我如是如是抱如是如是直進則不爲水之所漂如是如是不抱如是如是不直進則爲水所漂如是天子名爲無所攀緣亦無所住而度駛流時彼天子復說偈言

久見婆羅門　逮得般涅槃　一切怖已過
永超世恩愛

時彼天子聞佛所說歡喜隨喜稽首佛足即沒不現

如是我聞一時佛住舍衛國祇樹給孤獨園時有一天子容色絕妙於後夜時來詣佛所稽首佛足退坐一面其身光明遍照祇樹給孤獨園時彼天子白佛言比丘知一切衆生所著所集決定解脫廣解脫極廣解脫耶佛告天子我悉知一切衆生所著所集決定解脫廣解脫極廣解脫天子白佛比丘云何知一切衆生所著所集決定解脫廣解脫極廣解脫佛告天子愛喜滅盡我心解脫心解脫已故知一切衆生所著所集決定解脫廣解脫極廣解脫時彼天子復說偈言

久見婆羅門　逮得般涅槃　一切怖已過
永超世恩愛

時彼天子聞佛所說歡喜隨喜稽首佛足即
沒不現
如是我聞一時佛住舍衛國祇樹給孤獨園
時有一天子容色絕妙於後夜時來詣佛所
稽首佛足身諸光明遍照祇樹給孤獨園時
彼天子說偈問佛
誰度於諸流　晝夜勤精進　不攀亦不住
何時而不著
爾時世尊說偈答言
一切戒具足　智慧善正受　內思惟繫念
度難度諸流　不樂於欲想　超越於色結
不繫亦不住　於染亦不著
時彼天子復說偈言
久見婆羅門　逮得般涅槃　一切怖已過
永超世恩愛

時彼天子聞佛所說歡喜隨喜稽首佛足即
沒不現
如是我聞一時佛住王舍城山谷精舍時有
拘迦尼是光明天女容色絕妙於後夜時來
詣佛所稽首佛足身諸光明遍照山谷時拘
迦尼天女而說偈言
其心不爲惡　及身口世間　五欲悉虛空
正智正繫念　不習近衆苦　非義和合者
佛告天女如是如是
其心不爲惡　及身口世間　五欲悉虛空
正智正繫念　不習近衆苦　非義和合者
時拘迦尼天女聞佛所說歡喜隨喜稽首佛
足即沒不現爾時世尊夜過晨朝入於僧中
敷尼師壇於大衆前坐告諸比丘昨日夜後
有拘迦尼天女容色妙絕來詣我所稽首我

足退坐一面而說偈言
其心不爲惡　及身口世間　五欲悉虛空
正智正繫念　不習近衆苦　非義和合者
我即答言如是天女如是天女
其心不爲惡　及身口世間　五欲悉虛空
正智正繫念　不習近衆苦　非義和合者
說是語時拘迦尼天女聞我所說歡喜隨喜稽首我足即沒不現佛說此經已諸比丘聞佛所說歡喜奉行

如是我聞一時佛住王舍城山谷精舍爾時尊者阿難告諸比丘我今當說四句法經諦聽善思當爲汝說何等爲四句經法爾時尊者阿難即說偈言
其心不爲惡　及身口世間　五欲悉虛空
正智正繫念　不習近衆苦　非義和合者
諸比丘是名四句法經爾時有一異婆羅門去尊者阿難不遠爲諸年少婆羅門受誦經時彼婆羅門作是念若沙門阿難所說偈於我所說經便是非人所說時彼婆羅門即往詣佛所與世尊而相問訊慰勞已退坐一面白佛言瞿曇沙門阿難所說偈言
其心不爲惡　及身口世間　五欲悉虛空
正智正繫念　不習近衆苦　非義和合者
如是等所說則是非人語非爲人語佛告婆羅門如是如是婆羅門是非人語非爲人語也時有拘迦尼天女來詣我所稽首我足退坐一面而說偈言
其心不爲惡　及身口世間　五欲悉虛空
正智正繫念　不習近衆苦　非義和合者
我時答言如是如是如天女所言

其心不爲惡　及身口世間　五欲悉虛空
正智正繫念　不習近衆苦　非義和合者
是故婆羅門當知此所說偈是非人所說非
是人所說也佛說此經已彼婆羅門聞佛所
說歡喜隨喜禮佛足而去
如是我聞一時佛住王舍城山谷精舍時有
拘迦那娑天女是光明天女起大電光熾然
歸佛歸法歸比丘僧來詣佛所稽首佛足退
坐一面其身光明普照山谷即於佛前而說
偈言
其心不爲惡　及身口世間　五欲悉虛空
正智正繫念　不習近衆苦　非義和合者
爾時世尊告天女言如是如是天女如汝所
說
其心不爲惡　及身口世間　五欲悉虛空
正智正繫念　不習近衆苦　非義和合者
爾時拘迦那娑天女聞佛所說歡喜隨喜稽
首佛足即沒不現爾時世尊夜過晨朝入僧
中敷尼師壇於大衆前坐告諸比丘於昨夜
拘迦那娑天女光明之天女來詣我所稽首
我足退坐一面而說偈言
其心不爲惡　及身口世間　五欲悉虛空
正智正繫念　不習近衆苦　非義和合者
我時答言如是天女如是天女如汝所說
其心不爲惡　及身口世間　五欲悉虛空
正智正繫念　不習近衆苦　非義和合者
拘迦那天女　電光炎熾然　敬禮佛法僧
說偈義饒益
佛說此經已諸比丘聞佛所說歡喜奉行
如是我聞一時佛住王舍城山谷精舍時有

拘迦那娑天女光明之天女放電光明𤏙照熾然於後夜時來詣佛所稽首佛足退坐一面其身光明普照山谷即於佛前而説偈言

我能廣分別　如來正法律　今且但略説
足以表其心　其心不爲惡　及身口世間
五欲悉虚空　正智正繫念　不習近衆苦
非義和合者

佛告天女如是天女如是天女如汝所説

其心不爲惡　及身口世間　五欲悉虚空
正智正繫念　不習近衆苦　非義和合者

時拘迦那娑天女聞佛所説歡喜稽首即没不現爾時世尊夜過晨朝入於僧前於大衆中敷座而坐告諸比丘昨後夜時拘迦那娑天女來詣我所恭敬作禮退坐一面而説偈言

我能廣分別　如來正法律　今且但略説
足已表我心　其心不爲惡　及身口世間
五欲悉虚空　正智正繫念　不習近衆苦
非義和合者

我時答言如是天女如汝所説

其心不爲惡　及身口世間　五欲悉虚空
正智正繫念　不習近衆苦　非義和合者

時彼天女聞我所説歡喜隨喜稽首我足即没不現佛説此經已諸比丘聞佛所説歡喜奉行

如是我聞一時佛住毗舍離獼猴池側重閣講堂時有拘迦那娑天女朱盧陀天女容色絶妙於後夜時來詣佛所稽首佛足退坐一面其身光明遍照一切獼猴池側時朱盧陀天女説偈白佛

大師等正覺　住毗舍離國　拘迦那朱廬
稽首恭敬禮　我昔未曾聞　牟尼正法律
今乃得親見　現前說正法　若於聖法律
惡慧生厭惡　必當墮惡道　長夜受諸苦
若於聖法律　正念律儀備　彼則生天上
長夜受安樂
拘迦那娑天女復說偈言
其心不爲惡　及身口世間　五欲悉虛空
正智正繫念　不習近衆苦　非義和合者
佛告天女如是如是如汝所說
其心不爲惡　及身口世間　五欲悉虛空
正智正繫念　不習近衆苦　非義和合者
時彼天女聞佛所說歡喜隨喜即沒不現爾
時世尊夜過晨朝入僧中敷座而坐告諸比
丘昨後夜時有二天女容色絕妙來詣我所
爲我作禮退坐一面朱廬陀天女而說偈言
大師等正覺　住毗舍離國　我拘迦那娑
及以朱廬陀　如是二天女　稽首禮佛足
我昔未曾聞　牟尼正法律　今乃見正覺
演說微妙法　若於正法律　厭惡住惡慧
必墮於惡道　長夜受大苦　若於正法律
正念律儀備　生善趣天上　長夜受安樂
拘迦那娑天女復說偈言
其心不爲惡　及身口世間　五欲悉虛空
正智正繫念　不習近衆苦　非義和合者
我時答言如是如是如汝所說
其心不爲惡　及身口世間　五欲悉虛空
正智正繫念　不習近衆苦　非義和合者
佛說此經已諸比丘聞佛所說歡喜奉行
如是我聞一時佛住舍衛國祇樹給孤獨園

時有天子容色絶妙於後夜時來詣佛所稽首佛足退坐一面其身光明遍照祇樹給孤獨園時彼天子而説偈言

無觸不報觸　觸則以觸報　以觸報觸故
不瞋不招瞋

爾時世尊説偈答言

不於不瞋人　而加之以瞋　清淨之正士
離諸煩惱結　於彼起惡心　惡心還自中
如逆風揚塵　還自坌其身

時彼天子復説偈言

久見婆羅門　逮得般涅槃　一切怖已過
永超世恩愛

時彼天子聞佛所説歡喜隨喜稽首佛足即沒不現

如是我聞一時佛住舍衛國祇樹給孤獨園

時有一天子容色絶妙來詣佛所稽首佛足身諸光明遍照祇樹給孤獨園時彼天子而説偈言

愚癡人所行　不合於黠慧　自所行惡行
爲自惡知識　所造衆惡行　終獲苦果報

爾時世尊説偈答言

既作不善業　終則受諸惱　造業雖歡喜
啼哭受其報　造諸善業者　終則不熱惱
歡喜而造業　安樂受其報

時彼天子復説偈言

久見婆羅門　逮得般涅槃　一切怖已過
永超世恩愛

時彼天子聞佛所説歡喜隨喜稽首佛足即沒不現

如是我聞一時佛住舍衛國祇樹給孤獨園

時有一天子容色絶妙於後夜時來詣佛所稽首佛足身諸光明遍照祇樹給孤獨園時彼天子而說偈言

不可常言說　亦不一向聽　而得於道跡
堅固正超度　思惟善寂滅　解脫諸魔縛
能行說之可　不可不應說　不行而說者
智者則知非　不行巳所應　不作而言作
是則同賊非　名爲不善業

爾時世尊告天子言汝今有所嫌責耶天子白佛悔過世尊悔過善逝爾時世尊𤈿怡微笑時彼天子復說偈言

我今悔其過　世尊不納受　内懷於惡心
抱怨而不捨

爾時世尊說偈答言

言說悔過辭　内不息其心　云何得息怨
何名爲修善

時彼天子復說偈言

誰不有其過　何人無有罪　誰復無愚癡
孰能常堅固

時彼天子復說偈言

久見婆羅門　逮得般涅槃　一切怖巳過
永超世恩愛

時彼天子聞佛所說歡喜隨喜稽首佛足即沒不現

如是我聞一時佛住王舍城迦蘭陀竹園時有瞿迦梨比丘是提婆達多伴黨來詣佛所稽首佛足退坐一面爾時世尊告瞿迦梨比丘瞿迦梨汝何故於舍利弗目揵連清淨梵行所起不清淨心長夜當得不饒益苦瞿迦梨比丘白佛言世尊我今信世尊語所說無

異但舍利弗大目揵連心有惡欲如是第二第三說瞿迦梨比丘提婆達多伴黨於世尊所再三說中違反不受從座起去去已其身周遍生諸炮瘡皆如栗漸漸增長皆如桃李時瞿迦梨比丘患苦痛口說是言極燒極燒膿血流出身壞命終生大鉢曇摩地獄時有三天子容色絕妙於後夜時來詣佛所稽首佛足退坐一面時一天子白佛言瞿迦梨比丘提婆達多伴黨今已命終第二天子作是言諸尊當知瞿迦梨比丘命終墮地獄中第三天子即說偈言

士夫生世間　斧在口中生　還自斬其身
斯由其惡言　應毀便稱譽　應譽而便毀
其罪生於口　死墮惡道中　博弈亡失財
是非爲大咎　毀佛及聲聞　是則爲大過

彼三天子說是偈已即沒不現爾時世尊夜過晨朝來入僧中於大衆前敷座而坐告諸比丘昨後夜時有三天子來詣我所稽首我足退坐一面第一天子語我言世尊瞿迦梨比丘提婆達多伴黨今已命終第二天子語餘天子言瞿迦梨比丘命終墮地獄中第三天子即說偈言

士夫生世間　斧在口中生　還自斬其身
斯由其惡言　應毀便稱譽　應譽而便毀
其罪口中生　死則墮惡道

說是偈已即沒不現諸比丘汝等欲聞生阿浮陀地獄衆生其壽齊限不諸比丘白佛今正是時唯願世尊爲諸大衆說阿浮陀地獄衆生壽命齊限諸比丘聞已當受奉行佛告比丘諦聽善思當爲汝說譬如拘薩羅國四

斗爲一阿羅四阿羅爲一獨籠那十六獨籠那爲一闍摩那十六闍摩那爲一摩尼二十摩尼爲一佉梨二十佉梨爲一倉滿中芥子若使有人百年百年取一芥子如是乃至滿倉芥子都盡阿浮陀地獄衆生壽命猶故不盡如是二十阿浮陀地獄衆生壽等一尼羅浮陀地獄衆生壽二十尼羅浮陀地獄衆生壽等一阿吒吒地獄衆生壽二十阿吒吒地獄衆生壽等一阿波波地獄衆生壽二十阿波波地獄衆生壽等一阿休休地獄衆生壽二十阿休休地獄衆生壽等一優鉢羅地獄衆生壽二十優鉢羅地獄衆生壽等一鉢曇摩地獄衆生壽二十鉢曇摩地獄衆生壽等一摩訶鉢曇摩地獄衆生壽比丘彼瞿迦梨比丘命終墮摩訶鉢曇摩地獄中以彼於尊者舍利弗大目揵連比丘生惡心誹謗故是故諸比丘當作是學於被燒燋柱所尚不欲毀壞況毀壞有識衆生佛告諸比丘當如是學佛說此經已諸比丘聞佛所說歡喜奉行

如是我聞一時佛住舍衛國祇樹給孤獨園時有天子容色絶妙於後夜時來詣佛所稽首佛足退坐一面其身光明遍照祇樹給孤獨園時彼天子說偈問佛

退落墮負處　云何而得知　唯願世尊說
云何負處門

爾時世尊說偈答言

勝處易得知　負處知亦易　樂法爲勝處
毀法爲負處　愛樂惡知識　不愛善知識
善友生怨結　是名墮負門　愛樂不善人
善人反憎惡　欲惡不欲善　是名負處門

斗秤以欺人　是名墮貧門　博弈耽嗜酒
遊輕著女色　費喪於財物　是名墮貧門
女人不自守　捨主隨他行　男子心放蕩
捨妻隨外色　如是爲家者　斯皆墮貧門
老婦得少夫　心常懷嫉妬　懷嫉卧不安
是則墮貧門　老夫得少婦　墮貧處亦然
常樂著睡眠　知識同遊戲　怠墮好瞋恨
斯皆墮貧門　多財結朋友　酒食奢不節
多費喪財物　斯皆墮貧門　少財多貪愛
生於刹利家　常求爲王者　是則墮貧門
求珠璫瓔珞　革屣履傘蓋　莊嚴自慳惜
是則墮貧門　受他豐美食　自慳惜其財
食他不反報　是則墮貧門　沙門婆羅門
屈請入其舍　慳惜不時施　是則墮貧門
沙門婆羅門　次第行乞食　呵責不欲施
是則墮貧門　若父母年老　不及時奉養
有財而不施　是則墮貧門　於父母兄弟
椎打而罵辱　無有尊卑序　是則墮貧門
佛及弟子衆　在家與出家　毀呰不恭敬
是則墮貧門　實非阿羅漢　羅漢過自稱
是則世間賊　墮於貧處門　此世間貧處
我知見故說　猶如嶮怖道　慧者當遠避

時彼天子復說偈言

久見婆羅門　逮得般涅槃　一切怖已過
永超世恩愛

時彼天子聞佛所說歡喜隨喜稽首佛足即沒不現

如是我聞一時佛住舍衞國祇樹給孤獨園時有一天子容色絕妙於後夜時來詣佛所稽首佛足退坐一面其身光明遍照祇樹給

孤獨園時彼天子說偈問佛
誰屈下隨下　誰高舉隨舉　云何童子戲
如童墁相擲
爾時世尊說偈答言
愛下則隨下　愛舉則隨舉　愛戲於愚夫
如童塊相擲
時彼天子復說偈言
久見婆羅門　逮得般涅槃　一切怖已過
永超世恩愛
時彼天子聞佛所說歡喜隨喜稽首佛足即
沒不現
如是我聞一時佛住舍衛國祇樹給孤獨園
時有天子容色絕妙於後夜時來詣佛所稽
首佛足退坐一面其身光明遍照祇樹給孤
獨園時彼天子而說偈言

決定以遮遮　意妄想而來　若人遮一切
不令其逼迫
爾時世尊說偈答言
決定以遮遮　意妄想而來　不必一切遮
但遮其惡業　遮彼彼惡已　不令其逼迫
時彼天子復說偈言
久見婆羅門　逮得般涅槃　一切怖已過
永超世恩愛
時彼天子聞佛所說歡喜隨喜稽首佛足即
沒不現
如是我聞一時佛住舍衛國祇樹給孤獨園
時有天子容色絕妙於後夜時來詣佛所稽
首佛足退坐一面其身光明遍照祇樹給孤
獨園時彼天子說偈問佛
云何得名稱　云何得大財　云何得流聞

云何得善友
爾時世尊說偈答言
持戒得名稱　布施得大財　眞實得流聞
息惡得善友
時彼天子復說偈言
久見婆羅門　逮得般涅槃　一切怖已過
永超世恩愛
時彼天子聞佛所說歡喜隨喜稽首佛足即
沒不現
如是我聞一時佛住舍衛國祇樹給孤獨園
時有天子容色絕妙於後夜時來詣佛所稽
首佛足其身光明遍照祇樹給孤獨園時彼
天子說偈問佛
云何人所作　智慧以求財　等攝受於財
若勝若復劣

爾時世尊說偈答言
始學功巧業　方便集財物　得彼財物已
當應作四分　一分自食用　二分營生業
餘一分藏密　以擬於貧乏　營生之業者
田種行商賈　牧牛羊蕃息　邸舍以求利
造屋舍牀臥　六種資生具　方便修衆具
安樂以存世　如是善修業　黠慧以求財
財寶隨順生　如衆流歸海　如是財饒益
如蜂集衆味　晝夜財增長　猶如蟻積堆
不付老子財　不寄邊境民　不信姧狡人
及諸慳悋者　親附成事者　遠離不成事
能成事士夫　猶如火熾然　善友貴重人
斂密循良者　同氣親兄弟　善能相攝受
居親眷屬中　標顯若牛王　各隨其所應
分財施飲食　壽盡而命終　當生天受樂

時彼天子復說偈言
久見婆羅門　逮得般涅槃　一切怖已過
永超世恩愛
時彼天子聞佛所說歡喜隨喜稽首佛足即沒不現
如是我聞一時佛住舍衛國祇樹給孤獨園
爾時世尊告諸比丘過去世時拘薩羅國有彈琴人名曰麤牛於拘薩羅國人間遊行止息野中時有六廣大天宮天女來至憍薩羅國麤牛彈琴人所語麤牛彈琴人言阿舅阿舅爲我彈琴我當歌舞麤牛彈琴者言如是姊妹我當爲汝彈琴汝當語我汝是何人何由生此天女答言阿舅且彈琴我當歌舞於歌頌中自說所以生此因緣彼拘薩羅國麤牛彈琴人即便彈琴彼六天女即便歌舞第一天女說偈歌言
若男子女人　勝妙衣惠施　施衣因緣故
所生得殊勝　施所愛念物　生天隨所欲
見我居宮殿　乘虛而遊行　天身如金聚
天女百中勝　觀察斯福德　迴向中之最
第二天女復說偈言
若男子女人　勝妙香惠施　愛念可意施
生天隨所欲　見我處宮殿　乘虛而遊行
天身若金聚　天女百中勝　觀察斯福德
迴向中之最
第三天女復說偈言
若男子女人　以食而惠施　可意愛念施
生天隨所欲　見我居宮殿　乘虛而遊行
天身如金聚　天女百中勝　觀察斯福德
迴向中之最

第四天女復說偈言
憶念餘生時　曾爲人婢使　不盜不貪嗜
勤修不懈怠　量腹自節身　分飡救貧人
今見居宫殿　乘虛而遊行　天身如金聚
天女百中勝　觀察斯福德　供養中爲最
第五天女復說偈言
憶念餘生時　爲人作子婦　嫜姑性狂暴
常加麤澀言　執節修婦禮　卑遜而奉順
今見處宫殿　乘虛而遊行　天身如金聚
天女百中勝　觀察斯福德　供養中爲最
第六天女復說偈言
昔曾見行路　比丘比丘尼　從其聞正法
一宿受齋戒　今見處天宫　乘虛而遊行
天身如金聚　天女百中勝　觀察斯福德
迴向中之最

爾時拘薩羅國麤牛彈琴人而說偈言
我今善來此　拘薩羅林中　得見此天女
具足妙天身　既見又聞說　當增修善業
緣今修功德　亦當生天上
說是語已時諸天女即没不現佛說此經已
諸比丘聞佛所說歡喜奉行
如是我聞一時佛住舍衛國祇樹給孤獨園
時有天子容色絕妙於後夜時來詣佛所稽
首佛足退坐一面其身光明遍照祇樹給孤
獨園時彼天子說偈問佛
何法起應滅　何生應防護　何法應當離
等觀何得樂
爾時世尊說偈答言
瞋恚起應滅　貪生逆防護　無明應捨離
等觀眞諦樂　欲生諸煩惱　欲爲生苦本

調伏煩惱者　衆苦則調伏　調伏衆苦者
煩惱亦調伏
時彼天子復說偈言
久見婆羅門　逮得般涅槃　一切怖已過
永超世恩愛
於是天子聞佛所說歡喜隨喜稽首佛足即
没不現
如是我聞一時佛住舍衛國祇樹給孤獨園
時有天子容色絕妙於後夜時來詣佛所稽
首佛足退坐一面其身光明遍照祇樹給孤
獨園時彼天子說偈問佛
若人行放逸　愚癡離惡慧　禪思不放逸
疾得盡諸漏
爾時世尊說偈答言
非世間衆事　是則之爲欲　心法馳覺想
是名士夫欲　世間種種事　常在於世間
智慧修禪思　愛欲永潛伏　信爲士夫伴
不信則不度　信增其名稱　命終得生天
於身虛空想　名色不堅固　不著名色者
遠離於積聚　觀此真實義　如解脫哀愍
由斯智慧故　世稱歎供養　能斷衆雜相
超絕生死流　超度諸流已　是名爲比丘
時彼天子復說偈言
久見婆羅門　逮得般涅槃　一切怖已過
永超世恩愛
於是天子聞佛所說歡喜隨喜稽首佛足即
没不現
如是我聞一時佛在舍衛國祇樹給孤獨園
時有天子容色絕妙於後夜時來詣佛所稽
首佛足其身光明遍照祇樹給孤獨園時彼

天子說偈問佛
與何人同處　復與誰共事　知何等人法
各爲勝非惡
爾時世尊說偈答言
與正士同遊　正士同其事　解知正士法
是則勝非惡
時彼天子復說偈言
久見婆羅門　逮得般涅槃　一切怖已過
永超世恩愛
時彼天子聞佛所說歡喜隨喜稽首佛足即
沒不現
如是我聞一時佛住舍衛國祇樹給孤獨園
時有天子容色絕妙於後夜時來詣佛所稽
首佛足退坐一面其身光明遍照祇樹給孤
獨園時彼天子而說偈言

慳悋生於心　不能行布施　明智求福者
乃能行其惠
爾時世尊說偈答言
怖畏不行施　常得不施怖　怖畏於飢渴
慳悋從怖生　此世及他世　常癡飢渴畏
死則不隨無　獨往無資粮　少財能施者
多財難亦捨　難捨而能捨　是則爲難施
無知者不覺　慧者知難知　以法養妻子
少財淨心施　百千邪盛會　所獲其福利
比前如法施　十六不及一　打縛惱衆生
所得諸財物　惠施安國土　是名有罪施
方之平等施　稱量所不及　如法不行非
所得財物施　難施而行施　是應賢聖施
所住常獲福　壽終上生天
時彼天子復說偈言

久見婆羅門　逮得般涅槃　一切怖已過
永超世恩愛
時彼天子聞佛所說歡喜隨喜稽首佛足即
沒不現
如是我聞一時佛住王舍城金婆羅山金婆
羅鬼神住處石室中爾時世尊金槍刺足未
經幾時起身苦痛能得捨心正智正念堪忍
自安無退減想彼有山神天子八人作是念
今日世尊住王舍城金婆羅山金婆羅鬼神
住處石室中金槍刺足起身苦痛而能捨心
正念正智堪忍自安無所退減我等當往面
前讚歎作是念已往詣佛所稽首禮足退住
一面第一天神說偈歎言
沙門瞿曇人中師子　身遭苦痛　堪忍自安
正智正念　無所退減
第二天子復讚歎言
大士之大龍　大士之牛王　大士夫勇力
大士夫良馬　大士夫上首　大士夫之勝
第三天子復讚歎言
此沙門瞿曇　士夫分陀利　身生諸苦痛
而能行捨心　正智正念住　堪忍以自安
而無所退減
第四天子復讚歎言若有於沙門瞿曇士夫
分陀利所說違反嫌責當知斯等長夜當得
不饒益苦唯除不知真實者
第五天子復說偈言
觀彼三昧定　善住於正受　解脫離諸壓
不踊亦不沒　其心安隱住　而得心解脫
第六天子復說偈言
經歷五百歲　誦婆羅門典　精勤修苦行

不解脱離塵　是則卑下類　不得度彼岸
第七天子復説偈言
爲欲之所迫　持戒之所縛　勇悍行苦行
經歷於百年　其心不解脱　不離於塵垢
是則卑下類　不度於彼岸
第八天子復説偈言
心居憍慢欲　不能自調伏　不得三昧定
牟尼之正受　獨一居山林　其心常放逸
於彼死魔軍　不得度彼岸
時彼山神天子八人各各讚歎已稽首佛足
即没不現
如是我聞一時佛住舍衞國祇樹給孤獨園
時有天子容色絶妙於後夜時來詣佛所稽
首佛足退坐一面其身光明遍照祇樹給孤
獨園時彼天子而説偈言

廣無過於地　深無踰於海　高無過須彌
大士無毗紐
爾時世尊説偈答言
廣無過於愛　深無踰於腹　高莫過憍慢
大士無勝佛
時彼天子復説偈言
久見婆羅門　逮得般涅槃　一切怖已過
永超世恩愛
於是天子聞佛所説歡喜隨喜稽首佛足即
没不現
如是我聞一時佛住舍衞國祇樹給孤獨園
時有天子容色絶妙於後夜時來詣佛所稽
首佛足退坐一面其身光明遍照祇樹給孤
獨園時彼天子説偈問佛
何物不能燒　何風不能吹　水災壞天地

何物不流散　惡王及盜賊　强劫人財物
何男子女人　不爲其所奪　云何珍寶藏
終竟不亡失
爾時世尊說偈答言
福火不能燒　福風不能吹　水災壞天地
福水不流散　惡王及盜賊　强奪人財寶
若男子女人　福不被劫奪　樂報之寶藏
終竟不亡失
時彼天子復說偈言
久見婆羅門　逮得般涅槃　一切怖已過
永超世恩愛
於是天子聞佛所說歡喜隨喜即沒不現
如是我聞一時佛住舍衛國祇樹給孤獨園
時有天子容色絕妙於後夜時來詣佛所稽
首佛足退坐一面其身光明遍照祇樹給孤
獨園時彼天子說偈問佛
誰當持資粮　何物賊不劫　何人劫而遮
何人劫不遮　何人常來詣　智慧者喜樂
爾時世尊說偈答言
信者持資粮　福德劫不奪　賊劫奪則遮
沙門奪歡喜　沙門常來詣　智慧者欣樂
時彼天子復說偈言
久見婆羅門　逮得般涅槃　一切怖已過
永超世恩愛
於是天子聞佛所說歡喜隨喜稽首佛足即
沒不現
如是我聞一時佛住舍衛國祇樹給孤獨園
時有一天子容色絕妙於後夜時來詣佛所
稽首佛足退坐一面身諸光明遍照祇樹給
孤獨園時彼天子說偈問佛

一切相映障　知一切世間　樂安慰一切
唯願世尊說　云何是世間　最爲難得者
爾時世尊說偈答言
爲主而行忍　無財而欲施　遭難而行法
富貴修遠離　如是四法者　是則爲最難
時彼天子復說偈言
久見婆羅門　逮得般涅槃　一切怖已過
永超世恩愛
於是天子聞佛所說歡喜隨喜稽首佛足即
沒不現

雜阿含經卷第四十八

音釋

駛流（駛踈士切疾也）皰（匹貌切面瘡也）嗜（嗜常利切好也）商賈（商式羊切行賣曰商賈公户切坐販曰賈）邸（都禮切舍也）姑嫜（姑古胡切嫜諸良切婦稱夫之母曰姑嫜）澀（所立切不滑也）槍刺（槍七羊切刺七自切直傷也）悍（侯旰切勇急也）

雜阿含經卷第四十九

宋天竺三藏求那跋陀羅譯

如是我聞一時佛住舍衛國祇樹給孤獨園時有天子容色絕妙於後夜時來詣佛所稽首佛足退坐一面其身光明遍照祇樹給孤獨園時彼天子說偈問佛

大力自在樂　所求無不得　何復勝於彼

一切所欲備

爾時世尊說偈答言

大力自在樂　彼則無所求　若有求欲者

是苦非爲樂　於求已過去　是則樂於彼

時彼天子復說偈言

久見婆羅門　逮得般涅槃　一切怖已過

永超世恩愛

於是天子聞佛所說歡喜隨喜稽首佛足即沒不現

如是我聞一時佛住舍衛國祇樹給孤獨園時有天子容色絕妙於後夜時來詣佛所稽首佛足退坐一面其身光明遍照祇樹給孤獨園時彼天子說偈問佛

車從何處起　誰能轉於車　車轉至何所

何故壞磨滅

爾時世尊說偈答言

車從諸業起　心識轉於車　隨因而轉至

因壞車則亡

時彼天子復說偈言

久見婆羅門　逮得般涅槃　一切怖已過

永超世恩愛

於是天子聞佛所說歡喜隨喜稽首佛足即沒不現

如是我聞一時佛住舍衛國祇樹給孤獨園時有天子容色絕妙於後夜時來詣佛所稽首佛足退坐一面其身光明遍照祇樹給孤獨園時彼天子白佛言世尊拘屢陀王女修波羅提沙今日生子佛告天子此則不善非是善時彼天子即說偈言

人生子爲樂　世間有子歡　父母年老衰
子則能奉養　瞿曇何故說　生子爲不善

爾時世尊說偈答言

當知恒無常　純空陰非子　生子常得苦
愚者說言樂　是故我說言　生子非爲善
非善爲善像　念像不可念　實苦貌似樂
放逸所踐蹈

時彼天子復說偈言

久見婆羅門　逮得般涅槃　一切怖已過
永超世恩愛

於是天子聞佛所說歡喜隨喜稽首佛足即沒不現

如是我聞一時佛住舍衛國祇樹給孤獨園時有天子容色絕妙於後夜時來詣佛所稽首佛足退坐一面其身光明遍照祇樹給孤獨園時彼天子說偈問佛

云何數所數　云何數不隱　云何數中數
云何說言說

爾時世尊說偈答言

佛說難測量　二流不顯現　若彼名及色
滅盡悉無餘　是名數所數　彼數不隱藏
是彼數中數　是則說名教

時彼天子復說偈言

久見婆羅門　逮得般涅槃　一切怖已過

永超世恩愛

於是天子聞佛所說歡喜隨喜稽首佛足即沒不現

如是我聞一時佛住舍衛國祇樹給孤獨園時有天子容色絕妙於後夜時來詣佛所稽首佛足退坐一面其身光明遍照祇樹給孤獨園時彼天子說偈問佛

何物重於地　何物高於空　何物疾於風
何物多於草

爾時世尊說偈答言

戒德重於地　慢高於虛空　憶念疾於風
思想多於草

時彼天子復說偈言

久見婆羅門　逮得般涅槃　一切怖已過
永超世恩愛

於是天子聞佛所說歡喜隨喜稽首佛足即沒不現

如是我聞一時佛住舍衛國祇樹給孤獨園時彼天子容色絕妙於後夜時來詣佛所稽首佛足退坐一面其身光明遍照祇樹給孤獨園時彼天子說偈問佛

何戒何威儀　何得何爲業　慧者云何住
云何往生天

爾時世尊說偈答言

遠離於殺生　持戒自防樂　害心不加生
是則生天路　遠離不與取　與取心欣樂
斷除賊盜心　是則生天路　不行他所受
遠離於邪婬　自受知止足　是則生天路
自爲已及他　爲財及戲笑　妄語而不爲
是則生天路　斷除於兩舌　不離他親友

常念和彼此　是則生天路　遠離不愛言
輭語不傷人　常說淳美言　是則生天路
不爲不誠說　無義無饒益　常順於法言
是則生天路　聚落若空地　見利言我有
不行此貪想　是則生天路　慈心無害想
不害於衆生　心常無怨結　是則生天路
苦業及果報　二俱生淨信　受持於正見
是則生天路　如是諸善法　十種淨業跡
等受堅固持　是則生天路

時彼天子復說偈言

久見婆羅門　逮得般涅槃　一切怖已過
永超世恩愛

於是天子聞佛所說歡喜隨喜稽首佛足即沒不現

如是我聞一時佛住舍衛國祇樹給孤獨園

爾時釋提桓因於後夜時來詣佛所稽首佛足退坐一面其身光明遍照祇樹給孤獨園

時釋提桓因說偈問佛

何法命不知　何法命不覺　何法鏁於命
何法爲命縛

爾時世尊說偈答言

色者命不知　諸行命不覺　身鏁於其命
愛縛於命者

釋提桓因復說偈言

色者非爲命　諸佛之所說　云何而得熟
於彼甚深藏　云何肉段住　云何知命身

爾時世尊說偈答言

歌羅邏爲初　歌羅邏生胞　胞生於肉段
肉段生堅厚　堅厚生肢節　及諸毛髮等
色等諸情根　漸次成形體　因母飲食等

長養彼胎身

爾時釋提桓因聞佛所說歡喜隨喜稽首佛足即沒不現

如是我聞一時佛住舍衛國祇樹給孤獨園時有長勝天子容色絕妙於後夜時來詣佛所稽首佛足退坐一面身諸光明遍照祇樹給孤獨園時彼長勝天子而說偈言

善學微妙說　習近諸沙門　獨一無等侶
正思惟靜默

爾時世尊說偈答言

善學微妙說　習近諸沙門　獨一無等侶
寂默靜諸根

時長勝天子聞佛所說歡喜隨喜稽首佛足即沒不現

如是我聞一時佛住舍衛國祇樹給孤獨園時有尸毗天子容色絕妙於後夜時來詣佛所稽首佛足退坐一面其身光明遍照祇樹給孤獨園時彼尸毗天子說偈問佛

何人應同止　何等人共事　應知何等法
是轉勝非惡

爾時世尊說偈答言

與正士同止　正士共其事　應知正士法
是轉勝非惡

時彼尸毗天子聞佛所說歡喜隨喜稽首佛足即沒不現

如是我聞一時佛住舍衛國祇樹給孤獨園時有月自在天子容色絕妙於後夜時來詣佛所稽首佛足退坐一面身諸光明遍照祇樹給孤獨園時彼月自在天子而說偈言

彼當至究竟　如蚑依從草　若得正繫念

一心善正受

爾時世尊說偈答言

彼當到彼岸　如魚決其網　禪定具足住

心常致喜樂

時彼月自在天子聞佛所說歡喜隨喜稽首

佛足即没不現

如是我聞一時佛住舍衛國祇樹給孤獨園

時有毗瘦紐天子容色絶妙於後夜時來詣

佛所稽首佛足退坐一面身諸光明遍照祇

樹給孤獨園時彼毗瘦紐天子而說偈言

供養於如來　歡喜常增長　欣樂正法律

不放逸隨學

爾時世尊說偈答言

善如是說法　防護不放逸　以不放逸故

不隨魔自在

於是毗瘦紐天子聞佛所說歡喜隨喜稽首

佛足即没不現

如是我聞一時佛住舍衛國祇樹給孤獨園

時有般闍羅揵椎天子容色絶妙於後夜時

來詣佛所稽首佛足退坐一面身諸光明遍

照祇樹給孤獨園時般闍羅揵椎天子而說

偈言

憒亂之處所　黠慧者能覺　禪思覺所覺

牟尼思惟力

爾時世尊說偈答言

了知憒亂法　正覺得涅槃　若得正繫念

一心善正受

時般闍羅揵椎天子聞佛所說歡喜隨喜稽

首佛足即没不現

如是我聞一時佛住舍衛國祇樹給孤獨園

時有須深天子與五百眷屬容色絕妙於後夜時來詣佛所稽首佛足退坐一面其身光明遍照祇樹給孤獨園爾時世尊告尊者阿難汝阿難於尊者舍利弗善說法心喜樂不阿難白佛如是世尊何等人不愚不癡有智慧於尊者舍利弗善說法中心不欣樂所以者何彼尊者舍利弗持戒多聞少欲知足精勤遠離正念堅住智慧正受捷疾智慧利智慧出離智慧決定智慧大智慧廣智慧深智慧無等智慧智寶成就善能教化示教照喜亦常讚歎示教照喜常爲四衆說法不倦佛告阿難如是如是如汝所說阿難爲何等人不愚不癡有智慧聞尊者舍利弗善說諸法而不歡喜所以者何舍利弗比丘持戒多聞少欲知足精勤正念智慧正受超智捷智利智出智決定智大智廣智深智無等智智寶成就善能教化示教照喜亦常讚歎示教照喜常爲四衆說法不倦世尊如是如是向尊者阿難如是如是稱歎舍利弗所說如是如是須深天子眷屬內心歡喜身光增明清淨照耀爾時須深天子內懷歡喜發身淨光照耀已而說偈言

舍利弗多聞　明智平等慧　持戒善調伏
得不起涅槃　持此後邊身　降伏於魔軍

時彼須深天子及五百眷屬聞佛所說歡喜隨喜稽首佛足即沒不現

如是我聞一時佛住舍衛國祇樹給孤獨園時有赤馬天子容色絕妙於後夜時來詣佛所稽首佛足退坐一面其身光明遍照祇樹給孤獨園時彼赤馬天子白佛言世尊頗有

能行過世界邊至不生不老不死處不佛告赤馬無有能過世界邊至不生不老不死處者赤馬天子白佛言奇哉世尊善說斯義如世尊說言無過世界邊至不生不老不死處者所以者何世尊我自憶宿命名曰赤馬作外道仙人得神通離諸愛欲我時作是念我有如是捷疾神足如健士夫以利箭橫射過多羅樹影之頃能登一須彌至一須彌足躡東海超至西海我時作是念我今成就如是捷疾神力今日寧可求世界邊作是念已即便發行唯除食息便利滅節睡眠常行百歲於彼命終竟不能得過世界邊至不生不老不死之處佛告赤馬我今但以一尋之身說於世界世界集世界滅世界滅道跡赤馬天子何等爲世間謂五受陰何等爲五色受陰受受陰想受陰行受陰識受陰是名世間何等爲色集謂當來有愛貪喜俱彼彼染著是名世間集云何爲世間滅若彼當來有愛貪喜俱彼彼染著無餘斷捨離盡無欲滅息沒是名世間滅何等爲世間滅道跡謂八聖道正見正志正語正業正命正方便正念正定是名世間滅道跡赤馬了知世間苦斷世間苦了知世間集斷世間集了知世間滅證世間滅了知世間滅道跡修彼道跡赤馬若比丘於世間苦若知若斷世間集若知若斷世間滅若知若證世間滅道跡若知若修赤馬是名得世界邊度世間愛爾時世尊重說偈言

未曾遠遊行　而得世界邊　無得世界邊
終不盡苦邊　以是故牟尼　能知世界邊

善解世界邊　諸梵行已立　於彼世界邊
平等覺知者　是名賢聖行　度世間彼岸
是時赤馬天子聞佛所說歡喜隨喜稽首佛
足即沒不現
如是我聞一時佛住王舍城毗富羅山側有
六天子本爲外道出家一名阿毗浮二名增
上阿毗浮三名能求四名毗藍婆五名阿俱
吒六名迦藍來詣佛所阿毗浮天子即說偈
言
比丘專至心　常修行猒離　於初夜後夜
思惟善自攝　見聞其所說　不墮於地獄
增上阿毗浮天子復說偈言
猒離於黑闇　心常自攝護　永離於世間
言語諍論法　從如來大師　稟受沙門法
善攝護世間　不令造衆惡
能求天子復說偈言
斷截椎打殺　供養施迦葉　不見其爲惡
亦不見爲福
毗藍婆天子復說偈言
我說彼尼乾　外道若提子　出家行學道
長夜修難行　於大師徒衆　遠離於妄語
我說如是人　不遠於羅漢
爾時世尊說偈答言
死瘦之野狐　常共師子遊　終日小羸劣
不能爲師子　尼乾大師衆　虛妄自稱歎
是惡心妄語　去羅漢甚遠
爾時天魔波旬著阿俱吒天子而說偈言
精勤棄闇冥　常守護遠離　染著微妙色
貪樂於梵世　我教化斯等　令得生梵天
爾時世尊作是念若此阿俱吒天子所說偈

此是天魔波旬加其力故非彼阿俱吒天子自心所說作是說言

精勤棄闇冥　守護於遠離　染著微妙色
貪樂於梵世　當教化斯等　令得生梵天

爾時世尊復說偈言

若諸所有色　於此及與彼　或復虛空中
各别光照耀　當知彼一切　不離魔魔縛
猶如垂釣餌　鉤釣於遊魚

彼時天子咸各念言今日阿俱吒天子所說偈沙門瞿曇言是魔所說何故沙門瞿曇言是魔說爾時世尊知諸天子心中所念而告之言今阿俱吒天子所說偈非彼天子自心所說是魔波旬加其力故作是說言

精勤棄闇冥　守護於遠離　染著微妙色
貪樂於梵世　當教化斯等　令得生梵天

是故我說偈

若諸所有色　於此及與彼　或復虛空中
各别光照耀　當知彼一切　不離魔魔縛
猶如垂釣餌　鉤釣於遊魚

時諸天子復作是念奇哉沙門瞿曇神力大德能見天魔波旬而我等不見我等當復各各說偈讚歎沙門瞿曇即說偈言

斷除於一切　有身愛貪想　令此善護者
除一切妄語　若說斷欲愛　應供養大師
斷除三有愛　破壞於妄語　已斷於見貪
應供養大師　王舍城第一　名毗富羅山
雪山諸山最　金翅鳥中名　八方及上下
一切衆生界　於諸天人中　等正覺最上

時諸天子說偈讚佛已聞佛所說歡喜隨喜稽首佛足即没不現

如是我聞一時佛住舍衛國祇樹給孤獨園時有摩伽天子容色絶妙於後夜時來詣佛所稽首佛足退坐一面其身光明遍照祇樹給孤獨園時有摩伽天子說偈問佛

殺何得安眠　殺何得喜樂　爲殺何等人
瞿曇所讚歎

爾時世尊說偈答言

若殺於瞋恚　而得安隱眠　殺於瞋恚者
令人得歡喜　瞋恚爲毒本　殺者我所歎
殺彼瞋恚已　長夜無憂患

爾時摩伽天子聞佛所說歡喜隨喜稽首佛足即沒不現

如是我聞一時佛在舍衛國祇樹給孤獨園爾時有彌耆迦天子容色絶妙於後夜時來詣佛所稽首佛足退坐一面其身光明遍照祇樹給孤獨園時彌耆迦天子說偈問佛

有照有幾種　能照明世界　唯願世尊說
何等明最上

爾時世尊說偈答言

有三種光明　能照耀世間　晝以日爲照
月以照其夜　燈火晝夜明　照彼彼色像
上下及諸方　衆生悉蒙照　人天光明中
佛光明爲上

佛說此經已彌耆迦天子聞佛所說歡喜隨喜稽首佛足即沒不現

如是我聞一時佛住舍衛國祇樹給孤獨園時有陀摩尼天子容色絶妙於後夜時來詣佛所稽首佛足退坐一面身諸光明遍照祇樹給孤獨園時彼陀摩尼天子而說偈言

爲婆羅門事　學斷莫疲倦　斷除諸愛欲

不求受後身
爾時世尊說偈答言
婆羅門無事　所作事已作　乃至不得岸
晝夜常勤跪　已到彼岸住　於岸復何跪
此是婆羅門　專精漏盡禪　一切諸憂惱
熾然永已斷　是則到彼岸　涅槃無所求
時陀摩尼天子聞佛所說歡喜隨喜稽首佛
足即沒不現
如是我聞一時佛住舍衛國祇樹給孤獨園
時有多羅揵陀天子容色絕妙於後夜時來
詣佛所稽首佛足身諸光明遍照祇樹給孤
獨園時彼天子說偈問佛
斷幾捨幾法　幾法上增修　超越幾積聚
名比丘度流
爾時世尊說偈答言
斷五捨於五　五法上增修　超五種積聚
名比丘度流
時彼陀摩尼天子聞佛所說歡喜隨喜稽首
佛足即沒不現
如是我聞一時佛住舍衛國祇樹給孤獨園
時有迦摩天子容色絕妙於後夜時來詣佛
所稽首佛足身諸光明遍照祇樹給孤獨園
時迦摩天子白佛言甚難世尊甚難善逝爾
時世尊說偈答言
所學爲甚難　具足戒三昧　遠離於非家
閑居寂靜樂
迦摩天子白佛言世尊靜默甚難得爾時世
尊說偈答言
得所難得學　具足戒三昧　晝夜常專精
修習意所樂

迦摩天子白佛言世尊正受心難得爾時世尊說偈答言

難住正受住　諸根心決定　能斷死魔縻
聖者隨欲進

迦摩天子復白佛言世尊嶮道甚難行爾時世尊說偈答言

難涉之嶮道　當行安樂進　非聖墮於彼
足上頭向下　賢聖乘正直　嶮路自然平

佛說此經已迦摩天子聞佛所說歡喜隨喜稽首佛足即沒不現

如是我聞一時佛住舍衛國祇樹給孤獨園時有迦摩天子容色絕妙於後夜時來詣佛所稽首佛足退坐一面其身光明遍照祇樹給孤獨園時彼迦摩天子說偈問佛

貪恚何所因　不樂身毛豎　恐怖從何起
覺想由何生　猶如鳩摩羅　依倚於乳母

爾時世尊說偈答言

愛生自身長　如尼拘律樹　處處隨所著
如榛綿叢林　若知彼因者　發悟令開覺
度生死海流　不復更受有

時迦摩天子聞佛所說歡喜隨喜稽首佛足即沒不現

如是我聞一時佛住舍衛國祇樹給孤獨園時有栴檀天子容色絕妙於後夜時來詣佛所稽首佛足退坐一面其身光明遍照祇樹給孤獨園時彼栴檀天子說偈問佛

聞瞿曇大智　無障礙知見　何所住何學
不遭他世惡

爾時世尊說偈答言

攝持身口意　不造三惡法　處在於居家

廣集於群賔　信惠財法施　以法立一切
住彼學彼法　則無他世畏
佛說是經已栴檀天子聞佛所說歡喜隨喜
稽首佛足即沒不現
如是我聞一時佛住舍衛國祇樹給孤獨園
時有栴檀天子容色絶妙於後夜時來詣佛
所稽首佛足退坐一面其身光明遍照祇樹
給孤獨園時彼天子說偈問佛
誰度於諸流　晝夜勤不懈　不攀無住處
云可不沒溺
爾時世尊說偈答言
一切戒具足　智慧善正受　內思惟正念
能度難度流　不染此欲想　超度彼色愛
貪喜悉已盡　不入於難測
時彼栴檀天子聞佛所說歡喜隨喜稽首佛
足即沒不現
如是我聞一時佛住舍衛國祇樹給孤獨園
時有迦葉天子容色絶妙於後夜時來詣佛
所稽首佛足退坐一面其身光明遍照祇樹
給孤獨園時彼迦葉天子白佛言世尊我今
當說比丘及比丘功德佛告天子隨汝所說
時迦葉天子而說偈言
比丘修正念　其身善解脫　晝夜常勤求
壞有諸功德　了知於世間　滅除一切有
比丘得無憂　心無所染著
世尊是名比丘是名比丘功德佛告迦葉善
哉善哉如汝所說迦葉天子聞佛所說歡喜
隨喜稽首佛足即沒不現
如是我聞一時佛住舍衛國祇樹給孤獨園
時有迦葉天子容色絶妙於後夜時來詣佛

所稽首佛足退坐一面其身光明遍照祇樹給孤獨園時彼迦葉天子白佛言世尊我今當說比丘及比丘所說佛告迦葉天子隨所樂說時彼迦葉天子而說偈言

比丘守正念　其心善解脫　晝夜常勤求
逮得離塵垢　曉了知世間　於塵離塵垢
比丘無憂患　心無所染著

世尊是名比丘是名比丘所說佛告迦葉如是如是如汝所說迦葉天子聞佛所說歡喜隨喜稽首佛足即沒不現

如是我聞一時佛在摩竭提國人間遊行日暮與五百比丘於屈摩夜叉鬼住處宿時屈摩夜叉鬼來詣佛所稽首佛足退坐一面時屈摩夜叉鬼白佛言世尊今請世尊與諸大衆於此夜宿爾時世尊默然受請是時屈摩夜叉鬼知世尊默然受請已化作五百重閣房舍卧牀坐牀踞牀俱攝褥枕各五百具悉皆化成化作五百燈明無諸煙炎悉化現已往詣佛所稽首佛足勸請世尊令入其舍令諸比丘次受房舍及諸卧具周遍受已還至佛所稽首佛足退坐一面而說偈言

賢德有正念　賢德常正念　正念安隱眠
此世及他世　賢德有正念　賢德常正念
正念安隱眠　其心常寂止　賢德有正念
賢德常正念　正念安隱眠　捨降伏他軍
賢德有正念　賢德常正念　不殺不教殺
不伏不教伏　慈心於一切　心不懷怨結

爾時世尊告屈摩夜叉鬼如是如是如汝所說時屈摩夜叉鬼聞佛所說歡喜隨喜稽首佛足還自所住處

如是我聞一時佛住摩鳩羅山尊者那伽波羅爲親侍者爾時世尊於夜闇時天小微雨電光睒現出於房外露地經行是時天帝釋作是念今日世尊住摩鳩羅山尊者那伽波羅親侍供養其夜闇冥天時微雨電光睒現世尊出房露地經行我當化作毗瑠璃重閣執持重閣隨佛經行作是念已即便化作毗瑠璃重閣持詣佛所稽首佛足隨佛經行爾時摩竭提國人若男若女夜啼之時以摩鳩羅鬼恐之即止親侍供養弟子之法侍師禪覺然後乃眠爾時世尊爲天帝釋夜經行久爾時尊者那伽波羅作是念世尊今夜經行至久我今當作摩鳩羅鬼形而恐怖之時那伽波羅比丘即反被俱執長毛在外往住世尊經行道頭白佛言摩鳩羅鬼來摩鳩羅鬼來爾時世尊告那伽波羅比丘汝那伽波羅愚癡人以摩鳩羅鬼神像恐怖佛耶不能動如來應等正覺一毛髮也如來應等正覺久離恐怖爾時天帝釋白佛言世尊世尊正法律中亦復有此人耶佛言憍尸迦瞿曇家中極大廣闊斯等於未來世亦當使得清淨之法爾時世尊即說偈言

若復婆羅門　於自所得法　得到於彼岸
若一毗舍遮　及與摩鳩羅　皆悉超過去
若復婆羅門　於自所行法　一切諸受覺
觀察皆已滅　若復婆羅門　自法度彼岸
一切諸因緣　皆悉已滅盡　若復婆羅門
自法度彼岸　一切諸人我　皆悉已滅盡
若復婆羅門　自法度彼岸　於生老病死
皆悉已超過

佛說此經已釋提桓因聞佛所說歡喜隨喜
稽首佛足即没不現

如是我聞一時佛住王舍城迦蘭陀竹園時
尊者阿那律陀於摩竭提國人間遊行到畢
陵伽鬼子母住處宿時尊者阿那律陀夜後
分時端身正坐誦優陀那波羅延那見眞諦
諸上座所說偈比丘尼所說偈尸路偈義品
牟尼偈修多羅悉皆廣誦爾時畢陵伽鬼子
夜啼畢陵伽鬼子母爲其子說偈呵止言

畢陵伽鬼子　汝今莫復啼　當聽彼比丘
誦習法句偈　若知法句者　能自護持戒
遠離於殺生　實言不妄語　能自捨非義
解脫鬼神道

畢陵伽鬼子母說是偈時畢陵伽鬼子啼聲
即止

如是我聞一時佛在摩竭提國人間遊行與
大衆俱到富那婆藪鬼子母住處宿爾時世
尊爲諸比丘說四聖諦相應法所謂苦聖諦
苦集聖諦苦滅聖諦苦滅道跡聖諦爾時富
那婆藪鬼母兒富那婆藪及鬼女鬱多羅二
鬼小兒夜啼時富那婆藪及鬼母教其男女
故而說偈言

汝富那婆藪　鬱多羅莫啼　令我得聽聞
如來所說法　非父母能令　其子解脫苦
聞如來說法　其苦得解脫　世人隨愛欲
爲衆苦所迫　如來爲說法　令破壞生死
我今欲聞法　汝等當默然　時富那婆藪
鬼女鬱多羅　悉受其母語　默然而靜聽
語母言善哉　我亦樂聞法　此正覺世尊
於摩竭勝山　爲諸衆生類　演說勝苦法

說苦及苦因　苦滅滅苦道　從此四聖諦
安隱趣涅槃　母今但善聽　世尊所說法
時富那婆藪鬼母即說偈言
奇哉智慧子　善能隨我心　汝富那婆藪
善歎佛導師　汝富那婆藪　及女鬱多羅
當生隨喜心　我已見聖諦
時富那婆藪鬼母說偈是時鬼子男女隨喜
默然
如是我聞一時佛在摩竭提國人間遊行與
諸大衆至摩尼遮羅鬼住處夜宿爾時摩尼
遮羅鬼會諸鬼神集在一處時有一女人持
香花鬘飾飲食至彼摩尼遮羅鬼神住處彼
女人遥見世尊在摩尼遮羅鬼神住處坐見
已作是念我今現見摩尼遮羅鬼神即說偈
言
善哉摩尼遮　住摩伽陀國　摩伽陀國人
所求悉如願　云何於此世　常得安樂住
後世復云何　而得生天樂
爾時世尊說偈答言
莫放逸慢恣　用摩尼鬼爲　若自修所作
能得生天樂
時彼女人作是念此非摩尼遮羅鬼是沙門
瞿曇如是知已即以香花飾鬘供養世尊稽
首禮足退坐一面而說偈言
何道趣安樂　當修何等行　此世常安隱
後世生天樂
爾時世尊說偈答言
布施善調心　樂執護諸根　正見修賢行
親近於沙門　以正命自活　他世生天樂
何用三十三　諸天之苦網　但當一其心

斷除於愛欲　我當說離垢　甘露法善聽
時彼女人聞世尊說法示教照喜如佛常法謂布施持戒生天之福欲味欲患煩惱清淨出要遠離功德福利次第演說清淨佛法譬如鮮淨白氎易染其色時彼女人亦復如是即於座上於四聖諦得平等觀苦集滅道時彼女人見法得法知法入法度諸疑惑不由於他於正法律得無所畏即從座起整衣服合掌白佛已度世尊已度善逝我從今日盡壽命歸佛歸法歸比丘僧時彼女人聞佛所說歡喜隨喜禮佛而去

如是我聞一時佛在摩竭提國人間遊行到針毛鬼住處夜宿爾時針毛鬼會諸鬼神集在一處時有餤鬼見世尊在針毛鬼住處夜宿見已往詣針毛鬼所語針毛鬼言聚落主汝今大得善利今如來應等正覺於汝室宿針毛鬼言今當試看爲是如來爲非時針毛鬼與諸鬼神集會已還歸自舍束身鍾佛爾時世尊卻身避之如是再三束身鍾佛佛亦再三卻身避之爾時針毛鬼言沙門怖耶佛言聚落主我不怖也但汝觸惡針毛鬼言今有所問當爲我說能令我喜者善不能令我喜者當壞汝心裂汝胷令汝熱血從其面出捉汝兩手擲恒水彼岸佛告針毛鬼聚落主我不見諸天魔梵沙門婆羅門天神世人能壞如來應等正覺心者能裂其胷者能令熱血從面出者執其兩臂擲著恒水彼岸者汝今但問當爲汝說令汝歡喜時針毛鬼說偈問佛

一切貪恚心　以何爲其因　不樂身毛豎

是自何緣生　意念諸覺想　為從何所起
猶如新生兒　依倚於乳母
爾時世尊說偈答言
愛生自身長　如尼拘律樹　展轉相拘引
如藤綿叢林　若知彼所因　當令鬼覺悟
度生死海流　不復重增有
爾時針毛鬼聞世尊說偈心得歡喜向佛悔過受持三歸佛說此經已針毛鬼聞佛所說歡喜奉行

雜阿含經卷第四十九

音釋

歌羅邏梵語也亦云羯羅藍此云疑滑邏郎賀切　胞四文切胎也　蚊無分切齧人飛蟲也　揵椎梵語也地云鐘亦云磬律云隨有瓦木銅鐵鳴者皆曰揵椎揵巨言切椎音槌　憒古對切心亂也　黠胡八切慧也　餌而志切以粉餅啖魚者　榛側詵切叢生也　不踞居御切據物而坐曰踞

雜阿含經卷第五十

宋天竺三藏求那跋陀羅譯

如是我聞一時佛住王舍城迦蘭陀竹園時有優婆夷子受八支齋尋即犯戒即爲鬼神所持爾時優婆夷即說偈言

十四十五日　及月分八日　神通瑞應月
八支善正受　受持於齋戒　不爲鬼所持
我昔數諮問　世尊作是說

爾時彼鬼即說偈言

十四十五日　及月分八日　神足瑞應月
八支修正受　齋肅清淨住　戒得善守護
不爲鬼戲弄　善哉從佛聞　汝當說言放
我當放汝子　諸有慢緩業　染汙行苦行
梵行不清淨　終不得大果　譬如拔薪草
執緩則傷手　沙門行惡觸　當墮地獄中
譬如拔薪草　急捉不傷手　沙門善攝持
則到般涅槃

時彼鬼神即放優婆夷子爾時優婆夷說偈告子言

子汝今聽我　說彼鬼神說　若有慢緩業
穢汙修苦行　不清淨梵行　彼不得大果
譬如拔薪草　執緩則傷手　沙門起惡觸
當墮地獄中　如急執薪草　則不傷其手
沙門善執護　逮得般涅槃

時彼優婆夷子如是覺悟已剃除鬚髮著袈裟衣正信非家出家學道心不得樂還歸自家母遥見子而說偈言

邁世而出家　何爲還聚落　燒舍急出財
豈還投火中

其子比丘說偈答言

但念母命終　存亡不相見　故來還瞻視
何見子不歡

時母優婆夷復說偈言

捨欲而出家　還欲服食之　是故我憂悲
恐隨魔自在

是時優婆夷如是如是發悟其子如是其子還空閑處精勤思惟斷除一切煩惱結縛得阿羅漢果證

如是我聞一時佛在摩竭提國人間遊行到阿臘鬼住處夜宿時阿臘鬼集會諸鬼神時有竭曇鬼見世尊在阿臘鬼住處夜宿見已至阿臘鬼所語阿臘鬼言聚落主汝獲大利如來宿汝住處阿臘鬼言生人今日在我舍住耶今當令知爲是如來爲非如來時阿臘鬼諸鬼神聚會畢還歸自家語世尊曰出去沙門爾時世尊以他家故即出其舍阿臘鬼復言沙門來入佛即還入以滅慢故如是再三時阿臘鬼第四復語世尊言沙門出去爾時世尊語阿臘鬼言聚落主已三見請今不復出阿臘鬼言今問沙門沙門答我能令我喜者善不能令我喜者我當壞其心裂其胷亦令熱血從其面出執持兩手擲著恒水彼岸世尊告言聚落主我不見諸天魔梵沙門婆羅門天神世人有能壞我心裂我胷令我熱血從面而出執持兩手擲著恒水彼岸者然聚落主汝今但問當爲汝說令汝心喜時阿臘鬼說偈問佛

說何等名爲　勝士夫事物　行於何等法
得安樂果報　何等爲美味　云何壽中勝

爾時世尊說偈答言

淨信爲最勝　士夫之事物　行法得樂果
解脫味中上　智慧除老死　是爲壽中勝
時阿臘鬼復說偈言
云何得名稱　如上所說偈
爾時世尊說偈答言
持戒名稱流　如上所說偈
時阿臘鬼復說偈言
幾法起世間　幾法相順可　世幾法取受
世幾法損減
爾時世尊以偈答言
世六法等起　六法相順可　世六法取受
世六法損減
阿臘鬼復說偈問佛
誰能度諸流　晝夜勤方便　無攀無住處
孰能不沉没

爾時世尊說偈答言
一切戒具足　智慧善正受　正念内思惟
能度難度流　不樂於五欲　亦超度色愛
無攀無住處　是能不没溺
時阿臘鬼復說偈問佛
以何法度流　以何度大海　以何捨離苦
以何得清淨
爾時世尊說偈答言
以信度河流　不放逸度海　精進能斷苦
以慧得清淨　汝當更問餘　沙門梵志法
其法無有過　眞諦施調伏
時阿臘鬼復說偈問佛
何煩更問餘　沙門梵志法　即曰最勝士
以顯大法炬　於彼竭曇摩　常當報其恩
告我等正覺　無上道御師　我即日當行

從村而至村　親侍等正覺　聽受所說法

佛說此經已阿臘鬼歡喜隨喜作禮而去

如是我聞一時佛住王舍城迦蘭陀竹園時有叔迦羅比丘尼住王園比丘尼衆中爲王舍城諸人恭敬供養如阿羅漢又於一時王舍城人於一吉星日歡集大會即於是日闕不供養有一鬼神敬重彼比丘尼故至王舍城里巷之中家家說偈

王舍城人民　醉酒惛睡卧　不勤供養彼
叔迦比丘尼　善修諸根故　名曰叔迦羅
善說離垢法　涅槃清涼處　隨順聽所說
終日樂無猒　秉聽法智慧　得度生死流
猶如海商人　依附力馬王

時一優婆塞以衣布施叔迦羅比丘尼復有優婆塞以食供養時彼鬼神即說偈言

智慧優婆塞　獲福利豐多　施叔迦羅衣
離諸煩惱故　智慧優婆塞　獲福利豐多
施叔迦羅食　離諸積聚故

時彼鬼神說斯偈已即沒不現

如是我聞一時佛住王舍城迦蘭陀竹園時毗羅比丘尼住王舍城王園比丘尼衆中爲王舍城諸人民於吉星日集聚大會當斯之日毗羅比丘尼無人供養時有鬼神敬重毗羅比丘尼即入王舍城處處里巷四衢道頭而說偈言

王舍城人民　醉酒惛睡眠　毗羅比丘尼
無人供養者　毗羅比丘尼　勇猛修諸根
善說離垢塵　涅槃清涼法　皆隨順所說
終日愛無猒　秉聽法智慧　得度生死流

時有一優婆塞持衣布施毗羅比丘尼復有

一優婆塞以食供養時彼鬼神而說偈言
智慧優婆塞　今獲多福利　以衣施斷縛
毗羅比丘尼　智慧優婆塞　今獲多福利
食施毗羅尼　離諸和合故
時彼鬼神說偈已即沒不現
如是我聞一時佛住王舍城迦蘭陀竹園時
有婆多耆利天神醯魔波低天神共作約誓
若其宮中有寶物出者必當相語不相語者
得違約罪時醯魔波低天神宮中有未曾有
寶波曇摩華出華有千葉大如車輪金色寶
莖時醯魔波低天神遣使告語婆多耆利聚
落主今我宮中忽生未曾有寶波曇摩華華
有千葉大如車輪金色寶莖可來觀看婆多
耆利天神遣使詣醯魔波低舍告言聚落主
用是波曇摩百千爲今我宮中有未曾有寶
大波曇摩出所謂如來應等正覺明行足善
逝世間解無上士調御丈夫天人師佛世尊
汝便可來奉事供養時醯魔波低天神即與
五百眷屬往詣婆多耆利天神所說偈問言
十五日良時　天夜遇歡會　當說受何齋
從何羅漢受
時婆多耆利說偈答言
今日佛世尊　在摩竭勝國　住於王舍城
迦蘭陀竹園　演說微妙法　滅除衆生苦
苦苦及苦集　苦滅盡作證　八聖出苦道
安隱趣涅槃　當往設供養　我羅漢世尊
醯魔波低說偈問言
彼妙心顧樂　慈濟衆生不　彼於受不受
心想平等不
婆多耆利說偈答言

彼妙願慈心　度一切衆生　於諸受不受
心想常平等
時醯魔波低説偈問言
爲具足明達　已行成就不　諸漏永滅盡
不受後有耶
娑多耆利説偈答言
明達善具足　正行已成就　諸漏永已盡
不復受後有
醯魔波低説偈問言
牟尼意行滿　及身口業耶　明行悉具足
以法讚歎耶
娑多耆利説偈答言
具足牟尼心　及業身口滿　明行悉具足
以法而讚歎
醯魔波低説偈問言
遠離於害生　不與不取不　爲遠於放蕩
不離禪思不
娑多耆利復説偈言
常不害衆生　不與不妄取　遠離於放蕩
日夜常思禪
醯魔波低復説偈問言
爲不樂五欲　心不濁亂不　有清淨法眼
滅盡愚癡不
娑多耆利説偈答言
心常不樂欲　亦無濁亂心　佛法眼清淨
愚癡盡無餘
醯魔波低復説偈問言
至誠不妄語　麤澀言無有　得無別離説
無不誠説不
娑多耆利説偈答言

至誠不妄語　亦無麤澀言　不離他親厚
常說如法言
醯魔波低復說偈問言
爲持清淨戒　正念寂滅不　具足等解脱
如來大智不
娑多耆利說偈答言
淨戒悉具足　正念常寂靜　等解脱成就
得如來大智
醯魔波低復說偈問言
明達悉具足　正行已清淨　所有諸漏盡
不復受後有
娑多耆利說偈答言
明達悉具足　正行已清淨　一切諸漏盡
無復後生有
醯魔波低復說偈言
牟尼善心具　及身口業跡　明行悉成就
故讚歎其法
醯魔波低復說偈言
伊尼延鹿蹲　仙人之勝相　少食捨身貪
牟尼處林禪　汝今當共行　敬禮彼瞿曇
時有百千鬼神眷屬圍遶娑多耆利醯魔波低速至佛所禮拜供養整衣服偏袒右肩合掌敬禮而說偈言
伊尼延鹿蹲　仙人之勝相　少食無貪嗜
牟尼樂林禪　我等今故來　請問於瞿曇
師子獨遊步　天龍無恐畏　今故來請問
牟尼願決疑　云何得出苦　云何苦解脱
唯願說解脱　苦於何所滅
爾時世尊說偈答言
世五欲功德　及說第六意　於彼欲無貪

解脫一切苦　如是從苦出　如是解脫苦
今答汝所問　苦從此而滅
娑多耆利醯魔波低復說偈問佛
泉從何轉還　惡道何不轉　世間諸苦樂
於何而滅盡
爾時世尊說偈答言
眼耳鼻舌身　及以意入處　於彼名及色
永滅盡無餘　於彼泉轉還　於彼道不轉
於後苦及樂　得無餘滅盡
娑多耆利醯魔波低復說偈問佛
世間幾法起　幾法世和合　幾法取受世
幾法令世滅
爾時世尊說偈答言
六法起世間　六法世和合　六法取受世
六法世損減

娑多耆利醯魔波低復說偈問佛
云何度諸流　日夜勤方便　無攀無住處
而不溺深淵
爾時世尊說偈答言
一切戒具足　智慧善正受　如思惟繫念
是能度深淵　不樂諸欲想　亦超色諸結
無攀無住處　不溺於深淵
娑多耆利醯魔波低復說偈問佛
何法度諸流　以何度大海　云何捨離苦
云何得清淨
爾時世尊說偈答言
正住度河流　不放逸度海　精進能斷苦
智慧得清淨
爾時世尊復說偈言
汝可更問餘　沙門梵志法　真實施調伏

除此更無法
醯魔波低復說偈言
更餘何所問　沙門梵志法　大精進今日
已具善開導　我今當報彼　娑多耆利恩
能以導御師　告語於我等　我當詣村村
家家而隨佛　承事禮供養　從佛聞正法
此百千鬼神　悉合掌恭敬　一切歸依佛
牟尼之大師　得無上之名　必見眞實義
成就大智慧　於欲不染著　慧者當觀察
救護世間者　得賢聖道跡　是則大仙人
佛說是經已娑多耆利醯魔波低及諸眷屬五百鬼神聞佛所說皆大歡喜隨喜禮佛而去

如是我聞一時佛住王舍城迦蘭陀竹園是時尊者舍利弗尊者大目揵連住耆闍崛山中時尊者舍利弗新剃鬚髮時有伽吒及優波伽吒鬼優波伽吒鬼見尊者舍利弗新剃鬚髮語伽吒鬼言我今當往打彼沙門頭伽吒鬼言汝優波伽吒莫作是語此沙門大德大力汝莫長夜得大不饒益苦如是再三說時優波伽吒鬼再三不隨伽吒鬼語即以手打尊者舍利弗頭打已尋自喚言燒我伽吒煑我伽吒再三喚已陷入地中墮阿毘地獄尊者大目揵連聞尊者舍利弗爲鬼所打聲已即往詣尊者舍利弗所問尊者舍利弗言云何尊者苦痛可忍不尊者舍利弗答言尊者大目揵連雖復苦痛意能堪忍不至大苦尊者大目揵連語尊者舍利弗言奇哉尊者舍利弗眞爲大德大力此鬼若以手打耆闍崛山者能令碎如糠糩況復打人而不苦痛

爾時尊者舍利弗語尊者大目揵連我實不大苦痛時尊者舍利弗大目揵連共相慰勞時世尊以天耳聞其語聲聞已即說偈言

其心如剛石　堅住不傾動　染著心已離
瞋者不反報　若如此修心　何有苦痛處

佛說此經已諸比丘聞佛所說歡喜奉行

如是我聞一時佛住舍衛國祇樹給孤獨園時有衆多比丘於拘薩羅國人間遊行住一林中夏安居彼林中有天神住知十五日諸比丘受歲極生憂慼有餘天神語彼天神言汝何卒生愁憂苦惱汝當歡喜諸比丘持戒清淨今日受歲林中天神答言我知比丘今日受歲不同無羞外道受歲然精進比丘受歲持衣鉢明日至餘處去此林當空比丘去後林中天神而說偈言

今我心不樂　但見空林樹　清淨心說法
多聞諸比丘　瞿曇之弟子　今悉何處去

時有異天子而說偈言

有至摩伽陀　有至拘薩羅　亦至金剛地
處處修遠離　猶如野禽獸　隨所樂而遊

如是我聞一時佛住舍衛國祇樹給孤獨園爾時有異比丘在拘薩羅國人間止住一林中入晝正受身體疲極夜則睡眠時彼林中止住天神作是念此非比丘法於空林中入晝正受夜著睡眠我今當往覺悟之爾時天神往至比丘前而說偈言

比丘汝起起　何以著睡眠　睡眠有何利
病時何不眠　利刺刺身時　云何得睡眠
汝本捨非家　出家之所欲　當如本所欲
日夜求增進　莫得墮睡眠　令心不自在

無常不恒欲　迷醉於愚夫　餘人悉被縛
汝今已解脫　正信而出家　何以著睡眠
已調伏貪欲　其心得解脫　具足勝妙智
出家何故眠　勤精進正受　常修堅固力
專求般涅槃　云何而睡眠　起明斷無明
滅盡諸有漏　調彼後邊身　云何著睡眠

時彼天神說是偈時彼比丘聞其所說專精思惟得阿羅漢

如是我聞一時佛住舍衛國祇樹給孤獨園時有異比丘在拘薩羅住林中入晝正受心起不善覺依於惡貪時彼林中住止天神作是念此非比丘法止住林中入晝正受心生不善覺依於惡貪我今當往開悟之時彼天神即說偈言

其心欲遠離　止於空閑林　放心隨外緣
亂想而流馳　調伏樂世心　常樂心解脫
當捨不樂心　執受安樂住　思非於正念
莫著我我所　如以塵頭染　是著極難遣
莫令染樂著　欲心所濁亂　如釋君馳象
奮迅去塵穢　比丘於自身　正念除塵垢
塵者謂貪欲　非世間塵土　黠慧明智者
當悟彼諸塵　於如來法律　持心莫放逸
塵垢謂瞋恚　非世間塵土　黠慧明智者
當悟彼諸塵　於如來法律　持心莫放逸
塵垢謂愚癡　非世間塵土　明智黠慧者
當捨彼諸塵　於如來法律　持心莫放逸

時彼天神說是偈已彼比丘聞其所說專精思惟斷諸煩惱得阿羅漢

如是我聞一時佛住舍衛國祇樹給孤獨園時有異比丘在拘薩羅人間住一林中入晝

正受起不正思惟時彼林中止住天神作是念此非比丘法止住林中入晝正受而起不正思惟我今當往方便善覺悟之時彼天神而說偈言

何不正思惟　覺觀所寢食　當捨不正念
專修於正受　尊崇佛法僧　及自持淨戒
常生隨喜心　喜樂轉勝進　以心歡喜故
速究竟苦邊

時彼天神說偈勸發已彼比丘專精思惟盡諸煩惱得阿羅漢

如是我聞一時佛住舍衛國祇樹給孤獨園時有異比丘於拘薩羅人間住一林中入晝正受時彼比丘日中時不樂心生而說偈言

於此日中時　衆鳥悉靜默　空野忽有聲
令我心恐怖

時彼林中住止天神而說偈言

於今日中時　衆鳥悉寂靜　空野忽有聲
應汝不樂心　汝當捨不樂　專樂修正受

時彼天子說偈覺悟彼比丘已時彼比丘專精思惟捨除煩惱得阿羅漢

如是我聞一時佛住舍衛國祇樹給孤獨園爾時尊者阿那律陀在拘薩羅人間住一林中時有天神名闍隣尼是尊者阿那律陀本善知識往詣尊者阿那律陀所到阿那律所而說偈言

汝今可發願　願還生本處　三十三天上
五欲樂悉備　百種諸音樂　常以自歡嬉
每至睡眠時　音樂以覺悟　諸天玉女衆
晝夜侍左右

尊者阿那律說偈答言

諸天玉女衆　此皆大苦聚　以彼顛倒想
繫著有身見　諸求生彼者　斯亦是大苦
闍隣尼當知　我不願生彼　生死已永盡
不受後有故

尊者阿那律說是語時闍隣尼天子聞尊者阿那律所說歡喜隨喜即没不現

如是我聞一時佛住舍衞國祇樹給孤獨園時有比丘在拘薩羅人間林中止住勤誦經勤講說精勤思惟得阿羅漢果證已不復精勤誦說時有天神止彼林中者而說偈言

比丘汝先時　晝夜勤誦習　常爲諸比丘
共論決定義　汝今於法句　寂然無所說
不與諸比丘　共論決定義

時彼比丘說偈答言

本未應離欲　心常樂法句　既離欲相應
誦說事已畢　先知道已備　用聞見道爲
世間諸聞見　無如悉放捨

時彼天神聞比丘所說歡喜隨喜即没不現

如是我聞一時佛住舍衞國祇樹給孤獨園時有異比丘在拘薩羅人間止一林中時彼比丘有眼患受師教應齅鉢曇摩華時彼比丘受師教已往至鉢曇摩池側於池岸邊迎風而坐隨風齅香時有天神主此池者語比丘言何以盜華汝今便是盜香賊也爾時比丘說偈答言

不壞亦不奪　遠住隨齅香　汝今何故言
我是盜香賊

爾時天神復說偈言

不求而不捨　世間名爲賊　汝今人不與
而自一向取　是則名世間　真實盜香賊

時有一士夫取彼藕根重負而去爾時比丘
爲彼天神而說偈言
如今彼士夫　斷截分陀利　拔根重負去
便是姧狡人　汝何故不遮　而言我盜香
時彼天神說偈答言
狂亂姧狡人　猶如乳母衣　何足加其言
且堪與汝語　袈裟汙不現　黑衣墨不汙
姧狡兇惡人　世間不與語　蠅脚汙素帛
明者小過現　如墨點珂貝　雖小悉皆現
常從彼求淨　無結離煩惱　如毛髮之惡
人見如泰山
時彼比丘復說偈言
善哉善哉說　以義安慰我　汝可常爲我
數數說斯偈
時彼天神復說偈言
我非汝買奴　亦非人與汝　何爲常隨汝
數數相告語　汝今自當知　彼彼饒益事
時彼天子說是偈已彼比丘聞其所說歡喜
隨喜從座起去獨一靜處專精思惟斷諸煩
惱得阿羅漢
如是我聞一時佛住王舍城迦蘭陀竹園爾
時尊者十力迦葉住王舍城仙人窟中時有
獵師名曰尺只去十力迦葉不遠張網捕鹿
爾時十力迦葉爲彼獵師哀愍說法時彼獵
師不解所說時十力迦葉即以神力指端火
然彼猶不悟爾時仙人窟中住止天神而說
偈言
深山中獵師　少智盲無目　何爲非時說
薄德無辯慧　所聞亦不解　明中亦無見
於諸善勝法　愚癡莫能了　正使燒十指

彼終不見諦

時彼天神說是偈已尊者十力迦葉即默然住

如是我聞一時佛住王舍城迦蘭陀竹園時有尊者金剛子住巴連弗邑一處林中時巴連弗邑人民夏四月過作憍牟尼大會時尊者金剛子聞世間大會生不樂心而說偈言

獨一處空林　猶如棄枯木　夏時四月滿
世間樂莊嚴　普觀諸世間　甚苦無過我

爾時林中住止天神即說偈言

獨一處空林　猶如棄枯木　爲三十三天
心常所願樂　猶如地獄中　仰思生人道

時金剛子爲彼天神所勸發已專精思惟斷諸煩惱得阿羅漢

如是我聞一時佛住舍衛國祇樹給孤獨園時有異比丘在拘薩羅人間住一林中唯好樂持戒不能增長上進功德時彼林中止住天神作是念此非比丘法住於林中唯樂持戒不能增修上進功德今我當作方便而發悟之即說偈言

非一向持戒　及修習多聞　獨靜禪三昧
閑居修遠離　比丘偏猗息　終不得漏盡
平等正覺樂　遠非凡夫輩

時彼比丘爲天神勸進已專精思惟斷諸煩惱得阿羅漢

如是我聞一時佛住舍衛國祇樹給孤獨園有尊者那伽達多在拘薩羅人間住一林中有在家出家常相親近時彼林中住止天神作是念此非比丘法住於林中與諸在家出家周旋親數我今當往方便發悟而說偈言

比丘旦早出　迫暮而還林　道俗相習近
苦樂必同安　恐起家放逸　而隨魔自在
時那伽達多比丘爲彼天神如是如是開覺
已如是如是專精思惟斷諸煩惱得阿羅漢
如是我聞一時佛住舍衛國祇樹給孤獨園
時有衆多比丘在拘薩羅人間住一林中言
語嬉戲終日散亂心不得定縱諸根門馳騁
六境時彼林中止住天神見是比丘身不攝
威儀心不欣悅而說偈言
此先有瞿曇　正命弟子衆　無常心乞食
無常受牀臥　觀世無常故　得究竟苦邊
今有難養衆　沙門所居止　處處求飲食
遍遊於他家　望財而出家　無眞沙門欲
垂著僧伽梨　如老牛曳尾
爾時比丘語天神言汝欲猒我耶時彼天神
復說偈言
不指其名姓　不非稱其人　而總向彼衆
說其不善者　踈漏相現者　方便說其過
勤修精進者　歸依恭敬禮
彼諸比丘爲天神勸發已專精思惟斷諸煩
惱得阿羅漢
如是我聞一時佛住舍衛國祇樹給孤獨園
時有異比丘在拘薩羅人間住一林中時彼
比丘與長者婦女嬉戲起惡名聲時彼比丘
作是念我今不類共他婦女起惡名聲我今
欲於此林中自殺時彼林中止住天神作是
思念不善不類此比丘不壞無過而於林中
欲自殺身我今當往方便開悟時彼天神化
作長者女身語比丘言於諸巷路四衢道中
世間諸人爲我及汝起惡名聲言我與汝共

相習近作不正事已有惡名今可還俗共相娛樂比丘答言以彼里巷四衢道中爲我與汝起惡名聲共相習近爲不正事我今且自殺身時彼天神還復天身而說偈言

雖聞多惡名　苦行者忍之　不應苦自害
亦不應起惱　聞聲恐怖者　是則林中獸
是輕躁衆生　不成出家法　仁者當堪耐
不中住惡聲　執心堅住者　是則出家法
不由他人語　令汝成劫賊　亦不由他語
令汝得羅漢　如汝自知已　諸天亦復知

爾時比丘爲彼天神所開悟已專精思惟斷除煩惱得阿羅漢

如是我聞一時佛住舍衛國祇樹給孤獨園時有尊者見多比丘在拘薩羅人間住一林中著糞掃衣時梵天王與七百梵天乘其宮殿來詣尊者見多比丘所恭敬禮事時有天神住彼林中者而說偈言

觀彼寂諸根　能感善供養　具足三明達
得不傾動法　度一切方便　少事糞掃衣
七百梵天子　乘宮來奉詣　見生死有邊
今禮度有岸

時彼天神說偈讚歎見多比丘已即沒不現

如是我聞一時佛住舍衛國祇樹給孤獨園時有異比丘在拘薩羅人間住一林中時彼比丘身體疲極夜著睡眠時有天神住彼林中者而覺悟之即說偈言

可起起比丘　何故著睡眠　睡眠有何義
修禪莫睡眠

時彼比丘說偈答言

不肯當云何　懈怠少方便　緣盡四體羸

夜則著睡眠
時彼天神復說偈言
且汝當執守　物聲而大呼　汝已得修閑
莫令其退沒
時彼比丘說偈答言
我當用汝語　精勤修方便　不爲彼睡眠
數數覆其心
時彼天神如是如是覺悟彼比丘時彼比丘
專精方便斷諸煩惱得阿羅漢
時彼天神復說偈言
汝豈能自起　專精勤方便　不爲衆魔軍
猒汝令睡眠
時彼比丘說偈答言
從今當七夜　當坐正思惟　其身生喜樂
無一處不滿　初夜觀宿命　中夜天眼淨
後夜除無明　見衆生苦樂　上中下形類
善色及惡色　知何業因緣　而受斯果報
若士夫所作　所作還自見　善者見其善
惡者自見惡
時彼天神復說偈言
我知先一切　比丘十四人　皆是須陀洹
悉得禪正受　來到此林中　當得阿羅漢
見汝一懈怠　仰卧著睡眠　莫令住凡夫
故方便覺悟
爾時比丘復說偈言
善哉汝天神　以義安慰我　至誠見開覺
令我盡諸漏
時彼天神復說偈言
比丘應如是　信非家出家　抱愚而出家
逮得見清淨　我今攝受汝　當盡壽命思

若汝疾病時　我當與良藥

時彼天神說是偈已即沒不現

如是我聞一時佛住舍衛國祇樹給孤獨園時尊者舍利弗在拘薩羅人間依一聚落止住田側時尊者舍利弗於晨朝時著衣持鉢入村乞食時有一尼揵子飲酒狂醉持一瓶酒從聚落出見尊者舍利弗而說偈言

米膏熏我身　持米膏一瓶　山地草樹木
視之一金色

爾時尊者舍利弗作是念作此惡聲是惡邪物而說是偈我豈不能以偈答之時尊者舍利弗即說偈言

無想味所熏　持空三昧瓶　山地草樹木
視之如涕唾

如是我聞一時佛住舍衛國祇樹給孤獨園時有異比丘在拘薩羅人間住一林中得他心智煩惱有餘去林下不遠有井有飲野干罐鉤鉤頸時彼野干作諸方便求脫而自念言天遂欲明田夫或出當恐怖我汝汲水罐怖我已久可令我脫時彼比丘知彼野干心之所念而說偈言

如來慧日出　離林說空法　心久恐怖我
今可放令去

時彼比丘自教授已一切結盡得阿羅漢

如是我聞一時佛在拘薩羅國人間遊行住一林中時有天神依彼林者見佛行跡低頭諦觀修於佛念時有優樓鳥住於道中行欲蹈佛足跡爾時天神即說偈言

汝今優樓鳥　團目棲樹間　莫亂如來跡
壞我念佛境

時彼天神說此偈已默然念佛

如是我聞一時佛在拘薩羅人間住一林中依彼吒利樹下住止時有天神依彼林中住即說偈言

今日風卒起　吹彼吒利樹　落彼吒利華
供養於如來

時彼天神說偈已默然而住

如是我聞一時佛住王舍城迦蘭陀竹園時有衆多比丘住支提山側皆是阿練若比丘著糞掃衣常行乞食時山神依彼山住者而說偈言

孔雀文繡身　處鞞提醯山　隨時出妙聲
覺乞食比丘　孔雀文繡身　處鞞提醯山
隨時出妙聲　覺糞掃衣者　孔雀文繡身
處鞞提醯山　隨時出妙聲　覺依樹坐者

時彼天神說此偈已即默然住

如是我聞一時佛住王舍城迦蘭陀竹園時有衆多比丘住支提山一切皆修阿蘭若行著糞掃衣常行乞食爾時那娑佉多河岸崩殺三營事比丘時支提山住天神而說偈言

乞食阿蘭若　慎莫營造立　不見佉多河
傍岸卒崩倒　壓殺彼造立　營事三比丘
糞掃衣比丘　慎莫營造立　不見佉多河
傍岸卒崩倒　壓殺彼造立　營事三比丘
依樹下比丘　慎莫營造立　不見佉多河
傍岸卒崩倒　壓殺彼造立　營事三比丘

時彼天神說偈已即默然住

如是我聞一時佛住迦蘭陀竹園時有異比丘住頻陀山爾時山林大火卒起舉山洞然時有俗人而說偈言

令此頻陀山　大火洞熾然　焚燒彼竹林
亦燒竹花實
時有比丘作是念令彼俗人能說此偈我今
何不說偈答之即說偈言
一切有熾然　無慧能救滅　焚燒諸受欲
亦燒不作苦
時彼比丘說此偈已默然而住
如是我聞一時佛住迦蘭陀竹園時有異比
丘在恒河側住一林中時有一族姓女常爲
舅姑所責至恒水岸邊而說偈言
恒水我今欲　隨流徐入海　不復令舅姑
數數見嫌責
時彼比丘見族姓女聞其說偈作是念彼族
姓女尚能說偈我今何爲不說偈答耶即說
偈言
淨信我今欲　隨彼八聖水　徐流入涅槃
不見魔自在
時彼比丘說此偈已默然而住
如是我聞一時佛住舍衛國祇樹給孤獨園
時有異比丘在拘薩羅人間住一林中去林
不遠有種瓜田時有盜者夜偷其瓜見月欲
出而說偈言
明月汝莫出　待我斷其瓜　我持瓜去已
任汝現不現
時彼比丘作是念彼盜瓜者尚能說偈我豈
不能說偈答耶即說偈言
惡魔汝莫出　待我斷煩惱　斷彼煩惱已
任汝出不出
時彼比丘說此偈已默然而住
如是我聞一時佛住舍衛國祇樹給孤獨園

時有異比丘在拘薩羅人間住一林中時有沙彌而說偈言

云何名爲常　乞食則爲常　云何爲無常
僧食爲無常　云何名爲直　唯因陀羅幢
云何名爲曲　曲者唯見鉤

時彼比丘作是念此沙彌能說斯偈我今何不說偈而答即說偈言

云何名爲常　常者唯涅槃　云何爲無常
謂諸有爲法　云何名爲直　謂聖八正道
云何名爲曲　曲者唯惡徑

時彼比丘說此偈已默然而住

如是我聞一時佛住舍衛國祇樹給孤獨園時有舍利弗弟子服藥已尋即食粥時尊者舍利弗到瓦師舍從乞瓦甌時彼瓦師即說偈言

云何得名勝　而不施一錢　云何勝實德
於財無所減

爾時舍利弗說偈答言

若不食肉者　而施彼以肉　諸修梵行者
施之以女色　不坐高牀者　施以高廣牀
於彼臨行者　施以息止處　如是等施與
於財不損減　是則名有譽　而不捨一錢
實德名稱流　於財無所減

時彼瓦師復說偈言

汝今舍利弗　所說實爲善　今施汝百甌
非餘亦不得

尊者舍利弗說偈答言

彼三十三天　炎摩兜率陀　化樂諸天人
及他化自在　瓦鉢信以得　而汝不生信

尊者舍利弗說此偈已於瓦鉢舍默然出去

如是我聞一時佛住舍衛國祇樹給孤獨園時有異比丘在拘薩羅人間住一林中時有貧士夫在於林側作如是希望思惟而說偈言

若得猪一頭　美酒滿一瓶　盛持甌一枚
人數數持與　若得如是者　當復何所憂

時彼比丘作是念此貧士夫尚能說偈我今何以不說即說偈言

若得佛法僧　比丘善說法　我不疾常聞
不畏衆魔怨

時彼比丘說此偈已默然而去

如是我聞一時佛住舍衛國祇樹給孤獨園時有異比丘在拘薩羅人間住一林中時彼比丘作如是思惟若得好劫貝長七肘廣二肘作衣已樂修善法時有天神依彼林者作是念此非比丘法住於林中作是思惟希望好衣時天神化作全身骨鏁於彼比丘前舞而說偈言

比丘思劫貝　七肘廣六尺　晝則如是想
知夜何所思

時彼比丘即生恐怖其身戰慄而說偈言

止止不須氎　今著糞掃衣　晝見骨鏁舞
知夜復何見

時彼比丘心驚怖已即正思惟專精修習斷諸煩惱得阿羅漢

如是我聞一時佛住舍衛國祇樹給孤獨園時有異比丘在拘薩羅人間住一林中得阿羅漢諸漏已盡所作已作已捨重擔斷諸有結正智心善解脫時有一女人於夜闇中天時微雨電光睒照於林中過欲詣他男子倒

深泥中珂釧斷壞華瓔散落時彼女人而說偈言

頭髮悉散解　華瓔落深泥　鐶釧悉破壞
丈夫何所著

時彼比丘作是念女人尚能說偈我豈不能說偈答之

煩惱悉斷壞　度生死淤泥　著纏悉散壞
十力尊見我

時彼比丘說偈已即默然住

如是我聞一時佛住舍衛國祇樹給孤獨園時有異比丘在拘薩羅人間住於河側一林樹間時有丈夫與婦相隨度河住於岸邊彈琴嬉戲而說偈言

愛念而放逸　逍遙青樹間　流水流且清
琴聲極和美　春氣調適遊　快樂何過是

時彼比丘作是念彼士夫尚能說偈我豈不能說偈答之

受持清淨戒　愛念等正覺　沐浴三解脫
善以極清涼　入道具莊嚴　快樂豈過是

時彼比丘說此偈已即默然住

如是我聞一時佛住舍衛國祇樹給孤獨園時有異比丘在拘薩羅人間住一林中時有天神見諸鴿鳥而說偈言

鴿鳥當積聚　胡麻米粟等　於山頂樹上
高顯作巢窟　當若天雨時　安極飲食宿

時彼比丘作是念彼亦覺悟我即說偈言

凡夫積善法　恭敬於三寶　身壞命終時
資神心安樂

時彼比丘說此偈已以即覺悟專精思惟除諸煩惱得阿羅漢

雜阿含經卷第五十

音釋

薪古開切正作菅茅也　邁莫拜切超邁也　惛呼昆切心不明也　蹲市兗切腓腸也　糠糩糠苦剛切糩苦外切麁糓皮也　齅許救切以鼻檻氣也　躁則到切不安靜也　鑵古玩切汲水器也　咤陟駕切　甌烏侯切盌也

佛說長阿含經

姚秦三藏法師佛陀耶舍共竺佛念譯

清刻龍藏佛說法變相圖

長阿含經序

長安釋僧肇述

夫宗極絶於稱謂賢聖以之冲默玄旨非言不傳釋迦所以致教是以如來出世大教有三約身口則防之以禁律明善惡則導之以契經演幽微則辨之以法相然則三藏之作也本於殊應會之有宗則異途同趣矣禁律律藏也四分十誦法相阿毗曇藏也四分五誦契經四阿含藏也增一阿含四分八誦中阿含四分五誦雜阿含四分十誦此長阿含四分四誦合三十經以爲一部阿含秦言法歸法歸者蓋是萬善之淵府總持之林苑其爲典也淵博弘富温而彌廣明宣禍福賢愚之迹剖判眞僞異濟之原歷記古今成敗之數墟域二儀品物之倫道無不由法無不在

譬彼巨海百川所歸故以法歸爲名開析脩途所記長遠故以長爲目翫玆典者長迷頓曉邪正難辨顯如晝夜報應冥昧照若影響劫數雖遼近猶朝夕六合雖曠現若目前斯可謂朗大明於幽室惠五目於衆瞽不闚户牖而智無不周矣大秦天王滌除玄覽高韻獨邁恬智交養道世俱濟每懼微言翳於殊俗以右將軍使者司隸校尉晉公姚爽質直清柔玄心超詣尊尚大法妙悟自然上特留懷每任以法事以弘始十二年歲次上章閹茂請罽賓三藏沙門佛陀耶舍出律藏一分四十五卷十四年訖十五年歲次昭陽赤奮若出此長阿含訖涼州沙門佛念爲譯秦國道士道含筆受時集京夏名勝沙門於第校定恭承法言敬受無差蠲華崇朴務存聖旨

余以嘉遇猥參聽次雖無翼善之功而豫親承之末故略記時事以示來賢焉

佛說長阿含經卷第一

姚秦三藏法師佛陀耶舍共竺佛念譯

第一分初大本緣經第一

如是我聞一時佛在舍衛國祇樹華林窟與大比丘衆千二百五十人俱時諸比丘於乞食後集華林堂各共議言諸賢比丘唯無上尊爲最奇特神通遠達威力弘大乃知過去無數諸佛入於涅槃斷諸結使銷滅戲論又知彼佛劫數多少名號姓字所生種族其所飲食壽命脩短所更苦樂又知彼佛有如是戒有如是法有如是慧有如是解有如是住云何諸賢如來爲善别法性知如是事爲諸天來語乃知此事

爾時世尊在閑靜處天耳清淨聞諸比丘作如是議即從座起詣華林堂就座而坐爾時世尊知而故問謂諸比丘汝等集此何所語議時諸比丘具以事答爾時世尊告諸比丘善哉善哉汝等以平等信出家修道諸所應行凡有二業一曰賢聖講法二曰賢聖默然汝等所論正應如是如來神通威力弘大盡知過去無數劫事以能善解法性故知亦以諸天來語故知佛時頌曰

比丘集法堂　講說賢聖論　如來處靜室
天耳盡聞知　佛日光普照　分别法界義
亦知過去事　三佛般泥洹　名號姓種族
受生分亦知　隨彼之處所　淨眼皆記之
諸天大威力　容貌甚端嚴　亦來啓告我
三佛般涅槃　記生名號姓　哀鸞音盡知
無上天人尊　記於過去佛

又告諸比丘汝等欲聞如來識宿命智知於

過去諸佛因縁不我當説之時諸比丘白佛言世尊今正是時願樂欲聞善哉世尊以時講説當奉行之佛告諸比丘諦聽諦聽善思念之吾當爲汝分别解説時諸比丘受教而聽佛告諸比丘過去九十一劫時世有佛名毗婆尸如來至眞出現于世復次比丘過去三十一劫有佛名尸棄如來至眞出現於世復次比丘即彼三十一劫中有佛名毗舍婆如來至眞出現於世復次比丘此賢劫中有佛名拘留孫又名拘那含又名迦葉我今亦於賢劫中成最正覺佛時頌曰

過九十一劫　有毗婆尸佛　次三十一劫
有佛名尸棄　即於彼劫中　毗舍如來出
今此賢劫中　無數那維歲　有四大仙人
愍衆生故出　拘留孫那含　迦葉釋迦文

汝等當知毗婆尸佛時人壽八萬歲尸棄佛時人壽七萬歲毗舍婆佛時人壽六萬歲拘留孫佛時人壽四萬歲拘那含佛時人壽三萬歲迦葉佛時人壽二萬歲我今出世人壽百歲少出多減佛時頌曰

毗婆尸時人　壽八萬四千　尸棄佛時人
壽命七萬歲　毗舍婆時人　壽命六萬歲
拘留孫時人　壽命四萬歲　拘那含時人
壽命三萬歲　迦葉佛時人　壽命二萬歲
如我今時人　壽命不過百

毗婆尸佛出刹利種姓憍陳若尸棄佛毗舍婆佛種姓亦爾拘留孫佛出婆羅門種姓迦葉拘那含佛迦葉佛種姓亦爾我今如來至眞出刹利種姓名曰瞿曇佛時頌曰

毗婆尸如來　尸棄毗舍婆　此三等正覺

出憍陳若姓　自餘三如來　出于迦葉姓
我今無上尊　導御諸衆生　天人中第一
勇猛姓瞿曇　前三等正覺　出於刹利種
其後三如來　出婆羅門種　我今無上尊
勇猛出刹利

毗婆尸佛坐婆羅樹下成最正覺尸棄佛坐分陀利樹下成最正覺毗舍婆佛坐博洛叉樹下成最正覺拘留孫佛坐尸利沙樹下成最正覺拘那含佛坐優曇婆羅樹下成最正覺迦葉佛坐尼拘類樹下成最正覺我今如來至眞坐鉢多樹下成最正覺佛時頌曰

毗婆尸如來　往詣婆羅樹　即於彼處所
得成最正覺　尸棄分陀樹　成道滅有原
毗舍婆如來　坐博叉樹下　獲解脱知見
神足無所礙　拘留孫如來　坐尸利樹下
一切智清淨　無染無所著　拘那含牟尼
坐烏蹔樹下　即於彼處所　滅諸貪憂惱
迦葉如來坐　尼拘類樹下　即於彼處所
除滅諸有本　我今釋迦文　坐於鉢多樹
如來十力尊　斷滅諸縁使　摧伏衆魔怨
在衆演大明　七佛精進力　放光滅闇冥
各各坐諸樹　於中成正覺

毗婆尸如來三會説法初會弟子有十六萬八千人二會弟子有十萬人三會弟子有八萬人尸棄如來亦三會説法初會弟子有十萬人二會弟子有八萬人三會弟子有七萬人毗舍婆如來二會説法初會弟子有七萬人次會弟子有六萬人拘留孫如來一會説法弟子四萬人拘那含如來一會説法弟子三萬人迦葉如來一會説法弟子二萬人我

今一會說法弟子千二百五十人佛時頌曰

毗婆尸名觀　智慧不可量　遍見無所畏
三會弟子衆　尸棄光無動　能滅諸結使
無量大威德　無能測量者　彼佛亦三會
弟子普共集　毗舍婆斷結　大仙人要集
名聞於諸方　妙法大名稱　二會弟子衆
普演深奧義　拘留孫一會　哀愍療諸苦
導師化衆生　一會弟子衆　拘那含如來
無上亦如是　紫磨金色身　容貌悉具足
一會弟子衆　普演微妙法　迦葉一一毛
一心無亂想　二語不煩重　一會弟子衆
能仁意寂滅　釋種沙門上　天中天最尊
我一會弟子　彼會我現義　演布清淨教
心常懷歡喜　漏盡復盡有　毗婆尸棄三
毗舍婆佛二　四佛各各一　仙人會演說

時毗婆尸佛有二弟子一名騫茶二名躓沙諸弟子中最爲第一尸棄佛有二弟子一名阿毗浮二名三婆婆諸弟子中最爲第一毗舍婆佛有二弟子一名扶遊二名鬱多摩諸弟子中最爲第一拘留孫佛有二弟子一名薩尼二名毗樓諸弟子中最爲第一拘那含佛有二弟子一名優波勘多二名鬱多羅諸弟子中最爲第一迦葉佛有二弟子一名提舍二名婆羅婆諸弟子中最爲第一今我二弟子一名舍利弗二名目揵連諸弟子中最爲第一佛時頌曰

騫茶躓沙等　毗婆尸弟子　阿毗浮三婆
尸棄佛弟子　扶遊鬱多摩　弟子中第一
二俱降魔怨　毗舍婆弟子　薩尼毗樓等
拘留孫弟子　優波鬱多羅　拘那含弟子

提舍婆羅婆　迦葉佛弟子　舍利弗目連
是我第一子
毗婆尸佛有執事弟子名曰無憂尸棄佛執事弟子名曰忍行毗舍婆佛有執事弟子名曰寂滅拘留孫佛有執事弟子名曰善覺拘那含佛有執事弟子名曰安和迦葉佛有執事弟子名曰善友我執事弟子名曰阿難佛時頌曰
無憂與忍行　寂滅及善覺　安和善友等
阿難爲第七　此爲佛侍者　具足諸義趣
晝夜無放逸　自利亦利他　此七賢弟子
侍七佛左右　歡喜而供養　寂滅歸滅度
毗婆尸佛有子名曰方膺尸棄佛有子名曰無量毗舍婆佛有子名曰妙覺拘留孫佛有子名曰上勝拘那含佛有子名曰導師迦葉佛有子名曰進軍今我有子名曰羅睺羅佛時頌曰
方膺無量子　妙覺及上勝　導師進軍等
羅睺羅第七　此諸豪貴子　紹繼諸佛種
愛法好施惠　於聖法無畏
毗婆尸佛父名槃頭摩多刹利王種母名槃頭摩底王所治城名槃頭摩那佛時頌曰
遍眼父槃頭　母槃頭摩底　槃頭摩那城
佛於中說法
尸棄佛父名明相刹利王種母名光曜王所治城名光相佛時頌曰
尸棄父明相　母名曰光曜　於光相城中
威德降外敵
毗舍婆佛父名善燈刹利王種母名稱戒王所治城名曰無喻佛時頌曰

毗舍婆佛父　善燈剎利種　母名曰稱戒
城名曰無喻
拘留孫佛父名禮德婆羅門種母名善枝王
名安和隨王名故城名安和佛時頌曰
禮德婆羅門　母名曰善枝　王名曰安和
居在安和城
拘那含佛父名大德婆羅門種母名善勝是
時王名清淨隨王名故城名清淨佛時頌曰
大德婆羅門　母名曰善勝　王名曰清淨
居在清淨城
迦葉佛父名曰梵德婆羅門種母名曰財主
是時王名波羅毗王所治城名波羅柰佛時
頌曰
梵德婆羅門　母名曰財主　時王名波毗
在波羅柰城

我父名淨飯剎利王種母名大化王所治城
名迦毗羅衞佛時頌曰
父剎利淨飯　母名曰大化　土廣民豐饒
我從彼而生
此是諸佛因緣名號種族所出生處何有智
者聞此因緣而不歡喜起愛樂心爾時世尊
告諸比丘吾今欲以宿命智說過去佛事汝
欲聞不諸比丘對曰今正是時願樂欲聞佛
告諸比丘諦聽諦聽善思念之吾當爲汝分
別解說比丘當知諸佛常法毗婆尸菩薩從
兜率天降神母胎從右脅入正念不亂當於
爾時地爲震動放大光明普照世界日月所
不及處皆蒙大明幽冥衆生各相覩見知其
所趣時此光明復照魔宮諸天釋梵沙門婆
羅門及餘衆生普蒙大明諸天光明自然不

現佛時頌曰

密雲懸虛空　電光照天下　毗婆尸降胎
光明照亦然　日月所不及　莫不蒙大明
處胎淨無穢　諸佛法皆然

諸比丘當知諸佛常法毗婆尸菩薩在母胎時專念不亂有四天子手執戈鉾侍護其母人與非人不得侵擾此是常法佛時頌曰

四方四天子　有名稱威德　天帝釋所遣
善守護菩薩　手常執戈鉾　侍衛不去離
人非人不擾　此諸佛常法　天神所擁護
如天女衛天　眷屬懷歡喜　此諸佛常法

又告比丘諸佛常法毗婆尸菩薩從兜率天降神母胎專念不亂母身安隱無衆惱患智慧增益母自觀胎見菩薩身諸根具足如紫磨金無有瑕穢猶如有目之士觀淨瑠璃內外清徹無衆障翳諸比丘此是諸佛常法爾時世尊而說偈言

如淨瑠璃珠　其明如日月　仁尊處母胎
其母無惱患　智慧爲增益　觀胎如金像
母懷妊安樂　此諸佛常法

佛告諸比丘毗婆尸菩薩從兜率天降神母胎專念不亂母心清淨無衆欲想不爲婬火之所燒然此是諸佛常法爾時世尊而說偈言

菩薩住母胎　天中天福成　其母心清淨
無有衆欲想　捨離諸婬欲　不染不親近
不爲欲火然　諸佛母常淨

佛告比丘諸佛常法毗婆尸菩薩從兜率天降神母胎專念不亂其母奉持五戒梵行清淨篤信仁愛諸善成就安樂無畏身壞命終

生忉利天此是常法爾時世尊而說偈言

持人中尊身　精進戒具足　後必受天身
此緣名佛母

佛告比丘諸佛常法毗婆尸菩薩當其生時從右脅出地爲震動光明普照始入胎時闇冥之處無不蒙明此是常法爾時世尊而說偈言

太子生地動　大光靡不照　此界及餘界
上下與諸方　放光施淨因　具足於天身
以歡喜淨音　轉稱菩薩名

佛告比丘諸佛常法毗婆尸菩薩當其生時從右脅出專念不亂時菩薩母手攀樹枝不坐不臥時四天子手捧香水於母前立言唯然天母今生聖子勿懷憂慼此是常法爾時世尊而說偈言

佛母不坐臥　住戒修梵行　生尊不懈怠
天人所奉侍

佛告比丘諸佛常法毗婆尸菩薩當其生時從右脅出專念不亂其身清淨不爲穢惡之所染汙猶如有目之士以淨明珠投白繒上兩不相汙二俱淨故菩薩出胎亦復如是此是常法爾時世尊而說偈言

猶如淨明珠　投繒不染汙　菩薩出胎時
清淨無染汙

佛告比丘諸佛常法毗婆尸菩薩當其生時從右脅出專念不亂從右脅出墮地行七步無人扶持遍觀四方舉手而言天上天下唯我爲尊要度衆生生老病死此是常法爾時世尊而說偈言

猶如師子步　遍觀於四方　墮地行七步

人師子亦然　又如大龍行　遍觀於四方
墮地行七步　人龍亦復然　兩足尊生時
安行於七步　觀四方舉聲　當盡生死苦
當其初生時　無尊尊與尊　自觀生死本
此身最後邊

佛告比丘諸佛常法毗婆尸菩薩當其生時從右脅出專念不亂二泉涌出一溫一冷以供澡浴此是常法爾時世尊而說偈言

兩足尊生時　二泉自涌出　以供菩薩用
遍眼浴清淨　二泉自涌出　其水甚清淨
一溫一清冷　以浴一切智

太子初生父王槃頭召集相師及諸道術令觀太子知其吉凶時諸相師受命而觀即前披衣見有具相占曰有此相者當趣二處必然無疑若在家者當爲轉輪聖王王四天下四兵具足以正法治無有偏枉恩及天下七寶自至千子勇健能伏外敵兵仗不用天下太平若出家學道當成正覺十號具足時諸相師即白王言王所生子有三十二相當趣二處必然無疑在家當爲轉輪聖王若出家必成正覺十號具足佛時頌曰

百福太子生　相師之所說　如典記所載
趣二處無疑　若其樂家者　當爲轉輪王
七寶難可獲　爲王寶自至　真金千輻具
周帀金輞持　輪能飛遍行　故名爲天輪
善調七支住　高廣白如雪　能善飛虛空
名第二象寶　馬行周天下　朝去暮還食
珠毛孔雀胭　名爲第三寶　清淨瑠璃珠
光照一由旬　照夜明如晝　名爲第四寶
色聲香味觸　無有與等者　諸女中第一

名爲第五寶　獻王瑠璃寶　珠玉及衆珍
歡喜而貢奉　名爲第六寶　如轉輪王念
軍衆速來去　捷疾如王意　名爲第七寶
此名爲七寶　輪象馬純白　居士珠女寶
典兵寶爲七　觀此無有猒　五欲自娛樂
如象斷羈絆　出家成正覺　王有如是子
二足人中尊　處世轉法輪　道成無懈怠

是時父王慇懃再三重問相師汝等更觀太子三十二相斯名何等時諸相師即披太子衣說三十二相一者足安平足下平滿蹈地安隱二者足下相輪千輻成就光光相照三者手足網縵猶如鵝王四者手足柔輭猶如天衣五者手足指纖長無能及者六者足跟充滿觀視無猒七者鹿腨腸上下傭直八者鉤鎖骨骨節相鉤猶如連鎖九者陰馬藏十者平立垂手過膝十一一一毛孔一毛生其毛右旋紺瑠璃色十二毛生右旋紺色仰靡十三身黃金色十四皮膚細輭不受塵穢十五兩肩齊停充滿圓好十六胷有卐字十七身長倍人十八七處平滿十九身長廣等如尼拘類樹二十頰車如師子二十一胷膺方整如師子二十二口四十齒二十三方整齊平二十四齒密無間二十五齒白鮮明二十六咽喉清淨所食衆味無不稱適二十七廣長舌左右舐耳二十八梵音清徹二十九眼紺青色三十眼如牛王眼上下俱眴三十一眉間白毫柔輭細澤引長一尋放則右旋螺如真珠三十二頂有肉髻是爲三十二相即說頌曰

善住柔輭足　不蹈地跡現　千輻相莊嚴

光色靡不具　如尼拘類樹　縱廣正平等
如來未曾有　祕密陰馬藏　金寶莊嚴身
衆相互相映　雖順俗流汙　塵土亦不汙
天色極柔輭　天蓋自然覆　梵音身紫金
如華始出池　王以問相師　相師敬報王
稱讚菩薩相　舉身光明具　手足諸支節
中外靡不現　食味盡具足　身正不傾邪
足下輪相現　其音如哀鸞　髆髀形相具
宿業之所成　臂肘圓滿好　眉目甚端嚴
人中師子尊　威力最第一　其頰車方整
臥脇如師子　齒方整四十　齊密中無間
梵音未曾有　遠近隨緣到　平立不傾身
二手摩捫膝　手齊整柔輭　人尊美相具
一孔一毛生　手足網縵相　肉髻目紺青
眼上下俱眴　兩肩圓充滿　三十二相具
足跟無高下　鹿腨腸纖傭　天中天來此
如象絶羈絆　解脫衆生苦　處生老病死
以慈悲心故　爲說四真諦　開演法句義
令衆奉至尊

佛告比丘毗婆尸菩薩生時諸天在於上虛空中手執白蓋寶扇以障寒暑風雨塵土佛時頌曰

人中未曾有　生於二足尊　諸天懷敬養
奉寶蓋寶扇

爾時父王給四乳母一者乳哺二者澡浴三者塗香四者娛樂歡喜養育無有懈怠於是頌曰

乳母有慈愛　子生即育養　一乳哺一浴
二塗香娛樂　世間最妙香　以塗人中尊

爲童子時舉國士女視無猒足於是頌曰

多人所敬愛　如金像始成　男女共諦觀
視之無猒足
爲童子時舉國士女衆共懷抱如觀寶華於
是頌曰
二足尊生世　多人所愛敬　展轉共傳抱
如觀寶華香
菩薩生時其目不眴如忉利天以不眴故得
名毗婆尸於是頌曰
天中天不眴　猶如忉利天　見色而正觀
故號毗婆尸
菩薩生時其聲清徹柔輭和雅如迦陵頻伽
鳥聲於是頌曰
猶如雪山鳥　飲華汁而鳴　其彼二足尊
聲清徹亦然
菩薩生時眼能徹視見一由旬於是頌曰

清淨業行報　受天妙光明　菩薩目所見
周遍一由旬
菩薩生時年漸長大在大正堂以道開化恩
及庶民名德遠聞於是頌曰
童幼處正堂　以道化天下　決斷衆事務
故號毗婆尸　清淨智廣博　甚深猶大海
悅可於羣生　使智慧增廣
於時菩薩欲出遊觀告勑御者嚴駕寶車詣
彼園林巡行遊觀御者即便嚴駕訖已還白
今正是時太子即乘寶車詣彼園觀於其中
路見一老人頭白齒落面皺身僂拄杖羸步
喘息而行太子顧問侍者此爲何人答曰此
是老人又問何如爲老答曰夫老者生壽向
盡餘命無幾故謂之老太子又問吾亦當爾
不免此患也答曰然生必有老無有豪賤於

是太子悵然不悅即告侍者迴駕還宮靜默思惟念此老苦吾亦當然佛於是頌曰

見老命將盡　拄杖而羸步　菩薩自思惟
吾未免此難

爾時父王問彼侍者太子出遊歡樂不耶答曰不樂又問其故答曰道逢老人是以不樂爾時父王默自思念昔日相師占相太子言當出家今者不悅得無爾乎當設方便使處深宮五欲娛樂以悅其心令不出家即更嚴飾宮館揀擇婇女以娛樂之佛於是頌曰

父王聞此言　方便嚴宮館　增益以五欲
欲使不出家

又於後時太子復命御者嚴駕出遊於其中路逢一病人身羸腹大面目黧黑獨臥糞穢無人瞻視病甚苦毒口不能言顧問御者此爲何人答曰此是病人曰何如爲病答曰病者衆痛迫切存亡無期故曰病也又曰吾亦當爾不免此患耶答曰然生則有病無有貴賤於是太子悵然不悅即告御者迴車還宮靜默思惟念此病苦吾亦當然佛於是頌曰

見彼久病人　顏色爲衰損　靜默自思惟
吾未免此患

爾時父王復問御者太子出遊歡樂不耶答曰不樂又問其故答曰道逢病人是以不樂於是父王默自思念昔日相師占相太子言當出家今日不悅得無爾乎吾當更設方便增諸妓樂以悅其心使不出家即復嚴飾宮館揀擇婇女以娛樂之佛於是頌曰

色聲香味觸　微妙可悅樂　菩薩福所致
故娛樂其中

又於異時太子復勑御者嚴駕出遊於其中路逢一死人雜色繒旛前後導引宗族親里悲號哭泣送之出城太子復問此爲何人答曰此是死人問曰何如爲死答曰死者盡也風先火次諸根壞敗存亡異趣室家離別故謂之死太子又問御者吾亦當爾不免此患耶答曰然生必有死無有貴賤於是太子悵然不悅即告御者迴車還宮靜默思惟念此死苦吾亦當然佛時頌曰

始見人有死　知其復更生　靜默自思惟
吾未免此患

爾時父王復問御者太子出遊歡樂不也答曰不樂又問其故答曰道逢死人是故不樂於是父王默自思念昔日相師占相太子言當出家今日不悅得無爾乎吾當更設方便增諸妓樂以悅其心使不出家即復嚴飾宮館揀擇婇女以娛樂之佛於是頌曰

童子有名稱　婇女衆圍遶　五樂以自娛
如彼天帝釋

又於異時復勑御者嚴駕出遊於其中路逢一沙門法服持鉢視地而行即問御者此爲何人御者答曰此是沙門又問何謂沙門答曰沙門者捨離恩愛出家修道攝御諸根不染外欲慈心一切無所傷害逢苦不慼遇樂不欣能忍如地故號沙門太子曰善哉此道眞正永絕塵累微妙清虛唯是爲快即勑御者迴車就之爾時太子問沙門曰剃除鬚髮法服持鉢何所志求沙門答曰夫出家者欲調伏心意永離塵垢慈育群生無所侵擾虛心靜寞唯道是務太子曰善哉此道最眞尋

勑御者齎吾寶衣幷及乘轝還白大王我即於此剃除鬚髮服三法衣出家修道所以然者欲調伏心意捨離塵垢清淨自居以求道術於是御者即以太子所乘寶車及與衣服還歸父王太子於後即剃鬚髮服三法衣出家修道佛告比丘太子見老病人知世苦惱又見死人戀世情滅及見沙門廓然大悟下寶車時步步中間轉遠縛著是真出家是真遠離時彼國人聞太子剃除鬚髮法服持鉢出家修道咸相謂言此道必真乃令太子捨國榮位捐棄所重于時國中八萬四千人往就太子求爲弟子出家修道佛時頌曰

選擇深妙法　彼聞隨出家　離於恩愛獄
無有衆結縛

于時太子即便納受與之遊行在在教化從村至村從國至國所到之處無不恭敬四事供養菩薩念言吾與大衆遊行諸國人間憒閙此非我宜何時當得離此群衆閑靜之處以求其道尋獲志願於閑靜處專精修道復作是念衆生可愍常處闇冥受身危脆有生有老有病有死衆苦所集死此生彼從彼生此緣此苦陰流轉無窮我當何時曉了苦陰滅生老死復作是念生死何從何緣而有即以智慧觀察所由從生有老死生是老死緣生從有起有是生緣有從取起取是有緣取從愛起愛是取緣愛從受起受是愛緣受從觸起觸是受緣觸從六入起六入是觸緣六入從名色起名色是六入緣名色從識起識是名色緣識從行起行是識緣行從癡起癡是行緣是爲緣癡有行緣行有識緣識有名

色緣名色有六入緣六入有觸緣觸有受緣受有愛緣愛有取緣取有有緣有有生緣生有老病死憂悲苦惱此苦盛陰緣生而有是爲苦集菩薩思惟苦集陰時生智生眼生覺生明生通生慧生證於時菩薩復自思惟何等無故老死無何等滅故老死滅即以智慧觀察所由生無故老死無生滅故老死滅有無故生無有滅故生滅取無故有無取滅故有滅愛無故取無愛滅故取滅受無故愛無受滅故愛滅觸無故受無觸滅故受滅六入無故觸無六入滅故觸滅名色無故六入無名色滅故六入滅識無故名色無識滅故名色滅行無故識無行滅故識滅癡無故行無癡滅故行滅是爲癡滅故行滅行滅故識滅識滅故名色滅名色滅故六入滅六入滅故觸滅觸滅故受滅受滅故愛滅愛滅故取滅取滅故有滅有滅故生滅生滅故老死憂悲苦惱滅菩薩思惟苦陰滅時生智生眼生覺生明生通生慧生證爾時菩薩逆順觀十二因緣如實知如實見已即於座上成阿耨多羅三藐三菩提佛時頌曰

此言衆中說　汝等當善聽　過去菩薩觀　本所未聞法
老死從何緣　因何等而有　如是正觀已　知其本由生
生本由何緣　因何事而有　如是思惟已　知生從有起
取彼取彼已　展轉更增有　是故如來說　取是有因緣
以深穢惡聚　風吹無流演　如是取相因　因愛而廣普
愛由於受生　起苦羅網本　以染著因緣　苦樂共相應
受本由何緣　因何而有受　如是思惟已

知受由觸生　觸本由何緣　因何而有觸
如是思惟已　觸由六入生　六入本何緣
因何有六入　如是思惟已　六入名色生
名色本何緣　因何有名色　如是思惟已
名色從識生　識本由何緣　因何而有識
如是思惟已　知識從行生　行本由何緣
因何而有行　如是思惟已　知行從癡生
如是因緣者　名爲實義因　智慧方便觀
能見因緣根　苦非賢聖造　亦非無緣有
是故變易苦　智者所斷除　若無明滅盡
是時則無行　若無有行者　則亦無有識
若識永滅者　亦無有名色　名色既以滅
則無有諸入　若諸入永滅　則亦無有觸
若觸永滅者　則亦無有受　若受永滅者
則亦無有愛　若愛永滅者　則亦無有取
若取永滅者　則亦無有有　若有永滅者
則亦無有生　若生永滅者　無老病苦陰
一切都永盡　智者之所説　十二緣甚深
難見難識知　唯佛能善覺　因是有是無
若能自觀察　則無有諸入　深見因緣者
更不外求師　能於陰界入　離欲無染著
堪受一切施　淨報施者恩　若得四辯才
獲於決定證　能解衆結縛　斷陰無放逸
色受想行識　猶如朽故車　能諦觀此法
則成等正覺　如鳥遊虚空　東西隨風逝
菩薩斷衆結　如風靡輕衣　毗婆尸閑靜
觀察於諸法　老死何緣有　從何而得滅
彼作是觀已　生清淨智慧　知老死由生
生滅老死滅

毗婆尸佛初成道時多修二觀一曰安隱觀

二曰出離觀佛於是頌曰
如來無等等　多修於二觀　安隱及出離
仙人度彼岸　其心得自在　斷除衆結使
登山觀四方　故號毗婆尸　大智光除冥
如以鏡自照　爲世除憂惱　盡生老死苦
毗婆尸佛於閑靜處復作是念我今已得此
無上法甚深微妙難解難見息滅靜喧智者
所知非是凡愚所能及也斯由衆生異忍異
見異受異學依彼異見各樂所求各務所習
是故於此甚深因緣不能解了然愛盡涅槃
倍復難知我爲彼說彼必不解更生觸擾作
是念已即便默然不復說法時梵天王知毗
婆尸如來所念即自思惟今此世間便爲敗
壞甚可哀愍毗婆尸佛乃得如此深妙之法
而不欲說譬如力士屈伸臂頃從梵天宮忽
然來下立於佛前頭面禮足却住一面時梵
天王右膝著地叉手合掌白佛言唯願世尊
以時說法今此衆生塵垢微薄諸根猛利有
恭敬心易可開化畏怖後世無救之罪能滅
惡法出生善道佛告梵王如是如是如汝所
言但我於閑靜處默自思念所得正法甚深
微妙若爲彼說彼必不解更生觸擾故我默
然不欲說法我從無數阿僧祇劫勤苦不懈
修無上行今始獲此難得之法若爲婬怒癡
衆生說者必不承用徒自勞疲此法微妙與
世相反衆生染欲愚冥所覆不能信解梵王
我觀如此是以默然不欲說法時梵天王復
重勸請慇懃懇惻至于再三世尊若不說法
今此世間便爲壞敗甚可哀愍唯願世尊以
時敷演勿使衆生墜落餘趣爾時世尊三聞

梵王慇懃勸請即以佛眼觀視世界衆生垢有厚薄根有利鈍教有難易易受教者畏後世罪所以能滅惡法出生善道譬如優鉢羅華鉢頭摩華拘勿頭華分陀利華或有始出汙泥未至水者或有已出與水平者或有出水未敷開者然皆不爲水所染著易可開敷世界衆生亦復如是爾時世尊告梵王曰吾愍汝等今當開演甘露法門是法深妙難可解知今爲信受樂聽者說不爲觸擾無益者說爾時梵王知佛受請歡喜踊躍遶佛三帀頭面禮足忽然不現其去未久是時如來靜默自思我今先當爲誰說法即自念言當入槃頭城內先爲王子蹟沙大臣子騫荼開甘露法門於是世尊如力士屈伸臂頃於道樹忽然不見至槃頭城槃頭王鹿野苑中敷座而坐佛於是頌曰

如師子在林　自恣而遊行　彼佛亦如是
遊行無罣礙

毗婆尸佛告守苑人曰汝可入城語王子蹟沙大臣子騫荼寧欲知不毗婆尸佛今在鹿野苑中欲見卿等宜知是時時彼守苑人受教而行至彼二人所具宣佛教二人聞已即至佛所頭面禮足却坐一面佛漸爲說法示教利喜施論戒論生天之論欲惡不淨上漏爲患讚歎出離爲最微妙清淨第一爾時世尊見此二人心意柔軟歡喜信樂堪受正法於是即爲說苦聖諦敷演開解分布宣釋苦集聖諦苦滅聖諦苦出要諦爾時王子蹟沙大臣子騫荼即於座上遠塵離垢得法眼淨猶若素質易爲受染是時地神即唱斯言毗

婆尸如來於槃頭城鹿野苑中轉無上法輪沙門婆羅門諸天魔梵及餘世人所不能轉如是展轉聲徹四天王乃至他化自在天須臾之頃聲至梵天佛時頌曰

歡喜心踊躍　稱讃於如來　毗婆尸成佛
轉無上法輪　初從樹王起　往詣槃頭城
爲騫荼蹟沙　轉四諦法輪　時騫荼蹟沙
受佛教化已　於淨法輪中　梵行無有上
次忉利天衆　及以天帝釋　歡喜轉相告
諸天無不聞　佛出於世間　轉無上法輪
增益諸天衆　減損阿須倫　昇仙名普聞
苦智離世邊　於諸法自在　智慧轉法輪
觀察平等法　息心無垢穢　以離生死厄
智慧轉法輪　滅苦離諸惡　出欲得自在
離於恩愛獄　智慧轉法輪　正覺人中尊
二足尊調御　於一切縛解　智慧轉法輪
教化善導師　能降伏魔怨　彼離於諸惡
智慧轉法輪　無漏力降魔　諸根定不懈
盡漏離魔縛　智慧轉法輪　若學決定法
知諸法無我　此爲法中上　智慧轉法輪
不以利養故　亦不求名譽　愍彼衆生故
智慧轉法輪　見衆生苦厄　老病死逼迫
爲此三惡趣　智慧轉法輪　斷貪瞋恚癡
拔愛之根原　不動而解脱　智慧轉法輪
難勝我以勝　勝以自降伏　以勝難勝魔
智慧轉法輪　此無上法輪　唯佛乃能轉
諸天魔釋梵　無有能轉者　親近轉法輪
饒益天人衆　此等天人師　得度于彼岸

是時王子蹟沙大臣子騫荼見法得果眞實無欺成就無畏即白毗婆尸佛言我等欲於

如來法中淨修梵行佛言善來比丘吾法清淨自在修行以盡苦際爾時二人即得具戒具戒未久如來又以三事示現一曰神足二曰觀他心三曰教戒即得無漏心解脫生無疑智爾時槃頭城內衆多人民聞二人出家學道法服持鉢淨修梵行皆相謂曰其道必真乃使此等捨世榮位捐棄所重時城內八萬四千人往詣鹿野苑中毗婆尸佛所頭面禮足却坐一面佛漸爲說法示教利喜施論戒論生天之論欲惡不淨上漏爲患讚歎出離爲最微妙清淨第一爾時世尊見此大衆心意柔輭歡喜信樂堪受正法於是即爲說苦聖諦敷演開解分布宣釋苦集聖諦苦滅聖諦苦出要聖諦時八萬四千人即於座上遠塵離垢得法眼淨猶若素質易爲受色見法得果眞實無欺成就無畏即白佛言我等欲於如來法中淨修梵行佛言善來比丘吾法清淨自在修行以盡苦際時八萬四千人即得具戒具戒未久世尊以三事教化一曰神足二曰觀他心三曰教戒即得無漏心解脫生無疑智前八萬四千人聞佛於鹿野苑中轉無上法輪沙門婆羅門諸天魔梵及餘世人所不能轉即詣槃頭城毗婆尸佛所頭面禮足却坐一面佛時頌曰

如求救頭然　速疾求滅處　彼人亦如是
速詣於如來

時佛爲說法亦復如是爾時槃頭城有三十四萬八千大比丘衆躓沙比丘騫茶比丘於大衆中上昇虛空身出水火現諸神變而爲大衆說微妙法爾時如來默自思言今此城

内乃有三十四萬八千大比丘衆宜遣遊行各二人俱在在處處至于六年還來城内說具足戒時首陀會天知如來心譬如力士屈伸臂頃從彼天没忽然至此於世尊前頭面禮足却住一面須臾白佛言如是世尊此槃頭城内比丘衆多宜各分布處處遊行至於六年乃還此城說具足戒我當擁護令無伺求得其便者爾時如來聞此天語默然可之時首陀會天見佛默然許可即禮佛足忽然不現還至天上其去未久佛告諸比丘今此城内比丘衆多宜各分布遊行教化至六年已還集說戒時諸比丘受佛教已執持衣鉢禮佛而去佛時頌曰

佛遣無亂衆　無欲無戀著　威如金翅鳥
如鶴捨空池

時首陀會天於一年後告諸比丘汝等遊行已過一年餘有五年汝等當知訖六年已還城說戒如是至于六年天復告言六年已滿當還說戒時諸比丘聞天語已攝持衣鉢還槃頭城至鹿野苑毗婆尸佛所頭面禮足却坐一面佛時頌曰

如象善調　隨意所至　大衆如是　隨教而還

爾時如來於大衆前上昇虛空結跏趺坐講說戒經忍辱爲第一佛說涅槃最不以除鬚髮害他爲沙門時首陀會天去佛不遠以偈讚曰

如來大智　微妙獨尊　止觀具足　成最正覺
愍羣生故　在世成道　以四真諦　爲聲聞說
苦與苦因　滅苦之諦　賢聖八道　到安隱處
毗婆尸佛　出現于世　在大衆中　如日光曜

說此偈已忽然不現爾時世尊告諸比丘我自思念昔一時於羅閱城耆闍崛山時生是念我所生處無所不遍唯除首陀會天設生彼天則不還此我時比丘復生是念我欲至無造天上時我如壯士屈伸臂頃於此間沒現於彼天時彼諸天見我至彼頭面作禮於一面立而白我言我等皆是毗婆尸如來弟子從彼佛化故來生此具說彼佛因緣本末又尸棄佛毗舍婆佛拘留孫佛拘那含佛迦葉佛釋迦牟尼佛皆是我師我從受化故來生此亦說諸佛因緣本末至生阿迦尼吒諸天亦復如是佛時頌曰

譬如力士　屈伸臂頃　我以神足　至無造天
第七大仙　降伏二魔　無極天見　叉手敬禮
如晝度樹　釋師遠聞　相好具足　到善見天
猶如蓮華　水所不著　世尊無染　至大善見
如日初出　淨無塵翳　明若秋月　詣一究竟
此五居處　衆生行淨　心淨故來　詣無煩惱
淨心而來　爲佛弟子　捨離染取　樂於無取
見法決定　毗婆尸子　淨心善來　詣大仙人
尸棄佛子　無垢無爲　以淨心來　詣離有尊
毗舍婆子　諸根具足　淨心詣我　如日照空
拘留孫子　捨離諸欲　淨心詣我　妙光燄盛
拘那含子　無垢無爲　淨心詣我　光如月滿
迦葉弟子　諸根具足　淨心詣我　如彼天念
不能大仙　神足第一　以堅固心　爲佛弟子
淨心而來　爲佛弟子　禮敬如來　具啓人尊
所生成道　名姓種族　知見深法　成無上道
比丘靜處　離于塵垢　精勤不懈　斷諸有結
此是諸佛　本末因緣　釋迦如來　之所演說

佛說此大因緣經已諸比丘聞佛所說歡喜
奉行

佛說長阿含經卷第一

音釋

序

闚去規切視也 闍茂闍央炎切歲在戍曰闍茂 猥烏賄切鄙也

經

騫荼騫去乾切荼同都切 躓之日切 尠息淺切 鉾莫浮切勾兵也
羈絆羈居宜切馬絡也絆博慢切馬縶也 腨市兖切腓腸也 臑丑凶切圓
直也 瞤輸閏切目動也 捫莫奔切撫也 皺側救切皮縮也 僂力主切傴
也 羸力追切瘦也 喘昌兖切疾息也

佛說長阿含經卷第二

姚秦三藏法師佛陀耶舍共竺佛念譯

第一分遊行經第二之一

如是我聞一時佛在羅閱城耆闍崛山中與大比丘衆千二百五十人俱是時摩竭王阿闍世欲伐跋祇王自念言彼雖勇健人衆豪强以我取彼未足爲難時阿闍世王命婆羅門大臣禹舍而告之曰汝詣耆闍崛山至世尊所持我名字禮世尊足問訊世尊起居輕利遊步强耶又白世尊跋祇國人自恃勇健民衆豪强不順伏我我欲伐之不審世尊何所誡勑若有教誡汝善憶念勿有遺漏如所聞說如來所言終不虛妄大臣禹舍受王教已即乘寶車詣耆闍崛山到所止處下車步進至世尊所問訊畢一面坐白世尊曰摩竭王阿闍世稽首佛足敬問慇懃起居輕利遊步强耶又白世尊跋祇國人自恃勇健民衆豪强不順伏我我欲伐之不審世尊何所誡勑爾時阿難在世尊後執扇扇佛佛告阿難汝聞跋祇國人數相集會講議正事不答曰聞之佛告阿難若能爾者長幼和順轉更增盛其國久安無能侵損阿難汝聞跋祇國人君臣和順上下相敬不答曰聞之阿難若能爾者長幼和順轉更增盛其國久安無能侵損阿難汝聞跋祇國人奉法曉忌不違禮度不答曰聞之阿難若能爾者長幼和順轉更增盛其國久安無能侵損阿難汝聞跋祇國人孝事父母敬順師長不答曰聞之阿難若能爾者長幼和順轉更增盛其國久安無能侵損阿難汝聞跋祇國人恭於宗廟致敬鬼

神不答曰聞之阿難若能爾者長幼和順轉更增盛其國久安無能侵損阿難汝聞跋祇國人閨門眞正潔淨無穢至於戲笑言不及邪不答曰聞之阿難若能爾者長幼和順轉更增盛其國久安無能侵損阿難汝聞跋祇國人宗事沙門敬持戒者瞻視護養未嘗懈惓不答曰聞之阿難若能爾者長幼和順轉更增盛其國久安無能侵損時大臣禹舍白佛言彼國人民若行一法猶不可圖況復具七國事多故請辭還歸佛言可宜知時是時禹舍即從座起遶佛三帀揖讓而退其去未久佛告阿難汝勑羅閱祇左右諸比丘盡集講堂對曰唯然即詣羅閱祇城集諸比丘盡會講堂白世尊曰諸比丘已集唯聖知時爾時世尊即從座起詣法講堂就座而坐告諸比丘我當爲汝說七不退法諦聽諦聽善思念之時諸比丘白佛言唯然世尊願樂欲聞佛告諸比丘七不退法者一曰數相集會講論正義則長幼和順法不可壞二曰上下和同敬順無違則長幼和順法不可壞三曰奉法曉忌不違制度則長幼和順法不可壞四曰若有比丘力能護衆多諸知識宜敬事之則長幼和順法不可壞五曰念護心意孝敬爲首則長幼和順法不可壞六曰淨修梵行不隨欲態則長幼和順法不可壞七曰先人後已不貪名利則長幼和順法不可壞佛告諸比丘復有七法令法增長無有損耗一者樂於少事不好多爲則法增長無有損耗二者樂於靜默不好多言三者少於睡眠無有昏昧四者不爲羣黨言無益事五者不以無

德而自稱譽六者不與惡人而爲伴黨七者樂於山林閑靜獨處如是比丘則法增長無有損耗佛告比丘復有七法令法增長無有損耗何謂爲七一者有信信於如來至眞正覺十號具足二者知慚恥於己闕三者知愧羞爲惡行四者多聞其所受持上中下善義味深與清淨無穢梵行具足五者精勤苦行滅惡修善勤習不捨六者昔所學習憶念不忘七者修習智慧知生滅法趣賢聖要盡諸苦本如是七法則法增長無有損耗佛告比丘復有七法令法增長無有損耗何謂爲七一者敬佛二者敬法三者敬僧四者敬戒五者敬定六者敬順父母七者敬不放逸如是七法則法增長無有損耗佛告比丘復有七法則法增長無有損耗何謂爲七一者觀身不淨二者觀食不淨三者不樂世間四者常念死想五者起無常想六者無常苦想七者苦無我想如是七法則法增長無有損耗佛告比丘復有七法則法增長無有損耗何謂爲七一者修念覺意閑靜無欲出要無爲二者修法覺意三者修精進覺意四者修喜覺意五者修猗覺意六者修定覺意七者修護覺意如是七法則法增長無有損耗佛告比丘有六不退法令法增長無有損耗何謂爲六一者身常行慈不害衆生二者口宣仁慈不演惡言三者意念慈心不懷增損四者得淨利養與衆共之平等無二五者持賢聖戒無有闕漏亦無垢穢必定不動六者見賢聖道以盡苦際如是六法則法增長無有損耗佛告比丘復有六不退法令法增長無有損

耗一者念佛二者念法三者念僧四者念戒五者念施六者念天修此六念則法增長無有損耗爾時世尊於羅閱祇隨宜住已告阿難言汝等皆嚴吾欲詣竹園對曰唯然即嚴衣鉢與諸大衆侍從世尊路由摩竭次到竹園往堂上坐與諸比丘説戒定慧修戒獲定得大果報修定獲智得大果報修智心淨得等解脱盡於三漏欲漏有漏無明漏已得解脱生解脱智生死已盡梵行已立所作已辦不受後有爾時世尊於竹園隨宜住已告阿難曰汝等皆嚴當詣巴連弗城對曰唯然即嚴衣鉢與諸大衆侍從世尊路由摩竭次到巴連弗城巴連樹下坐時清信士聞佛與諸大衆遠來至此巴連樹下即共出城遥見世尊在巴連樹下容貌端正諸根寂定善調第一譬猶大龍如水清澄無有塵垢三十二相八十種好莊嚴其身見已歡喜漸到佛所頭面禮足却坐一面爾時世尊漸爲説法示教利喜諸清信士聞佛説法即白佛言我欲歸依佛法聖衆唯願世尊哀愍聽許爲優婆塞自今已後不殺不盜不婬不欺不飲酒奉戒不妄明欲設供唯願世尊與諸大衆垂愍屈顧爾時世尊默然許可諸清信士見佛默然即從座起遶佛三帀作禮而歸尋爲如來起大堂舍平治處所掃灑燒香嚴敷寶座供設既辦往白世尊所設已具唯聖知時於是世尊即從座起著衣持鉢與大衆俱詣彼講堂澡手洗足處中而坐時諸比丘在左面坐諸清信士在右面坐爾時世尊告諸清信士曰凡人犯戒有五衰耗何謂爲五一者求財所

願不遂二者設有所得日當衰耗三者在所至處衆所不敬四者醜名惡聲流聞天下五者身壞命終當入地獄又告諸清信士凡人持戒有五功德何謂爲五一者諸有所求輒得如願二者所有財產增益無損三者所往之處衆人敬愛四者好名善譽周聞天下五者身壞命終必生天上時夜已半告諸清信士宜各還歸諸清信士即承佛教遶佛三帀禮足而歸爾時世尊於後夜明相出時至閑靜處天眼清徹見諸大天神各封宅地中神下神亦封宅地是時世尊即還講堂就座而坐世尊知而故問阿難誰造此巴連弗城阿難白佛此是禹舍大臣所造以防禦跋祇國佛告阿難造此城者正得天意吾於後夜明相出時至閑靜處以天眼見諸大天神各封宅地中下諸神亦封宅地阿難當知諸大天神所封宅地有人居者安樂熾盛中神所封中人所居下神所封下人所居功德多少各隨所止阿難此處賢人所居商賈所集國法眞實無有欺罔此城最勝諸方所推不可破壞此城久後若欲壞時必以三事一者大水二者大火三者中人與外人謀乃壞此城時巴連弗諸清信士通夜供辦時到白佛食具已辦唯聖知時時清信士即便施設手自斟酌食訖行水別取小牀敷在佛前坐爾時世尊即示之曰今汝此處賢智所居多持戒者淨修梵行善神歡喜即爲呪願可敬知敬可事知事博施兼愛有慈愍心諸天所稱常與善俱不與惡會爾時世尊爲說法已即從座起大衆圍遶侍送而還大臣禹舍從佛後行

時作是念今沙門瞿曇出此城門即名此門爲瞿曇門又觀如來所渡河處即名此處爲瞿曇河爾時世尊出巴連弗城至于水邊時水岸上人民衆多中有乘船渡者或有乘栰或有乘桴而渡河者爾時世尊與諸大衆譬如力士屈伸臂頃忽至彼岸世尊觀此義已即說頌曰

佛爲海船師　法橋渡河津　大乘道之轝
一切渡天人　亦爲自解結　渡岸得昇仙
都使諸弟子　縛解得涅槃

爾時世尊從跋祇國遊行至拘利村在一林下告諸比丘有四深法一曰聖戒二曰聖定三曰聖慧四曰聖解脫此法微妙難可解知我及汝等不曉了故久在生死流轉無窮爾時世尊觀此義已即說頌曰

戒定慧解上　唯佛能分別　離苦而化彼
令斷生死習

爾時世尊於拘利村隨宜住已告阿難俱詣那陀村阿難受教即著衣持鉢與大衆俱侍從世尊路由跋祇到那陀村止揵椎處爾時阿難在閑靜處黙自思惟此那陀村十二居士一名伽伽羅二名加陵伽三名毗伽陀四名伽梨輸五名遮樓六名婆耶樓七名婆頭樓八名藪婆頭樓九名陀梨舍㝹十名藪達梨舍㝹十一名耶輸十二名耶輸多樓此諸人等今者命終爲生何處復有五十人命終又復有五百人命終斯生何處作是念已從靜處起至世尊所頭面禮足在一面坐白佛言世尊我向靜黙自思念此那陀村十二居士伽伽羅等命終復有五十人命終又有五

百人命終所生何處唯願解說佛告阿難伽伽羅等十二人斷五下分結命終生天於彼即般涅槃不復還此五十人命終者斷除三結婬怒癡薄得斯陀含還來此世盡於苦本五百人命終者斷除三結得須陀洹不墮惡趣必定成道往來七生盡於苦際阿難夫生有死自世之常此何足怪若一一人死來問我者非擾亂耶阿難答曰信爾世尊實是擾亂佛告阿難今當爲汝說於法鏡使聖弟子知所生處三惡道盡得須陀洹不過七生必盡苦際亦能爲他說如是事阿難法鏡者謂聖弟子得不壞信歡喜信佛如來無所著等正覺十號具足歡喜信法眞正微妙自恣所說無有時節示涅槃道智者所行歡喜信僧善共和同所行質直無有諛諂道果成就上下和順法身具足向須陀洹得須陀洹向斯陀含得斯陀含向阿那含得阿那含向阿羅漢得阿羅漢四雙八輩是謂如來賢聖之衆甚可恭敬世之福田信賢聖戒清淨無穢無有缺漏明哲所行獲三昧定阿難是爲法鏡使聖弟子知所生處三惡道盡得須陀洹不過七生必盡苦際亦能爲他說如是事

爾時世尊隨宜住已告阿難俱詣毗舍離國即受教行著衣持鉢與大衆俱侍從世尊路由跋祇到毗舍離坐一樹下有一婬女名菴婆婆梨聞佛將諸弟子來至毗舍離坐一樹下即嚴駕寶車欲往詣佛所禮拜供養未至之間遙見世尊顏貌端正諸根特異相好備足如星中月見已歡喜下車步進漸至佛所頭面禮足却坐一面

爾時世尊漸爲說法示教利喜聞佛說法發歡喜心即白佛言從今日始歸依三尊唯願聽許於正法中爲優婆夷盡此形壽不殺不盜不邪婬不妄語不飲酒又白佛言唯願世尊及諸弟子明受我請即於今暮止宿我園

爾時世尊默然受之女見佛默然許可即從座起頭面禮足遶佛而歸其去未久

佛告阿難當與汝等詣彼園觀對曰唯然佛即從座起攝持衣鉢與衆弟子千二百五十人俱詣彼園時毗舍離諸隸車輩聞佛在菴婆婆梨園中止住即便嚴駕五色寶車或乘青車青馬衣蓋幢旛官屬皆青五色車馬皆亦如是時五百隸車服色盡同欲往詣佛菴婆婆梨辭佛還家中路逢諸隸車時車行馳疾與彼寶車共相鉤撥損折幢蓋而不避道隸車責曰汝恃何勢行不避道衝撥我車損折幢蓋報曰諸貴我已請佛明日設食歸家供辦是以行速無容相避諸隸車即語女曰且置汝請當先與我我當與汝百千兩金女尋答曰先請已定不得相與時諸隸車又語女曰我更與汝十六倍百千兩金必使我先女猶不肯我請已定不可爾也時諸隸車又語女曰我今與汝中分國財可先與我女又報曰設使舉國財寶我猶不取所以然者佛住我園先受我請此事已了終不相與諸隸車等各振手歎吒今由斯女闕我初福即便前進徑詣彼園

爾時世尊遙見五百隸車車馬數萬塡道而來告諸比丘汝等欲知忉利諸天遊戲園觀威儀容飾與此無異汝等比丘當自攝心具

諸威儀云何比丘自攝其心於是比丘內身身觀精勤不懈憶念不忘捨世貪憂外身身觀精勤不懈憶念不忘捨世貪憂內外身觀精勤不懈捨世貪憂受意法觀亦復如是云何比丘具諸威儀於是比丘可行知行可止知止左右顧視屈伸俯仰攝持衣鉢食飲湯藥不失儀則善設方便除去陰蓋行住坐臥覺寐語默攝心不亂是謂比丘具諸威儀爾時五百隸車往至菴婆婆梨園欲到佛所下車步進頭面禮足却坐一面如來在座光相獨顯蔽諸大衆譬如秋月又如天地清明淨無塵翳日在虛空光明獨照爾時五百隸車圍遶侍座佛於衆中光相獨明是時座中有一梵志名曰并暨即從座起偏袒右臂右膝著地叉手向佛以偈讚曰

摩竭鴦伽王　爲快得善利　身被寶珠鎧
世尊出其土　威德動三千　名顯如雪山
如蓮華開敷　香氣甚微妙　今覩佛光明
如日之初出　如月遊虛空　無有諸雲翳
世尊亦如是　光照於世間　觀如來智慧
猶暗覩庭燎　施衆以明眼　決了諸疑惑

時五百隸車聞此偈已復告并暨汝可重說爾時并暨即於佛前再三重說時五百隸車聞說偈已各脫寶衣以施并暨并暨即以寶衣奉上如來佛愍彼故即爲納受爾時世尊告毗舍離諸隸車曰世有五寶甚爲難得何等爲五一者如來至眞出現於世甚爲難得二者如來正法能演說者此人難得三者如來演法能信解者此人難得四者如來演法能成就者此人難得五者臨危救厄知反復

者此人難得是謂五寶爲難得也時五百隸車聞佛示教利喜已即白佛言唯願世尊及諸弟子明受我請佛告隸車卿已請我我今便爲得供養已菴婆婆梨女先已請訖時五百隸車聞菴婆婆梨女已先請佛各振手而言吾欲供養如來而今此女已奪我先即從座起頭面禮佛遶佛三帀各自還歸時菴婆婆梨女即於其夜種種供辦明日時到世尊即與千二百五十比丘整衣持鉢前後圍遶詣彼請所就座而坐時菴婆婆梨女即便設上膳供佛及僧食訖去鉢并除机案時女手執金瓶行澡水畢前白佛言此毗舍離城所有園觀我園最勝今以此園貢上如來哀愍我故願垂納受佛告女曰汝可以此園施佛爲首及招提僧所以然者如來所有園林房舍衣鉢六物正使諸魔釋梵大神力天無有能堪受此供者時女受教即以此園施佛爲首及招提僧佛愍彼故即爲受之而說偈曰

起塔立精舍　園果施清涼　橋船以渡人
曠野施水草　及以堂閣施　其福日夜增
戒具清淨者　彼必到善方

時菴婆婆梨女取一小牀於佛前坐佛漸爲說法示教利喜施論戒論生天之論欲爲大患穢汙不淨上漏爲礙出要爲上爾時世尊知彼女意柔輭和悅陰蓋微薄易可開化如諸佛法即爲彼女說苦聖諦苦集苦滅苦出要諦時菴婆婆梨女信心清淨譬如淨潔白氎易爲受色即於此座遠塵離垢諸法法眼生見法得法決定正住不墮惡道成就無畏而白佛言我今歸依佛歸依法歸依僧如是

再三唯願如來聽我正法中爲優婆夷自今已後盡壽不殺不盜不婬不欺不飲酒時彼女從佛受五戒已捨本所習垢穢銷除即從座起禮佛而去爾時世尊於毗舍離隨宜住已告阿難言汝等皆嚴吾欲詣竹林叢對曰唯然即嚴衣鉢與諸大衆侍從世尊路由跋祇至彼竹林時有婆羅門名毗沙陀耶聞佛與諸大衆詣此竹林默自思念此沙門瞿曇名德流布聞於四方十號具足於諸天釋梵魔若魔天沙門婆羅門中自身作證爲他說法上中下言皆悉眞正義味深奧梵行具足如此眞人宜往瞻覲時婆羅門出於竹叢往詣世尊問訊訖一面坐世尊漸爲說法示教利喜婆羅門聞已歡喜即請世尊及諸大衆明日舍食時佛默然受請婆羅門知已許可即從座起遶佛而歸即於其夜供設飯食明日時到唯聖知時爾時世尊著衣持鉢大衆圍遶往詣彼舍就座而坐時婆羅門設種種甘饍供佛及僧食訖去鉢行澡水畢取一小牀於佛前坐爾時世尊爲婆羅門而作頌曰

若以飲食　衣服卧具　施持戒人　則獲大果
此爲眞伴　終始相隨　所至到處　如影隨形
是故種善　爲後世粮　福爲根基　衆生以安
福爲天護　亦不危險　生不遭難　死則上天

爾時世尊爲婆羅門說微妙法示教利喜已從座而去于時彼土穀貴饑饉乞求難得佛告阿難勑此國內現諸比丘盡集講堂對曰唯然即承教旨宣令遠近普集講堂是時國內大衆皆集阿難白佛言大衆已集唯聖知時爾時世尊即從座起詣於講堂就座而坐

告諸比丘此土饑饉乞求難得汝等各分部隨所知識詣毗舍離及越祇國於彼安居可以無乏吾獨與阿難於此安居所以然者恐有短乏是時諸比丘受教即行佛與阿難獨留於後夏安居中夏佛身疾生舉軀皆痛佛自念言我今疾生舉身痛甚而諸弟子皆悉不在若取涅槃則非我宜今當精勤自力以留壽命爾時世尊於靜室出坐清涼處阿難見已速疾往詣而白佛言今觀尊顏如有少損阿難又言世尊有疾我心惶懼憂結荒迷不識方面氣息未絶猶小醒悟默思如來未即滅度世眼未滅大法未損何故今者不有教令於衆弟子乎佛告阿難衆僧於我有所須耶若有自言我持衆僧我攝衆僧斯人於衆應有教令如來不言我持於衆我攝於衆豈當於衆有教令乎阿難我所説法内外已訖終不自稱所見通達吾已老矣年且八十譬如故車方便修治得有所至吾身亦然以方便力得留住壽自力精進忍此苦痛不念一切想入無想定時我身安隱無有惱患是故阿難自當熾然熾然於法勿他熾然當自歸依歸依於法勿他歸依云何自熾然熾然於法勿他熾然當自歸依歸依於法勿他歸依阿難比丘觀内身精勤無懈憶念不忘除世貪憂觀外身觀内外身精勤不懈憶念不忘除世貪憂受意法觀亦復如是是謂阿難自熾然熾然於法勿他熾然自歸依歸依於法勿他歸依佛告阿難吾滅度後能有修行如此法者則爲我眞弟子第一學者佛告阿難俱至遮婆羅塔對曰唯然如來即

起著衣持鉢詣一樹下告阿難敷座吾患背痛欲於此止對曰唯然尋即敷座如來坐已阿難敷一小座於佛前坐佛告阿難諸有修四神足多修習行常念不忘在意所欲可得不死一劫有餘阿難佛四神足已多習行專念不忘在意所欲如來可止一劫有餘爲世除冥多所饒益天人獲安爾時阿難默然不對如是再三又亦默然是時阿難爲魔所蔽懞懞不悟佛三現相而不知請佛告阿難宜知是時阿難承佛意旨即從座起禮佛足而去去佛不遠在一樹下靜意思惟其間未久時魔波旬來白佛意無欲可般涅槃今正是時宜速滅度佛告波旬且止且止我自知時如來今者未取涅槃須我諸比丘集有能自調勇悍無怯到安隱處逮得已利爲人導師演布經教顯於句義若有異論能以正法而降伏之又以神變自身作證如是弟子皆悉未集又諸比丘比丘尼優婆塞優婆夷普皆如是亦復未集今者要當廣於梵行演布覺意使諸天人普見神變時魔波旬復白佛言佛昔於鬱鞞羅尼連禪水邊阿遊波尼俱律樹下初成正覺我時至世尊所勸請如來可般涅槃今正是時宜速滅度爾時如來即報我言止止波旬我自知時如來今者未即涅槃須我諸弟子集乃至天人見神變化乃取滅度佛今弟子已集乃至天人見神變化今正是時何不滅度佛言止止波旬佛自知時不久住也是後三月於本生處拘尸那竭娑羅園雙樹間當取滅度時魔即念佛不虛言今必滅度歡喜踊躍忽然不現魔去未久佛

即於遮波羅塔定意三昧捨命住壽當此之時地大震動舉國人民莫不驚怖衣毛爲豎佛放大光徹照無窮幽冥之處莫不蒙明各得相見爾時世尊以偈頌曰

有無二行中　吾今捨有爲　内專三昧定
如鳥出於卵

爾時賢者阿難心驚毛豎疾行詣佛頭面禮足却住一面白佛言怪哉世尊地動乃爾是何因緣佛告阿難凡世地動有八因緣何等八夫地在水上水止於風風止於空空中大風有時自起則大水擾大水擾則普地動是爲一也復次阿難有時得道比丘比丘尼及大神尊天觀水性多觀地性少欲自試力則普地動是爲二也復次阿難若始菩薩從兜率天降神母胎專念不亂地爲大動是爲三也復次阿難菩薩始出母胎從右脅生專念不亂則普地動是爲四也復次阿難菩薩初成無上正覺當於此時地大震動是爲五也復次阿難佛初成道轉無上法輪魔若魔天沙門婆羅門諸天世人所不能轉則普地動是爲六也復次阿難佛教將畢專念不亂欲捨性命則普地動是爲七也復次阿難如來於無餘涅槃界而般涅槃時地大震動是爲八也以是八因緣令地大動爾時世尊即說偈言

無上二足尊　照世大沙門　阿難請天師
地動何因緣　如來演慈音　聲如迦毗陵
我說汝等聽　地動之所由　地因水而止
水因風而住　若虛空風起　則地爲大動
比丘比丘尼　欲試神足力　山海百草木

大地皆震動　釋梵諸尊天　意欲動於地
山海諸鬼神　大地爲震動　菩薩二足尊
百福相巳具　始入母胎時　地則爲大動
十月處母胎　如龍臥茵蓐　初從右脅生
時則大地動　佛爲童子時　銷滅使縁縛
成道勝無量　地則爲大動　昇仙轉法輪
於鹿野苑中　道力降伏魔　地則爲大動
天魔頻來請　勸佛般泥洹　佛爲捨性命
地則爲大動　人尊大導師　神仙盡後有
難動而取滅　時地則大動　淨明説諸縁
地動八種事　有此亦有餘　時地皆震動

佛説長阿含經卷第二

音釋

耗呼到切減也　猗於羈切輕安也　禦牛倨切扞拒也　賈公戶切行販也　桄桴桄房越切桴芳無切桄桴竹木簰也　揵椎梵語也此云鍾亦云磬律云隨有瓦木銅鐵鳴者皆曰揵椎揵巨言切椎音槌　藪蘇后切　㝹奴侯切　庭燎燎力照切束葦于庭燎之爲明也　机居矣切人所凭坐者　饉渠槿切菜不熟也　懞莫紅切昧也

佛說長阿含經卷第三

姚秦三藏法師佛陀耶舍共竺佛念譯

第一分遊行經第二之二

佛告阿難世有八衆何謂八一曰刹利衆二曰婆羅門衆三曰居士衆四曰沙門衆五曰四天王衆六曰忉利天衆七曰魔衆八曰梵天衆我自憶念昔者往來與刹利衆坐起言語不可稱數以精進定力在所能現彼有好色我色勝彼彼有妙聲我聲勝彼彼辭我退我不辭彼彼所能說我亦能說彼所不能我亦能說阿難我廣爲說法示教利喜已即於彼沒彼不知我是天是人如是至梵天衆往反無數廣爲說法而莫知我誰阿難白佛言甚奇世尊未曾有也乃能成就如是佛言如是微妙希有之法阿難甚奇甚特未曾有也唯有如來能成此法又告阿難如來能知受起住滅想起住滅觀起住滅此乃如來甚奇甚特未曾有法汝當受持爾時世尊告阿難俱詣香塔在一樹下敷座而坐佛告阿難香塔右左現諸比丘普勑令集講堂阿難受教宣令普集阿難白佛大衆已集唯聖知時爾時世尊即詣講堂就座而坐告諸比丘汝等當知我以此法自身作證成最正覺謂四念處四意斷四神足四禪五根五力七覺意賢聖八道汝等宜當於此法中和同敬順勿生諍訟同一師受同一水乳於我法中宜勤受學共相熾然共相娛樂比丘當知我於此法自身作證布現於彼謂貫經祇夜經受記經偈經法句經相應經本緣經天本經廣經未曾有經譬喻經大教經汝等當善受持稱量

分別隨事修行所以者何如來不久是後三月當般泥洹諸比丘聞此語已皆悉愕然殞絕迷荒自投於地舉聲大呼曰一何駛哉佛取滅度一何痛哉世間眼滅我等於此已為長衰或有比丘悲泣躃踊宛轉嘷咷不能自勝猶如斬蛇宛轉迴遑莫知所湊佛告諸比丘曰汝等且止勿懷憂悲天地人物無生不終欲使有為不變易者無有是處我亦先說恩愛無常合會有離身非已有命不久存爾時世尊以偈頌曰

我今自在　到安隱處　和合大衆　為說此義
吾年老矣　餘命無幾　所作已辦　今當捨壽
念無放逸　比丘戒具　自攝定意　守護其心
若於我法　無放逸者　能滅苦本　盡生老死

又告比丘吾今所以誡汝者何天魔波旬向來請我佛意無欲可般泥洹今正是時宜速滅度我言止止波旬佛自知時須我諸比丘集乃至諸天普見神變波旬復言佛昔於鬱鞞羅尼連禪水邊阿遊波尼俱律樹下初成佛道我時白佛佛意無欲可般涅槃今正是時宜速滅度爾時如來即報我言止止波旬我自知時如來今者未取滅度須我諸弟子集乃至天人見神變化乃取滅度今者如來弟子已集乃至天人見神變化今正是時宜可滅度我言止止波旬佛自知時不久住也是後三月當般涅槃時魔即念佛不虛言今必滅度歡喜踊躍忽然不現魔去未久我即於遮波羅塔定意三昧捨命住壽當此之時地大震動天人驚怖衣毛為豎佛放大光徹照無窮幽冥之處莫不蒙明各得相見我時

頌曰

有無二行中　吾今捨有爲　内專三昧定
如鳥出於卵

爾時賢者阿難即從座起偏袒右肩右膝著地長跪叉手白佛言唯願世尊留住一劫勿取滅度慈愍衆生饒益天人爾時世尊默然不對如是三請佛告阿難汝信如來正覺道不對曰唯然實信佛言汝若信者何故三來觸撓我爲汝親從佛聞親從佛受諸有能修四神足多修習行常念不忘在意所欲可得不死一劫有餘佛四神足已多習行專念不忘在意所欲可止不死一劫有餘爲世除冥多所饒益天人獲安汝爾時何不勸請如來使不滅度再聞尚可乃至三聞猶不勸請留住一劫一劫有餘爲世除冥多所饒益天人獲安今汝方言豈不過耶吾三現相汝三默然汝於爾時何不報我如來可止一劫一劫有餘爲世除冥多所饒益且夫阿難吾已捨性命已棄已吐欲使如來自違言者無有是處譬如豪貴長者吐食於地寧當復肯還取食不對曰不也如來亦然已捨已吐豈當復自還食言乎佛告阿難俱詣菴婆羅村即嚴衣鉢與諸大衆侍從世尊路由跋祇到菴婆羅村在一山林爾時世尊爲諸大衆說戒定慧修戒獲定得大果報修定獲智得大果報修智心淨得等解脱盡於三漏欲漏有漏無明漏已得解脱生解脱智生死已盡梵行已立所作已辦不受後有爾時世尊於菴婆羅村隨宜住已佛告阿難汝等皆嚴當詣瞻婆村揵荼村波梨婆村及詣負彌城對曰唯然

即嚴衣鉢與諸大衆侍從世尊路由跋祇漸至他城於負彌城北止尸舍婆林佛告諸比丘當與汝等説四大教法諦聽諦聽善思念之諸比丘言唯然世尊願樂欲聞何謂爲四若有比丘作如是言諸賢我於彼村彼城彼國躬從佛聞躬受是律是教從其聞者不應不信亦不應毀當於諸經推其虛實依律依法究其本末若其所言非經非律非法當語彼言佛不説此汝謬受耶所以然者我依諸經依律依法汝先所言與法相違賢士汝莫受持莫爲人説當捐捨之若其所言依經依律依法者當語彼言汝所言是眞佛所説所以然者我依諸經依律依法汝先所言與法相應賢士汝當受持廣爲人説愼勿捐捨此爲第一大教法也復次比丘作如是言我於彼村彼城彼國和合衆僧多聞耆舊親從其聞親受是法是律是教從其聞者不應不信亦不應毀當於諸經推其虛實依法依律究其本末若其所言非經非律非法者當語彼言佛不説此汝於彼衆謬聽受耶所以然者我依諸經依律依法汝先所言與法相違賢士汝莫持此莫爲人説當捐捨之若其所言依經依律依法者當語彼言汝所言是眞佛所説所以者何我依諸經依律依法汝先所言與法相應賢士汝當受持廣爲人説愼勿捐捨此爲第二大教法也復次比丘作如是言我於彼村彼城彼國衆多比丘持法持律持律儀者親從其聞親受是法是律是教從其聞者不應不信亦不應毀當於諸經推其虛實依法依律究其本末若其所言非經非

律非法者當語彼言佛不說此汝於衆多比丘謬聽受耶所以然者我依諸經依律依法汝先所言與法相違賢士汝莫受持莫爲人說當捐捨之若其所言依經依律依法者當語彼言汝所言是眞佛所說所以然者我依諸經依律依法汝先所言與法相應賢士汝當受持廣爲人說愼勿捐捨是爲第三大教法也復次比丘作如是言我於彼村彼城彼國一比丘持法持律持律儀者親從其聞親受是法是律是教從其聞者不應不信亦不應毀當於諸經推其虛實依法依律究其本末若其所言非經非律非法者當語彼言佛不說此汝於一比丘所謬聽受耶所以然者我依諸經依法依律汝先所言與法相違賢士汝莫受持莫爲人說當捐捨之若其所言依經依律依法者當語彼言汝所言是眞佛所說所以然者我依諸經依律依法汝先所言與法相應賢士當勤受持廣爲人說愼勿捐捨是爲第四大教法也爾時世尊於負彌城隨宜住已告賢者阿難俱詣波婆城對曰唯然即嚴衣鉢與諸大衆侍從世尊路由末羅至波婆城闍頭園中時有工師子名曰周那聞佛從彼末羅來至此城即自嚴服至世尊所頭面禮足在一面坐時佛漸爲周那說法正化示教利喜周那聞佛說法信心歡喜即請世尊明日舍食時佛默然受請周那知佛許可即從座起禮佛而歸尋於其夜供設飯食明日時到唯聖知時爾時世尊法服持鉢大衆圍遶往詣其舍就座而坐是時周那尋設飯食供佛及僧別煮栴檀樹耳世所奇

珍獨奉世尊佛告周那勿以此耳與諸比丘周那受教不敢輙與時彼衆中有一長老比丘晚暮出家於其座上以飲耳器爾時周那見衆食訖弃除鉢器行澡水畢即於佛前以偈問曰

敢問大聖智　正覺二足尊　善御上調伏
世有幾沙門

爾時世尊以偈答曰

如汝所問者　沙門凡有四　志趣各不同
汝當識別之　一行道殊勝　二善説道義
三依道生活　四爲道作穢　何謂道殊勝
善説於道義　依道而生活　有爲道作穢
能度恩愛刺　入涅槃無疑　超越天人路
説此道殊勝　善解第一義　説道無垢穢
慈仁決衆疑　是爲善説道　善敷演法句
依道以自生　遥望無垢場　名依道生活
内懷於姧邪　外像如清白　虚誑無誠實
此爲道作穢　云何善惡俱　淨與不淨雜
相似現外好　如銅爲金塗　俗人遂見此
謂聖智弟子　餘者不盡爾　勿捨清淨信
一人持大衆　内濁而外清　現閉姧邪迹
而實懷放蕩　勿觀外容貌　卒見便親敬
現閉姧邪迹　而實懷放蕩

爾時周那取一小座於佛前坐佛漸爲説法示教利喜已大衆圍遶侍從而還中路止一樹下告阿難言吾患背痛汝可敷座對曰唯然尋即敷座世尊止息時阿難又敷一小座於佛前坐佛告阿難向者周那無悔恨意耶設有此意爲由何生阿難白佛言周那設供無有福利所以者何如來最後於其舍食便

取涅槃佛告阿難勿作是言勿作是言今者周那爲獲大利爲得壽命得色得力得善名譽生多財寶死得生天所欲自然所以者何佛初成道能施食者佛臨滅度能施食者此二功德正等無異汝今可往語彼周那我親從佛聞親受佛教周那設食今獲大利得大果報時阿難承佛教旨即詣彼所告周那曰我親從佛聞親受佛教周那設食今獲大利得大果報所以然者佛初得道能飯食者及臨滅度能飯食者此二功德正等無異

周那舍食已　始聞如此言　如來患甚篤
壽行今待訖　雖食栴檀耳　而患猶更增
抱病而涉路　漸向拘夷城

爾時世尊即從座起小復前行詣一樹下又告阿難吾背痛甚汝可敷座對曰唯然尋即敷座如來止息阿難禮佛足已在一面坐時有阿羅漢弟子名曰福貴於拘夷那竭城向波婆城中路見佛在一樹下容貌端正諸根寂定得上調意第一寂滅譬如大龍亦如澄水清淨無穢見已歡喜善心生焉即到佛所頭面禮足在一面坐而白佛言世尊出家之人在清淨處慕樂閑居甚奇特也有五百乘車經過其邊而不聞見我師一時在拘夷那竭城波婆城二城中間道側樹下靜默而坐時有五百乘車經過其邊車聲轟轟覺而不聞是時有人來問我師向羣車過寧見不耶對曰不見又問聞耶對曰不聞又問汝在此耶在餘處耶答曰在此又問汝醒悟耶答曰醒悟又問汝爲覺寐答曰不寐彼人默念是希有也出家之人專精乃爾車聲轟轟覺而

不聞即語我師曰向有五百乘車從此道過車聲震動尚且不聞豈他聞哉即爲作禮歡喜而去佛告福貴我今問汝隨意所答羣車震動覺而不聞雷動天地覺而不聞何者爲難福貴白佛言千萬車聲豈等雷電不聞車聲未足爲難雷動天地覺而不聞斯乃爲難佛告福貴我於一時遊阿越村在一草廬時有異雲暴起雷電霹靂殺四特牛耕者兄弟二人人衆大聚時我出草廬彷徉經行彼大衆中有一人來至我所頭面禮足隨我經行我知而故問彼大衆聚何所爲耶其人即問佛向在何所爲覺寐耶答曰在此時不寐也其人亦歎希聞得定如佛者也雷電霹靂聲聒天地而獨寂定覺而不聞乃白佛言向有異雲暴起雷電霹靂殺四特牛耕者兄弟二人彼大衆聚其正爲此其人心悅即得法喜禮佛而去爾時福貴披二黄金氎價直百千即從座起長跪叉手而白佛言今以此氎奉上世尊願垂納受佛告福貴汝以一氎施我一施阿難爾時福貴承佛教旨一奉如來一施阿難佛愍彼故即爲納受時福貴禮佛足已於一面坐佛漸爲說法示教利喜施論戒論生天之論欲爲大患不淨穢汙上漏爲礙出要爲上時佛知福貴意歡喜柔軟無諸蓋纏易可開化如諸佛常法即爲福貴說苦聖諦苦集苦滅苦出要諦時福貴信心清淨譬如淨潔白氎易爲受色即於座上遠塵離垢諸法法眼生見法得法決定正住不墮惡道成就無畏而白佛言我今歸依佛歸依法歸依僧唯願如來聽我於正法中爲優婆塞自

今已後盡壽不殺不盜不婬不欺不飲酒唯願世尊聽我於正法中爲優婆塞又白佛言世尊遊化若詣波婆城唯願屈意過貧聚中所以然者欲盡家所有飲食牀卧衣服湯藥奉獻世尊世尊受已家内獲安佛言汝所言善爾時世尊爲福貴説法示教利喜已即從座起頭面禮足歡喜而去其去未久阿難尋以黃金氎奉上如來如來哀愍即爲受之被於身上爾時世尊顔貌從容威光熾盛諸根清淨面色和悦阿難見已黙自思念自我得侍二十五年未曾見佛面色光澤發明如今即從座起右膝著地叉手合掌前白佛言自我得侍二十五年未曾見佛光色如今不審何緣願聞其意佛告阿難有二因縁如來光色有殊於常一者佛初得道成無上正眞覺時二者臨欲滅度捨於性命般涅槃時阿難以此二縁光色殊常爾時世尊即説頌曰

金色衣光悦　細軟極鮮淨　福貴奉世尊
如雪白毫光

佛命阿難吾渴欲飲汝取水來阿難白言向有五百乘車於上流渡水濁未清可以洗足不中飲也如是三勑阿難汝取水來阿難白言今拘孫河去此不遠清冷可飲亦可澡浴時有鬼神居在雪山篤信佛道即以鉢盛八種淨水奉上世尊佛愍彼故尋爲受之而説頌曰

佛以八種音　勑阿難取水　吾渴今欲飲
飲已詣拘尸　柔軟和雅音　所言悦衆心
給侍佛左右　尋白於世尊　向有五百車
截流渡彼岸　渾濁於此水　飲恐不便身

拘孫河不遠　水美甚清冷　往彼可取飲
亦可澡浴身　雪山有鬼神　奉上如來水
飲已威勢强　衆中師子步　其水神龍居
清澄無濁穢　聖顏如雪山　安詳渡拘孫

爾時世尊即詣拘孫河飲已澡浴與衆而去中路止息在一樹下告周那曰汝取僧伽梨四褺而敷吾患背痛欲暫止息周那受教敷置已訖佛坐其上周那禮已於一面坐而白佛言我欲般涅槃我欲般涅槃佛告之曰宜知是時於是周那即於佛前便般涅槃佛時頌曰

佛趣拘孫河　清涼無濁穢　人中尊入水
澡浴渡彼岸　大衆之元首　教勅於周那
吾今身疲極　汝速敷卧具　周那尋受教
四褺衣而敷　如來即止息　周那於前坐
即白於世尊　我欲取滅度　無愛無憎處
今當到彼方　無量功德海　最勝告彼曰
汝所作已辦　今宜知是時　見佛已聽許
周那倍精進　滅行無有餘　如燈盡火滅

時阿難即從座起前白佛言佛滅度後葬法云何佛告阿難汝且默然思汝所業諸清信士自樂爲之時阿難復重三啓佛滅度後葬法云何佛言欲知葬法者當如轉輪聖王阿難又白轉輪聖王葬法云何佛告阿難聖王葬法先以香湯洗浴其體以新劫貝周遍纏身以五百張疊次如纏之内身金棺灌以麻油畢舉金棺置於第二大鐵槨中栴檀香槨次重於外積衆名香厚衣其上而闍維之訖收舍利於四衢道起立塔廟表刹懸繒使國行人皆見法王塔思慕正化多所饒益阿難

汝欲葬我先以香湯洗浴用新劫貝周遍纏身以五百張氎次如纏之内身金棺灌以麻油畢舉金棺置於第二大鐵槨中栴檀香槨次重於外積衆名香厚衣其上而闍維之訖收舍利於四衢道起立塔廟表刹懸繒使諸行人皆見佛塔思慕如來法王道化生獲福利死得上天於時世尊重觀此義而說頌曰

阿難從座起　長跪白世尊　如來滅度後
當以何法葬　阿難汝且默　思惟汝所行
國内諸清信　自當樂爲之　阿難三請已
佛說轉輪葬　欲葬如來身　氎裹内棺槨
四衢起塔廟　爲利益衆生　諸有禮敬者
皆獲無量福

佛告阿難天下有四種人應得起塔香華繒蓋伎樂供養何等四一者如來應得起塔二者辟支佛三者聲聞人四者轉輪王阿難此四種人應得起塔香華繒蓋伎樂供養爾時世尊以偈頌曰

佛應第一塔　辟支佛聲聞　及轉輪聖王
典領四域主　斯四應供養　如來之所記
佛辟支聲聞　及轉輪王塔

爾時世尊告阿難俱詣拘尸城末羅雙樹間對曰唯然即與大衆圍遶世尊在道而行時有一梵志從拘尸城趣波婆城中路遥見世尊顔貌端正諸根寂定見已歡喜善心自生前至佛所問訊訖一面住而白佛言我所居村去此不遠唯願瞿曇於彼止宿清旦食已然後趣城佛告梵志且止且止汝今便爲供養我已時梵志慇懃三請佛答如初又告梵志阿難在後汝可語意時梵志聞佛教已即

詣阿難問訊已於一面立白阿難言我所居村去此不遠欲屈瞿曇於彼止宿清旦食已然後趣城阿難答曰止止梵志汝今已為得供養已梵志復請慇懃至三阿難答曰時既暑熱彼村遠迥世尊疲極不足勞嬈爾時世尊觀此義已即說頌曰

淨眼前進路　疲極向雙樹　梵志遥見佛
速詣而稽首　我村今在近　哀愍留一宿
清旦設微供　然後向彼城　梵志我身極
道遠不能過　監藏者在後　汝可往語意
承佛教旨已　即詣阿難所　唯願至我村
清旦食已去　阿難曰止止　時熱不相赴
三請不遂願　憂惱心不悅　咄此有為法
流遷不常住　今於雙樹間　滅我無漏身
佛辟支聲聞　一切皆歸滅　無常無選擇
如火焚山林

爾時世尊入拘尸城向本生處末羅雙樹間告阿難曰汝為如來於雙樹間敷置牀座使頭南首面向北方所以然者吾法流布當久住北方對曰唯然即敷座令南首爾時世尊自四褺僧伽梨偃右脅如師子王累足而臥時雙樹間所有鬼神篤信佛者以非時華布散于地爾時世尊告阿難曰此雙樹神以非時華供養於我此非供養如來阿難白言云何名為供養如來佛語阿難人能受法能行法者斯乃名曰供養如來佛觀此義而說頌曰

佛在雙樹間　偃臥心不亂　樹神心清淨
以華散佛上　阿難白佛言　云何名供養
受法而能行　覺華而為供　紫金華如輪

散佛未爲供　陰界入無我　乃名第一供
爾時梵摩那在於佛前執扇扇佛佛言汝却勿在吾前時阿難黙自思念此梵摩那常在佛左右供給所須當尊敬如來視無猒足今者未後須其瞻視而命使却意將何由於是阿難即整衣服前曰佛言此梵摩那常在佛左右供給所須當尊敬如來視無猒足今者未後須其瞻視而命使却將有何因佛告阿難此拘尸城外左右十二由旬皆是諸大神天之所居宅無空缺處此諸大神皆嫌此比丘當佛前立今佛未後垂當滅度吾等諸神冀一奉現而此比丘有大威德光明映蔽使我曹等不得親近禮拜供養阿難我以是緣故命使却阿難白佛世尊此尊比丘本積何德修何行業今者威德乃如是乎佛告阿難乃往過去久遠九十一劫時世有佛名毗婆尸時此比丘以歡喜心手執草炬以照彼塔由此因緣使今威光上徹二十八天諸天神光所不能及爾時阿難即從座起偏袒右肩長跪叉手而白佛言佛莫於此鄙陋小城荒毀之土取滅度也所以者何更有大國瞻波大國毗舍離國王舍城婆祇國舍衛國迦維羅衛國波羅奈國其土人民衆多信樂佛法佛滅度已必能恭敬供養舍利佛言止止勿造斯觀無謂此土以爲鄙陋所以者何昔者此國有王名大善見此城爾時名拘舍婆提大王之都城長四百八十里廣二百八十里是時穀米豐賤人民熾盛其城七重繞城欄楯亦復七重雕文刻鏤間懸寶鈴其城下基深三仞高十二仞城上樓觀高十二仞柱圍

三仞金城銀門銀城金門瑠璃城水精門水精城瑠璃門其城周圍四寶莊嚴間錯欄楯亦以四寶金樓銀鈴銀樓金鈴寶塹七重中生蓮華優鉢羅華鉢頭摩華俱物頭華分陁利華下有金沙布現其底夾道兩邊生多隣樹其金樹者銀葉華實其銀樹者金葉華實水精樹者瑠璃華實瑠璃樹者水精華實多隣樹間有衆浴池清流恬淡潔淨無穢以四寶甎間砌其邊金梯銀隥銀梯金隥瑠璃梯陛水精爲隥水精梯陛瑠璃爲隥周帀欄楯繚繞相承其城處處生多隣樹其金樹者銀葉華實其銀樹者金葉華實水精樹者瑠璃華實瑠璃樹者水精華實樹間亦有四種寶池生四種華街巷齊整行伍相當風吹衆華紛紛路側微風四起吹諸寶樹出柔軟音猶如天樂其國人民男女大小共遊樹間以自娛樂其國常有十種聲貝聲鼓聲波羅聲歌聲舞聲吹聲象聲馬聲車聲飲食戲笑聲爾時大善見王七寶具足王有四德王四天下何謂七寶一金輪寶二白象寶三紺馬寶四神珠寶五玉女寶六居士寶七主兵寶云何善見王成就金輪寶王常以十五日月滿時沐浴香湯昇高殿上婇女圍遶自然輪寶忽現在前輪有千輻光色具足天匠所造非世所有眞金所成輪徑丈四大善見王默自念言我曾從先宿耆舊聞如是語若剎利王水澆頭種以十五日月滿時沐浴香湯昇寶殿上婇女圍遶自然金輪忽現在前輪有千輻光色具足天匠所造非世所有眞金所成輪徑丈四是則名爲轉輪聖王今此輪現將無

是耶今我寧可試此輪寶時大善見王即召四兵向金輪寶偏露右臂右膝著地以右手摩捫金輪語言汝向東方如法而轉勿違常則輪即東轉時善見王即持四兵隨其後行金輪寶前有四神導輪所住處王即止駕爾時東方諸小國王見大王至以金鉢盛銀粟銀鉢盛金粟來趣王所拜首白言善來大王今此東方土地豐樂人民熾盛志性仁和慈孝忠順唯願聖王於此治正我等當給使左右承受所當時善見大王語小王言止止諸賢汝等則爲供養我已但當以正法治勿使偏枉無令國內有非法行此即名曰我之所治時諸小王聞此教已即從大王巡行諸國至東海表次行南方西方北方隨輪所至其諸國王各獻國土亦如東方諸小王比時善見王既隨金輪周行四海以道開化安慰民庶已還本國拘舍婆城時金輪寶在宮門上虛空中住大善見王踊躍而言此金輪寶真爲我瑞我今真爲轉輪聖王是爲金輪寶成就云何善見大王成就白象寶時善見大王清旦在正殿上坐自然象寶忽現在前其毛純白七處平住力能飛行其首雜色六牙纖傭真金間塡時王見已念言此象賢良若善調者可中御乘即試調習諸能悉備時善見大王欲自試象即乘其上清旦出城周行四海食時已還時善見王踊躍而言此白象寶真爲我瑞我今真爲轉輪聖王是爲象寶成就云何善見大王成就馬寶時善見大王清旦在正殿上坐自然馬寶忽現在前馬紺青色朱毛尾頭頸如烏力能飛行時王見已念

言此馬賢良若善調者可中御乘即試調習諸能悉備時善見王欲自試馬寶即乘其上清旦出城周行四海食時已還時善見王踊躍而言此紺馬寶真爲我瑞我今真爲轉輪聖王是爲紺馬寶成就云何善見大王神珠寶成就時善見大王於清旦在正殿上坐自然神珠忽現在前質色清徹無有瑕穢時王見已言此珠妙好若有光明可照宮内時善見王欲試此珠即召四兵以此寶珠置高幢上於夜冥中齎幢出城其珠光明照一由旬現城中人皆起作務謂爲是晝時王善見踊躍而言今此神珠寶真爲我瑞我今真爲轉輪聖王是爲神珠寶成就云何善見大王成就玉女寶時玉女寶忽然出現顏色從容面貌端正不長不短不麤不細不白不黑不剛不柔冬則身温夏則身涼舉身毛孔出栴檀香口出優鉢羅華香語言柔輭舉動安詳先起後坐不失儀則時王善見清淨無著心不暫念況復親近時王善見踊躍而言此玉女寶真爲我瑞我今真爲轉輪聖王是爲玉女寶成就云何善見大王居士寶成就時居士丈夫忽然自出寶藏自然財富無量居士宿福眼能徹視地中伏藏有主無主皆悉見知其有主者能爲擁護其無主者取給王用時居士寶往白王言大王有所給與不足爲憂我自能辦時善見王欲試居士寶即勑嚴船於水遊戲告居士曰我須金寶汝速與我居士報曰大王小待須至岸上王尋逼言我停須用正爾得來時居士寶被王嚴勑即於船上長跪以右手内著水中水中寶瓶隨手而

出如蟲緣樹彼居士寶亦復如是内手水中寶緣手出充滿船上而白王言向須寶用爲須幾許時善見王語居士言止止吾無所須向相試耳汝今便爲供養我已時彼居士聞王語已尋以寶物還投水中時善見王踊躍而言此居士寶眞爲我瑞我今眞爲轉輪聖王是爲居士寶成就云何善見大王主兵寶成就時主兵寶忽然出現智謀雄猛英略獨決即詣王所白言大王有所討伐王不足憂我自能辦時善見大王欲試主兵寶即集四兵而告之曰汝今用兵未集者集已集者放未嚴者嚴已嚴者解未去者去已去者住時主兵寶聞王語已即令四兵未集者集已集者放未嚴者嚴已嚴者解未去者去已去者住時善見王踊躍而言此主兵寶眞爲我瑞我今眞爲轉輪聖王阿難是爲善見轉輪聖王成就七寶何謂四神德一者長壽不夭無能及者二者身强無患無能及者三者顔貌端正無能及者四者寶藏盈溢無能及者是爲轉輪聖王成就七寶及四功德阿難時善見王久乃命駕出遊後園尋告御者汝當善御安詳而行所以然者吾欲諦觀國土人民安樂無患時國人民路次觀者復語侍人汝且徐行吾欲諦觀聖王威顔阿難時善見王慈育民物如父愛子國民慕王如子仰父所有珍奇盡以貢王願垂納受在意所與時王報曰且止諸人吾自有寶汝可自用復於異時王作是念我今寧可造作宫觀適生是意時國人民詣王善見各白王言我今爲王造作宫殿王報之曰我今以爲得汝供養我有

寶物自足成辦時國人民復重啓王我欲與王造立宮殿王告人民隨汝等意時諸人民承王教已即以八萬四千量車載金而來詣拘舍婆城造立法殿時第二忉利妙匠天子默自思念唯我能堪與善見王起正法殿阿難時妙匠天造正法殿長六十里廣三十里四寶莊嚴下基平整七重寶甎以砌其階其法殿柱有八萬四千金柱銀櫨銀柱金櫨瑠璃水精櫨柱亦然繞殿周帀有四欄楯皆四寶成又四階陛亦四寶成其法殿上有八萬四千寶樓其金樓者銀爲戶牖其銀樓者金爲戶牖水精瑠璃樓戶亦然金樓銀牀銀樓金牀綩綖細輭金縷織成布其座上水精瑠璃樓牀亦然其殿光明眩耀人目猶日盛明無能視者時善見王自生念言我今可於是殿左右起多隣園池即造園池縱廣一由旬又復自念於法殿前造一法池尋即施功縱廣一由旬其水清澄潔淨無穢以四寶甎廁砌其下繞池四邊欄楯周帀皆以黃金白銀水精瑠璃四寶合成其池水中生衆雜華優鉢羅華鉢頭摩華拘勿頭華分陁利華出微妙香馚馥四散其池四面陸地生華阿醯物多華瞻蔔華波羅羅華須曼陁華婆師迦華檀俱摩梨華使人典池諸行過者將入洗浴遊戲清涼隨意所欲須漿與漿須食與食衣服車馬香華財寶不逆人意阿難時善見王有八萬四千象金銀交飾絡用寶珠齋象王爲第一八萬四千馬金銀交飾絡用寶珠力馬王爲第一八萬四千車師子革絡四寶莊嚴金輪寶爲第一八萬四千珠神珠寶爲第

一八萬四千玉女玉女寶爲第一八萬四千居士居士寶爲第一八萬四千剎利主兵寶爲第一八萬四千城拘尸婆提城爲第一八萬四千殿正法殿爲第一八萬四千樓大正樓爲第一八萬四千牀皆以黃金白銀衆寶所成氍氀毾㲪綩綖細輭以布其上八萬四千億衣芻摩衣迦尸衣劫貝衣爲第一八萬四千種食日日供設味味各異阿難時善見王八萬四千象乘齋象上清旦出拘尸城案行天下周遍四海須臾之間還入城食八萬四千馬乘力馬寶清旦出遊案行天下周遍四海須臾之間還入城食八萬四千車乘金輪車駕力馬寶清旦出遊案行天下周遊四海須臾之間還入城食八萬四千珠以神珠寶照於宮內晝夜常明八萬四千玉女玉女寶善賢給侍左右八萬四千居士有所給與任居士寶八萬四千剎利有所討伐任主兵寶八萬四千城常所治都在拘尸城八萬四千殿王所常止在正法殿八萬四千樓王所常止在大正樓八萬四千座王所常止在玻瓈座以安禪故八萬四千億衣上妙寶飾隨意所服以慚愧故八萬四千種食王所常食食自然飯以知足故時八萬四千象來現王時踰蹈衝突傷害衆生不可稱數時王念言此象數來多所損傷自今而後百年聽現一象如是轉次百年現一周而復始

佛說長阿含經卷第三

音釋

愕然（愕五各切驚遽也）殞（殞于敏切絕也）駛（駛踈士切疾也）嘷咷（嘷胡刀切咷徒刀切嘷咷大哭也）湊（湊倉奏切趣也）彷徉（彷步光切徉與

章切彷徉徘徊也 聒古活切擾也 褺徒協切襞也 欄楯欄落干切閑也楯食閭切檻也 刻鏤刻苦得切鏤盧候切雕刻也 塹七艷切坑也 砌七計切階甃也 櫨落胡切枅也 綩綖綩於阮切綖延線切坐褥也 齎子梨切 氍毹氍强魚切毛席也毹力朱切毛布也 毾毲毾吐盍切毲都騰切細毛褥也 蹋蹈蹋徒合切踐也蹈徒到切亦踐也

佛說長阿含經卷第四

姚秦三藏法師佛陀耶舍共竺佛念譯

第一分遊行經第二之三

爾時佛告阿難時王自念我本積何功德修何善本今獲果報巍巍若是覆自思念以三因緣致此福報何謂為三一曰布施二曰持戒三曰禪思以是因緣今獲大報王復自念我今已受人間福報當復進修天福之業宜自抑損去離憒閙隱處閑居以崇道術時王即命善賢寶女而告之曰我今已受人間福報當復進修天福之業宜自抑損去離憒閙隱處閑居以崇道術女言唯諾如大王教即勅内外絕於侍覲時王即昇法殿入金樓觀坐銀御牀思惟貪婬欲惡不善有覺有觀離生喜樂得第一禪除滅覺觀内信歡悅斂心專一無覺無觀定生喜樂得第一禪捨喜守護專心不亂自知身樂賢聖所求護念樂行得第三禪捨滅苦樂先除憂喜不苦不樂護念清淨得第四禪時善見王起銀御牀出金樓觀詣大正樓坐瑠璃牀修習慈心遍滿一方餘方亦爾周遍廣普無二無量除衆瞋恨心無嫉惡靜默慈柔以自娛樂悲喜捨心亦復如是時玉女寶默自念言久違顏色思一侍覲今者寧可奉現大王時寶女善賢告八萬四千諸婇女曰汝等宜各沐浴香湯嚴飾衣服所以然者我等久違顏色宜一奉現諸女聞已各嚴衣服沐浴澡潔時寶女善賢又告主兵寶臣集四種兵我等久違朝覲宜一奉現時主兵臣即集四兵白寶女言四兵已集宜知是時於是寶女將八萬四千婇女四

兵導從詣金多隣園大衆震動聲聞于王王聞聲已臨窻而觀寶女即前户側而立時王見女尋告之曰汝止勿前吾將出觀時善見王起玻瓈座出大正樓下正法殿與玉女寶詣多隣園就座而坐時善見王容顔光澤有逾於常善賢寶女即自念言今者大王光色勝常是何異瑞時女尋白大王今者顔色異常將非異瑞欲捨壽耶今此八萬四千象白象寶爲第一金銀交飾珞用寶珠自王所有願少留意共相娛樂勿便捨壽孤棄萬民又八萬四千馬力馬王爲第一八萬四千車輪寶爲第一八萬四千珠神珠寶第一八萬四千女玉女寶第一八萬四千居士居士寶第一八萬四千刹利主兵寶第一八萬四千城拘尸城第一八萬四千殿正法殿第一八萬四千樓大正樓第一八萬四千座寶飾座第一八萬四千億衣柔輭衣第一八萬四千種食味味珍異凡此衆寶皆王所有願少留意共相娛樂勿便捨壽孤棄萬民時善見王答寶女曰自汝昔來恭奉於我慈柔敬順言無麤漏今者何故乃作此語女白王曰不審所白有何不順王告女曰汝向所言象馬寶車金輪宮觀名服餚饍斯皆無常不可久保而勸我留豈是順耶女白王言不審慈順當何以言王告女曰汝若能言象馬寶車金輪宮觀名服餚饍斯皆無常不可久保願不戀著以勞神思所以然者王命未幾當就後世夫生有死合會有離何有生此而求壽者宜割恩愛以存道意斯乃名曰敬順言也阿難時玉女寶聞王此教悲泣歔欷抆淚而言象馬

寶車金輪宮觀名服餚饍斯皆無常不可久保願不戀著以勞神思所以然者王命未幾當就後世夫生有死合會有離何有生此而求壽者宜割恩愛以存道意阿難彼王女寶撫此言頃時善見王忽然命終猶如壯士美飯一餐無有苦惱寬神上生第七梵天其王善見死七日後輪寶珠寶自然不現象寶馬寶玉女寶居士寶主兵寶同日命終城池法殿樓觀寶飾金多隣園皆變爲土木佛告阿難此有爲法無常變易要歸磨滅貪欲無猒銷散人念戀著恩愛無有知足唯得聖智諦見道者爾乃知足阿難我自憶念曾於此處六反作轉輪聖王終厝骨於此今我成無上正覺復捨性命厝身於此自今已後生死永絶無有方土厝吾身處此最後邊更不受有

爾時世尊在拘尸那竭城本所生處娑羅園中雙樹間臨將滅度告阿難曰汝入拘尸那竭城告諸末羅諸賢當知如來夜半於娑羅園雙樹間當般涅槃汝等可往諮問所疑面受教誡宜及是時無從後悔是時阿難受佛教已即從座起禮佛而去與一比丘垂淚而行入拘尸城見五百末羅以少因緣集在一處時諸末羅見阿難來即起作禮於一面立白阿難言不審尊者今入此城何其晚暮欲何作爲阿難垂淚言吾爲汝等欲相饒益故來相告卿等當知如來夜半當般涅槃汝等可往諮問所疑面受教誡宜及是時無從後悔時諸末羅聞是言已舉聲悲號宛轉躃地絶而復甦譬如大樹根拔枝條摧折同舉聲言佛取滅度何其駛哉佛取滅度何其速哉

羣生長衰世間眼滅是時阿難慰勞諸末羅言止止勿悲天地萬物無生不終欲使有爲而常存者無有是處佛不云乎合會有離生必有盡時諸末羅各相謂言吾等還歸將諸家屬幷持五百張白氎共詣雙樹間時諸末羅各歸舍已將諸家屬幷持白氎出拘尸城詣雙樹間至阿難所阿難遥見默自念言彼人衆多若一一見佛恐未周聞佛當滅度我今寧可使於前夜同時見佛即將五百末羅及其家屬至世尊所頭面禮足在一面立阿難前白佛言某甲某甲諸末羅等及其家屬問訊世尊起居增損佛報言勞汝等來當使汝等壽命延長無病無痛阿難乃能將諸末羅及其家屬使現世尊時諸末羅頭面禮足於一面坐爾時世尊爲說無常示教利喜時諸末羅聞法歡喜即以五百張氎奉上世尊佛爲受之諸末羅即從座起禮佛而去是時拘尸城内有一梵志名曰須跋年百二十耆舊多智聞沙門瞿曇今夜於雙樹間當取滅度自念言吾於法有疑唯有瞿曇能知我意今當及時自力而行即於其夜出拘尸城詣雙樹間至阿難所問訊已一面立白阿難曰我聞瞿曇沙門今夜當取滅度故來至此求一相見我於法有疑願見瞿曇一決我意寧有閑暇得相見不阿難報言止止須跋佛身有疾無勞擾也須跋固請乃至再三吾聞如來時一出世如優曇鉢華時時乃出故來求現欲決所疑寧有閑暇暫相見不阿難答曰如初佛身有疾無勞擾也時佛告阿難曰汝勿遮止聽使來入此欲決疑無嬈亂也設聞

我法必得開解阿難乃告須跋汝欲覲佛宜知是時須跋即入問訊已畢於一面坐而白佛言我於法有疑寧有閑暇一決所滯不佛言恣汝所問須跋即問云何瞿曇諸有別衆自稱爲師富蘭迦葉末伽梨憍舍梨阿耆多翅舍欽婆羅波浮迦旃薩若毗耶梨弗尼犍子此諸師等各有異法瞿曇沙門能盡知耶不盡知耶佛言止止用論此爲吾悉知耳今當爲汝說深妙法諦聽諦聽善思念之須跋受教佛告之曰若諸法中無八聖道者則無第一沙門果第二第三第四沙門果須跋以諸法中有八聖道故便有第一沙門果第二第三第四沙門果須跋今我法中有八聖道有第一沙門果第二第三第四沙門果外道異衆無沙門果爾時世尊爲須跋而說頌曰

我年二十九　出家求善道　須跋我成佛
今已五十年　戒定智慧行　獨處而思惟
今說法之要　外道無沙門

佛告須跋若諸比丘皆能自攝者則此世間羅漢不空是時須跋白阿難言諸有能從沙門瞿曇已行梵行今行當行者爲得大利阿難汝於如來所修行梵行亦得大利我得面覲如來諮問所疑亦得大利今者如來則爲以弟子莂而莂我已即白佛言我今寧得於如來法中出家受具戒不佛告須跋若有異學梵志於我法中修梵行者當試四月觀其人行察其志性具諸威儀無漏失者則於我法得受具戒須跋當知在人行耳須跋復白言外道異學於佛法中當試四月觀其人行察其志性具諸威儀無漏失者乃得具戒今

我能於佛正法中四歲使役具諸威儀無有漏失乃受具戒佛告須跋我先已說在人行耳於是須跋即於其夜出家受戒淨修梵行於現法中自身作證生死已盡梵行已立所作已辦得如實智更不受有時夜未久即成羅漢是爲如來最後弟子便先滅度而佛後焉是時阿難在佛後立撫牀悲泣不能自勝歔欷而言如來滅度何其駛哉世尊滅度何其疾哉大法淪曀何其速哉群生長衰世間眼滅所以者何我蒙佛恩得在學地所業未成而佛滅度爾時世尊知而故問阿難比丘今爲所在時諸比丘白如來曰阿難比丘今在佛後撫牀悲泣不能自勝歔欷而言如來滅度何其駛哉世尊滅度何其疾哉大法淪曀何其速哉群生長衰世間眼滅所以者何我蒙佛恩得在學地所業未成而佛滅度佛告阿難止止勿憂莫悲泣也汝侍我已來身行有慈無二無量言行有慈意行有慈無二無量阿難汝供養我功德甚大若有供養諸天魔梵沙門婆羅門無及汝者但精進成道不久爾時世尊告諸比丘過去諸佛給侍弟子亦如阿難未來諸佛給侍弟子亦如阿難然過去佛給侍弟子語然後知今我阿難舉目即知如來須是世尊須是此是阿難未曾有法汝等持之轉輪聖王有四奇特未曾有法何等四聖王行時舉國民庶皆來奉迎見已歡喜聞教亦喜瞻仰威顏無有猒足轉輪聖王若住若坐及舉卧時國内臣民盡來王所見王歡喜聞教亦喜瞻仰威顏無有猒足是爲轉輪聖王四奇特法今我阿難亦有此

四奇特之法何等四阿難默然入比丘衆見皆歡喜為衆說法聞亦歡喜觀其儀容聽其說法無有猒足復次阿難默然至比丘尼衆中優婆塞衆中優婆夷衆中見俱歡喜若與說法聞亦歡喜觀其儀容聽其說法無有猒足是為阿難四未曾有奇特之法爾時阿難偏露右肩右膝著地而白佛言世尊現在四方沙門耆舊多知明解經律清德高行者來覲世尊我因禮敬親覲問訊佛滅度後彼不復來無所瞻對當如之何佛告阿難汝勿憂也諸族姓子常有四念何等四一曰念佛生處歡喜欲見憶念不忘生戀慕心二曰念佛初得道處歡喜欲見憶念不忘生戀慕心三曰念佛轉法輪處歡喜欲見憶念不忘生戀慕心四曰念佛般泥洹處歡喜欲見憶念不忘生戀慕心阿難我般泥洹後族姓男女念佛生時功德如是佛得道時神力如是轉法輪時度人如是臨滅度時遺法如是各詣其處遊行禮敬諸塔寺已死皆生天除得道者佛告阿難我般涅槃後諸釋種來求為道者當聽出家授具足戒勿使留難諸異學梵志來求為道亦聽出家受具足戒勿試四月所以者何彼有異論若小稽留則生本見爾時阿難長跪叉手前白佛言闡怒比丘虜扈自用佛滅度後當如之何佛告阿難我滅度後若彼闡怒不順威儀不受教誡汝等當共行梵壇罰勑諸比丘不得與語亦勿往反教授從事是時阿難復白佛言佛滅度後諸女人輩來受誨者當如之何佛告阿難莫與相見阿難又白設相見者當如之何佛言莫與共

語阿難又白設與語者當如之何佛言當自撿心阿難汝謂佛滅度後無復覆護失所恃耶勿造斯觀我成佛來所說經戒即是汝護是汝所恃阿難自今日始聽諸比丘捨小小戒上下相和當順禮度斯則出家敬順之法佛告諸比丘汝等若於佛法衆有疑於道有疑者當速諮問宜及是時無從後悔及吾現存當爲汝說時諸比丘默然無言佛又告曰汝等若於佛法衆有疑於道有疑當速諮問宜及時爲無從後悔及吾現存當爲汝說時諸比丘又復默然佛復告曰汝等若自慚愧不敢問者當因知識速來諮問宜及是時無從後悔時諸比丘又復默然阿難白佛言我信此衆皆有淨信無一比丘疑佛法衆疑於道者佛告阿難我亦自知今此衆中最小比丘皆見道迹不趣惡道極七往返必盡苦際爾時世尊即記莂千二百弟子所得道果時世尊披鬱多羅僧出金色臂告諸比丘汝等當觀如來時時出世如優曇鉢華時一現耳爾時世尊重觀此義而說偈言

右臂紫金色　佛現如靈瑞　去來行無常
現滅無放逸

是故比丘無爲放逸我以不放逸故自致正覺無量衆善亦由不放逸得一切萬物無常存者此是如來末後所說於是世尊即入初禪從初禪起入第二禪從第二禪起入第三禪從三禪起入第四禪從四禪起入空處定從空定起入識處定從識定起入不用定從不用定起入有想無想定從有想無想定起入滅想定爾時阿難問阿那律世尊已般涅

般耶阿那律言未也阿難世尊今者在滅想定我昔親從佛聞從四禪起乃般涅槃於是世尊從滅想定起入有想無想定從有想無想定起入不用定從不用定起入識處定從識處定起入空處定從空處定起入第四禪從四禪起入第三禪從三禪起入第二禪從二禪起入第一禪從第一禪起入第二禪從二禪起入第三禪從三禪起入第四禪從四禪起佛般涅槃當於爾時地大震動諸天世人皆大驚怖諸有幽冥日月光明所不照處皆蒙大明各得相見迭相謂言彼人生此彼人生此其光普遍過諸天光時忉利天於虛空中以曼陀羅華優鉢羅鉢頭摩拘勿頭分陀利華散如來上及散衆會又以天末栴檀而散佛上及散大衆佛滅度已時梵天王於虛空中以偈頌曰

一切民萌類　皆當捨諸陰　佛爲無上尊
世間無等倫　如來大聖雄　有無畏神力
世尊應久住　而今般泥洹

爾時釋提桓因復作頌曰

陰行無有常　但爲興衰法　生者無不死
佛滅之爲樂

爾時毗沙門王復作頌曰

福樹大叢林　無上福娑羅　受供之良田
雙樹間滅度

爾時阿那律復作頌曰

佛以無爲住　不用出入息　本由寂滅來
靈曜於是沒

爾時梵魔那比丘復作頌曰

不以懈慢心　約已修上慧　無著無所染

離愛無上尊

爾時阿難比丘復作頌曰

天人懷恐怖　衣毛爲之竪　一切皆成就
正覺取滅度

爾時金毗羅神復作頌曰

世間失覆護　羣生永盲瞑　不復覩正覺
人雄釋師子

爾時密跡力士復作頌曰

今世與後世　梵世諸天人　更不復覩見
人雄釋師子

爾時佛毋摩訶摩耶復作頌曰

佛生樓毗園　其道廣流布　還到本生處
永棄無常身

爾時雙樹神復作頌曰

何時當復以　非時華散佛　十力功德具
如來取滅度

爾時娑羅園林神復作頌曰

此處最妙樂　佛於此生長　即此轉法輪
又於此滅度

爾時四天王復作頌曰

如來無上智　常說無常論　解羣生苦縛
究竟入寂滅

爾時忉利天王復作頌曰

於億千萬劫　永成無上道　解羣生苦縛
究竟入寂滅

爾時炎天王復作頌曰

此是最後衣　纏裹如來身　佛既滅度已
衣當何所施

爾時兜率陀天王復作頌曰

此是末後身　陰界於此滅　無憂無喜想

無復老死患

爾時化自在天王復作頌曰

佛於今後夜　偃右脅而卧　於此娑羅園
釋師子滅度

爾時他化自在天王復作頌曰

世間永衰冥　星王月奄墜　無常之所覆
大智日永翳

爾時諸比丘而作頌曰

是身如泡沫　危脆誰當樂　佛得金剛身
猶爲無常壞　諸佛金剛體　皆亦歸無常
速滅如少雪　其餘復何異

佛般涅槃已時諸比丘悲慟殞絶自投於地宛轉號咷不能自勝歔欷而言如來滅度何其駛哉世尊滅度何其疾哉大法淪翳何其速哉羣生長衰世間眼滅譬如大樹根拔枝條摧折又如斬蛇宛轉迴遑莫知所湊時諸比丘亦復如是悲慟殞絶自投於地宛轉號咷不能自勝歔欷而言如來滅度何其駛哉世尊滅度何其疾哉大法淪翳何其速哉羣生長衰世間眼滅爾時長老阿那律告諸比丘止止勿悲諸天在上儻有怪責時諸比丘問阿那律上有幾天阿那律言充滿虛空豈可計量皆於空中徘徊騷擾悲號躃踊垂淚而言如來滅度何其駛哉世尊滅度何其疾哉大法淪翳何其速哉羣生長衰世間眼滅譬如大樹根拔枝條摧折又如斬蛇宛轉迴遑莫知所湊是時諸天亦復如是皆於空中徘徊騷擾悲號躃踊垂淚而言如來滅度何其駛哉世尊滅度何其疾哉大法淪翳何其速哉羣生長衰世間眼滅時諸比丘竟夜達

曉講法語已阿那律告阿難言汝可入城語諸末羅佛已滅度所欲施作宜及時爲是時阿難即起禮佛足已將一比丘涕泣入城遥見五百末羅以少因緣集在一處諸末羅見阿難來皆起奉迎禮足而立白阿難言今來何早阿難答言我今爲欲饒益汝故晨來至此汝等當知如來昨夜已取滅度汝欲施作宜及時爲時諸末羅聞是語已莫不悲慟抆淚而言一何駛哉佛般涅槃一何疾哉世間眼滅阿難報曰止止諸君勿爲悲泣欲使有爲不變易者無有是處佛已先説生者有死合會有離一切恩愛無常存者時諸末羅各相謂言宜各還歸辦諸香華及衆妓樂速詣雙樹供養舍利竟一日已以佛舍利置於牀上使末羅童子舉牀四角擎持旛蓋燒香散華妓樂供養入東城門遍諸里巷使國民人皆得供養然後出西城門詣高顯處而闍維之時諸末羅作此論已各自還家供辦香華及衆妓樂詣雙樹間供養舍利竟一日已以佛舍利置於牀上諸末羅等來共舉牀皆不能勝時阿那律語諸末羅汝等且止勿空疲勞今者諸天欲來舉牀諸末羅曰天何以意欲舉此牀阿那律曰汝等欲以香華妓樂供養舍利竟一日已以佛舍利置於牀上使末羅童子舉牀四角擎持旛蓋燒香散華妓樂供養入東城門遍諸里巷使國人民皆得供養然後出西城門詣高顯處而闍維之而諸天意欲留舍利七日之中香華妓樂禮敬供養然後以佛舍利置於牀上使末羅童子舉牀四角擎持旛蓋散華燒香作衆妓樂供養

舍利入東城門遍諸里巷使國人民皆得供養然後出城北門渡凞連禪河到天冠寺而闍維之是上天意使牀不動末羅曰諾快哉斯言隨諸天意時諸末羅自相謂言我等宜先入城街里巷陌平治道路掃灑燒香還來至此於七日中供養舍利時諸末羅即共入城街里巷陌平治道路掃灑燒香訖已出城於雙樹間以香華妓樂供養舍利訖七日已時日向暮舉佛舍利置於牀上末羅童子捧舉四角擎持旛蓋燒香散華作衆妓樂前後導從安詳而行時忉利諸天以曼陀羅華優鉢羅華波頭摩華拘勿頭華分陀利華天末栴檀散舍利上充滿街路諸天作樂鬼神歌詠時諸末羅自相謂言且置人樂請設天樂供養舍利於是末羅捧牀漸進入東城門止諸街巷燒香散華妓樂供養時有路夷末羅女篤信佛道手擎金華大如車輪供養舍利時有一老母舉聲讚曰此諸末羅爲得大利如來末後於此滅度舉國士民快得供養時諸末羅設供養已出城北門渡凞連禪河到天冠寺置牀於地告阿難曰我等當復應以何供養阿難報曰我親從佛聞親受佛教欲葬舍利者當如轉輪聖王葬法又問阿難轉輪聖王葬法云何答曰聖王葬法先以香湯洗浴其身以新劫貝周遍纏身五百張氎次如纏之内身金棺灌以麻油畢舉金棺置於第二大鐵槨中栴檀香槨次重於外積衆名香厚衣其上而闍維之收歛舍利於四衢道起立塔廟表刹懸繒使國行人皆見王塔思慕正化多所饒益阿難汝欲葬我先以香湯

洗浴用新劫貝周帀纏身以五百張疊次如纏之内身金棺灌以麻油畢舉金棺置於第二大鐵槨中栴檀香槨次重於外積衆名香厚衣其上而闍維之收斂舍利於四衢道起立塔廟表刹懸繒使諸行人皆見佛塔思慕如來法王道化生獲福利死得上天除得道者時諸末羅各相謂言我等還城供辦葬具香華劫貝棺槨香油及與白疊時諸末羅即共入城供辦葬具已還到天冠寺以淨香湯洗浴佛身以新劫貝周帀纏身五百張疊次如纏之内身金棺灌以香油捧舉金棺置於第二大鐵槨中栴檀木槨重衣其外以衆名香而積其上時有末羅大臣名曰路夷執大炬火欲然佛積而火不然又有諸大末羅次前然積火又不然時阿那律語諸末羅言止止諸賢非汝所能火滅不然是諸天意末羅又問諸天何故使火不然阿那律言天以大迦葉將五百弟子從波婆國來今在半道及未闍維欲見佛身天知其意故使火不然末羅又言願遂此意爾時大迦葉將五百弟子從波婆國來在道而行遇一尼乾子手執曼陀羅華時大迦葉遥見尼乾子就往問言汝從何來報言吾從拘尸城來迦葉又言汝知我師乎答曰知又問我師存耶答曰滅度已來已經七日吾從彼來得此天華迦葉聞之悵然不悦時五百比丘聞佛滅度皆大悲泣宛轉號咷不能自勝抆淚而言如來滅度何其駃哉世尊滅度何其疾哉大法淪翳何其速哉羣生長衰世間眼滅譬如大樹根拔枝條摧折又如斬蛇宛轉迴遑莫知所湊時彼

衆中有釋種子字跋難陀止諸比丘言汝等勿憂世尊滅度我得自在彼老常言當應行是不應行是自今已後隨我所爲迦葉聞已悵然不悦告諸比丘曰速嚴衣鉢時詣雙樹及未闍維可得見佛時諸比丘聞大迦葉語已即從座起侍從迦葉詣拘尸城渡熈連禪水到天冠寺至阿難所問訊已一面住語阿難言我等欲一面覲舍利及未闍維寧可見不阿難答言雖未闍維難復可見所以然者佛身既洗浴以香湯纏以劫貝五百張氎次如纏之藏於金棺置鐵槨中栴檀香槨重衣其外以爲佛身難復可覩迦葉請至三阿難答如初以爲佛身難復得見時大迦葉迴向香積於時佛身從重棺内雙出兩足足有異色迦葉見已恠問阿難佛身金色足何故異阿難報曰向者有一老母悲哀而前手撫佛足淚墮其上故色異耳迦葉聞已又大不悦即向香積禮佛舍利時四部衆及上諸天同時俱禮於是佛足忽然不現時大迦葉繞積三帀而作頌曰

諸佛無等等　聖智不可稱　無等之聖智
我今稽首禮　無等等沙門　最上無瑕穢
牟尼絶愛枝　大仙天人尊　人中第一雄
我今稽首禮　若行無等侶　離著而教人
無染無垢塵　稽首無上尊　三垢垢已盡
樂於空寂行　無二無儔匹　稽首十力尊
善逝爲最上　二足尊中尊　覺四諦止息
稽首安隱智　沙門中無上　迴邪令入正
世尊於寂滅　稽首湛然迹　無熱無瑕隙
其心常寂定　練除諸塵穢　稽首無垢尊

慧眼無限量　甘露威名稱　希有難思議
稽首無等倫　吼聲如師子　在林無所畏
降魔越四性　是故稽首禮

大迦葉有大威德四辯具足說此偈已時彼佛積不燒自然諸末羅等各相謂言今火猛熾焰盛難止闍維舍利或能銷盡當於何所求水滅之時佛積側有娑羅樹神篤信佛道尋以神力滅佛積火時諸末羅復相謂言此拘尸城左右十二由旬所有香華盡當採取供佛舍利尋詣城側取諸香華以用供養時波婆國末羅民衆聞佛於雙樹滅度皆自念言今我宜往求舍利分自於本土起塔供養時波婆國諸末羅即下國中嚴四種兵象兵馬兵車兵步兵到拘尸城遣使者言聞佛衆祐止此滅度彼亦我師敬慕之心來請骨分當於本國起塔供養拘尸王答曰如是如是誠如君言但爲世尊垂降此土於茲滅度國內士民當自供養遠勞諸君求舍利分終不可得時遮羅頗國諸跋離民衆及羅摩伽國拘利民衆毗留提國婆羅門衆迦維羅衛國釋種民衆毗舍離國離車民衆及摩竭王阿闍世聞如來於拘尸城雙樹間而取滅度皆自念言今我宜往求舍利分時諸國王阿闍世等即下國中嚴四種兵象兵馬兵車兵步兵進度恒水即勑婆羅門香姓汝持我名入拘尸城致問諸末羅等起居輕利遊步强耶吾於諸賢每相宗敬隣境義和曾無諍訟我聞如來於君國內而取滅度唯無上尊實我所天故從遠來求請骨分欲還本土起塔供養設與我者舉國重寶與君共之時香姓婆

羅門受王教已即詣彼城謂諸末羅曰摩竭大王致問無量起居輕利遊步强耶吾於諸君每相宗敬隣境義和曾無諍訟我聞如來於君國內而取滅度唯無上尊實我所天故從遠來求請骨分欲還本土起塔供養設與我者舉國重寶與君共之時諸末羅報香姓曰如是如是誠如君言但爲世尊垂降此土於玆滅度國內士民自當供養遠勞諸君求舍利分終不可得時諸國王即集羣臣衆共立議作頌告曰

吾等和議　遠來拜首　遜言求分　如不見與
四兵在此　不惜身命　義而弗獲　當以力取

時拘尸國即集羣臣衆共立議以偈答曰

遠勞諸君　屈辱拜首　如來遺形　不敢相許
彼欲舉兵　吾斯亦有　畢命相抵　未之有畏

時香姓婆羅門曉衆人曰諸賢長夜受佛教誠口誦法言心服仁化一切衆生常念欲安寧可爭佛舍利共相殘害如來遺形欲以廣益舍利現在但當分取衆咸稱善尋復議言誰堪分者皆曰香姓婆羅門仁智平均可使分也時諸國王即命香姓汝爲我等分佛舍利均作八分於時香姓聞諸王語已即詣舍利所頭面禮畢徐前取佛上牙別置一面尋遣使者齎佛上牙詣阿闍世王所語使者言汝以我聲上白大王起居輕利遊步强耶舍利未至傾遲無量耶今付使者如來上牙並可供養以慰企望明星出時分舍利訖當自奉送時彼使者受香姓語已即詣阿闍世王所白言香姓婆羅門致問無量起居輕利遊步强耶舍利未至傾遲無量耶今付使者如

來上牙並可供養以慰企望明星出時分舍利訖當自奉送爾時香姓以一瓶受石許即分舍利均爲八分已告衆人言願以此瓶衆議見與自欲於舍起塔供養皆言智哉是爲知時即共聽與時有畢鉢村人白衆人言乞地焦炭起塔供養皆言與之爾時拘尸國人得舍利分即於其土起塔供養波婆國人遮羅國羅摩伽國毗留提國迦維羅衛國毗舍離國摩竭國阿闍世王等得舍利分已各歸其國起塔供養香姓婆羅門持舍利瓶歸起塔廟畢鉢村人持地焦炭歸起塔廟當於爾時如來舍利起於八塔第九瓶塔第十炭塔第十一生時髮塔何等時佛生何等時出家何等時成道何等時滅度沸星出時生沸星出出家沸星出成道沸星出滅度何等生二足尊何等出叢林苦何等得最上道何等入涅槃城沸星生二足尊沸星出叢林苦沸星得最上道沸星入涅槃城八日如來生八日佛出家八日成菩提八日取滅度八日生二足尊八日出叢林苦八日成最上道八日入泥洹城二月如來生二月佛出家二月成菩提二月取涅槃二月生二足尊二月出叢林苦二月得最上道二月入涅槃城

娑羅華熾盛　種種光相照　於其本生處
如來取滅度　大慈般涅槃　多人稱讚禮
盡度諸恐畏　決定取滅度

佛説長阿含經卷第四

音釋

憒閙 憒古對切亂也閙奴教切不靜也 餚饍 餚胡茅切凡非穀而食曰餚饍時戰切具食也 抆 無粉切拭也 厝 倉故切安置也 跋 蒲撥切 曀 於計切翳也 弩 奴古切 瘞 於利切埋也 積 資四切積也聚也 企望 企詰利切企望舉足而望也

佛說長阿含經卷第五

姚秦三藏法師佛陀耶舍共竺佛念譯

第一分典尊經第三

如是我聞一時佛在羅閱祇耆闍崛山與大比丘衆千二百五十人俱爾時執樂天般遮翼子於夜靜寂無人之時放大光明照耆闍崛山來至佛所頭面禮佛足已在一面立時般遮翼白世尊言近梵天王至忉利天與帝釋共議我親從彼聞今者寧可向世尊說不佛言汝欲說者便可說之般遮翼言一時忉利諸天集法講堂有所講論時四天王隨其方面各當位坐提頭賴吒天王在東方坐其面西向帝釋在前毗樓勒天王在南方坐其面北向帝釋在前毗樓博叉天王在西方坐其面東向帝釋在前毗沙門天王在北方坐其面南向帝釋在前時四天王皆先坐已然後我坐復有餘大神天皆先於佛所淨修梵行於此命終生忉利天使彼諸天增益五福一者天壽二者天色三者天名稱四者天樂五者天威德時諸忉利天皆踊躍歡喜言增益諸天衆減損阿須倫衆爾時釋提桓因知諸天人有歡喜心即爲忉利諸天而作頌曰

忉利諸天人　帝釋相娛樂　禮敬於如來
最上法之王　諸天受影福　壽色名樂威
於佛修梵行　故來生此間　復有諸天人
光色甚巍巍　佛智慧弟子　生此復殊勝
忉利及因提　思惟此自樂　禮敬於如來
最上法之王

爾時忉利諸天聞此偈已倍復歡喜不能自勝增益諸天衆減損阿須倫衆釋提桓因見

忉利天歡喜悦豫即告之曰諸賢汝等頗欲聞如來八無等法不時忉利諸天言願樂欲聞帝釋報言諦聽諦聽善思念之諸賢如來至真等正覺十號具足不見過去未來現在有如是至真十號具足如佛者也佛法微妙善可講説智者所行不見過去未來現在有微妙法如佛者也佛由此法而自覺悟通達無礙以自娛樂不見過去未來現在能於此法而自覺悟通達無礙以自娛樂如佛者也諸賢佛以此法自覺悟已亦能開示涅槃徑路親近漸至入於寂滅譬如恒河水𣶒摩水二水並流入于大海佛亦如是善能開示涅槃徑路親近漸至入于寂滅不見過去未來現在有能開示涅槃徑路如佛者也諸賢如來眷屬成就刹利婆羅門居士沙門有智慧者皆是如來成就眷屬不見過去未來現在眷屬成就如佛者也諸賢如來大衆成就所謂比丘比丘尼優婆塞優婆夷不見過去未來現在大衆成就如佛者也諸賢如來言行相應所言如行所行如言如是則爲法法成就不見過去未來現在言行相應法法成就如佛者也諸賢如來多所饒益多所安樂以慈愍心利益天人不見過去未來現在多所饒益多所安樂如佛者也諸賢是爲如來八無等法時忉利天作是説言若使世間有八佛出者當大增益諸天衆減損阿須倫衆時忉利天言且置八佛正使七佛六佛乃至二佛出世者亦大增益諸天衆減損阿須倫衆何況八佛時釋提桓因告忉利天言我親從佛聞親從佛受欲使一時二佛出世無有是

處但使如來久存於世多所慈愍多所饒益天人獲安則大增益諸天衆減損阿須倫衆時般遮翼白佛言世尊忉利諸天所以集法講堂上者共議思惟稱量觀察有所教令然後爲四天王說四王受教已各當位而坐其坐未久有大異光照于四方時忉利天見此光已皆大驚愕今此異光將有何恠諸大神天有威德者亦皆驚怖今此異光將有何恠時大梵王即化爲童子頭五角髻在天衆上虛空中立顏貌端正與衆超絶身紫金色蔽諸天光時忉利天亦不起迎亦不恭敬又不請坐時梵童子隨所詣坐座主欣悅譬如刹利水澆頭種登王位時踊躍歡喜其坐未久復自變身作童子像頭五角髻在大衆上虛空中坐譬如力士坐於安座嶷然不動而作頌曰

忉利諸天人　帝釋相娛樂　禮敬於如來
最上法之王　諸天受影福　壽色名樂威
於佛修梵行　故來生此間　復有諸天人
光色甚巍巍　佛智慧弟子　生此復殊勝
忉利及因提　思惟此自樂　禮敬於如來
最上法之王

時諸忉利天語童子曰吾等聞天帝釋稱說如來八無等法歡喜踊躍不能自勝時梵童子語忉利天言何等如來八無等法吾亦樂聞時天帝釋即爲童子說如來八無等法忉利諸天重聞說已倍復歡喜不能自勝增益諸天衆減損阿須倫衆是時童子見天歡喜復增欣踊即告忉利天曰汝等欲聞一無等法不天曰善哉願樂欲聞童子告曰汝樂聞

者諦聽諦受當爲汝説告諸天曰如來往昔爲菩薩時在所生處聰明多智諸賢當知過去久遠時世有王名曰地主第一太子名曰慈悲王有大臣名曰典尊大臣有子名曰焰鬘太子慈悲有朋友其朋亦與六剎利大臣而爲朋友地主大王欲入深宫遊戲娱樂時則以國事委付典尊大臣然後入宫作倡妓樂五欲自娱時典尊大臣欲理國事先問其子然後决斷有所處分亦問其子其後典尊忽然命終時地主王聞其命終愍念哀傷撫膺而曰咄哉何辜失國良輔太子慈悲默自念言王失典尊以爲憂苦今我宜往諫於大王無以彼喪而生憂苦所以然者典尊有子名曰燄鬘聰明多智乃過其父今可徵召以理國事時慈悲太子即詣王所具以上事白其父王王聞太子語已即召燄鬘而告之曰吾今以汝補卿父處授汝相印彼時燄鬘受相印已王欲入宫復付後事時相燄鬘明於治理父先所爲燄鬘亦知父所不及焰鬘亦知其後名稱流聞海内天下咸稱爲大典尊時大典尊復作是念今王地主年已朽邁餘壽未幾若以太子紹王位者未爲難也我今寧可先往語彼六剎利大臣今王地主年已朽邁餘壽未幾若以太子紹王位者未爲難也君等亦當别封王土居位之日勿相忘也時大典尊即往詣六剎利大臣而告之曰諸君當知今王地主年已朽邁餘壽未幾若以太子紹王位者未爲難也汝等可往白太子此意我等與尊生小知舊尊苦我苦尊樂我樂今王衰老年已朽邁餘壽未幾今者太子

紹王位者未爲難也尊設登位當與我封時六刹利大臣聞其語已即詣太子説如上事太子報言設吾登位列土封國當更與誰時王未久忽然而崩國中大臣尋拜太子補王正位王居位已默自思念今立宰相宜准先王覆自思念誰堪此舉正當即任大典尊耳時王慈悲即告大典尊我今使汝即於相位授以印信汝當勤憂綜理國事時大典尊聞王教已即受印信王每入宮輒以後事付大典尊大典尊復自念言吾今宜往六刹利所問其寧憶昔所言不即尋往詣語刹利曰汝今寧憶昔所言不今者太子以登王位隱處深宮五欲自娛汝等今者可往問王王居天位五欲自娛寧復能憶昔所言不時六刹利聞是語已即詣王所白大王言王居大位五欲自娛寧復能憶昔所言不列土封邑誰應居之王曰不忘昔言列土封邑非卿而誰王復自念此閻浮提地内廣外狹誰能分此以爲七分復自念言唯有大典尊乃能分耳即告之曰汝可分此閻浮提地使作七分時大典尊即尋分之王所治城村邑郡國皆悉部分六刹利國亦與分部王自慶言我願已果時六刹利復自慶幸我願已果得成此業大典尊力也六刹利王復自思念吾國初建當須宰輔誰能堪任如大典尊即當使之通領國事耳時六刹利王即命典尊而告之曰吾國須相卿當爲吾通領國事於是六國各授相印時大典尊受相印已六王入宮遊觀娛樂時皆以國事付大典尊大典尊理七國事無不成辦時國内有七大居士典尊亦爲處

分家事又能教授七百梵志諷誦經典七王敬視大典尊相猶如神明國七居士視如大王七百梵志視如梵天時七國王七大居士七百梵志皆自念言大典尊相常與梵天相見言語坐起親善時大典尊默識七王居士梵志意謂我常與梵天相見言語坐起然我實不見梵天不與言語不可養默虛受此稱我亦曾聞諸先宿言於夏四月閑居靜處修四無量者梵天則下與共相見今我寧可修四無量使梵天下共相見不於是典尊至七王所而白王言唯願大王顧臨國事我欲於夏四月修四無量七王告曰宜知是時大典尊相又告七居士汝等各勤己務吾欲四月修四無量居士曰諾宜知是時又告七百梵志卿等當勤諷誦轉相教授我欲於夏四月修四無量梵志曰諾今者大師宜知是時時大典尊於彼城東造閑靜室於夏四月即於彼止修四無量然彼梵天猶不來下典尊自念我聞先宿言於夏四月修四無量梵天下現今者寂然聊無髣髴時大典尊以十五日月滿時出其靜室於露地坐坐未久頃有大光現典尊默念今此異光將無是梵欲下瑞耶時梵天王即化爲童子頭五角髻在典尊上虛空中坐典尊見已即説頌曰

此是何天像　在於虛空中　光照於四方

如大火積然

時梵童子以偈報曰

唯梵世諸天　知我梵童子　其餘人謂我

祀祠於火神

時大典尊以偈報曰

今我當諮承　奉誨致恭敬　設種種上味
願天知我心
時梵童子復以偈報曰
典尊汝所修　爲欲何志求　今設此供養
當爲汝受之
又告大典尊汝若有所問自恣問之當爲汝說時大典尊即自念言我今當問現在事耶未然事耶覆自念言今世現事用復問爲當問未然幽冥之事即向梵童以偈問曰
今我問梵童　能決疑無疑　學何住何法
得生於梵天
時梵童子以偈報曰
當捨我人想　獨處修慈心　除欲無臭穢
乃得生梵天
時大典尊聞是偈已即自念言梵童說偈宜除臭穢我不解此今宜更問時大典尊即以偈問曰
梵偈言臭穢　願今爲我說　誰閉世間門
墮惡不生天
時梵童子以偈報曰
欺妄懷嫉妬　習慢增上慢　貪欲瞋恚癡
自恣藏於心　此世間臭穢　今說令汝知
此閉世間門　墮惡不生天
時大典尊聞此偈已復自念言梵童所說臭穢之義我今已解但在家者無由得除今我寧可捨世出家剃除鬚髮法服修道耶時梵童子知其志念以偈告曰
汝能有勇猛　此志爲勝妙　智者之所爲
死必生梵天
於是梵童子忽然不現時大典尊還詣七王

白言大王唯願垂神善理國事今我意欲出家離世法服修道所以者何我親於梵童聞說臭穢心甚惡之若在家者無由得除彼時七王即自念言凡婆羅門多貪財寶我今寧可大開庫藏恣其所須使不出家時七國王即命典尊而告之曰設有所須吾盡相與不足出家時大典尊尋白王曰我今以爲蒙王賜已我亦大有財寶今者盡留以上大王願聽出家遂我志願時七國王復作是念凡婆羅門多貪美色今我寧可出宮婇女以滿其意使不出家王即命典尊而告之曰若須婇女吾盡與汝不足出家典尊報曰我今已爲蒙王賜已家内自有婇女衆多今盡放遣求離恩愛出家修道所以然者我親從梵童聞說臭穢心甚惡之若在家者無由得除時大典尊向慈悲王以偈頌曰

王當聽我言　王爲人中尊　賜財寶婇女
此實非所樂

時慈悲王以偈報曰

檀特伽陵城　阿波布和城　可槃大天城
鴦伽瞻婆城　數彌薩羅城　西陀路樓城
波羅伽尸城　盡汝典尊造　五欲有所少
吾盡當相與　宜共理國事　不足出家去

時大典尊以偈報曰

我五欲不少　自不樂世間　已聞天所語
無心復在家

時慈悲王以偈報曰

大典尊所言　爲從何天聞　捨離於五欲
今問當答我

時大典尊以偈答曰

昔我於靜處　獨坐自思惟　時梵天王來
普放大光明　我從彼聞已　不樂於世間
時慈悲王以偈告曰
小住大典尊　共弘善法化　然後俱出家
汝即爲我師　譬如虛空中　清淨瑠璃滿
今我清淨信　充遍佛法中
時大典尊復作頌曰
諸天及世人　皆應捨五欲　蠲除諸穢汙
淨修於梵行

爾時七國王語大典尊曰汝可留住七歲之中極世五欲共相娛樂然後捨國各付子弟俱共出家不亦善耶如汝所獲我亦當同時大典尊報七王曰世間無常人命逝速喘息之間猶亦難保乃至七歲不亦遠耶七王又言七歲遠者六歲五歲乃至一歲留住靜宮極世五欲共相娛樂然後捨國各付子弟俱共出家不亦善耶如汝所得我亦宜同時大典尊復報王曰世間無常人命逝速喘息之間猶亦難保乃至一歲尚亦久耳如是七月至于一月猶復不可王又語言可至七日留住深宮極世五欲共相娛樂然後捨國各付子弟俱共出家不亦善耶大典尊答曰七日不遠自可留耳唯願大王勿違信誓過七日已王若不去我自出家時大典尊又至七居士所語言汝等各理已務吾欲出家修無爲道所以然者我親從梵天聞說臭穢心甚惡之若在家者無由得除時七居士報典尊曰善哉斯志宜知是時我等亦欲俱共出家如汝所得我亦宜同時大典尊復詣七百梵志所而告之曰卿等當勤諷誦廣採道義轉相

教授吾欲出家修無爲道所以然者我親從梵天聞說臭穢心甚惡之若在家者無由得除時七百梵志白典尊曰大師勿出家也夫在家安樂五欲自娛多人侍從心無憂苦出家之人獨在空閑所欲悉無無可貪取典尊報曰吾若以在家爲樂出家爲苦終不出家吾以在家爲苦出家爲樂故出家耳梵志答曰大師出家我亦出家大師所行我亦盡行時大典尊至諸妻所而告之曰卿等隨宜欲住者住欲歸者歸吾欲出家求無爲道具論上事明出家意時諸婦答曰大典尊在一如我夫一如我父設今出家亦當隨從典尊所行我亦宜行過七日已時大典尊即剃除鬚髮服三法衣捨家而去時七國王七大居士七百梵志及四十夫人如是展轉有八萬四千人同時出家從大典尊時大典尊與諸大衆遊行諸國廣弘道化多所饒益爾時梵王告諸天衆曰時典尊大臣豈異人乎莫造斯觀今釋迦文佛即其身也世尊爾時過七日已出家修道將諸大衆遊行諸國廣弘道化多所饒益汝等若於我言有餘疑者世尊今在耆闍崛山可往問也如佛所言當受持之般遮翼言我以是緣故來詣此唯然世尊彼大典尊即世尊是耶世尊爾時過七日已出家修道與七國王乃至八萬四千人同時出家遊行諸國廣弘道化多所饒益耶佛告般遮翼曰爾時大典尊豈異人乎莫造斯觀即我身是也爾時擧國男女行來擧動有所破損尋皆擧聲曰南無大典尊七王大相南無大典尊七王大相如是至三般遮翼時大典

尊有大德力然不能爲弟子説究竟道不能使得究竟梵行不能使至安隱之處其所説法弟子受行身壞命終得生梵天其次行淺者生他化自在天次生化自在天兜率陀天炎天忉利天四天王剎利婆羅門居士大家所欲自在般遮翼彼大典尊弟子皆無癡出家有果報有教戒然非究竟道不能使得究竟梵行不能使至安隱之處其道勝者極至梵天耳今我爲弟子説法則能使其得究竟道究竟梵行究竟安隱終歸涅槃我所説法弟子受行者捨有漏成無漏心解脱慧解脱於現法中自身作證生死已盡梵行已立所作已辦更不受有其次行淺者斷五下結即於天上而般涅槃不復還此其次三結盡薄婬怒癡一來世間而般涅槃其次斷三結得須陀洹不墮惡道極七往返必得涅槃般遮翼我諸弟子不癡出家有果報有教戒究竟道法究竟梵行究竟安隱終歸滅度爾時般遮翼聞佛所説歡喜奉行

第一分闍尼沙經第四

如是我聞一時佛遊那提揵椎住處與大比丘衆千二百五十人俱爾時尊者阿難在靜室坐默然思念甚奇甚特如來授人記別多所饒益彼伽伽羅大臣命終如來記之此人命終斷五下結即於天上而取滅度不來此世二加陵伽三毗伽陀四伽梨輪五遮樓六婆耶樓七婆頭樓八藪婆頭九他梨舍㝹十藪達梨舍㝹十一耶輸十二耶輸多樓諸大臣等命終佛亦記之斷五下結即於天上而取滅度不來生此復有餘五千人命終佛亦

記之斷三結婬怒癡薄得斯陀含一來此世便盡苦際復有五百人命終佛亦記之三結盡得須陀洹不墮惡趣極七往返必盡苦際有佛弟子處處命終佛皆記之某生某處某生某處鴦伽國摩竭國迦尸國居薩羅國跋祇國末羅國支提國跋沙國居樓國般闍羅國阿濕波國阿般提國婆蹉國蘇羅婆國乾陀羅國劒浮沙國彼十六大國有命終者佛悉記之摩竭國人皆是王種王所親任有命終者佛不記之爾時阿難於靜室起至世尊所頭面禮足在一面坐而白佛言我向於靜室默自思念甚奇甚特佛授人記多所饒益十六大國有命終者佛悉記之唯摩竭國人王所親任有命終者獨不蒙記唯願世尊當爲記之唯願世尊當爲記之饒益一切天人得安又佛於摩竭國得道其國人命終獨不與記唯願世尊當爲記之唯願世尊當爲記之又摩竭國瓶沙王爲優婆塞篤信於佛多設供養然後命終由此王故多人信解供養三寶而今如來不爲授記唯願世尊當與記之饒益衆生使天人得安爾時阿難爲摩竭國人勸請世尊即從座起禮佛而去爾時世尊著衣持鉢入那伽城乞食已至大林處坐一樹下思惟摩竭國人命終生處時去佛不遠有一鬼神自稱己名白世尊曰我是闍尼沙我是闍尼沙佛言汝因何事自稱己名爲闍尼沙汝因何法自以妙言稱見道迹闍尼沙言非餘處也我本爲人王於如來法中爲優婆塞一心念佛而取命終故得生爲毗沙門天王太子自從是來常照明諸法得須陀

洹不墮惡道於七生中常名闍尼沙時世尊於大林處隨宜住已詣那陀揵椎處就座而坐告一比丘汝持我聲喚阿難來對曰唯然即承佛教往喚阿難阿難尋來至世尊所頭面禮足在一面住而白佛言今觀如來顏色勝常諸根寂定住何思惟容色乃爾爾時世尊告阿難曰汝向因摩竭國人來至我所請記而去我尋於後著衣持鉢入那羅城乞食乞食訖已詣彼大林坐一樹下思惟摩竭國人命終生處時去我不遠有一鬼神自稱己名而白我言我是闍尼沙我是闍尼沙阿難汝曾聞彼闍尼沙名不阿難白佛言未曾聞也今聞其名乃生怖畏衣毛爲竪世尊此鬼神必有大威德故名闍尼沙耳佛言我先問彼汝因何法自以妙言稱見道迹闍尼沙言我不於餘處不在餘法我昔爲人王爲世尊弟子以篤信心爲優婆塞一心念佛然後命終爲毗沙門天王作子得須陀洹不墮惡趣極七往返乃盡苦際於七生中常名闍尼沙一時世尊在大林中一樹下坐我時乘天千輻寶車以少因緣欲詣毗樓勒天王遥見世尊在一樹下顏貌端正諸根寂定譬如深淵澄淨清明見已念言我今寧可往問世尊摩竭國人有命終者當生何所又復一時毗沙門王自於衆中而說偈言

我等不自憶　過去所更事　今遭值世尊
壽命得增益

又復一時忉利諸天以少因緣集在一處時四天王各當位坐提頭賴吒在東方坐其面西向帝釋在前毗樓勒天在南方坐其面北

向帝釋在前毗樓博叉天王在西方坐其面東向帝釋在前毗沙門天王在北方坐其面南向帝釋在前時四天王皆先坐已然後我坐復有餘諸大神天皆先於佛所淨修梵行於此命終生忉利天增益諸天受天五福一者天壽二者天色三者天名稱四者天樂五者天威德時諸忉利天皆踊躍歡喜言增益諸天衆減損阿須倫衆爾時釋提桓因知忉利諸天有歡喜心即作頌曰

忉利諸天人　帝釋相娛樂　禮敬於如來
最上法之王　諸天受影福　壽色名樂威
於佛修梵行　故來生此間　復有諸天人
光色甚巍巍　佛智慧弟子　生此復殊勝
忉利及因提　思惟此自樂　禮敬於如來
最上法之法

閻尼沙神復言所以忉利諸天集法堂者共議思惟觀察稱量有所教令然後勑四天王四王受教已各當位而坐其坐未久有大異光照于四方時忉利天見此異光皆大驚愕今此異光將有何恠餘大神天有威德者皆亦驚怖今此異光將有何恠時大梵王即化作童子頭五角髻在天衆上虛空中立顏貌端正與衆超絕身紫金色蔽諸天光時忉利天亦不起迎亦不恭敬又不請坐時梵童子隨所詣坐座主欣悅譬如剎利水澆頭種登王位時踊躍歡喜其座未久復自變身作童子像頭五角髻在大衆上虛空中坐譬如力士坐於安座巍然不動而作頌曰

調伏無上尊　教世生明處　大明演明法
梵行無等侶　使清淨衆生　生於淨妙天

時梵童子説此偈已告忉利天曰其有音聲五種清淨乃名梵聲何等五一者其音正直二者其音和雅三者其音清徹四者其音深滿五者周遍遠聞具此五者乃名梵音我今更説汝等善聽如來弟子摩竭優婆塞命終有得阿那含有得斯陀含有得須陀洹者有生他化自在天者有生化自在天兜率天炎天忉利天四天王者有生刹利婆羅門居士大家五欲自然者時梵童子以偈頌曰

摩竭優婆塞　諸有命終者　八萬四千人
吾聞俱得道　成就須陀洹　不復墮惡趣
俱乘平正路　得道能救濟　此等羣生類
功德所扶持　智慧捨恩愛　慚愧離欺妄
於彼諸天衆　梵童記如是　言得須陀洹
諸天皆歡喜

時毗沙門王聞此偈已歡喜而言世尊出世説眞實法甚奇甚特未曾有也我本不知如來出世説如是法於未來世當復有佛説如是法能使忉利諸天發歡喜心時梵童子告毗沙門王曰汝何故作此言如來出世説如是法爲甚奇特未曾有耶如來以方便力説善不善具足説法而無所得説空淨法而有所得此法微妙猶如醍醐時梵童子又告忉利天曰汝等諦聽善思念之當更爲汝説如來至眞善能分別説四念處何等爲四一者內身身觀精勤不懈專念不忘除世貪憂外身身觀精勤不懈專念不忘除世貪憂內外身觀精勤不懈專念不忘除世貪憂受意法觀亦復如是精勤不懈專念不忘除世貪憂內身觀已生他身智內觀受已生他受智內

觀意已生他意智內觀法已生他法智是爲如來善能分別說四念處復次諸天汝等善聽吾當更說如來善能分別說七定具何謂七正見正志正語正業正命正方便正念是爲如來善能分別說七定具復次諸天如來善能分別說四神足何謂四一者欲定滅行成就修習神足二者精進定滅行成就修習神足三者意定滅行成就修習神足四者思惟定滅行成就修習神足是爲如來善能分別說四神足又告諸天過去諸沙門婆羅門以無數方便現無量神足皆由四神足起正使當來沙門婆羅門無量方便現無量神足亦皆由是四神足起如今現在沙門婆羅門無數方便現無量神足者亦皆由是四神足起時梵童子即自變化形爲三十三身與三十三天一一同坐而告之曰汝今見我神變力不答曰唯然已見梵童子曰我亦修四神足故能如是無數變化時三十三天各作是念今梵童子獨於我坐而說是語而彼梵童一化身語餘化亦語一化身默餘化亦默時彼梵童還攝神足處帝釋坐告忉利天曰我今當說汝等善聽如來至眞自以已力開三徑路自致正覺何謂爲三或有衆生親近貪欲習不善行彼人於後近善知識得聞法言法法成就於是離欲捨不善行得歡喜心淡然快樂又於樂中復生大喜如人捨於麤食食百味飯食已充足復求勝者行者如是離不善法得歡喜樂又於樂中復生大喜是爲如來自以已力開初徑路成最正覺又有衆生多於瞋恚不捨身口意惡業其人於後遇

善知識得聞法言法法成就離身惡行口意惡行生歡喜心淡然快樂又於樂中復生大喜如人捨於麤食食百味飯食已充足復求勝者行者如是離不善法得歡喜樂又於樂中復生大喜是爲如來開第二徑路又有衆生愚冥無知不識善惡不能如實知苦集盡道其人於後遇善知識得聞法言法法成就識善不善能如實知苦集盡道捨不善行生歡喜心淡然快樂又於樂中復生大喜如人捨於麤食食百味飯食已充足復求勝者行人如是離不善法得歡喜樂又於樂中復生大喜是爲如來開第三徑路時梵童子於忉利天上說此正法毗沙門天王復爲眷屬說此正法闍尼沙神復於佛前說是正法世尊復爲阿難說此正法阿難復爲比丘比丘尼優婆塞優婆夷說是正法是時阿難聞佛所說歡喜奉行

佛說長阿含經卷第五

音釋

闍尼沙 梵語此云勝結使